国家社科基金重大项目"中国现代文学文体理论整理汇编与研究"（L17ZDA275）阶段性成果

中国现代文体理论论集

周海波　主编

中国海洋大学出版社
·青岛·

图书在版编目(CIP)数据

　　中国现代文体理论论集 / 周海波主编.—青岛：中
国海洋大学出版社,2019.3
　　ISBN 978-7-5670-2147-1

　　Ⅰ.①中…　Ⅱ.①周…　Ⅲ.①中国文学－现代文学－
文体论－文集　Ⅳ.①I206.6-53

　　中国版本图书馆 CIP 数据核字(2019)第 057405 号

出版发行	中国海洋大学出版社		
社　　址	青岛市香港东路 23 号	邮政编码	266071
出 版 人	杨立敏		
网　　址	http://pub.ouc.edu.cn		
电子信箱	1193406329@qq.com		
订购电话	0532－82032573(传真)		
责任编辑	孙宇菲	电　　话	0532－85902469
印　　制	北京虎彩文化传播有限公司		
版　　次	2019 年 6 月第 1 版		
印　　次	2019 年 6 月第 1 次印刷		
成品尺寸	170 mm×230 mm		
印　　张	19.5		
字　　数	340 千		
印　　数	1—1000		
定　　价	89.00 元		

发现印装质量问题,请致电18600843040,由印刷厂负责调换。

目　录

文体总论

小说文体理论

诗歌文体理论

散文文体理论

戏剧文体理论

文体总论

文体的内涵、层次与现代转型

陈剑晖 ■

一

关于文体的内涵，我在《论 20 世纪 90 年代散文的文体革命》①一文中多少已有所涉及。由于"文体"一词义有多端，在我国古代或指称体制、体式、样式，乃至文笔、风格等；在西方，文体则是体裁、流派、风格、类型、类别，甚至方式、样式、样本等的指称，可谓众说纷纭，因此有必要对其进行厘清界说。

什么是文体？按《辞海》的解释，"文体"的释义有二：文章的风格。钟嵘《诗品》卷中（陶潜诗）"文体省静，殆无长语"。又"观休文（沈约）众制，五言最优，详其文体，察其余论，固知宪章鲍明远也"。也叫"语体"，为适应不同的交际需要而形成的语文体式。有几种不同的分类，一般分为公文文体、政体文体、科学文体、文艺文体等。

《古代散文百科大辞典》释义也有两项：一指文章的风格体制。它决定于文学所反映的内容，由语言、结构、表现手法、文学技巧等形式因素构成，具有时代的、社会的、个人的特色。如文学史上的建安体、齐梁体、吴均体、元白体等。

二指文章的表达方式及规格与程式，即文学体裁。就散文说，从表达方式分，有叙事体、说明体、议论体、抒情体等；就应用场合、书写程式分，有公文，社会交际应用文等。文体一旦形成，有相对的稳定性、独立性。各种文体都有自己的构成要素，是约定俗成的，必须遵守的。

西方的文体学理论，虽不及中国那样丰富多彩，但对文体问题的研究同样从很早就开始。不过在古希腊时期，文体最初是一个修辞学的概念，那时的文体只是被视为演说中的一种语言说服技巧。此后，文体又有"思想外衣"之说，即认为"文体是思想的外衣"（切斯特菲德）；有文体是"人本身"说，即认为文体与作家的思想感情、审美修养、个性气质密切相关（布封），还有"选择说"和"情景制约说"，即文体作为一种语言的表现，总是正确选择的结果。同时，文体的选择并不是完

---

① 陈剑晖《论 20 世纪 90 年代散文的文体革命》，《中国社会科学》2001 年第 5 期。

全自由的，它不可避免地要受到交际情景即语境的限制（特纳）。当然，最能代表西方文体研究成就的，应是语体方面的研究。也就是说，伴随着现代语言学在文学理论界地位的提升与巩固，文体研究与语言符号研究的结合已成为潮流，并极大地推动了文学文体研究的发展。因此，随之而来的便有如下关于文体的界说。比如，艾布拉姆斯在《文学批评术语辞典》中就认为"风格是散文或诗歌的语言表达方式，即一个说话者或作家如何表达他要说的话"。而另一位文体学家卡顿也持相近的看法。他在《文学术语辞典》中指出："文体是散文或诗歌中特殊的表达方式；一个特殊的作家谈论事物的方式。文体分析包括考察作家的词语选择，他的话语形式，他的手法（修辞和其他方面的），以及他的段落的形式——实际上即他的语言和使用语言方式的所有可以觉察的方面。"在这两本权威的文学辞典中，两位文体学家都是将风格、思想和主题纳入语言表达方式中，并以此为基点来界定文体的。至于韦勒克等则说得更直接："如果没有一般语言学的全面的基础训练，文体学的探讨就不可能取得成功。"[①]由此可见语言学对于文体研究的重要性。

根据上面几本辞典对于文体的界定，以及我国古代文体论和西方文体研究的发展演变，我们大致可以这样来定义文体：

文体是文学作品的体制、体式、语体和风格的总和。它以特殊的词语选择、话语形式、修辞手法和文本结构方式，多维地表达了创作主体的感情结构和心理结构。它是一个时代的社会历史和文化精神的凝聚。

这个文体的定义，首先强调了文体的四个要素：体制（体裁）、体式、语体和风格，同时突出语言修辞的选择与表达的核心作用。此外，还含括了创作主体的个性特征、时代内容和文化精神。这个定义比之长期以来仅仅将文体等同于文学体裁或语言研究的文体观，无疑要丰富得多，也更贴近文体的本体。当然，在界定了文体的内涵之后，还必须注意与文体内涵相关的几个问题：

第一，文体与文体学。文体，主要是就创作方面而言，它是文学作品的内容与形式体现出来的最为鲜明的特征。而文体学则是对文体的研究和总结，有时也称之为文体论。如果说，文体是古已有之的文学创作概念；则文体学作为一门独立的学科，它是在 20 世纪西方语言学风起云涌的大背景下产生的。它的确立标志着文学研究者的研究兴趣已由原先较为空泛的文化哲学、艺术社会学向更实证、具体的文本内部迁移。有鉴于此，本文的理论阐释，主要在文体学的范围

---

① 韦勒克、沃伦《文学理论》，刘象愚等译，三联书店 1984 年版，第 189 页。

内展开。

第二，广义文体与狭义文体。广义的文体，既包括群体的创作风格，如中国文学史上的初唐体、晚唐体、西昆体、台阁体、元白体等，还指应用语言中的各种语体，如因不同的职业、场合、语境而形成的广告语体、新闻语体、法律语体、科技语体，等等。中国古代的文体论，基本上是把最广义的文体都纳入研究的视野，即把应用性的文本都包括在内。狭义文体研究指的是文学文体研究。它的任务是研究不同作家独特的语言体式，描述个体的艺术特征，并对文本进行结构的分析。现代的文体研究，则既有广义研究也有狭义研究。但必须明确：狭义文体研究并不等同于文学体裁，也不仅仅是语言学的分析。

第三，文体的"内"与"外"。韦勒克在《文学理论》中，将文学研究分为"内部研究"和"外部研究"，文体研究同样也存在着"内"与"外"的文体。不过，韦勒克推崇"内"而排斥"外"，而文体研究则应"内""外"兼顾，这是因为文体是由"内"与"外"诸种要素所构成，它既有主观性又有客观性。因此，我们一方面要分析一部作品或一个作家的文体特征；另一方面，我们又要描述一个文学运动甚至一个时代的文学风格。因为，民族文化和时代精神最能反映某一特定时期总体的文体特征，它是宏观文体研究的重要理论视角。当然，任何时候文体研究的核心都应是以语言分析为标志的"内"视角研究，离开了语言分析和艺术形式的分析，一切关于心理学的、文化学的、人类学的文化研究都无从谈起。

需要指出的是，随着时代的发展，社会文化的进步，文体一般来说会愈来愈丰富多彩，也相应地会愈来愈复杂多变。文体一旦被创造出来，就会约定俗成地成为一种相对稳定的标准和惯例，也会在一个较长的时期内规范着作家的体裁选择、语言表达、修辞手法和文学作品的形式结构等。但文体又是流变的，某些文体在某个时代是文学的，但在另一个时代可能沦落为非文学；而今天被视为非文学的文体，明天可能变成正宗的文学。如小说、杂文就是如此。所以，我们要将文体看成一个动态而开放的过程。我们的文体观念也要随着文学文体的变化而变化。比如，关于文体的划分，古代是在文章学的基础上，将应用性文体与文学性文体混为一谈。现代则是在欧洲文学类型的影响下，将古代的文学"三分法"发展为"四分法"，即把文学分为小说、诗歌、戏剧、散文。"四分法"相对于古代诗歌、戏剧、杂文学的"三分法"，无疑是一种进步。仅此一点即可说明：文体研究观念应随着时代的发展而不断更新，那种万无一失、一劳永逸的研究从来就不存在，而固守条条框框、抱残守缺更注定了没有出路。

二

当我们立足于文体学的基点,从共时和历时两个视角对文体进行审视时,我们看到,中国古代的文体论不仅内容十分繁富,而且有着属于自己的研究体系。然而进入 20 世纪之后,人们便很少对文体进行全面系统的研究,从文体学的角度来研究散文的起源、发展、演变和文类风格的论著则更少,以至于长期以来人们总是从外在的表层结构理解文体。这一点,在散文研究中表现得尤为突出。比如,仅仅从作为工具的语言形式和技巧的范畴来使用文体,还有更多的散文研究者将文学体裁等同于文体。举例说,新中国成立以来十分流行的"四分法",便是在文学体裁的意义上将散文看成与小说、诗歌、戏剧并列的文体。至于"广义散文"与"狭义散文"的区分,也主要是从文学体裁上着眼。总而言之,以往现当代散文中的文体研究,其着眼点基本上都是将文体当成文学体裁或文类,而没有从共时和历时的深层结构来认识文体,没有意识到文体既是体裁文类,更是语言的现代编码形式,是一种文体风格、体裁内容、表现手法、作家的心理结构和主体精神,乃至时代风貌和民族的感情性格的凝聚。由于将文体的概念理解得过于狭隘,过于机械刻板,因此,不论是"二分法""四分法""广义散文"还是"狭义散文",在我看来都未能进入散文文体的本体,也未能对散文的创作起到真正有力的推动作用。相反,过于僵硬、过于简单化和绝对化的理论,有时反而成为散文创作的障碍。

因此,在对文体的内涵进行界说的基础上,我们有必要将文体看作一个系统,从不同的层面追问其理论的纵深依据。关于文体的内涵和层次问题,其实早在 20 世纪 90 年代初,童庆炳先生就注意到并做了卓有成效的阐释。在《文体与文体的创造》一书中,他认为:"文体是一定的话语秩序所形成的文本体式,它折射出作家独特的个性特征、感觉方式、体验方式、思想方式、精神结构,和其他社会历史、文化精神。文体是一个系统。从呈现层面看,文体是指文体独特的话语秩序、话语规范,话语特征等。从形成文体的深隐原因来看,文体的背后存在着一切创作主体的一切条件和特点,同时也包含与本文相关的丰富的社会和人文内容。"①在探讨了文体的内涵后,童庆炳先生进而指出,文体有三个相互联系又相互区别的范畴:"这就是(一)体裁,(二)语体,(三)风格。"②

---

① 童庆炳《文体与文体的创造》,云南人民出版社 1994 年版,第 102～103 页。
② 童庆炳《文体与文体的创造》,云南人民出版社 1994 年版,第 102～103 页。

童庆炳先生关于文体的见解,在笔者看来不仅准确深刻,甚至可以这样认为,自"五四"以后,还没有人这样从理论上全面而系统地研究文体问题。因此,该书对于笔者的中国现代散文文体研究的启迪自然是不言而喻的。当然,童庆炳先生的著作也并非无懈可击。在笔者看来,该著前半部关于"文体"的探讨既具创新意识又富于学理性;而后半部分关于"文体的创作"则有照搬套用以往的"文学理论教程"的嫌疑。比如"美在于内容""美在于形式""美在于内容和形式的统一",再如"题材吁求形式""形式征服题材",等等,这些不都是我们极为熟悉的"文学理论教程"中的内容,同时与文体研究又貌合神离吗?此外,笔者想进一步说明的是,童庆炳先生主要是通过小说和诗歌来印证他的文体理论,而笔者则企图借助现代散文这一文体来建构自己心目中的文体模式。这是我们在研究对象和研究基点上的不同。至于说到文体的层次,笔者在赞同体裁、语体、风格"三层次说"的同时,又认为文体可以在这个基础上扩展到五个层次。

第一层次:文类文体,即文学作品的体裁、体制。这是我国古代文体论研究得最为充分的方面。比如在魏晋时期,古代的文体家就提出了"文章以体制为先"①的观点。刘勰在《文心雕龙·附会》中更是指出:"夫才童学文,宜正体制,必以神志为神明,事义为骨髓,辞采为肌肤,宫商为声气。"可见体制对于创作的重要性。一般来说,体制理论包括文学体裁的辨析、体裁的分类等。如诗有诗的体制,文有文的体制,不能随意越界。再从分类的角度来看,《诗经》分为风、雅、颂三大类。《尚书》又分为典、谟、训、诰、誓、命六类。而曹丕的《典论·论文》,则正式提出了文体分类的问题,并将当时的文体分为"奏议""书论""铭诔""诗赋"四科。正因古人对文体分类十分重视,且古代文体的分类相当发达,而到了现代,小说、诗歌、戏剧、散文的体裁分类亦深入人心,所以我认为,将体裁、体制层面的文体称为文类文体更为恰当。文类文体,一般指文学作品的外在形状,它犹如人的外形、相和衣着,往往给人以表层的、直观的印象。比如,小说一般来说篇幅较长,构架较大,情节复杂,语言较松散和生活化;诗歌高度集中凝练,偏重意象组合和意境的营造,并且语言富于韵律感;散文则篇幅较短小,表达自由灵活,语言优雅精致,等等。由此可见,文类文体虽属于外在的、浅层的文体,但它是一种文体之所以能够确立的基本规范和组合文体的方式,也是这一文体与别的文体区别开来的依据和标识。通常来说,一种较成熟的文类都有较为稳定的文体形态,都有自己独有的特征、表现手法和结构形态。反之便是体例不纯,特征模

———————————

① 见(明)吴纳《文章辨体序说》。

糊,功用混乱,是文体不成熟的表现。所以,从文体的结构层次看,文类文体一方面是文体的外在性形态;一方面又是文体最具客观性的存在,它是文体研究的出发点和立足点。正因如此,巴赫金认为,每一种体裁都具有一定的观察和理解现实的方法和手段。而法国学者托多罗夫说得更明确:"体裁是一种提供模拟世界的模型化体系。"①

第二层次:体式文体。就文体的表现方式、修辞手段、结构形态而言,这一层面的文体表现与文类文体较接近,但如果细加比较就可看出两者的区别:文类文体是文体的外在形貌,它从大的方面显示出各种文类的不同特征和属性;体式文体的概念相对要小一些。它既是文本特有的表现方式、形态和修辞手法,也是文本依据不同的题材内容结构形态组合而成的不同范式。比如我国古代,就有由直抒其事的"赋",托物言志的"比",触物起情的"兴"三种不同的表现方式,构成了风、雅、颂三类不同的抒情诗体式等。

在现当代散文中,则主要有"抒情独语体式""闲话聊天体式""幽默谐趣体式"三种散文文体体式。它们都有各自的表现手法,亦有各不相同的内在结构形态。因此,研究现代散文文体,除了要研究文类文体和语体文体外,还要研究体式文体。换言之,既要研究散文作家的文类选择与创造,研究作家说话的方式,还要研究作家是怎样根据特定的文类,选择最为合适的表现方式与修辞手法,以及由此形成的结构形态。总之,从文体的层次来看,文类文体、体式文体、语体文体都属于文体的外部结构形态,它们有着十分密切的联系,往往是我中有你,你中有我,很难截然分开。因此在进行文体研究时须细加辨析。

第三层次:语体文体。文体作为文学的形式,最突出的是语言层面所体现出来的具有相对稳定的共同特征,即是说,不同的文类应有不同的语式、语势、语法、语调和语感。如果说,文类是文体的体貌、构架的外在显现,那么语体便是对文类的默认与确证,它是文体规范下一整套与该文类相匹配的语言成规。一般来说,语体是一个作家特有的对语符的选择和编码方式,它既是指作家的用字、遣词、造句,也包括文本语言在形、言、义等方面的构造原则和特点,此外还涉及作品的语调、语感、语境以及标点符号的使用,等等。可以说,语体文体是文体最为重要和最基本的要素,它真正属于个体的文体,具有浮雕性、可感性和不可重复性。因此,语体文体是识别一个作家风格的最为可靠的标识。然而长期以来,一方面我们的文体研究尤其是古代的文体论,较多涉及的是体制、题材或风格两

① 托多罗夫《巴赫金:对话理论及其他》,蒋子华、张萍译,百花文艺出版社2001年版,第112页。

个层面的文体问题,而对于语体层面的文体研究则重视不够。另一方面,我们又要尽量避免使文体研究变为语言学研究。比如有人认为,文本不过是一种语言存在的显现方式,它由字、词、句的组合而构成。因此,文体研究其实就是语体研究,它主要从作家的遣词造句入手,探讨文本在形、音、义等方面的编码方式和文体特点。这样的看法的确抓住了文体研究的根本,不仅贴近文体的本性且有较强的可操作性,不过将文体研究简单地视为关于语言组合方式的语体研究,其片面性也是显而易见的。总之,在文体研究中,我们既要充分认识到语体文体的重要性,又不能唯语体文体马首是瞻。

第四层次:主体文体。文体虽然是一种由语言构成的话语方式与文本结构方式,但这一切都离不开作家的创造,离不开作家作为创作主体的个性气质、心理感情结构和艺术审美情趣,这样便有了侧重于研究创作主体的主体文体。也正是看到这一点,法国的文学理论家布封说:风格即人。而俄罗斯的大批评家别林斯基说得更具体:"文体——这是才能本身,思想本身。文体是思想的浮雕性、可感性,在文体里表现着整个的人。"①这里,不论是布封还是别林斯基,都是从创作主体的个性、气质、心理特征、人格色彩和精神结构,即从"整个的人"来探究文体的。由于主体文体联结着作家的感情、心灵与精神,它往往是潜藏于文字底下,不是一下子就能把握得到的,所以,我们可以将主体文体视为"深层"或"内在"的文体结构。

第五层次:时代文体或民族文体。这是在体式文体、语体文体和主体文体的基础上扩展开来的文体结构。即是说,不管是作为语言方式的文体,还是流露出强烈的作家个性风格的文体,都必然地会折射出某种时代的精神,都会烙上产生该文体的民族性格和本民族的文化特征,于是就出现了时代文体或民族文体。还应看到这样一个有趣的现象:当历史的某一时期,作家们受到了某一时代风潮的影响,不但主体文体意识得以觉醒转变,而且不约而同地采用了相近的语体文体进行写作,这时,所谓"一时代有一时代之文学"(文体)也就自然而然地产生了。如近代以梁启超为代表的"新文体"的出现,"五四"时期"白话文体"的崛起,都是典型的"时代文体"的具体表现。文体研究若能立足于语言分析,同时兼及时代、民族和文化,无疑可以拓展文体研究的视野。

由于文体的源远流长和构成的复杂性,上面对文体层次的划分只能是相对的;而且,我不敢肯定这五个层次就穷尽了文体的内涵和外延。不过,有了以上

---

① 别林斯基《别林斯基论文学》,梁真译,上海译文出版社1979年版,第234页。

的分层,我们就可做出这样的判断:任何一种文体都不是随意混乱的拼凑,而是一种由外到内、由内及外的递进层深的关系,是文学作品中的基本要素在相互作用中所形成的和谐的、相对稳定的一套独特的审美规范。文体结构层次的划分仅仅是为了描述和分析文体的需要。因为有了文体结构层次的划分,了解了文体的外部体貌、内部结构和总体功能,我们就能根据研究的重点,从不同的层次和不同的角度来考察文体的源流,文体的演进,文体的风格特征以及文体的时代精神和文化意味。

三

尽管我国是"文体论研究的大国"(童庆炳语),文体的研究源远流长且内涵十分丰富,但我国传统文体研究的弊端也是显而易见的。这就是较注重对体制、题材和文学风格方面的研究,而对语体文体不够重视。当然,不是说我国传统文体论中没有语体方面的研究,只是说我国传统文体论对语体的研究更多地侧重于语言的形式方面,比如研究诗歌的押韵平仄所形成的语言的韵律感;研究诗人是如何炼字、炼词和炼句,等等;而在散文研究中,则主要从表达的准确、明晰、生动、形象等方面来分析语言,而且描述与分析基本上停留于直观性、经验性的表面层次。因此,总体来看,传统文体论中的语言研究往往是辅助性的、处于次要的地位,有的时候甚至是可有可无的。这就要求我们在进行文体研究时,要换另一个视角来分析、描述文学作品的语言;或者说,要给"语体文体"研究注进新的"活质"。因为"每一件文学作品都只是一种特定语言中文字词汇的选择。……一首诗中的时代特征不应去诗人那儿寻找,而应去诗的语言中寻找"①。

在我看来,语体文体研究中的"活质",就是西方现代语言学的理论思路和研究方法。

我们知道,20世纪初由索绪尔所开创的现代语言学对西方的文体研究产生了重大的影响,甚至于有不少人认为现代文体学已经成为语言学的一个分支。当然,现代文体学到底是一门独立的学科抑或是现代语言学的一个分支,在我看来并不重要,重要的是引进西方现代语言学的"活质",能够开拓我国文体研究的视野,促进文体研究的深入,从而使文体研究更加科学化和系统化。比如,索绪尔的"语言"与"言语","共时"与"历时","组合"与"聚合","能指"与"所指"的整体和自足性的语言学理论。俄国形式主义关于语言运用中的"陌生化"和"前景

---

① 韦勒克、沃伦《文学理论》,刘象愚等译,三联书店1984年版,第186～189页。

化""常规"与"偏离"的观点,布拉格学派的代表人物雅各布森的"生成语法学"以及"隐喻"和"转喻"的分类,乔姆斯基的表层和深层的结构分析法,韩礼德的功能主义语言学,等等,都有助于加深我们对于文体的理解,推动文体研究迈进一个新的境界。进一步说,现代语言学对于笔者正在进行的散文文体研究究竟有哪些帮助呢?笔者认为现代语言学的理论、思路和方法,对我们的文体研究最具启迪性、最有效和最有用的,莫过于常规与偏离、情景语境和语言分析与文学意义的关联三方面。下面拟就这三个问题略作阐释:常规与偏离。要把握和认识这个问题,首先必须了解"陌生化"和"前景化"这两个概念。"陌生化"这一理论为俄国形式主义理论家什克洛夫斯基提出,它主要从读者的接受角度来说。指文学语言运用中的反常性、新奇性特征。什克洛夫斯基提出"陌生化"理论主要基于两点:一是传统的文学研究只重视形象思维和艺术形象的研究,而什氏认为在文学艺术中形象只是各种手法中的一种,它并不比语言更为重要。二是什氏进而认为,在日常生活中,许多事情一旦成为人们的习惯就不免带有机械性,就会变成自动的动作,久而久之就失去了原创性和新奇感。什氏将这种现象称为"目的性"。而"陌生化"的提出,就是为了破坏人们习以为常的习惯,重新唤起人们的新奇感、追求欲和创造的热情。在《作为手法的艺术》一文中,他这样论述:被称之为艺术的东西之所以存在,就是为了使人恢复对生活的感觉,使人感受到事物的存在,使石头显出石头的质感。艺术的目的是要使人感觉到事物,而不是仅仅知道事物。艺术的手法就是使事物变得陌生,使形式变得困难,以增加感觉的难度和时间长度,因为在艺术中感受过程本身就是目的,理应设法延长。

这段话曾被不少形式主义的冒险者反复引用,并津津乐道。的确,这是一种相当吸引人的艺术手法:它通过对素材的选择、加工,和语言的重新组接,使艺术形式变得困难,增加读者感觉的难度和长度,让作家显得既陌生新奇又出人意料,从而凸显出作品的"文学性"。而与此互为呼应、异曲同工的是布拉格学派另一杰出人物穆卡洛夫斯基的"前景化"理论。"前景化"这个概念来源于视觉、听觉艺术的基本原理,即具有独特性的艺术作品总是偏离人们的一般期望。而在文学分析中,"前景化"主要指在文学语言的运用上偏离标准和常规,使某些词语变得十分"突出",以此引起读者的关注。从这里不难看出,穆氏的"前景化"概念与什氏的"陌生化"是一脉相承的。

那么,如何才能最大限度地"陌生化"和"前景化"呢?这里的关键在于对传统的标准和常规的偏离。而偏离主要表现在两方面:其一是对话语的偏离;其二是对体裁和结构以及叙述视角等方面的偏离。就语言来说,偏离的现象可以说是随处可见。比如,"一个悲伤以前"是对于常规短语"一个星期以前"的偏离,但它的表达更新奇因而更能引起读者的关注。特别在诗歌中,这种语法结构上的偏离更为普遍,如人们熟悉的杜甫的诗句:"香稻啄余鹦鹉粒,碧梧栖老凤凰枝",在句法上采用的是倒装,这样的语言结构显然偏离了常规,但谁也不会否认它比常规的表达更富艺术的意味。在现代散文中,这样的偏离常规的语言也很多。如"只看见风的线条,它是飘扬的旗帜,是纷飞的树叶是荡漾的黑发是我手中燃着的香烟"。"他穿着一件绿色的运动衣,正如一棵年轻的树……年轻的树向我跑来"。不一定有倒装,有出人意表的炼字炼句,但有感觉,有灵性,有变形,有隐喻,这样的语言组合和表达,显然偏离了传统散文语言的要求,值得我们细细研究。至于体裁和结构上的偏离,在现代散文创作中同样屡见不鲜。举例说,传统的观点认为散文更适宜于描写风花雪月、小桥流水,或借景抒情,托物言志,在结构上则以苏州园林式为佳。然而20世纪90年代以后出现的文化大散文,却偏离了传统的题材观和结构观。文化大散文不但大多采用了重大的题材,而且篇幅长,结构宏大,这样的散文与传统的散文是完全不同的,但它并没有降低散文的思想艺术价值,相反,文化大散文的出现大大扩大了当代散文的影响,提升了散文的文化和审美品位,甚至一度成为散文写作的风尚。由此可见,偏离并不是离经叛道,更不是作家或诗人故意为难读者。从交流的过程看,偏离乃是引导读者更好地去寻找和领悟文学作品深层意义的一种策略,当然,偏离也是实现"陌生化"和"前景化"的有效手段。因此,真正的文体研究,无论如何不应拒绝偏离,而应将偏离纳入文体的研究视域之内。

情景语境。这一概念来自于"功能文体学"。功能文体是以系统功能语言学为基础的文体派别。它指的是以语言的"经验功能"和"逻辑功能"为主导来探索各种文体特别是文体风格等问题。这一文体派别的开创者为语言学家韩礼德。在《文学研究的描写语言学》《语言功能与文学文体》等论文中,他打破了传统的文体与内容的界限,认为任何结构都有其特定的语言功能,即"文体存在于语言的任何领域之中"。因此,在对文学文本的考察中,可以通过对语言各个层次之间的关系的分析来识别文本的文体特征。如语言的排列或组合、节奏结构的平衡、叙述的视点、隐喻、反讽等等。更为主要的是,不同于形式主义语言学只注重文本的形式主义分析,韩礼德认为功能文体学不应仅仅分析文本的层次结构,它还应关注产生文本的时代和社会语境。此外,语言是人类用来进行交际的,而交际一般在特定的语境中才能进行并获得好的效果。为此,韩礼德提出了"情景语境"这一概念。而构成情景语境的三要素是话语的范围、话语的基调和话语的方式,简称为语场基调与方式。语场指交际者处于其中的社会活动;基调指语言交际过程中各种参与者所扮演的角色,以及他们的语言风格的不同;方式指交际时所采用的渠道或媒介。以上三种要素,分别制约着作家或讲话者对概念意义的选择。而作品的意义和价值正是在这种"情景语境"的制约下生成的。很显然,情景语境将语言分析文本的"内部"引向了文本的"外部",即引向文本所处的时代、社会、文化的大环境之中。我认为,功能文体学的"情景语境"分析对于我们正在进行的现代散文文体研究是大有助益的。举例说,当我们分析"五四"时期的"闲话风"和"独语体"时,如果将这两种说话方式放到特定的"情景语境"中进行考察,相信更能突显出这两种语式的文体意义和美学功能。正是因此,我们说功能文体学的"情景语境"不仅充分展示了自己的优势,而且在一定程度上预示了未来文体研究的发展方向。

语言分析与文本意义阐释的融合。就文体研究的实际意义而言,我认为西方现代语言学在这方面的研究对我们最具参考价值。因为众所周知,我们过去的文体研究存在着两个方面的问题:一是只凭主观印象、经验直觉来阐释文本的意义,带有较大的随意性;二是一些文体分析只注重语言的形式,而很少能够深入准确地阐释语言描述与文体的意义之间存在着什么样的关系。这其实也是俄国形式主义和布拉格学派的致命伤。相较来说,韩礼德的功能文体学就较好地避免了这种重语言分析而轻文本意义阐释的弊端。他认为,文本的意义实际上主要体现在词语和文本结构中的意义,以及文体的研究者所能想到的任何东西。因此,文体研究的意义就是要将这两个层面的意义挖掘出来。他还认为,判断什么是"真正的前景化"时,研究者依据的不是语言的基本功能,而是文本的主题意义。这样的研究在我看来比雅各布森的纯粹语言学描述更为生动具体,也更贴近文学作品的本性。当然,就语言分析和文本意义阐释相结合这方面来说,更值得注意的是斯皮泽的"语文圈"文学作品分析法。所谓"语文圈",指的是从表层的语言描写分析进入到内在的"作品生命核心"的整个分析过程,这个过程包含三个相互关联的层次:第一层次,对作品中频繁出现的偏离常规的语言特征或语言细节进行分析;第二层次,找出支持这些语言特征的心理因素,或分析语言特征所产生的心理效果;第三层次,通过考察相关的因素把握文学作品的主题意义或美学效果。斯皮泽的这一套"语文圈"作品分析法的可贵之处,在于它是从语言形式入手,进而探究作家的心理成因,阐释作家的语言选择所承载的主题意义。与传统的印象直觉批评相比,这样的文体研究更为精细,也更具科学性和客观性。西方现代语言学可供我们借鉴的东西还很多。比如,在语言学理论指导下发展起来的叙述学,其中的叙述视点、叙述语调,以及叙述者、作者与隐含作者的关系,等等,对于我们研究现代散文叙述模式的变化便有很大的参考价值。再如隐喻、意象与象征也可以细化、深化和丰富我们的文体研究,开拓我们的研究视野。总而言之,为了推动文体学研究的深入发展,我们有必要重新审视、认识西方的现代语言学,挖掘其精华,将其有用的养料注进我们的文体研究中。事实证明,如果文体研究不画地为牢、故步自封,能够不断地吸取语言学以及其他领域的理论和方法来充实自己,那么,中国的文体学这一有着悠久历史的古老学科就一定能够焕发青春,生机蓬勃地向前发展。

中国文体研究的演变、特征与方法论问题

陈剑晖 ■

文学研究发展到今天，大概谁都不会否认文体研究对于文学史建构的意义。的确，如果从文学的本体意义来考察，我们可以看到，一部文学史其本质上乃是文学语言的不断建构史；或者说主要表现为以文体为中心的演变史。一个时期的文学风貌和基本形态与特征，也主要反映在文体上，从这一角度看，文体往往比它所反映出来的历史、政治、思想和道德更为不朽。所以，我们的文学史描述和阐释若想有所突破，若想摆脱长期以来的社会学、政治学或道德评判的羁绊，使文学史不再成为社会史、政治史的附庸，就必须重视和加强对文体的研究。因为文体作为文学的不可或缺的元素，是实现文学价值的基本前提和依据。任何文学的研究——不管是体制风格、题材主题、还是语言修辞——都离不开这一前提，都应以对文学的特殊性和内在发展规律的准确把握为旨归。也许正是意识到这一点，20世纪90年代以来，文体问题开始吸引了一些学者的目光，并出现了一批文体研究的成果。我们相信，随着文体研究的不断深化和成熟，我们的文学史研究将会出现新的格局。

一、中国文体研究的演变与特征

文体论作为文学批评的一个分支，在中国可说是源远流长，内涵十分丰富。关于我国古代的文体，童庆炳先生在其专著《文体与文体的创造》中曾作过准确的判断："从文学传统上看，中国是一个十分讲究文体的国度。我们的祖先从长期的文学活动中，以惊人的创造力，创造了数以百计的文学文体。"①而文体的完善和多姿多彩，必然促进文体研究的发达。明白了这一点，便不难理解：为什么中国会是一个"文体论的大国"，为什么中国古代的学者对文体研究会有如此的热情和执着?!

那么，中国的文体研究发端于何时呢？据史料记载，我国文体论的起源可追溯到先秦的《尚书》和《诗经》。比如《尚书》将散文分为典、谟、训、诰、誓、命等，便

---

① 童庆炳《文体与文体的创》，云南人民出版社1994年版，第9页。

反映出当时已开始根据文章的用途和体制的不同而进行分类命名了。而《诗经》则有风、雅、颂的划分,也体现了人们对于文体类别的认识。当然,先秦时期对于文体类别的认识,还停留于感性的阶段,总的来说还较为笼统模糊。直到魏晋时期,我国文体论才开始进入了"自觉的时代"。这时期出现的曹丕的《典论·论文》,在论述文学作品的构思立意和遣词造句,文学的价值问题,文学的继承和创新的关系时,也都涉及文体论的问题,并对文体进行了划分,对各种文体的特点以及作家的个性风格作了探讨。稍后,挚虞撰有《文章流别集》41 卷和《文章流别志论》2 卷。前者是一部文章总集,按体编排,借以见出各类文体的派流和区别;后者系研究文体问题的专著,集中论述了各类文体的性质和特点、起源、历史演变和发展趋势,可以说是我国古代第一部文体论方面的专书。除了上述各著外,这时期还有李充的《翰林论》,萧统的《昭明文选》等,特别值得一提的是《昭明文选》,这是我国第一部按文体分类的文学总集。全书按文体将周代至六朝及梁以前七八百年间 130 位知名作家诗人的 700 多篇诗文,分为骚、诏、令、策等 39 类文体,且每类文体之下又分出子目。不仅如此,《昭明文选》还试图通过选文区分文学与非文学的界线,同时对文体的特征、源流和发展也作了辨析,这样不但对后世的文体分类学,而且对于后世文体学的独立,都产生了积极的作用。由此可见,随着各种文体创作经验的不断丰富和积累,特别是随着一个文学自觉时代的到来,文论家们对文体的研究也从感性上升到了理性,从不自觉到了自觉的阶段。

与《昭明文选》差不多同时出现,在文体方面影响最大的当推刘勰的《文心雕龙》。

《文心雕龙》是我国古代文论中"体大而思精"(章学诚语)的文学理论专著。它对于文学原理、创作论、作家作品论、鉴赏论以及文体论各个方面,都做了精到而深入的探讨。而就文体论方面看,从卷二的"明诗"至卷五的"书记",计 20 篇,均属于文体论的范畴。在这 20 篇中,从篇名中标示出文体的就有 33 类,即诗、乐府、赋、颂、赞、祝、盟、铭、箴、诔、碑、哀、吊、杂文、谐、隐、史传、诸子、论、说、诏、策、檄、移、封禅、章、表、奏、启、议、对、书、记。此外,作为总论部分的"辨骚"篇,也可当作文体论来看。值得注意的是,除了上面列举的 34 类大的文体分类,在每大类下面又细分出若干小类。如"论说"篇中又分出传、注、评、序、引等。仅此而论,《文心雕龙》所涉及的各类文体已超过《昭明文选》,而它所遵循的"原始以表末,释名以章义,选文以定篇,敷理以举统"的原则和步骤,更是为我国的文体论开辟了一个体例周详、博大精深的研究文体特征的方法。至于《文心雕龙》中关于文体的风格特征的论述,对后世也产生了深远的影响,这个问题我们在后面再展开分析。

唐宋以后，历代编选的文章总集不胜枚举。其中较有影响的有宋代姚铉编的《唐文粹》，真德秀的《文章正宗》，吕祖谦的《宋文鉴》，明代吴讷的《文章辨体》，徐师曾的《文体明辨》，清代姚鼐的《古文辞类纂》等。这些文章总集基本上都是效法《昭明文选》或《文章流别志论》的体例，按文体的分类进行编排，或在此基础上对各类文体的名称、性质、源流进行考辨，总体来看创新的意识不足，而且这些论述文体的著作虽资料丰富，罗列的文体越来越多，但自《昭明文选》就已暴露出来的"分类碎杂"的弊病，却一直未得到有效的克服，甚至越来越严重。

通过上面关于中国古代文体论发展轨迹的考察，可以看到古代的文体论首先是对各类作品的体例即体裁的研究，这可说是中国文体论的一个突出特征。这方面涉及文体体裁的划分、文学体裁的发生、发展及特点，以及辨体和破体等。比如，刘勰就十分看重作品的体例。在《文心雕龙·附会》篇中，他这样论述体例："夫才童学文，宜正体制，必以情志为神明，事义为骨髓，辞采为肌肤，宫商为声气。"①而明人徐师也曾在《文体明辨序》中说："夫文章之有体裁，犹宫室之有制度，器皿之有法式也。"②

为什么古人如此重视文章的体制、体裁？因为在他们看来，"文章以体制为先"（宋倪思语），即是说，每种文体都有自己的特点和规定性，文学创作应遵循这些特点和规定性，诗要像诗，文要像文，不可随便越界，否则就是体制不纯，不伦不类。至于文体的体制，一般由几个方面构成：一是字数和篇幅的长短；二是音韵、声调的高低和快慢的要求；三是句子和篇章结构的规定，等等。当然，在文章的体制方面，古代也有辨体和破体之争，它在一定程度上说明体裁的规范并不是铁板一块、一成不变的。事实上，"定体则无，大体则有"更符合文学创作的规律。

中国古代文体论的第二个特征，是十分强调作家的个性、气质、才情与作品的关系，这就涉及了文学作品的风格问题。较早在文体论中涉及风格的是曹丕的《典论·论文》，他在论述"建安七子"的文学创作时，指出他们的作品之所以各有优劣长短，是由他们的气质、个性和才情所决定的。他指出：

夫文本同而末异，盖奏议宜雅，书论宜理，铭诔尚实，诗赋欲丽。此四科不同，故能之者偏也；唯通才能备其体。③

---

① 刘勰《文心雕龙》，北京燕山出版社 2005 年版，第 407 页。
② 徐师曾著，罗根泽校点《文体明辨序说》，人民文学出版社 1962 年版，第 77 页。
③ 韩湖初、陈良运主编《古代文论名篇选读》，中国书籍出版社 1998 年版，第 103 页。

曹丕在这里首先探讨了文学的共性和不同体裁的文学作品有不同的写作要求和评价标准的问题。此处的"本同",是谓所有的文学都有一些共同的要求和特征,比如作家的气质、才情等。但文学创作除了"本同"之外,还应有"末异"。"末异"就是文本的差别。而这差别是由作家不同的气质个性造成的。比如,"孔融体气高妙","徐干时有齐气","公干有逸气"。这种以"气"来界定作家风格的做法,其实正是曹丕"文以气为主"的艺术主张的体现。在这里,曹丕不但将当时较流行的文体分为八类,归纳为"雅""理""实""丽"四科,而且开了"以体论文"的先河。而陆机的《文赋》,一方面论述了"体有万殊,物无一量",即文学的体裁是多种多样的;另一方面,他又将"诗缘情而绮靡,赋体物而浏亮"的不同文体的风格,与作家的个性气质对应起来。从文体的美学特征与文学风格的关系来看,陆机的文体观显然受到了曹丕的影响但又有所发展。

当然,更全面、深入地探讨文体与风格的关系的,当推《文心雕龙》。《文心雕龙·体性》篇几乎都是从"风格"层面上来论述文体:

> 夫情动而言形,理发而文见,盖沿隐以至显,因内而符外者也。然才有庸儁,气有刚柔,学有浅深,习有雅郑,并情性所铄,陶染所凝,是以笔区云谲,文苑波诡者矣。故辞理庸儁,莫能翻其才;风趣刚柔,宁或改其气;事义浅深,未闻乖其学;体式雅郑,鲜有反其习;各师成心,其异如面。[1]

刘勰首先指出因有感情的活动,有道理要发表,于是就有了文章,而情理是由隐到显,由内到外渐次发展的。其次由于人的才能、气质、学识、性情有别,这样作品就像云气那样变化莫测、形态各异。由是观之,每个人都是凭自己的本性、认识去从事写作,而作品也像他们的面貌那样各不相同,正所谓"各师成心,其异如面"。接下来,刘勰还列举了12位作家及其作品的风格为例,印证他们的创作个性是"内",文学风格是"外",文学创作必须"表里必符"的原则。最后,他还得出结论"辞为肌肤,志实骨髓"。也就是说,文辞好比肌肤枝叶,情志才是骨干根本。自此以后,文如其人,文品即人品便在古代文论中扎下了根,也与文体结下了缘。

古代的文体还涉及语体的问题,只不过古人所理解的语体更多地属于风格层面上的,与现代语言学所强调的作为语言的修辞手段,特别是与作为适应不同交际功能的语体有很大的不同,这点我们将在下面论及。此外,有的文体学家还

---

[1] 刘勰《文心雕龙》,北京燕山出版社 2005 年版,第 304 页。

从表现方式来分析文体,如真德秀在《文章正宗》中,便将文体分为辞命、议论、叙事、诗赋四类。徐师曾在《文体明辨序说》中认为:"其主于叙事者曰正体,主于议论者曰变体,叙事而参之以议论者曰变而不失其正。至于托物寓意之文,则又以别体列焉。"①徐师曾在这里也是从表现方式,即叙事、托物寓意、议论体式的角度来谈论文体。可以看出,现代文体学中的叙事体、抒情体、议论体、说明体等分类,很大程度上是受到了刘勰、徐师曾等古代文体家的影响。

总体来说,我国古代的文体论,有属于自己的深厚传统,有着丰富的资源可供现代人借鉴。而从其发展看,它又经历了一个由粗到细,由简到繁,由约到博,由不自觉到自觉的过程。但我国古代文体论也存在着一些局限和不足:其一是在分类时,只重诗、文,而把戏曲、小说以及一切俗文学排斥在文体研究之外,这就造成了分类上的不完整。其二是应用文、学术文与文学散文不分,由此导致了分类上的混乱矛盾。其三是分类过于纷繁琐碎,多有重复之处,这些都说明古代的文体研究者还没有掌握科学的归类方法。因此,我们今天研究文体,一方面要从我国古代文体论中挖掘有用的资源;一方面又要对文体进行现代透视,特别是在方法论方面,对文体进行新的归纳、综合和阐释,这样不仅可以使这一最具中国特色的文学传统得以延续,而且可以更好地为当代的文学创作服务。

二、中国文体和文体研究兴旺发达的原因

为什么中国的文体和文体研究如此兴旺发达? 关于这个问题,过去的文体研究者几乎很少关注,因此接下来,打算就此问题谈点看法。

假如我们留心中西文学的发展演变史,不难发现,西方文学尤其是欧洲文学的发展史,主要是文学思潮的演变更替史,从神话到古希腊悲剧再到带有浓厚宗教色彩的中世纪文学;从文艺复兴到启蒙主义再到浪漫主义和批判现实主义;从现代主义到后现代主义,文学思潮的演进十分清晰有序,诗歌、小说、戏剧这几种主要文体不仅早就齐备,且十分稳定、深入人心。反观中国的文学史,基本上就是一部文体的更替史。这正如王国维在《宋元戏曲考序》中所说:"凡一代有一代之文学。楚之骚,汉之赋,六代之骈语,唐之诗,宋之词,元之曲,皆所谓一代之文学。"②而持文体更替的说法,在王国维之前还有王世贞、胡元瑞、茅一相、张琦等,可见中国的文学史就是文体的演变史这一史实,基本上已得到了人们的认

① 徐师曾著,罗根泽校点《文体明辨序说》,人民文学出版社 1962 年版,第 144 页。
② 王国维《王国维文学论著三种》,商务印书馆 2001 年版,第 57 页。

同。那么,是什么因素导致中西文学发展的这种巨大反差呢?

我们知道,文体虽然是对文学作品的分类,以及由一定的语言秩序组成的文体形式,但文体折射出作家的个性气质和才情,体现出一个国家、一个民族的性格和文化精神。由于作家生活在特定的时代的同时,他也生活于一个特定的民族中,而每个民族都有其只属于本民族,区别于别的民族的性格和精神文化,这就决定了作家的创作或批评总会在一定程度上体现出所处民族的民族性格、文化精神和特定的思维方式,并由此构成文学创作和文学研究的特殊性。就中华民族来说,由于它是一个以农耕为主,扎根土地并强烈认同质朴而美好的生活方式的民族,因此中华民族有一套完全不同于西方的精神文化结构。比如,中华民族十分注重修身为本的自我内在超越精神。在人与人的关系方面,强调和睦相处,处事合情合理,遵循"和而不同"的人际交往原则。在人与自然的关系上,则信奉"天人合一"的宇宙和谐观,力求将个体的生命与自然宇宙大化生命悠然契合。以上的几方面,是我国的文体和文体研究较之西方更为发达的心理、思想和美学基础。关于中华民族的精神文化结构及其对文学的影响,刘士林在《中国诗学精神》一书中曾做过精彩的论述:"中国传统文化是以'中国诗词'为文本形式,以'中国诗学'为理论系统,以及以'诗性智慧'为哲学基础的一种诗性文化形态。诗性智慧的集体无意识或文化原型,诗话词话的古代文论或中国审美思维,以唐诗宋词为审美中心的感情载体或文学生产方式,三位一体,构成了中国文化独特的深层结构与外观形态。"[①]我们认为,中国的这种诗性文化,正是中国的文体和文体论特别发达的基础。由于中国文化精神的本质上是诗性的,所以中国文学的源头是《诗经》,中国文学的顶峰是唐诗。而就文本来说,中国的作家普遍追求一种"温柔敦厚"的中和之美,一种"诗与境谐",情景交融,物我合一的文体格调。即便是文体论的语言,也几乎是诗的。举例说,在刘勰《文心雕龙·体性》篇中,他这样评价不同的作家:"是以贾生俊发,故文洁而体清;长卿傲诞,故理侈而辞溢;子云沉寂,故志隐而味深……"[②]这样比喻精当,蕴含丰富的语言,的确是诗的。再如陆机《文赋》中的"诗缘情而绮靡。赋体物而浏亮。碑披文以相质。诔缠绵而凄怆。……"[③]从今天的眼光看来,无论排比、对仗、音韵,都是合律的好诗。总之,如果从诗的本体论的角度来考察,我们不但可以更清楚地看到中国传统文化的兴盛和衰落,感受到中华民族性格的喜怒哀乐,而且可以由此解释我国

---

① 刘士林《中国诗学精神》,海南出版社 2006 年版,第 3 页。
② 刘勰《文心雕龙》,北京燕山出版社 2005 年,第 306 页。
③ 韩湖初、陈良运主编《古代文论名篇选读》,中国书籍出版社 1998 年版,第 108 页。

的作家诗人为什么对文体如此敏感，以及我国的文论家为什么对文体的研究会如此执着并保持着持久的热情。

与中华民族主要是以诗的方式来建构文学史不同，从大的方面看，由于西方民族重商轻农，没有对土地的强烈依赖情结，加之四面临海、交通发达，这就培养了西方人征服自然的欲望。而随着资本主义的兴起和科技文明的进步，西方人与自然的对抗越来越激烈和尖锐，这就决定了西方的文学不可能像中国文学那样讲究"思与境谐"的温柔敦厚之美，而更倾向于表现大悲大喜、激昂壮烈的情绪，讲述惊心动魄、曲折紧张的故事情节。明乎此，我们就能理解西方文学的最高成就为什么不是诗词，而是小说和悲剧。而中国的文学史正好相反，一方面，它以诗歌与散文（文学和非文学散体文学）为正宗，并依此构筑了一个颇具中国特色的杂文学文体系统。另一方面，除了上述的原因，西方从很早就诞生和广泛应用了形式逻辑，加上西方的语言文字本身就有着严密的文法，因此，西方的文论家一般以定义概念和概念分析为出发点。当然，中国文论家也讲究文理（如姚鼐），也有概念分析和逻辑演绎，但他们的"理"是在取"象"的基础上得出的理，其逻辑思维也不似西方文论家那般严密。正因中国文论家主要以诗性思维对文学的发展进行感悟和描述，这样他们对以文学语言现象为主要表征的文体也就情有独钟，且代代相传。而西方对文学史的归纳是建立在理性思维之上，加上西方文论家较倾向于对事物作宏观的整体性把握，这样，中国的文学史便被许多人视为文体的演变更替史，而西方的文学史则被描述为文学思潮的发展演变史。当然，这样的文学史描述主要还是由各民族的文学实际情况所决定，同时也是从宏观、从总体倾向而言。

以上就民族的性格、文化精神和思维方式诸方面，对我国文体和文体论兴盛发达的原因进行大略的分析。而就文体的发展流变来看，源于创作主体的普遍、强烈且自觉的文体意识，无疑是我国古代的文体和文体研究得以长盛不衰的根本保证。在这里，我们仅以散文为例。回顾中国古代散文文体演变的历程，我们可以看到这样一个值得注意的文学现象，中国古代散文从发端于记言记事，从实用文到美文，从"殷盘周诰"的"诘屈聱牙"到后来的"情动而言形，理发而文见"，中国散文从一开始便有着比较自觉的文体意识。及至到了魏晋南北朝时期，我国的散文更是进入到文体的"自觉时代"。关于这一点，我们还可拿西方的文学作比较。西方的文学以戏剧、小说和诗为主，散文从古代到现代都没有独立成体，所以不论是长篇论著或是短篇小品，其文体基础都十分脆弱。即便"五四"时期热闹一时的英美"絮语散文"，其实真正上佳的作家和作品并不是很多。而能够像中国散文那样融记叙、抒情、议论于一炉的优秀之作更少。质言之，与中国散文相比，西方的散文随笔重"笔路"，重记事、说理、个人性和科学精神，但在"文章"，即抒情性、音乐性、语言韵味，乃至"文气"等更能体现文体意识的各个方面，则远远逊色于中国古代散文。从上述比较，也可看出中国散文家"文体观念淡薄散漫"的结论，并不符合中国散文文体发展的实际情况。

中国散文文体意识的自觉，主要体现在两个方面：首先，是散骈并用。唐代的古文运动以反对骈文俪体为主旨，但其时的散文家并非一味排斥骈文的辞章和修辞策略。他们在崇"道""尚简"，求"雅洁"的前提下，也追求辞采声律，讲究排比、对偶和用典，有时则是散体中夹用骈句。如丘迟的《与陈伯之书》本是一封劝降信，但作者却写得情真意切，文采斐然："暮春三月，江南草长，杂花生树，群莺乱飞。见故园之旗鼓，感生平之畴昔，抚弦登陴，岂不抱恨！所以廉公之思赵将，吴子之泣西河，人之情也，将军独无情哉？"像这样的散文，在唐宋时期还可举出许多。如欧阳修的《醉翁亭记》，范仲淹的《岳阳楼记》，苏轼的《前赤壁赋》等。若从文体意识的角度看，可以说它一方面瓦解了"骈四俪六"的形式主义樊篱，体现出了古代散文家的文体自觉；另一方面，它又服从于骈文的巨大吸引力，这同样体现了这种文体自觉。正是在这种散骈互用的过程中，散体的自由无拘，记事简洁，便于抒情议论，以及骈体的"焰焰烺烺，务彩色，夸声音"的特长获得了最大限度的发挥，从而拓展了散文艺术的表现手段。这是古代散文家拥有自觉文体意识的必然结果。其次，是诗文互渗。诗和文各有自身的文体特征和规范，这是魏晋以后的事情。先秦之际，散文与诗统称为文。曹丕的《典论·论文》，将文分成四科八体，又将诗归为两类，这是中国文体意识的第一次自觉。但诗文毕竟"本同而末异"，故而曹丕之后，关于诗文的论争一直绵延至清代。以"盛唐气象"为例，主要是"以诗为文"，将诗情诗法融于散文体内，使散文不但叙事富于情趣，说理饱含韵味，而且表现手段像诗一样丰富多彩。及至宋代的散文革新运动，又反过来"以文为诗"。虽然这种诗文互渗现象遭到严羽等诗论家的严厉责难，但"以文为诗"拓展了宋诗的题材领域，使宋诗如"风行水上""自然成文"，这也是不争的事实。质言之，各种文学体裁的互相渗透，使散文的文体意识进入到一个新的层次和境界。至于散文与绘画的互相渗透与影响，在古代同样随处可见，它从另一个侧面印证了我国古代散文家文体上的自觉。

中国不但是一个诗的大国，同时也是一个散文大国。而散文之所以能在古代取得如此的辉煌，正是散文文体意识不断增强推进的结果。如果看不到这一点，甚至否认这一点，从轻说是对中国散文传统的不尊重，从重说是对散文传统的无知与背叛。

通过上述的分析,可以看到,中国文体研究的发展,其实也是"六经皆史""诗经亦史,史亦诗经"作用于文体研究的结果。它完全摆脱了西方的诗学观念的影响,是真正属于本土的、具有鲜明民族特色的"文化特产"。因此,在强调建构有中国特色的文化诗学的今天,从民族文化精神、思维方式和文体意识的自觉三方面来研究中国的文体和文体论,无疑能拓展当代文学研究的空间。

三、文体研究的方法问题

文体研究还有一个重要的问题,即研究的对象与方法问题。这个问题,在过去的文体研究中往往被忽视。有的文体研究者较喜欢静止地研究文学的体裁,如体裁的分类、源流、形式要素和特征等。有的倾向于研究文学的风格,追溯作家诗人的资禀、气质、修养、人格,以及审美情趣与文体的关系。还有的从分类史角度来撰写文学史,不过这些分体文学史除了较注重文学体裁,将各种文学体裁分开进行论述外,似乎看不出他们对文体的语体的演变,尤其对文学的本体有什么深入的或新鲜的发掘。因此,在我们看来,文体研究的观念和方法必须改变。而要改变当前这种静止的、文献式的研究文体的倾向,关键在于一方面要立足传统,尽力挖掘出我国古代文体学的精华;一方面又要敢于引进西方文体学的观念及其研究方法,特别要吸收西方现代语言学的成果为我所用。我们认为,这是发展和深化我国的文体研究的重要途径。

那么,文体研究的对象究竟是什么?这是首先必须搞明白的问题。在我们看来,文体研究不应只是文学体裁或体制的研究。尽管古代有"文辞以体制为先"之说,但古人研究文章的体例,主要是在文章学的层面上教人如何写作。如果今天我们研究文体还停留在体裁或体制的范围内,那么无疑是将文体研究的内涵简单化和狭隘化了,也降低了文体研究的学术意义,剩下的只有应用上的价值了。与体裁研究相反的是有的文体研究者认为文体研究就是语言研究。不错,我们承认语言研究比体裁或体制研究更接近文体的核心。比如,韦勒克在与沃伦合著的《文学理论》一书中就认为:"如果没有一般语言的全面的基础训练,文体学的探讨就不可能取得成功,因为文体学的核心内容之一正是将文学作品的语言与当时语言的一般用法相对照。"①显然,韦勒克充分注意到了语言分析在文体研究中的重要性,但我们并不能因此就断定语言分析便是文体研究的全

---

① 韦勒克、沃伦《文学理论》,刘象愚等译,三联书店 1984 年版,第 189 页。

部。因为文体研究除了语体研究外,还涉及体裁、风格、时代、民族和文化,等等。何况,西方学者眼中的文体学仅仅是作为现代语言的一个分支,与我们所理解的文体有着极大的差别。因此,将文体研究等同于仅仅研究文学的语言同样是片面的。

既然文体研究不是体裁研究,不仅仅是文学语言或文学风格的研究,那么文体研究究竟属于什么研究呢?我们以为,文体研究应有自己明确的目标,这个目标就是将文学文体学作为一门独立的学科来研究。从这一目标出发,文体学不仅要研究各种文学体裁的成因、特征和流变,研究一切能够使作品获得表现力和感染力的修辞手段与语言系统,研究不同的文艺作品与不同作家风格的区别,研究一个时代的精神、文化及心理如何作用于文学创作。总之,正如韦勒克所说,文体学"将成为文学研究的一个主要部分,因为只有文体学的方法才能界定一件文学作品的特质"。同时,一方面,"当文体分析能够建立整个文学作品中普遍存在的统一原则和某种一般的审美目的时,它就似乎对文学研究最有助益"①。另一方面,既然将文体学设定为一门独立的学科,就应当从学科的高度来探讨文体学成立的依据,它的内涵、特征,以及与其他相关学科的联系,等等。关于后一问题,对古代文体论素有研究的吴承学和沙红兵已在《中国古代文学文体学学科论纲》②等一些文章中做过探讨。这体现出了新一代的文体论研究者不满足于现状,力求在学科的平台上建构文体学理论体系的学术野心。

假如我们将文体研究作为独立学科的"文体学"来对待,则有几个问题必须引起我们的关注。

"内"与"外"。我国古代的文体论,从一开始就十分注重内外的组合。如北朝的颜之推就用人体来比喻文体,将内在的结构"理致""气调"比喻为"心肾""筋骨",再将外在的结构"事义""华丽"比喻为"皮肤""冠冕"。这可谓典型的内外结合的两分法。不独颜之推如此,在刘勰的《文心雕龙》,沈君烈的《文体》等著作中,他们也都是从内、外两个层次来辨析文体的特征,而且同样用人体结构比喻文体的结构。这种文体结构的内外两分法,与西方文论家对于文体的认识颇为接近。比如,韦勒克就设想过考察文体可以有两种方法:"第一个方法就是对作品的语言系统的分析,从一件作品的审美角度出发,把它的特征解释为'全部的意义',这样文体就好像是一件或一组作品的具有个性的语言系统。第二个方法

---

① 韦勒克、沃伦《文学理论》,刘象愚等译,三联书店 1984 年版,第 193 页。
② 吴承学、沙红兵《中国古代文体学论纲》,《文学遗产》2005 年第 1 期。

与此并不矛盾,它研究这一系统区别于另一个系统的个性特征的总和。"①作为一个对"内部批评"情有独钟的文论家,韦勒克除了特别看重文体的内在形式语言系统外,他对文体"这一系统区别于另一系统"的外在形式,也给予了适当的关注。这就启示我们,文体作为一个系统,它是由表层结构与深层结构两方面构成。因此,唯有从"内"和"外"两方面入手,才有可能接近文体本体,从而更全面和科学地理解和把握文体。

"常"与"变"。文体研究最具魅力和最具价值之处,不是对历史上已有的文体作简单的分类、定名,更不是在文献学、考古学意义上对其进行静止的、凝固化的考察,而在于以历史发展的眼光去研究文体演变过程中常与变的辩证关系。关于这个问题,古人早就注意到并且十分重视。如魏晋南北朝时期的文论家张融就提出"文岂有常体"之说,这种敢于突破文体限制的自觉文体意识,在当时是极其可贵的。尔后,谢廷授也认为文章有多种写法和变化,因此文体也应有多种多样,不能定于一统。这些见解都道出了文体发展变化的一般规律,即"常"是基础,是相对稳定的,是一种逐渐积累的带有共性的审美倾向,而"变"则是丰富多样的客观事物和现实审美的丰富性对于文学的要求。从历史上看,一种体裁从其萌芽到发展,到最后定型,正是变的结果。比如,在诗歌体裁方面,由古体诗到五言律诗、七言律诗,再到长律绝句。在散文方面,从先秦的哲学散文、历史散文,到唐宋融哲学、历史、文学于一炉的"古典散文",再到独抒性灵、不拘格套的明清小品,都是在"常"与"变"的相互影响、相互渗透中走向成熟,走向它们各自的辉煌。因此,文体研究,很重要的一点就是要研究在特定的时代,"常"的文体特征及审美基础是什么,而"变"又是什么原因造成的? 它对特定时代的文体体制、文体风格、文体修辞又施加了什么样的影响? 同时,还要研究"破体"与"辨体"的关系。因"破体"与"辨体"往往是与"常"与"变"纠结在一起的。当然,"常"与"变"一般是指在一种文学体裁内部发生的常态与变化的矛盾;而"破体"与"辨体",则是坚守文体与跨越文体的抗衡。"辨体"的维护者站在坚守文体的纯正性的立场,主张文各有体,应恪守文体的体制,不能越雷池半步,因此任何诗文杂混的尝试,在它们看来都是大逆不道,应坚决抵制。而"破体"的尝试者认为应大胆打破各种文体的界限,让各种文体互相渗透融合,这样才能促进文学的发展。可见,"破体"就是破坏旧有的、保守的,甚至是僵化的文体,它的特点就是变,是一种创造性的文学革命。因此,它不仅应受到肯定鼓励,而且也符合文学的发展规

---

① 韦勒克、沃伦《文学理论》,刘象愚等译,三联书店1984年版,第193页。

律。就拿 20 世纪 90 年代的"文化大散文"来说,它就是对五六十年代的托物言志、借景抒情散文的一种破体。正是这种破体,提升了当代散文的品格,使当代散文变得恢宏阔大。不过,在强调"破体",追求"变"的时候,也不能完全漠视"正体"的文体特征,如果把诗歌当成散文,把散文写成小说或戏剧,那么这样"破体"的动机和价值是大可怀疑的。所以我们认为,"变"固然能给文体带来新的生命力,而"常"则是基础,是根本,我们不能因为追求"变"而丢弃了文学的根本。这是研究文体必须注意的另一个问题。

"体"与"用"。"体用"思想在我国古代哲学中一直有着十分突出的体现。在近代,"体用"曾一度被视为富国强兵之道。而对于文体研究来说,"体用"同样有着不容忽视的价值。体,既是体裁、体制,也是实体、本性,它是根本性的存在;而用,则是对"体"的具体化和运用之法。关于"体用"的关系,熊十力在《体用论》一书中认为:体用之义,创发于《变经》(《易经》,笔者注)而顾尔行在《刻文体明辨序》中说得更明确:"文有体,亦有用。体欲其辨。师心而匠意,则逸辔之御也;用欲其神,拘挛而执泥,则胶柱之瑟也。《易》曰:'拟议以成其变化'。得其变化,将神而明之,会而通之,体不诡用,用不离体。"顾尔行引用中国哲学中的体用思想来谈文体的运用原则,即首先要立足于"体",要仔细辨明体制,否则就脱离文之大体,就如快马离开了大道,失去了控制。其次,对文体的具体运用大可以灵活变通,不应过于拘泥于成规。总之,"体"与"用"是辩证的统一。"体"是根本与规范,"用"是文体的创造性活动。除此之外,还应看到,古人在研究文体时,总是将体制与具体的创作实际,与文体的功能紧密地结合在一起,而不是空洞抽象地谈"体"的问题。这对于我们研究中国现代散文的文体,同样具有思想与方法上的指导意义。

文体研究是一个既古老又崭新的学术课题。正因其古老又崭新,所以我们一方面要吸纳古代文体论丰富的思想内涵;另一方面又要更新观念,引进西方现代文体学的研究成果和方法,以此来建构中国现代文体学的体系。当然,任何借鉴或引进,都不是简单机械地生搬硬套,而应在"外"与"内","常"与"变","体"与"用"的多重关系中把握文体的特征与演变线索,以及新的读者对于文体的期待。这是我们今天研究文体应有的态度和视野,也是研究文体的新的起点。

中国文学格局的现代转型

——从梁启超的"小说界革命"到"五四文学革命"

王桂妹 ■

所谓文学格局,至少要由表层和深层两个方面的内容构成,表层是指各种文类的布局,深层则是指文类布局得以依存的文学观念。中国 20 世纪现代文学格局的生成与建构是由 20 世纪初期的两代启蒙者以不断更新的观念对既有文学格局不断突围、调整和清理的结果。

在中国传统文学格局中,各文类是依照自身对于社会政治、文化和道德秩序的作用被赋值的。以儒家的"道"为核心,各类文体以各自与"道"的不等值关系确立其在文学格局中的不同位置。诗能"兴、观、群、怨""文以载道",巨大的教化功能使"诗"与"文"居于传统文学格局的核心。作为"诗之余"的词和作为"词之余"的曲,由于多是宣泄私人性的感情而与"道"的关系疏远而居于文学结构的边缘。至于"小说",则被视为"壮夫不为"的"雕虫小技",被排除在文学格局以外。所谓"昔之小说,搏弈视之,徘优视之,甚且鸡毒视之,妖孽视之;言不齿于缙绅,名不列于四部。私衷酷好,而阅必背人;下笔误征,则群加嗤鄙"①。因此,"在中国,小说是向来不算文学的"②。这种文学观念以及由此形成的文学格局与中国传统文人在整个社会政治结构中的自我身份确认有着直接的关系。中国传统文人一直是把"士志于道"作为人生信条,并把"道"具化为"治国平天下"的人生实践,当传统文人把这种人生追求寄托于诗文时,便自然使"诗文"与"道"形成了一种互为表里的关系。而一旦这种"道"的追求受到挫折,进入政治格局受阻时,又往往愤而离经叛道,无奈地转向被正统排斥的"小道",一舒愤愿,因而也就更加被排斥于正统之外,形成与"道"愈发疏离的关系。文人以"文"载"道",甚至使自身被异化成了"道"的附庸和奴隶。所以五四新文化运动中,启蒙者在批判"文以载道"的传统观念的同时,更批判传统文学家的"弄臣"身份,正是看到了二者相

---

① 康西《〈小说林〉发刊词》,《小说林》1907 年第 1 期。
② 鲁迅《〈草鞋脚〉(英译中国短篇小说集)小引》,《鲁迅全集》(第 6 卷),人民文学出版社 1981 年版,第 20 页。

互依附的关系。

"小说"进入文学范畴是现代文学格局生成的标志之一。在西方,文学格局也经历了一番汰变调整,小说由"圈外"进入"圈内"构成了一个典型的现代性事件:"在十八世纪的英国,文学这一概念不像今天有些时候那样,仅限于'创造性'或者'现象性'作品。它意味着社会中被赋予高度价值的全部作品;既有诗,也有哲学、历史、随笔和书信。使一部作品成为'文学'的不是其虚构性——18世纪严重怀疑迅速兴起的小说的文学身份——而是其是否符合某种'纯文学'的标准。换言之,衡量什么是文学的标准完全取决于意识形态:体现某个特定社会阶级的价值和'趣味'的作品具有文学资格,里巷谣曲,流行传奇故事,甚至也许连戏剧在内,则没有这种资格。"①西方这一现象亦可烛照中国的情形,二者有着惊人的相似性。直到梁启超拉开现代思想启蒙的序幕并倡导"小说界革命"时,才使得一直被排斥在文学范畴以外的"小说"公开得到郑重的赋值,致使整个文学结构发生了突破性变迁,即中国文学的格局由传统向现代转型。实际上早在戊戌变法过程中,改良知识分子就已经认识到小说对于发动、教育民众的重要性。康有为曾讲:"今日急务,其小说乎! 仅识字之人,有不读'经',无有不读小说者。故'六经'不能教,当以小说教之,正史不能人,当以小说入之,语录不能喻,当以小说喻之;律例不能治,当以小说治之。"②虽然康有为也曾援引西方的情况证明自己理论的先进性:"泰西尤隆小说哉!"但实际上依据的仍是"文以载道"的传统观念,尤其针对当时"天下通人少而愚人多,深于文学之人少,而粗识之、无之人多"的实际情况,康有为急于让小说承担起"经、史"曾承担的教化百姓的作用。而这几乎是当时主张变法的知识分子的共识。严复就认为:"夫说部之兴,其人人之深,行世之远,几几出于经史之上,而天下之人心风俗,遂不免为说部所持。"③由这些关于小说的论述中,可以看到当时的改良者所看重的正是小说的教化功能,即借小说这种通俗读物向普通民众普及变法思想,并没有把小说抬进文苑的意思。若要打破传统观念的窠臼,使小说进入文学格局的中心,就要首先剥离其为"小道"的身份,既要使其对历史责任有所承担进而获取一种正大光明的身份和尊严,又要使其真正的文学价值得以彰显,从而使之蜕变为具有现代价值意义的文学样式。真正让"小说"实现了这种现代转型的是启蒙先驱梁启超。

---

① 〔英〕特雷·伊格尔顿著《二十世纪西方文学理论》,伍晓明译,陕西师范大学出版社1986年版,第19页。

② 康有为《〈日本书目志〉识语》(卷十、十四),上海大同译书局1897年版。

③ 几道、别士《本馆附印说部缘起》,《国闻报》1897年11月18日。

可以说,戊戌变法失败后流亡于日本的梁启超所提倡的思想启蒙为中国文学的发展开拓了新的历史进境。如果说以前对于文学(主要是小说)问题的触及,基本都是在政治变革的笼罩之下,那么,此时的梁启超已经超越了这一历史拘囿,原来以政治制度变革为中心的变法运动一变而为以"新民"为核心的思想启蒙运动。梁启超对于文学问题的思考也在这一新的历史层面上发生了跃迁。当梁启超认定"新民"为第一急务时,也直接认定小说为"改良群治"的最佳方式:"欲新一国之民,不可不先新一国之小说,故欲新道德,必新小说,欲新宗教,必新小说,欲新政治,必新小说;欲新风俗,必新小说;欲新学艺,必新小说;乃至欲新人心,欲新人格必新小说。"①梁启超把小说与启蒙民众直接相连属,毫不犹豫地揭橥"小说革命"的大旗:"今日欲改良群治,必自小说界革命始!欲新民,必自新小说始!"②虽然这种说辞带有"口号式"的偏颇,但特定的历史语境使之成为一时的"真理",应者云集,趋之若鹜。这不但使变法失败后低靡的社会人心重新得到鼓舞和凝聚,而且对于改写传统文学价值观念、打破传统文学格局起到了巨大的作用。

以梁启超的"小说界革命"为起点的现代文学格局的建构,并非仅指其对文学(小说界革命以外更有诗界革命、文界革命)与历史的现代性做出了同构性理解,赋予了小说以崇高的地位,更在于梁启超从理论上对小说现代性艺术内涵所作的阐发。小说被认定为"文学之最上乘"关键在于小说能够凭借自身特有的艺术魅力足以承担起启蒙的历史重任。梁启超对于小说支配人心的"不可思议之力"的认定,正是基于对小说独特的艺术特征的现代性提升,即对于小说的"想象性""虚构性"的认定。梁启超认为小说能吸引人之处正是能于"现境界"之外创造"他境界",使人在"身外之身、世外之世"中得到一种更大的精神满足。小说并非通过直接的说教,而是通过自身特有的艺术功能——"薰""浸""刺""提"直接作用于人的情感,使人的身心在不知不觉之间受到一种熏陶、浸润、刺激,最终达到一种提升的境地。抓住了小说对人情感的巨大作用,也就抓住了小说以至于整个文学艺术最本质的特征。梁启超对此有着明确的认识:"天下最神圣的莫过于情感:用理解来引导人,顶多能叫人知道哪件事应该做,哪件事怎样做法,却是被引导的人到底去做不做,没有什么关系;有时所知道的越发多,所做的倒越发少。用情感来激发人,好像磁铁力吸铁一般,有多大分量的磁,便引多大分量的

---

① 梁启超《论小说与群治之关系》,《饮冰室合集》(文集之十),中华书局 1989 年版,第 6 页。
② 梁启超《论小说与群治之关系》,《饮冰室合集》(文集之十),中华书局 1989 年版,第 10 页。

铁,丝毫容不得躲闪,所以情感这样东西,可以说是一种催眠术,是人类一切动作的原动力。""音乐、美术、文学这三种法宝,把'情感秘密'的钥匙都掌住了。"①可以说,梁启超在《论小说与群治之关系》中已经开始以一种现代的时空观念、心理学方法和美学原理对小说进行艺术辨析。至此,小说以自身独具的艺术审美特征承载着重大的历史使命,彻底改写了以往的"小道"身份,以小说为中心的现代文学格局初步成型。梁启超《论小说与群治之关系》可以说是当时最具权威性的论述。此后相当长一段时间里,关于小说(文学)的功能和社会效用的论述大致都是此一理论的同义反复或者是进一步地发挥、补充。梁启超的"小说界革命"从文学观念到文体布局对于整个文学格局的现代转型都起到了关键性的建构意义。

任何事物的生长都很难毕其功于一役,更毋庸说文化和文学的现代转型,同样要经历一个漫长的过程。梁启超倡导的以"小说界革命"为核心的文学"三界革命"(诗界革命、文界革命和小说界革命)尽管开创了文学的历史新阶段,但是其理论建构的不完满性也为后来者提供了突破和超越的契机。

文学格局的建构与文学观念互为表里,且每一种观念的产生、发展、演变又不是孤立的,而是内在于所属时代的各种思想理念构织当中,"五四"文学新观念的生成也是如此。"五四"启蒙者断言"伦理的觉悟,为吾人最后觉悟之最后觉悟"②,进而揭橥思想伦理革命的大旗,并由思想伦理革命牵动了社会价值观念的整体变革,而这种深层价值观念的变动所带来的个体生命体验的变化必然要求一种新的文学表达方式。因此,虽然五四新文化运动时期的"文学革命"与梁启超新民时期的"三界革命"要求文学对于启蒙责任的承当有着承继性,但实际在观念上又有了新的跃迁,从而使前后两个阶段的启蒙与文学革命显示出由时差而生成的异质。"五四"时期一个最重要的特征是"个性解放"成为核心价值范畴。郁达夫认为:"五四运动的最大的成功,第一要算'个人'的发现,以前的人是为君而存在,为道而存在,为父母而存在,现在的人才晓得为自己而存在了,以这种觉醒的思想为中心,更以打破了桎梏后的文字为体用,现代的散文就滋长起来了。现代的散文之最大的特征是每一个作家的每一篇散文里所表现的个性,比从前任何散文都来地强。"③郁达夫所谈虽然是"五四"时期的散文创作,但实际

---

① 梁启超《中国韵文里头所表现的情感》,《饮冰室合集》(文集之三十七),中华书局 1989 年版,第 71～72 页。

② 陈独秀《吾人最后之觉悟》,《青年杂志》1915 年第 1 卷 6 号。

③ 郁达夫《中国新文学大系·散文二集·导言》,上海良友图书印刷公司 1935 年版。

上可以用来说明整个"五四"文学与个性解放之间彼此促动、互相彰显的关系。具有现代内涵的"我"在"五四"时期是通过新文学作家的创作体现出来的,"五四"时代的"文体解放"即表征着"个性的解放"。胡适曾一再申述:"我们做白话诗的大宗旨,在于提倡'诗体的大解放'。有什么材料,做什么诗,有什么话,说什么话;把从前的一切束缚诗神的自由的枷锁镣铐,拢统推翻:这便是'诗体的大解放'。"①由"个性解放"所带来的新的生命体验和审美感受必然呼唤艺术形式的解放,"五四"时期的文学家正是以此为深层价值依据和情感动力,促动了诗歌、小说、戏剧的全面新变。瓦特在《小说的兴起》中认为个性主义与现代小说的兴起有着直接的关系:"文艺复兴以来,一种用个人经验取代集体的传统作为现实的最权威的仲裁者的趋势也在日益增长,这种转变似乎构成了小说兴起的总体文化背景的一个重要组成部分……小说是最充分反映了这种个人主义富于革新性的重定方向的文学形式……文学上传统主义第一次遭到了小说的全面挑战,小说的基本标准对个人经验而言是真实的,一个人的经验总是独特的,因此也是新鲜的。"②在上述西方现代小说的兴起与个性主义关系的因果认定中,完全可以找到"五四"时期思想解放和文学变革之间的这种关系。在个性解放的旗帜下,"五四"文学努力地挣脱了传统的种种束缚,正如郭沫若在《序我的诗》中所主张的:"打破一切诗的形式来写自己能够够味的东西。"对于小说,周作人认为"内容上必要有悲欢离合,结构上必要有葛藤、极点,有收场,才得谓之小说,这种意见,正如十七世纪的戏曲三一律,已经是过去的东西了"③。以鲁迅为代表的新文学家更以"表现的深切"和"格式的特别"体现了现代小说的创作风范。"五四"时期对于各类古典文学程式化结构的突破,标志着新文学作家从传统的艺术规范中解放出来,文学创作真正获得了具有现代意义的个性化发展。可以说,"五四"新文学家们强烈的变革要求是与整个"五四"时代精神相互催生、相得益彰的。

由梁启超时代的"三界革命"所开辟的以小说为中心的现代文学格局,实际上逐渐形成了一种由雅俗并存到以通俗为主的局面。④ 而到了"五四"文学革命时期,新文学家们则以激进的态势一手打封建的载道文学,一手打娱乐的通俗文学,迅速肃清了文坛的混融局面。在新文学家看来,"不先把中国徽疲的'读者社

① 胡适《通信·答朱经农》,《新青年》1918 年第 5 卷第 2 号。
② 瓦特《小说的兴起》,高原、董红钧译,三联书店 1992 年版,第 5~7 页。
③ 周作人《〈晚间的来客〉译后记》,《新青年》1920 年第 7 卷第 5 号。
④ 详见陈平原《二十世纪中国小说史》第四章"由俗入雅与回雅向俗",北京大学出版社 1989 年版。

会'的娱乐主义与庄严学者的传道主义除去,新文学的运动,虽不至绝对无希望,至少也是要受十分的影响"①。如果说新文化运动倡导者们从反封建的角度批判"文以载道"是从历时性的角度对既有文坛进行一种价值规约,那么,对于通俗文学的批判则是从共时性的角度对文坛进行清理,即以对启蒙功利以外的文学的排斥使新文学价值逐渐集中于"启蒙"一维,放逐娱乐与消闲。对文学结构做纯化调整,虽然维护了"五四"时代启蒙主题的神圣性,却也造成了文坛格局的单一化。

梁启超发动"三界革命"的最终目的是服务其"改良群治"的启蒙宗旨,尤其是小说被赋予了前所未有的重大意义。当梁启超认定文学为启蒙的有效工具时,他有意倡导文学的通俗化:"文学之进化有一大关键,即由古语之文学变为俗语之文学是也,各国文学史之展开,靡不循此轨道。"②尤其是小说,因为其能"通于俗",更能产生不可思议的支配人心的力量。但是梁启超所认定的"文学之俗"更多的是从文字上所做的考量:"在文字中,则文言不如其俗语,庄论不如其寓言。"虽然文白之分,在中国的文坛上从来就不是简单的文字的差异,而是暗含着一种雅俗的区别,但是"文白问题"又无法与"雅俗"直接画等号,这就为小说的通俗化走向预留了一个较大的发展空间。由梁启超倡导并为思想界认可的"俗语之文学"并非是严格意义上的"通俗小说",其重点在于文类样式而非审美趣味,作为改良群治的重要手段的"新小说",尤其为梁启超所器重的能借以抒发政见、宣传政治理念的"政治小说",呈现出来的却是前所未有的庄严意义,目的在于启蒙而不是娱乐和消闲。所以有学者认为:"由雅人写给俗人看的,为了迁就俗人的阅读能力而故意俗化的小说,骨子里仍然是雅小说。"③同样,由文言、雅言所写成的言情小说,骨子里又显然是娱乐、消闲的一类。但是小说的通俗化趣味一旦被挑动,便很快逸出了启蒙的重大历史规约,尤其是在辛亥革命失败后,随着人们高昂的政治热情迅速消退,小说界开始出现了大量以消闲、娱乐为旨趣的通俗小说,并很快构成了对以启蒙为己任的严肃小说的消解,尤其是"鸳鸯蝴蝶派"小说的出现,直接以消闲娱乐相标榜,甚至出现了由通俗到"媚俗"以至于"恶俗"的滑坡。对此,梁启超非常痛心疾首:"而还观今之所谓小说文学者何如?呜呼!吾安忍言!吾安忍言!其什九则海淫海盗而已,或则尖酸轻薄毫无取义之游戏文也……近十年来,社会风习,一落千丈,何一非所谓新小说者阶之厉?循彼横

---

① 西谛《新文学观的建设》,《文学旬刊》,上海《时事新报》1922 年 5 月 11 日,第 37 期。
② 梁启超《小说丛话》,《新小说》1903 年第 7 号。
③ 陈平原《二十世纪中国小说史》,北京大学出版社 1989 年版,第 124 页。

流,更阅数年,中国殆不陆沉焉不止也。"①此类以消闲娱乐为主旨的通俗小说是与启蒙的要求大相背离的,并在"五四"以前的文坛成为创作主流。因此,当"五四"启蒙运动兴起后,启蒙者们首先是要清理当下文坛的这种"堕落"行为,决心力拯青年们于"流俗的陷溺与沉迷之中",使之走上纯正的文学大道。在新文学家看来,"娱乐派的文学观,是使文学堕落,使文学失其天真,使文学陷溺于金钱之阱的重要原因,载道派的文学观,则是使文学干枯失泽,使文学陷于教训的桎梏中,使文学之树不能充分长成的重要原因。文学要想改造中国的旧文学,要想建设中国的新文学,却不能不把这两种传统的文学观尽力的廓清,尽力的打破,同时即取建设文学的新文学观"②。本着这种建设纯正新文学的信念,启蒙者首先对于通俗小说的"末流"——"黑幕小说"进行了不遗余力的抨击。文学研究会成立后,更是把对黑幕的批判扩大到对通俗小说的整体抨击。新文学家们宣称:"将文艺当作高兴时的游戏和失意时的消遣的时候,现在已经过去了,我们相信文学是一种工作,而且是于人生很切要的一种工作;治文学的人也当以这事为终生的事业。"③显然,文学研究会的矛头所向正是文坛上势头正健的以"鸳鸯蝴蝶派"为代表的通俗小说。沈雁冰认为这一派文学是"本着他们'吟风弄月文人风流'的素志,游戏起笔墨来,结果也抛弃了真实的人生不察不写,只写了写伴啼假笑的不自然的恶礼。其甚者竟空撰男女淫欲之事,创为'黑幕小说',以快其'文字上的手淫',所以现代的章回体小说,在思想方面说来,毫无价值"④。曾经在《礼拜六》杂志上发表过小说的新文学作家叶圣陶认为《礼拜六》所做的恶俗广告"实在是一种侮辱,普遍的侮辱,他们侮辱自己、侮辱文学、更侮辱他人!……无论什么游戏的事总不至卑鄙到这样,游戏也要高尚和真诚的啊⑤!创造社成员成仿吾也指出,这一派文学"赞美恶浊社会""鼓吹骄奢淫逸",是"阻碍社会的进步与改造",是"把人类往地狱中诱惑",是"思想界与文学界的奇耻","这些卑哪的文妖所出的恶劣的杂志……可以得到一个确切的评语——就是'该死'二字"⑥。经过新文学倡导者一番义正词严地清算,启蒙的严肃文学终于主宰了文坛。消闲文学虽然从新文学格局中隐退,但并未因此销声匿迹,而是以边缘的姿

---

① 梁启超《告小说家》,《中华小说界》1915 年第 2 卷第 1 期。
② 西谛《新文学观的建设》,《文学旬刊》,《时事新报》1922 年 5 月 11 日,第 39 期。
③ 《文学研究会宣言》,《小说月报》1921 年第 12 卷 1 期。
④ 沈雁冰《自然主义与中国现代小说》,《小说月报》1922 年第 13 卷第 7 号。
⑤ 叶圣陶《侮辱人们的人》,《文学旬刊》第 6 期,上海《时事新报》1921 年 6 月 20 日。
⑥ 成仿吾《歧路》,《创造》季刊,1923 年第 1 卷第 3 号。

态继续占据着广大的市民市场,与启蒙的新文学形成潜在的对峙,因此当新文学主将们在欢呼胜利之余,也不得不承认一个事实:"但过了一时,他们便也自动的收了场,《礼拜六》《游戏杂志》一类的刊物,便也因读者们的逐渐减少而停刊了。然而在各日报的副刊上,他们的势力还是相当大的。他们的精灵也还复活在所谓'海派'者的躯壳里,直到于今而未全灭。"①隔着百年的历史回溯这场批判,人们自然会对启蒙者的满腔真诚与责任感深表敬意,但当我们跳出启蒙者的立场,以反思的态度重新审视这场清算,也应看到问题的另一面,启蒙者对以"鸳鸯蝴蝶派"为代表的通俗文学的整体抨击,虽然维护了新文学价值的神圣性,保障了新文学入主文坛,但也不可避免地以一元价值的认定造成了文学多元价值的缺失。

文学价值是文学实践必然的组成部分,它规范、制约着文学实践和发展的方向,因此,不同时期的文坛生态都可以从当时的文学价值认定中找到最初的根据。文学价值不是单一的存在,虽然每一个历史时段关于文学艺术的价值都有一个处于核心地位并与该历史时段的具体社会现实密切相关的主导价值观念,但文学的价值在整体上应该是多元的。启蒙固然是文学的价值,消闲与娱乐也是文学价值之一种,但既然"五四"时期的历史关键词是"启蒙""启蒙的文学"以及其统摄下的"为人生的文学""血和泪的文学"则自然成为主导的创作倾向。新文学家们对于"鸳鸯蝴蝶派"的批判也正是出于对这一严肃价值的维护,所以沈雁冰认为通俗小说"思想上最大的错误就是游戏的消遣的金钱主义的文学"②。而消闲则是一种不可容忍的"堕落":"只是我们很奇怪,许许多多的青年的活泼的男女学生,不知道为什么也非常喜欢去买这种'消闲'的杂志,难道他们也想'消闲'么?'商女不知亡国(?)恨,隔江犹唱后庭花',我真不知道这一班青年的头脑如何还这样麻木不仁?"因此,西谛诚恳地忠告一般青年,"现在绝不是大家'消闲'的时候……要做的事情正多。也应该振起精神,看看现在的人类,现在的中国了!"③当把"为人生"和"血与泪"的文学确定为文学的唯一合法性价值时,价值的遮蔽也就产生了。相比较而言,倒是以尖锐批判见长的鲁迅对通俗文学采取了宽容态度。作为文学家的鲁迅更为清醒地认识到,文学除了启蒙、宣传外,还有着多种的功能和多元的价值,所以针对备受攻击的"趣味",鲁迅曾说:"说到'趣味',那是现在确已算一种罪名了,但无论人类底也罢,阶级底也罢,我

---

① 郑振铎《中国新文学大系·文学论争集·导言》,上海良友图书印刷公司 1935 年版。

② 沈雁冰《自然主义与中国现代小说》,《小说月报》1922 年第 13 卷第 7 号。

③ 西谛《消闲》,《文学旬刊》第 9 期,上海《时事新报》1921 年 7 月 30 日。

还希望总有一日弛禁,讲文艺不必定要'没趣味'。"①而朱自清也曾经为小说的通俗价值正名:"在中国文学的传统里,小说和词曲(包括戏曲)更是小道中的小道,就因为是消遣的,不严肃,不严肃也就是不正经;小说通常称为'闲书',不是正经书……鸳鸯蝴蝶派的小说供人们茶余酒后消遣,倒是中国小说的正宗。中国小说一向以'志怪'、'传奇'为主,'怪'和'奇'都不是正经的东西。明朝人编的小说总集所谓《三言二拍》……《拍案惊奇》重在'奇'很显然。《三言》……虽然重在'劝俗',但是还是先得使人们'惊奇',才能收到'劝俗'的效果……但是正经的作品若是一味讲究正经,只顾人民性,不管艺术性,死板板的长面孔教人亲近不得,读者恐怕更会躲向那些刊物里去。"②所以,当我们走出"五四"启蒙时代的一元价值认知模式,重新回顾这些问题时,我们应该承认,通俗文学的存在本身就是对启蒙文学单一价值的解蔽,或者说以消闲、娱乐为主旨的通俗文学退居文坛的边缘,却以异于启蒙文学的独立价值补充着文坛的价值缺失。正如后来的研究者所看到的,这种"堕落"(指民初的小说界)从"小说摆脱政治思想的搀扶,直接依赖于小说市场的自然调节这个角度看,这又未始不是一种进步——尽管这种进步伴随着很多负面的因素"③。另有研究者也看到了通俗小说的积极面:"这派作家虽然在思想意识上有较为沉重的封建性的历史负担,但是作为职业作家,他们摆脱了在封闭性的农业经济社会里知识分子对官府由人身依附到人格依附的附庸地位,成为具有独立人格的自食其力的社会个体,这是历史的进步。他们以普通人的心态,用普通人的语言,写普通人的生活,着重文学的欣赏娱乐作用,从市民文化的角度对传统文学中占统治地位的'文以载道'的正统文艺观加以否定,在使文学由庙堂走向民间、从知识分子精英走向普通大众方面也具有积极的意义。"④所以,对于功能目标和审美规范不同于新文学的通俗文学,既要在一个特定历史语境中认定其被批判的必然性,也应该用契合其自身的批评标准来评价其在整体文学史中的价值。从 20 世纪中国文学现代转型的过程看,通俗文学所呈现出的是与新文学不同的转型路径,新文学在现代转型中是以对西方世界思想文学潮流的"借鉴革新"为主,通俗文学则走了一条"继承与改良"的路径。所谓继承与改良,就是"承传中国古典小说中的志怪、传奇、话本、讲史、神

---

① 鲁迅《集外集·〈奔流〉编校后记》,《鲁迅全集》(第 7 卷),人民文学出版社 2005 年版,第 167 页。
② 朱自清《论严肃》,《中国作家》创刊号。
③ 陈平原《二十世纪中国小说史》,北京大学出版社 1989 年版,第 9 页。
④ 贾植芳《反思的历史历史的反思》,范伯群《中国近现代通俗文学史·序》,江苏教育出版社 1999 年版。

魔、人情、讽刺、狭邪、狭义谴责等小说门类和品种,加以新的探索,在 19 世纪末至 20 世纪初,反映以大都会生活为主轴的,又以消遣为主要功能而杂以劝惩目的的文学作品"①。我们应该承认,在中国文学的现代转型过程中,由"革命"而促使文学新生是必要的,但借鉴、改良并弘扬民族传统小说的传统也是不可或缺的。因此,在文学现代转型的路径上,新文学与通俗文学也构成了一种对峙与互补的关系。

即使在今天,我们也依旧衷心认同当年新文学界对于以鸳鸯蝴蝶派为代表的通俗文学所存在的拜金主义、游戏人生的态度以及粗制滥造的恶俗的艺术倾向,持严厉的批判态度。但我们也不能不看到,通俗小说虽屡遭挞伐,却历久不衰,甚至几度中兴,其作品数量也非新文学所能比肩,这不能不让我们正视其存在的价值。社会上有什么样的需要,作家必然会有相应的产品供应,这是符合文化上的供需律的,作为现代社会的产物,通俗小说正是以其特有的消闲性、趣味性满足并展示着现代化转型中市民社会的审美情趣的,并以边缘状态捕捉着启蒙文学视野中的盲点,完善着整个现代文学格局。通俗文学不仅以退居文学结构边缘的方式对现代文学格局起补充作用,以异于启蒙文学的审美标准补充着文学的现代性,使之成为一个多维而丰富的存在,而且还以一种自觉的、积极的姿态追求着"进步"。茅盾后来在回忆"五四"以后通俗文学的基本状况时也没有忽略这一派的变化,虽然他的角度是反向的:"但在'五四'以后,这一派中有不少人也来'赶潮流'了,他们不再老是某生某女,而居然写家庭冲突,甚至写劳动人民的悲惨生活了……也正因为礼拜六派中有人在'赶潮流',足以迷惑一般小市民,故而其毒害性更大。"②剔除其中积欠太深的历史偏见,我们也可以从侧面了解通俗小说的进步。通俗小说作家自己也宣称:"在这五年之中,虽不取什么激进主义,没有多大进步;但是始终跟着这时代的潮流,向前进,不肯落后一步,这是我们所敢自信的!"③通俗文学与启蒙文学之间除了批判与被批判的关系外,二者在发展的流程中逐渐由对峙而产生交流,尽管有时这种交流是不自觉的。实际上,雅与俗只是一个相对的概念,或说是一种假定性理论,二者之间并没有一个硬性"指数"作为划分的标准:"精英艺术、民间艺术和通俗艺术的概念都是理想化的概念,其实他们很少以纯粹的形式出现的。艺术史上出现的艺术样式

---

① 范伯群《中国近现代通俗文学史·绪论》,江苏教育出版社 1999 年版。
② 茅盾《复杂而紧张的生活、学习与斗争》(上),《新文学史料》,1979 年第 4 辑。
③ 苕狂《花前小语》,《红玫瑰》1929 年第 5 卷第 24 期。

几乎都是混杂的形式。"①一方面是通俗文学努力调整自己以跟上时代的潮流，另一方面则是新文学参照通俗文学之于民众的和谐关系对自身所做的调整。尤其是针对普罗文学与大众颇为隔膜的状态，瞿秋白痛下针砭："现在新式白话作品体裁，大半已经是很欧化的了。老实说，是很摩登化的了。"这些"摩登主义"的体裁只能被"吃租阶级的摩登贵族"所享用，"但是对于民众，这种体裁是神奇古怪的，没有头没有脑的……普洛文艺至今用全部力量去做摩登主义的体裁的东西，这样自然发生的结果是：上中下三等的礼拜六派倒会很巧妙的运用着旧式大众文艺的体裁，慢慢的渐渐的'特别改良'一下，在这种形式里面灌进维新的封建道德，资产阶级民族主义的内容，写成《火烧红莲寺》等的'大众文艺'；而革命的普洛文艺因为这些体裁形式上的障碍，反而和群众隔膜起来"②。这确实道出了当时革命文学的症结所在，以至于以此为契机展开了"文学大众化"问题的讨论。所以通俗文学无论是从其对于新文学对峙互补的作用上讲，还是从其所具有的独立的文学审美价值上看，都应该以自身的历史性贡献整合进现代文学史的范畴，应该纳入到中国文学现代转型的过程当中。

---

① 阿诺德·豪泽尔著《艺术社会学》，居延安译，学林出版社 1987 年版，第 207 页。
② 瞿秋白《普洛大众文艺的现实问题》，《瞿秋白文集·文学编》（第 1 卷），人民文学出版社 1985 年版，第 470～471 页。

重读"娜拉"的两个中国文本

王桂妹 ■

"娜拉",是作为"易卜生主义"的文学个案进入中国"五四"启蒙思想视野的。"易卜生主义"的核心意旨之一被定位于揭示"家庭的罪恶",而在"五四"时期,封建礼教的具体实施处正是旧式家庭及其封建家长制,因此,家庭成为"五四"时期阻碍青年获得独立个性、实现自由意志的第一层障碍,甚至被新青年们称为"万恶之源",因此,家庭革命成为"人"的解放的首义。胡适所总结的易卜生戏剧中所揭露的四大家庭罪恶——自私自利、倚赖性奴隶性、假道德装腔做戏、怯懦没有胆子——几乎都可以照搬到中国当时的家庭现实中。基于这样的时代需求,就使得敢于走出玩偶之家,寻求独立人格的"娜拉"从本质上更恰切地表征了"五四"时代精神——反抗家长权威,寻求自我的叛逆精神。但是从易卜生笔下的娜拉到中国"五四"新文学作家笔下的娜拉,却产生了一些未被觉察的精神变异,这种变异既显示了"娜拉"塑造者自身的文化意识和现实考虑,更再现了中国女性在当时历史语境中寻求自身解放的现实场景。

一、勇敢出走的女儿型娜拉:《终身大事》

"娜拉"是"五四"个性解放尤其是中国现代女性觉醒的一个伟大象征。最早把"娜拉"转化为中国形象的是胡适。《终身大事》既是中国现代话剧的开端,也塑造了中国现代文学史上第一个中国式的娜拉——田亚梅,虽然同是"叛逆女性",但是由西方到东方,由易卜生笔下的娜拉到胡适笔下的田亚梅,却发生了一个显著转化,而正是这个看似不经意的改写却使叛逆者发生了深刻的不同。易卜生笔下的娜拉,是以现代觉醒女性的姿态发起的以男女平等为价值支点的"妻子"对"丈夫"的叛逆,以对依附性"爱情"的弃绝实现自我的独立价值,摆脱玩偶的现状,努力做一个人;同样是在求得"人"的资格,进入中国的"娜拉"则被置换成女儿对父亲的叛逆,并以对自主婚爱的追求最终达成对自由个性的实现。二者的巨大差别在于一个是对现代男权意识的反抗,以对妻子和母亲双重责任的弃绝实现一个女性作为"人"的独立价值;一个则是对以父亲为象征的传统家长制和封建礼教的叛逆,其最终目标是以爱情—丈夫—家庭作为最终归属。这种变异虽然本源于"五四"时期反抗传统礼教的时代需求,但是这种改写在现代思想的张扬中也无意间与某些传统的行为方式和价值归属相连属。实际上,一直到"五四"启蒙之前,女性还未被"发现"的漫长历史时期,"女性"就已经作为大胆的爱情追求者和决绝的家庭反抗者被书写进历史、文化和文学艺术当中了,其中不管是为追求爱情与父亲反目,最终离家出走的卓文君乃至发誓与父亲生死不相往来的王宝钏,还是抗争到底为爱情殉身的祝英台与刘兰芝,以及民间传说中被囚禁的白娘子和七仙女都已经转化为生动的戏曲舞台形象并作为经典审美范型乃至生活典范深入到广大民心之中。在与"传统"相关的诸多旧物遭受批判的"五四"时期,"传统旧戏"尤其招致了彻底的抨击,但是唯独这些叛逆的女性形象脱离了旧文化载体而进入新文化的视野①,这实际也从另一个角度说明这种反抗有着超越时代的价值。因此,在"五四"的中国"女儿型娜拉"身上,一种传统文化中既有的反抗模式得到了重新表现:追求爱情—反抗父亲—离家出走—归依丈夫。"五四"的"娜拉"和中国传统文化中众多的叛逆女性都是以对爱情的追求作为自己的叛逆理由,这也是这种叛逆行为能超越时空获得历史认同的关键所在。当然,并不能因此认定这种叛逆行为的一贯性进而一笔抹杀"娜拉"所独有的现代思想价值。在叛逆行为的相似性背后,二者所倚恃的思想价值和为自身合理性辩护的依据实际是有着本质性的区别的,这种现代思想意识的有无与强弱并不取决于反抗态度的决绝与否。中国传统女性的叛逆家庭其合理性实际是内置于传统道德的,在中国传统家族观念中,所谓"生女外向",即认为女儿始终是别人家的人,因此,在男女两家议定亲事之后,男家送给女家的第一笔彩礼——头盘,实际便是偿还女家养育女子长大的衣食费用。② 正如白朴借女主人公李千金所言:"女孩儿是你十五岁寄居的堂上客。"③女儿的最终归宿是夫家而不是父母家,女子结婚被称为"大归"正是一个最确切的注脚,这也是中国传统社会重男轻女的"正当"理由之一,父母家只是一个暂时的居所,虽然女儿要遵循闺训,终身大事要听命于父母,但是只有丈夫才是女性的最终主宰,因此,这就给女性反抗父母、归依丈夫提供了礼教之内的可能性。而在这些女性为争取爱情

---

① 1922年,北平女高师四年级学生合作创作五幕剧《孔雀东南飞》,同年2月载于《戏剧》第2卷第2号上;1925年,风汉又创作四幕剧《孔雀东南飞》,同年10月《清华文艺》第1卷2号刊出第一幕;1926年,杨荫深创作三幕剧《磐石与蒲苇》,1928年1月由上海光华书局出单行本;1929年熊佛西创作独幕剧《兰芝与仲卿》,同年在《东方杂志》第26卷第1号上刊载;1929年袁昌英创作三幕剧《孔雀东南飞》。同样,卓文君也以"三个叛逆的女性"之一在郭沫若的笔下重现光彩。

② 周建人《绍兴的结婚》,《新青年》第7卷第5号。

③ 白朴《墙头马上》,《中国十大古典喜剧集》,上海文艺出版社1982年版,第44页。

而进行的"不得已"的反抗都不是无缘无故,被反抗的父母多数都是因为"嫌贫爱富"而阻挠儿女婚姻,《三击掌》(旧称《寒窑记》)中王宝钏的父亲宰相王允、《英台抗婚》(旧称《柳荫记》)中祝英台的父亲祝员外、《西厢记》中崔莺莺的母亲崔老夫人、《卓文君》中卓文君的父亲卓王孙以及《孔雀东南飞》中代替父亲实行家长权威的刘兰芝的兄长等,无不是因为贫富之隔而阻挠女儿的爱情;同样,《天仙配》《宝莲灯》和《白蛇传》虽然以仙—人、天—地作为自由爱情的界限,但是其中以具体形象出现的爱情破坏者:"王母娘娘""二郎神"以及"法海"仍可视为人间贫富思想的延伸,而在中国"君子固穷"的传统价值中,这些"嫌贫爱富"的思想理应是道德上的被谴责者。而作为反抗的另一面,女儿则是道德正义性的代表,如王宝钏批判其父亲的义正词严:"人而以信为本,人而无信,不知其可也。"①"慢说打着花郎平贵,就是打着一块顽石,女儿也要抱它三载,一表温暖之情。"②而《墙头马上》的李千金同样是以自身道德上的无过错来反抗裴尚书的"遣归":"谁更待双轮碾四辙!恋酒色淫邪,那犯七出的应拼舍;享富贵豪奢,这守三从的谁似妾!"③显见,这些女性的反抗力量依旧来自传统道德内部。另外一个关键性环节,则是女儿的反抗又往往是以"慧眼识英雄"作为反抗胜利的保障的,这就进一步为爱上穷书生的女儿提供了反抗的道德正义性和勇气。这也透露出作为这一反抗行为书写主体的中国传统文人,实际在经济上、政治上所处的弱势地位,所谓"君子固穷"只不过是为传统文人自己的穷酸寻找堂皇的理由,因此,书生落难—花园相会—小姐赠金—私订终身—父母反对—金榜题名—奉旨完婚这一完美的爱情程式便成为中国文人重复了几千年也不厌倦的主题和梦想,更为女性的反抗提供了最后的价值保障。因此,女儿虽然不断被书写为家庭的叛逆者,不仅没有遭到传统礼教的抨击,反而成为具有光彩的正面形象,则是大有深意的,其中不乏对两情相悦的美好爱情的向往,对于道德体系中"非正义"者的批判,但也有着书写主体——中国文人的情感需要和心理需要。

传统女性的反抗力量固然源自对于自由爱情的追求,但反抗的理由必然是拘囿于传统价值,反抗的力量和理由是礼教中的正义与非正义,是一种传统价值体系之内的叛逆,因此,传统的叛逆最终还要归依于传统,诸如,丈夫衣锦还乡、夫贵妻荣,不仁不义者遭到教训、惩罚等,这种传统价值思想的封闭式循环和自

---

① 指王宝钏彩楼抛绣球选女婿,故意打中意中人叫花子——薛平贵一事。

② 周育德《王瑶卿先生剧目精选之〈红鬃烈马·三击掌〉》,中国戏剧出版社 2000 年版,第 106~107 页。

③ 白朴《墙头马上》,《中国十大古典喜剧集》,第 49 页。

我调整,实际是拒斥现代思想发生的,这也正是"五四"要对整个传统价值系统和道德系统进行全面抨击的重要原因,也为女性的反抗提供了更为有力的理由。新时代的叛逆者所依循的是必将占据正义价值的现代思想价值观念,旧礼教尽管要在其退出历史之前捕捉殉葬品,制造悲剧,但是"新的"毕竟要战胜"旧的",已经成了一个必然的历史事实,这也使得"五四"时代的"娜拉"具有冲破一切旧物的勇气和信心。因此,这些女性叛逆者尽管可以在中国历来的民间传说和传统戏曲中找到其最基本的原型和母题,但其思想的"新"是划时代的,这也是《终身大事》尽管是一个传统行为,为何能成为现代叙事的本质原因。

与传统中叛逆者必然所带有的悲剧色彩不同,"五四"的叛逆者由胡适写来,尤其显得温和,与《三击掌》中父女反目,最终击掌明誓,断绝父女亲情,至死不相往来的激烈行为相比,《终身大事》显然要温和得多。家长的糊涂乃至荒唐的观念在现代思想价值的映照下固然显得滑稽,乃至不值一驳,是一个重要原因,同时也与胡适自身的思想行为方式密切相关,胡适曾讲:"吾于家庭之事,则从东方人,于社会国家政治之见解,则从西方人。"①稍后,胡适在"贞操问题讨论"答蓝志先的信中讲到自己对于自由恋爱的态度:"先生提到共妻和自由恋爱这两种主张,故我也略说几句。我要正式声明,我并不是主张这两种制度的,不过,我是一个研究思想史的人,所以对于无论哪种学说,总想寻出他的根据理由,我决不肯'笼统'排斥他。"②因此,胡适并没有把这样一个争取恋爱婚姻自由的现代叙事,置于一个家庭反目的新旧思想的激烈斗争中,而是以"游戏"的方式出现,从而在某种程度上化解了矛盾,田女士终于趁父母不在跟随陈先生走了,父母也只能是无可奈何。可以说,一系列表征"五四"女性叛逆精神的作品都延续了《终身大事》开启的叛逆模式,丁西林的《兵变》、淦女士的《隔绝》系列等都是以女儿的胜利告终。

《终身大事》并非是一个全新的现代叙事,作为"女儿型娜拉"的叛逆类型,虽然背后有着这样一个长期存留于文化潜意识中的正面意义认定,并且是在倡扬思想解放的"五四"时代,依旧遭遇了实际的挫折,胡适在"跋"中颇为失望地讲道:"这出戏本是因为几个学生要排演,我才把它译成中文的。后来因为这出戏里的田女士跟人跑了,这几位女学生竟没有人敢扮演田女士,况且女学生似乎不便演这种不道德的戏!"因此,胡适无奈地说自己的这出戏没有人敢演,"可见得

① 胡适《留学日记》,商务印书馆 1947 年版,第 442~443 页。
② 胡适《答蓝志先书》,《新青年》第 6 卷第 4 号。

一定不是写实的了。这种不合乎写实主义的戏本,本来没有什么价值,只好送给我的朋友高一涵去填《新青年》的空白了。"①从这自嘲似的话语缝隙中,似可见证当时中国女界的思想状况,连得风气之先的女学堂的学生也如此,更毋庸说普通的社会女性了。因此,《终身大事》是温暖的作品,但并非是全部的"现实主义的"写照。在女性追求自我的历程中,现实还有它非常冰冷甚至残酷的一面。

二、无力出走的妻子型娜拉:《伤逝》

鲁迅的《伤逝》,脱离了当时"女儿型娜拉"对于对家长的反抗主题,而是写反抗胜利,获得"自由爱情"之后的悲剧,这一背离时代主潮的思索实际使《伤逝》较之《终身大事》的叙事模式更接近易卜生的主题,从而也使"女性问题"得到更深一层的展现。可以说,《伤逝》才是在当时的中国女性在现代思想倡导下试图效仿"娜拉",而必然遭遇的末路悲歌,而其中对于男性与女性由爱情进入生活而产生的消磨与困顿已经远远超越时代,而成为一个永恒的人生话题。

易卜生笔下的娜拉是从丈夫"玩偶式"的宠爱中体会到了压抑,醒悟到了自我应有的独立性价值,毅然走出了家门。而中国"五四"女性在某种程度上恰是以娜拉的起点作为自己的归宿——离弃父亲的家庭而归依丈夫。以获得爱情为最终追求的个性解放过程中,重新陷入失爱的困境中,这是以鲁迅《伤逝》中的子君为代表的"女儿型娜拉"在反抗胜利后的一个共有境况。丈夫,首先是作为女性思想的启蒙者、爱情的诱导者进入女性的世界的,正是在涓生历经半年的交往中,涓生向子君谈家庭专制,谈打破旧习惯,谈男女平等,谈伊孛生,才致使子君终于坚定地说出:"我是我自己的,他们谁也没有干涉我的权利。"②其后大胆地与父亲和胞叔决裂,并与涓生同居,完成了女儿式娜拉的叛逆。同当时"五四"时期的所有"娜拉"一样,子君当初能走出家庭,完全是因为有爱,但是成为妻子的子君,再也无法接受涓生的第二次启蒙,无力走出这个家庭,成为真正意义上的"娜拉"。这种无力出走,根源之一是女性启蒙的未完成性。妇女解放是基于女性"为人"和"为女"的两重自觉,这是妇女解放运动的常识。③ 而仅仅完成了其中一重自觉的中国女性,实际仍然没有摆脱自身的半依附性人格状态。这种半开蒙状态在启蒙者眼中是一种类"儿童化"的精神状态,这种状态同样出现在涓生眼中的子君身上,在会馆里,涓生"谈家庭专制,谈打破旧习惯,谈男女平等,谈

---

① 胡适《终身大事·跋》,《新青年》1919 年第 6 卷第 3 号。
② 鲁迅《伤逝》,《鲁迅全集》(第 1 卷),人民文学出版社 1981 年版,第 112 页。
③ 《妇女运动与常识》,《周作人自编文集》,河北教育出版社 2002 年版,第 261 页。

伊孛生,谈泰戈尔,谈雪莱……她总是微笑点头,两眼里弥漫着稚气的好奇的光泽"。当涓生向子君表白自己的爱情时,子君"孩子似的眼里射出悲喜,但是夹着惊疑的光"。在吉兆胡同回忆会馆里的爱情时,"子君的眼里忽又发出久已不见的稚气的光来",最后一次,当涓生终于向子君说出自己已经不爱她的时候,"她脸色陡然变成灰黄,死了似的;瞬间又苏生,眼里也发了稚气的闪闪的光泽。这眼光射向四处,正如孩子在饥渴中寻求着慈爱的母亲,但只在空中寻求,恐怖地回避着我的眼"。子君被领走后,涓生眼前依旧"浮现出子君的灰黄的脸来,睁了孩子气的眼睛,恳托似的看着我"①。这种孩子状态正是喻指女性的一种半觉醒的状态。周作人也曾用这一譬喻解说女性的觉醒过程:"爱与生殖这两件事,并非专是女子的事。男子既于这两件事外,还有许多做人的事业,女子也是如此,她爱男子,生育儿女,此外也还应做人。她对于丈夫、儿女是妻是母,还有对于人类是个人,对于自己是'惟一的所有者'。我辈不能一笔抹杀了她的'人',她的'我',教她做专心侍奉别人的物品。……她固然可爱可怜,然而世间女人,正不必如此。譬如见一小孩,走不得路,说话也未能清楚,诚然是可爱的,但决不希望他永远如此,愿他长成了,为人类的一员。……以为她单是可爱可怜,又该哀悼,并且诅咒造成这样的人的社会。希望将来的女子不复如此,成为刚健独立,智力发达,有人格,有自我的女人;能同男子一样,做人类的事业,为自己及社会增进幸福。"②从这个角度看,女性的觉醒正是要摆脱这种"儿童化"的依附期,由"为女"的自觉成长到"为人"的自觉。

但是在一个"人"的问题还没有解决的时代,"妇女和儿童"的解放自然成为次等课题,因此,时代的力量和同情总是更加倾向于向着"人"的生路而奋进的启蒙者,而作为被启蒙的"女性"则必然处于被书写、被叙述的状态。在以启蒙者涓生为主体的叙述中,子君的生活和映象一直是以片段连缀的方式出现的,尤其是当涓生最终向子君坦白了心声,扔下无助的子君逃到图书馆里去的时候,关于子君的一切几乎成了叙事的空白。而子君并非就在涓生坦白的当天被领走的,而是经过了好长一段时间,从那个"极冷的早晨"一直到冬春之交。这期间只看到涓生的活动:在图书馆看到自己的小品文被登载,随后去访问了熟人,也曾经在图书馆幻想着子君的离开,自己终于可以海阔天空地寻找新的生路了,其后又接到《自由杂志》寄来的两张书券……而自从那个冬天"极冷的早晨",独自坐在吉

---

① 鲁迅《伤逝》,《鲁迅全集》(第1卷),人民文学出版社1981年版,第111~118页。

② 契诃夫《可爱的人》"附记",周作人译,《新青年》第6卷第2号。上文提到的"她"指《可爱的人》中的女主人公Olenka。

兆胡同的小屋里,在实际的饥寒与无爱的死寂中的子君,几乎就被遗忘了,她究竟如何度过了听到真话的那天,如何又在痛苦中挣扎以至于在饥寒困顿中瘦损不堪,又如何决意或者不得不被自己的父亲领走……总之,关于子君的一切都无从知晓。实际自同居的生活开始后,在涓生眼中的子君就已经不是先前那个可爱娴静的子君了,其中有两处关于子君非常鲜明的印象:一是家中有了油鸡和阿随之后,涓生看到忙忙碌碌的子君"竟胖了起来,脸色也红活了",另一次是涓生终于因天气的冷和神情的冷,去通俗图书馆寻觅到了天堂,而子君"只为了阿随悲愤,为着做饭出神;然而奇怪的是倒也并不怎样瘦损……"仿佛"胖起来"与"不见瘦损"都是令人不快的事情。而在衣食窘迫,感情无着的寒冷中,能够想见到,子君一定是一天天地瘦损了,但是这一切都已经不在涓生的眼中了。他在追索人生的意义,在为自己的继续前行寻找着力量,无暇再顾及子君。在涓生的眼中,子君几乎成了"存在着的无"。这种"无"便形成了"涓生的手记"中叙事的空白。

正是由于涓生——作为话语的主体,作为意义的诠释者,作为事件的主宰者,在解说、在忏悔、在追求,也因其是一个痛苦的奋斗者,而最终获得了同情与谅解,而子君作为一个被陈述者乃至一个失语者,也就在沉默中被遗忘乃至被遗弃了。娜拉无力再次出走,而是被自己的父亲领走,就像失主领回自己的物件一般,而走后的子君既没有堕落,也没有回来,而是在父亲烈日一般的严威和旁人赛过冰霜的冷眼中走向了死亡。"死已经离开了生活,更无所谓问题,所以也不是什么路。"①因此,鲁迅为"走后的娜拉"预想的实际是无路可走。《伤逝》是冷酷的,但是却是直面现实的。

如果说《伤逝》是"娜拉走了(被领走)"的悲剧,那么《幸福的家庭》则是"娜拉留下"的故事,但也并非喜剧,充其量只是一出滑稽剧。由"反抗一切阻碍"到"自由结合"直到组织成所谓的"幸福家庭",又怎样呢?不过是捶着彼此的衣角,陷在柴米油盐的困顿与无聊中,互相消磨着,共同走向灭亡而已。正如鲁迅在《娜拉走后怎样》中说的:"现在的社会里,不但是女人常作男人的傀儡,就是男人和女人,女人和女人,也互相地作着傀儡,男人也常作女人的傀儡,这决不是几个女人取得经济权所能救的。"②《伤逝》和《幸福的家庭》是从不同侧面指向同一条道路:梦醒了无路可走的悲剧境地。如果说,鲁迅的杂文《娜拉走后怎样》和《伤逝》可以做一个互文式的理解,而《幸福的家庭》则可以做一个补充性理解,其宗旨都

---

① 鲁迅《娜拉走后怎样》,《鲁迅全集》(第 1 卷),人民文学出版社 1981 年版,第 159 页。
② 鲁迅《娜拉走后怎样》,《鲁迅全集》(第 1 卷),人民文学出版社 1981 年版,第 161 页。

指向在《娜拉走后怎样》中提到的"经济问题",这也是鲁迅所揭示的子君无力出走的另一关键原因。社会是否已经为"女性的走出家庭"准备下了充足的条件,是女性实现独立人格的基本前提。

三、"娜拉走后"问题的中西落差

基于中国当时的社会现状,鲁迅指出了"娜拉走后"的结局不是堕落就是回来。但是,如果在孕育娜拉的本土"挪威"以及同一时空下的西方世界,"娜拉走后"的结局也许或者肯定不会如鲁迅想象得那样糟糕,因为中西的"女性问题"始终存在一个不小的落差。从《新青年》中便能得到不少信息,《新青年》在 1 卷 4 号便在"国外大事记"中登载了一条新闻:自 1913 年 6 月 11 日,挪威女子已经全部获得了选举权。尽管这是一个政治事件,其中不乏政党的政治策略,但至少标明"女性权利"在挪威实现的一种程度。至于西方世界,妇女解放的程度也绝非是中国现实所能望尘的。因此,陶履恭认为,就当下的社会现状谈"女子问题"还为时尚早。因为"女子问题"在欧美社会之所以成为问题,"纯为社会状态之所诞生,所酝酿",其中最重要的原因便是经济的发达,"今日大工业勃兴,物品不复产于家庭,而产于工场,女子不复操作于家庭,而受佣于外人,此欧美今日之现状也,女子之位置于以变,女子之问题于以起"。其次是教育职业的发达,使女子与男子受同等的教育,在社会上有同样的职业范围;再次则是思想的发达,思想的发达反过来又促进了社会的进步:"女子之自觉,自身之猛醒,又反而直接间接促进以上诸种原因。"比照西方世界"女子问题"发生的原因,陶履恭认为:"今日吾国之经济,职业,思想,远逊于欧美,自不待言。而国中女子,处于今日之社会,亦自然无奋发策励之机会,似亦无足怪。"再加上"今日中国之社会,稍受教育、稍有知识之男子,方群陷于物质的生存竞争。高官厚禄,为毕生至高之希望,美姬娇妾,奢车丽服,为人生存在之真理。由男子既群以此为风尚,恬然奉此虚伪龌龊之标准……犹希冀千年来受束缚之女子,解脱重轭,振拔流俗……又岂可能"[①]。因此,在陶履恭看来,"女子问题"在中国现有的经济、思想状况下,还不具备成为"问题"的条件。胡适则着重从中国女性的思想现状谈到了类似的问题。在给北京女子师范学校所做的讲演中,胡适曾详细比较了中国和美国妇女的状况,他认为中国妇人和美国妇人在"人生观"上有根本的差别,中国妇女所持的是一种"良妻贤母"的人生观,而美国妇女是一种"超于良妻贤母"的人生观,换言之,便是

---

① 陶履恭《女子问题》,《新青年》第 4 卷第 1 号。

"自立"的观念,"'自立'的意义,只是要发展个人的才性,可以不倚赖别人,自己能独立生活,自己能替社会做事"①。但是胡适也深切意识到,这种精神的养成,全靠教育,而教育的发达自然造成职业的发达,据统计,1910 年,美国妇女有职业的占全部职业人口的 20%(不包括下等职业之类),此外,还有众多的妇女实心实力投身于社会改良事业。从胡适和陶履恭对于西方社会女子问题的参照性分析中,可以见出,在西方世界中,由社会经济的发达、教育及职业的发达进而导致思想的觉悟与促进女子问题的解决实际存在着因果关系,而在中国的"五四"时期,这种因果关系恰恰是倒置的。时代所要求的首先是"思想的觉悟",即使谈到教育和职业重要性的胡适也首先把思想的改造直接和社会的改良相连接:"我们中国的姊妹们若能把这种'自立'的精神来补助我们的倚赖性质,若能把那种'超于贤妻良母之人生观'来补助我们的'良妻贤母'的观念,定可使中国产出一些真能'自立'的女子。……有了这些'自立'的男女,自然产生良善的社会。"而就在同一时期,北京还出现了女学生李超因为无权继承遗产,被经济压迫致死的事件;而广东、浙江、江苏等省议会,居然公开提出禁止男女同校的议案。② 实际,当时的中国社会,并没有为觉醒者准备好出路,只能陷于梦醒了无路可走的悲惨境地,而《伤逝》中的子君,正是这样的一个形象说明。鲁迅虽然意识到"经济问题"之于女性走向解放的关键意义,但是如何获得这种经济权,鲁迅坦然承认自己不知道。确实,"女性问题"作为重大的社会问题,远非是文学、思想所能解决的,而是需要更为切实和深刻的社会运动。但是正如胡适评价易卜生:即使不开药方,但既已开了脉案,说出了病情,也完全是建设性的。我们也可以用此来评价鲁迅及其"五四"诸多文学家的价值。

---

① 胡适《美国的妇人》,《新青年》第 5 卷第 3 号。
② 见《新青年》第 8 卷第 1 号、第 2 号关于"男女同校"问题的讨论及第 8 卷第 5 号"什么话"中,浙江省议会议员查办第一师范学校男女共校案。

新文苑与旧战场：林纾及其古文的历史性退场

王桂妹 ■

中国文学的现代转型进程并不仅仅是一个"拿来"并"获得"的过程，同时也是一个"丢弃"和"失落"的过程。中国文学"新质"或者"现代性"的获得显然得到了持久而全方位的关注，而对于这一历史进程中所甩脱的"旧物"或者失掉的"旧基"则明显关注不足。学界近年来对于新文化、新文学的对立面——文化保守主义价值的重估，正是意识到了上述单一视角的不足，力图从正、反两方面把握这一历史转型进程的复杂性和多样性。但是潜在的"五四立场"又往往使得这种努力不自觉地返回到原地，人们倾向于对这些保守派、守旧派做比附于"五四"的理解，努力挖掘、证明其与五四新文化、新文学立场的一致性。这种"趋新式"理解，一方面违背了文化保守主义的本意，同时也导致文化保守主义所守成的"旧"依然被划归为"负价值"或者"无价值"。因此，看似从新旧、得失两方面理解中国文学现代进程的意图仍然是一个单向度的循环。学界对于林纾的研究即是一个典型的例证。在林纾的意义价值重审中，人们往往是从"五四"的视角出发，顺向论证林纾对于中国新文学的贡献，证明其对于中国文学现代性的发生学意义，认定林纾为中国新文学的"不祧之祖"。这些论证固然言之凿凿，发掘出了林纾的"进步性"，但这种潜在的"五四"立场，又难免带有一种"无罪辩护"的意味。对于林纾而言，"贡献于新"并非是其本意，"保守于旧"才是他的本色。林纾及其所倾力卫护的古文的历史性退场，正是中国文学在现代转型过程中所"剥离"、所"失落"的"旧物"，追寻这些"旧物"的失落过程，是全面理解中国文学乃至文化的现代转型的题中应有之意。

一、"五四"新青年派的傲慢与偏见

在对林纾的重新解读中，"五四"时代的文白论争成了一个绕不过的关卡。以"双簧信"及引爆的一系列事件为核心和高潮，构成了"五四"新青年对于守旧派林纾的全面批判，新青年派的大获全胜和林纾的惨败早已成为现代文学史定案。同时，"五四"被历史铭刻的精神高度和道德高度使得作为"五四后裔"的当下学者在重新审视这桩旧案的时候，往往自觉不自觉地还是把林纾放在被告席上进行去污除垢的辩护,这种心理上、精神上的不对等使得辩护者首先急于要为林纾找出"虽然有罪但也有功"的佐证,自然难以理直气壮地去质疑批判者的证据是否确凿,更不用说义正词严地去追问那些批判者的傲慢与偏见。

林纾是为"五四"新青年炮制的"双簧信"所激而主动跳出来迎战的,从而让"五四"新青年如愿以偿地找到了革命的对象,轰轰烈烈地展开了对旧派的批判,林纾自此也被戴上了"反对派领袖"的帽子,正如一些重审"双簧信"事件的学者指出:"林纾作为祭旗的牺牲而落入彀中,是新文化群体共谋的结果。"实际上,就连对林纾大加挞伐的"五四"新青年们自己也清楚,林纾并不是真正的旧派,这一点在林纾去世后,由"五四"新青年阵营的中坚人物们对林纾的"盖棺定论"中即可见出。首先是"五四"的旗手胡适在《五十年来中国之文学》中称"林纾是介绍西洋近世文学的第一人",后又在《林琴南先生的白话诗》中肯定林纾也曾经是做改革运动的新人物;随后郑振铎在《小说月报》上发表纪念性文章《林琴南先生》,对林纾的为人、白话诗创作和翻译都做了公允的正面评价,算是"五四"人给予林纾的一个比较全面的概括。其后,周作人在《林琴南与罗振玉》一文中也坦承林纾"终是我们的师"。"双簧信"主谋之一——刘半农看到周作人的评价后致信周作人,对于自己当年的唐突也表示了悔意:"经你一说,真叫我们后悔当初之过于唐突前辈,我们做后辈的被前辈教训两声,原是不足为奇,无论他教训的对不对。"尊林纾为"师"或"前辈"并不是对于死者的一种追怀,而是一种事实。因为"五四"一代新青年大部分都是读着林译小说成长的,这个名单几乎囊括了全部"五四"文学革命的中坚人物,诸如胡适、鲁迅、周作人、郭沫若、沈雁冰……都曾公开表述过自己所受林译小说的影响,不客气地说,林译小说哺育了"五四"一代新青年。而在"五四"文学革命刚刚兴起之时,比林纾更加"正宗"的守旧派、复古派其实大有人在,首先是作为"桐城谬种"的正宗传人诸如马其昶、姚永概、姚永朴乃至严复等人及其影响都还存在;其次,在新文化运动发源地的北京大学还有刘师培、黄侃等人创刊《国故》杂志公开提倡保存国粹;其三,更有由趋时而转向复古的章太炎高唱"文学复古"的论调并对"五四"时期提倡的白话文多有鄙夷讥讽。但当"五四"新青年祭起文学革命的大旗时绕过了上述这些强有力的复古、守旧者,而选择林纾这样一个"不堪一击的反对派"(胡适语)开刀就显得别有意味。

选择一个牺牲品来祭五四新文化和文学革命的大旗并不足怪,但是"五四"新青年对于林纾冷嘲热讽、不尊不敬的态度以及话里话外的轻蔑却值得进一步追问。由各种版本的"五四学史"可知,"五四"新青年与林纾之间的论争最终因林纾创作了《妖梦》和《荆生》两篇小说丑诋蔡元培、胡适、钱玄同和陈独秀而被"五四"阵营抓住了把柄大做文章,虽然林纾为此公开登报道歉并博得了陈独秀的"佩服",但终究弄得名声扫地,近乎成了历史上的一个笑柄。实际上,如果站在一个超越"五四"立场的角度重新考察这场论争的来龙去脉,尤其是考虑到"五四"新青年对于林纾极尽"轻侮、戏弄、谩骂"之能事、毫无平等论争的态度而言,也许就会理解林纾以小说影射骂人之举虽然幼稚,但还不至于那么不可原谅。众所周知,由钱玄同和刘半农二人制作的"双簧信"本身就是对林纾的一场设计好的戏弄,而其后提及林纾更是态度蛮横的谩骂之势,当时即有读者致信《新青年》对于钱玄同的谩骂态度进行批评:"余所望于钱君者,不赞成则可,谩骂则失之;如选学妖孽,桐城谬种,是不免无涵蓄,非所以训导我青年者,愿先生忠告钱君,青年幸甚。"而钱玄同在回信中却毫不客气地表示:"至'桐城派'与'选学派',则无论何人,无不视为正当之文章,后者流毒已千余年,前者亦数百年,此等文章,除了谩骂,更有何术?鄙人虽不文,亦何至竟瞎了眼睛,认他为一种与我异派之文章,而用相对的论调仅曰'不赞成'而已哉?"同样,一位署名为"崇拜王敬轩先生者"的读者致信陈独秀,对于新青年以谩骂为讨论的形式提出了意见:"贵志急着对于王君议论,肆口侮骂,自由讨论学理,固应又是乎?"在回复这一读者来信时,陈独秀的回复更加直接:"本志自发刊以来,对于反对之言论,非不欢迎;而答词之敬慢,略分三等:立论精到,足以正社论之失者,记者理应虚心受教,其次则是非未定者,苟反对者能言之成理,记者虽未敢苟同,亦必尊重讨论学理之自由,虚心请益,其不屑与辩者,则为世界学者业已共同辨明之常识,妄人尚复闭眼胡说,则唯有痛骂之一法。""谩骂"与"痛骂"正显示了"五四"新青年派对于林纾的一种傲慢态度。

新青年派一方面对旧派林纾采取了以谩骂代替论争的傲慢姿态,另一方面则对自己的偏见却毫不觉察。最为明显的莫过于新青年派用来嘲笑林纾"不通古文"的所谓"笑柄",其实不过是因为自己的偏见无知而导致的"以讹传讹"。讹传的发端源自1917年刘半农在《我之文学改良观》一文中谈到"不用不通之字"的时候便以林纾的翻译为例:"近人某氏译西文小说,有'其女珠,其母下之'之句。以珠字代'胞珠',转作'孕'字解。以'下'字作'堕胎'解,吾恐无论何人,必不能不观上下文而能明白其意者。是此种不通之字,较诸'附骥'、'续貂'、'借箸'、'越俎'等通用之典,尤为费解。"随后钱玄同在与刘半农关于"新文学与今韵问题"的通讯中以更加揶揄的口气道:"至某氏'其女珠其母下之'之妙文,则去不通尚有二十年。此公之文,本来连盖酱缸都不配,只有用先生的法子,把他抛入垃圾桶罢了。"林纾的这一被斥为"不通"的翻译落实到胡适的《建设的文学革命论》中已经被当成确凿无疑的"笑柄"："用古文译书，必失原文的好处。如林琴南的'其女珠其母下之'早成笑柄，且不必论。"林纾在中国现代文学史乃至文化史上近乎"笑料"的形象，实际和"五四"新青年们这些不做细审、信手拈来的"罪证"有直接的关系，其根源还是他们对待林纾的轻慢态度所致，用胡适的话来说就是："那时的反对派实在太差了，在1918和1919年间，这一反对派的主要领导人便是那位著名的翻译大师林纾（琴南）……他说'吾固知古文之不当废。然吾不知其所以然。'对这样一个不堪一击的反对派，我们的声势便益发强大了。""笑柄"一案最终得以澄清还是若干年后钱钟书在全面评价林纾的翻译时提及："古奥的字法、句法在这部翻译里随处碰得着……'女接所欢，嫡而其母下之，遂病——这个常被引错而传作笑谈的句子也正是'古文'里叙事简敛肃括之笔。""笑柄"的事件虽然时有后来研究者提及，但是，林纾既然以"'五四'新文化、新文学反对者"的身份被定格在中国现代文学、文化史上，其遇到的一些小误解、小偏见自然也就成为"且不必论"的部分了。同时，作为"五四"历史和"五四"精神的缔造者，新青年派的"傲慢与偏见"也往往获得了一种正义的理解，直到现在，仍有学者坚持认为"林纾不能被原谅"："只要意识到我们的社会生活中还有文化专制主义的影响的存在，只要意识到文化专制主义随时都有可能卷土重来，只要意识到像林纾这样的知识分子在自觉不自觉中就会依傍当时主流意识形态的权力话语而反对那些背绳墨、离规矩、在权威话语的词典里找不到依据的出格言论，我们就不能以任何理由原谅林纾在'五四'新文化运动过程中的表现，也不能以任何理由减轻他的过失。""我们不能原谅林纾在'五四'新文化运动中的表现，并不意味着不能原谅这个人。这类的中国知识分子，用中国人的话来说，就是'糊涂'；用西方人的话来说，就是'异化'。"这里借林纾批判文化专制主义显然有借他人之酒杯浇自我心中块垒的意味，而把"五四"时期的文化保守主义与文化专制主义画等号，林纾作为文化保守主义也就自然等于文化专制主义的认知逻辑，显然欠妥当，林纾是否依傍他当时的主流意识形态的权力话语是一个不难考证的问题，单就论者对林纾不加分辨的批判态度而言显然也继承了"五四"新青年派的"傲慢与偏见"。

二、新文苑与旧战场

钱基博在《现代中国文学史》中认为林纾之学"一绌于章炳麟，再蹶于胡适"，从而逐渐走向了衰落。前者是林纾"力持唐宋以与崇魏晋之章炳麟争"，后者即是"持古文以与倡今文学之胡适争"。钱基博把林纾经历的这两次论争看成历史上的两个事件,大致是不错的。在中国现代文学史上,往往是对"五四"时期的这场论争大书而特书,以突显"新旧"阵营的对决。而实际上,这看似不相关的两场论争背后却有着扯不断的内在关联,甚至可以说,"五四时期的文白论争"乃是"唐宋魏晋之争"的延续和拓展,而正因为这种"历史宿怨",曾被定性为"现代事件"的"五四论争"其底色也并非是"全新的",甚至于"旧",在其中起了至关重要的作用。

1. 从汉宋之争到魏晋、唐宋之争

"古文"自唐代形成以来发展到清代逐渐走向了衰落,与清代的学术思潮和风气的变迁有着深层的关系。作为清代学术主潮的"考证学"是在对于宋明理学的反动中兴起的:"宋明理学极敝,然后清学兴,清学既兴,治理学者渐不复能成军。"而作为宋学继承者的桐城派正是在清代主流学术的挤兑中出现,并在与"汉学"的论争中求生存谋发展的,这也就注定了它总体上狭窄的生存空间和惨淡经营的命运,正如梁启超所言:"当斯时也,学风殆统于一,启蒙期之宋学残绪亦莫能续,仅有所谓古文家者,假'因文见道'之名,欲承其祧,时与汉学为难,然志力两薄,不足以张其军。"桐城派古文与汉学家结怨论争也正在这一大的学术思潮转换生成中,梁启超在《清代学术概论》中追溯了桐城派与汉学家"结怨"的过程:"乾隆之初,惠戴崛起,汉帜大张,畴昔以宋学鸣者,颇无颜色。时则有方苞者,名位略似斌、光地等,尊宋学,笃谨能躬行,而又好为文,苞桐城人也,与同里姚范刘大魁共学文,诵法曾巩、归有光。造立所谓古文义法,号曰'桐城派'。又好述欧阳修'因文见道'之言,以孔孟韩欧程朱以来之道统自任,而与当时所谓汉学者互相轻。范从子鼐欲学戴震,震固不好为人师,谢之。震之规古文家曰:'诸君子之为之也,曰是道也,非艺也。夫道固有存焉者矣。如诸君子之文,亦恶观其非艺欤'(东原集与方希原书)钱大昕亦曰:'方氏所谓古文义法者,特世俗选本之古文……法且不知,义更何有……若方氏乃真不读书之甚者,吾兄特以其波澜意度近于古而喜之……'(潜研堂集三与友人书)。由是诸方诸姚颇不平,鼐屡为文诋汉学破碎,而方东树著汉学商兑徧诋阎胡惠戴所学不遗余力。自是两派始交恶。"桐城派古文家虽然以"道统"与"文统"自任,但毕竟是以"文"而立足存身,"文人"的身份遭受汉学家轻视也是典型的清代学术风气,梁启超在《清代学术概论》中便论及此风:"重以当时诸大师方以崇实黜华相标榜,顾炎武曰'一自命为文人,便无足观。'(日知录二十)所谓'纯文艺'之文,极所轻蔑,高才之士,皆集于'科学的考证'之一途,其向文艺方面讨生活者,皆第二派以下人物,此所以不能张其军也。"

宋学与汉学这种历史宿怨以及汉学家以主导时代思潮的大师风范凌轹古文

家的风气也一直延续到清末民初,朴学大师章太炎以及章门弟子与桐城派古文以及林纾的相互攻讦仍回荡着清代学术史上汉学家与古文家论争的旧调。章太炎以清代正统派学术大师的身份点评同代桐城派古文,尤其对林纾及其古文进行了毫不留情面的讥讽:"并世所见,王闿运能尽雅,其次吴汝纶以下,有桐城马其昶为能尽俗(萧穆犹未能尽俗)。下流所仰,乃在严复、林纾之徒。复辞虽饰,气体比于制举,若将所谓曳行做姿者也。纾视复又弥下,辞无涓选,精采杂污,而更浸润唐人小说之风。夫欲物其体势,视若蔽尘,笑若龋齿,行若曲肩,自以为妍,而只益其丑也。与蒲松龄相次,自饰其辞,而祗敬之曰:此真司马迁、班固之言。(纾自云'日以左、国、史、汉、庄、骚教人',未知其所教者,何语也?以数公名最高,援以自重。让曩日金人瑞辈,亦非不举此自标。盖以猥俗评选之见,而论六艺诸子之文,听其发言,知其鄙倍矣。纾弟子记师言,援吴汝纶言以为重。汝纶既没,其言有无不可知。观汝纶所为文辞,不应与纾同其谬妄,或由性不绝人,好为奖饰之言乎。)若然者,既不能雅,又不能俗,则复不得比于吴、蜀六士矣。"在章太炎的眼中,林纾不但在当时的古文界不占什么地位,根本无法与桐城派古文相比,甚至连做"小说家"的资格也没有:"小说者,列在九流十家,不可妄作。上者宋钘著书,上说下教,其意犹与黄老相似,晚世已失其守。其次曲道人物、风俗、学术、方伎,史官所不能志,诸子所不能录者,比于拾遗,故可尚也。其下或及神怪,时有目睹,不乃得之风听,而不刻意构画其事,其辞坦迤,淡乎若无味,恬然若无事者,《搜神记》《幽冥录》之伦,亦以可贵。唐人始造意为巫蛊、媟渎之言,晚世宗之,亦自以小说名,固非其实。夫蒲松龄、林纾之书,得以小说署者,亦犹《大全》《讲义》诸书,傅于六艺儒家也。"章太炎以"古意"解"小说"进而对林纾作为"小说家"的身份进行了全面否定,显然是有悖于 20 世纪的小说观,这正如鲁迅在《名人名言》中对于章太炎以"小学"攻击白话文所产生的时代悖谬:"博识家的话多浅,专门家的话多悖的……太炎先生是革命的先觉,小学的大师,倘谈文献,讲《说文》,当谈娓娓可听,但一攻击现在的白话,便牛头不对马嘴,即其一例。"

在学术的较量上,作为古文家的林纾自然是比学问淹博的经学大师章太炎略逊一筹,但是在文章是崇魏晋还是宗唐宋的问题上,林纾就其资格与影响而言还是达到了能与章太炎一论高下的地位。钱基博在《现代中国文学史》中曾记述了以章太炎和林纾为代表的两派的势力消长:"民国更元,文章多途,特以俪体缛藻,儒林不贵,而魏晋、唐宋,骈骋文囿,以争雄长。大抵崇魏晋者,称太炎为大师,而取唐宋,则推林纾为宗盟云。"而在魏晋、唐宋文的较量中,文崇魏晋的章太炎一脉始终显得略高一筹并最终把取法唐宋的桐城派古文家们挤兑出大学讲坛,进而取而代之,所依赖的绝不是章太炎一脉的魏晋文比林纾以及桐城派的唐宋文更高明,而是其作为经学大师的身份和曾经身为革命先觉者的深远社会影响:"既而民国兴,章炳麟实为革命先觉,又能识别古书真伪,不如桐城派学者之以空文号天下。于是章氏之学兴,而林纾之说熸。纾、其昶咸去大学,而章氏之徒代之。"林纾虽然并非桐城派中人,但作为古文家则始终与桐城派同声相应、同气相求,当姚永概等桐城派被迫辞去大学教职离开京师南下之际,林纾在《与姚书节书》中抒发了心中的愤懑并对排挤桐城派的章氏一脉大为揶揄:

> 敝在庸妄巨子,剽袭汉人余唾,以掊扯为能,以钉饾为富,补缀以古子之断句,涂垩于《说文》之奇字,意境义法概置勿讲,侈言于众,吾汉代之文也。……近者其徒某某腾燥于京师,极力排媚姚氏,昌其师说,意可以口舌之力挠蒉正宗。且党附于目录之家,矜其淹博,谓古文家之根柢在是也。夫目录之学,书贾之帐籍也,京师书贾之老蓁者叩以宋明之椠,历历然。谓文之有根柢者必若书贾之帐籍,其可乎?

清末民初,学术风气虽然已经开始转移,汉学与古文都已经临近命运的末端,但是汉学作为延续了几百年的学术主潮,流风所及影响依旧强劲,更有章太炎不但以经学大师的身份而高扬革命的大旗,而且在学术上"以新知附益旧学,日益宏肆",已经大大超出了清学的限度。同样,在古文方面,桐城派古文也不再局限于固有的"家法",经历了曾国藩的"中兴"之后,严复以古文翻译西方社会科学典籍、林纾以古文笔法译外洋小说,都扩大了古文的畛域,使古文获得了最后的荣光,但说到底,古文居于"文苑"的身份和古文家身为"文人"的身份仍无法与作为"学术"的汉学以及学识淹博的大师们相比肩。因此,林纾及其古文在清末文坛的遭遇苛责,一方面是清代学风的一种延续,另一方面也有不同文派之间的相互排抵,更有自古以来的文人相轻的一面。对于章、林之间的论争,左舜生在《我所见到晚年章炳麟》中评价说:"文人相轻,自古已然,虽硕学通人,亦往往不免。先生一代大师,文宗汉魏,持论能言人所不能言,其精到处每发前人所未发。严又陵(复)、林琴南(纾)与先生同时,均雅擅古文,并各以译述自显于当世,顾先生于严、林之文,乃深致不满……林则反唇相稽,于先生之文亦抨击不遗余力……自吾人视之,章先生既非妄庸巨子;畏庐译西洋小说百余种,使国人略知异国情调,实亦未可侪于谈狐说鬼之蒲松龄;严又陵功在介绍一时期之西洋思想于中国,初非以文字与人争短长,凡章、林之所云云,以批评之旨趣衡之,均非持平之论。"就连梁启超在《清代学术概论》中所做的看似公允的评价,实际也是带有很强的个人好恶和派别之见。尤其对于林纾及其古文的评判，既带着经学大师对于古文家的一种不屑，又有魏晋派对于唐宋派的不满。他在《清代学术概论》中是把"桐城派"排斥在清代学术以外，更对与他同时代的"桐城末流"表示出了轻蔑："曾国藩功业既焜耀一世。'桐城'亦缘以增重。至今犹有挟之以媚权贵欺流俗者。平心论之，'桐城'开派诸人，本狷洁自好。当'汉学'全盛时而奋然与抗，亦可谓有勇，不能以其末流之堕落归罪于作始。然此派者，以文而论，因袭矫揉，无所取材，以学而论，则奖空疏，于创获，则无益于社会，且其在清代学界，始终未尝占重要位置，今后亦断不复能自存，置之不论焉可耳。"谈到林纾就更为不屑："亦有林纾者，译小说百数十种，颇风行于时，然所译本率皆欧洲第二三流作者，纾治桐城派古文，每译一书，辄'因文见道'，与新思想无忤焉。"而实际上，梁启超自己正是魏晋文的心仪者："启超夙不喜桐城派古文，幼年为文，学汉魏晋，颇尚矜练。"一方面，梁启超作为"经学"大师与章太炎一样有着对于古文的轻视，另一方面，作为"努力跟着一班少年向前跑"的梁启超，对于林纾古文及小说的评判显然直接引用了"五四"新青年对于林译小说的全部判词。

　　2. 新思想中的旧风气

　　五四新文化运动和文学革命中所发动的以林纾为主要批判对象的论战，被看作一场新旧思想的对决，从宏观历史角度评述，确实如此，但是细查起来，当时的"新"与"旧"双方其实都不是那么纯粹，"旧"的尾声与"新"的开端重合、纠结在一处，"新文苑"往往也还是"旧战场"，新思想中常常遗留着旧风气。在某种程度上，只要理清了发动论战和参与此事件评述的新青年阵营中的主要成员与章太炎一脉的关系，也就看清楚了这场新思想论争中所夹杂着的旧学宿怨，同时也就理解了"五四"新青年批判林纾时的诸多"话外音"。

　　陈独秀和钱玄同是五四新文化运动中以言辞激烈而著称的骁将，尤其是钱玄同的"桐城谬种选学妖孽"庶几成为"五四"时期打击旧派最为响亮和最为有力的口号。钱玄同作为章太炎的弟子，在文宗魏晋的主张上与章太炎毫无二致，而他对于林纾及桐城派的"排斥"更是由来已久。早在"双簧信"在《新青年》出炉之前，钱玄同就在《新青年》的"通信"栏多次抨击过桐城派古文，尤其是论及林纾更认为其古文远在桐城派以下，其论调与章太炎如出一辙："至于桐城巨子能作散文。选学名家能做骈文。做诗填词，必用陈套语，所造之句，不外如胡君所举旅美某君所填之词。此等文人，自命典赡古雅，鄙夷戏曲小说，以为猥俗不登大雅之堂者，自仆观之，公等所撰皆高等八股耳，文学云呼哉，又如某氏与人对译欧西小说，专用《聊斋志异》文笔，一面又欲引韩柳以自重，此等价值，又在桐城派之下,然世固以大文豪目之矣。"应该说,作为清学正统派的传人,作为学问家的钱玄同对作为古文家和小说家的林纾表示了"应有"的轻蔑态度。同样,刘半农在名义上是答复王敬轩而实际上是骂林纾的"双簧信"中,也以记者教训的口气含沙射影地指出了林纾在小学上的不通:"哼!这一节,要用严厉面目教训你了!你也配说'研究小学','颜之厚矣,不怕记者等笑歪嘴巴么?'"在这场论争中的另一健将是陈独秀,他并非章门弟子,陈独秀与章太炎更接近于革命同志加学术同道的关系。在推翻清廷的革命活动中,陈独秀与章太炎乃是同志,作为"治小学"的学问家,陈独秀不但与章太炎是学术同道,而且对章太炎的学问表示佩服,在日本期间,"陈独秀和章太炎也时常过往,他很钦佩章的'朴学',认为他是一个'国宝',而章对陈的'小学'也十分赏识,认他为'畏友'"。陈独秀与章太炎学术上的这段交往在当时身为章太炎学生的周作人那里也得到证实,当时陈独秀曾经是章太炎东京民报社的客人,主客所谈,乃为清朝汉学。因此,无论是作为治"小学"的学问家,还是作为革命家,陈独秀都有资格对于古文家和卫道者的林纾表示不屑。陈独秀曾以"婢学夫人"来讽刺林纾的学问不到家:"林琴南排斥新思想,乃是想学孟轲辟杨墨,韩愈辟佛老。林老先生要晓得如今虽有一部分人说孟轲韩愈是圣贤、而杨墨佛老却仍然有许多人尊重、孟轲韩愈的价值,正因为辟杨墨佛老减色不少,况且学问文章不及孟轲的人,更不必婢学夫人了。"在陈独秀看来,林纾的古文价值远在桐城派之下,连一个正宗的古文家也不配做:"林老先生自命为古文家,其实从前吴挚甫先生就说他只能译小说不能做古文,现在桐城派古文正宗马先生也看不起他这种野狐禅的古文家;至于选派文家更不用说了。我们现在不必拿宝贵的时光和他说废话。"在陈独秀这个苛评中,一方面所重复的依旧是章太炎的旧调,而当这位五四新文化的总司令以传统古文的正宗与否来评价林纾时,也可见出其骨子里所使用的依旧是旧标准。

实际上,在五四新文化和新文学发动之初,当新青年阵营提倡的文学革命理论还没有产生普遍的社会影响更无法获得社会普遍认可的时候,人们还是以传统的学术标准或者说正统的学术标准来评价这些人的成就的,影响比较大的如梁启超在《清代学术概论中》就把章太炎和胡适并论为正统清学衰落期的代表人物:"樕弟子有章炳麟,智过其师,然亦好谈政治,稍荒厥业。而绩溪诸胡之后有胡适者,亦用清儒方法治学,有正统派遗风。"众所周知,在与林纾的新旧论战中,蔡元培致林纾的信起到了决定性的作用,使新青年阵营获得了一种强有力的后盾。蔡元培的信名义上是回答林纾的质问,实际上也是给社会的一个公开声明,但是蔡元培用以驳斥林纾为新青年辩护的并非是他们提倡的新观念和在新思想新文学方面的贡献,而是点明这些新青年学实际都是学有根基的学问家,属于正统的学术一脉:"北京大学教员中,善作白话文者,为胡适之,钱玄同,周启孟诸君,公何以证知为非博极群书,非能作古文,而仅以白话为藏拙者? 胡君家世汉学,其旧作古文,虽不多见,然即其所作《中国哲学史大纲》言之,其了解古书之眼光,不让于清代乾嘉学者。钱君所作之文字学讲义,学术文通论,皆古雅之古文,周君所译之《域外小说》,则文笔之古奥,非浅学者所能解。"蔡元培反驳林纾所使用的显然是一个"旧标准"——作为清代正统学术的汉学,而正是在这个旧标准下,古文及小说在正统学术中是不占地位的。因此,新青年阵营虽然是"以旧攻旧",但这也恰恰击中了林纾的要害。

在新青年派与林纾的这场论争中,值得一提的还有两个隐形的参与者——鲁迅和周作人。之所以称其为"隐形"的参与者,原因之一是二人并没有直接参与这场论战,但也并非是旁观者,正如有研究者指出:"鲁迅与林纾未曾正面发生冲突,但鲁迅在具体创作中回应与顺手一击林纾的地方却不少。周作人则是在林纾逝世后写过多篇文章评述林纾。"原因之二则是在与林纾的论战中,他们的《域外小说集》是被"五四"新青年阵营援引借以驳斥林纾的有力证据。为人所熟知的是,周氏兄弟最初都是林纾小说的酷爱者,所翻译的《域外小说集》也有不少是来自林纾译小说的启迪。但是《域外小说集》以销行数量的可怜几乎成了一个失败的典型,对此,当事人自己与外界各有说辞。胡适在《五十年来中国之文学》中从文言白话递嬗的角度把周氏兄弟译著的失败归结为"用古文译小说"的历史必然:"古文是可以译小说的,我是用古文译过小说的人,敢说这话。但是古文究竟是已死的文字,无论你怎样做得好,究竟只够供少数人的赏玩,不能行远,不能普及……周作人同他的哥哥也曾用古文来译小说。他们的古文工夫既是很高的,又都能直接了解西文,故他们译的《域外小说集》比林译的小说确是高的多……但所得终不偿所失,究竟免不了最后的失败。"但是阿英认为"胡适所说原因,不是根本性的,不然,为什么林纾不失败而周氏兄弟失败呢?"随后,阿英用具体翻译个案比照了林纾和周氏兄弟翻译的优劣,最后得出结论说:"周氏兄弟翻译……既没有林纾意译'一气到底'的文章,又有些'诘曲聱牙',其得不到欢迎,是必然的。"阿英的这一见解可谓一语中的。应该说,就文学创作天资而言,周氏兄弟未必在林纾之下,而在小说翻译上却输于林纾,其原因之一即鲁迅自己所讲的"句子生硬,'诘屈聱牙'"而这一点恰恰是因为"受了章太炎先生的影响,古了起来"。但是值得回味的是,当新文化阵营与林纾论战时,《域外小说》的这个败绩却转而成为驳斥林纾的一个有力证据。在著名的"双簧信"中记者便讲道:"然使先生以不作林先生'渊懿之古文',为周先生病,则记者等无论如何不敢领教。周先生的文章,大约先生只看过这一篇,如先生的国文程度——此'程度'二字,是指先生所说的'渊懿','雅健'说,并非新文学中之所谓程度——只能以林先生的文章为文学止境,不能再看林先生以上的文章,那就不用说;万一先生在旧文学上所用的功夫较深,竟能看得比林纾先生分外高古的著作,那就要请先生费些功夫,把周先生十年前抱着复古主义时代所译的《域外小说集》看看。"同样,蔡元培在答林纾的信中也有"周君所译之《域外小说》,则文笔之古奥,非浅学者所能解"的说辞。显然,"五四"新青年阵营避开《域外小说集》的败绩不谈,转而借此来驳斥林纾,其目的不过是为以彰显周氏兄弟学有渊源,其古文工夫更是高于林纾。杨联芬在论述《林纾与中国文学现代性的发生》时即对此做出了精到的判断:"能对林纾造成最大伤害的,是挖苦他的古文不到家。""而他们为贬低林纾的古文,抬出的是周作人……这当追溯到章太炎那里。"钱氏仗着章太炎弟子的身份和可以骄人的"小学"功底,蔑视林纾,潜在的标准显然是非常"古旧"和传统的。

我们不应否认,在新青年阵营与林纾的这场论战中,晚清学风所遗留下的派别"旧怨"仍在延续,而恰恰在这些仍在起作用的旧价值尺度之下,这些都属于正统清学一脉的"新青年"更增加了批判乃至蔑视林纾及其古文的资格。但我们终须认定,新青年与林纾的论战从根本上还是新旧思想、新旧观念的一种较量,新青年所谓"战胜"林纾最终所依靠的是新思想、新观念的力量,而不是"以最'旧'的资格作为武器,扳倒了一个并非与新文化不共戴天的反对派"。延续了数百年的古文,最终在五四新文化运动中的退出乃是历史演进的大趋势,只不过林纾居于论争的核心,在亲身卫护古文中更为直接地感受到了古文消退的过程,自然也更深刻地体会到了这种历史、文化之痛。

鲁迅与洪深的文字改革观念之比较

刘东方　马　韬 ■

在中国现代文学史上,文字改革一直是一个相对独立的领域。所谓独立,一是文学史较少涉及文字改革的内容;二是文字改革运动的发展脉络和学术判断亦不如文学史中其他文学现象明晰。其实,中国现代文学与现代文字改革二者间有着密切的勾连,后者理应纳入现代文学研究的视野。在现代文字改革运动中,鲁迅和洪深为我们留下了宝贵的精神财富,他们的现代文字改革观念值得我们关注和研究。

一

中国现代文字改革从清朝末年的"切音字运动"开始。① 其后,又经历了注音字母、国语罗马字拼音、汉字拉丁化、大众语、普通话、简化字运动等不同阶段。鲁迅和洪深的文字改革观主要包括"汉字拉丁化"和"基本字"等内涵,本文拟从其文字改革的指导思想和文字改革的实施方案两个方面进行比较分析。

关于"为什么要进行文字改革",鲁迅与洪深的认知大体相同,而又同中有异。文学革命时期,鲁迅是现代白话的忠实拥趸,1934年前后,他对包括白话在内的汉字的缺陷有了清醒的认知,成为其进行文字改革的直接动因。他认为汉字的缺陷有三个方面。

其一,汉字繁难,难以掌握。鲁迅认为,中国文字的基础是"象形",因此"写字就是画画",有时,"单单为了画这一个字,就很要破费些工夫",即便这样,"不过还是走不通,因为有些事物是画不出,有些事物是画不来……但写字究竟是写字,不能像绘画那样精工,到底还是硬挺不下去"。后来,意义和形象虽脱离了关系,然而,那基础也还是画画儿。"总之:你如果要写字,就非永远画画不成。"②这样就造成了汉字的笔画繁复,结构复杂,难以掌握。所以,"我们中国的文字,对于大众,除了身分,经济这些限制之外,却还要加上一条高门槛:难。单是这条

---

① 鸦片战争以后,梁启超、沈学、卢戆章、王照等认为,汉字的结构过于复杂,认读学习时间过长,掀起了一场带有拼音性质的"切音字运动"。

② 鲁迅《且介亭杂文·门外文谈》,《鲁迅全集》(第6卷),人民文学出版社2005年版,第91页。

门槛，倘不费他十来年工夫，就不容易跨过"①。"去叫孩子写，非练习半年六月，是很难写在半寸见方的格子里面的。"②再加上"士大夫，又竭力的要使文字更加难起来，因为这可以使他特别的尊严，超出别的一切平常的士大夫之上"。所以，汉朝的扬雄喜欢奇字，唐代的樊宗师文章不易断句，李贺的诗别人看不懂，更有甚者，还有人故意"从《康熙字典》上查出几个古字来，夹进文章里面去"③。这些先天弱点和后天人为因素都造成了汉字难写、难记和难掌握。

其二，汉字造成了文化霸权。鲁迅敏锐地觉察到了自古至今，由方块字所承载的意识形态和文化垄断功能。他认为正是传统汉字造成了特权阶层与民众的对立，虽然文字从百姓大众手中"上古结绳而治"，但在民间萌芽后，"却一定为特权者所收揽"，"文字难，文章难，这都还是原来的；这些上面，又加以士大夫故意特制的难，却还想它和大众有缘，怎么办得到。但士大夫们也正愿其如此，如果文字易识，大家都会，文字就不尊严，他也跟着不尊严了"④。在鲁迅看来，汉字已不仅仅是一种表意的符号了，它还成为划分不同阶层和阶级的标志物，甚至是"治人"的工具，成了文化权力和文化身份的象征。正如布尔迪厄所说："语言关系总是符号权力的关系，通过这种关系，言说者和他们分别所属的各种群体之间的力量关系转而以一种变形的形式表现来。"⑤在布尔迪厄眼中，语言在交流实施的过程中，本质上到处显现着社会意识形态的文化霸权，所以鲁迅在《阿Q正传》俄文本序中说，"我们的古人又造出了一种难到可怕的一块一块的文字；但我还并不十分怨恨，因为我觉得他们倒并不是故意的。然而，许多人却不能借此说话了，加以古训所筑成的高墙，更使他们连想也不敢想。现在我们所能听到的，不过是几个圣人之徒的意见和道理，为了他们自己；至于百姓，却就默默的生长，萎黄，枯死了，像压在大石底下的草一样，已经有四千年！"⑥

其三，汉字的形、音、义功能分离。在《门外文谈》中，鲁迅梳理了汉字从象形、指事、会意到谐声的变化过程，在这个过程中，由于表达的复杂，早就将形象改得简单，远离了写实。"篆字圆折，还有图画的余痕，从隶书到现在的楷书，和形象就天差地远……写起来虽然比较的简单，认起来却非常困难了，要凭空一个

---

① 鲁迅《且介亭杂文·门外文谈》，《鲁迅全集》（第6卷），人民文学出版社2005年版，第95页。

② 鲁迅《且介亭杂文·门外文谈》，《鲁迅全集》（第6卷），人民文学出版社2005年版，第92页。

③ 鲁迅《且介亭杂文·门外文谈》，《鲁迅全集》（第6卷），人民文学出版社2005年版，第95页。

④ 鲁迅《且介亭杂文·门外文谈》，《鲁迅全集》（第6卷），人民文学出版社2005年版，第95页。

⑤ 〔法〕布尔迪厄、华康德《实践与反思》，李德、李猛译，中央编译出版社1998年版，第189页。

⑥ 鲁迅《集外集·俄文译本〈阿Q正传〉序及著者自叙传略》，《鲁迅全集》（第7卷），人民文学出版社2005年版，第83～84页。

一个的记住。"①这样就造成了汉字形音义的分离,学习者必须一一对应其关系,即一个字一个字地将其发音、字形和意义固定记忆才能掌握。同时,汉字中还存在着大量的同音字、多音字,多义字等,都给学习者带来了很大的障碍,所以鲁迅说:"欧洲人虽出身穷苦,也能做文章;这因为他们的文字容易写,中国的文字却不容易写了。"②与欧洲的表音文字相比,鲁迅尽管欣喜地指出谐声"已经是'记音'了","是中国文字的进步",但总体来说,"古人传文字给我们,原是一份重大的遗产,应该感谢的。但在成了不象形的象形字,不十分谐声的谐声字的现在,这感谢却只好踌躇一下了"③。

但同时,鲁迅也清醒地认识到,文字在承担统治者"治人"工具功能的同时,它还是一把"双刃剑",因为,通过文字改革,也能使其成为大众摆脱"治于人"现状的有效途径。20世纪30年代的第三次大众化讨论中,鲁迅深切体悟到精英知识分子最多不过是扮演普通大众"代言人"的角色,从"五四"文学革命提倡的"人的文学""平民文学",再到左联热衷的"大众文学",本质上都是"为平民大众创作"的精英理念的显现,而"大众自己创作"文学的时代远没有到来,这种症候的症结就是大众没有使用文字的话语权,加之伴随国民政府倡导的"新生活运动"掀起文言复古的潮流④,鲁迅深刻地认识到,倘使大众摆脱"治于人"的地位,就必须进行文字改革,使文字和语言真正重新回归到大众手中,使他们真正获得自由言说的话语权,成为现代社会的新型国民和建设现代民族国家的生力军。此时,鲁迅的启蒙理念已由"五四"时期知识分子式的"代言",发展为通过文字改革帮助大众的"自言",再通过"自言"实现"立人",乃至"立国"的总目标。也正是在这种理念的支撑下,鲁迅才会"惟此亦不大众之祈,而属望止一二士,立之为极,俾众瞻观,则人亦庶乎免沦没"⑤。他汲取尼采的"超人哲学"思想,将这"一二士"看作打破文化垄断和文化等级乃至"无声的中国"的希望,我们甚至可以认为,他心目中,自己就是为大众盗得文字火种的这"一二士"。正因如此,他才会

---

① 鲁迅《且介亭杂文·门外文谈》,《鲁迅全集》(第6卷),人民文学出版社2005年版,第91~92页。
② 鲁迅《集外集拾遗补编·关于知识阶级》,《鲁迅全集》(第8卷),人民文学出版社2005年版,第224页。
③ 鲁迅《且介亭杂文·门外文谈》,《鲁迅全集》(第6卷),人民文学出版社2005年版,第91~92页。
④ 1934年2月,蒋介石发表了《新生活运动之要义》,推行以封建道德"四维"(礼义廉耻)、"八德"(忠孝仁爱信义和平)为准则的"新生活运动",提倡尊孔读经。1934年5月,汪懋祖在《时代公论》周刊上发表了《禁习文言与强令读经》,公然提出"复兴文言",倡导重读"四书五经",随即,许梦因的《告白话派青年》与其呼应,推波助澜,形成泛起之势。
⑤ 鲁迅《集外集拾遗补编·破恶声论》,《鲁迅全集》(第8卷),人民文学出版社2005年版,第25页。

不遗余力地致力于汉字改革。

洪深是中国现代文学史上著名的戏剧家与教育家,与鲁迅一样,他也从启蒙的角度考量文字改革。在戏剧创作中,他意识到汉字难写、难学、难懂的弊端,认识到文字改革乃是启蒙民众的前提和关键,并身体力行地投入到汉字改革运动中去。1935 年 7 月,洪深在《东方杂志》第 32 卷第 14 号上发表了《一千一百个基本汉字使用教学法》,一方面呼应正在进行的"推行手头字运动"①,另一方面则阐释和论证了自己的文字改革观。在此之前,洪深进行了一系列有关文学和戏剧受众接受状况的调研,凭着对戏剧的熟悉和对观众的了解,他认识到文字改革不得不面对的的事实是,大部分的平民大众没有受过教育,他们看不懂报刊,不了解国内外大事,更不了解自己的生活权利和生存状况。针对大众的接受现状和文字改革的缺陷,他认为"两个问题非常重要,是值得我们精密的思考的","第一,一般人应当认识的字,最低限度的数目是多少;第二,我们教他们这些字的目的是什么"②。他精心挑选了对大众最为实用、也必须掌握的一千一百个汉字进行教授,其目的并不仅仅为了大众扫盲,他认为掌握了这一千一百个基本汉字之后,民众就能够看报、了解国家大事,进而响应启蒙的号召,改善自身的文化素质。"我们教他们这些字的真正目的是什么:还是使得一个人仅仅地会记一本日用账或简单地写一封家常信就算满足了呢,还是要求他有能力看书看报,看得懂我们所要对他们说的关于政治,经济,社会,情形,世界大势等一切的话;就是,使得他能被我们影响着,领导着,教育着,组织着,做成一个我们期望他做成的国民。"③

从以上分析可以看出,洪深理想中的文字改革并不像"手头字运动"和《平民千字课》那样为了简单地满足大众的生活之需,也不是像有些文学家所愿的提高大众的文学素质,其目的在于大众通过识字、写字能够了解国家大事,能够摆脱愚昧麻木的精神状态,能够理解启蒙的思想,呼应启蒙的号召,成为建设现代民族国家所需要的新型国民。正如他在书中特别提到"我们的注重点,是要他们识得了字以后,可以看懂那我们写给他们看的东西;这样,我们就可以领导着他们

---

① 1935 年 2 月 24 日,上海《申报》发表《推行手头字缘起》和《手头字第一期字汇》,提倡手头字运动。该运动由蔡元培、邵力子、陶行知、郭沫若、陈望道、叶圣陶、巴金、老舍、郑振铎、朱自清、叶籁士等 200 位当时文化教育界知名人士以及《太白》《文学》《译文》《中学生》《新中华》《读书生活》等 15 家杂志社共同参与。

② 洪深《一千一百个基本汉字使用教学法》,上海生活书店 1936 年版,第 1 页。

③ 洪深《一千一百个基本汉字使用教学法》,上海生活书店 1936 年版,第 1 页。

向进化的路上跑"①。这些理念与鲁迅的思想不无二致。

洪深和鲁迅的文字改革思想在大体一致的前提下，也有一些差异。如果说鲁迅的文字改革思想偏于精神启蒙的话，洪深的思想则更"接地气"，更加注重现实。洪深于 1916 年留学美国，后在 1919 年转入哈佛大学师从贝克教授学习戏剧创作与理论，逐渐形成了"为人生"与"为观众"的戏剧观念。他从戏剧《贫民惨剧》开始，关注底层人民的悲惨命运，并将其与语言文字的教育弊端结合起来。在《贫民惨剧》序言中，洪深说道："某次偶劝驴童读书，答曰：'先生们读了书，将来做官发财，我们要读书，一家子都得饿死了！'所谓平民生计教育问题，经此一语道尽矣。"②洪深不但意识到在当时的社会制度和教育体制下，平民很难接受教育，即使受到了简单的教育，也不能熟练地掌握文字语言，并不能像一教育家们所希望的那样改变命运，甚至仍然读书，摆脱不了"饿死"的困境，他认为汉字的难写、难学是造成"贫民惨剧"的根源之一，因而在其后的戏剧创作中，他一方面描写底层大众悲惨的生活命运，另一方面又探寻因语言文字的弊端所造成大众受教育难而形成悲剧的深层原因。在农村三部曲《五奎桥》、情《香稻米》《青龙潭》中，洪深既反映了"丰收成灾"的社会现实，刻画了"林公达"为代表的知识分子的无力，更刻画了"沙小大"们因教育缺失而造成的蒙昧迂腐的生活现状。如果说，鲁迅文字改革的指导思想，关注启蒙"形而上"的精神特质的话，洪深的文字改革则更侧重于启蒙民众认识和改善悲惨的生活现状。再进一步比较，还可以看出鲁迅文字改革的指导思想系统而严密，博大而深刻，他旨在通过文字改革，使启蒙思想由早期的知识分子"代言"逐渐过渡到大众"自言"，使他们摆脱"治于人"的社会地位和文化地位，继而在此基础上成为新型国民，与其一以贯之的由"立人"到"立国"的启蒙总思路相一致。洪深则从现实感受出发，从戏剧创作出发，从解决大众生活实际问题出发来观照文字改革，与鲁迅相比显得比较简单，这与鲁迅思想家和洪深戏剧家的"身份"有关。同样是在文学大众化的大背景下探讨文字改革，鲁迅的关注点在于如何提高国民整体的精神文化素质，以建设现代化的民族国家，洪深则将重点放在如何通过文字改革以实现文学的大众化，即怎样在现有的基础上，最大限度地实现文学的大众化。

二

尽管文字改革的指导思想大体相同，但在如何实行文字改革，即文字改革实

---

① 洪深《一千一百个基本汉字使用教学法》，上海生活书店 1936 年版，第 6 页。

② 洪深《〈贫民惨剧〉序》，《洪深文集》（第 1 卷），中国戏剧出版社 1957 年版，第 445 页。

施的具体方案方面,鲁迅与洪深的观点和思路并不相同,甚至差异较大,鲁迅主张改革,洪深立足改良。

关于如何进行文字改革,鲁迅从改革的立场出发,主张实行汉字的拉丁化。他的这种观点,除了上述对汉字的缺陷有着清醒的认知外,还建立在对近现代汉字改革的历史沿革的考察基础之上。鲁迅首先考察了当时甚为流行的《平民千字课》①,他认为,虽然学完《平民千字课》后,能够记账和看信,但是仍然写不出心中所想的东西,"就如坐牢一般,仅仅能行立坐卧,不能到外面去"。而民国初年劳乃宣和王照的"注音字母",也仅仅给汉字注音,仍然没有脱离表形文字的窠臼,"写起来要混乱,看起来要眼花了"。罗马字拼法,虽然文字清晰,系统严密,但是拼法繁复,"罗马字拼音者以古来的方块字为主,翻译成罗马字,使大家都来照这规矩写",还是没有摆脱方块字体系的缺点,同时,它又以北京音为标准而制,没有脱离汉字的四声体系,也给推行带来了很大的不便。鲁迅通过上述考察认识到,"方块字本身就是一个死症,吃点人参,或者想一点什么方法,固然也许可以拖延一下",若要真正地面对大众推行文字改革,"现在只还有'书法拉丁化'的一条路了"。"中国等于并没有文字。待到拉丁化的提议出现,这才抓住了解决问题的紧要关键。"②

所谓汉字拉丁化,指从 20 世纪 30 年代初到 1958 年汉语拼音方案公布前试行的一种具有汉语拼音性质的文字方案。它产生于 1931 年苏联针对侨居远东的十万文盲工人而开展的扫盲运动中,该方案由瞿秋白、吴玉章、林伯渠、萧三以及苏联汉学家郭质生、莱赫捷、史萍青等参与制定。1929 年瞿秋白等拟订了第一个汉字拉丁化方案,并出版《中国拉丁化字母》一书,引起了语言学界的关注。1931 年,在海参崴举行了中国新文字第一次代表大会。1933 年后在全国各地推广,1955 年停止使用。汉字拉丁化的特点为,不标记声调,不区分舌间元音,仅有二十八个字母,拼法简单,拼写容易,只要认识这二十八个字母,学一点拼法和写法,就很容易为文化基础较差的普通大众经过简单的训练后迅速掌握,较费时费力的方块汉字而言,可谓成本低、效率高。正如鲁迅所说:"只要认识二十八个字母,学一点拼法和写法,除懒虫和低能外,就谁都能够写得出,看得懂了。况且

---

① 1923 年 8 月,陶行知、朱其慧等在清华大学召开第一次全国平民教育大会,成立中华平民教育促进会总会。此后全国 20 个省区组成平民教育促进会,办起平民学校、平民读书处和平民问字处,编印《平民千字课》等平民读本。

② 鲁迅《且介亭杂文·中国语文的新生》,《鲁迅全集》(第 6 卷),人民文学出版社 2005 年版,第 119 页。

它还有一个好处,是写得快。"①

关于如何实施汉字的拉丁化,鲁迅并不是像今天人们认识的那样主张完全抛开汉字,另起炉灶,而是认为拉丁化的实现,并不是一蹴而就和一朝一夕的事情,"普及拉丁化,要在大众自掌教育的时候。现在我们所办得到的是:(甲)研究拉丁化法……(丙)竭力将白话做得浅豁"②。为此,鲁迅给出了"从方言土语—普通话—拉丁语"的思路。他认为,在启蒙初期,各地方应各写自己的方言土话,用不着过分顾忌和别的地方意思不相通。因为"当未用拉丁化写法之前,我们的不识字的人们,原没有用汉字互通着声气,所以新添的坏处是一点也没有的,倒有新的益处,至少是在同一语言的区域里,可以彼此交换意见,吸收智识了"③。只有这样,才能形成"这各处的语文",此后经过"炼话"和"专化",形成和推广"普通话"。20世纪30年代的"大众语"讨论中,有人否认普通话的存在,鲁迅认为"现在在码头上,公共机关中,大学校里,确已有着一种好像普通话模样的东西,大家说话,既非'国语',又不是京话,各各带着乡音,乡调,却又不是方言,即使说得吃力,听得也吃力,然而总归说得出,听得懂。如果加以整理,帮它发达,也是大众语中的一支,说不定将来还简直是主力"④。鲁迅敏锐地意识到普通话将会成为民族共同语的发展趋势,也会成为实现语文大众化再到汉字拉丁化的过渡和桥梁。而在普通话尚未普及的情况下,他认为"启蒙时候用方言,但一面又要渐渐的加入普通的语法和词汇去。先用固有的,是一个地方的语文的大众化,加入新的去,是全国的语文的大众化"⑤。在鲁迅心目中,推广普通话是与汉字拉丁化相辅相成的,前者是后者的铺垫和前奏,后者只有在前者的基础上才能实现。

在具体实施步骤上,鲁迅主张借鉴日文,"开手是,象日本文那样,只留一点名词之类的汉字,而助词、感叹词、后来连形容词、动词也都要用拉丁化拼音写"。他赞成汉字的简化,"简化汉字改革就是一项非常重要的任务",而要倡导简化汉字,首先要打破"正字"观念,不怕写"别字"⑥,他认为"况且我们的方块字,古人

---

① 鲁迅《且介亭杂文·门外文谈》,《鲁迅全集》(第6卷),人民文学出版社2005年版,第99页。

② 鲁迅《且介亭杂文·答曹聚仁先生信》,《鲁迅全集》(第6卷),人民文学出版社2005年版,第78～79页。

③ 鲁迅《且介亭杂文·门外文谈》,《鲁迅全集》(第6卷),人民文学出版社2005年版,第99～100页。

④ 鲁迅《且介亭杂文·门外文谈》,《鲁迅全集》(第6卷),人民文学出版社2005年版,第100～101页。

⑤ 鲁迅《且介亭杂文·门外文谈》,《鲁迅全集》(第6卷),人民文学出版社2005年版,第100页。

⑥ 一个报考北京大学的学生,在试卷上将"昌明文化"误写为"倡明",受到当时新旧两派文人的嘲讽,鲁迅对此并不以为然。参见《且介亭杂文二集·从"别字"说开去》,《鲁迅全集》(第6卷),人民文学出版社2005年版,第292页。

写了别字,今人也写别字,可见要写别字的病根,是在方块字本身的"。因此,我们要打破"正字"观念,不要怕大众写"别字"。综上所述,鲁迅的文字改革方案是一个系统工程,包括方言融合、普通话推广、日文式的汉字拉丁化、汉字简化等诸多方面,是一个全面、完备的理论体系。

可惜的是,鲁迅的汉字拉丁化主张一直被人们所误解,将其与吴稚晖、钱玄同等"彻底废除汉字"的说法视为同类,今天,仍然有人把它作为鲁迅偏执、偏激的有力证据之一。其实,通过分析可以认识到,鲁迅的汉字拉丁化观点,有循序渐进的过程,有层层递进的方案,有符合当时大众实际文化水平的考量,更有启蒙大众、建设现代民族国家的诉求,并不像有的人认为的那样"十恶不赦",相反,经过八十多年的风云变幻,在当下全球化和网络化的语境中,如何恰如其分地理解、评价和认知鲁迅的观点,仍是现代文学界和鲁迅研究界的一道重要课。

与鲁迅全面深远的文字改革方案相比,洪深的方案显得更现实与专业,且更具有推行的可行性。其主要思想表现在《一千一百个基本汉字实用教学法》中。与鲁迅拉丁化的改革主张相比,洪深更具改良色彩,他把文字改革的着力点放在现有的基本汉字上,其核心理念是如何使大众在最短的时间内掌握最有用的字并取得最大的实效。因此,他"煞费苦心"地精选了一千一百个常用的、基本的汉字,推行文字改革,普及大众教育。其实,这种做法也不新鲜,但与之前流行的《平民千字课》相比,《一千一百个基本汉字》有以下特点。

一是实用性强,易于学习。虽然洪深只列举了一千一百个汉字,但它们经过精心设计和挑选,分为"实物词""形容词""动作词""助话词"四等八大类,基本上能够满足普通大众日常生活的需求,且易于学习和掌握。正如他自己所言:"《一千一百字》数目越少越好,使得他们学起来,快而容易;同时这些字又须是一种完备的工具,现代生活中的一切情形,和一个人的心里所要说的任何话,应当就靠着这几个字都可以十足地明白地表达出来。"① 二是重视方言,因地制宜。例如"蟹"这个字在上海人的生活中是常见的,而在山东的青州这些内陆地区是不必要识得的,山东人大半要识得"炕"这个字,而上海人就不必知道是什么意思了。此外,对于那些开汽车的人必须要识得"橡皮胎"的"胎"字,在矿山工作的工人应该识得"炭"字和"矿"字,一般的乡村人又要识得"桃""苋""杏"等这些常见的瓜果蔬菜。② 三是创造了因事分类的识字方法,其中有"衣食住行""鸟畜草木"

---

① 洪深《一千一百个基本汉字使用教学法》,上海生活书店 1936 年版,第 2 页。
② 洪深《一千一百个基本汉字使用教学法》,上海生活书店 1936 年版,第 15~16 页。

"人""助话词""口手体足腿"等部类,大众在日常生活中经常会遇到或用到这些词语,用"因事分类"的方法能帮助大众更好地记忆和掌握基本汉字。① 四是重视词汇的活用。主要为形容词和动词的活用,例如"精兵"是指那些有战斗力的士兵,"软话"是因有求于人而说的好话;与形容词相对,又有动词的活用,例如一般的实物词可以借用作动词,如"剪一件衣服""锯一根木头",这里的"剪""锯"原先都是名词"剪子"和"锯条"的简称,这里可以活用作动词。②

鲁迅站在启蒙的立场,从思想革命的视域出发,主张汉字的拉丁化,"将文字交给一切人"③,彻底打破文字难学造成的社会差异和文化隔阂,为此,他进行了缜密的思考,层层递进、逐步实施,形成了一整套具有较强系统性和逻辑性的汉字拉丁化理论。他的主张与他一贯所持的决绝和彻底的姿态相一致,略显激进,在一定程度上忽略了汉字的文化传统;而洪深则更显稳健,尽管缺少鲁迅的深度和严密,却从当时的文化生态和教育实际出发,立足在现有的基础上进行改良,精选出最基本,也是生活中最实用的汉字,以此为基点,通过"替代""活用""分类"等方法,迅速扩大词汇量和使用范围,以期通过改良式的文字改革,快速提高大众的文化水平。

虽然鲁迅的文字观最终的落脚点是汉字的拉丁化,与洪深的基本汉字的文字观看似没有关联,但是仔细研究会发现两人在文字改革的方案上还有一些相似的理念,可谓"异中有同"。

首先,鲁迅和洪深对近现代汉字改革的弱点认知相同。例如鲁迅认为《平民千字课》虽然能写,但是字数太少,就像做监牢一样,只能在特定的字数所规定的范围内读写,而不能自由、自主地表达个体的思想;洪深同样认识到《平民千字课》范围太窄,只能表达简单的意思,而不能传达繁复曲折的心情。

其次,鲁迅和洪深都重视"方言"和"别字"。鲁迅主张"现在的中国,本来还不是一种语言所能统一,所以必须另照各地方的言语来拼,待将来再图沟通";而洪深则主张"在一千一百个字之外,照那学字人所处的地方,和他所做的职业,加出一百到一百五十个特别字",如青岛的人要识得"韩主席"的"韩","膠州"的"膠"字;同样上海人也要识得"蘇州"的"蘇"字。对于别字,鲁迅认为古人本身就不存在"正字"与"别字"之分,现代人写个"别字",也不值得大惊小怪;洪深则赞同汉字中的"通假",如"钩"字可以通"勾",用在"勾结"中,"台"可以转作"抬",

---

① 洪深《一千一百个基本汉字使用教学法》,上海生活书店 1936 年版,第 20～21 页。
② 洪深《一千一百个基本汉字使用教学法》,上海生活书店 1936 年版,第 120 页。
③ 鲁迅《且介亭杂文·门外文谈》,《鲁迅全集》(第 6 卷),人民文学出版社 2005 年版,第 97 页。

"几"可以代得"幾",等等。

第三,鲁迅关于汉字改革方案的发展方向与洪深大体一致。鲁迅在《门外文谈》中形象地介绍了汉字由象形到会意到形声的发展过程,他认为"文字发展到今天已经变成了象形不是象形,谐声不谐声的文字",但大的趋势是由"表意"朝"表音"的方向走去;洪深在《一千一百个基本汉字》中说道:"图画字慢慢发展到了象形字,象形字的一部分又经过'转曲'而成为了表意字,表意字更进一层就会成为'既不代表事物,也不代表意义,只代表声音而已'的表意字了。"就汉字改革方案的最终发展方向而言,两人均指向了"表音化"。目前,学术界部分学者也以全球化的视野观之,提出当今世界文字改革的主要潮流为由表意文字向表音文字发展,汉字表音化改革当为今后汉字发展的主要趋势。他们从汉字的起源和发展、汉字表音化改革的原因、当今汉字表音化发展中存在的问题和障碍,以及汉字表音化过程中应当采取的策略等方面进行了分析和论证。①

最后,洪深指出基本汉字的改革方案只是现实环境中的"权宜之计",他亦与鲁迅一样,希望通过汉字的拉丁化实现汉语的表音化目标。洪深特别强调,教字先生在教大众识字的同时,"应当尽量地学习中国人的说话和文字中的现成短词",在他看来,我们尤其要注意那些形意不同,但读音相同的词语,应将它们看成是一种"表音的符号",同时又要用这现成短词作"表音单位",这样,每个代表实物的短词,就至少有两个连在一起的读音,也就是说,"一个短词就是一个复音字,我们的学习汉字的过程渐渐由学习一个汉字转向学习一个复音字,这样我们学习汉字就只需记住每个复音字母的形,和它所代表着的关联以及记住字母连成的音和它所代表的关联,就能实现中国汉字的表音化了"②。但同时,洪深又指出中国现在的汉字系统比拉丁化的音和形又多了每个汉字所代表的固定意,所以"基本汉字是目前救济的办法,而汉字中的短词就是通向汉字拉丁化的桥梁"③。由此可见,洪深的文字改革方案,虽看起来稳健和现实,但其最终的落脚点还是鲁迅提倡的汉字拉丁化,二人可谓是殊途而同归。

鲁迅和洪深均对中国现代的文字改革和发展做出了不可替代的贡献。据倪

---

① 参见周有光《文字发展规律新探索》(《民族语文》1999 年第 1 期);程亦枚《汉字"表音化"与文字发展规律》(《安庆师范学院学报》1993 年第 1 期);张亚蓉《汉字表音化取向》(《西北民族大学学报》2010 年第 1 期);陈耀西、陈红根《汉字表音化的系统论思想》(《现代语文(语言研究版)》2013 年第 6 期)等论文。

② 洪深《一千一百个基本汉字使用教学法》,上海生活书店 1936 年版,第 127～128 页。

③ 洪深《一千一百个基本汉字使用教学法》,上海生活书店 1936 年版,第 129 页。

海曙统计,汉字拉丁化在中国推行的 21 年间,成立相关团体 300 余个,创办期刊 80 余种,出版专著和普及读物 80 余部,全国有 20 余万人学习汉字拉丁化并从中受益。[①] 洪深的基本汉字教学法则在第三次文艺大众化的讨论,抗战时期的国统区和解放区的普及教育、扫除文盲活动中大显身手,多次被翻印和改编,成为民众学习文化知识,提高文化水平的经典教材,取得了较好的效果。直到 1955 年《汉语拼音方案》草案的公布和 1949 年新中国的文字简化运动的开展,他们二人所提倡的文字改革也基本上告一段落。我们应清醒地认识到,他们的文字改革观,扩大了现代文字改革运动的影响,为新中国的现代语言的发展和提高提供了经验与教训,并产生了持续的影响。[②] 今天,当我们重温和回眸鲁迅和洪深的文字改革观时会发现,其中蕴含着他们对语言现代化和建设现代民族国家的诉求,更渗透着对民众的深深的爱。

----

① 倪海曙编著《拉丁化新文字运动的始末和编年纪事》,知识出版社 1986 年版,第 36～38 页。

② 目前学术界对汉字表音化的提倡,可视为汉字拉丁化的后续之影响;而 1949 年后,中国社会科学院语言研究所李荣《汉语的基本词汇》(《科学通报》1952 年第 3 卷第 7 期)和华东师范大学 2012 级博士陈黎明的博士论文《汉语基本词汇研究》,亦可看作洪深基本字观念的发展。

论傅斯年的现代白话语言观

刘东方 ▆

回眸 20 世纪中国文学的发展历程,可谓群星璀璨、成果丰硕。诞生于 20 世纪之初的现代白话文运动,无疑应该是其中一颗耀眼的明珠,它不但确立了现代白话语言的话语系统,而且改变了整个中华民族的思维视角和思维方式。今日看来,该运动是在两个层面上进行的,一是破坏古文言文,二是建构现代白话文。胡适率先吹响了现代白话文运动的号角,他在《文学改良刍议》中,首次明确提出了"然以今世历史进化的眼光观之,则白话文学为中国文学之正宗,又为将来文学必用之利器,可断也"①的论断,并决心用 20 世纪的白话语言来创造我们民族国家的"国语的文学"和"文学的国语",希望自己像意大利的但丁、德国的路德那样最终完成统一民族语言的大业。但对于如何建设现代白话文,如何规范现代白话文,或是由于知识结构,或是由于兴趣精力,他始终没有给出具体的操作措施。胡适的遗憾,由他的学生和挚友傅斯年弥补了,他的现代白话语言观,进一步规范完善了现代白话文运动,对现代白话文学的深入发展,起到了积极的推动作用。然而由于种种原因,人们对于其语言观的价值,并没有给予充分的重视。对此,我们应该拂去历史的尘埃,并擦拭出它的本来面目。

傅斯年的先祖傅以渐为清朝开国状元,官至兵部尚书、殿阁大学士之职。傅家自清初至道光、咸丰年间,有多人考取进士,有府、县长官,也有朝廷重臣、封疆大吏。其曾祖父在安徽为官 20 余年,李鸿章、丁宝桢皆为其门生,其父为龙山书院山长,可谓出身名门望族。他 7 岁接受严格的国学教育,13 岁就读完了十三经,可谓具有较深的文言功底(因此深受蔡元培、刘师培及黄侃等的赏识),1919~1926 年间傅斯年在柏林大学专门攻读比较语言学,并受到德国语言学家威廉·洪堡特的影响。从史料上看,他曾学过英文、德文、梵文文法、普通语音学、普通语言学,可谓受过专门的语言学训练。回国后,傅斯年又与他人一同创立了现代中国第一个历史语言研究所,其间发表了大量的语言学方面的研究论文,傅斯年

---

① 胡适《文学改良刍议》,胡明主编《胡适精品集》,北京光明日报出版社 1998 年版,第 8 页。本文均为此版本。

在语言方面堪称具有深厚的知识积累和完备的知识结构。与他相比,胡适的语言学知识就要略逊一筹了,难怪他自己说:"在语言方面,我是门外汉,不配说话了。"①其现代白话语言观的主要内容,在《新潮》第一卷第五号上发表的《白话文学与心理改革》一文中已表述得非常清楚,"我认为,第一用白话作材料;第二有精工的技术;第三有公正的主义。三者缺一不可"②。此可视为傅斯年建构现代白话文的指导大纲。

一、"用白话作材料"——文言合一观

"文言合一"是现代白话文运动的根本主张,但在这一根本主张下如何实现文言合一,"五四"文学革命先驱者们的意见并不一致。胡适主张"八不",钱玄同则赞同"纯为白描,不用一典",主张"须老老实实讲话,务期老妪能释"③。傅斯年于 1918 年 2 月在《新青年》上发表了《文言合一草议》一文,对于"文言合一"的必然性、可能性及现代白话文建设中的许多问题进行了深入的探讨,提出了许多建设性的意见。

他认为文言合一,应"以白话为本,而去文词所特有者,补苴罅漏,以成统一之器,乃吾所谓用白话"④,而用白话作材料,即"取白话为素质,而以文词所特有者补齐未有"⑤,新文学并不是彻底地抛弃古代文言词汇,而是以现代流行的白话为文学之基本表达形式,同时取古代文词丰富的内涵,补充现代白话内容的贫乏。他说:"废文词而用白话,余所深信不疑也。虽然废文词者,非举文词之用一括而尽之谓也。用白话者,非即以当今市语为已足,不加修饰,率而用之也。文言分离之后,文词经两千年之进化,虽深芜庞杂,以成陈死,要不可谓所容不富。白话经两千年之退化,虽行当世,恰和人情,要不可谓所蓄非贫。正其名实,与其所谓'废文词用白话',毋宁为文言合一,较为惬允。"⑥从中可以看出,傅斯年认为要以白话为材料,实行"文言合一",首先要分辨二者的优劣,"取其优而弃其劣"。他认为,白话的优点在于切合当世,缺点在于使用的时候常常有不足的感觉。文辞的优点在于"富满充盈",缺点在于"已成过往"。所以对于白话,应取其

① 胡适《答〈蓝志先书〉》,《胡适精品集》,第 101 页。
② 傅斯年《白话文学与心理改革》,《中国新文学大系·建设理论集》,上海良友图书印刷公司 1935 年版,第 202~209 页。本文均为此版本。
③ 钱玄同《寄陈独秀》,《中国新文学大系·建设理论集》,第 51 页。
④ 傅斯年《文言合一草议》,《中国新文学大系·建设理论集》,第 121~126 页。
⑤ 傅斯年《文言合一草议》,《中国新文学大系·建设理论集》,第 121~126 页。
⑥ 傅斯年《文言合一草议》,《中国新文学大系·建设理论集》,第 121~126 页。

本质,取其简洁、切合近世人情、活泼饶有生趣之处;对于文辞,应取其文采,取其繁富,取其"名词剖析毫厘",取其"静状充盈物里"。无独有偶,在五四新文化运动中,周作人、蔡元培、刘半农亦有近似的观点。周作人在《国语改造的意见》中认为:"现在的普通语虽然暂时可以勉强应用,但实际上言词还是很感缺乏,非竭力的使他丰富起来不可,这个补充方法虽有数端,第一条便是秉纳古语。"在其著名的《〈燕知草〉跋》中,他再一次论证了该观点:"以口语为基本,再加上欧化语,古文,方言等分子,杂糅调和,适宜地或吝啬地安排起来,有知识与趣味的两重统制,才可以造出有雅致的俗语文来。"而蔡元培在 1919 年北京女子高等师范学校发表的演讲中,也表达了类似的看法。"我敢断定白话派一定占优胜。但文言是否绝对的被排斥,尚是一个问题。照我的观察,将来应用文,一定用白话,但美术文,或者有一部分仍用文言。"刘半农则提出了"文言白话可暂处对峙的地位"的观点。"往往同一语句,用文言则一语即明,用白话则二三句犹不能了解,是白话不如文言也。然亦有同是一句,用文言竭力做之,终觉其呆板无趣,一改白话,即有神情流露,'呼之欲出'之妙,则由文言不如白话也。则吾辈目下应为之学,惟有列文言与白话于对峙之地,而同时与两方面力求进行之策。"①甚至作为复古派中坚的刘师培在如何对待文言文和白话文方面,也提出了这种坚持进化,二体并立的理论主张。他认为,历史文学的发展是一个不终止的"迁变"流程,"由简趋繁"是"文章进化之公理",因此,拘促古范,强同前人是不足取的。实际上,中国文学的发展历史早已开启了"语言文字合一"的先河,而白话小说的出现,也已经取得了"俗语入文"的令人瞩目的成就,这与梁启超等人对白话文的认识几无二致。但刘师培的高明之处在于他又并不因此而主张立即取消文言,由白话取而代之。他在《文学的产生与发展中》一文中说:"然古代文词岂宜骤废?故近日文词,宜区二派;一修俗语,以启渝齐民;一用古文,以保存过学,庶前贤矩范,赖以仅存。"②刘师培认为建立于文言之上的传统国学体系及文化格局是一个无法回避的历史存在,我们的国家、民族、思想等在几千年发展的前行中孕育和培植了一个巨大的现实存在,它的生命牢固地附着在我们自身的历史、现实和未来中,一下子抛弃它是不可取的,也是不可能的,因此,在较长的时间里,文言会与白话并行。今日看来,在 20 世纪之初的如何对待文言白话以及如何建设白话文的问题上,除了文学史教材上明确的"激进派"和"顽固派"之外,似乎还存在着一

---

① 刘半农《我之文学改良观》,《中国新文学大系·建设理论集》,第 67 页。
② 刘师培《论文杂记》,刘铮主编《刘师培辛亥前文选》,上海三联书店 1992 年版,第 189 页。

个"第三条道路",傅斯年、刘半农等的思想既不同于保守者的反对白话,又区别于激进者的废文言;既承认以"俗语入文"乃文学发展之大趋势,同时又肯定文言的存在仍有一定的合理性,这种以文言与白话并行作为过渡阶段的构想和通过吸取文言艺术因素来完善白话文体的建设措施,在当时及其以后相当长的一段时间里仍具有一定的实践意义,日后的"学衡派"及 20 世纪 90 年代,关于"五四"文学革命激进与保守之争和海外文化保守思潮的盛行,都再次印证了他们的观点。今日看来,这一辩证观点显然要比胡适、钱玄同深刻得多,比当时狂热流行的"废文言而用白话"要理性得多。难能可贵的是,傅斯年并没有像胡适那样,仅仅在开风气之先以后,仍驻留在原则表述之上,而是真正从语言学的角度,提出了具体实施方案和操作措施。为此,他特意制定了"文言合一"的十款规条:①代名词全用白话。②介词全用白话。③感叹词全用白话。一个感叹词,分量可等于一句话乃至几句话,用古人的词汇表达现代人的心情与语气,会产生很多隔膜,也就不能充分、恰当地表达现代人的心情和语气,于是感叹词的效用自然便会消失。④助词全用白话。助词的作用与感叹词相同,将古人宣达语气的词不达意用于现代,必不恰切。如焉、哉、乎、也都应废弃。⑤一切名静动状的及物动词,用白话表达它,内涵准确无歧义者,便用白话,比如用"食",不如用"吃",用"嬉"不如用"玩"。⑥文词中所独有,白话中却没有;文词分辨清晰,而白话却十分含糊的,宜舍白话而用文词。如文词中的"道义""仁人",白话便不便恰切的表达。⑦白话中形容词亦嫌不足,用文词较用白话有力,当以文词补之,比如"博大""庄严"等词,若用俗语表达式,其意蕴必定锐减。⑧凡白话用一字,而文言用两字着,从文词;凡文词用一字,而白话用两字着,从白话,引证成语,不拘比例,因为汉语里面同音字太多,易产生误解,故应尽量用双音词代替之。⑨凡直接描摹事物及其情状的俗语,应尽量保留,因为此种词类最能肖物,也就最有力量。如"乒乓""叮当""飘飘"之类无论雅俗,皆不可弃。⑩表达同样的内容,凡文词烦冗而白话简洁者,即用白话;文词白话文法不同时,即从白话。① 除此以外,傅斯年认为,实行"文言合一"还应注意如下八个问题:①文言合一虽然是文学发展的必然趋势,但是还必须靠人们的主观努力,应该将最近修辞学、言语学上所发明的重要原理用于这种新的文学形式的建设。②文言合一是二者归之于同,但同中亦有异,作为论学伦理的文章,与小说戏曲在使用白话语言的数量上应有所不同。白话的使用也应随文体的变化,决不可单纯偏执于白话使用的多少。③钱

---

① 傅斯年《文言合一草议》,《中国新文学大系·建设理论集》,第 121～126 页。

玄同认为白话文选字皆取普通常用之字,大约以五千为度,选字并不紧要,因为逐一选择十分困难,即便选定了别人也未必使用。所以只要做到行文时"不从辟,不好奇,不徇古"就行了。④博采各地语言,制成标准的国语。但须尊用言语学、修辞学上的原则,决不能加入感情成分的色彩。⑤避免方言中习惯用语成为词语。习惯用语学之甚难,不易普及,不易自由地表达思想,故不宜纳入标准国语中去。⑥制定出统一的语音。读音一旦统一,便可消除各地方言的差别,形成统一的国语。⑦在统一语音时,只能根据当今的字音为依据,不能以古代的读音为正音而恢复之。⑧统一国语中的字词上容易,要想统一国语中的音态语气,乃是不容易的事情。①

从中我们可以看出,傅斯年对于"用白话作材料"的文言合一观所进行的缜密的思考。首先,他提出了许多内容切实、操作方便的"文言合一"的规则和方法,如介词、感叹词、助词、及物动词应使用白话;部分形容词应以文言补充;而描情状物的俗语则可直接入文。其次,他提出了制定全国统一的标准语是用白话作材料的文言合一的重要论点。再次,他认定白话文的功用不仅仅限于书面的文字表达,还应该包括口头的语言交际,所以在文字的读音方面应求划一。傅斯年这里所谈的,实际上就是现行推广普通话的问题。更为难能可贵的是,在建设现代白话文乃至整个现代文学时,在如何对待文言文,乃至如何对待传统文化的问题上,傅斯年没有像陈独秀、钱玄同那样采取极端过激的态度,表现出了相当冷静的理性色彩,并展示和提供了一个切实有效的改良式的思想和思维方式。他认为古代文化为千年文明传承的结晶,应该以我为本,尽量吸纳古代文化中的精华,他说:"所谓变古者,非继祖龙以肆虐,束文籍而不观。贤者识其大者,不贤者识其小者。尽可取为我用。但能以我为本,而用古人,终不为古人所用,则正义几矣。"②令人难以置信的是,傅斯年提出这些远见时,还是北京大学三年级的学生,足见其语言学的禀赋和功力之优异。只是当时由于名气的问题,他的见解,并没有造成多大影响,也没有为太多的研究者所关注。

二、"有精工的技术"——文法欧化观

1918 年 4 月,胡适发表了《建设的文学革命论》,提出了"国语的文学,文学的国语"十字宗旨,标志着现代白话文运动的重心由对文言的破坏,转移为理论

① 傅斯年《文言合一草议》,《中国新文学大系·建设理论集》,第 121~126 页。
② 傅斯年《文言合一草议》,《中国新文学大系·建设理论集》,第 121~126 页。

的建设。现代白话文运动初期,多数白话文"有许多很不可看,很多没有文学组织。你、我、尔、汝随便写用,又犯了曹雪芹的告诫,成了不清不白的一片"①。这时的现代白话文运动,虽然勉强扎下了营寨,但仍免不了受到文言派的讥讽。对于这种情势,白话阵营急需拿出具有说服力的"干货"来。现代语言学认为:一种语言系统,应包含语言材料、语言载体、语言信息三大要素。而其中的语言载体,是指由一定构词、构句规则所形成的语言链。在解决了语言材料问题后,如何将现代白话文用现代文法(语言链)链接起来,如何在现代白话的文法组织下写出文意流畅、形式新颖的白话文,是新文学阵营面临的当务之急。1919 年,傅斯年发表《怎样做白话文》,提出了"直用西洋文法"的文法欧化观,"要想使得我们的白话文成就新文学,惟有应用西洋修辞学上一切质素,使得国语文法欧化"②。他认为,中国传统文学在语言学、修辞学方面与西方相比,具有很多难以弥补的缺陷。第一,中国文章单句多而复句少,甚至没有,层层分析的句群与文章就更鲜见了。一个问题层面,唯求铺张,深度却非常浅,"其直如矢,其平如底"。第二,词汇量太少,无法指代现代生活中的很多事物。第三,文言词汇根本没有修饰、夸大等能激起文章情趣的词枝,古代的白话由于文言分离两千年之久,也缺乏修饰与改进,处于一种"野生"的状况,已变得越来越苍白、直露。

　　而西方的文章,傅斯年认为,其逻辑性强,句法严密,结构复杂,层层递进,形成了专门的修辞与文法规则。经过几百年的实践,已创造出"逻辑的白话文"(具有逻辑条例的白话文),"哲学的白话文"(层次极复,结构机密,能容纳精密思想的白话文),"美术的白话文"(运用匠心,富有情感的白话文)。现代白话语言若要写出流畅的文章,只有借助西洋的文法。即"在乞灵说话之外,再找出一宗高等凭借物",这种"高等凭借物"就是"西洋文法"。具体说来,就是"直用西洋文的款式,文法、词法、章法、词枝(Figure of speech)……一切修辞学上的方法,造成一种超于现在的国语,因而成就一种欧化国语的文学"③,换一种说法就是"应用西洋修辞学上的一切质素,让国语具有精工的技术"。同时,他也对症开出了"药方"。第一,因为白话在野生的状态中异常直白干枯,"仍是浑身赤条条的,没有美学培养"。若想改变,"须得用西洋修辞学上各种词枝","据近代修辞家讲起,词枝最能刺心上的觉性,文章的情趣,一半靠它",因此他主张用修辞学上的利器,使我们的国语文学丰厚活泼。第二,傅斯年认为国语里的字太少,"为了补救

---

① 胡适《中国新文学大系·建设理论集导言》,第 15、24 页。
② 傅斯年《怎样做白话文》,《中国新文学大系·建设理论集》,第 217~226 页。
③ 傅斯年《怎样做白话文》,《中国新文学大系·建设理论集》,第 217~226 页。

这条缺陷,须得随时造词"。而造词的方法,应学习、借鉴西方语言的构词法。此后新文学的发展,也很好地证明他的这种构想。今天,我们的现代汉语已经接纳、认可了很多西方的音译或意译的许多词汇,这种趋势在当下,也仍在承续和发展。第三,为了学习西方文学的精神,傅斯年认为"读西洋文学时,除了领会思想情感以外,应时刻留心他的达词法,想办法把它运用到中文上";用直译的笔法去翻译西洋文学,"径直用他的字调、句调,务必使他原来的旨趣一点不失。练习久了,便能自己作出好文章"①。关于用欧化文法进行"直译"的观念,鲁迅与傅斯年颇为一致。20 世纪 30 年代,梁实秋与赵景深都曾就"直译"问题,同鲁迅进行了论战,期间,鲁迅也将其"直译"的思想和目的表露无遗。梁实秋指责鲁迅"直译"的翻译时说,"这样的书,就如同看地图一般,要伸着手指来寻找句法的线索位置"②;而赵景深面对鲁迅所提倡的"信而不顺"提出了"顺而不信"的翻译原则。对此,鲁迅认为:"要寻求和中国文相同的外国文,或者希望'两种文中的方法句法词法完全一样'。但我以为文法繁复的国语,较易于翻译外国文,语系相近的,也较易于翻译,而且也是一种工作。荷兰翻德国,俄国翻波兰,能说这和并不工作没有什么区别么?日本语和欧美很不同,但他们逐渐添加了新句法,比起古文来,更宜于翻译不失原来的精悍的语气,开初自然是须'找寻句法的线索位置',很给了一些人不'愉快'的,但经找寻和写惯,现在已经同化了,成为己有了。中国的方法,比日本的古文学还要不完备,然而也曾有些变迁,例如《史》《汉》不同于《书经》,现在的白话文又不同于《史》《汉》;有添造,例如唐译佛经,元译上谕,当时很有些'文法句法词法'是生造的,一经习用,便不必伸出手指,就懂得了。现在又来了'外国文',许多句子,即也须新造——说得坏点,就是硬造。据我的经验,这样译来,较之化为几句,更能保存原来的精悍的语气。"③从中,我们可以看出鲁迅正是站在改造和丰富现代白话的高度来提倡"直译"的。他知道,即使现代白话语言与外语存在着"艰以逾越的鸿沟",但他仍不想让外语迁就现代白话,而是通过"直译"让其尽量地去适应,吸收外语的复杂的句式和文法,以"保持原来的精悍的语气"和思维的逻辑性。

让人惊异的是,傅斯年认为国语文法的缺陷并不仅仅为一个语言现象,其本

---

① 傅斯年《怎样做白话文》,《中国新文学大系・建设理论集》,第 217~226 页。
② 鲁迅《"硬译"与"文学的阶级性"》,《鲁迅全集》(第 4 卷),人民文学出版社 2005 年版,第 202~204 页。
③ 鲁迅《"硬译"与"文学的阶级性"》,《鲁迅全集》(第 4 卷),人民文学出版社 2005 年版,第 202~204 页。

质上乃是中国人的思想简单、逻辑性不强的表现。"中国文最大的毛病,是面积惟求铺张,深度却非常浅薄……这确实是中国人思想简单的表现,我们读中国文常觉得一览无余,读西洋文常觉得层层叠叠的,这不特是思想的分别,就句法的构造而论,浅深已不同了。"①从中,分明已经表现出现代语言学"语言本体论"的思想萌芽来,也表明了他在语言文学方面的敏感和天赋。他在《性命训诂辨证》一书引论部分说"思想不能离语言,故思想必为语言所支配"。"哲学也不过是语言之副产品,西洋哲学即是印度日耳曼语言之副产品。"更为可贵的是,在《性命古训辨证》中,他通过大量语言材料证明,"性"由"生"分化而来,"命"由"令"分化而来这样一个语言事实,论证了语言决定论的思想。傅斯年指出,以"性"而论,最初他只表示"生"这一具体动作所产生的结果,即"所赋之质"。如孟荀吕子诸家说到"性",都是联系着"生"的本义,所以要理解晚周的人性观,必须把握住"性"由"生"来的这一语言关系。同样,对"命"这一观念的解释,也不能不看到"命"由"令"来的衍变,"天命"无非就是"王令"。"性"由"生"来,"命"由"令"来,"性"和"命"等思想文化观念的形成发展,都要带着先天的语言事实的印记,并一直受其影响。"性"和"命",作为中国古代思想文化的重要概念,其意义蕴含和历来的发展,都为这一语言事实所制约。《性命训诂辨证》可以说是傅斯年的"语言决定论"的一个详细注释。② 该论点不但与后来文论界流行的形式与内容分离的二分法有天壤之别,而且与20世纪的俄国形式主义与英美新批评结构主义等西方现代语言学文论的某些观点有惊人的相似之处。如1928年他在《中央研究院历史语言研究所工作之旨趣》一文中,进一步论述了语言与思想的一体性,他说:"本来,语言即是思想,一个民族的语言即是这一个民族精神上的富有,所有语言学总是一个大题目,而直到现在的语言学的成就也很难负这一大题目。"③该论点与索绪尔等人的观点颇为相似。他也因此成为中国现代文学史、现代语言学史上最早明确地提出语言本体论思想的人。傅斯年的语言本体论思想,在中国现代文学史及语言学史和哲学史上都应受到重视,并得到高度的评价。

　　傅斯年主张欧化的语言观,尽管有偏颇之处,但我认为它并非主张"全盘西化"。其基本出发点是取长补短,创新规范现代白话文的发展。对于西方的学术成果,他主张"悉心辨别,一则看它对于西洋人的影响,再则看它对于中国人的情

---

① 傅斯年《怎样做白话文》,《中国新文学大系·建设理论集》,第217～226页。

② 傅斯年《性命训诂辨证》,欧阳哲生编《傅斯年全集》(第2卷),湖南教育出版社2003年版,第560页。

③ 傅斯年《中央研究院历史语言研究所工作之旨趣》,欧阳哲生编《傅斯年全集》(第3卷),第5页。

形;总以'效果'为断"①。今天,当我们回眸中国现当代文学的发展历程时,可以认识到他的"欧化的文学观"是有其价值的,它对于规范现代白话语言的语法,加强现代白话语言的逻辑力量,丰富现代白话语言的表现手段,增加现代白话语言的文学色彩,促进新文学的现代化进程,都产生了深远的影响。正如胡适所说:"初期的白话作家,有些是受过西洋语言文字训练的,他们的作风已带有不少欧化成分。虽然欧化的成分有多少的不同,但明眼人都能看出,凡具有充分吸收西洋文学的法度和技巧的作家,他们的成绩特别好,他们的作风特别可爱。"②

三、"有公正的主义"——文学人化观

在傅斯年的现代白话语言观中,他最为重视的是第三条"有公正的主义"。在他看来,现代白话语言的话语体系,在用白话作材料、有了精工的技术之后,还应用它来表示现代人的思想和感情。他说:"那些流行于全世界的优秀的文学作品,都是用某一国的特殊的语言写出来的,经过了各个国家翻译之后,艺术上的作用便丧失了十之六七,但它还是居于第一等的位置。只是它有不朽主义的缘故。中国的古代历史上,用白话写文章也有几百年了。我们只能说它是第二、三流以下的文学作品,原因都在于他们都没有真主义。"③在他看来,现代白话语言所应持有的"真主义"就是"文学的人化观"。"大家快快的再跳上一步——从白话文学的介绍,跳到白话文学的内心,用白话文学的内心,造就那个未来的真正的中华民国。而所谓的白话文学的内心,是人生的深切而由著名的表现,是向上生活的兴奋剂。"④因此,我们"须得认清楚白话文学的材料和主义不能相分离,去创造内外相称、灵魂和身体一贯的真白话文学"⑤。这就是他的文学的人化观。他的文学人化观包括两部分:一是肯定人的价值和尊严,以人为中心,塑造能够从"卑贱思想的境界爬出,到自觉自成的地位的为公众的福利,自由发展的新人"⑥。这与周作人的"个人主义的人间本位主义"的人的文学观基本没有什么本质区别,并不具有新异之处。同时,傅斯年认为,文学人化观的另一内涵更应看重人的情感性。他说:"感情对于文学的创作,比思想更为重要,因为感情较

---

① 傅斯年《白话文学与心理改革》,《中国新文学大系·建设理论集》,第202～209页。
② 胡适《中国新文学大系·建设理论集导言》,第15、24页。
③ 傅斯年《白话文学与心理改革》,《中国新文学大系·建设理论集》,第202～209页。
④ 傅斯年《白话文学与心理改革》,《中国新文学大系·建设理论集》,第202～209页。
⑤ 傅斯年《白话文学与心理改革》,《中国新文学大系·建设理论集》,第202～209页。
⑥ 傅斯年《白话文学与心理改革》,《中国新文学大系·建设理论集》,第202～209页。

思想更有创造的力量;感情主宰思想,感情决定行事,感情造成意志。感情是动力,因而影响一切的效果很大——这是思想所不及的。"①而"中国人是一个感情薄弱的民族,所以自古以来很少有伟大的文学作品出现,我们与其说中国人缺乏'人'的思想,不如说它缺乏'人'的感情"②。为此,他热切盼望"一种有价值的新文学发生,自必发挥大家的人的感情"③。在傅斯年看来,情感本身是人的全部生存赖以建立的基础,思想信仰只有内化为情感,才能最明晰地显现出来,因此,没有感情也就没有文学,俄国近代文学之所以"大放光彩,与其说他富有人的思想,倒不如说他富有人的感情",这就使得他的"人化的文学"观念更符合新文学的本质。从语言本体论出发,傅斯年认为,现代白话语言话语系统的构建,也必将导致文学内容的人化。他特别强调白话文学应注意"心理的改换",此时,他已明确领悟到现代语言学的精髓所在:语言作为表达和交流思想、情感的工具,除了具有表征和符号的功能外,它自身就是思想和情感的主题。因而,语言系统的变换,必将导致思想的革命。他说:"我们所以不满意于旧文学,只为他是不合人性,不近人情的伪文学,缺少'人'化的文学。

我们用思想上的新文学代替它全凭这'容受人化'一条简单的道理……任凭文学界中千头万绪,这主义,那主义,这一派,那一派,总是照着人化一条道路而行。如果有违背他的,便受天然的淘汰——中国旧文学是个榜样。所以我们对于将来的白话文,只希望他是人的文学。"④因此,"我们在这里制造白话文,同时负了长进国语的责任,更负了借思想改造语言、借语言改造思想的责任。我们又晓得思想依靠语言,犹之语言依靠思想,要运用精密深邃的思想,不得不先运用精密深邃的语言"⑤。他希望现代白话语言最要注意的是思想的改变,更确切地说是通过"心理的改换"来完成思想革命的任务。"我现在有一种怪感想:我认为未来的中华民国,还需借着文学革命的力量造成,而要想把这思想革命运用成功,必须以新思想夹在新文学里,刺激大家,感动大家。"⑥由此,我们可以这样认识和理解傅斯年,他提倡白话,反对文言,除了因为文言作为一种语言工具在操作的层面上容易造成表达和理解上的障碍外,深层的原因是文言文是与古代封

---

① 傅斯年《白话文学与心理改革》,《中国新文学大系·建设理论集》,第202~209页。
② 傅斯年《白话文学与心理改革》,《中国新文学大系·建设理论集》,第202~209页。
③ 傅斯年《白话文学与心理改革》,《中国新文学大系·建设理论集》,第202~209页。
④ 傅斯年《白话文学与心理改革》,《中国新文学大系·建设理论集》,第202~209页。
⑤ 傅斯年《怎样做白话文》,《中国新文学大系·建设理论集》,第217~226页。
⑥ 傅斯年《白话文学与心理改革》,《中国新文学大系·建设理论集》,第202~209页。

建思想紧紧纠集在一起的,反对文言文也就是在思想上反对古代封建思想,同时,建立现代白话的语言体系实质上也就是建构现代思想。过去,理论界始终把现代白话文运动视为一场语言工具层面上的形式革命,显然是一种非常表面化的认识。现代白话文运动本质上更是一场意义深广的思想革命,这也正是现代白话文运动的真正价值所在。根据史料分析,我们可以看出现代白话文运动的始作俑者,无论是胡适,还是陈独秀,当时对语言与思想本质关系的认知,尚赶不上傅斯年的见解。十几年后,胡适在为《中国新文学大系·建设理论集》所写的《导言》中综述中国新文学的成绩时,曾对傅斯年的现代白话语言观给予了高度的评价,"今天白话文运动的倾向是一面大胆的欧化,一面又大胆的方言化,这就使白话文更丰富了,傅斯年先生指出的两个方向,可以说是都开始实现了"①。今天,现代白话语言已从"五四"时期步履蹒跚的幼儿,长成了身手矫健的青年,在其近百年的成长历程中,许多学者为之付出了艰辛的努力。如果说胡适是旗手的话,他的学生傅斯年就是闯将。今日看来,傅斯年的现代白话语言观较之其老师,确有不少"出于蓝而胜于蓝"之处。

---

① 胡适《中国新文学大系·建设理论集导言》,第 15、24 页。

论胡适现代文体理论的文学史意义

刘东方 ■

胡适是中国现代文化史、文学史上一位建树颇丰的大家。就新文学而言,他不但是"五四"文学革命的前驱者,而且是中国现代文学史上最早的现代文体理论的提倡者和建构者。他的文体理论,具有较强的现代性、系统性和科学性,为20世纪中国现代文学的发展成熟,做出了不可磨灭的贡献。

从现代文学批评的角度来看,文学史在某种程度上主要表现为文体演变史。文学观念的变迁,表现为文体的变化,文学创作的发展表现为文体的创新;文学的成熟,最终应显现为文体的完备,中国的现代文学史,本质上就是一个现代文体建立、衍变和成熟的动态运行过程。胡适最早认识到"中国旧文学在文体诸方面都不完备",中国的新文学若要健康顺利地发展,就必须建构完备的现代文体理论规范。他在对中国传统文体理论和西方近代文体理论进行历史性考察的基础上,建构了新文学的现代文体理论,他的文体理论包括通过现代白话文运动确定的现代语言体系和通过诗歌、小说、戏剧、散文建构的现代文体类型两部分。今天,当我们从中国现代文学30年的风雨历程中,从当代中国文体学建构的姗姗步履中,重新观照、审视胡适的文体理论,便可发现其文学史上的价值和意义。

一

胡适的现代文体理论,引发了20世纪中国文学思想的现代化转型。过去,我们总是习惯于从"二元背反"的思维模式去观照语言与思想的关系问题。所谓"二元背反"(Binnary oppositions),原是一个哲学命题,产生于形而上学中心主义,即在认识上,依据个体信奉的中心立场,将外部世界中各类复杂的矛盾,统一简化为一对对绝对性的矛盾,其行为上必定是支持一方,反对一方,且根本不认同矛盾互补、互换、多元共存和求同存异,实质上,是一种僵化的、形而上学的思维模式,而这种思维模式在中国的现代文学有着较为普遍的市场,从"五四"发轫期的"文白之争",到20世纪二三十年代的种种文学论争,都可以从中看出这种思维模式的影子。在文学的内容与形式之间,思想与语言之间,总是看到二者的对抗性,没有顾及他们的统一性,总是看到二者的差异性,而没有看到他们之间的同一性,总是嗜好在它们间排出一个主次和先后顺序,总是天经地义地认为"思想决定语言""内容决定形式"。因此,学术界曾持一种观点,认为胡适倡导的现代白话文运动只是一场语言工具运动,其文体理论指涉的亦不过是一场单纯的文学形式而已。随着西方现代语言学理论的发展,人们开始用一种异样的眼光审视该观点,并获得了与之截然不同的认知。

现代语言学理论认为,语言与思想之间的关系在本质上是难以分出谁先谁后的,二者相互作用,相互影响,不可否认,语言的确具有工具性,但那主要是对物质实在指标意义而言的,但在思想层面上,语言与思想具有同向一致性。人类进入文明时代以后,随着文化进步,表达思想的愿望十分强烈,生活在语言世界中的人类在表达思想时,如果没有语言的帮助是不可能的。索绪尔在《普通语言学教程》中把语言比喻成一张纸:"思想是正面,声音是反面,我们不能切开正面而不同时切开反面,同样,在语言里,我们不能使声音离开思想,也不能使思想离开声音。"①也就是说,当人们要表达某种思想时,不可能在不使用语言的情况下,却又能非常明晰完整地将其内容传达出来。海德格尔更是说出了"语言是存在的家园"的名言,其内涵为:"任何存在者的存在居住于词语之中。"把人的存在归证为语言这一概念,是现代西方哲学对人的本质的一种最主要的认识,它甚至对整个 20 世纪的哲学、文学都发生了不可限量的影响。因为,人类如果要在这个世界上"存在"下去,就必须进行不间断的思维,而思维活动所赖以进行的家园,就是语言。"几乎在语言表达开始的时候,思维过程就像是一种精神泛滥,就渗进来了;并且,一个概念一经确定,必然会影响到它的语言符号的生命,促进语言的进一步成长。"②从事语言的过程,实际上就是一种力图获得思想和情绪以及表达这种思想和情绪的过程,文体的本质就是人们把对思想或情绪的传达用经过组织的文字记录加以固定并力图使之"薪火相传"的结果,文学文体则是把语言的节奏、韵律、风格等审美因素有意识地集中显现,是对人类的存在及情感观的感性化、个性化和审美化的描述。若我们能以这样一种新的语言本体观的眼光重新关注胡适的文体理论,便可认识到,它并不仅仅是单纯的语言工具的革命,或文学形式的革命,更是思维方式的革命,是深层次的思想运动,从这一视角来看,"五四"文学革命正是通过现代白话语言系统和现代文体类型的确立来实现的,甚至可以说,"五四"文学革命本质上首先是现代文体形式的革命,以及由

---

① 〔瑞士〕索绪尔《普通语言学教程》,高名凯译,商务印书馆 1982 年版,第 158 页。
② 〔美〕爱德华·萨丕尔《语言论》,陆卓元译,商务印书馆 1985 年版,第 15 页。

此带来的思维革命和思想革命,它是从单一的、僵化的封建的大一统的思维模式转向开放的、发散的现代思维模式的革命,是从古代汉语的思想体系转向现代汉语的思想体系的革命,"五四"新文学正是在内容与形式统一性的意义上完成的。而在当时的语境中,胡适凭借扎实的学术功底,完备的知识结构,独特的自身经历和敏感思变的先天素质,对此已有了较为清醒的认识,今日看来,实在难能可贵。

正如他在《尝试集》自序中所言:"他们都说文学革命决不是形式上的革命,决不是文言白话的问题。等到有人问他们所主张的革命'大道'是什么,他们可就回答不出了。这是一种没有具体计划的革命,我们认定文字是文学的基础,故文学革命的第一步就是文字问题的解决。我们认定'死文字不能产生活文学',故我们主张若要造一种活的文学,必须用白话来做文学的工具。我们也知道单有白话未必就能造出新文学;我们也知道新文学必须要有新思想做里子。但是我们认定文学革命须有先后的程序:先要做到文字体裁的大解放,方才可以用来做新思想、新精神的运输品。"①在 1920 年发表的《谈新诗》中,胡适更加清晰地表述了这种观点:"我常说,文学革命的运动,不论古今中外,大概都是从'文的形式'一方面下手,大概都是先要求语言文学文体等方面的大解放。欧洲三百年前各国国语的文学起来代替拉丁文学时,是语言文字的解放;十八九世纪法国嚣俄,英国华次活(Wordworth)等人所提倡的文学改革,是诗的语言文字的解放;这近几十年来西洋诗界的革命,是语言文字和文化的解放。这一次中国文学的革命运动,也是先要求语言文学和文体的解放。新文学语言是白话的,新文学的文体是自由、不拘格律的。初看起来,这都是'文的形式'一方面的问题,算不得重要。却不知道形式和内容有密切的关系。形式上的束缚,使精神不能自由发展,使良好的内容不能充分表现。若想有一种新内容和新精神,不能不先打破那些束缚精神的枷锁镣铐。因此,中国近年的新诗运动可算得是一种'诗体的大解放'。因为有这一层诗体的解放,所以丰富的材料,精神的观察,高深的理想,复杂的感情,方才能跑到诗里去。五七言八句的律诗决不能容丰富的材料,二十八字的绝句决不能写精密的观察,长短一定的七言五言决不能委婉地表达出高深的理想与复杂的感情。"②此时,胡适已经认识到,文学的语言,绝不是思想的附属品,不同的语言形式,必定会表达承载不同的思想内容。文言在中国并不仅仅

① 胡适《〈尝试集〉自序》,胡明主编《胡适精品集》(第 1 卷),光明日报出版社 1998 年版,第 195 页。
② 胡适《谈新诗》,胡明主编《胡适精品集》(第 1 卷),光明日报出社 1998 年版,第 160～161 页。

只是一种语言工具,更是中国文化中的一种重要的制度,是封建文化和专制思想的依附体和直接表现者,它严重地束缚了现代人的思想情感的自由表达和思想的充分发展,是一种日趋僵化的"死语言",要想建构中国的现代文化和现代文学,清除封建思想文化,就必须彻底铲除僵死的文言,铲除这封建专制文化赖以生存的语言载体,因为人们若要获得真正的自由,就必须使用现代白话的语言体系,人的鲜活的思想只能存在于活的语言之中,解放了个性的人必定具有自由、活泼、充满生机的思想情感,这样的思想与情感只有现代白话才能承载。语言符号系统由文言到白话的转换,表面上看是语言形式的范畴,实际上是中国文学、中国文化、中华民族走向现代化的本质问题,也正是在这一层面,胡适所倡导的现代白话运动,才成了中国现代文学与古代文学的分水岭。

从文体类型上说,胡适以西方文艺复兴时期的语言变化规律及西方近代文学名著名家为参照体系,建构了中国现代文学的文体理论,为中国的现代文学输入了与西方同步的现代化理论观念。他认为语言方面应"学习意大利语、英俄成立的历史,特别是文艺复兴的历史"。散文文体参照系列包括"柏拉图(Pla-to)的'主客体',赫胥黎(Hasley)的科学文字,包士威尔(Boswell)和莫烈(Morley)等的长篇传记,弥尔(Will)……的'自传',太恩(Taine)和白克尔(Buckle)……的史论"。喜剧文体应参照"古代的希腊戏曲,近代莎士比亚,奥尼尔,易卜生和雨果的著作"①。小说文体参照以都德、莫泊桑、曼殊悲儿为代表的欧洲短篇小说。诗歌文体则参照但丁、乔叟、雨果、密茨凯维支、华兹华斯等诗人的作品。与之相应,"五四"新文学在内容的表达上,再也不是文以载道,代圣立言,夫贵妻荣,光宗耀祖的内容,而是表现与西方近代思想相一致的主题,具有强烈的理性批判精神和明显的思想启蒙特点。"五四"新文学创作在艺术上也表现出了与古代文学迥然相异的特质。正如殷海光所言:"不止使中国知识分子以各种不同的程度逐渐走出古人的牢笼而已,它还有从基本上改造中国士人思想的具体作用。在相当的程度以内,一个人运思和构思所用的工具决定着他的运思方式和构思模型。传统中国文人很少用逻辑符号及数学语言来运思和构思的。传统中国文人运思与构思所用的工具是文言文。文言文,尤其是文言文中的成语,凝聚着自古以来代代相传且又因而硬化了的意型。这些意型老早与这个经验世界脱节了。白话文因和口语接近,所以其中的意型与经验世界接近。既然胡适们用白话文代替

---

① 胡适《建设的文学革命论》,胡明主编《胡适精品集》(第 1 卷),光明日报出版社 1998 年版,第 68 页。

文言文,那也就是为中国知识分子以旧的思想方式换成新的思想方式。这也就是说,新的语言方式使他们从远离经验世界到接近经验世界。"①因此,胡适领导的现代白话文运动,以及由此建立起的现代文体理论,具有划时代的意义。

二

胡适的现代文体理论,注重审美启蒙,带来了审美观念的现代化。1918 年,胡适发表了《建设的文学革命论》,提出了"国语的文学,文学的国语"的十字宗旨,表现了他的文体理论"语言符号的革命转换——语言符号的审美规范"的思想。他说:"我的《建设的文学革命论》的唯一宗旨只有十个大字:'国语的文学,文学的国语'。我们所提倡的文学革命,只是要替中国创造一种国语的文学。有了国语的文学,方才可有文学的国语。有了文学的国语,我们的国语才算得真正的国语。国语没有文学,便没有生命,便没有价值,便不能成立,便不能发达。这是我这一篇文字的大旨。"②在《五十年来中国之文学》中,胡适再次做了论述:"若要造国语,先须造国语的文学,有了国语的文学,自然有国语。……真正有功效有势力的国语教科书便是国语的文学,便是国语的小说诗文戏本。国语的小说诗文戏本通行之日,便是中国国语成立之时。……中国将来的新文学用的白话,就是将来中国的标准国语。造将来白话文学的人,就是制定标准国语的文学的人。这篇文章《建设的文学革命论》把从前胡适、陈独秀的种种主张都归纳到十个字,其实又只有'文学的国语'五个字。旗帜更明白了,进行也就更顺利了。"③在此,胡适明确提出了应充分重视现代白话文学的审美性质,进行审美启蒙的重要主张。

胡适认为,现代文学若要苗壮成长,根深叶茂,现代文体在本质上必须是一种审美的文体。"中国几千年的封建社会不仅从体制上极大地束缚了人们自由,而且从语言上束缚了人们的思想,一种官本位的统治化语言成为封建社会的主要用语。……用审美的语言取代官话套话,打破陈腐僵化的文言文一统天下的局面,这是胡适提倡白话文的主要目的。"④他认识到现代白话文运动,在实现了

---

① 殷海光《中国文化的展望》,上海三联书店 2002 年版,第 298 页。

② 胡适《建设的文学革命论》,胡明主编《胡适精品集》(第 1 卷),光明日报出版社 1998 年版,第 56 页。

③ 胡适《五十年来中国之文学》,胡明主编《胡适精品集》(第 1 卷),光明日报出版社 1998 年版,第 276 页。

④ 周海波《中国现代文学批评史论》,上海人民出版社 2002 年版,第 51 页。

语言符号的革命性转换后，还必须实施语言符号审美规范的转换，正如他自己说的"在破坏方面最有力……在建设方面，也只有一点贡献的"①。审美启蒙的观点，正是他在建设层面的主要贡献。所谓"文学的国语"和"国语的文学"就是要求现代文体，不再囿于文言文体"温柔敦厚"的审美标准，用完美的现代白话语言，取代僵化陈腐的文言语言，创造出具有现代审美内涵的文学作品，建立起现代白话文学的审美批评体系，提高现代文学的美学价值和美学含量，让国民懂得什么是现代文学的美，如何欣赏现代文学的美，如何建设现代文学的美，从而对其进行审美启蒙，以达到与思想启蒙构成互补互进的局面。也只有如此，现代文学才是真正意义上的"文学"，才会有旺盛的生命力，才会真正地发扬光大。在其审美启蒙观念的烛照下，胡适对"五四"初期新文学"非审美"倾向的认识给予反驳，提出了以"清楚明白"为核心元素的现代审美新标准。近代以来，内忧外患的严酷现实把中华民族推到了生死存亡的十字路口，时代对文学的要求，既要提高国民精神素质，彻底改造国民性，又要肩负起辛亥革命无力实现的救国重担，加之现代知识分子又集体无意识地秉承了传统文化中"以天下为己任，国家兴亡，匹夫有责"的传统文化底蕴，因此，时代精神和文化传统共同完成了要求文学重视社会责任感和历史使命感的历史定位，文学不可避免地被人们视为政治的附庸工具，笼罩在一片功利性的氛围之中。此时，作家们所关心的首要问题是社会的变革，民族的解放，人生的现实以及如何重塑民族的灵魂等社会性问题，而如何通过完美的文体形式揭示人类内心审美感受的审美性问题，并不在他们的期待视野之内。虽然，他们口头上极力主张文学的本体意识、审美意识，但在创作中仍会不自觉地放弃对文学本体审美的追求，而过分强调文学的社会功用。晚清的白话文运动的真实动因只是将白话视为一种传播变法救国、开启民智的工具，并没有人意识到它的文学价值和审美功能。陈独秀把文学作为思想启蒙的工具，茅盾将文学视为宣传新思潮的武器，文学研究会把文学作为"为人生"的园地。他们都企图凭借文学的力量去改良人生，揭示病苦，以引起疗治的注意。其实质上，与梁启超等人提倡的"小说救国""文学新民"的观念并没有本质的差异与区别，只是与晚清维新作家们赤裸裸的功利性相比，"五四"作家比较注意隐匿个体的功利目的，但他们亦不过是以高级的形式去布科学与民主之道罢了。因此，"这就不可避免地陷入了一个历史的循环悖论，即在反对传统文学的'文以载

---

① 胡适《五十年来中国之文学》，胡明主编《胡适精品集》（第 1 卷），光明日报出版社 1998 年版，第 289 页。

道'的同时又不自觉地走上了'文以载道'之路"①。尽管"五四"文学所载之"道"从本质上区别于传统文学之"道",但文学自身,却并没有获得完全意义上的独立和自由。

胡适最早发现了新文学的这种"非审美"倾向,他在《中国文学的过去与来路》中指出:"我们的文学不像欧洲文学,他们第一流的人物,把这种文学看作专门的事业,当成是一种极高贵的,极有价值的终身职业,不像我们中的一些人只是为了添热闹,他们的文学并非由外传染,而是由内心的创造,他们是重视文学的,有了这种缘故,所以才能产生出伟大的作品。"②在《国语运动与文学》中,他说:"国语所以成为一种运动,不仅是做一个统一工具罢了。这不过是一部分的事情,最重要最高尚的,不要忘了'文学'这一个词。"③胡适已经明确地认识到"五四"新文学若要健康地发展,就必须彻底地改变几千年来形成的"文以载道"的文学思维定式,像近代欧洲文学那样回到文学的本体中去,注重文学的审美特征。关于胡适心目中的审美理想,我们或许可以从他对现代白话的定义中看出端倪,"释白话之义,约有三端,一,白话的'白',是戏台上'说白'的白,是俗语'土白'的白。二,白话的'白',是'清白'的白,是'明白'的白。白话但许要'明白如话'。三,白话的'白',是'黑白'的白。白话便是干干净净没有堆砌涂饰的话"④。在《什么是文学——答钱玄同》一文中,他说:"文学有三个要件,第一要明白清楚,第二要有力动人,第三要美,因为文学不过是最能尽职的语言文字,因为文学的基本作用(任务)还是'达意表情',故第一个条件是要把情或意,明白清楚的表出达出,使人懂得,使人容易懂得,使人决不会误解。"⑤对于文学的美,"我说,孤立的美,是没有的。美就是'懂得性'(明白)与'逼人性'(有力)二者加起来自然发生的结果。例如'五月榴花照眼明'一句,何以'美'呢!美在用的是'明'字。我们读这个'明'字不能不发生一树鲜明逼真的榴花的印象。这里面含有两个分子:一、明白清楚,二、明白之至,有逼人而来的'力'。"⑥1924年,他为侄

---

① 朱德发《"五四"文学新论》,江苏文艺出版社1995年版,第104~105页。
② 傅斯年《怎样做白话文》,《傅斯年全集》(4),上海良友图书印刷公司1935年版,第223页。
③ 胡适《国语运动与文学》,姜义华主编《胡适学术文集语言文学卷》(第1卷),中华书局1993年版,第311页。
④ 胡适《答钱玄同书》,胡明主编《胡适精品集》(第1卷),光明日报出版社1998年版,第43页。
⑤ 胡适《什么是文学——答钱玄同》,胡明主编《胡适精品集》(第1卷),光明日报出版社1998年版,第206页。
⑥ 胡适《什么是文学——答钱玄同》,胡明主编《胡适精品集》(第1卷),光明日报出版社1998年版,第208页。

儿胡思永的遗诗作序时,对胡适之体的新诗特点做出总结:"他的诗,第一是明白清楚,第二是注重意境,第三是能剪裁,第四是有组织,有格式。如果新诗中真有胡适之派,这是胡适之的嫡派。"①由此,可以肯定,胡适心目中新文学审美标准的核心要素是"清楚明白",无论是文学语言,还是文体类型。今天,当我们回眸中国现代文学语言和文体转型近百年的历程时,可以发现,像胡适那样始终把文章写得既浅白通顺又清楚明白,还具有一种清爽之美,确也并非易事,就连他的"述学文体",亦是如此,这种深入而浅出式的文体风格,看似简单,实非如此。正如谢皮洛娃所言:"作品的语言的美,不是作家为着再现生活特地挑选一些华丽的辞藻而能达到的,作家达到语言的真正的美,在多数情况下,是使用最普通的一些词句,然而这些词句在有形象表现力的语言上下文中,获得审美倾向,它自身就是一种美。"②而他的这种审美认知,也为日后中国现代文学的语言及文体的审美追求指明了矢向,从 20 世纪 20 年代末提倡的"大众文学"到 30 年代的"文学大众语"运动,直到 1942 年的《讲话》,各阶段语言变革,尽管内涵各不相同,但"清楚明白"却是不容置疑的核心元素,但是,直到今天,人们对此似乎并没有给予认同,如唐德刚认为,"胡适的新诗……清新者有之,朦胧耐人寻味者则无;轻巧者有之,深沉厚重则无;智能可喜者有之,切肤动人挚情者亦无。胡适主张作诗'说话要明白清楚'、'用材料要有剪裁'、'意境要平实',这虽是他中年以后所说,但仔细检讨他前前后后的作品,大致还离此不远。而缺点由此而生。过于清则无鱼,过于剪裁则无自然流露,过于平实则浅淡,不能刻骨铭心,感人深切"③。其实,我们应该认识到,朦胧晦涩是一种美,清楚明白又何尝不是一种美呢,从中国现代文学的原创性美学特征(与古典文学相比较)和现代民族国家语言定位的视角来看,"清楚明白"似乎应该是中国现代文学发展的主流和正途。

在胡适的倡导影响下,新文学发轫初期,便克服了功利性的浮躁心态,非常及时、非常沉稳地沉淀到文学审美性的经营中去,"五四"作家们努力使中国现代文学变得更加丰富和优美,风格之绚烂多彩,名家名作之多,令人瞩目。小说领域出现了散文诗体小说,问题小说,书信体小说,散文体小说等。在诗歌方面,则有以胡适、郭沫若为代表的自由体诗,以冰心、宗白华为代表的哲理诗,以闻一多、徐志摩为代表的格律诗,以李金发、穆木天为代表的象征诗。在散文方面,形成了鲁迅的冷峻犀利,郁达夫的袒露自怜,周作人的平和冲淡,冰心的明丽晶透

---

① 胡适《〈胡思永的遗诗〉序》,《努力周报》第 49 期。
② 谢皮洛娃《文艺学概论》,人民文学出版社 1983 年版,第 132 页。
③ 唐德刚《胡适杂忆》,华文出版社 1990 年版,第 277 页。

等美学风格。他们的创作实践极大地提高了现代文学的美学价值。正如朱自清在总结这一阶段文学创作的实绩时说："有种种的样式，种种的流派，表现着，批语着，解释着人生的各面。迁流曼延，日新月异：有中国名士风，有外国绅士风，有隐士，有叛徒，在思想上是如此。或描写，或讽刺，或委屈，或缜密，或劲健，或绮丽，或洗练，或流动，或含蓄，在表现上是如此。"①可惜由于政治、战争等因素的影响，胡适所提倡的审美启蒙，并没能真正成为日后中国现代文学的主旋律。

三

韦勒克和沃伦曾根据词语与作者的关系将文体分为"客观的"和"主观的"两大类。② 如果说古代文体基本上是一种"客观的"文本体系，那么胡适的文体理论则因其巨大的张力空间和自由度而达到一种"主观的"效果。"五四"时期，封建精神价值体系的崩溃，为个体的主观精神的解放和发扬提供了可能性。而在其间孕育、诞生的胡适的文体理论，也因此具有了较强的主体意识和时代精神。主体意识主要表现在以下两个方面：

第一，胡适认为，"五四"新文体，应充分表达作家的主体意识。

"一、要有话说，方才说话；

二、有什么话，说什么话，话怎么说，就怎么说；

三、要说我自己的话，不说别人的话；

四、是什么时代的人，说什么时代的话。"③

第二，胡适指出，"五四"新文体，应充分体现现代人的主体情感。情感，作为文体内部结构的一个重要品格，不仅是艺术创造的原动力，也对文体起着极为重要的作用。按照格式塔心理学原理，当外部事物所体现的样式与某种人类情感中包含的样式同构时，我们便感觉它具有了人类的情感。苏珊·朗格认为："艺术形式与我们的感觉、理智和情感生活所具有的动态形式是同构的形式……因此，艺术品也就是情感的形式，或是能够将内在情感系统地显现出来以供我们认识的形式。"④因此，我们也可以说文体即是有情感的形式。我国古典文体，由于主体情感深受社会外在层面的和艺术内在层面的双重压抑，而以畸形扭曲的方

① 朱自清《论现代中国的小品散文》，《文学周报》1928 年第 345 期。
② 韦勒克、沃伦《文学理论》，刘象愚等译，三联书店 1984 年版，第 88 页。
③ 胡适《建设的文学革命论》，胡明主编《胡适精品集》（第 1 卷），光明日报出版社 1998 年版，第 65 页。
④ 苏珊·朗格《情感与形式》，刘大基等译，中国社会科学出版社 1986 年版，第 112 页。

式加以体现。在情感符号的创造上,古典文体体现的是凝固的情感方式与僵化的生活观念。它们往往表现为外在情绪与内在情调相矛盾的情感结构。这必然会造成文体内在情感的忧郁风格,以及欲说还休的潜隐苦涩的话语方式。

胡适的文体理论中,特别重视情感的作用,他说:"情感者,文学之灵魂。文学而无情感,如人之无魂,木偶而已,行尸走肉而已。……文学无此物,便如无灵无气无筋之美人,虽有秾丽富厚之外观,抑亦末矣。近世文人沾沾于声调字句之间,既无高远之思想,又无真挚之情感,文学之衰微,此其大因矣。此文胜之害。所谓言之无物者是也。欲救此弊,宜以质救之。质者何! 情与思二者而已。"①因此,他建构诗歌、小说、戏剧、散文文体理论的出发点,均以自我情感为中心,体现出了强烈的主体意识。

同时,胡适的文体理论,还充分体现了人的解放的时代精神。

马克思说过:"一切划分时代体系的真正内容都是由于产生这些体系的那个时期的需要而形成起来的。所有这些体系都是以本国过去的整体发展为基础的,是以阶级关系的历史形式及其政治的、道德的、哲学的以及其他的后果为基础的。"②胡适文体理论作为这样的一个"体系",无疑也是适应以个性解放为中心的五四新文化运动的需要而产生的。虽然我们有充分的理由将文体理解为话语体式,将文体结构视为一个充分自足自律的有机生命体,但要全面深入研究它的产生和发展规律,就不能仅仅停留在文体本身,更不能陷于形式主义学派的泥沼。因为文体从来就不是孤立封闭的,它有一个广阔深厚的社会历史与精神文化的地域。前苏联学者卡冈指出:"文体直接取决于时代的处世态度,时代社会意识的深刻需求,从而成为该文化精神内容的符号。"③这表明,人类在漫长的进化历程中,在与自然及社会的不间断的交往接触中,形成并改变着自己的行为方式与精神结构,而这正是导致文学史上文体演化的根源。胡适的可贵之处即在于清醒地认识到时代文化精神与文体变革的这种内在关联,因此,他在《历史的文学观念论》中提出了"一时代有一时代之文学"的著名论断,在他看来,现代文体是离不开个性自由和人的主体自觉的,而个性自由和人的主体自觉又是通过文体自由、文体自觉来得以充分实现的,而这一切都是与时代精神紧密相连,不可分离的。总之,胡适的文体理论,以自由的现代白话为语体基础,以情感为文

---

① 胡适《文学改良刍议》,胡明主编《胡适精品集》(第 1 卷),光明日报出版社 1998 年版,第 7 页。

② 马克思、恩格斯《德意志意识形态》,《马克思恩格斯选集》(3),中国社会科学文献出版社 1952 年版,第 337 页。

③ 卡冈《文化系统中的艺术》,中国文联出版社 1985 年版,第 6 页。

体类型的中心,并由此建构起自由不拘的现代文体理论规范,这一切使得其文体理论具备了鲜明的主体意识和时代特征。

作为"五四"时代的产物,胡适的文体理论并非十分成熟,更不是十全十美,他没有恰当地处理好民族化与现代化的关系,也为日后现当代文体的发展打上了过于欧化的烙印。与古典文体相比,它的审美规范还未达到规范化的程度;与其后的一些文体理论相比,它又在总体上显得雅气而淡薄,不免流露出新时代意识的局促感。但它就像晨曦中的一轮红日,虽不耀眼,却昭示了一个新时代的来临。胡适建构的真正属于中国现代文人自己的文体方式,至今仍泽被后世。从他的文体理论中,可以感受到我们的民族、我们的文化、我们的文学现代过程中跳动的脉息,其中有欣喜,也有苦涩。

现代语言学意义上老舍的白话语言观

刘东方 ■

老舍是中国现代文学史上杰出的语言大师之一，早在 20 世纪 40 年代，何容就曾把他与施耐庵、罗贯中、曹雪芹和刘鹗相提并论，认为他们同是对汉民族语言发展做出特殊贡献的大作家，郭沫若也曾认为老舍的语言是"内充真体圆融甚，外发英华色泽鲜……"以往学术界总以通俗化、民族化、京腔京味来涵盖老舍的白话语言观，今天，若以现代语言学的向度视之，则能够管窥其白话语言观的现代性维度。在中国现代文学发生、发展的漫漫路途中，现代语言观念的衍变是其中的一个重要方面，在某种程度上，它甚至是整个中国现代文学发展阶段中具有"盟主权"（葛兰西）的关键环节。现代语言学与传统语言学的最大不同，就在于前者是语言本体论。在中国，古代文学和文论虽然对语言形式有着许多精辟的论述，但却没有多少现代语言学理论的思想，直到 1917 年，胡适、傅斯年、鲁迅等"五四"文学革命的先驱们，从语言符号的革命性转换入手，发动现代白话文运动，其语言观念中，已具有了不少朴素的、原创性的语言本体论思想，而后，老舍则延承和光大了这种语言本体论思想。老舍和胡适、傅斯年、鲁迅一样，都是杰出的语言理论家，他一生写了大量专论文学语言的文章，如《关于文学语言问题》《语言与生活》《人、物、语言》《语言、人物、戏剧》《对话浅论》《话剧的语言》《戏剧语言》，出版语言理论专著《老牛破车》和《出口成章》。其语言本体论的思想，也如散金碎玉一般，散见于其中。

一

现代白话文运动自"五四"文学革命兴起以来，就一直存在思想与语言、内容与形式孰重孰轻的论争，但总的看来，其大体的趋向是重思想，重内容，而轻视文学语言，从现代文学的第二个十年到第三个十年，当代文学则更为严重，其后果就是某种程度上把文学完全当成现实的机械反映而忽视了文学的自身特性，文学史被简化或等同于社会学史和思想史，而根本体现不出文学本体的变迁。这虽与中国 20 世纪的战争、动乱所造成的缺乏一个相对稳定的学术研究环境与创作心态有关，也与创作主体的知识背景、思维方式及语言意识有关。老舍虽是中国现代文学的第二代作家,但他与胡适、陈独秀、鲁迅等第一代作家一样,真正处于中西文化的交汇点上,这在同类作家中是较为少见的。1913 年,他考上了北京师范学校,在这里的 5 年间,老舍受到了正规、严格的文言、散文、诗词的技法训练,他的老师中,有当时的大词人宗子威先生,还有具有"江南文坛巨匠"之称的方还先生,在他们的培育和熏陶下,毕业的时候,老舍已能写得一手漂亮的律诗和散文。日前,在北京档案馆发现了一本 1919 年 4 月出版的《北京师范校友会杂志》第一期,上面就有学生舒庆春(老舍原名)的作品 10 篇,这是迄今发现最早的老舍公开发表的作品①,这 10 篇作品里有文言散文一篇、五言律诗一首、七言律诗七首,其中《野外演战纪实》一首七言长诗竟一百余行,表现了老舍深厚的功底。老舍先生一生爱写律诗,且颇具唐诗风韵,也是与从小受到古文训练分不开的。此后,他又受到了正宗的欧风美雨的洗礼。在他全部创作生涯里,差不多四分之一的时间是在欧美度过的,有近三分之一的长篇小说写就于异域。在他论创作的文章中提及自己至少受到过自古希腊罗马的荷马、阿里斯托芬至近代的狄更斯、康拉德、陀思妥耶夫斯基等数十名外国作家的影响。就语言观而言,他受到了但丁的"俗语文学"、狄更斯对方言的加工和运用,以及英籍波兰作家康拉德善用短句式和阿里斯托芬幽默诙谐的语言风格的影响。回国后,老舍先后在齐鲁大学和山东大学任教,并开始对西方文学进行更为深厚的理论思考,其间,他曾开设过《世界名著研究》《文学概论》《欧洲文艺思潮》《外国文学史》等专业课程,并根据其课堂讲义,整理出版了《文学概论讲义》。同时,老舍还特别注重探索钻研文学的民间样式和语言形式。正因如此,老舍与同期作家相比,在知识结构、文化背景和理论积淀上,才具有得天独厚的优势,也正因如此,他才会对语言和文学形式情有独钟。老舍认为,我们的文学创作、文学理论普遍存在着不重视文学语言及语言不好的现象。"近几年来,我们似乎有些不大重视文学语言的偏向,力求思想正确,而默认语言可以差不多就行。这不大妥当"②,"如果一个作家的语言不好,也许他写的事情很重要,但是因为语言不好,没有风格,大家不喜欢看;或者当时大家看他的东西,而不久便被忘掉,不能为文学事业积累财富。传之久远的作品,一方面是因为它有好的思想内容,一方面也因为它有好的风格和语言"③。他认为我们既然搞写作,就必须掌握语言技术,这并非偏重,而

---

① 舒乙《老舍文学语言发展的六个阶段》,《语文建设》1994 年第 5 期。

② 老舍《戏剧语言——在话剧、歌剧创作座谈会上的发言》,《出口成章》,作家出版社 1964 年版,第 18 页。

③ 老舍《关于文学的语言问题》,《出口成章》,作家出版社 1964 年版,第 28 页。

是应当的。"一个画家而不会用颜色,一个木匠而不会用刨子,都是不可想象的"①。对此,老舍从世界文学的角度,对语言的重要性进行论证,"在世界文学名著中,也有语言不大好的,但是不多。一般地来说,我们总是一提到作品,也就想到它的美丽的语言。我们几乎没法子赞美杜甫与莎士比亚而不引用他们的原文为证。所以,语言是我们作品好坏的一个部分,而且是一个重要部分。我们有责任把语言写好!"②他还以萧伯纳为例,"萧伯纳为什么还成为一代名家呢?这使我们更看清楚语言的重要性。以我个人来说我是喜爱有人物、有性格化语言的剧作的。虽然如此,我可也无法否认萧伯纳的语言的魅力。不错,他的人物似乎是他的化身,都替他传播他的见解。可是,每个人物口中都是那么喜怒笑骂皆成文章,就使我无法不因佩服萧伯纳而也承认他的化身的存在了。不管我们赞成他的意见与否,我们几乎无法否认他的才华。我们不一定看重他的哲理,但是不能不佩服他的说法。一般地说来,我们的戏剧中的语言似乎有些平庸,仿佛不敢露出我们的才华。我们的语言往往既少含蓄,又无锋芒"③,同样,对于文学形式,老舍亦没有像当时的时代氛围所流行的那样不屑一顾,而是主张在表现形式上不要落俗套,要大胆创造,因为生活是千变万化的,不能按老套子来写。任何一种文学艺术形式一旦一成不变,便会衰落下去。"我们要想各种各样的法子冲破旧的套子,这就要敢想、敢说、敢干。'五四'时期打破了旧体诗、文言文的格式,这是个了不起的文化革命!文学艺术,要不断革新,一定要创造出新东西,新的样式。如果大家都写得一样,那还互相交流什么?正因为各有不同,才互相观摩,取长补短,共同提高。新创造的东西,可能有些人看着不大习惯,但大家可以辩论呀!希望大家在文学形式上能有所突破,有新的创造!"④他因此得出结论:文学是语言的艺术,我们是语言的运用者,要想办法把"话"说好,不光是要注意"说什么",而且要注意"怎么说"。老舍对文学语言的重视与珍爱,与当时的主流话语格格不入,但与西方的现代语言学思想,甚至形式主义理论,有不少相通之处。

对于文学语言而言,20世纪是一个革命的时代,文学研究的中心由重视研究作家创作及文学对外部世界的描绘情况,转向了重视研究文学语言。从根本上说,这种转移是受到现代哲学影响的结果。以维特根斯坦、海德格尔等为代表

---

① 老舍《关于文学的语言问题》,《出口成章》,作家出版社1964年版,第28页。
② 老舍《关于文学的语言问题》,《出口成章》,作家出版社1964年版,第28页。
③ 老舍《戏剧语言——在话剧、歌剧创作座谈会上的发言》,《出口成章》,作家出版社1964年版,第21页。
④ 老舍《人物语言及其他》,《出口成章》,作家出版社1964年版,第13页。

的语言哲学,彻底改变了人们对于语言所抱有的传统看法。过去人们总是把语言当作一种传情达意的工具,语言是被动地受人们驱使的东西。而现代语言哲学则认为,人的存在首先就是语言的存在,语言是人类存在的家园、生存的基础,语言与思想的传达应是同步的。语言哲学对现代文学理论的影响在于,它结束了文学语言在传统文学理论中处于依附性地位的被动局面,从而使得一些文学理论家们开始把语言当作文学研究的一个中心问题,其他理论问题都围绕着语言问题展开。从维特根斯坦把语言看作世界的图式,索绪尔把语言作为一个完整的系统,海德格尔把语言当作存在的家园,到苏珊·朗格把语言看作情感的符号,而拉康把语言的结构等同于思维和无意识的结构,他们都使语言自身的地位得以确立和提高。而从俄国形式主义、布拉格学派、语义学和新批评派,到结构主义、符号学,直至解构主义,他们的具体理论,表面上看来,各有千秋,甚至大相径庭,但它们都从不同的角度突出了语言的中心地位。至此,文学语言的地位不但得以提升,它甚至成为文学研究的主要课题。老舍对语言的认识,虽然不可能达到西方语言哲学家和西方现代语言学家们同样的高度,但他凭借着创作的才情和个人的感悟,逐渐认识到文学语言的重要性,并发表了大量论述文学语言的理论文章,表达了朴素的语言本体论思想,今天,我们若能联系到中国现代文学,特别是当代文学的社会环境,以"回到历史现场"的视点进行考察,老舍的重视语言和形式的文学思想,实际上是需要相当的勇气的。因为相当多的作家,都是把思想内容放在第一位,只要思想内容好,就被认为是好作品,长期以来,把作品的思想内容看成第一位的,而语言是次要的,似乎已成为一种"定论",并被接收下来,老舍先生的难能可贵之处,就是他始终独立不移地坚持语言形式的重要性。有时,他为了不授人以柄,也曾声明:"我并不是技术主义者,主张只要语言写好,一切就都不成问题了。"[1]但是,老舍先生毕竟是卓尔不群的,他始终不渝地提倡语言的重要性的原则,其精神和勇气,令人钦佩。

二

对于语言与思想的内在关系,以往的学术界总是习惯于从"二元背反"的思维模式去做僵化的理解,所谓"二元背反",原是一个哲学命题,产生于形而上学中心主义,即在认识上,依据个体信奉的中心立场,将外部世界中各类复杂的矛盾,统一简化为一对对绝对性的矛盾,其行为上必定是支持一方、反对一方且根

---

[1] 老舍《关于文学的语言问题》,《出口成章》,作家出版社 1964 年版,第 28 页。

本不认同矛盾互补、互换、多元共存和求同存异,实质上,是一种形而上学的思维模式,而这种思维模式在中国的现代文学界似乎有着普遍性的市场,从"五四"发轫期的文白之争,到20世纪二三十年代的种种文艺论争,都可以从中看出这种思维模式的影子。因此,在语言与思想之间,人们总是看到二者的对抗性,没有顾及它们的统一性,总是看到二者的差异性,而没有看到它们之间的同一性,我们总是嗜好在语言与思想间排出一个主次和先后顺序,总是天经地义地认为"思想决定语言"。随着现代语言学理论的发展,该观念受到了颠覆性的解构。人们逐渐认识到,语言与思想之间的关系在本质上是难以分出谁先谁后的,二者相互作用,相互影响。表面上看,语言的确是表达思想的工具,但那主要是对物质实在指称意义而言的,在思想层面上,语言与思想具有同向一致性,生活在语言世界中的人类在表达思想时,如果没有语言的帮助是根本不可能的,现代语言学认为语言是思想的本体,人的语言过程即是思想的过程,人类的世界本质上就是一个语言的世界。现代西方语言学的鼻祖、瑞士语言学家索绪尔在《普通语言学教程》中,十分明确地厘定了该观点,他把语言比喻成一张纸:"思想是正面,声音是反面,我们不能切开正面而不同时切开反面,同样,在语言里,我们不能使声音离开思想,也不能使思想离开声音。"[1]也就是说,当人们要表达某种思想时,不可能在不使用语言的情况下,却又能非常明晰完整地将其内容传达出来。萨丕尔认为:"几乎在语言表达开始的时候,思维过程像是一种精神泛滥,就渗进来了;并且,一个概念一经确定,必然会影响到它的语言符号的生命,促进语言的进一步成长"[2]。无独有偶,老舍也明确地提出了"语言形式与思想内容同等重要"的思想。他说:"在文学作品里,思想内容与语言是血与肉,分割不开的,没有高度的语言艺术,表达不出高深的思想"[3];"我们的最好的思想,最深厚的情感,只有被最美妙的语言表达出来。若是表达不出来,谁能知道那些思想与感情怎样的好呢?这是无可分离的、统一的东西"[4]。因此,"高深的思想与精辟的语言当是互为表里、相得益彰的。假若我们把关汉卿与曹雪芹的语言都扔掉,我们还怎么去了解他们呢?"[5]"同是用普通的语言,怎么有人写的好,有人写的坏呢?"老舍

①　〔瑞士〕索绪尔《普通语言学教程》,高名凯译,商务印书馆1982年版,第158页。
②　〔美〕爱德华·萨丕尔《语言论》,陆卓元译,商务印书馆1985年版,第15页。
③　老舍《戏剧语言——在话剧、歌剧创作座谈会上的发言》,《出口成章》,作家出版社1964年版,第19页。
④　老舍《关于文学的语言问题》,《出口成章》,作家出版社1964年版,第28页。
⑤　老舍《戏剧语言——在话剧、歌剧创作座谈会上的发言》,《出口成章》,作家出版社1964年版,第28页。

认为,"这是因为有的人的普通言语不是泛泛地写出来的,而是用很深的思想、感情写出来的,是从心里掏出来的,所以就写的好"①。老舍甚至认为,语言就是文学的民族风格的代表,"我认为民族风格主要表现在语言上。除了语言,还有什么别的地方可以表现它呢? 你说短文章是我们的民族风格吗? 外国也有。你说长文章是我们民族风格吗? 外国也有。主要是表现在语言上,外国人不说中国话。用我们自己的语言表现的东西有民族风格,一本中国书译成外文就变了样,只能把内容翻译出来,语言的神情很难全盘译出。民族风格主要表现在语言文字上,希望大家多用工夫学习语言文字"②。在《文学概论讲义》中,老舍将这种语言本体论思想表达得更为透彻,"诗的言语与思想是互相萦抱的,诗之所以为言语的结晶也就在此。在诗中,它的文字与思想同属于创造的;设若我们说:'战事无已呀,希望家中快来信!'这本来是人人能有的心情,是真实的;可是只这样一说,说过了也便罢了。但是,当我们一读到杜甫的'国破山河在,城春草木深。感时花溅泪,恨别鸟惊心。烽火连三月,家书抵万金。'我们便不觉泪下了。这'烽火连三月,家书抵万金'还就不是'战事无已呀,希望家中快来信!'的意思吗? 为什么偏偏念了这两句才落泪? 这便是诗中的真情真理与言语合而为一,那感情是泪是血,那文字也是泪是血;这两重泪血合起来,便把我们的泪唤出来了。诗人作诗的时候已把思想与言语打成一片,二者不能分离"③。此时,老舍已经明确地感悟到,语言与思想之间,是浑然一体的,二者相互作用,相互影响,在本质上,是很难分出谁先谁后的。他与现代西方语言学的学者们都认识到人们从事语言的过程,实际上就是一种力图获得思想和情绪以及表达这种思想和情绪的过程,语言的外在结构虽然是表情达意的工具,但它本身就是思想内容的呈现。难能可贵的是,老舍并没有像有的西方文论的学者那样完全陷入形式主义的泥潭,"艺术永远是独立于生活的,它的颜色从不反映飘扬在城堡上空旗帜的颜色"④,"文艺科学的目的,首先在于研究作品的语言结构,而不涉及社会、思想"⑤。而是提出"人与话,物与话,须一齐学习,一齐创作"的观念,"我们学习语言,不要忘了观察人,观察事物。有时候,见景生情,还可以把自己的感情加到东西上去。我们了解了人,才能了解他的话,从而学会以性格化的话去表现人。我

---

① 老舍《关于文学的语言问题》,《出口成章》,作家出版社 1964 年版,第 28 页。
② 老舍《关于文学的语言问题》,《出口成章》,作家出版社 1964 年版,第 32 页。
③ 老舍《诗与散文的分别》,《文学概论讲义》,北京出版社 1984 年版,第 41 页。
④ 什克洛夫斯基等《俄国形式主义文论选》,方珊等译,三联书店 1992 年版,第 11 页。
⑤ 韦勒克、沃伦《文学理论》,刘象愚等译,三联书店 1984 年版,第 26 页。

们了解了事物，找出特点与本质，便可以一针见血地状物绘景，生动精到"①。在他看来，我们学习语言，还须注意它的思想感情，注意说话人的性格、文化程度，和说话时的神情与音调等，注意一个人为什么说那句话，和他怎么说那句话的，通过一些话，我们可以看出他的生活与性格来，这就叫连人带话一齐来。而如果独立地记下一些名词与话语，像鹦鹉学舌一样，只会死记，不会灵活运用，是不能生动地描绘出人或物的，光记住一些话，而不注意说话的人，不注意说话人的思想感情，便摸不到儿——为什么这个人说这样的话，那个人说那样的话，这个人这么说，那个人那么说，先由话知人，而后才能用话表现人。甚至对不会说话的草木泉石等物，老舍认为也要抓住它们的特点特质，用自己的语言替它们说话，见景生情，融情于景，把自己的感情加到物上去。只有人与话，物与话一齐来写，都经过感情的过滤、浸泡，才能使语言简单、经济、亲切，成为有生命力的语言。今日看来，老舍的语言论思想，的确是他留给我们的宝贵的精神财富，它对于我们建构自己当代语言学理论体系，是大有裨益的。

三

　　老舍的白话语言观与现代语言学理论另一相通之处是"白话万能论"的提倡与实践。"五四"白话文运动发端以后，复古派讥笑白话文"鄙俚浅陋""不值一哂"，就是新文学的许多作家的语言中，也还留有不少文言的残迹，行文往往半文半白，文白相混，老舍则态度鲜明地打出了"白话万能论"的大旗，"我们必须相信白话万能！否则我们不会全心全意地去学习白话，运用白话！我们不要以为只有古诗人才能用古雅的文字描写田园风景。白话也会。我们不要以为只有儒雅的文字才能谈哲理，要知道，宋儒因谈性理之学，才大胆地去用白话，形成了语录体的文字。白话会一切，只怕我们不真下功夫去运用它！我们不给白话打折扣，白话才能对我们负全责！"②在创作《小坡的生日》时，他说："有了《小坡的生日》，我才真明白了白话的力量；我敢用简单的话，几乎是儿童的话，描写了一切。我没有算过，《小坡的生日》中一共到底用了多少字；可是它给我一点信心，就是用平民千字课的一千个字也能写出很好的文章。我相信这个，因而越来越恨'迷茫而苍凉的沙漠般的故城呓'这种句子。有人批评我，说我的文字缺乏书生气，太

---

　　① 老舍《人、物、语言》，《出口成章》，作家出版社 1964 年版，第 6 页。
　　② 老舍《怎样写通俗文艺》，《老舍论创作》，上海文艺出版社 1982 年版，第 262 页。

俗,太贫,近于车夫走卒的俗鄙;我一点也不以此为耻!"①正是在这种白话语言观念的指导下,老舍一生使用现代白话语言,一生推广现代白话语言,一生研究现代白话语言,并把"白话的真正香味烧出来",创作大量脍炙人口的现代文学经典作品。他的这一理论主张,表面上看,与现代语言学并无关联,至今,我们也没有发现任何证据证明老舍曾接触过现代西方语言学,但他凭借着个体对语言的感悟和理解,在有意无意间与现代西方语言学有了暗合之处。现代语言学认为,语言成长为一个独立的系统体系,需要一个漫长的过程,而它一旦成立,就会对人类的思想和思维产生强大的作用力和控制力。因此,表面上看,使用什么语言是人们的自由,本质上人们选择了什么样的语言体系,也就意味着选择了什么样的思维方式和有什么样的思想,该语言系统的话语方式,便会牢牢地控制了人们思想自由的限度。"当我们说话时,自以为自己在控制着语言,实际上,我们被语言控制,不是我在说话,而是话在说我。"②这也意味着人的思想、思维不可能脱离语言系统而单独的存在,你只能在该语言系统所固有、所允许的范畴内"自由"地思想,正如海德格尔说得那样,哲学家不是在语言中思考,而且是沿着语言的方向思考。在中国,古代的文言,并不仅仅只是一种语言工具,更是中国文化中的一种重要的制度,是封建文化和专制思想的依附体和直接表现者,它严重地束缚了现代人的思想情感的自由表达和思想的充分发展,是一种日趋僵化的"死语言",对中国的现代文学而言,只能选择现代白话作为文学的语言,因为,现代人的鲜活的思想,只能存在于现代白话语言之中,解放了个性的人,就必定具有自由、活泼、充满生机的思想情感,这样的思想与情感只有现代白话才能承载。因此,要想传播先进的西方文化,清除封建思想文化,就必须彻底铲除文言,而使用现代白话语言,也正是在此意义上,胡适等"五四"文学革命先驱才从语言和文学形式入手,进行思想启蒙运动,从而开启了中国现代文学的大门,正如周作人在《思想革命》所言"我们反对古文,大半是因为他晦涩难解,养成国民笼统的心思,使得表现力和理解力都不发达,但另一方面,实又因为他内中的思想荒谬,于人有害的缘故。这宗儒道合成的不自然思想,寄寓在古文中间,几千年来,根深蒂固,没有经过廓清,所以这荒谬的思想与晦涩的古文,几乎已融合为一,不能分离。我们随手翻开古文一看,大抵总有一种荒谬思想出来。便是现代人作一篇古文,既然免不了用几个古典熟语,那种荒谬思想已经渗透进了文字里面去了,

---

① 老舍《我怎样写〈小坡的生日〉》,《老舍论创作》,上海文艺出版社 1982 年版,第 20 页。
② 詹姆逊《后现代主义与文化理论》,唐小兵译,北京大学出版社 1997 年版,第 32 页。

自然也随处出现"①。而老舍虽然没参与"五四"文学革命和提倡现代白话文运动,但老舍从事文学创作时,同样是身感心受。"五四"文学革命"给了我一双新的眼睛,给了我一个新的心灵,也给了我一个新的文学语言"②,"在五四运动以前,我虽然很年轻,可是我的散文是学桐城派,我的诗是学陆放翁与吴梅村。到了五四运动时期,白话文学兴起,我不由得狂喜。用白话写,而且字句中间要放上新的标点符号,那是多么痛快有趣的事啊! 再有一百个吴梅村,也挡不住我去试写新东西! 这文字解放(以白话代文言)的狂悦,在当时,使我与千千万万的青年不知花费了多少心血,消耗了多少纸笔!"③因为在他看来,传统中国文人所使用的文言文,已经变成了他们思维的工具,而它因自古以来的代代相传,早已日趋僵化,与"五四"文学革命之后的经验世界脱节了,白话语言因其天然性地与现实世界接近,就最适合经过思想启蒙的现代人使用,最能够载承新文学的思想使命,也正是在此意义上,老舍才打出了"白话万能论"的大旗,今日看来,在老舍的现代白话语言观中,中国的现代文学语言观中,确有不少现代语言学语言本体论的思想成分,而且与胡适、傅斯年、周作人、鲁迅的现代白话语言观中的语言本体论思想也是一脉相承的,梳理、理解他们现代白话语言观念中的语言本体论思想,似乎是中国现代文学研究的一个重要课题。老舍是这样说的,更是这样做的,他用现代白话语言这个利器,创作了长、中、短篇小说近百部,话剧、戏曲剧本40多个,还有大量散文、杂文、曲艺、文论等,不但给中国现代文学画廊贡献了众多的人物形象,更为重要的是老舍通过笔下的人物剖析了中国传统文化心理的构成,以达到反思国民性、批判国民性的思想启蒙目的,同时,老舍为中国现代文学提供了真正的现代白话文学语言,既摆脱了当时纯粹按照民间口语比较粗糙的自然状态,又避免了西式欧化风格中过分东洋化、西洋化的缺陷,还摆脱了缺乏真情实感的学生腔的窠臼,他用自然流畅、纯净漂亮的现代白话语言,描写了泰晤士的雾都奇景、古都北平的烈日暴雨、大杂院的风土人情……他的现代白话不仅能描写一切,而且都表达得那么生动、传神,富有审美性,真正地显示了现代白话语言的力量,他本人也名副其实地成为中国现代文学的语言大师,这些实绩的取得,是与他的现代化的白话语言观分不开的。

---

① 周作人《思想革命》,《每周评论》1919 年,第 11 页。
② 老舍《五四给了我什么》,《解放军报》1954 年 5 月 4 日。
③ 老舍《〈老舍选集〉自序》,《老舍论创作》,上海文艺出版社 1982 年版,第 140 页。

论民国生存语境的文学诠释与经济重构

王玉春 ■

　　1911～1949年的38年间，被史学界称之为中国历史上的"民国时期"。这一时期的中国遭逢前所未有之大变局，古与今、新与旧、中与西的碰撞交融，建构起民国文化的独特风景。穿越近一个世纪的历史风尘，昔日繁荣之文化，自由之思想，特立独行之"民国范儿"，夹杂着纷飞的战火、动荡的时局，在"回望"的视线中摇曳生姿。近年来，"民国热"持续升温愈加受到人们关注，与此同时，重新审视民国历史，对民国生存语境的探讨也引起研究者重视，日益成为中国现代文学研究有待开拓的新课题。

一、"生之艰"的诠释与重构

　　"哀民生之多艰"，屈原在《离骚》的声声"长太息"，所体现出的忧国忧民意识，作为中国文学的优良传统，在新文学叙事中得到充分发挥。一方面，现代作家通过小说等虚构性作品，表达对民生疾苦的关注，注重摹写生存处境的艰难。以鲁迅为例，作为现代小说开端的《呐喊》《彷徨》，贯穿着作者对如何疗救社会病苦、改造国民性的思考，其在叙事中所提倡的"在高的意义上的写实主义"，究其实质正是在强调物质匮乏困苦的基础上，进一步揭示人的精神病态，从而达到对人物灵魂的拷问。无论是《奔月》中作为符号意义的"乌鸦炸酱面"所隐喻的饮食男女的生存困境，还是《药》中对暗示华老栓一家生活拮据的"满幅补丁的夹被"的不经意间地一瞥，以及《孔乙己》中"站着喝酒而穿长衫"的唯一人的穷酸潦倒人生的集中呈现，和《伤逝》中对社会经济压力下失去附丽的爱情悲剧的渲染，小说的叙事动因或者说文本所侧重强调的都是对"生之艰"的生存语境的呈现。再如郭沫若，其早期小说的绝大部分都以困窘的日常生活为中心，如《鼠灾》《函谷关》《月蚀》《圣者》《十字架》《阳春别》《行路难》《后悔》《红瓜》等，均以大量篇幅和细致笔触摹写主人公现实生活中的生存困境，倾诉贫困与饥饿。而在左翼作家茅盾、沙汀、叶紫等的笔下，无论都市还是乡村都濒临破产凋敝的绝境，工商业的衰败，经济的萧条，民不聊生，卖儿鬻女，饿殍遍野……几乎成为左翼经济叙事的共同特征。

　　另一方面,现代作家通过序跋、自叙传、散文等带有"纪实"色彩的作品,建构起现代知识分子困厄倾颓的生存语境。包括鲁迅在《呐喊》自序中对"从小康人家而坠入困顿"的家庭变故的描述与对弃医从文的个人心路历程的剖析,《朝花夕拾》中对世态炎凉与饱受侮辱的惨伤童年记忆的旧事重提,以及《野草》中对苦闷人生、灰暗命运的冷峻呈现等,"时常躲在黑暗的角落里冷笑"的鲁迅,对人生苦难精神底色的书写可以说是贯穿始终的。诸如此类的"痛说革命家史""直面惨淡人生"的自我诠释,在现代作家的个人叙事中屡见不鲜。"我们的物质生活简直像伯夷叔齐困饿在首阳山上",郭沫若在长达万言的书信《孤鸿——致成仿吾的一封信》中,可谓写尽贫困潦倒、饥饿绝望,其"万事都是钱。钱就是命!"的喟叹令人感慨。而现代都会主义作家穆时英在《白金的女体塑像·自序》里则以"在生命的底线上游移着的旅人"自喻,《父亲》《旧宅》《第二恋》等带有自叙传色彩的小说都在诉说着同一个主题,即生存的不易。

　　与文学世界所摹写诠释的困厄惨淡、水深火热的"生之艰"相比,近年来研究者从经济视角对民国生存语境的重构,则显示出另外一番面貌。20世纪90年代以来,以陈明远为代表,重新审视现代知识分子生存语境的系列研究成果,包括《知识分子与人民币时代》(2006)、《文化名人的经济背景》(2007)、《文化人的经济生活》(2010)、《鲁迅时代何以为生》(2011)等,在读者中引起强烈反响。这些研究旨在从经济视角入手考察文化人生活、了解现代知识分子生存发展,不仅为读者了解20世纪二三十年代文化人的生活细节、经济状况与社会生活提供全面、翔实的史料,更提示研究者对民国知识分子生存环境与地位的重新考量。

　　"鲁迅、胡适、蔡元培为首的一批文化名人的生存状况真如我们想象中那般清贫吗?他们的收入从哪里来?他们怎么养活一家老小?"《文化名人的经济背景》一书在"内容简介"中提出了上述质疑。可以说,对读者"想象"的质疑,既是著者立论谋篇的出发点,也是发掘、运用史料的一个重要维度。在这一基础上,书中对民国知识分子的经济状况与生存状态作了相当细致的考察,尤其是对"年可坐得版税万金"的鲁迅的生存"真相"的披露颇具颠覆力:鲁迅爱逛琉璃厂、淘古玩字画、爱吃馆子、摆酒席、孝敬老母、资助亲友,前期在北京住四合院时就雇佣女工和车夫;后期在上海住大陆新村三层楼房,他和许广平、幼子海婴三人更雇有两个女佣,晚年全家经常乘出租车看电影、兜风、赴宴席;鲁迅经济独立以后,开始每个月给浙江家人五六百块钱的资助。这笔钱,大致相当于当时100个三轮车夫一月的收入;鲁迅在1919年和1924年买过两个四合院,一大一小,大者3500元,小的1000元……如此优越的物质生活条件,如此阔绰休闲的日常生活,既与鲁迅笔下诠释的"生之艰"迥然不同,更与很多读者心目中的那个"荷戟独彷徨""怒向刀丛觅小诗"的鲁迅形象大相径庭。

于是,经济视角审视下对民国生存语境的重构,与文学叙事中对"生之艰"的摹写诠释之间行成鲜明的反差。那么,为什么会形成上述言说的悖论? 我们应该如何看待民国知识分子的生存语境? 它又对现代文学研究提供了哪些启示?

二、悖论的形成与反思

长期以来,现实主义被视为现代文学的重要创作方法,读者往往习惯于从"文学是社会生活的反映"的角度来解读作品。但是,当人民从反映论的视角试图从文学作品的诠释中,来获得对社会生活等生存环境的真切了解时,其得出的结论往往是片面和简单的。现代知识分子在文学创作中对生存困境的书写、对人生苦难的透视,常常充满着对国家民族的多重想象与建构。正因如此,阅读者如果将文学作品中所呈现的这些"被诠释"的生存语境,视为不证自明的生活"真相",并将其与客观现实一一对应坐实,以期获得对当时历史背景与现实社会的认知,所得出的结论可能与史实相去甚远。这可能也是陈明远为鲁迅所开列的经济账单,在读者中引起不小冲击的原因之一。

悖论形成的另一重要原因,还在于主观意图在创作与研究中的过度彰显。从新文学叙事的角度,在启蒙主义文学观念的宏大建构下,对"生之艰"的摹写,成为鲁迅一代知识分子的自我体认与主动选择,继而成为现代文学史书写中力图张扬的"显在写作"。"国计民生"是现代民族国家的根本要务,也是启蒙现代性的重要维度。中国现代文学诞生在民族危机深重的年代,启蒙国民性成为新文学的根本使命,这在很大程度上影响了现代知识分子的题材选择与叙事立场。鲁迅在谈到"我怎么做起小说来"时,反复强调"我仍抱着十多年前的'启蒙主义',以为必须是'为人生'而且要改良这人生。……所以我的取材,多采自病态社会的不幸的人们中,意思是在揭出病苦,引起疗救的注意"。因此,在"启蒙"观念统率下,对"生之艰"的摹写与对"万恶的旧社会"的批判一起成为时代的"共名"。

其实,早在 20 世纪 30 年代,林徽因为《大公报·文艺副刊》编选小说选时,就对这一创作现象有所警觉:"如果我们取鸟瞰的形势来观察这个小小的局面,至少有一个最显著的现象展在我们眼下。在这些作品中在题材的选择上似乎有个很偏的倾向:那就是趋向农村或少受教育份子或劳力者的生活描写"。林徽因认为这一倾向并不是偶然的,"说好一点是我们这个时代对于他们——农人与劳力者——有浓重的同情和关心；说坏一点，是一种盲从趋时的现象"，因为"描写劳工社会、乡村色彩已成一种风气，且在文艺界也已有一点成绩，初起的作家，或个性不强烈的作家就容易不自觉的，因袭这种已有眉目的格调下笔。尤其是在我们这时代，青年作家都很难过自己在物质上享用，优越于一般少受教育的民众，便很自然的要认识乡村的穷苦，对偏僻的内地发生兴趣，反倒撇开自己所熟识的生活不写。拿单篇来讲，许多都写得好，还有些特别写得精采的，但以创造界全盘试验来看，这种偏向表示贫弱，缺乏创造力量。并且为良心的动机而写作，那作品的艺术成分便会发疑问"。这种"偏向表示贫弱"的作品，虽然"缺乏创造力量"，但却在新文学史叙事中得到进一步彰显，与此同时对其他所谓"潜在叙事"的屏蔽就顺理成章了。

同样的道理，陈明远从经济角度对生存语境的"重构"，其潜在的写作意图中无疑既包含着是对之前"五四"文学叙事中所诠释的现代知识分子困厄倾颓的生存语境的反拨，又寄托着研究者对当下中国知识分子生存环境的关注和潜在对比。在这样的主观意图之下，对鲁迅所谓优越生活条件的"张扬"就可想而知了。事实上，研究者的这种主观意图在大众媒介传播过程中得到极大的彰显。不少转载、评论都突出了这样的关键语句："鲁迅一生总收入竟达 408 万"，"鲁迅 30 岁时年薪约为 2009 年 34 万"。而鲁迅的"豪宅"更成为关注的重点："在 20 世纪二三十年代，文人买个四合院住住，似乎是家常便饭。鲁迅就在 1919 年和 1924 年买过两个四合院，一大一小，大者 3500 元，小的 1000 元。"有评论者进一步作了比较，"2007 年，在北京五环外买一处安居之所，即使最小的房子，也要 40 万～50 万，如果要达到鲁迅先生的住房条件，没有 3000 万元是不能的。而当时，这套房子的总价值相当于鲁迅先生和周作人兄弟二人 7 个月的薪金总和，今天，相当于一个年轻人 500～1000 年的薪金总和（以年薪 3 万～6 万元计）"。这的确是一笔"让人哭笑不得的账"，且不论这样的计算、折合是否科学，单就研究者对数字细节的过分强调，所关注的焦点已经转移了读者对"五四"生存状态的探究，无疑容易导致对鲁迅以至"五四"整体生存语境的片面化理解。

实际上，除了相对"优越"的鲁迅，现代作家中生活窘迫，为生计奔忙的比比皆是。"鬻文为生"的不稳定性，常令作家在经济上捉襟见肘，沈从文在《第二个狒狒》小引中，曾讲述自己"寂寞可伤"的生活，"来到北京，因为穷，学着人写着一点小说之类……从每千字中取出五毛左右的报酬来，养活着自己，在我一年来，是如此度过。未来的生活，又包围了我。回头既不能，写五毛钱或一块钱一千字的文章因为病也不太容易写出了"。可以说，现代知识分子中经济窘迫的比比皆是,甚至诸多因债台高筑而发愤著述的个案,只是在研究者主观意图的彰显下,往往自动过滤或淡化了上述与立论观点不一致的枝节。当对"生存语境"的呈现与研究,成为创作者或研究者实现主观意图的一种佐证时,其得出的结论出现偏颇,也就是必然的了。

三、重审民国生存语境

对民国生存语境的重审,需要相对全面综合的考量,因其涉及经济社会生活的方方面面,而尤需整体大局眼光。需要指出的是,"历史"为生存语境的探讨留下了大量鲜活丰富的细节,但是当这些细节作为"以管窥豹"的力证,进而成为作者谋篇立论的重要依据时,这样的细节往往是不够"可靠"的。

一方面,在对民国生存语境的"细部"考察上,既要注意到同一作家在不同时间段的生存境况变迁,又要关注到同一时间段内不同作家的迥异生存状态。例如,20世纪20年代的老舍,彼时出任劝学员,每月的工资高达一百元之多。一百元的购买力,根据老舍下面的这段描述不难推断:"一份炒肉丝、三个油火烧,一碗馄饨兼卧两个荷包蛋,也不过一毛一二。要是有一毛五,还可以外叫一壶老白干儿来喝喝了"(《小型的复活》);而抗战时期的老舍,因为战时经济形势逆转,物价飞涨,生活状况已不可同日而语。在"文协"决定撤离武汉迁往重庆时,老舍几乎无力购买船票。到重庆后的老舍生活愈加困难,为了省钱戒烟戒酒,随着经济压力的增大,身体也越来越差,贫血,打摆子、头晕的毛病不时发作,"苦闷得像一条锁在柱子上的哑狗"。再如,1929年的鲁迅与朱湘,其生存状况可谓天壤之别。这一年的鲁迅,据统计"共收入15382.334圆,平均每月1281.86圆";而朱湘则上演了"一分钱难倒英雄好汉"的现实悲剧,其出世不到一岁的孩子竟因为没有奶吃而被活活饿死。经济拮据,精神愤懑,难以为继的朱湘几年后最终纵身跃入清波,年仅29岁。只有注意到这些"细部"的不同,才有可能进行更为全面的考察。民国生存语境的相关研究,是一个十分复杂的课题,往往涉及政治、经济、文化、精神心理等方方面面,很多情况是无法"一言以蔽之的"。而对生存语境的或艰难或优越的极端书写,都是"局部视阈"下细节呈现所带来偏颇的表现。

另一方面,从经济视角对民国生存语境的重新考察,尤其需要注意到现代知识分子丰富的精神世界与价值取向。正如传统研究因"讳言钱"对作家生计问题的忽略而导致研究上的概念化、片面化,新的研究趋势对经济问题的过分彰显同样带来新的偏至。陈明远的重要观点之一,即对"经济"与"思想自由,个性解放、人格独立"之间关系的论述,强调经济之于精神的重要性。"自由固不是钱所能买到的,但能够为钱而卖掉",正是有了自由独立的经济生活作为自由思想与独立人格之坚强后盾和实际保障,现代知识分子方才成为启蒙运动中传播和创新现代化知识的社会中坚。这种经济决定论不仅颠覆了作家形象的传统认知,也是对"五四精神"的误读。例如,《文化人的经济生活》一书就将《新青年》同人不要稿酬的原因归结为"《新青年》成员都有相当稳定的中等阶层收入,所以他们办的'同人刊物'方能做到不以盈利为目的"。如此论断在强调经济决定论的同时,已悄然构成对"同人精神""五四精神"的遮蔽。事实上,"五四"一代知识分子,如陈独秀自1904年创办《安徽俗话报》,所有编辑、排版、校核、分发、邮寄等均一一亲自动手。"三餐食粥,臭虫满被",亦不以为苦,所秉持的正是"我办十年杂志,全国思想都全改观"的理想与信念。而读书期间的朱湘,在穷到常连吃饭的钱都没有时,仍然自费创办了不定期文艺刊物《新文》,尽管因经济窘迫出版两期后就停刊了。不论陈独秀视为"人生最高尚优美的生活"的"出了研究室就入监狱,出了监狱就入研究室";还是鲁迅提出的"真的知识阶级"应该"永远站在底层平民这一边,是永远的批判者",蕴积其中的精神内涵都不是简单的经济决定论所能涵盖的。诚如陈明远先生所言,离开了钱的鲁迅不是完整的鲁迅,那么,过分强调钱,无视精神维度的考量,更是对鲁迅的"误读"。"从生活窘迫过来的人,一到了有钱,容易变成两种情形:一种是理想世界,替处同一境遇的人着想,便成为人道主义;一种是什么都是自己挣来的,从前的遭遇,使他觉得什么都是冷酷,便流为个人主义。"《文艺与政治的歧途》一文中所阐释的"人道主义"金钱观,正是鲁迅个人对生计问题的自我注解。通过稿酬、版税、兼课等解决了个人生存问题的鲁迅,不仅在生活中慷慨解囊给予叶紫、萧红、萧军、曹靖华、李霁野等青年作家诸多经济上的支持,更通过文学作品毅然发出铁屋中的呐喊以"替穷人想想法子,改变改变现状"。可见,只有在更为开阔的视野中才有可能深入揭示民国生存语境,正是在这一意义上,对民国生存语境的更为深入的重审,研究者责无旁贷。

通信栏与"五四"文学的发生

王玉春 ■

巴金的代表作《家》中曾详细地描写了"五四"时期的新女性"琴"学写白话信的情景,其中有一个往往被我们忽略的细节:琴为了学写白话信,"曾经把《新青年》杂志的通信栏仔细研究过一番"。这段描写不经意间至少传递出三点讯息:第一,《新青年》杂志在当时的青年学生中颇有影响;第二,"通信栏"是《新青年》中较有影响的栏目;第三,"通信栏"被作为当时白话信的范本。关于第一点已是学界的共识,毋庸赘言;而第二、第三点却有待探究,一个杂志的专栏何以会具有写作意义上的示范性,值得"五四"青年"仔细研究"进而学习模仿呢?"五四"时期,几乎所有重要的有影响的报纸杂志都陆续开设了通信栏,胡适的《文学改良刍议》向来被视为中国现代文学的开端之作,实际上该文的核心观点"八事主张",早在三个月前就先见之于《新青年》的"通信"栏。而《中国新文学大系·文学论争集》(1935)第1编和第2编中所收录的重要文章近一半都出自通信栏。到了当代,通信栏中的往来书信更是成为研究者出入历史的"资料库",被频频摘引。那么,通信栏为何能在"五四"报刊中发挥重要影响?它在"五四"读者的阅读接受中究竟扮演着什么样的角色?从发生学意义上,通信栏之于"五四"文学的价值又何在呢?通信栏无疑为"五四"文学研究提供了一个相当独特的视角。

一、通信栏的"碎片"价值

"通信栏"是指报刊中以刊发读者来信和编者复信为主要内容的专栏的统称,在具体名称上,除了使用最为广泛的"通信"之外,还有"通讯""来件""自由问答""读者来信""读者信箱""编辑室通讯""作者、读者、编者"等。"五四"时期随着《新青年》"通信"栏的成功,几乎所有重要的、有影响的报刊都先后开设了类似的通信栏,包括《每周评论》"通讯"栏、《国民》"通讯"栏、《新潮》"通信"栏、《晨报副刊》"通信"栏、《民国日报·觉悟》"通讯"栏、《少年中国》"会员通讯"栏、《曙光》"通信"栏、《小说月报》"通信"栏、《小说世界》"编者与读者"栏、《创造》"通信"栏等。1920年,《新青年》(第7卷第6号)在再版广告中曾重点推荐了从创刊伊始就开设的"通信"一栏,理由是"通信可以随便发表意见。所以那通信栏里真有许多好材料现在也还是不能不看的"。1921 年,《小说月报》(第 12 卷第 7 号)在"最后一页"中也专门强调了相关讨论"请以书信形式"进行,第二年又有读者特意要求将自己对于文学上的意见"在通信栏里发表"。由此不难看出报刊对通信栏的高度重视,以及通信栏受读者欢迎的程度之深,这些都从另一个角度凸显了通信栏的特殊性。

有必要指出的是,"五四"时期的通信栏明显有别于当代报刊中处于附属地位的读者来信栏。首先,这一时期的通信栏是与其他栏目并列的独立专栏。实际上,早在清末民初,一些报刊就设立了类似的通信栏目,如《安徽白话报》的"通信"、《苏报》的"舆论商榷"、《国民日报》的"南鸿北雁"、《民立报》《独立周报》的"投函"、《甲寅》的"通讯"等,但总体上这些报刊尚未形成固定的专栏,偶有通信刊登也往往局限于读者的来信,较少或没有编者的回复,更少形成话题以及引发相关讨论。到了"五四"时期,很多报刊都"特辟通信一门",在公告、启事或者投稿章程中明确了通信栏的独立位置,通信栏成为与"戏剧""小说""诗""国内外大事记"等栏目并列的独立专栏。不仅如此,多数报刊如《新青年》《小说月报》《觉悟》还在目录编排上根据通信内容或通信人姓名来拟定标题,更加凸显了其作为独立专栏的特征。虽然有的报刊不是期期都有通信发表,但总体上表现出了固定连载的特征。如《新青年》"通信"栏不仅是固定的专栏,而且也是在改为季刊之前贯穿始终的唯一的一个栏目,刊发通信总数多达 382 封。而且栏目中往往接连几期对同一个话题进行多次讨论,如对孔教与旧道德问题、世界语问题、文学改革问题、国语和白话问题的讨论,还有《小说月报》"通信"栏中对语体文欧化问题、自然主义问题的讨论等都体现了这种连载性。

其次,通信栏的参与者众多。通信栏的参与者一部分属于专业读者,如陈独秀、钱玄同、刘半农、鲁迅、胡适、沈雁冰、邵力子、郭沫若、郁达夫、郑振铎等。从文学生产的角度看,他们有的是编者,有的是作者;从新文化运动的发生发展来看,他们有的是领导者,是新文化运动中的主将,有的是重要的参与者。这些精英知识分子的加入,不仅壮大了通信栏的声势,也使通信栏在建立之初便显示出不同于以往的问题意识与理论深度,极大地拓展了通信栏的言论空间,使讨论更加丰富和深刻。通信栏的另一部分参与者是普通的读者大众,通信栏的开设为普通读者发表意见提供了渠道与平台,在一定程度上鼓励了读者的思考,培养了读者与精英知识分子、与报刊传媒之间的交流与互动,使通信栏成为"不分等级的论述空间"。读者的广泛参与不仅促进了"五四"时期众多问题的思考与探讨,而且正是这种多重对话、集思广益的交流方式,促进了思想的广泛传播,新文化运动能够发展成为一场全国性的运动,与众多普通知识分子的参与和支持密不可分,在这方面报刊通信栏功不可没。

再次,通信栏的内容极其丰富。"五四"时期通信栏中探讨的问题几乎涉及了这一时期中国政治、社会、思想、文化、文学、教育等各个方面,内容十分驳杂。大体说来,通信栏的内容可以分为以下三类。

一是读者与编者之间就热点问题的咨询与问答。以《觉悟》的"通讯"栏为例,通过读者的来信与编者的复信,栏目中几乎讨论了"五四"时期青年最关心的所有热点问题,诸如反对包办婚姻、女子争取求学机会、与旧家庭斗争、正确地理解自由恋爱、学徒和伙友的工作与学习、学校中的新旧思想斗争、女子剪发、知识分子与劳动者的关系等。

二是读者对报刊中刊载的文章、作品的评论以及编者的相关回复。读者的这些类似读后感的评论,严格意义上讲还算不上文学批评,但是,这些量大而杂的读者来信,也在无意识中构成了一个"自在的批评大潮","从一个方面壮大了文学批评的声势"。如《小说月报》的读者就对内容空洞的评论文章发表了自己的看法:"我阅批评冰心女士作品的一类文章,极不能满意。对不对,且勿论。如全篇所写:'……深妙……哲理……奇特……真奇特……最奇特了……'这一类文字,究竟如何深妙? 如何奇特? 岂可谓之批评么?"虽然是即兴式的评论,但其鉴赏力是很准确的。从《新青年》《小说月报》到《文学旬刊》《创造季刊》《语丝》等刊物,这一时期的刊物几乎每期都刊发了大量的读者来信。读者来信以及编者的回信,加上有些来信引起的原作者的回信,形成了对有关作品的鉴赏与评论,有的还引发了相关的文学论争。可以说,通信栏很大程度上参与了对读者阅读经验的塑造,创造出为数众多的具有主体意识的新的阅读公众。

三是针对新文化运动中的一些热点问题和文学理论所进行的交流与探讨。"五四"时期的重要思想、文化、文学问题几乎都在通信栏中展开了激烈的讨论,大到文学如何改良、孔教是否该批,小到《金瓶梅》如何评价,横行与标点是否当行,还有世界语的提倡、英文"She"字译法之商榷等,几乎涵盖了新文化的各个子命题,通信栏某种意义上构成了思想界知识生活中无可替代的重要的言论空间。正如周策纵先生指出的,通信栏在许多方面成了中国杂志上第一个真正自由的公众论坛,"许多重要的问题和思想都从这里得到认真的讨论和发展"。栏目中探讨的话题往往与"五四"文学发展进程密切相关,通信栏的文学史价值由此凸显。

不过,如前所述通信栏中还有一部分属于事务咨询类的通信,其本身的价值确实不大,事实上很多文集、书信集对这一类通信也都没有辑录。况且有些通信东鳞西爪、只言片语，显得随意拉杂、不成体系，这对于那些习惯以整体社会为考量对象的研究者来说，或许很难引起他们的兴趣。但是相对于宏大的历史建构，这些历史的"碎片"（fragments），这些具体而微的珍贵文献，却细腻地呈现了一代知识分子的对话过程，为我们提供了一个想象"五四"的话语背景和一份独有的历史现场感，也为今天的研究者从多个角度来了解"五四"提供了一种可能性。对通信栏中那些被忽略、被遮蔽的历史经验和细节的发掘，恰恰有利于历史复杂性与差异性的充分呈现和展示。正是在这一意义上，通信栏成为"五四"研究中不可逾越的重要部分。

二、通信栏的"朋友圈"功能

通信栏的意义不仅是研究者出入历史的"资料库"，它作为独立的研究对象的价值还在于其为众多声音的共存提供了"话语空间"。回到《家》中"琴学写白话信"的历史语境，通信往来可以说是那时知识青年交往的有限方式。民初畅销小说《玉梨魂》中的青年男女只能凭借书信传递情感；胡适曾感叹当初几个朋友通信的乐趣真是无穷；田汉在回忆与郭沫若通信交往的情景时，甚至认为在通信中建立的友情其热烈的程度只有在热恋中的青年心理差可比拟；当年郭沫若的各种作品译著乏人问津，唯独与田汉、宗白华之间的通信集《三叶集》畅销一时……这些无不反映出通信交流在当时的重要性，以及彼时交流方式的单一和交往空间的逼仄。作为传统书信与现代报刊传媒的结合，通信栏的特殊性在于它是私人书信的公开发表，私人书信往往是两个人或几个人之间的小范围对话，公开发表的通信栏却容纳了众声喧哗的多元对话，私人书信通过现代报刊媒介，在客观上放大了个体行为的意见效应，激发了更为广泛的社会关注和公众参与。时至今日，微信"朋友圈"（微信软件中个人在群体中的公共区域）已成为人们社交的重要工具，而在没有计算机和互联网这些现代化工具的"五四"时期，通信栏某种程度上发挥着"朋友圈"的功能，成为活跃一时的社交平台。

首先，信息的咨询与分享是通信栏的功能之一，其中涉及的信息量十分庞杂，一如今天"万能"的"朋友圈"，通信栏成为很多读者信息咨询的重要途径。《新青年》初创期的通信内容就以"质析疑难"为主，咨询类的通信占到90%以上，如"沪上学校如林，何者最优"，"欲自修英文，茫无头绪……务恳指示一切，以便有所遵循"，"欲习拳术，但未得良师，想沪上定有名人，肯示一二，并告姓氏地址为祷"等。咨询的问题形形色色，还有诸如"吸灰尘有何害于卫生"之类的科普常识问题。更有甚者，如《时事新报》的读者问道："请问先生，有何妙法，能使贱内恢复天足，且不觉痛苦。"对此，编者并不介意往往不吝篇幅给予悉心解答。不仅如此，编者与读者之间还你尊我让、相敬如宾。有的读者在来信的开头便给栏目"点赞"："自贵杂志出版以来，风行全国，遗泽后进，曷胜钦佩"，编者则谦虚地回复："来示殊奖，愧甚……愚于斯学，本未深造，年来世乱学荒，益未能详告，兹谨就所见共研究之幸甚。"同时，编者的详细回复也鼓舞了读者的热情，如读者李平继在第 2 号来信中提出问题后，在第 3 号再次出现在通信栏中，信中首先对编者的回复表示了感谢，接着提出建议希望能特辟介绍书报栏，以为青年阅读指南针。编者当即给予答复并由此开辟了"书报介绍"栏，专门介绍"西文书报"。良好的编读互动充分发挥了通信栏的共享性与互惠性的优势，吸引了越来越多的读者的关注，也为其后深入的观点交流、思想碰撞提供了可能。

其次，发舒意见、探讨问题是通信栏中价值最高、表现最为卓著的部分。在这方面通信栏较之其他栏目更为灵活和开放，如《新青年》"通信"栏对 Esperanto（世界语）问题的探讨，便有钱玄同、孙国璋、区声白、朱有畇、姚寄人、胡天月、周祜、凌霜、陶履恭、陈独秀、胡适一众学人的参与，来来回回的通信 20 多封，从中我们可以清晰地看到相关问题的讨论过程，分享他们对于问题的感受与思考。可以说，很多重要问题正是在通信栏的交流碰撞中逐步展开和发展的，而"五四"的魅力很大程度上就来自于这些知识者的联盟。

耐人寻味的是，在问题探讨过程中读者角色的变化。通信栏中占主体的不再是昔日虚心求教的"学生"，更多读者以平等的身份参与到对话中来。当年 19 岁的青年学生巴金就敢于致信《文学旬刊》"通信"栏，表达对鸳鸯蝴蝶派文学的不满。而《新青年》的"通信"栏，更是可以开列出一份相当豪华的读者名单：王统照、毛泽东、常乃惪、毕云程、舒新城、叶挺、张崧年……这些当年从通信栏中走出的普通"读者"，在日后成为各个领域的精英知识分子，值得我们深思。在这方面，通信栏以相对自由开放多元的格局为报刊培育了数目可观的读者阵容，也在"五四"时期建构起了众声喧哗的"朋友圈"。

通信栏也容纳了很多批评的声音。读者顾克刚毫不留情地对表达了对刊物质量下滑的不满，《现代》杂志的读者也表达"请原谅我不会说客气话"，还有读者直言不讳地批评《新青年》"通信"栏"不过一个雄辩场罢了"。这与之前动辄表示"顷读大志，精旨名理"的读者来信，可谓天壤之别。在通信栏的众声喧哗中，尽管陈独秀曾霸道地表示"必不容反对者有讨论之余地"，但栏目对那些刺耳声音的刊载，本身就显示出一种包容性。大家在通信中据理力争，争得面红耳赤，有时甚至恶语相向，而事后又握手言欢，以澄明之心彼此不存芥蒂，这可以说是很多通信栏的缩影。而众多编辑的积极参与又形成了有效的互补：在陈独秀、钱玄同等人常与读者"对骂"的情况下，胡适"容忍与自由"的姿态，使得对通信栏的评价很难用封闭与开放、霸道与平等这些截然对立的措辞进行简单概括。因此，刘半农坚称通信栏是"商榷"性质，并不专是"雄辩"。通信栏所呈现出的这种相对宽容和谐的传媒生态，以及在众声喧哗中逐渐表露出的坚持思想独立、彼此尊重包容、追求理性对话的精神追求，既是"五四"时期报刊通信栏的终极价值和意义所在，也为重塑当代传媒的言论生态环境提供了宝贵的精神资源与价值参照。

再次，倾诉情感、结交朋友、砥砺学行是通信栏的另一重要功能。书信为心声之献酬，通信栏中虽然是公开发表的书信，但同样具有情感沟通的功能。具体说来，栏目中一部分通信者彼此相识，甚至是深交，其中的情谊自不必说。《少年中国》的"会员通讯"栏中就充满了会员的情感倾诉，郑伯奇称之为"吐心腑"。如王独清在信中谈到自己曾经试图自杀，自杀毕竟不是一件光彩的事，王独清如此坦诚地告知，可见其对朋友的信赖。而郑伯奇在回信中同样坦诚相待，告知对方自己也曾有过类似的经历，并描述了当时的内心想法。郑伯奇另一封写给仲苏的信中也交代了自己苦闷的近况："我近来这苦闷简直是我思想的'总动摇'，所以什么'自信'、'勇气'都消没了。好朋友！你能不对我掬一把同情之泪吗？"正如王光祈所说"生在这个万恶社会之中，不但是要求学术上的进步，而且要求精神的快活，要不如此，可要立即得神经病，可要立刻上自杀的道上去了"。通信栏便成为会员之间"相倚相傍相接相慰"的重要载体。

而另一部分普通读者与编者之间的通信，除了疑难咨询和发舒意见的实用功能外，也在很大程度上担负着情感倾诉的功能。在读者中颇有人缘的《觉悟》"通讯"栏中，就常有读者来信倾诉自己的苦恼怨懑，"有许多话，是嘴上说不出来的。……写信却是谈心的最有趣的方法。而且也却是最神妙的！"通信栏因此保存了不少感情真挚的"私房话"。在通信中坦诚相待，也使彼此由陌生变为熟稔，这都令通信栏充满了归属感与认同感。毕云程与陈独秀的通信往来很有代表性。作为普通读者的毕云程在《新青年》"通信"栏中前后发表了 5 封来信，与编者展开了深入的互动。他首先在信中指出了陈独秀思想上的"悲观主义"倾向，这显然有悖于陈独秀的自我定位因而受到否认。接着毕云程再次来信对其进行了一番细腻的心理分析，由此陈独秀不仅意识到了自己的悲观主义，更引发了一段心路历程的告白："仆误陷悲观罪决者，非妄求速效……一息尚存，寸心不懈。此可告于爱我责我之良友者也。"通信栏展示出了陈独秀虚怀若谷、澄明坦诚的另一面。在这样的平等交流中，不仅编者与读者建立起真挚的情谊，也无形中鼓励了读者的思考与对话。另一位读者常乃惪其以后学身份与陈独秀辩论时，同样有理有据直言不讳，令人印象深刻。

《少年中国》的"会员通讯"栏中还保存了很多会员间砥砺学行的往来通信。其中第 2 卷第 1 期伯奇致慕韩的通信形象地展示了"朋友圈"中的联络交往，洋溢着嘤鸣求友之意：

你问我王独清如何，我给你用我从前介绍他给梦九时说一样话："他是最好的朋友，我从来以弟视之，请你也以我待他的样子去待他！否！请你以待我的样子去待他！"至于他的人如何，我引梦九给我的信中的话来答你："我与独清底交情到他走底时候，感情愈厚了，了解愈佩服伯奇之知人。"他此时怕已到巴黎了，你们相处久了，自然会晓得。再请你顺便告诉他一声："他托买的书一两天就付邮了，我不久给他有信呢。"……润玙和时珍都请你代我致意。时珍只好像有一面缘（幼椿在同济过暑假的时候），但我很佩服他，不久要和他通信。许楚僧君，听朋友多对我讲他好，独清还来信介绍过他，他现在也应在巴黎，我也很想和他通讯。其次，宗白华君，不久也计划到巴黎，我也许同他来往讯息，不久就要来了。……太玄我也要给他写信……罗季则兄的信，年假前后得到，现在还未回信对不起！烦你告诉他。……日本的会员杨君归国，芮君入广岛师范，沈懋德兄已毕业下半年来京都入大学。我已和郭沫若兄通信几个月了。他确有诗才，并且很想对于文学上有所贡献，你怕也很喜欢吧。

仅在这一封信中提及的其正在通信或即将通信的朋友就有 14 位之多，包括慕韩（曾琦）、王独清、梦九（张尚龄）、润玙（王光祈）、时珍（魏嗣銮）、幼椿（李璜）、许楚僧、宗白华、太玄（周无）、罗季则、杨君、芮君、沈懋德、郭沫若。其中伯奇将王独清介绍给慕韩，而王独清则将许楚僧介绍给伯奇，十分形象地展示了"朋友圈"的逐步扩大，极具典型性。从"会员通讯"栏的大量通信中，我们可以窥见这些"崇尚进取""重视新知识，于各种新制度急感兴趣"的新青年们在那个时代的求学过程与内心探索。已赴法国留学的周太玄在致曾琦的信中，直言劝他也到法国留学，并详尽地阐明了自己的四大理由、五大注意事项。伯奇致仲苏的信中则鼓励道："你的诗很清醇幽邃，望你努力去做。"会员彼此间坦诚直率、开诚布公的评价和态度往往会成为自我认知的一面镜子。例如，田汉致仲苏的信中就相当直接地批评道："你莫不是一个'意弱思清多情失恋'的青年吗?!……你是看不了现实 Reality 的丑态，想托庇于艺术之宫。"而且郑重地提醒他不要成为"环境的牺牲者"。曾琦致左舜生的信可谓对会员之间彼此劝勉的最好注解："白华自言此次出国，得力于田寿昌兄之劝告，和我去年出国，得力于太玄幼春的劝告一样，我们的朋友，都喜欢互相劝勉。认为是的，便极力劝做；认为非的，便极力劝改。丝毫不杂世俗敷衍的恶习。的确是寻常的团体所少见的。我盼望大家保此'直道'，以存'正气'，庶几不愧为万恶社会中的'保险团体'。"少年中国学会没有统一的纲纪规划，会员之间思想自由，不受约束，但是一大批知识分子在通信中砥砺学行，却形成了一个"同声相应，同气相求"的学术团队。

最后，微信"朋友圈"中的广告营销，今人可能已经习以为常，而"五四"时期的通信栏中便早已出现具有"广告嫌疑"的读者来信。《小说世界》的"编者与读者"栏中曾刊发了一封署名为"北京碎玉"的读者来信，以幽默的语言盛赞自己喜爱的刊物，别具一格：

我一看《小说世界》就要受许多烦恼，但是我总不会丢它；第一次我用头针剔牙，看见一段滑稽画，不妨把牙根戳破，吃不下饭；便足足看一顿《小说世界》，也算不幸中的大幸啊！第二次我看《小说世界》，小侄子来向我要钱，我顺手给了他八个铜板。等到晚上小孩拉泻了，我知道入了《小说世界》的迷，使那小孩把东西吃杂。狠命把他往床上一掷，但是不到一刻钟，我又忍不住看《野人记》泰山偷箭来了……

相隔两期，栏目中刊载了另一封署名为"碎玉"的来信，此"碎玉"是否为彼"碎玉"，尚无法考证，但是两封来信从语言风格上看十分相似，同样幽默诙谐、妙趣横生：

北京的灰尘很大，所以我每次出门都要穿两双袜子。这天我预备到我姑母家去，刚刚在穿袜子，忽然听见叫送信，偏生奶妈都没在前面，我自己连忙去接，满以为是《小说世界》寄到了。刚刚飞跑到门前，只见姑母同表弟下车进来了。她老人家一看见我，大笑道："小姐！您怎么就穿上鸳鸯袜了。"我这时真是急得要哭了，受了姑母的取笑，又没有得着《小说世界》，垂头丧气回到屋里，随手翻出了一本书来看，那个哈哈镜又把我引笑了。

两封来信都以幽默的风格记叙了生活中的趣事，从侧面表达了对刊物的喜爱之情。这样的读者来信由于融入了个人的体验和感受，从而增强了真实感，强化了宣传效果。再如读者"墨琴"的来信写到"我每次接到《小说世界》，最注意的是叶劲风先生的佳作，看了实在舍不得放手"，但是，"先生总不能按期都有登刊，真正使我想煞"。这样的"抱怨"，与其说是批评，倒不如说是变相的赞美，在当代的广告营销中也已被广泛使用。

三、通信栏的文体意识

胡适评价陈衡哲在新文学运动中的作用时曾说，"当我们还在讨论新文学问题的时候，莎菲却已开始用白话做文学了"。(《小雨点·序》)这样的评价同样适用于"五四"时期的报刊通信栏，栏目中不仅展开了对"世界语""国语与白话""语体文欧化"等"中国今后之文字问题"的广泛讨论，而且率先使用白话文，其中的白话书信更是成为时人学习的"模范文"。值得一提的是，这些通信本身即形象地展现了从文言到白话的语言变革过程，尤其是对同一通信者在不同时期语言使用的追踪分析，更能生动地捕捉到语言变革的细部形态。如巴金《家》中琴给情如写的短信便与《新青年》"通信"栏中的书信在写法上十分相似。在通信栏的大量书信往来中，编者与读者在有意无意中形成了对通信栏文体写作的心理定位，表现出自觉的文体意识。

首先，通信栏中的书信往来是介于"正式"与"非正式"之间的交流方式。这一特殊性使通信栏中的书信交流具备了双重优势：一方面通过报刊传媒的正式交流，通信者的意见观点得以广泛快捷地传播，从而为更多人知晓，特别是从启蒙的角度，便于读者的广泛接受，从而形成社会思潮；另一方面，由于书信的非正式交流特征，使得通信栏的交流显得相对随意，通信者即便出现错误也往往不以为忤，还常在以后的信件中主动检讨自己的轻率。不仅如此，通信栏的随意也为原本正式、严肃的学术探讨平添了几分灵光一闪的睿智。如《语丝》中顾颉刚、胡适、俞平伯、钱玄同对《国风·召南·野有死麕》中"帨"字含义的探讨，就与今天的学术文章有明显的不同。这场讨论首先源自顾颉刚发表于《歌谣周刊》的写歌杂记，该文从民间歌谣的角度认为这是一首写男女性行为的动态描写，并将"帨"字译为佩巾。胡适对该译法提出异议，认为似不是身上所佩，也许只是一种门帘，而古词书不载此义。俞平伯则认为，"帨"既非佩巾，亦非门帘，"卒章三句，乃是三层意思"，"一层逼进一层，然后方有情致；否则一位拒绝，或一口答应，岂不大杀风景呢？"钱玄同看了上述讨论，表示赞同俞平伯的看法，并"贡献"出十几年前一位朋友用苏州口语对这卒章三句的"意译"。由此可见，通信栏中的讨论与其正式刊发的文章相比，虽有失严谨，但更显真诚生动。而且，以书信的形式发表一些争鸣商榷的意见，对方在情感上会更容易接受，所以很多当代文人学者对于拟在报刊中公开发表的商榷文章，依然乐于采用通信的形式。

其次，通信栏的目的在于"觉世"而非"传世"。梁启超认为文章分为传世之文与觉世之文两类，前者即传统文人的诗文创作之类的文集文章，它往往强调美学价值,以求藏之深山、传于后世;后者则追求实用价值,在写法上往往平易畅达、纵笔所至不检束。通信栏书信无疑属于后者。1922 年亚东图书馆出版的《独秀文存》中辑录了陈独秀主持《新青年》时发表的文章,其中卷三收录了"通信"栏的部分往来书信。在自序中陈独秀强调了三点:第一,不是传世的作品,但有贡献于社会;第二,没有什么有系统的论证,不过直述种种直觉;第三,不曾抄袭人家的说话,也没有无病而呻的说话。陈独秀的概括可看作对通信栏文字的一个最好注解。

实际上,通信栏的"觉世"特征恰恰契合了现代知识分子的心知结构与精神追求,更适合讨论问题,交流思想。正因如此,通信栏的"觉世"而非"传世"的特征反而成了通信栏的独特价值所在。而事实上,通信栏并没有因此影响它的"传世",对于陈独秀的报章之文,蔡元培在《独秀文存》第九版的序言中给予高度评价,认为"即到今日,仍没有失掉青年模范文的资格。""觉世"之文最终还是成了"传世"之作。

第三个方面,通信栏书信作为即席发言,属于"思想的草稿"。首先,通信栏意味着对不成熟的甚至偏颇的意见与想法的包容。对于通信栏来说,凡是有一得之见,皆可在栏目中发表。在写作上也不求面面俱到、完美无缺。因此很多激烈的讨论都以通信形式展开,如"钱玄同之骂倒'选学妖孽,桐城谬种'、提倡《新青年》全部改用白话,以及主张'欲废孔学,不可不先废汉文'"等。每期《新青年》上的"通信",都并非无关痛痒的补白,而是"最具锋芒的言论,或最具前瞻性的思考。"另一方面,通信栏不求面面俱到,完美无缺。如钱玄同曾对陈独秀关于世界语问题的看法提出批评,对此陈独秀坦然承认自己所言"乃一时偶有一种肤浅文学观念浮于脑里,遂信笔书之,非谓全体文学,皆无用也"。而钱玄同对于陈独秀的这种"信笔书之"同样表示了极大的理解,认为"此当是先生一时之论"。正因如此,通信栏中容纳了众多的"原始"思想,前文已有论及就不再赘述。

其次,思想的草稿意味着它为"定本"所作的准备,因为一旦思考成熟,不衫不履的"通信",便会成为正襟危坐的"专论"。可以说正是通过通信栏中的大量讨论,引发了对问题的深入思考,而这些通信中的零星火花则成为记录思考过程的札记。如《小说月报》中对自然主义的相关探讨,沈雁冰就是在与读者的互动中不断获得积累,他在复读者的信中说"我颇想把我的意见较系统的写出来请大家批评",随后在下一期的刊物中就发表了《自然主义与中国现代小说》的长篇论文,文中特别针对通信栏中的读者疑问展开详细论述,一一驳斥了读者对提倡自然主义的怀疑。

20 世纪 80 年代,陈平原、黄子平、钱理群三位先生在《读书》杂志上发表了以三人对谈的方式探论学术问题的《"二十世纪中国文学"三人谈》(《读书》杂志连载六期,分别为 1985 年 10～12 期,1986 年 1～3 期),引起了各界的广泛关注,也让这种"思想的草稿"大放异彩。陈平原后来表示自己更看好和《论"二十世纪中国文学"》同时发表的"三人谈",不是因为后者思想有多高深,关键在于"文体意识,还有酝酿这种文体的文化氛围。以前,我们都是正儿八经地写论文,现在改用谈话的方式,发表'思想的草稿'这个值得注意"。联想到"五四"时期报刊通信栏中众声喧哗中的多重对话,无论是用谈话的方式还是用通信的方式,其所体现的思想的对话与交流在本质上是一致的。

四、通信栏的文体特征

繁荣发达的"五四"报刊通信栏以丰富的创作实绩,实实在在地构成了中国文学史上客观存在、不容忽视的文体类型。不仅众多的文人、学者在通信栏中发表了大量的书信,而且通信栏文体自身也包蕴着文学性的丰富内涵,并对其后的文学体式如随感录、杂文、语丝文体、小品文等的创作产生了重要影响。因此,对通信栏书信的文体特征进行探究应是一件很有意义的工作。具体说来,通信栏的文体特征主要表现为内容上的言之有物,语言上的平易畅达,写法上的纵意而谈以及风格上的亦庄亦谐。

(1)言之有物。"言之有物"作为胡适提出的文学改良"八事"主张的第一条,在通信栏书信中得到了充分的体现。首先,通信栏在写作上较之其他文章更具有针对性。一方面,通信的对象具有针对性。通信栏中的书信虽然是要给"第三者"看的公开信,但在写信时仍然有一个实在的对象,如读者的来信大多数都是致编者。这使得写起来更有针对性,便于感情的抒发,做到言之有物。另一方面,通信栏书信在内容上有很强的针对性,往往是"有感而发""有为而发"。从读者的角度看,或者咨询问题,或者发舒意见,总是针对一个具体的主题展开,因此信中的内容十分明确。从编者的角度看,在回信中要么是对某个问题的回答,要么是对某个具体意见的回复,也总能做到有的放矢。因此,通信栏书信往往体现出鲜明的连续性和对话性。

其次,"通信"栏书信往往简明扼要,与长篇大论形成鲜明对比。在这点上,通信栏书信堪称笔墨"经济",一方面,因为通信栏书信往往都是有感而发,在信中或"指陈一事"或"阐发一事",或"质析疑难"或"发舒意见",因此中心相对明确。而且由于问题驳杂,很多读者在信中常常是逐条罗列自己的意见和看法,如读者史本直在来信中提出的对于《小说月报》的建议:"A. 除去封面画……B. 卷首添载作者小照……C. 每篇创作后面附注研究……"而编者对上述意见和问题也同样分条进行答复,这样的往来书信既有针对性,又显得条理清晰。另一方面,现代报刊的出版周期较之以前大为缩短,某种程度上颠覆了传统写作"穷十年或数年之力,以成一巨册,几经锻炼,几经删削,藏之名山,不敢遽出以问世"的特点,如陈独秀主持《新青年》"通信"栏时的很多回信都是写于该信发表的当天,而邵力子主持《觉悟》"通讯"栏时平均每天要回复三封读者来信,其中 1920 年 5 月一个月间的往来书信就达到了两百封之多。加之通信栏书信多是"有为而发",具有很强的针对性,所以对写作的时效性也有一定要求,自然更不允许像鸿篇巨制那样经过漫长时间的积累和沉淀。

再次,通信栏书信在篇幅上往往比较简短。因为上述的"有感而发""有为而发",因此在写法上大多简洁明了,而很少拖泥带水。而且,基于报刊篇幅的整体考虑,很多栏目会对字数提出具体要求,如《小说世界》"编者与读者"栏的稿约中就明确指出"用百来字简明写出来",《小说月报》对于创作批评类的文字就要求"每篇字数大约在三四百字以下",并加以说明:"因字数过多,则不能多登。"对此,《现代》的编者也同样强调"一个话说得太长,那便把别人说话的机会也夺去了"。因此,冗长复沓的来信往往难逃被编者"剪辑"的命运,甚至被弃用,而保留在通信栏中的书信所呈现的大都是短小精悍的"形象"。"言之有物"一扫旧文学内容空疏、无病呻吟的积弊,对现代报刊的发展产生了积极意义,不仅如此,"五四"时期新兴的文体,如随感录、小品文等大都追求言简意赅,强调属于一己的心得感悟,可见其影响深远。

(2)平易畅达。通信栏文体的"平易畅达"表现在两个方面,一是通信栏书信大都强调可读性,遣词造句往往明白晓畅、通俗易懂,很少有诘屈聱牙、晦涩难懂的艰深之文;二是通信栏书信延续了书信文体"如面谈"的特征往往显得平易近人、感性亲切,而很少有板起面孔的独断与霸道。不妨将通信栏中的书信与刊载在报刊中的正式文章做一个比较分析,以陈独秀为例,他作为正式文章的《敬告青年》在论证上多用铺排,不仅语言华丽,而且运用多种修辞方法,表现出大气磅礴、汪洋恣肆的气势。与之相比,他在通信栏中的回信则显得朴实平易,不饰修饰。这恐怕与陈独秀对应用之文与文学之文的心理定位有关,他多次提到二者的区别,认为"应用之文但求朴实说理纪事,其道甚简。而文学之文,尚须有斟酌处"。此后在回复读者常乃惪的信中又进一步指出"应用之文以理为主,文学之文以情为主"。"但求朴实说理纪事",可以说是陈独秀对通信栏文体特征的一种理解与定位，通信栏书信也正因为这份朴实平易而显得感性真实。再如《觉悟》"通讯"栏中的不少通信如拉家常般，极富亲和力，从而在无形中拉近了编者与读者的距离。因此，从交流传播的角度来说，通信栏书信更容易为读者所接受。

（3）纵意而谈。"纵意而谈"指通信栏书信在行文上的随意挥洒、不拘一格。这些书信往往没有严谨的结构，也没有缜密的论证；既不拘泥于行文章法，也不严守什么定规戒律；既可以肆意而谈、无所顾忌，又能即兴式地发表意见。很多写信者都表明自己的意见观点"拉杂不成统系"，这种随意的书写方式犹如自由交谈、随意自如，从而与严谨周密的长篇论文、正式文章形成鲜明的对比。当然这种随意也是相对的，由于通信栏书信采用了书信的形式，所以在无形中也形成了一种模式。如读者的来信大多是"三段式"，开篇称赞报刊或编者，中间提出问题，结尾表达感谢或提出希望等。

纵意而谈的文体形式无疑是对数千年来僵化、烦琐的言述方式的一种解放和创新，并在现代杂文、随笔的创作中得到集中发挥与丰富。周作人曾归纳了语丝文体的随意性特征："大家要说什么都是随意，唯一的条件是大胆与诚意，或如洋绅士所高唱的'费厄泼赖'……我们有这样的精神，便有自由言论之资格。"鲁迅给"杂感"下的定义即为"短短的批评，纵意而谈"，在谈到散文的写法时则强调"其实是大可以随便的，有破绽也不妨"。这与通信栏中纵意而谈、自由挥洒的特点都十分吻合，正是这种随意与自由降低了栏目的门槛，也使得栏目中的多重对话得以展开，从而为读者营造了一个相对轻松自如的言论空间。

（4）亦庄亦谐。通信栏书信虽然无意成为传世之作，但其具体写作中无论是有意识的追求或是无意识的流露，依然具有一定的文学色彩，其突出表现便是亦庄亦谐的文风。刘半农在《奉答王敬轩书》中将讽刺挪揄的风格展现得淋漓尽致，可谓嬉笑怒骂众妙毕备。前面提到的读者顾克刚的来信也颇有刘氏之风："鄙人近来细阅大志，似乎三卷之内容，不若二卷。而二卷新青年，犹不若一卷之青年杂志也。进化公例，恒后来居上，而贵志反之。"《现代评论》中的一篇读者来信，同样采用了讽刺反语的手法："我病中念了西林的《批评与骂人》的文章，觉得很爽快……大开了眼，懂了做文章的秘诀了：就是要胆大，思想要新要奇，以致狠怪狠乖的思想，更能动人，所以更好！……我们发表了一个极新极奇的文学批评主义，真可祝可贺！"

有些通信则表现出幽默诙谐的风格。如前面提到的《小说世界》中有广告嫌疑的读者来信，就轻松幽默令人捧腹。而梁实秋在《时事新报·青光》的《编辑者言》中对读者来信的调侃，更是"笑点"百出：

（读者来信）有的是写在焦黄的一块草纸上面，在下素来是敬惜字纸的，所以这张稿子如不登载，亦决不移作他用。有的是写在日历纸的背面，黑漆漆的一片蝇头小楷。有的是在巨幅上面寥寥数字，碗口般大小，这种稿件无论放在什么地方都要占很多的空间。有些稿件寄来不用信封，用纸层层包裹，裹成一个春卷似的，剥皮的时候又不敢莽撞，因为在未打开之先，谁也不知里面藏着什么娇贵的东西。还有从好几千里外用双挂号寄来一个小独幕剧或是跌打烫伤的药方，作者的谨慎诚恳的态度比他的尊著更足以令我钦佩了。

这样的通信还有很多，亦庄亦谐的文风深深地影响到了现代散文的写作。大众娱乐时代，幽默讽刺的风格受到普遍欢迎，文学中幽默诙谐元素的比重也前所未有的提高，在这方面通信栏文体贡献了有益的经验。

对于通信栏文体，周策纵先生在论及《新青年》所引起的广泛影响时曾指出它文体的效力和写作的技巧，陈平原教授也洞察到通信栏与其后的随感录在文体上的相通之处。概而言之，通信栏不仅是发舒意见、情感交流的平台和渠道，其文体特征更深深地影响到了一代人的写作思维与表达方式。通信栏书信可以说是"五四"时期纷繁多样的杂文、随想录等散文形式的雏形与练笔，其言之有物、平易畅达、纵意而谈、亦庄亦谐的文体特征，为现代散文的发展注入了新的元素。

诠释与认同

——序跋文体与中国文学的海外传播

王玉春 ■

　　中国文学的海外传播之路可谓任重道远,与其自身的丰富性和多样性相比,中国文学在海外传播的深度和广度上都相差甚远。作为一种跨语境的异质传播,中国文学的海外传播更加依赖于海外读者的接受与认同,这也就对作品的推介与宣传提出了更高的要求,在这方面序跋凸显出特殊的诠释力与影响力,在海外传播过程中发挥着尤为关键的作用。序跋作为文学作品的重要组成部分,由于其往往由作者的自序自跋、译者的序言附记以及批评者的相关评论文字共同构成,从而成为承载着作者诠释、译者推介以及批评者评论的多重媒介与互动语境,多方位拓展阅读视野的同时引领异域读者的阅读期待与价值认同。在中国文学海外传播的宏大框架下,序跋媒介研究不仅具体而微,更与当下现实密切相关,意义深远。目前学术界的相关研究还十分有限,序跋在文学海外传播方面的媒介功能亟待进一步开掘与探讨。本文即以中国现当代文学作品中的序跋文作为重要考察对象与切入视角,关注序跋的媒介功能,进而尝试多方面提升中国文学的文化阐释力与国际影响力。

——

　　相对于作品正文,序跋常常处于"副文本"的从属地位,但正如法国当代批评家弗兰克·埃夫拉尔所言,序跋连同诸多围绕在作品文本周围的元素——标题、副标题、题词、插图、图画、封面等——其"均质的整体决定读者的阅读方式与期望"。更何况,序跋在作品文本中占据着一首一尾的显赫位置,这也就注定了无论是作者的自序自跋,还是译者的序言附记,抑或是批评者的相关评论,都在有意无意间发挥着开宗明义、先声夺人、引人入胜的媒介功能,如作家所言:"在书上加一篇序或跋就像打开门招呼客人,让他们看见我家里究竟准备了些什么,他们可以考虑要不要进来坐坐。"①而从读者的阅读接受角度,读书先读序跋,"一

---

① 巴金《序跋集》再序,《巴金全集》(第16卷),人民文学出版社1991年版,第319页。

本新书只要翻翻序跋,甚至看一眼序跋的作者姓名,往往便能知道这书的大致风格、选题,判断出它是否属于你喜欢读的或是否列入你的藏书范围"①,"爱读序跋"可以说是很多读者普遍的阅读习惯。正因如此,在作品的传播推介中序跋占据着举足轻重的地位,其价值和意义既如同抛砖引玉的微言大义,引人入胜,又如用画龙点睛的神来之笔,别具匠心。

具体而言,序跋的媒介功能首先表现为文本讯息的多元呈现。序跋中不仅有关涉作品的故事背景、人物简介、情节提示,主题分析等"书里边"的种种内容,往往还引申出诸多"书外边"的丰富内容,包括写作缘起、作家生平、创作甘苦以及审美旨趣等一系列重要讯息。作家对于很多在正文中一时言之不尽的或者不便言说的讯息,最便捷办法就是"在自己的作品书前写序、写小引、写前记,书后写后记、写附记、写跋等",如此一来,不仅序跋中所传达出的"书里边""书外边"的丰富信息与作品正文之间构成千丝万缕的"互文性",而且序跋的"天然"写实性与作品正文的文学性虚构性之间形成一种诠释的张力,从而极大地拓展延伸了正文文本的丰富性。不仅如此,序跋之中各种讯息多元杂糅,"知人谈书,回顾展望,有见地、有性情、有文彩、可作文论读,可作索引读,可作传记读,更可作美文读"②,可谓众妙毕备,无不对阅读者、研究者构成巨大吸引。

其次,序跋的媒介功能表现为创作情感的共享传递。优秀的序跋文尤其是作家的自序自跋,往往因展现了作家的心路历程而被赋予了生命史的意义,这些序跋既是作家正文文本创作后的延续,又是历经艰辛写作后的完美谢幕,在这片"自己的园地"中,既有"得失寸心知"的有感而发,又有"不足为外人道"的喃喃自语;既有"多少工夫筑始成"的真诚倾诉,又有"画眉深浅入时无"的忐忑等待,成为作家自我言说、自我诠释的重要载体。鲁迅曾在自序中将"转辗而生活于风沙中的瘢痕"③——呈现;郁达夫的序跋文更是概括了他多年来生活与创作的生命历程,特别是其对 20 世纪 20 年代的内心剖析与展示尤其令人动容;郭沫若同样为自己的著译写下了大量序跋,这些撰写于不同时期的序跋不仅是学习和研究郭沫若著译的指南,也是了解郭沫若思想历程的重要文本;巴金则将序跋文视为自己在不同时期的"思想汇报",他指出:"《序跋集》是我的真实历史。它又是我心里的话。不隐瞒,不掩饰,不化妆,不赖账,把心赤裸裸地掏了出来。"④正是在

① 徐少康《爱读序跋》,《山西日报》1997 年 1 月 13 日。

② 周作人《谈龙集》《谈虎集》序,《文学周报》1927 年,第 14 页。

③ 鲁迅《华盖集》题记,刘运峰编《鲁迅序跋集(上卷)》,山东画报出版社 2004 年版,第 43 页。

④ 巴金《序跋集》跋,《巴金全集》(第 16 卷),人民文学出版社 1991 年版,第 337 页。

这一意义上,序跋文提供了一种自我诠释的契机,使作者将带有生命感悟的创作历程向读者娓娓道来,这些字字间留下的纤微心痕令序跋文在读者的阅读接受中焕发出别样的魅力。

最后,价值诠释的意义认同是序跋媒介功能的最重要表现。序跋文的价值诠释一方面表现为对作品主旨的提炼与揭示,萧乾曾指出:"写序是作者的特权,也是他对读者应尽的义务。最能阐明一部书的要旨及创作过程的,是作者本人。"①巴金可谓是公认的执着序跋写作的作家,而其不厌其烦的原因就在于"怕读者看不出我的用意,不惜一再提醒,反复说明"②。正因如此,唐弢将序跋誉为"书的灵魂",认为读者往往通过读序跋,"企图由此领会全书的精神"③。当然,价值诠释最终指向意义的认同,特别是请名家、大家为作品作序,除了借助作序者的知名度与影响力对作品进行宣传与推介外,还意在对作品正文进行由表及里、由浅及深的意义诠释,这不仅有助于读者了解遣词造句、谋篇布局的奥妙所在,还寄托着对读者"知人论世"的期待,批评者之所以"寻绎再三,谬加评点",其意正在"裨读者藉知作者苦"(彭宗岱《盂兰梦》跋)。文学创作与作家本人的生活思想和写作背景有着十分密切的关系,尤其对于现代作家,知人论世更是理解其创作思路与学术理路的一种重要向度。从文本讯息的多元呈现,到创作情感的共享传递,再到价值诠释的意义认同,序跋在作品的推介、诠释到认同的传播过程中可谓举重若轻,意义深远。

二

中国序跋文的发展历程中,五四运动可说是一个分水岭,由于现代出版事业的发展,"五四"以后书籍出版大量增多,各种书籍的序跋文也应运而生呈现繁荣景象,如上所述,鲁迅、郭沫若、郁达夫、巴金等几乎所有的中国现代作家都"常常在'序'、'跋'上面花费功夫",留下了数目不菲的序跋文;而另一方面,现代作家对自己作品的译本序跋却不甚重视,在译本序跋的写作上或者言简意赅、惜墨如金,或者谦虚客套、过于拘谨,都使本应格外出彩的序跋文黯淡无光。

最为典型的如《老舍剧作选》的越南文译本序,全文仅76个字,不妨摘录如下:"我写话剧,是为了学习,所以到今天为止,还没写出一部出色的作品。《全家

① 萧乾《致沈惠民》,《萧乾全集》(书信卷),湖北人民出版社2005年版,第736页。
② 巴金《序跋集》再序,《巴金全集》(第16卷),人民文学出版社1991年版。
③ 唐弢《书叶集》序,姜德明《书页集》,花城出版社1981年版,第1页。

福》等四剧,得到译为越南文的机会,引为荣幸,尚希读者指教!"①这篇类似外交辞令的序言简短而平淡,乏善可陈,老舍堪称一代幽默大师,《老舍序跋集》的编者在内容提要中这样写道:"老舍是现代语言大师,他写的序跋同他的其他作品一样,文笔优美,语言生动,幽默诙谐,自然成趣,既具有文学研究价值,又具有文学欣赏价值",这一评价显然不适用于老舍的上述译本序跋。曹禺在《雷雨》的日译本序中则留下了大量的谦逊之辞:"我并不认为自己是个剧作家,丝毫也没想到自己的剧本会有人阅读、搬上舞台乃至译成日文。……我是一个普通的人,只不过写了一个普通家庭可能发生的故事而已。因此,即使它会引起日本朋友的注目,那无疑也只是暂时的,说不定他们将来会醒悟到这种做法的轻率,会发现选中这个作品本身就是一个大错误。我想,这部作品会像水草下的鸟影一样飘然而过,也不知消失在何方"②,诸如此类的语句在当时的译本序跋中屡见不鲜。

现代作家的译本序跋写作往往在有限的篇幅中遵循着程式化的呆板模式,开场大抵是对"拙作"得以出版的由衷感谢,中间部分简单阐释作品的内容主旨等,最后是向译者编者和读者等的再次致谢,这样的"八股文"写作不仅束缚了写作者的思维,也压缩了序跋的媒介空间。而20世纪六七十年代的译本序跋,囿于政治环境等意识形态因素,作家在译本序跋中的措辞格外谨慎,力求保持思想政治上的正确性。傅雷曾为《高老头》的中译本序"写了一星期,几乎弄得废寝忘食,紧张得不得了"③,这种"极难下笔"的情形同样表现在外文译本序跋的写作上,以至于在一定程度上译本序跋成为作家自我批判与检讨的平台,这些打上了鲜明的时代烙印的序跋文,见证着作家在时代压力下的艰难书写。诸多束缚限制之下的序跋文大多言辞谨慎,作家努力隐藏自己的声音追求四平八稳,奢谈个性与艺术魅力,又如何能够打动异域读者?

当然,即使抛开意识形态因素的影响,写好序跋也并非易事,往往被认为是"费力不讨好"的苦差事,就连很多文章大家也不免发出"作序之难谁人知"的慨叹,要"用尽了九牛二虎之力去写一篇小小的小序"④。而面对海外读者的译本序跋,对于写作者自然就提出了更高的挑战,在这方面国外一些经典译本的作者序跋提供了重要的借鉴和参考,为我们展开了作家自我诠释的"冰山一角"。巴西作家保罗·科埃略所著的《炼金术士》(又名《牧羊少年的奇幻之旅》),是近年

---

① 老舍《老舍剧作选》越南文译本序,《老舍序跋集》,花城出版社1984年版,第112页。

② 曹禺《雷雨》日译本序,影山三郎《雷雨(日译本)》,汽笛出版社1936年版,第1页。

③ 傅雷《傅雷家书(增补本)》,三联书店1984年版,第345页。

④ 周作人《看云集》自序,《看云集》,上海开明书店1932年版,第1页。

来销售量最大的图书之一,其作者科埃略更被誉为"唯一能够与马尔克斯比肩,拥有最多读者的拉美作家",该书的作者自序写得十分精彩,向来为中国读者津津乐道、推崇备至。整篇序文通过自己的历程,师父的讲述,层层包裹,引领读者探寻字里行间若隐若现的人生哲理,进入奇幻之旅的旖旎风光。而更值得推荐的则是其英文译本 *The Alchemist*(translated by Alan R. Clarke, Harper Collins Publishers,2002),该版本在编辑体例上十分完备,不仅包括正文之前的国际评论摘要(International Acclaim for Paulo Coelho's The Alchemist)、作者自序(Introduction)、译者自序(Prologue),还包括正文之后的读者指南(A Reader's Guide)、作者访谈(An Interviewwith Paulo Coelho)、近期小说评论(A Perview of Paulo Coelho's Latest Novel),内容十分丰富,为读者多方面地深入了解该作品提供了重要参考。其中作者自序部分尤为精彩,多方面显示了自序文的媒介功能。一方面,自序文中作者一一列举了外界对该书的高度评价,其中包括 Harper Collins 出版社、克林顿总统、好莱坞明星茱莉亚·罗伯兹、迈阿密街头女孩等,可以说囊括了各个阶层的读者群。作者还不厌其烦地介绍该书的销售情况,"目前已被翻译成 56 种文字,已售出超过 2 千万册"。另一方面,作者并没有局限于此,接下来的篇幅便笔锋一转论及小说的主人公牧羊少年,进而指出了人类实现梦想的四大障碍。作者的巧妙之处在于,通过文中与读者的潜在对话,将思考悄然指向小说正文的哲理内涵。科埃略的自序文并非字字珠玑,但文辞灵动自信而从容,汩汩流淌的话语悄然触动着读者的心绪。与此同时,所有的信息无不在向读者昭示:这是一部世界级的畅销书,更是一部关于人生思考的哲理书,值得一读不容错过。

三

相比之下,中国当代作家的序跋写作表露出较为明显的单薄与不足。随着中国的世界化进程,中国文学海外传播的领域随之日益拓宽,目前海外译本的推介宣传常常关涉到媒体评论、新书发布会(译本推介会)、签名售书等各个环节。表现在书籍作品的宣传上,往往格外倚重翻译家和汉学家的推介,大多凸显了书籍中封面、腰封、封底上的评论文字,通过摘引各大媒体的评论要点宣示作品的独特价值和意义,进而吸引读者的兴趣和目光。但是,恰恰序跋尤其是作家自序这一甚富成效的媒介平台却在很大程度上被忽略了,具体表现为:一方面,当代文学译本中的作家自序自跋常常付之阙如,放弃序跋文中与读者互动对话的机会,从传播推介的角度,不能不说是一种资源的空置与浪费;另一方面,很多海外译本的序跋写作仍然沿袭程式化模式,既没有面向海外读者的针对性书写,又局限于对作品主题的解读,并没有更多的对"书外边"的内容的生发,同时也没有展示出作家思想文笔的精彩之处,这些都在一定程度上弱化了序跋的媒介功能。

究其原因,形成上述现象的一个重要症结就在于作家本人的不重视,或者说,作家对序跋所持的"偏见",将序跋写作局限为吹捧拔高的画蛇添足之举。如当代作家阿来的作品就鲜有序跋,对此他表示"随着现在出版业市场化的加剧,各种序言也跟着变了味,大多是溢美之辞,假如我自己作序,可能也会写一些无原则的拔高,所以不想在读者阅读之前,先入为主加一些东西,导致大家都'俗'在一起"①。试图凭借作品的"幽兰之气"滋养人心、打动世界,当代作家所秉持的严肃的创作态度令人敬佩,但这样的坚持并不能成为拒绝序跋写作的理由。事实上,阿来为散文集《大地的阶梯》所作的后记以及小说集《旧年的血迹》所作的重版自序,恰恰是其作品中最为真挚、最能打动人心的部分之一,"文学、命运和人情世故"②,在这些序跋文中表现得淋漓尽致,摹画出一个"不为人知"的阿来,成为了解作家心路历程的珍贵文本。无独有偶,刘震云在谈及自己的创作体验时,也多次强调"作家有没有话说不重要,重要的是书中的人物有没有话要说"③。书中人物的话自然重要,作家的话同样不容小觑,尤其是序跋文中作者的自我诠释在海外传播中具有别样的意义。

著名艺术史家恩斯特·克里斯在《艺术家的传奇》一书中提出了"艺术家之谜"的命题,他认为作家一方面被他的同时代人所评价,成为不断被言说的对象,另一方面也通过自己的作品不断进行着自我诠释。而在诸多"环绕于艺术家的神秘光环和他所发出的不可思议的魔力"中,序跋文中的自我诠释无疑是作家形象塑造过程中最为自然便捷的方式。从读者阅读的角度看,序跋既是正文本的延伸又是迥异于正文的别裁,作家卸下平日里的庄严面孔以自语或聊天的口吻写下的具有天然真实性的序跋文,对读者往往有着别样特殊的吸引力。可以说,读者是带着众多期待进入到序跋文的阅读中的,当读者翻开一本新书总是"首先寻找作者在正文以外说些什么,喜欢倾听作者谈他的写作过程和背景材料。往往一段毫不矫饰的语言隐现着思想的吉光片羽,给读者提供了一把开启心灵的金钥匙。有时,其段质朴的文字仿佛一条感情的溪流,通过字里行间悄悄潜入读

① 汪寿海、阿来《人是该对现实有疑问的,而不是顺从这个世界》,《乌鲁木齐晚报》2009 年 9 月 18 日。

② 坡坡《不为人知的阿来》,《华西都市报》2000 年 11 月 26 日。

③ 王杨《超越偏见视野的中国文学传播会有更好发展》,《文艺报》2011 年 5 月 6 日。

者的内心深处。"①这种好奇与期待,往往会将读者对文本的喜爱为"延伸"至创作者;而读者"爱屋及乌"对创作者的喜爱反过来又会"延伸"至作品。于是,序跋文成为培养固定读者群,促进读者对作者的亲近感有效延续的重要方式和手段,其中所散发的文如其人的"现场感",真实而亲切地向读者展现出一个个鲜活的作家面影,而读者也往往更容易接受序跋文中所建构的充满个性魅力的作家形象。"文学即人学",从这一意义上序跋文不仅是文学作品的有机组成部分之一,更是对作品正文的一种丰富与延伸。

总体说来,当下中国作家的序跋写作尤其要注意以下几个方面的改进与提升:首先,打破以往的程式化写作套路,不拘一格,张扬个性,避免落入窠臼。第二,舍弃外交辞令,与那些正襟危坐、谨言慎行的序跋写作相比,读者可能更愿面对的可能还是那些或激情洋溢或温情平和,自然流淌而出的带有强烈个人色彩的"我"的话语。第三,袒露"赤子之心",企图在海外传播中消弭"交流的无奈"诚然是乌托邦的幻想,但能打动异域读者的必定是那些满怀赤子之心的真诚对话。高山流水知音难觅,无论是作者、译者、批评者还是读者,心底都潜藏着那个"蔷薇色的梦"②——期望想象的友人,能够理解庸人之心的读者,可以听自己无聊赖的闲谈。第四,序跋文尤其是作者自序也要注意及时更新,强调序跋的针对性与时效性,多个版本共用序跋的情况显然不利于对话"现场感"的营造。最后,经典的序跋文往往先声夺人,不仅讯息丰富、言近旨远,更能"直造本人精微",在张扬个性、自成一格的同时又彰显出深厚的文化底蕴与性格内涵,为海外读者提供感受中华文化、体察人生百态的重要视角,从而在跨文化对话中更容易获得海外读者的接受与认同。

最后特别指出的是,我们对序跋媒介功能的突出强调,并不意味着对所谓的"海外营销"手段的鼓吹,更不是要求序跋写作者成为精通此道的"老手",令序跋文字沦为商业运作中浮夸的广告"噱头",而是将序跋视为作者、译者、批评者与读者之间诠释与互动的重要载体和语境,并高度重视其"见微知著"的作为"第一印象"的开场与展示。文章能否传播行世,固然主要凭借其正文自身的艺术魅力,但酒香也怕巷子深,在大众传媒语境中尤其是面对异质传播的严峻挑战,不注重有效的传播媒介很可能陷于藏之深闺、无人问津的尴尬境地。正是在这一意义上,序跋作为承载着作者的自我诠释、译者的他者推介以及学者的批评评论

---

① 何为《临窗集》序,佘树森编《现代散文序跋选》,百花文艺出版社 1983 年版,第 198 页。

② 周作人《自己的园地》旧序,止庵校订《苦雨斋序跋文》,河北教育出版社 2002 年版,第 22 页。

的多重媒介与互动语境,在传播实践中显示出特殊的诠释力与影响力,成为文学海外传播中的重要媒介。一旦达成这样的共识,那些认真执着的、怀有赤子之心的、渴望走向国际舞台的写作者,又有什么理由在序跋写作上敷衍塞责、悭吝笔墨呢? 随着世界文学的交流与发展进程,对传播过程中的媒介功能与宣传方式的相关研究尤其显示出重要的现实意义,如何在交流互动中实现多元诠释与有效传播,促进中国文学获得更为广泛的读者接受与认同,进而多方面提升中国文学的世界影响力,是有待中国当代作家和学者共同努力的一项艰巨而紧迫的课题。

论 20 世纪中国文学的三次现代性转型

温奉桥 ■

20 世纪中国文学在其发展过程中,主要表现为三种现代性规范,并集中体现为三次现代性选择。一种是以鲁迅为代表的"五四"文学现代性规范;另一种是"本土性"现代性规范;第三种是以王蒙为"急先锋"所开启的"新时期文学"现代性规范。事实上,每一种现代性规范的选择和调整,从大的方面讲,都可以认为是建立民族国家、实现传统中国走向现代中国的某种"现代性冲动";从文学自身的发展而言,这三种现代性规范的选择,体现了 20 世纪中国文学发展流变过程中不断自我质疑、自我调整的过程,体现了对中国文学发展的不同的现代性价值诉求和现代性理路,可以说,都是 20 世纪中国文学的现代性"方案"。

一、最初的现代性选择

五四新文化运动是中国社会、文化的第一次集中的规模的整体性"现代性冲动"。"新文化运动是在世界形势和西方文化的影响下,中国人民对现代化的历史要求的一种自觉的反映。"①所谓"自觉的反映",即表明是一种具有明确价值目标的现代性诉求。但由于当时"五四"知识分子所置身的特殊的历史文化语境,对现代性的激进姿态几乎成了当时主流知识分子的主导性价值趋向和文化选择,"反传统"因此也就成了五四新文化运动的最本质性的现代性特征。

五四新文化运动开创了中国社会现代性之旅。但是,由于中国社会现代性明显的"后发性"特点,"五四"一代学者无可避免地陷入了巨大的现代性焦虑之中,在诸多的复杂性问题上都作了过于简单化的价值判断,简单地在"新""旧"、"中""西"之间画等号,他们直言不讳而又理直气壮地宣称"所谓新者就是外来之西洋文化,所谓旧者,就是中国固有之文化",并认为,"新旧之不能相容,更甚于水火冰炭之不能相入也"②,中国社会要进步,就"非走西方文明的路不可",这是当时知识界的"共识"。从这种思维逻辑和价值判断出发,他们认定中国的现代

---

①　王瑶《"五四"时期对中国传统文学的价值重估》,《中国现代文学史论集》,北京大学出版社 1998 年版,第 340 页。

②　淑潜《新旧问题》,《青年杂志》1915 年第 1 卷第 1 期。

性追求,就意味着在本质上对传统的反抗和叛逆,意味着文化形态的根本转型,意味着对中国文化整体设计的转变,同时也意味着对中国传统文化的彻底摈弃。"五四"知识分子面对中国传统文化,基本上普遍性地采取了"弃如土苴"的决绝态度。"五四"文化先驱们,虽以进化论为思想武器,但在很大程度上他们都背离了进化论的历史发展有其"故事主线"(storyline)的观念,从而否定了中国传统文化对现代化的积极意义和建构作用。

"五四"文学革命既然是新文化运动的一个组成部分,那么,也就不可避免地带有这种简单性、单值性、偏激性。在"五四"文学革命中,文学先驱们的态度与对传统文化相比并没有什么区别,胡适不但提出了"充分世界化""一心一意的现代化"的口号,而且明确主张"全盘西化",坚持"新"优于"旧",扬"新"废"旧"的单一直线型现代性理路;陈独秀在著名的《文学革命论》中,对中国传统文学有着明晰的价值定位:"雕琢的阿谀的贵族文学""陈腐的铺张的古典文学""迂回的艰涩的山林文学",并主张,"际此文学革新之时代,凡属贵族文学,古典文学,山林文学,均在排斥之列"①;钱玄同在《尝试集序》中更是"号召","对于那陈腐的旧文学,应该极端驱除,淘汰净尽"②,最后发展到废除汉字;周作人更是几乎把中国所有的文学形式都列为"非人的文学";鲁迅则极为严肃地告诫青年人,尽量少读或者不读中国书。由此可见,"五四"文学家们是怀着同样激烈的态度投身于"文学革命"的。陈独秀在他的《文学革命论》中,劈头就说,"今日庄严灿烂之欧洲,何自而来乎? 曰,革命之赐也",又说,"自文艺复兴以来,政治界有革命,宗教界亦有革命,伦理道德亦有革命,文学艺术,亦莫不有革命,莫不因革命而新兴与进化"③;胡适更是一再强调"历史进化的文学观念",他甚至不无得意地称"历史进化的文学观念"是文学观念变革历程中的"哥白尼式革命"④。

"五四"文学革命的实绩,及其所追求的现代性规范,在鲁迅的小说创作中得到了最充分的体现。当鲁迅创作出《狂人日记》《药》等小说时,已经相当明显地体现了"五四"一代作家对未来文学现代性明晰的价值诉求和规范要求。鲁迅曾说,"新文学是在外国文学潮流的推动下发生的"⑤,在谈到他自己的小说创作时

---

① 陈独秀《文学革命论》,《中国新文学大系·建设理论集》,上海文艺出版社 1980 年版,第 44、46 页。
② 钱玄同《尝试集序》,《中国新文学大系·建设理论集》,上海文艺出版社 1980 年版,第 109 页。
③ 陈独秀《文学革命论》,《中国新文学大系·建设理论集》,上海文艺出版社 1980 年版,第 44 页。
④ 胡适《中国新文学大系·建设理论集·导言》,上海文艺出版社 1980 年版。
⑤ 鲁迅《"中国杰作小说"小引》,《鲁迅全集·集外集拾遗补编》,人民文学出版社 1981 年版,第 399 页。

又说,"大约所仰仗的全在先前看过的百来篇外国作品和一点医学上的知识"①,"所取法的,大抵是外国的作家"②。鲁迅自己曾认为,他的创作之所以在当时"颇激动了一部分青年读者的心",其原因在于"表现的深切和格式的特别"③。应该说,鲁迅的小说真正做到了"内外两面,都和世界的时代思潮合流"④。鲁迅的创作,最充分地体现了"五四"文学的"创新"现代性价值诉求和规范要求。

然而,"五四"一代学者由于陷入了巨大的现代性"新""旧","中""西","传统""现代"的直线型两极对峙的误区之中,把文学现代性选择基本上等同于社会变迁的线性方案,带有明显的"西方中心主义色彩"。所以,"五四"现代性"方案"自身存在着某种先天的单值性"反传统"缺陷。因而,反映在文学上,就是普遍的"欧化"倾向。应该说"五四"作家都有意无意地把西方文学作为中国文学的榜样,在文体格式、语言风格上都带有明显的"欧化"色彩。不仅如此,"五四"现代性的弊端更表现在,"五四"文学的反传统主义,"使中国作家不但与被抛弃的古典传统割断了联系,而且更重要的是,与中国大众和民间传统也割断了联系——失去了后者就不可能和群众产生有意义的联系"⑤。

二、"本土性"现代性欲求

鲁迅在谈到文学发展的基本途径时曾指出,"采用外国的良规,加以发挥,使我们的作品更加丰富是一条路;采取中国的遗产,融合新机,使将来的作品别开生面也是一条路"⑥。如果说以鲁迅为代表的"五四"作家主要走的是第一条路,那么,以瞿秋白等为代表的共产党人则更侧重后者。瞿秋白比较早地意识到"五四"文学现代性的弊端,并激烈地表达了不满的声音。瞿秋白对"五四式的'白话文'"进行了猛烈的批判和指责。他认为"五四白话"已经被外国词汇、欧化句式、日本词汇和文言残余所占领,必须进行一场新的"文学革命"来反对"五四白话"。他指出,"五四式的所谓白话文,其实是一种新文言,读出来并不像活人嘴里说的话,而是一种死的言语。所以问题还不仅在于难不难,而且还在于所用的文字是

① 鲁迅《我怎么做起小说来》,《鲁迅全集·南腔北调集》,人民文学出版社 1981 年版,第 512 页。

② 鲁迅《致董永舒》,《鲁迅全集·书信》,人民文学出版社 1981 年版,第 212 页。

③ 鲁迅《〈中国新文学大系·小说二集〉序》,《鲁迅全集·且介亭杂文二集》,人民文学出版社 1981 年版,第 238 页。

④ 鲁迅《当陶元庆君的绘画展览时》,《鲁迅全集·而已集》,人民文学出版社 1981 年版,第 550 页。

⑤ 〔美〕P. G 匹柯维茨《瞿秋白对五四一代的批评——中国早期的马克思主义文学批评》,贾植芳主编《中国现代文学的主潮》,复旦大学出版社 1990 年版。

⑥ 鲁迅《鲁迅全集》(第 6 卷),人民文学出版社 1981 年版,第 19 页。

不是中国话——中国活人的话,中国大众的话?"①瞿秋白对"五四"文学的质疑和批评,表明"人们回顾'五四'充分扩大的借鉴外国的岁月,不满足于泛泛的'欧化',而要求规范的吸收和归位"②。这种对"五四"文学"欧化"的不满,和"要求规范的吸收和归位",预示着中国文学最初的现代性选择的调整,和对新的现代性文学规范的期待。中国文学面临着某种具有重要意义的现代性转折。

20世纪中国文学现代性规范的转移,即从"五四"时期过于"欧化"的文学现代性思路到对"本土性"现代性思路的调整,是通过一系列文艺论争来完成的。"五四"现代性自身的缺陷到了20世纪30年代已经生长为某种反对性力量和"纠正"的欲望,集中表现在30年代以后持续展开的文艺"大众化""民族化"问题的讨论,这种讨论前后共进行了4次,持续10年之久。"大众化""民族化"问题的论争从表面看仿佛是个纯粹的语言问题,而实际上在其根本却是个多重现代性价值视野下的20世纪中国文学的价值趋向选择的问题,其核心是两种文学现代性理路的冲突、纠缠、较量,和中国文学现代性思路的重新调整,其深层含义是对"五四"确立的现代性追求的历史合理性的质疑。从"文学革命"到革命文学,再到左翼文学、无产阶级大众文学、工农兵文学,可以说,"五四"确立的以"欧化"为主的新文学的现代性在一点点流失,而以"民族性""本土性"为主要价值诉求的现代性一步步得到承认、接纳。这两种现代性思路的论争为毛泽东的文艺政策的出台和对未来中国文学现代性发展之路的勾画作了思想上的准备。

本土性现代性理论的核心内容是"民族性",其表现形式就是对"民族风格"的特别重视和强调。1938年10月毛泽东在中共中央六中全会上所作的《中国共产党在民族战争中的地位》报告中提出,"洋八股必须废除,空洞抽象的调头必须少唱,教条主义必须休息,而代之以新鲜活泼的、为中国老百姓所喜闻乐见的中国作风和中国气派"③,虽然在这次报告中,毛泽东并没有专门论及文学问题,但"为中国老百姓所喜闻乐见的中国作风和中国气派",对他的文学现代性预想作了初步的框架勾画,体现了共产党人对文学现代性的一种新的构想和欲求。在后来的《在延安文艺座谈会上的讲话》(下简称《讲话》)中,毛泽东的"民族性""本土性"文学现代性构想进一步得以完善和凸显。《讲话》实际上是毛泽东为代

---

① 瞿秋白《"我们"是谁?》,文振庭编《文艺大众化问题讨论资料》,上海文艺出版社1987年版,第101页。

② 吴福辉《二十世纪中国小说理论资料(第三卷)·前言》,北京大学出版社1997年版。

③ 毛泽东《中国共产党在民族战争中的地位》,《毛泽东论文艺》,人民文学出版社1983年版,第5页。

表的共产党人对"五四"以来中国文学发展情况所作的一个基本价值判断,和对未来文学发展的基本构想。在《讲话》中毛泽东紧紧抓住文艺"一个为群众的问题和一个如何为群众的问题"这两个最根本性问题展开论述,相当全面地、明确地、本质地对未来文学发展的基本走向和基本风貌作了勾画,这两个问题体现了毛泽东对"五四"文学现代性的某种疑虑和实际上的不满:"有些天天喊大众化的人,连三句老百姓的话都讲不来……实在他的意思仍是小众化"①,毛泽东指责许多作品不但"语言无味","而且常常夹着一些生造出来的和人民的语言相对立的不三不四的词句"②。在这一点上,毛泽东与瞿秋白在对"五四"文学的判断上基本一致,这种疑虑和不满,在毛泽东的现代性框架中最中心的一点便是对"中国作风、中国气派"的强调,他以不容置疑的口气在实际意义上否定并扭转了过于"洋化"的中国文学的现代性发展理路和走向。《讲话》的论述,看似仅是文学的语言、形式问题,"实际上隐含和'深层暴露'出来的,是……更为丰富的有关传统/现代、欧化/民族化、本土性(地方性)、全国性、民族性(中国性)、世界性等现代性问题"③。由此,毛泽东彻底扭转了中国文学的最初的现代性选择,并以一种主要体现民族特色的文学现代性目标代替了过于"欧化"的"五四"现代性价值,从而在根本上扭转了现代文学的发展方向。一时间,与"五四"文学迥异的文学形式,如赵树理的《小二黑结婚》《李有才板话》,李季的《王贵与李香香》等作品,成了当时解放区的主流文学形式,"地摊文学家"赵树理成为中国文学的未来发展方向。

新中国成立后,"本土性"文学发展的现代性理路,更是通过体制性保障整控了当代文学发展的基本走向和形态风貌。虽然,在纯粹理性层面上,毛泽东承认"像西太后反对'洋鬼子'是错误的",他甚至主张,中国的传统,外国的东西,"应该交配起来,有机地结合","应该学习外国的长处,来整理中国的,创造出中国自己的、有独特民族风格的东西"④。但是,在实践层面上,毛泽东更重视的却是"民族风格"。

---

① 毛泽东《在延安文艺座谈会上的讲话》,《毛泽东选集》(第3卷),人民出版社1991年版,第841页。

② 毛泽东《在延安文艺座谈会上的讲话》,陆贵山、周忠厚编著《马克思主义文艺论著选讲》,中国人民大学出版社1999年版,第581页。

③ 逄增玉《中国现代文艺思潮中的现代性问题》,《作家》1999年第3期。

④ 毛泽东《同音乐工作者的谈话》,陆贵山、周忠厚编著《马克思主义文艺论著选讲》,中国人民大学出版社1999年版,第639~640页。

三、"重塑"文学现代性

实际上,无论是"五四"文学现代性思路还是"中国作风、中国气派"的"本土性"现代性思路,都有自身所无法克服的片面性、单一性,都有其内在缺陷,前者过于"欧化",脱离民众;后者又过于封闭,以至于一步步发展成为后来的"样板戏"文学。他们的共同的缺陷在于,这两种现代性思路都过于狭窄。历史提供了另一种中国文学发展的现代性途径,那就是改革开放之后20世纪80年代兴起的"新时期文学",这是一种在更高层次上的多元的现代性思路,既立足本土又放眼世界,既具有现代性又具有民族性。历史选择了王蒙,对这两种都有某种内在缺陷的中国文学现代性理路进行新的"整合"。王蒙在进行新一轮的文学现代性选择的时候,20世纪中国文学的发展历史已经提供了丰富的借鉴,王蒙所直接面对的历史资源和所处的文化语境,已经与鲁迅等人有了根本的不同。应该说,王蒙已经站在了一个变化了的新的历史起点上。他已经摆脱了"五四""本土性"文学现代性与社会现代性的"捆绑式"思路和焦虑心态,基本上走出了对文学的"工具性之思",能够对文学进行"独立"的本体性现代性思考。王蒙力图在新的文化语境和时代契机中,"重塑"中国文学现代性新景观,探索"新时期"中国文学发展的新思路。

王蒙深刻地洞察了"五四"文学和"本土性"文学的内在缺陷,特别是后者的封闭性、狭隘性,严重地桎梏了作家的创造力、想象力,并且导致了中国文学审美口味、文学形态越来越"窄化"倾向。因而,王蒙力求在一种更加多元、宽容,因而也更加"文学"的意义上,探索一种新的文学现代性理路。虽然,毛泽东在"本土性"文学发展过程中,已经察觉了"中国作风、中国气派"的文学现代性理路的某种弊端,并提出了"古为今用、洋为中用"的较为合理的现代性思路的调整,但当时的时代氛围决定了这一调整的文学现代性思路只能是昙花一现,并没有产生持久的历史影响力。应该说,只有到了"新时期",文学的发展才真正体现了毛泽东提出但没有来得及展开的"古为今用、洋为中用"的现代性理路。

王蒙的文学现代性思路,之所以是多元整合型在于,王蒙在洞察了"五四"现代性和毛泽东"本土性"现代性的各自优势和缺陷的基础上,力求在一种更加宏阔的背景上,规避其缺陷,整合其优势。王蒙的多元整合型文学现代性选择和价值欲求,集中体现在他的"小说学"中。在文学价值论方面,与鲁迅的"揭出病苦,引起疗救的注意"的文学功用观不同,也与毛泽东的文学是革命机器上的"齿轮和螺丝钉"理论不同,王蒙强调了文学价值的独立性、多元性、多层面性,王蒙走出了"五四"现代性和"本土性"现代性的"新""旧","现代""传统","先进""落后","文学""非文学","革命""反革命"等二元对立的文学价值思维模式的拘框，从一种更为宽广的视角，以一种更为宽容的态度，对"文学"进行一种多元的包容性的价值体认："文学是一种快乐。文学是一种疾病。文学是一种手段。文学是一种交际。文学是一种浪漫。文学是一种冒险。文学是一种休息。文学是上帝。文学是奴婢。文学是天使。文学是娼妓。文学是鲜艳的花朵。文学是一剂不治病的药。文学是一锅稀粥。文学什么都是什么都不是"，特别是"文学又是智者弱者无所作为者孤独者清谈者自大狂自恋狂胆小者规避与逃遁者的一个'自欺欺人'的游戏——避难所"①的提法，应该说，确实具有某种后现代主义的"解构"之意。但是，就在这种对传统文学观念的"解构"之中，蕴含着王蒙的一种对文学发展的新的现代性眼光和新的现代性价值欲求，他力求在一种摆脱了"工具之思"的文学现代性视野中，来确立新时期文学发展的新构想。我们知道，"五四"作家曾一反传统小说的"谈狐说鬼""言情道俗"的"休闲""娱悦""游戏"品性，宣称"文学是一种工作，而且是对人生很切要的一种工作"，这种对文学本质的否定和背离，在当时被视为文学"现代性"的重要表征。在这种文学现代性理论的导引下，形成了对包括清末民初"鸳鸯蝴蝶派"在内的各类"非主流"文学形态的打压、围剿，使现代中国文学在文类形态和审美口味上严重"狭仄化"、意识形态化。这种现代性弊端，到了"本土性"现代性理论结构中则愈来愈凸显，文学越来越紧紧地捆绑在社会的战车上，越来越"单调"和"专势"，一个重要的原因在于，它们都把自己的文学现代性构想想象成是唯一"合法"的，并使之"主流化""霸权化"，致使中国文学现代性之路越走越封闭，越走越狭窄，最后走进死胡同。王蒙实际上对这种具有本质性内在缺陷的文学现代性诉求的合理性早有质疑，并且深受其害。20世纪50年代他的《组织部新来的青年人》之所以受到批判，就是因为这部小说自身的丰富性无法见容于当时的狭隘的单值性的文学现代性规范之中。王蒙摆脱了这种文学现代性上的"专势"和"霸权化"思想，承认"文学的路数很多"，"各路有时会像网络般交叉纠结"，"各路文学都可竞争、竞赛或不争不赛地自得其乐或各发其痴"②。王蒙在文学风格上倡导"杂色"，在文学流派甚至学派上，坚决反对"王麻子剪刀，别无分号"的想法和做法，努力倡导多元共存、借鉴互补的文学的多元价值形式，"承认价值标准的多元性欲选择取向的多样性。

---

① 王蒙《王蒙文集·自序》，华艺出版社1993年版。
② 王蒙《王朔的挑战》，《王蒙说》，中央编译出版社1998年版，第112页。

人各有志，人各有境，应该允许百花齐放与多元互补"①。在这种文学价值多元性、文学形态多样性的理论视野中，蕴含了王蒙"重塑"文学现代性丰富性的诉求和愿望。

王蒙多元整合现代性的另一重要表现，集中体现在他于 20 世纪 70 年代末 80 年代初开创的"东方意识流"小说。"意识流"小说在中国作为一种文学潮流，可以说早已"过时"，但是，它却最早地透出了中国文学新的现代性追求的讯息，表明了一种新的文学现代性价值观念的萌发、生成，预示了即将展开的一种新的文学现代性规范。从这一点而言，它的"象征"意义远大于它作为一个小说"流派"的实际意义。王蒙的"意识流"小说试验，预言了一个新的文学时代的到来。王蒙对当时许多人的"搞形式主义"等的指责，曾公开表明，"我们搞一点'意识流'，不是为了发神经，不是为了发泄世纪末的悲哀，而是为了塑造一种更深沉、更美丽、更丰实也更文明的灵魂"，是为了"写得'独具慧眼'，更有深度，更有特色，更有'味儿'"，"吸收和借鉴必须消化，必须为我所用，必须有所改革、发展、创造"②，王蒙既批判了"把洋人的裹脚布当领带"的一味崇洋、媚洋的做法，同时又以一种开放的胸襟，发扬真正的"拿来主义""洋为中用"，他说，"探索也好，形式也好，技法也好，这一切必须深深的扎根于本民族的生活之中"③，"外来的东西一定要和中国的东西相结合，否则就站不住"，在创新和继承、借鉴的关系上，王蒙既反对"自我作古，搞'新纪元'"，同时也反对"画地为牢"④。事实上，就王蒙的"意识流"小说而言，无论是早期的《春之声》《海的梦》《夜的眼》，还是稍后的《蝴蝶》《布礼》《杂色》，它们的根本意义并不在于这类小说自身具有多么高的艺术性，关键在于它们的"标新立异"向人们展示了小说的另一种写法、另一种形态和新时期中国文学的新的现代性选择。王蒙的"意识流"小说，即使那些表面上不以为然甚至反对的人，也无不为这种新的小说形态所吸引、所惊异。王蒙开创的"意识流"小说，单纯作为新时期文学的一个"流派"，其意义有限，但是它对之后文学发展的流向具有某种强烈的暗示、导引作用，它对中国文学发展的潜在的影响力，超越了在当时引发的冲击力、震撼力。王蒙开启了一种新的文学现代性规范。

王蒙"小说学"现代性的另一重要维面，还在于它的主体性内涵。"五四"现

---

① 王蒙《名士风流以后》，《随想与遐思》，甘肃人民出版社 1996 年版，第 53 页。
② 王蒙《关于"意识流"的通信》，《王蒙文集》（第 7 卷），华艺出版社 1993 年版，第 74 页。
③ 王蒙《生活呼唤着文学》，《王蒙选集》（第 4 卷），百花文艺出版社 1985 年版，第 416 页。
④ 王蒙《致高行健》，《王蒙文集》（第 7 卷），华艺出版社 1993 年版，第 333～335 页。

代性具有主体性的一面,但"本土性"文学基本上忽视、漠视文学的主体性,这也是"本土性"文学高度类型化、模式化的根本原因。实际上,文学现代性的一个重要的表现,即对创作主体性的尊重。在新时期作家中,还没有人像王蒙这样早、这样急切地呼唤文学创作主体性,作家的主体创造性只有在一种开放的、丰富的现代性框架中才能真正体现。新中国成立后对作家的诸多的条条框框,实际上是对作家创造力、主体性的漠视、限制和扼杀。王蒙意识到这一点,并率先对许多错误的、教条的、似是而非实际上严重束缚了作家创造力的重大问题如现实主义、真实性、典型、形象思维等进行"拨乱反正"和理论廓清,力求将文学从单一的封闭的狭窄的"单行道"中解放出来,使之成为真正意义上的"人学"。王蒙"小说学"现代性的一个最根本所在,就是对创作主体性的重视。王蒙多次强调,"文学是对生活的一种发现","文学是生活的发展","创作是一种燃烧",一切文学艺术形式都是创作主体的"心智的伟大创造",王蒙所说的"发现""发展""燃烧"等,无不突出了创作主体的重要性。与之前的"教科书"式的"文学理论"不同,王蒙更加突出地强调了创作中作家"自己的内在根据"。王蒙说,"忽视创作主体的作用,就是忽视创作规律","没有创作主体的作用,就没有创作灵魂"。王蒙特别强调了激情、想象、直觉在整个创作中的作用,"缺乏敏锐的感受性,缺乏想象、激情和创造力即缺乏创作主体的活跃性欲能动性的文学工作者……与真正的文学艺术之间,还存在着难以逾越的隔膜"①。

王蒙是 20 世纪中国文学发展中的具有转折意义的代表性作家。他的创作"是对中国文学整个形式和内容的改造"②。所谓"改造",主要表现为王蒙以一种更富有时代感和现代性的文学规范,取代了原有的文学规范,开创了新时期文学的多元整合的文学规范的新时代。因而,王蒙的文学史意义只有置于 20 世纪中国文学的发展流变这一大的背景上才能被更清晰地认识,王蒙既是某中心的文学规范的代表,同时也是某个文学时代的代表。所谓"新时期"文学,主要的不是一种历史表述,而是一种性质判断、价值期待。王蒙所开创的这种"新时期"文学的现代性规范,也许仅仅是中国文学发展过程中的一种现代性"方案",也许这种文学规范同样具有某种无法克服的历史局限性,但是,面对 21 世纪中国文学特别是即将展开的"全球化"战略,如何既保持中国文学的"个性",又具有"现代性",王蒙为我们提供了某种富有历史远见的有益启示。

---

① 王蒙《也说主体》,《王蒙文集》(第 6 卷),华艺出版社 1993 年版,第 231 页。
② 〔苏联〕Ｃ·Ａ·托罗普采夫《王蒙创作探索和收获》,理然译,《当代文艺思潮》1985 年第 1 期。

论冰心文学史形象的建构与嬗变

李萌羽 ■

冰心是 20 世纪中国最具影响力的作家之一。冰心的文学创作始于 1919 年发表在《晨报》的《两个家庭》,初登文坛,即引起高度关注,并成为 20～30 年代文坛的一个持续热点。对冰心的研究,如果从 1919 年 10 月下旬《国民公报》署名"晚霞"的短评算起,已近百年。冰心文学史形象的建构,肇始于王哲甫的《中国新文学运动史》(杰成书局 1933 年版),迄今已逾 80 年。特别是 1949 年后冰心文学史形象的建构,几经嬗变,不同历史时期呈现出不同的文学史形象。本文选取不同历史时期最具代表性的中外文学史著作,以探析冰心文学史形象的建构和嬗变过程,及其蕴含的复杂文化内涵和历史况味。

一、"经典化":冰心文学史形象的建构

在王哲甫的《中国新文学运动史》之前,冰心研究已经取得令人瞩目的成就,仅 1922 年《小说月报》就发表了冰心研究文章 7 篇,据严家炎编"1917～1927 年中国小说理论资料编目",1922 年收录了佩蘅等人的评论文章 4 篇。在早期的冰心研究中,阿英的《谢冰心》、茅盾的《冰心论》影响甚巨。阿英最早提出了"冰心体"的概念,茅盾的《冰心论》则第一次较为系统、深入地论述了冰心的文学创作及意义。《谢冰心》《冰心论》虽不是严格意义上的文学史著作,但无疑已经初具文学史的视野。特别是《冰心论》,茅盾以其超拔的史家眼光,结合冰心的家庭生活、成长历程、思想发展等,独具慧眼地指出:"在所有'五四'时期的作家中,只有冰心女士最最属于她自己。"在一定意义上,《冰心论》标志着冰心之文学形象合法化建构的开始。

当然,冰心之文学形象的"经典化"更重要的标志则是入选《中国新文学大系》。《中国新文学大系》并非一般意义上的作家作品集,而是中国现代文学第一次真正意义上的全面经典化实践,这一点从入选作品特别是每卷"导言"所透释出来的价值导向即可知。《中国新文学大系》对冰心文学形象的"经典化"过程起到了极其重要的推动作用,特别是茅盾选编的《中国新文学大系·小说一集》,共收录 29 位作家的 58 篇作品,冰心不但置于首位,而且独占 5 篇,分别是《斯人独

憔悴》《超人》《寂寞》《悟》《别后》,且在"导言"中,茅盾从现实主义之"关注现实,提出问题"的文学立场出发,第一次正面阐释了冰心"问题小说"的独特价值和意义,赋予了"问题小说"某种历史合法性。而在《中国新文学大系·散文二集》,冰心更是获得了郁达夫的空前肯定和褒扬,这种肯定既体现在选录冰心散文的数量(22篇,与鲁迅持平),更在于郁达夫给予冰心散文创作的高度认可。郁达夫以特有的充满激情的语调在"导言"中写道:"冰心女士散文的清丽,文字的典雅,思想的纯洁,在中国好算是独一无二的作家了;记得雪莱的咏云雀的诗里,仿佛曾说过云雀是初生的欢喜的化身,是光天化日之下的星辰,是同月光一样来把歌声散溢于宇宙之中的使者,是虹霓的彩滴要自愧不如的妙音的雨师……总而言之,把一首诗全部拿来,以诗人赞美云雀的清词妙句,一字不易地用在冰心女士的散文批评之上,我想是最适当也没有的事情。""读了冰心女士的作品,就能够了解中国一切历史上的才女的心情;意在言外,文必己出,哀而不伤,动中法度,是女士的生平,亦即是女士的文章之极致。"郁达夫对冰心散文的高度赞誉,在一定意义上开启了后来文学史对冰心散文"偏爱"的先河。朱自清选编的《中国新文学大系·诗集》,共有59位诗人的400首诗歌入选,其中冰心18首,仅次于闻一多的29首、徐志摩的26首、郭沫若的25首、李金发的19首,居于第五位。客观而言,无论是《冰心论》还是《中国新文学大系》,所呈现的都并非严格意义上的文学史形象,但它们客观上为冰心30年代文学形象的塑造,起到了独特的作用,具有不可替代的意义。

冰心之严格意义上的文学史形象,最早出现于王哲甫的《中国新文学运动史》。《中国新文学运动史》建构了冰心的文学史原初形象。显然,王哲甫的文学史意识和立场没有后来文学史家那样单一化,这在本质上决定了冰心文学史原初形象的多维性和客观性,特别是《中国新文学运动史》保留了20世纪30年代文坛对冰心未被意识形态化的原初热情,这一点仅从文学史体例上即可得见一斑。在这部文学史著作中,冰心的名字三次出现于"目录"之显赫位置,特别是第五章"新文学创作第一期",冰心是作为"五四"最具代表性的诗人、小说家出现的,如在"新诗作家"栏目,"谢冰心"列胡适、郭沫若之后,徐志摩、朱自清之前;而在"小说创作家"栏目,"冰心"的体例位置仅次于鲁迅,居第二位。

《中国新文学运动史》第一次对冰心的文学史意义做出了较全面客观评价。王哲甫认为,冰心是新文学运动初期"文坛上最负盛名的女作家""是新文学运动中最早的,最有力,最典型的女诗人",这一语调甚至让人想起夏志清《中国现代小说史》对张爱玲的毫无保留的激赏。对于冰心常被后来文学史家忽视的诗歌创作,王哲甫指出:"她的诗集虽只有《繁星》《春水》两个小册子,但她在诗坛上已有了不朽的地位。《繁星》与《春水》里表现出作者整个的灵魂,那样清澈美妙的笔锋,那样飘逸的柔情美意写得多么自然而活泼。他写的虽然多是小诗,显然的是受了泰戈尔的影响,但这种诗体却引起了文坛上的共鸣,而造成了所谓'小诗的流行的时代'"。对于冰心的小说创作,王哲甫同样给予高度赞赏:"在新文学运动的初期,她的小说创作集陆续在《小说月报》上发表,因着她的横溢的天才,清澈的笔锋,曾惊动了万千的读者。……她的作品,有一种神妙的风格,如长了翅膀似的飞到每个青年男女的心坎里去。十余年来在创造方面,给予读者的喜悦,在所有的作家中,还没有一个能比上她的。""总之冰心是一个富于美感柔情的人。她的文字句句都是发于真情的,而其特点则在韵味很美,换言之便是散文里充满了诗意。如用的虽然是外国小说的法式,作出来却是中国女红的风格……她由作品所显示的人格典型,及女性的优美灵魂,已经在万千读者的心中,刻下了永久不朽的印象。"与后来文学史之理性、冷静的叙述语调不同,《中国新文学运动史》则更多的是印象式、情感性的语言,但从王哲甫对冰心不无"溢美"的言辞中,我们可以看到"第一部中国新文学史著"对冰心的文学史态度。

二、"改写":冰心文学史形象的意识形态化

文学史本质是一种权力话语,具有鲜明的时代性和意识形态性,是一种"合法的偏见",其书写对象体现着历史真实和历史理解的真实,而并非文学的自主性选择。在一定意义上,文学史形象,本质是一种时代形象,是时代精神和文学理念的交互反映。20世纪50年代后,随着新的意识形态的全面展开,中国现代文学史的书写也进入了一个新的时期。文学史书写,由个人行为变成国家行为,并逐渐确立了一套新的"政治化书写规范"。冰心文学史形象的建构,也随之进入了一个特殊的历史时期。

新中国成立后,冰心文学史形象的第一"改写"始于王瑶的《中国新文学史稿》(开明书店,上册1951年初版,下册1953年初版),稍后则见于张毕来《新文学史纲》(作家出版社1955年初版),集中体现于唐弢主编的《中国现代文学史》(人民文学出版社1979年初版)。毋庸讳言,自《中国新文学史稿》特别是《新文学史纲》始,文学史对冰心的叙述方向和语调开始大幅调整,《新文学史纲》对于冰心的评价则开始充斥着粗暴的政治判语,与文学所涉无多。唐弢的《中国现代文学史》(以下简称"唐本")则基本承续了王瑶《中国新文学史稿》的叙述基调,但对冰心的文学史定位,态度更为保留,这种"保留"首先体现在文学史体例方面。

唐本文学史只是笼统地把冰心列为"文学研究会诸作家的创作",体例位置低于同时代的叶绍钧。对于冰心的文学创作,唐本文学史也基本持低调、保留态度,例如,一方面认为冰心是"文学研究会中较早开始创作活动的作家之一",另一方面又从社会、政治的角度,重点评析了冰心"问题小说"特别是"软弱人物"的成因:"作者虽然受到'五四'浪潮的影响,有了一些与时代气氛相适应的民主主义思想,但优裕的生活地位、狭窄的生活圈子、跟下层人民隔离等种种条件限制着她,使她并没有真正产生反抗黑暗现实的强烈要求和变革旧制度的革命激情。到'五四'高潮过去以后,思想上的矛盾和苦闷有所发展,基督教教义和泰戈尔哲学便对她有了更深的影响。"虽然唐本文学史对冰心散文创作从语言和文体层面给予认可:"冰心的散文笔调轻倩灵活,文字清新隽丽,感情细腻澄澈;既发挥了白话散文流利晓畅的特点,又吸收了文言文凝练简洁的长处;它们显露了作者较高的文学修养,也表现了一个有才华的女作家独有的风格。"但整体而言,其平抑的叙述语调难掩对冰心较为保留的文学史态度。由于《中国现代文学史》曾入选"高等学校文科教材",影响甚广,在一定意义上影响了后来文学史之冰心叙述的方向和基调,对之后冰心文学史形象的建构具有重要的导向性作用。

此时,另一部有重要影响的文学史著作是美籍华人夏志清的《中国现代小说史》(传记文学出版社1979年初版,以下简称"夏本"),这也是迄今影响最大的海外文学史著作之一,在很多方面具有范式意义。夏本文学史同样具有鲜明的意识形态性,但夏志清从作家创作文本实际和审美经验出发,严格遵循其"优美作品之发现和评审"(《中国现代小说史》初版原序)的原则,特别是严格着眼于"文学本身的美学质素及修辞精髓"(王德威语),因而,夏本文学史对冰心的评价与唐本文学史相比,则更为客观、公允。在《中国现代小说史》中,夏志清从中国文学传统和冰心的创作个性出发,认为冰心是一个以"感性"见长的作家,冰心的小说创作体现了中国文学之"感伤传统",并形成了"独特的风格",在"五四"作家中"占一席重要地位",特别是其以儿童、母爱为主题的小说,具有"纯真的感性"。冰心小说最出色之处,是对"寂寞"的书写,如《寂寞》《离家的一年》《别后》等,都极具思想深度;而对于一般文学史推崇的《超人》,夏志清则认为是一篇"不折不扣的滥用感情之作"。

新时期以来,随着思想解放的潮流,文学观念开始逐渐从意识形态的禁锢中解脱出来,文学史开始了对冰心文学创作的"再认识"过程,这集中体现在钱理群等著《中国现代文学三十年》(上海文艺出版社1987年初版,以下简称"钱本")。与唐弢《中国现代文学史》之社会—政治为中心的文学史视野不同,《中国现代文学三十年》在总体上体现了20世纪80年代思想启蒙的文化语境和价值取向,在文学史写作中则表现为文学史逐渐从社会—政治史的简单比附中挣脱出来,但正如有的学者早已指出的那样,钱本文学史的叙述态度和立场有一种"暧昧""犹豫不决"感觉,最终造成了"历史叙述的暧昧",这种"暧昧"同样表现在冰心80年代文学史形象的建构中。

从文学史体例而言,钱本文学史在延续"鲁郭茅巴老曹"单独成章的文学史惯例的同时(其中鲁迅独占两章),增加了赵树理和艾青,修订本又增加了沈从文。与唐本文学史相比,钱本文学史体例上略有变化,虽然整体上仍把冰心置于"文学研究会"作家群中,但修订本中冰心开始出现于"节"的标题之中:"冰心、朱自清和'文学研究会'作家散文"。显然,钱本文学史更看重的是冰心的散文创作,认为"冰心的散文实比她早年的问题小说和小诗成就更高",特别是语言、文体"既保留了某些文言文的典雅、凝练。又适当地'欧化',使句子更能灵活、婉转、流动,有自然跳荡的韵律感。在开展白话文运动刚刚几年时间,冰心能将文言文、白话文与西文调和得如此完美,难怪能引起普遍的欢迎。冰心对建立与发展现代文学语言是卓有贡献的,不过她的作品读多了也会感到格调偏旧,因为她究竟是属于以旧文学为根基的早期新文学作家。"《中国现代文学三十年》对冰心小说,诗歌创作整体持较为保留的态度。例如,对冰心诗歌创作只是淡淡的一句:"1923年,同时出版了冰心的《繁星》与《春水》,以及宗白华的《流云小诗》,引起了人们对'小诗体'的关注与兴趣",冰心的文学史位置不但远远低于徐志摩、闻一多,甚至低于同为"小诗"诗人的宗白华。在钱本文学史最具特色的"本章年表"中,举列了朱自清的诗歌《毁灭》、陆志苇的诗集《渡河》、邓中夏的诗论《贡献于新诗人之前》,但没有提及冰心的《繁星》(修订本中作了完善补充)。由此可见,冰心在《中国现代文学三十年》中面影较为单一,乃至模糊,这既与冰心的文学成就也与20世纪80年代文化语境不甚相符有关。

几乎与《中国现代文学三十年》同时,另一部值得关注具有广泛影响的著作是李泽厚的《中国现代思想史论》(湖南人民出版社1985年初版)。这部著作虽不是严格意义上的文学史,但其对冰心的评价眼界甚高。《中国现代思想史论》出版于80年代中期,可以作为钱本文学史的另一参照或补充。在这部著作中,李泽厚将冰心置于20世纪中国思想史整体视野中,阐释了冰心文学创作的独特价值和意义。李泽厚把冰心看作"五四"时期"开放心灵"的代表性作家:"带着少年时代生意盎然的空灵、美丽,带着那种对前途充满了新鲜活力的憧憬、期待的心情意绪,带着那种对宇宙、人生、生命的自我觉醒式的探索追求。刚刚经历了

'五四'新文化运动的洗礼之后的 20 年代的中国,一批批青年从封建母胎里解放或要求解放出来。面对着一个日益工业化的新世界,在一面承袭着古国文化,一面接受着西来思想的敏感的年轻心灵中,发出了对生活、对人生、对自然、对广大世界和无垠宇宙的新的感受、新的发现、新的错愕、感叹、赞美、依恋和悲伤。"李泽厚对冰心创作之"母爱""童心"主题,给予高度关注,认为冰心第一次把"母爱"这一人类最普通的情感带进了"本体世界",其笔下的"母爱"不再是传统伦理的母爱,"而是新时代新青年对整个宇宙人类多愁善感的母爱";同时,《中国现代思想史论》将冰心的"小诗"与郭沫若的《女神》相提并论,认为"冰心和沫若是在这'无涯际的黑暗'尚未真正扑来,但已初初感到的时候,或用'爱'或用'力'来要求抵御它们的娇弱柔情和粗犷喊叫"。并认为他们在思想情感方式上,体现了现代人追求个性解放和自我独立意识。客观而言,李泽厚所关注的是思想史意义的冰心,但他对冰心创作的论述,无疑在另一维度丰富了冰心的文学形象。甚至,《中国现代思想史论》中的冰心比《中国现代文学三十年》中的冰心,更代表了 20世纪 80 年代冰心的文学史形象。

三、"再审美化":冰心文学史形象的回归

新世纪以来,中国现代文学史著述方面影响最大的当属严家炎主编的《二十世纪中国文学史》(高等教育出版社 2010 年初版,以下简称"严本")。与唐本、钱本文学史主要从政治、文化角度切入作家评价不同,严本文学史更注重对作品的审美观照,更侧重从审美本体看取和评价作品,努力"展示 20 世纪中国文学的独立系统和本体面影",这在一定程度上带来了冰心文学史形象的新变化。

与之前文学史相比,《二十世纪中国文学史》体例方面变化不大,但很明显冰心的分量有所增加,特别是叙述语调趋于客观,评价也更着眼于冰心创作实绩,而不是意识形态。对于冰心的散文创作,严本文学史更是格外看重,论述较为充分,认为其"在文学史上占有独特的地位","在艺术上,冰心的散文重视结构布局,善于以小见大。其笔调轻倩灵活,文字清新隽丽,感情细腻澄澈,全没有某些作家笔下那种滞重的涩味"。并引用了郁达夫《中国新文学大系·散文二集》导言中对冰心散文的评价。关于冰心的"问题小说",众所周知,冰心深受基督教思想的影响,一般文学史对此都持低调立场或避而不谈,但严本文学史改变了这一文学史传统态度,认为基督教哲学对于冰心"五四"后期小说创作如《超人》《悟》等,起到了积极促进作用,是冰心"爱的哲学"的思想根源之一。

几乎与"严本"同时,另一部有影响的文学史著作是德国学者顾彬的《二十世

纪中国文学史》(华东师范大学出版社 2008 年初版)。与绝大多数同类文学史著作不同,顾彬更倾向于从叙事艺术的角度看取和定位冰心的文学史意义,令人耳目一新,丰富了冰心文学史形象的建构。顾彬认为,冰心与鲁迅、郁达夫、叶圣陶等一同创立了"现代中国叙事艺术",特别在"语言塑造"方面,她的"清楚晓畅"体现了真正"现代汉语"的特点。《二十世纪中国文学史》尤其看重冰心的小诗创作在语言和形式方面的成就,认为冰心的"令人惊讶的语言和形式意识","独一无二""堪称大师",并着重从"现代性"视角,论述了冰心诗歌创作的现代意义。顾彬认为,冰心是"五四"时期能够与郭沫若"并肩"的、极具现代性的诗人,其现代性主要表现在两个方面。其一,诗歌形式。冰心创造了"五四"诗歌一种新形式:"短小的、静谧的、克制的形式",而这恰是诗歌"现代性"的标志;其二,冰心诗歌意象背后的"现代精神"。"繁星"意象作为现代精神的重要符号具有"双重含义":"它意味着实现与幻灭、永恒与短瞬、理想主义和哀诉,既是诗人和诗的光辉和恒久,同时又是一种异化了的实存和孤独……星变成了现代性的象征,取代了代表传统的月亮形象。星星是一种张力的表达,这种张力存在于尘寰与'圣人'之间,存在于被社会排斥的现状和诗人的意识之间,顺应时势与特立独行之间,最后也存在于有生与不朽之间。"

值得一提的还有孙宜康、宇文所安主编的《剑桥中国文学史》(生活·读书·新知三联书店 2013 年初版)。《剑桥中国文学史》的描述对象"从上古时代的钟鼎铭文到二十世纪的移民创作","横跨三千载",鉴于时间跨度与"完全针对西方读者"的初衷所决定的特殊体例,给予现代作家的篇幅极其有限,即便如此,《剑桥中国文学史》仍对冰心的小说创作给予了相当关注和中肯评价:"冰心身兼诗人、散文家、短篇小说作家和儿童文学作家等多重角色","冰心的作品大多以感性的基调构建一个乌托邦式的世界"。在英语语境中,"乌托邦"(Utopia)更多指向"理想"和"好的"的含义,而不是"空想",也即是说,与国内某些文学史评价的方向相反,在《剑桥中国文学史》的作者看来,冰心"五四"时期创作的那些以"爱"和"童心"为主题的小说,指向人类的一种美好状态。有趣的是,《剑桥中国文学史》重点分析的是冰心广被忽视的小说《疯人笔记》,认为在《疯人笔记》之"流畅风格和混乱逻辑中",体现了冰心"逃离了传统性别约束,为自己构建了一个想象空间"。显示了作者独特的审美眼光和评价标准。

由上观之,自 20 世纪 30 年代以来,冰心的文学史形象几经变化,特别是自 20 世纪 50 年代以来,冰心的文学史形象更多体现为意识形态的选择,而不是文学的自主建构。一方面,自唐本经钱本到严本文学史,冰心文学史形象的嬗变越来越趋于理性,越来越回归本体性和审美化,但同时更应看到,整体而言,冰心的文学史形象较为凌乱、单薄,这既与文学史的体例有关——在一般文学史中,冰心皆不能够作为一个独立完整的形象出现,而冰心的创作又跨小说、诗歌、散文三界,不得不在各类文体中叙述,客观上造成了冰心文学史形象的零乱和漂浮。也就是说,冰心的文学史形象至今存在碎片化现象,难以构成文学史的主流叙述话语,更多时候是作为主流之外的"丰富性"与"多样性"而存在。但根本而言,这不是文学史体例或叙述技巧问题,而是对冰心之文学史意义的认知和评价问题。一个简单的事实即可明白,与 20 世纪 30 年代王哲甫《中国新文学运动史》对冰心的热情洋溢、不吝赞词相比,新中国成立后文学史对冰心的叙述语调大都较为飘忽、游移,在看似客观之中隐藏着一种源于意识形态的谨慎、冷漠乃至有意无意地贬抑。茅盾在《冰心论》中,对冰心创作虽有批评,甚至是很严苛的批评,但其整个语调是热的,与新中国成立后文学史对冰心的"保留"态度和叙述基调构成了鲜明对比。新中国成立后冰心的文学史形象,整体而言是被"遮蔽"或压抑的形象,这从另一方面说明,冰心的"爱"与"美"的文学理念与文学史的意识形态话语之间存在一定差距乃至龃龉之处,这与冰心之 20 世纪中国"文学大师"形象不相符合,也与冰心的文学的成就不相符合。可以预言,随着文学史理念的不断调整,一个更加客观、真实、丰富的冰心,将重新回归到文学史叙述之中。

京派文学意象的审美特征

鲁美妍 ■

京派作为 20 世纪中国文学史上的重要流派之一,以其大量经典的文学作品和独特的审美意识为现代文坛增添了一道别致的文化景观。京派文学意象是中国传统文学向现代文学转换过程中产生的特殊的文学现象,具有特殊的审美价值。它承载着京派作家在 20 世纪 30 年代那特定的历史时期中时代与作家自身气质共同渗透下形成的复杂情绪,更是京派作家特殊的审美追求的具象体现。意象原是中国古典诗学批评理论中的重要范畴之一,原意为表意之象,是诗人内在之意诉之于外在之象。在中国古典诗词中,意象的繁丽多姿构成了华夏文学传统中最为精彩的一页。尽管"五四"以来的文学革命打破了中国文学系统中诗歌的主导地位,然而一些中国作家对意象的追求并未因此而停止,尤其是京派作家。意象性在京派作品中是最重要的表达手段,它既是京派作家构筑自己独特的文学世界的具体化技巧,又凝聚了作家对客观世界的深切体悟。在对意象性探索的同时,京派作家强化了对传统文学中的意象审美方式的体认,并突破了古典文学中长期积淀的原型性象征模式,逐渐使意象方式化为作家对世界万物的带有强烈个体生命色彩的审美途径,体现着现代作家对文学本质的更深入的感悟。

一、传统与现代的会融

京派以其极具古典情致的文学作品和向传统回归的审美倾向在现代文坛中焕发着独具魅力的光彩,然而如果仅把京派作为单纯地向传统回归的流派来看待,那么京派作为现代文学史上颇有建树的新文学建设者的地位和所付出的努力都将被抹杀掉了。可以借哲学上的"螺旋形上升"的前进方式来形容京派的现代性追求。京派的传统回归绝不是简单的回归,而是一种建立在对旧的文学扬弃的基础上又渗入到现代文学特质的前进之途。中国现代作家已经认识到,经历了西方文化巨大冲击的中国现代文学,已经不可能再维持中国传统文化的发展模式,中国古典诗学更需要在融合中寻求突破,京派文学意象正是这种融合产生出来的特殊的文学现象。对意象性的追求,使京派作家在更微观的诗学层面寻找到了中西诗艺的契合点。

尽管意象最早源于中国,但是中国现代文学中的意象艺术却是借助于西方象征主义、意象派在中国的传播而得到重新兴起和发展的。中国古典的意象艺术经历了从中到西,从古到今的发展过程,期间难免会产生复杂的"误读"现象,即便是京派这样矢志于继承传统的作家群体对意象的理解也不同于古人,而是在很大程度上受到象征主义、意象派的影响,有意识地改造塑新传统文学意象的内涵和营构方式。

虽然象征主义、意象派对中国古典文学都有所借鉴,甚至意象主义运动干脆就是受到中国古典诗歌的启示而发展起来的,但是由于东西方文化心理和文化语境的巨大差异,西方对中国意象艺术的学习也只限于表面的因袭,回落到西方文化语境当中,意象在诗歌中的应用已与中国古典诗歌中的意象有很大差别。就概念而言,中国古代对意象的界定是从哲学层面出发,代表一种思维方式。而意象派仅把它作为诗学技巧的追求,这是两种意象概念最本质的区别。中国古代对意象界定为"表意之象""意中之象",如《易经》中:"圣人立象以尽意",基本确立了意象的象征功能,而王弼(魏)在《周易略例·明象》中的论述更明确了意与象之间的关系:"夫象,出意者也。象生于意,故可寻象以观意。"从审美角度来看,意象是中国传统诗歌艺术的基本特征,是经过诗人的反复淘洗和筛选并凝聚着诗人复杂的人生体验的审美选择。在意象派那里,意象是"瞬间呈现出的情感与理智的复合体"[①],是诗人瞬间获取的感性经验。意象派强调意象独立鲜明,与中国古典诗论中要求"夫诗贵意象透莹"相似,但是意象派过于强调意象清新硬朗的效果,追求意象自呈的表达方式,反对任何连接词的运用,消解意象的象征意义,这与中国古典诗歌追求"象外之致"的传统几乎是对立的。实际上,意象派之所以能在中国现代文学史上产生巨大影响,主要还是根源于中国本土文化中的意象传统,另一层原因则是象征主义诗学在中国的渗透。

京派文艺理论家敏锐地察觉到象征主义诗学与中国古典诗学的许多相同之处。在象征主义的"中国化"过程中,无论从理论上还是就创作而言,京派都是不可或缺的重要一环。在理论上,京派文艺理论家对象征的关注较早,周作人在《扬鞭集》序中提出了"象征即'兴'",他是从艺术的表现手法,即修辞角度来沟通象征与我国传统的"兴"。京派作家的创作无疑渗透着对中国化的象征主义理论的实践。废名曾经一再关照读者注意象征主义诗人波特莱尔的象征性散文诗《窗》,由此暗示他的小说中所使用的象征手法:"一个人穿过开着的窗而看,决不如那对闭着的窗的看出来的东西那么多。世间上更无物为深邃,为神秘,为丰

---

① 庞德《关于意象主义》,黄晋凯等主编《象征主义意象派》,中国人民大学出版社 1989 年版,第 147 页。

富,为阴暗,为眩动,较之一枝烛光所照的窗了。我们在日光下所能见到的一切,永不及那窗玻璃后见到的有趣。在那幽或明的洞隙之中,生命活着,梦着,折难着。"①这种从有限中表现无限的象征暗示的艺术思维让我们不由自主地联想起京派作品中那些反复呈现过的意象:桥、树荫、灯、梦、绣枕、白塔等。这些意象之所以超越了古典意象主要在于含义的深化,是借助意象的象征和暗示功能实现的。象征诗学强调诗歌的暗示性,造成了象征主义作品的两个效果:一方面,朦胧的象征含义能够激发读者阅读时的想象力;另一方面,暗示的作用并不是还原事物的本来面貌,而是借助读者的想象在更高的意义上揭示事物的纯粹的本质属性。京派作家对古典的超越即体现在营造意境的同时,更将突出单个意象的象征意义提升到了艺术表现的最高层面,废名的"桥",沈从文《边城》中的"白塔",萧乾的"蚕",凌叔华的"绣枕"等皆如此。象征主义把作家的观照点从外部推向主体心灵,从古诗中的集体无意识的原型意象中解放出来,突出作家个性化意象的象征意蕴。京派作家秉承西方个体本位意识,意象所表达的往往不是现实领域,而是作家对命运和宇宙问题的玄思,内涵相对纯粹。如何其芳散文《独语》中的一段:"或是昏黄的灯光下,放在你面前的是一册杰出的书,你将听见里面各个人物的独语。温柔的独语,悲哀的独语,或者狂暴的独语。黑色的门紧闭着:一个永远期待的灵魂死在门内,一个永远找寻的灵魂死在门外。每一个灵魂是一个世界,没有窗户。而可爱的灵魂都是倔强的独语者。"有昏黄的灯,有杰出的书,接下来的却不是寒士苦读的古老片断,而是一个充满了孤独、困惑的年轻人的灵魂独语,这是现代人觉醒了的个人意志的充分表达。门已经没有了古典诗歌中的家的含义,是黑色的,又是紧闭的,是一个能够唤起封闭、孤独与渴求冲破的意象,它与"柴门闻犬吠,风雪夜归人"的门毫无关系。门包裹着作家在黑暗、封闭的时代中的心灵遭遇和感伤、忧郁、迷惘、彷徨、绝望、苦闷的现代情绪。

作为现代作家,京派在现代生活中的感受在西方文艺思潮的作用下已经改变了传统诗人的意象构思方式。他们不愿使意象在现代文学作品中沦为一种附丽,而是进行创造性的转化,让曾经在古典诗歌中大放异彩的文学意象在现代艺术世界中重新焕发出生命的光彩。京派对古典意象的转换并不是仅仅停留在技巧方面,而是更多地灌注了现代人的审美情感和生命体悟。

二、意象性与京派文体创新

意象在现代文学中的发展,到京派作家这里趋于成熟,中西诗艺达到完美融

---

① 废名《竹林的故事·序》,《竹林的故事》,北新书店 1925 年版。

合的境界。由于早期中国象征主义诗人的意象创造还难以克服简单模仿和移植的痕迹，在失落了传统诗歌美学意义上的意境之后，又未能将现代新诗中具有相对独立性的意象单元与主体的人生感悟有机地容纳整合，使得他们作品中的意象相对缺乏情感体验色彩和整体统摄性而处于极度的散杂和游离状态，因而造成了意象与中国读者传统审美观念的隔阂，很难产生古典诗歌中那样的经典化意象。京派作家所具有的传统文人感伤和纤弱的气质使他们无法彻底反叛古典，而是有意识地将古典文学中的经典化意象进行创造性的转化。他们一面以内蕴丰富的六朝和晚唐五代诗文作为意象选取的源泉，一面从尼采、伯格森、弗洛伊德、莎士比亚、艾略特等伟大的思想家和艺术家那里获取反省现代文明和人类生存状态的精神力量，在致力于整合中西文化的同时更为中国现代文学各种文体的成熟和发展做出了不可磨灭的贡献。

京派作家注重意象这一古典文学中最为重要的艺术表现手段在现代文学中的转化和运用，尤其是意象在诗歌以外的文学领域中的作用，如小说、散文、戏剧等。在其他中国现代作家的小说中，意象往往是其文学表现手段的辅助和补充，真正把意象提升到小说表现手段的主导地位的是京派作家。京派小说早期以废名为代表，后期以沈从文为代表，他们的小说语言是意象式的，融古典的诗词与西方的象征手法于一体，铸造了作品中清新典雅、含义隽永的文学意象。

"诗化小说"可以废名的《桥》作代表。朱光潜评价《桥》是"破天荒"的作品，因为它"丢开一切浮面的事态与粗浅的逻辑而直没人心灵深处，颇类似普鲁斯特与伍尔夫夫人"①。废名表现心灵的手法就是意象，他有时完全用意象连接意识的流动："城垛子，一直排；立刻可以伸起来，故意缩着那么矮，而又使劲的白，石衙门的墙；簇簇的瓦，成了乌云，黑不了青天……"（废名《桃原》），这种富于跳跃性和暗示性的联想，注重各种官能之间的通感，使用视觉效果鲜明的意象以及观念联络的奇特等诸种特征都与象征主义诗学在技巧层面相暗合。意象与象征联系紧密，在更多时候，两概念交叉叠合，殊难明确区分。韦勒克、沃伦在《文学原理》中曾一语道破"意象"与"象征"的亲缘关系："一个'意象'可以引用一次，作为一个隐喻，如果持续出现，成为一种呈演和再呈演，它就成为一个象征，甚至可变成一个象征的（或神话的）系统的一部分。"②废名的小说把古老中国的庄禅之趣与现代象征诗艺完美交融在一起，古老的桥的意象并不停留在现实层面，而是指

---

① 朱光潜《桥》，《文学杂志》1937 年，第 3 页。
② 韦勒克、沃伦《文学理论》，刘象愚等译，三联书店 1984 年版，第 204 页。

向观念域,既有着庄禅之空幻,又富含现代作家对人生的体悟和思索,为《桥》笼罩了一层缥缈的彼岸色彩,最终指向的是一个理念的乌托邦世界。它是作家在洞悉现代人的精神世界之后构筑的心灵的乌托邦。20世纪30年代的《桥》为许多大家所赞许,超越了许多以创造意象为主的现代诗歌而成为一个经典化的意象。一方面它为现代人被现实逼迫的焦灼灵魂提供了一个宁静、幻想、暂时的栖居之所,这却是许多现实主义文本所无能为力的,是只有传统文学中镜花水月般空幻的意象与象征主义向深度意义的开掘共同演绎下才能呈现的完美境界;另一方面开创了现代小说新的体式。沈从文带有田园牧歌情调的小说也同样浸润着浓郁的抒情诗的氛围,是一种"象征的抒情"。《边城》中的白塔意象在读者的视野中反复隐现以及小说结尾白塔伴着爷爷的死亡而轰然倒塌,向读者暗示了一个复杂的象征内涵;这是一个关于湘西的世外桃源的神话的必然终结,正如人类逃不出生老病死的自然劫数一样。白塔意象在此从一个单纯的诗歌意象转化为与人类命运和时代命运紧密相连的象征意象。

现代文体中,散文是发展得最为从容和完备的一种。它不像现代诗歌和小说那样经历与传统文学的剧烈断层,现代散文的发展从来没有刻意地挣脱传统散文的影响。尤其是京派散文,更鲜明地体现出一种东西方文化的合流。周作人曾在《燕知草·跋》当中断言:"中国新散文的源流我看是公安派与英国的小品文两者所合成。"意象在京派散文中与诗歌中一样占据着极为重要的地位。废名、沈从文、何其芳、李广田都是优秀的散文作家,他们的作品中有一种天然的"名士气",这在根本上源于他们的古典审美情趣,表现在作品中则是具有古典意蕴的审美意象。何其芳的散文更是如此:"初秋的薄暮。翠岩的横屏环拥出旷大的草地,有常绿的柏树作天幕,曲曲的清溪流泻着幽冷。以外是碎瓷上的图案似的田亩,阡陌高下的毗连着,黄金的稻穗起伏着丰实的波浪,为风传送出成熟的香味。黄昏如晚汐一样淹没了草虫的鸣声,野蜂的翅。快下山的夕阳如柔和的目光,如爱抚的手指从平畴伸过来,从林叶探进来,落在溪边一个小墓碑上,摩着那白色的碑石,仿佛读出上面的镌着的朱字:柳氏小女铃铃之墓。"(《墓》)

何其芳笔下的意象巡通多姿,有如六朝骈文的铺排与奢华。他努力从传统诗歌中激发新的灵感,在晚唐五代诗文里"选择着一些可以重新燃烧的字,使用着一些可以引起新的联想的典故"[①],在《画梦录》中,他直接从古典文学中摄取故事原型,并移植成自己的"独语"语境,回过头来在自己的文学天地里编织自己

---

① 何其芳《梦中道路》,《何其芳文集》(第2卷),人民文学出版社1982年版,第56页。

美丽的梦想。何其芳总是精心地编织"一些辽远的东西,一些不存在的人物,和许多在人类的地图上找不出的国土"①,这一切都在作家的梦里,如树荫下淳于葬梦中的那个神秘古老的世界。作家在《独语》中虚拟的那个"古老的屋子"的意象便是生发这一切的梦幻之地。

京派的诗歌创造受到早期新月派的深刻影响。新月派诗人在追求"三美"的同时更注重诗歌中意象的创造,但相对于新月诗人"节制"的诗歌主张来说,他们投射在诗中的情感还是显得过于浓烈,意象的铺陈也主要是用来渲染一种情感,而不是代替情感的抒发。到了京派诗人那里,他们不约而同地选择了以意象代替情感,意象向着一种"智性化"的路途发展。京派在创造意象的同时不再追求主观抒情效果,而是转向意象的暗示与象征以增强诗歌内在的丰富蕴意。京派的诗歌往往与人生保持一定的距离,采取旁观的不介入的人生克制姿态,卞之琳这样描述自己的创作心态:"我写诗,而且一直是写的抒情诗,也总是在不能自已的时候,却总倾向于克制,仿佛故意要做'冷血动物'。"②京派诗人对意象的这种"冷处理",弱化了诗人主观性的叙述色彩,诗人的激情得到放逐与规范,呈现出明显的客观性、非个人化特征。卞之琳诗中的灯虫、鱼化石、水成岩、白螺壳,废名诗中的灯、海、妆台等都是智性化意象的典型。

京派作家对意象在作品中的成功运用和把握是现代文学意象艺术走向成熟的一个标志,也是文艺走向审美自觉的标志。京派是现代文学史上一个承上启下的重要流派,他们的创作是在对"五四"以来感情泛滥、文学创作失范反思的基础上进行的。他们强调文学的审美功能,力图纠正由于"五四"以来一味强调文学的社会政治功能带来的弊端,同时重在建设的创作目的也促成他们在创作的同时致力于现代文学传统的建立。这个新传统即是意象的运用。意象是诗的特质,京派作家的意象性追求从实质来讲即是一种向文学诗性本体的回归,间接地促成了现代文学中各种文体间的相互融合,尤其是诗歌与小说,诗歌与散文之间。京派意象在接通传统诗学的基础上,又对西方现代诗学营养有所吸纳,同时在吸收外来文化的优长的基础上,又能从本民族诗歌传统中获得一种有机发展,从意象的转化生发到文体的创新,推进了现代文学各种文体创作的成熟和发展,这也是京派作家对现代文学最突出的贡献。

---

① 卞之琳《雕虫纪历·序》,《雕虫纪历》,人民文学出版社 1984 年版。
② 卞之琳《雕虫纪历·序》,《雕虫纪历》,人民文学出版社 1984 年版。

小说文体理论

"白话+文言"的特别格式

——《新青年》语境中的《狂人日记》

王桂妹 ■

　　建构《狂人日记》"经典意义",研究者们首先会着眼于那个具有深远历史意义的启蒙时代——"五四",或者说《狂人日记》作为中国现代文学史上"伟大文学"的典范,首先是与它所属的"伟大时代"构成了一种深入精髓的互文式理解,从而奠定了自身的经典意义。在这种与时代精神同构的"经典纯化"过程中,一个物质性的"现场"往往被忽略,那就是《新青年》杂志作为《狂人日记》最初的文本生成语境所起到的场性规范作用。《新青年》除了从"宏大叙事"的角度表征着一个"伟大的时代"以外,还在一个朴素的物质意义上指称那个时代中的一个具体而微的文本语境,因此,对于《狂人日记》"文言小序+白话本文"的"特别格式",还应该在《新青年》杂志这一具体语境中获得最初的理解,这就需要首先把《狂人日记》还原为一个平实的叙事文本,与新文学创生期出现在《新青年》杂志上的文学作品共同直面一些琐碎的历史细节和褶皱,而这些"平凡的琐碎"和不光滑的部分在文本的经典化历史过程中往往已经被清理掉或者熨平了。迄今我们所看到的是由后来研究者们的深度阐释所建构的一部内蕴深厚的"狂人学史",而"文言小序"作为一个有意味的形式同样参与了这一伟大经典的建构,并获得了巨大的审美意义和思想价值。

　　对于《狂人日记》的"文言小序"在建构文本的思想深度和塑造狂人艺术形象等方面的意义和价值,研究者们已经做出了丰厚的阐释,但是关于"小序"的形成以及"小序"的设计对于中国现代白话小说"开篇"的功效,还需要从小说的原生态语境——《新青年》所建构的场域性规则中做进一步探讨。

一、文言:《新青年》的默认文字规则

　　"五四"之前的"白话文运动"所取得的一项最显著的成果是推动了清末民初创办白话报的热潮,据统计,在1897年,仅出现了两份白话报,而到1900年到1911年间,就出现了111种白话报。而实际上这仅仅只是一个不完全的统计,

另有研究者辑出同一时期的白话报二十多种。《新青年》的创办者陈独秀在1904年创办的《安徽俗话报》正是这一白话报热潮中的一员。从《安徽俗话报》到《新青年》，一个明显的变化是"文言"替代"白话"成为《新青年》的默认文字规则。这一文字形式的更迭绝非是一个文字规则松动时期的随意选择，而是创办者的有意而为之，在这一看似历史发展进程中的退后个案却透露了两个互相连属的时代信息：一是启蒙策略的时代性转变——由近代以来以"开启民智"为宗旨的"启蒙"转向了以知识分子为主体的"思想革命"，由这一启蒙策略的变迁所带来的是"文言"形式的被起用，这一不起眼的变化实际表明了另外一个事实："文言"作为中国知识分子阐述学问、表达思想的方式，虽然经过了清末民初白话文运动的洗礼和白话办报的大规模实践，实际并没有发生实质性的改变。其原因之一正如胡适所嘲讽的那样：士大夫始终迷恋着古文字的残骸，以为古文是宇宙古今之至美，那些致力于文字变革的知识分子把语言做了等级划分：下层老百姓运用白话而上等士大夫则运用古文，"他们明知白话文可以作'开通民智'的工具，可是他们自己总瞧不起白话文，总想白话文只可用于无知百姓，而不可用于上流社会"。因此，"在这种心理状态之下，汉文汉字的尊严丝毫没有受打击"。实际除此之外，还有一个不愿被热切的改革者所提及的现实状况，那就是经过长期的文化积淀和严格的文字训练，"文言"已经形成一种完备的表述系统，成为知识分子著书立说的唯一方式，在中国学术与思想传统上形成了牢固的正统地位和合法价值。即使像胡适那样曾经在《竞业旬刊》中有了相当程度的白话文创作经验，而且还就白话诗问题与友人进行过长期论争的白话文先行者，当他最初进入《新青年》论坛时也还是首先顺应了《新青年》的语言规则而用文言。从《安徽俗话报》到《新青年》语言形式的变迁，恰恰展示了"文言"在知识界一种不言自明的历史合法地位，文言不仅仅是一种书面表达方式，而且已经成为知识阶层的正典言说方式。针对普通民众而创办的启蒙刊物自然是白话和俗语的语言形式，而一旦进入到知识分子之间的思想、学术的探讨和论争，就自然而然地切换成了文言。胡适在《历史的文学观念论》中曾剖析了一些传统文人的创作状态："宋代之文人，北宋如欧苏皆常以白话入词，而作散文则必用文言。南宋如陆放翁，常以白话作律诗，而其文集皆用文言。朱晦庵以白话著书写信，而作'规矩文字'则皆用文言，此皆过渡时代之不得已。"胡适为这些传统文人作的辩护词，正可从另一个侧面说明文言更适用于"规矩文字"。而《新青年》是"以平易之文说高尚之理"作为宗旨，所做的自然是规矩文字，文言由历史积淀而成的严肃性、正统性及论理的严密性自然使之成为《新青年》的默认文字规则。尽管《新青年》启蒙者使用的是一种浅近之文,而非引经据典的古文家之文,但终究还是区别于白话和普通民众语言的文人之文。实际上陈独秀本人也是认同这样一个隐含着等级色彩的语言运用规则的,他认为用白话文"著书立说,兹说匪易,本未可一蹴而就者"。这也可以解释为何陈独秀在《安徽俗话报》中使用了娴熟而生动的白话语言,而到了《新青年》中(至少是在5卷4号之前),却固执地使用文言,实际陈独秀也始终把开启民智用的"白话"与著书立说用的"文言"当作两个不同的话语系统。在文学革命兴起之后,"白话"为文学之正宗很快在启蒙者之间达成了一种共识,钱玄同曾经向陈独秀提出建议,主张提倡白话文运动的《新青年》应当全部改用白话:"我们既然绝对主张用白话体做文章,则自己在《新青年》里面做的,便应该渐渐的改用白话。从我这书通信起,以后或撰文或通信,一概用白话,就和适之先生做《尝试集》一样的意思。并且还要请先生、胡适之先生和刘半农先生都来尝试尝试。此外,别位在《新青年》里面撰文的先生和赞成白话文的先生们,若是大家都肯'尝试',那么必定'成功','自古无'的'自今'以后一定会'有'。"而陈独秀的答复是:"改用白话一层,似不必勉强一致。社友中倘有绝对不能做白话文章的人,即偶有用文言,也可登载。"这种缓冲的态度,表明了启蒙者认识到"白话文运动"从理论落实到实践无须操之过急,另一方面也透露出"文言"在《新青年》创办者心中所具有的合理价值,或者说文言在广大的知识阶层中依然具有牢固地位,这种合法性价值即使在胡适与陈独秀发动"文学革命"之后也没得到彻底改变,虽然这并没有妨碍个别文本对于白话形式的坚持。而实际上,此后很长一段时间,除了钱玄同和胡适等人改用了白话文以外,《新青年》中的文字形式并未做整体变动,依旧以文言为其标准文字形式。直到《新青年》第5卷才全部改为白话文的形式。但是白话代替文言成为《新青年》的正式文字规则,并不等于文言的势力与效用完全消失。已经全部改用白话的《新青年》,于9卷1号刊载了戴季陶所起草的《广东省商法草案理由书》《产业协作社法草案理由书》和《广东省工会法草案理由书》,刊物在《编辑室杂记》中做了特别的说明:"本期所载有戴季陶先生几篇文言的著作。戴季陶先生用文言著作,自然是别有苦衷;本社发表这文言的著作,不请他改白话,也有保存本来面目的意思在里面。希望爱读诸君,原谅本社这一点意思!"所谓"别有苦衷",并非是戴季陶不能或者不肯用白话著文,因为在这三个法案之前,《新青年》还刊载了戴季陶所做的《我所起草的三法案》,完全使用白话文形式,悬揣这一"苦衷",恐怕还是考虑到这三个法案——作为一种官方文件所应有的文字形式,由此可知,至少在正式官方用语中,文言还具有相当大的合法效应。

二、"文言序言＋正文"：《新青年》中文学文本的最初格式

《新青年》作为一个以"思想"为主调的综合性刊物，文学门类的出现，最初往往是以"序言"（包括译者按，译者识、记者识、后序、附识、引言，译者导言、跋等多种样式）的形式得到个别强调的，甚至成为识别文学作品的一个标志。《新青年》中的第一篇"文学作品"是陈嘏翻译的俄国作家屠尔格涅甫（今译屠格涅夫）的小说《春潮》（《青年杂志》1卷1号），在正文之前有"译者按"，介绍原作者的生平、文学地位、思想特征及本篇的独到的特色。在文学初创期，《新青年》（1～9卷）中出现的文学作品实际是以翻译为主，创作为辅的，而"正文＋序言"则成为翻译文学作品的一个固定文本格式。附加在翻译文本前后的"序言"或"附识"从内容上看，大体是对外国作家作品自然情况的相关介绍和说明，内容不外乎作家的生平、创作概况、艺术流派、创作特色和思想特征等。在当时国人对外国文学了解甚少的情况下，这些介绍无疑起到了一个非常必要的"导读作用"，甚至可以看作文学短评。但是除了一些大致相同的内容外，这些"序言"还透露出了很多不同的信息。有些序言篇幅简短，寥寥数言，只是提供一个基本信息，如胡适译莫泊三（今译莫泊桑）《二渔夫》，正文前只有一个简短说明："六年正月，病中不能出门，译此自遣。莫泊三，为自然派第一巨子。"但是有一些长篇序言几乎可以作为作家的传记来读，如出现在《新青年》2卷6号上陈嘏译的《基尔米里》，正文开始前的"译者识"和"作者自序"基本可以看作龚古尔兄弟的完整传记，大概受杂志的篇幅限制，以至于在此号中只出现了序言，而正文安排在另卷刊出，致使杂志目录中的"小说"在内容上蹈空。随着周作人和鲁迅译作在《新青年》中的大量涌现，"序言"已经不仅仅再拘泥于对一个作家作品自然状况的简介，而是加大了对于"思想"的介绍和评判，由"序言"或"附识"所含载的是启蒙意图，启蒙者力图借文学译介达成思想目的，实际这些"序言"就不仅仅是文学艺术的导读，更重要的是对"思想"的导引与启蒙，因此，这样的一些"附记"就不再是可有可无的，其意义甚至已经凌驾于作品之上。

受制于《新青年》杂志的语言默认规则，这些翻译文本的"序言"或"附识"的文字形式最初也都是以文言形式出现的。从《新青年》5卷2号起，随着白话文运动的社会成效扩大，白话文也逐渐替代文言成为《新青年》的文字规则，文学文本几乎都变成了白话，"序言"也逐渐随之改变，但是作为译介者表述自我思想的文字——"序言"与"文本"之间并没有达成完全同步的状态，于是在《新青年》中大致构成了这样几种样态：文言文本＋文言序言，此类是《新青年》5卷2号之前

的基本样态,但是同时也夹杂了个别"白话文本＋文言序言"的格式:1 卷 2 号中由薛琪瑛女士所翻译的戏剧《意中人》、2 卷 6 号中陈蝦翻译的小说《基尔米里》、3 卷 1 号胡适翻译的小说《二渔夫》、4 卷 3 号、4 号周作人翻译的小说《童子 Lin 之奇迹》《皇帝之公园》等都是以白话文本附带文言序言的形式。可见,评介者用以表述观点思想的"序言"始终以文言作为正规形式。作为全部转换为白话文的一个过渡,5 卷 2 号中出现了周作人翻译的两部作品的不同样式,《不自然淘汰》是"白话文本＋文言序言"的方式,而紧随其后的《改革》则是"白话文本＋白话序言"的方式,以此为界限,《新青年》此后出现的文学作品,无论是"正文"还是"序言""附识"都一律采用了白话形式,至此完成了一个语言的全面转换。

与文学翻译相近似,出现在早期《新青年》中为数甚少的文学创作也往往带有"序言"或"附识"的样式。《新青年》中的第一篇创作是谢无量的五言排律《寄会稽山人八十四韵》(《青年杂志》1 卷 3 号),后有"记者识",其内容是对谢诗大为称道;第一篇小说是苏曼殊创作的文言小说《碎簪记》(连载于《新青年》2 卷 3 号、4 号),篇末有陈独秀的"后序",做的是感悟式的评价。这些序言因为出自"杂志记者"同时也是"读者"之手,大多具有一种点评的意思,而出自作家本人之手的序言,往往用来交代创作的来龙去脉。尽管在《文学改良刍议》和《文学革命论》中对于用白话作文尤其是用白话作诗的"进步性"已经有了详细的说明,但是出现在《新青年》中的第一组新文学作品——白话诗八首(《新青年》2 卷 6 号),仍附带了简短的说明。在第一首白话诗《朋友》之前的文字说明是:"此诗天怜为韵,还单为韵,故用西诗为法,高低一格以别之。"这些交代可以看作"新诗"的创作兼阅读指南;而另一首《赠朱经农》之前的"小序"(经农自华盛顿来访余于纽约,畅谈极欢。三日之留,忽忽遂尽,别后终日不欢,作此寄之)则是作者交代作品的创作由来。而类似这样在自己作品的前后以"简短序言"的方式交代创作的来龙去脉的方式在《新青年》的作品中大量存在。

出现在《新青年》中的文学文本大致形成了两个显见的外在特征:一是"正文＋序言"的形式,几乎在《新青年》中构成了一种通行的文本样式,甚至是"正典"文本结构;二是受制于《新青年》(在 5 卷 2 号之前)整体的文字默认规则,"序言"或"附识"始终是以"文言形式"作为自身的正规形式,即使是本文为白话的文学作品,也往往以"文言形式"作为"序言"或"附识"。上述文本样式也构成了《狂人日记》的基本存在语境。

三、"文言序言＋白话正文"：《狂人日记》的"非典型"结构

出现在《新青年》4 卷 5 号中的小说《狂人日记》，作为《新青年》文学场域中的第一个现代白话小说创作文本，同样是以"正文"加"序言"的形式构成了基本的外在形式特征，但是相比较而言，《狂人日记》的这种外在结构在《新青年》的现有文学场域中所呈现的却是一种"非典型"的特征。在其他作品中，作为对文学创作或翻译文本起提示、介绍作用的"序言"或"附识"，其自身与文本并没有不可分割的关系，或者说删除这些"序言"或"附识"，文本自身的独立性和艺术性不会受到任何影响，因此，在大量的文学翻译作品中，刘半农不设任何"提示"的外国小说翻译，虽然远不如配置了"序言"或"附识"的作品更加让人容易索解，但作品自身的文学性不受任何影响。包括在初期文学创作中所附加的"自序"或"他序"都是文学之外的存在，与文学的内在艺术审美整体无涉。鲁迅的《狂人日记》在外在形式上虽然与常见的文本结构相同，同样是以"白话文本"附带"文言小序"的模式，但却不是常规形式的说明文字，或者说鲁迅只是按照《新青年》中通行的文学文本的共同样式实行了一种仿制，这种仿制可以看作鲁迅为了使"小说"被顺利阅读而设置的一个小小的"阴谋"。在新文学初创期，对广大读者来说还很陌生的新文学作品能否被阅读是其能否产生思想效力的关键，《狂人日记》中的"小序"设计正是为小说提供了一种与已有作品相类似的"常态"：一是文字的常态——文言，一种通行的文字样式，同时也是《新青年》已有的文本序言的共同形态；二是心理的常态——以一种对狂人持否定态度的社会"正常心理"来看待狂人日记。有了这样一种混同装置，就会使一般读者自然而然地在一种与小说作者"共谋"的"安全感"中进入对"日记"的阅读，而不至于一开始就被这些"疯言疯语"吓退，或者面对这些莫名其妙的文字感到无从索解而干脆弃置。所以"小序"就成为一个"导入仪"，使文本能够顺利进入人们的阅读视野，至于小说进一步发挥"药"的效力，那是被阅读之后的事情。因此，《狂人日记》的文言"小序"在作用上与其他文学文本"序言"产生了相同而又不同的效果，从功能上看，这些"序言"基本都可以算作"本文"的导读，但是，在《新青年》中其他翻译、创作作品中的"序言"与"文本主体"是一种分裂的存在方式，"序言"本身是游离于文学本体的异质性存在，并未进入作品的艺术审美层面。而鲁迅却把这种非艺术层面的存在形式"艺术性"地运用到文学本体之中，使一种外在的非文学形式成为文学审美自身的必要组成部分，因此，这个序言就不再是可有可无的，而是不可或缺地容身于艺术的内在审美创造之中。换言之，《新青年》中其他文学文本的"序言（附

记)"属于非文学的形态,与文本自身构成的是一种简单的"相加"的关系,而《狂人日记》的"小序"则是属于文学自身的内在构成,"文本"和"小序"构成的是一种"相乘"的关系,在这种改变性质的运算"法则"中,生成了一个全新的文体样式,从而产生了审美意义上的"奇异"景观。而正是由这种有别于《新青年》中其他文本序言的"仿真"状态,才使得整个小说无论是在艺术结构上还是在思想内蕴上都形成了可资阐释的巨大张力和开放式的审美空间,并激发着后来审美与思想探险者们迄未消歇的阐释热情。

一个精神病患者的日常生活叙事

——重读《狂人日记》

周海波 ■

1918年5月15日出版的《新青年》第4卷第5号,同时发表了胡适的《论短篇小说》和鲁迅的《狂人日记》。一篇文学论文,主要涉及短篇小说的文体问题;一篇则是小说创作,实现了中国小说文体尤其是短篇小说的现代转型。胡适与鲁迅,各自以不同的方式和文体,对中国文学的发展贡献了自己的智慧。胡适在论文中对短篇小说的界定是:"短篇小说是用最经济的文学手段,描写事实中最精彩的一段,或一方面,而能使人充分满意的文章。"鲁迅的小说创作未必是去阐释胡适理论的,但却与胡适的观点有诸多相通、相同之处,为我们研究现代小说提供饶有趣味的学术话题。

一、一个研究模式的形成

一般人们把吴虞发表在1919年11月1日出版的《新青年》第6卷第6号上的《吃人与礼教》,作为《狂人日记》也是鲁迅研究的最早的文章之一。吴虞在这篇文章中所提出的"吃人与礼教"的观点,对后来的文学评论家和文学史家阐释和研究鲁迅小说产生了重要影响,形成了不可逆转的思维定式。

吴虞的《吃人与礼教》主要借《狂人日记》讨论中国古代文化的两面性问题,即"吃人"与"礼教"的矛盾与协调的问题。吴虞的文章所论述到《狂人日记》的地方,是在文章的开篇,作为立论和论题的材料,吴虞对作品进行了一定的阐述。文章说:"我读《新青年》里鲁迅君的《狂人日记》,不觉得发生了许多感想。我们中国人,最妙是一面吃人,一面又能够讲礼教。吃人与礼教,本来是极相矛盾的事,然而他们在当时历史上,却认为并行不悖的,这真正是奇怪了。"接下来,吴虞又评价说:"我觉得他这日记,把吃人的内容,和'仁义道德'的表面,看得清清楚楚。那些戴着假礼教假面具吃人的滑头伎俩,都被他把黑幕揭破了。"吴虞读《狂人日记》所发生的"许多感想",主要是从自我对中国历史及其典籍的认识出发,写出了自己切身的阅读感受。这些论点既是作品本身的,也逸出于作品,带上了鲜明的阅读者的主观感受。吴虞在借用鲁迅的《狂人日记》引起自己所要论述的对象时，并未全面评价作品，那么，他的观点大多只是根据论述的需要从作品中抽取出来的一个观点，并不能代表他对整个作品的认识与理解。但如果仅就此理解作为评价一篇小说的全部观点，有可能会导致对作品的误读。如果从吴虞的观点出发再延伸得出鲁迅通过小说创作全面反传统，是对"人吃人"的中国历史和社会的否定，则不免有些牵强而且望文生义。吴虞在文章中特别说明，他要从历史及其史书上举例证明鲁迅的说法。且不说这种以史证明文学创作的思路存在不可避免的偏颇，而且吴虞的文章更多的是以鲁迅的作品证明他的观点。吴虞所引用的史料以及他所得到的观点，本身并没有错误，但以此证明鲁迅的小说，也许并不能真正说明《狂人日记》的本意。

　　吴虞之后，文学批评界和鲁迅研究的学者基本接受了《狂人日记》揭露中国社会、中国历史吃人本质或者揭示"礼教吃人"的观点，包括鲁迅本人在后来的自述中也大体接受了这种观点，认为"《狂人日记》意在暴露家族制度和礼教的弊害"。也可以说，以往的《狂人日记》研究，基本上是以吴虞的观点和鲁迅本人的论述作为立论依据，并以此构筑起作品解读和研究的方法论体系的。尤其在 20世纪 50 年代后，吴虞的观点得到普遍的认同，并在特定的时代背景下，进行了"反帝反封建的思想深度"的多种阐释。1951 年出版的王瑶的《中国新文学史稿》，就认为《狂人日记》"通过对被迫害致病的精神病者狂人的描写，暴露封建礼教和家庭制度的罪恶，将几千年封建社会的历史概括为'吃人'的历史，表现了彻底的反帝反封建精神"。即使后来对中国现代文学研究产生重大影响的夏志清的《中国现代小说史》，也没有蜕出这一窠臼。20 世纪 80 年代以来，在鲁迅研究获得深入发展，尤其站在启蒙立场及研究视角解读这篇小说时，研究得到了重要成果，对作品的思想、艺术，尤其是作品的启蒙主义思想和意识流、象征主义艺术等方面有了更加深刻的认识。但是，不可不论的是，这些研究对作品整体的认识仍然停留在吴虞的认识水平上，并没有本质性的进展。近年来，《狂人日记》研究出现了一些新的变化，一些论著开始探究"吃人"意象，试图从原型的角度阐释"吃人"的社会和文化学意义，通过对古代典籍诸如《周易》《资治通鉴》的考论，寻找"吃人"与礼教、吃人与文化传统的内在关系。与吴虞的文章以《狂人日记》证古代典籍的做法不同，这类研究是以古代典籍证《狂人日记》，看似取得了突破，其实仍然沿袭了吴虞的思路。值得注意的是，对古代典籍与《狂人日记》关系的考论，可以从某些方面对作品进行阐释，但却不能真正研究作家的小说叙事，也不可能真正代替文学研究。

二、一个被遮蔽的观点

1936 年,年轻的李长之出版了他的学术专著《鲁迅批判》,这部显示着青年学者锐气与才华同时也略显稚气的著作,超越了吴虞的社会学解读方法,从个人的阅读经验和批评思路出发,打开了鲁迅研究一条新的道路,提供了新的作品阅读的视角和阐释的思维方式。李长之并不认为《狂人日记》是一部成功的作品,"大抵在《狂人日记》,是因为内容太好了,技巧上缺少的似乎是结构"。他认为,在鲁迅的《呐喊》《彷徨》中,值得关注的具有"完整的艺术"的作品是《孔乙己》《风波》《故乡》《阿 Q 正传》《社戏》《祝福》《伤逝》《离婚》等,他在考察鲁迅作品的艺术成就时,主要讨论的对象就是这八篇作品。因而,他所论及的《狂人日记》的一些观点,就往往被学术界有意无意地遮蔽了:"从小康之家而堕入困顿,当然要受不少的奚落和讽刺,这也是使鲁迅所受的印象特别深的。在他的作品里,几乎常常是这样的字了:奚落,嘲讽,或者是一片哄笑。我们一方面看出他自身的一种过分的神经质的惊恐,也就是在《狂人日记》里所谓的'迫害狂',另一方面,我们却见他是如何同情在奚落与讽嘲下受了伤害的人物的创痛;悲哀同愤恨,寂寞同倔强,冷观和热情,织就了他所有的艺术品的特色。"李长之的观点虽然并没有完全理解作品的实质,但他解读作品的方法却是吴虞不能比的。从"奚落,嘲讽,或者是一片哄笑"的角度看《狂人日记》,虽然不能真正理解作品的思想与艺术,但却为我们打开了理解作品的一个途径。李长之的观点主要是从个人的阅读经验而不是从某些教条出发所得,是从作家的生存环境而不是外在的社会因素出发所得,从作品本身而不是现实主义的固定程式出发所得,这样的作品阅读与解读可能最能够接近作品,触摸到作品本真的东西。恰如李长之所说:"人得要生存,这是他的基本观念。因为这,他才不能忘怀于人们的死。他见到的,感到的,甚或受到的,关于生命的压迫和伤害是太多了,他在血痕的悲伤之中,有时竟不能不装作麻痹起来,然而这仍是为生物所采取的一种适应的方策,也就是为生存。生存这观念,使他的精神永远反抗着,使他对于青年永远同情着,又过分的原宥着,这也就是他换得青年的爱戴的根由。"在李长之的批评中,已经注意到了鲁迅对日常生活的叙事,意识到了现实生存对于鲁迅创作的意义,注意到了日常生活与鲁迅创作的关系,把握了由于生存的某种困境在鲁迅精神中所引导起的"奚落,嘲讽"的内在感受,以及这种感受对创作的影响。

多年来,我们已经习惯了在现实主义方法制约下的作品阅读与阐释,试图在文本世界中寻找现实生活的影子,在社会学的阐释中捕捉作品的精神特征。我们无论把鲁迅的小说看作中国革命的一面镜子还是反封建思想革命的一面镜子,都受制于现实主义反映论的框架中,无法脱离"镜子"说的方法论。在这样的研究格局和文学环境中,人们更加关注《狂人日记》中的"吃人"主题,关注"吃人"所体现出来的思想、社会意义。人们可以从不同角度,在挖掘"吃人"的思想内涵的过程中,获得阐释中国社会和历史的某种快感,从作品中得到现实与历史的认同,或者从现实与历史的材料中得到作品的认同,在这一思路制约下,人们可以获得更多与主流意识形态或启蒙话语相一致的思想。

在考察《狂人日记》的过程中,我们不能不注意到鲁迅的个人生存体验在创作中的意义。从个体生活经验出发的小说叙事,更多的关心个体在现实生活中的普遍感受,关注小说对人的心理把握和精神解码,也可以说是"鲁迅早年对个体生存论思想兴趣的自然延续"。鲁迅从事小说创作之前的经历尤其是作为教育部"公务员"所处的社会地位与生活感受,是他认识人生,认识中国历史与中国社会的基础,鲁迅在《〈呐喊〉自序》中曾这样描述过他这一时期的内心感受,"这寂寞又一天一天的长大起来,如大毒蛇,缠住了我的灵魂了","这经验使我反省,看见我自己了","只是我自己的寂寞是不可不驱除的,因为这于我太痛苦。我于是用了种种法,来麻醉自己的灵魂,使我沉入于国民中,使我回到古代去"。这种寂寞与驱除寂寞的矛盾与对立,形成了鲁迅内心对"奚落,嘲讽"的独特感受,以及受挤压、被吃的生存危机感。教育部公务员具体而杂乱的工作、琐屑而无聊的生活,对于一位曾经有过梦想的青年来说,无疑是难受的、不好过的,"使我沉入于国民中,使我回到古代去",作为鲁迅驱除寂寞的方法,主要表现在鲁迅钞古碑、校古书打发时间的无聊与痛苦,只有在这种无可奈何的事务中,才有可能使自己紧张的精神得到缓释。在《〈呐喊〉自序》中,鲁迅有一段很富有诗意的描述,也许在其中我们可以体味到他的感受:"夏夜,蚊子多了,便摇着蒲扇坐在槐树下,从密叶缝里看那一点一点的青天,晚出的槐蚕又每每冰冷的落在头顶上。"这种诗意化的感受所蕴含的内心凄凉,也许不是常人所能理解的。教育部职员的琐屑与平庸以及生存环境的恶劣,鲁迅还常常感到受人猜疑、监视,内心陷入深深的苦闷和情绪的紧张。

三、多种阐释的可能性

无论怎样评价《狂人日记》,从中国文学文体创造的角度看,这是第一篇真正意义上的现代小说,或者说是中国文学史上第一篇具有现代艺术特征的小说。对这样一篇极具现代意义的小说,阐释的空间极为广阔,人们完全可以从不同角度、运用不同方法对作品进行多种阐释。从社会学的角度,将《狂人日记》解读为揭示为吃人的主题,从启蒙的角度将作品视为反封建思想革命的文本,而从叙事学的不同角度,则可以将作品视为意识流小说、象征主义小说、心理分析小说等。即使对"吃人"的理解,可以解读为传统吃人、社会吃人、人吃人等,或者说中国历史是一部吃人的历史,这都是我们无法回避的问题。

鲁迅作为小说家的伟大之处,就在于能够创造一个广阔而丰富的叙事空间,为读者提供可以进行多方面解读的文本。当然,对于《狂人日记》,我们同样不可能从某一个限定的角度穷尽其意义,也不可能简单地认为自己的阐释是最正确的。任何文本解读都是解读者提供的一个独特角度与方法。

如果仅仅从现实主义创作方法的角度看,鲁迅在作品中表现出了如夏志清所说的"简练地表露出作者对中国传统的看法",但如果超越作品的微言大义,超越现实主义诸如真实性、人物论、反映论等意识形态化理论方法的限定,而是从作品有机整体的角度进行阅读、阐释,我们可以看到这个特殊文本所具有的叙事意义。与传统的中国小说或者西方小说不同,《狂人日记》没有构造一个完整的故事,也缺少小说叙事的情节、结构。"狂人"的"日记",本身是零乱的、碎片化的,甚至是无意识的,每一则日记是真实的、完整的,又是相对独立的,日记与日记之间,并没有必然的联系,日记所记载的狂人的行踪及其心理,都是一位患有迫害狂的"狂人"所记,这份"日记"既有其所记录的原始性与真实性,而又有日记主人精神不正常的虚幻和异常的特点。对于一位精神病患者来说,他虚幻的想象和真实的感受是一致的,也就是说,他虚幻中的事情对他来说都是真实的,真实的场景在他的意识中都已经被虚构。例如,一位精神病患者走在街上,路边的行人或小孩子看到这样一位精神失常的人,肯定会用别样的眼光看他,"还有七八个人,交头接耳的议论我,又怕我看见。一路上的人,都是如此"。即使他人用正常的眼光看他或者其他人根本就不看他,这样的场景经过"狂人"的心理变形,原始的真实场景就发生微妙变化:"我便从头直冷到脚,晓得他们布置已经妥当了。""狂人"这种被吃的心理感受,既可能与他所见的路人有关系,正是这些场景才会引起"狂人"的心理反应,但也可能与这些路人没有任何关系,因为这些路人并非真正要吃他,被吃感只是"狂人"变态的心理。

在由"狂人"的心理世界所构成的文本中,从不同方面自我虚构了一个"吃人"的世界,即用变异的心理去感受一个真实的世界,再对这个真实的世界进行变异,对自我所产生的"吃人"感受进行确认,"外在世界在被迫害狂那里已经完全成为荒诞与怪异"。30 年不见的月光,对于"狂人"是一种心理暗示,晚上很好的月光和没有月光，都可以形成"狂人"对周围世界的恐怖心理，都可以找到"吃人"的证据，"然而须十分小心。不然，那赵家的狗，何以看我两眼呢?"赵家的狗可以比喻为吃人的人，也可以看成真实的狗，但是，是否看他两眼就是要吃人，或者赵家的狗是否真的看过他两眼，都只是他的心理感受，也就是为了"证明""我怕得有理"，如同那些围观他的小孩子，只是出于好奇而对精神不正常者的观看，但在"狂人"的变态心理中，就可以成为要合伙吃人的证明，"前面一伙小孩子，也在那里议论我;眼色也同赵贵翁一样，脸色也都铁青"，而那位被大哥请回家中的郎中"老头子"，为他号脉、开好药方后让他快点吃了，都可以在一种变态心理中被当作"吃人"的现象。当然，为了寻找到"吃人"的种种证据，"狂人"会展开丰富的联想，也会从现实、历史中获得材料，所以，狼子村打死了人的传说，可以被他想象成吃人，历史书中的"仁义道德"也被他从字缝里读出"吃人"二字。这些被文学史家解读出社会吃人、历史吃人的思想内涵的故事，对于"狂人"来说，既是虚幻的，也都是他真实的而又是精神分裂后的心理感受。也正是从"狂人"这些真实的感受，人们可以读出中国历史是一部吃人的历史，中国社会是一个吃人的社会，人吃人的现实揭示出了中国社会与文化的本质。这样理解五四新文化运动中诞生的《狂人日记》，应当说非常契合新文化运动的启蒙主题，读出了"救救孩子"的文化意义。作品中有关直接表述观点的叙事，也可以用以阐释上述直观的主题，"我也是人，他们想要吃我了!""我诅咒吃人的人，先从他起头;要劝转吃人的人，也先从他下手。""从来如此，就对么?"等等，这些观点被解读为思想启蒙的基本思想时，可以直接对应于时代的主题。但我们应当注意的是，《狂人日记》是一部写实的却并非是一部现实主义的小说，因而，当我们仅仅从现实主义的角度解读作品时，往往过分注意其表层的事件所蕴含着的社会意义、思想意义，但我们也许忽略了小说本身所具有的叙事的意义。对于一篇以叙述精神病患者为主而且其人物"语颇错杂无伦次，又多荒唐之言"的小说而言，我们无法将小说人物的言行同样对应于现实中的人物言行，也无法直接将心理变态的"狂人"的所行、所言、所感及其心理活动，对应于一个思维正常的人物的言行思想。例如，当我们阅读如下一段故事时，我们只能将其理解为一个精神病人的言行及其心理，而不能视为正常人的言行及心理:"早上，我静坐了一会。陈老五送进饭来，一碗菜，一碗蒸鱼;这鱼的眼睛，白而且硬，张着嘴，同那一伙想吃人的人一样。吃了几筷，滑溜溜的不知是鱼是人，便把他兜肚连肠的吐出。"如果把这样由心理不正常的人产生出的联想，作为正常人的心理活动，就很难理解小说文本的叙事艺术，也很难在这样的阅读中产生审美愉悦。或者我们把这样的叙事当作象征或者现实主义艺术,而深入挖掘其思想意义时,也许并不能真正理解作品。只有当我们把这些叙事作为一个精神异常者的心理活动时,小说叙事的象征暗示的美学意义才真正体现出来,"鱼的眼"与"吃人的人"在作家的叙事中联系在一起,形成了审美意义上的小说意象。

进一步分析就会发现,"吃人"只是"狂人"对生存环境的一种猜测、判断和错误的认知,是一种虚幻的、未曾发生的事情,而已经完成的所谓"吃人",则是"狂人"从史书上"读"出来的,是从狼子村的佃户"听"来的,是从妹妹的死与母亲的哭以及自己吃饭时的感受而推断出来的,无论是已经发生的"吃人"故事,还是未曾发生过的"吃人"猜想,都不是"真实"发生的事情,都是"狂人"变异的心理体验,对生存世界的错误判断与超越逻辑的推理。从精神病学的角度看,"狂人"的这种日常表现是一种妄想症的特征。精神病学认为,妄想症是精神分裂症的表现之一,"主导症状为妄想及幻觉,早期妄想内容可以与现实有些联系,因此有时不易发现是病态,病情进一步发展,妄想内容越来越离奇,同时又可伴有丰富的幻觉,主要为听幻觉"。在精神病患者"狂人"那里,其症状主要表现为"听幻觉"和"阅读性"幻觉,"听幻觉"是他作为一般精神病人的病状,"阅读性幻觉"则是作为读书人的精神病病状。在"听幻觉"方面,当大街上那个打儿子的女人嘴里说"老子呀! 我要咬你几口才出气!""狂人"也会听出话外音,"出了一惊"。当何先生来为他诊病时,他也可以从各种对话中听出"吃人"。这些"听幻觉"表明,狂人对周边生存世界的极度恐惧。"阅读性幻觉"是"听幻觉"的另一种表现方式,如果说"听幻觉"具有某种生理性特征,那么,"阅读性幻觉"则具有一种心理特征,声音与文字,都可以在"狂人"心理上引起"被吃"的幻觉,或者为他所认知的"吃人"的生存环境和"事实"寻找到证据,当他发生"被吃"的妄想症时,试图从各种现象中寻找出"吃人"的证据,以证实自己幻觉的真实性。这也是"狂人"作为一位读书人的行为特征的表现,从古书中找出例证,从他人的话语中寻找到实例,这是读书人的心理和行为。"我翻开历史一查,这历史没有年代,歪歪斜斜的每叶上都写着'仁义道德'几个字。我横竖睡不着,仔细看了半夜,才从字缝里看出字来,满本都写着两个字是'吃人'!"书上写的和佃户说的,对于一位精神病患者来说都是一样的,都能够引发"狂人"过度的心理反应,都能够诱发"迫害狂"患者的精神分裂症。有学者就此认为《狂人日记》表现了现代知识分子的觉醒,其实只是抽取了狂人异常行为的社会现实意义,仅仅看到了狂人行为的抽象性特征。

对于这样一位精神病患者,鲁迅并没有探察其病因,有学者认为患有"迫害狂"的"狂人"是被迫害而狂,这实际上是误解了"迫害狂"作为一种精神病症的生理学特征。一个患"迫害狂"的病人,其特征是表现为妄想、幻觉,是一种精神分裂。这种病可能会因迫害而狂,也可能并非因迫害而狂,即使被迫害而得病,也不一定得"迫害狂"。"狂人"就是狂人,是一个具体而实在的人物。

四、日常生活叙事与现代小说文体

"狂人"是一位具有精神分裂的幻想型精神病人,《狂人日记》则是由一位精神病患者的"日记"所支撑的文本,其"日记"具有"以供医家研究"的价值,作为小说文本,其美学价值则主要在文体实验而带给读者的审美经验。

与传统小说及其他同时代的小说不同,《狂人日记》开创了日常生活叙事的新的小说美学。所谓"日常生活叙事"是指作家以现实生活中日常的、具体实在的生活为核心展开叙事,回归到小说叙事的原生态,围绕日常生活进行创作文本的构造,进行美学表达。日常生活的叙事具有碎片化、断残性的特点。碎片化叙事往往不连贯、支离破碎,而且它不以事件为主,而往往以不连贯的场面和破碎的语言为主,并通过这些残破的场景的叙事展示人性的深度。米兰·昆德拉认为:"小说不是忏悔,而是对陷入尘世陷阱的人生的探索。"也就是说,小说在对人们日常生活的叙事中,探索人的普遍的实在的人性。鲁迅在《狂人日记》中,从一个精神病患者的角度构造了"日记体"的小说文本,叙述了一位患有"迫害狂"幻想的病人的"日常生活"。在这种"日常生活"的叙事中,有两种现象虽然特殊,但却具有日常生活的基本特征,这就是精神病患者的日常行为及其表现出的心理特征。"狂人"的发病、病状表现、诊病等一系列情节、场景,以及周围的人围观一个精神病患者,都是现实中的一般生活,诸如:"我可不怕,仍旧走我的路。前面一伙小孩子,也在那里议论我","最奇怪的是昨天街上的那个女人,打他儿子,嘴里说道","我大哥引了一个老头子,慢慢走来","忽然来了一个人;年纪不过二十左右","大清早,去寻我大哥;他立在堂门外看天,我便走到他背后,拦住门"……都是一个实实在在的精神病患者的日常生活,是狂人的一般性行为现象;"我怕得有理","今天全没月光,我知道不妙","这几天是退一步想:假使那老头子不是刽子手,真是医生,也仍然是吃人的人","黑漆漆的,不知是日是夜。赵家的狗又叫起来了","自己想吃人,又怕被别人吃了,都用着疑心极深的眼光,面面相觑","不能想了"……这些都是"狂人"的心理活动,是一个精神患者的心理现象,但这些心理活动同样是日常生活化的,真实而实在的。不过,有些叙事则无法区别行为现象和心理现象,表现为一个精神病患者的行为与心理的混乱,诸如"晚上总是睡不着。凡事须要研究,才会明白","你看那女人'咬你几口'的话,和一伙青面獠牙人的笑,和前天佃户的话,明明是暗号","我捏起筷子,便想起我大哥",这里既是"狂人"由行为引起的心理活动,这种心理活动虽然具有虚幻性,但却是具体的、真实的,既是心理的,也是行为的,体现出一个患病者的日常行为特征和心理特征。

作为日常生活叙事的文本,是由"狂人"亲自完成的"日记"和作家叙事文本所构成的,这是两个既有联系而又相互独立的文本:一个文本是现实的,即日常生活的,一个文本是心理的,也是日常生活的;一个文本是真实的,一个文本是虚幻的;一个是显性的文本,一个是隐性的文本;一个是写实性的,一个则是荒诞性的,两个文本形成了互文性,构成了作为小说叙事的艺术文本。从小说文体的角度说,"狂人"的日记既是作家鲁迅借用的一种表达方式,同样也是鲁迅的一种个人感受,也就是说,"狂人"所写的文本与鲁迅的文本具有同一性和同义性。"狂人"的日记是一个显性的文本,记录的是"狂人"的日常生活,尽管这种生活是一种不正常人的生活,但这种生活又的的确确是一种生活,我们不能否定这种生活的具体实在性,也不能认为这种生活不具有小说的叙事意义。但我们需要关注的是,在这种显性文本的另一面,隐含着的隐性文本,正是鲁迅生存体验的真实书写,即在这个文本世界中内涵着的是鲁迅对于个体生存的体验。"狂人"作为小说人物的叙事意义在于,他既向读者展示了一个虚幻而又真实的吃人世界,同时又承载了鲁迅生存体验的某些真实感受,是一个双重文本的体现。在这个意义上,"狂人"作为一个小说文本的符号,既是"狂人"自我形象的表征,又是作为写作者鲁迅的思想情感、某些生存体验和生活感受的体现,"狂人"的被吃妄想,从文本层面上看,是作为艺术形象的"狂人"对周围生存世界的体验和错乱的心理感受,是由现实生活世界中的人与事所引发的变异心理。而从文本的深层意蕴来看,"狂人"的被吃妄想同时也是鲁迅个人对自己所面对的生存世界的体验性书写,"狂人"被吃的变异心理正是鲁迅生存危机感的真实书写。也可以说,鲁迅的现实生存危机感,在文本世界中已经转化为象征性的符号,具象为"狂人"对他所处的生活环境的感受与联想,"狂人"每一次"被吃"的恐怖感受,也就是鲁迅对现实生存环境的一种切身感受。也可以说,在《狂人日记》的创作文本中,鲁迅借"狂人"叙事,写出了在现实中被猜疑、被挤压、被吃的生存体验。正如李长之所分析的那样,"人得要生存的人生观,在奚落和讽嘲的刺戟下的感情,加上坚持的简直有些执拗的反抗性,这是鲁迅之所以为鲁迅的地方"。

以精神病患者为小说叙事的主要人物,并构成一个日常生活的叙事文本,这个文本所实现的叙事意义,与一系列叙事方法联系在一起,表现出"吃人"与"狂人"心理体验的虚妄。在对这个文本的阐释中,人们一般注意到了文本的双关特征、象征性特征以及某些场景、细节的暗示性特征等,但是,我们更应该注意到文本世界的故事所具有的实指性特征。所谓实指性特征,是指作品的人物、故事、情节、细节等,都有其具体的指向,故事就是叙事的本身,故事的意义就是故事自身的表现,就是故事,而不需要通过象征、暗示等手法完成叙事的意义。也就是说,"狂人"作为精神病患者,他对生存环境的感受,本身就具有叙事的意义,而不需要其他外在的附加的东西。患有迫害狂的"狂人",内心处于极度的焦虑、紧张状态,恰恰表现出了现实中人们对生存环境的焦虑、紧张的感受,或者说是人们对生存压力下极度危机感的写照。而诸如一些被人们解释为具有暗示性或象征性的描写,其本身也具有具体实在的指向。如"狂人"不正常的心理活动,都具有实指性,都是具有叙事学意义的,"我想:我同赵贵翁有什么仇,同路上的人又有什么仇;只有廿年以前,把古久先生的陈年流水簿子,踹了一脚,古久先生很不高兴。赵贵翁虽然不认识他,一定也听到风声,代抱不平;约定路上的人,同我作冤对"。这里具体指向"狂人"错乱的内心,这种指向可能与"反传统"的文化理念相关,但这是外在的,被研究者外加上去的,这个意义是研究者的,而不是作品的真实表现。作品的真实指向则是,所有这些,都是"狂人"患病后的真实表现,是精神失常后的幻想。在"狂人"这里,任何他看到的人,任何他听到的话,任何他能想到的事情,都可以被转化为"被吃"的心理感受,"狂人"对赵贵翁、路上的人的"吃人"感受与他曾踹过古久先生的流水簿子联系起来,这种心理感受是一种妄想,是一种精神错乱的表现,是"狂人"因为对现实的紧张而产生的幻想。

作为一篇真正具有现代艺术特征的"先锋小说",鲁迅的小说叙事不是表现在对意识流、象征手法等西方现代派小说叙事的借鉴与模仿,而在于广泛吸收中外小说叙事艺术基础上进行的现代艺术创造。在叙事艺术上,《狂人日记》以生活流为主,是对日常生活的现实摹写,或者说是日常生活的自然流动。中国古代小说以历史叙事和传奇化的叙事为主,而在现代小说叙事中,日常生活往往被净化、提升为具有社会化特征的宏大叙事,人们追求的是"有意义的"的题材和故事,日常生活被有意无意地遮蔽,甚至失去了叙事的功能和意义。尤其在陈独秀提出"社会文学""国民文学"和"写实文学"的口号以及文学研究会"表现人生,指导人生"的写实主义旗帜下,以文学"为人生"的方式消解了文学与日常生活的关系。在鲁迅与文学研究会的文学创作中,同样都具有启蒙意义,但鲁迅的小说在回归日常生活的叙事中,融入了更多个人的生命与生存的体验。米兰·昆德拉在《小说的艺术》中,曾经论述在塞万提斯时代、塞缪尔·理查森、巴尔扎克等不同时代的作家那里，有不同的叙事方式，而在福楼拜那里，"小说探索直至当时都还不为人知的日常生活的土壤"，而在现代主义的卡夫卡那里，"档案就像是柏拉图的理念。它代表的是真正的现实，而人的物质存在只是投射在幻觉幕上的影子"，也就是说，卡夫卡小说所具有的"档案"特征，是对日常生活的叙事，或者说，日常生活在叙事学上具有某种"档案"的意义。正如鲁迅在《狂人日记》中将"狂人"的日记，"以供医家研究"，为医学提供了一份"档案"。这份"档案"虽然是"狂人"所记，具有碎片化、断残性的特点，但却具有独特文体的标本意义。

论张恨水小说的文化策略与文本形态

温奉桥 ■

作为现代市民小说的集大成者,张恨水的成功不是偶然的。张恨水并非一个一般意义上的通俗小说作家,他最具代表性的小说如《啼笑因缘》《金粉世家》《夜深沉》等,都相当明显地表现出了张恨水自觉的文化意识和文化策略,对于一个通俗小说家而言,张恨水的文化策略在很大程度上成为其小说创作成功与否的关键,而这种文化策略又对其小说的文本形态、审美取向等产生了重要影响。张恨水的小说的典范性意义,不仅表现在其巨大的影响力和作为新文学的参照性存在,更表现在他对市民文化的深刻了解和文化自觉方面。

一

在对市民读者阅读心理的了解和把控方面,张恨水堪称是大师。张恨水对普通市民阶层的人生悲欢以及他们的生活欲求和潜在期望,相当了解。对一般市民读者而言,也不太需要和喜欢"教训"的意味,他们读小说,主要是消闲、娱乐,喜欢刺激和趣味,"故事"的趣味性比思想性要重要得多。因此,张恨水的社会言情小说讲的都是世俗故事,不避俗,不怕俗,不故作姿态。张恨水的文化心态和审美趣味,从本质上与市民阶层没有大的差别,这是张恨水"走红"的社会文化心理动因。

张恨水做过几十年的"报人",这使他对社会有着较常人更为深刻的了解。张恨水深知市民读者的心理,也深知自己小说的"卖点"所在。张恨水的小说是与市民阶层的文化心态相契合的。张恨水生活的那个时代,政治上的黑暗和高压,言论上的极端不自由,更进一步刺激了市民读者"窥视欲"的膨胀,普通的民众在"阅读"之中,达到了某种宣泄和幻想性满足。特别对官场和"上流社会"的"窥视"和憎恨心态,是中国文化的一个由来已久的"传统"。张恨水小说特别是他前期的《春明外史》和《啼笑因缘》,在一定意义上,为满足这种"窥视欲",提供了丰富的文本。张恨水在谈到《春明外史》时曾说,"《春明外史》,本走的是《儒林外史》、《官场现形记》这一条路子"①。所谓《儒林外史》《官场现形记》的路子,实际上就是"谴责小说"的路子。"谴责性"主题在《春明外史》之后的《魍魉世界》《纸醉金迷》《五子登科》《八十一梦》中都有集中表现。这些小说之所以引起普通市民的广泛关注和兴趣,除了自身具有某种刺激性之外,更重要的是满足了普通市民某种被压抑的潜在的正义欲望,在现实生活中他们无法实现的正义期盼,在这里得到了某种替代性补偿,这符合中国"善有善报,恶有恶报"的传统道德原则和文化心理。《春明外史》可以认为是张恨水的"成名作",这部小说在艺术性上无法与《金粉世家》,更无法与《啼笑因缘》相比,但是,这部小说在当时的"轰动效应",似乎并不在这两部小说之下。《春明外史》之所以引起市民阶层的广泛阅读兴趣,恰在于小说所体现了普遍性市民的社会文化心理。张恨水说:"混在新闻界里几年,看了也听了不少社会情况,新闻的幕后还有新闻,达官贵人的政治活动、经济伎俩、艳闻趣事也是很多的。在北京住了五年,引起我写《春明外史》的打算。"②所以,在小说文本建构方面,以新闻记者杨杏园的眼光,夸张性地呈列了上流社会的种种丑态、怪态。这类夸张性描写,张恨水似乎还感到不足以抓住市民读者的阅读欲望,需要进一步"刺激"读者的阅读兴趣,因此,在《春明外史》中,还有许多明显的"影射"故事,张恨水甚至将许多真人真事略略改头换面,直接写进小说,以至于许多熟悉北洋政府和当时文坛的人,认为"此中有人,呼之欲出"。《春明外史》在《世界晚报》连载时,许多读者并不把它当作虚构性的"小说"来读,而是把它看作"新闻外的新闻",甚至有些读者"将书中人物,一一索隐起来"③。虽然张恨水后来意识到这种"野史"式的写法"欠诗人敦厚之旨"④,但确实"刺激"了读者的阅读兴趣。《世界晚报》连载不久,就引起了北京读者的热烈反响,甚至有些读者为了先睹为快,每天下午到报馆门口排队等报,《春明外史》成了《世界晚报》的第一张"王牌"。《春明外史》的成功,与张恨水对市民文化心理的深刻了解有关。张恨水说:"我写小说,向来暴露多于颂扬"⑤,对一般市民读者而言,对达官贵人、上流社会的生活的窥视欲和潜在的嘲弄心态,在《春明外史》中得到了幻想性满足。这是《春明外史》成功的一个"秘诀"。在《金粉世家》中,这类夸张性、暴露性的描写明显减少,但豪门巨族的生活本身就具有吸引力,

---

① 张恨水《写作生涯回忆》,北岳文艺出版社 1993 年版,第 34 页。
② 张恨水《我的创作和生活》,《写作生涯回忆》,北岳文艺出版社 1993 年版,第 119 页。
③ 张恨水《我的小说过程》,《写作生涯回忆》,北岳文艺出版社 1993 年版,第 4 页。
④ 张恨水《写作生涯回忆》,北岳文艺出版社 1993 年版,第 39 页。
⑤ 张恨水《虎贲万岁·自序》,《虎贲万岁》,北岳文艺出版社 1993 年版。

权且不说国务总理的家庭生活,也不说金铨在官场上如何与对手争斗、周旋之类,但就国务总理家里的摆设,在当时就成为饶有兴趣的大众"话题",更不用说那些豪门里的艳闻、秘事。所有这些,都极大地刺激、满足了读者的猜测和想象,如第二十九回金燕西过生日,金太太送了一套西服,二姨太送了一支自来水笔,梅丽送了一柄凡呵零(小提琴)、两打外国电影明星大照片,等等,从这些"小物件"可以透释出某种进步和"文明的气息"。再如《金粉世家》中多次描写了舞会上女性的晚礼服,上身仅仅是一层薄纱,胸脯和脊背露出一大截雪白光洁的肌肤,下身穿着稀薄的长筒丝袜也透出肉红。这类描写在《啼笑因缘》里也多次出现,樊家树的表嫂陶太太到北京饭店参加舞会,穿的也是西式的盛装,长筒的白丝袜,紧裹着大腿,非常新潮,更不用说何丽娜的洋化做派,所有这些,都是西风东渐的产物,这符合当时市民阶层某种时髦和追逐"高雅"的文化心理。

张恨水小说雅俗共赏的美学追求是建立在市民审美文化心态基础之上的。有的研究者曾经指出:"张恨水小说所体现的通俗化与高雅化是相互融合的,是相辅相成的。他的作品的高雅不是纯艺术的脱离民间情趣的高雅,他的作品中的通俗也不是完全平民化的毫无文采的通俗。张恨水小说的突出特征是高雅化的通俗,总是有一种韵味包含在他的小说中,这样,就使他的作品既能在文人、士大夫中流传,又能被市民所接受。"①张恨水的小说,其审美情趣雅俗兼有,就其故事类型而言,言情、武侠等极为适合一般市民阶层的审美口味,故事曲折生动,引人入胜;但是,张恨水与一般通俗小说家的不同之处,还在于他的通俗中所表现出来的"雅趣",如《金粉世家》,这本是一个带有"传奇"性的通俗故事,但是这其中也常蕴含有某种"雅趣",表现出某种富有一定深度的人生感喟。第三十五回,金燕西与冷清秋到西山游玩,看到漫山黄叶飘零,冷清秋的某种人生感慨:"天气冷了,这树就枯黄了不少的树叶。忽然之间,有一阵稀微的西风,把树上的枯黄叶子,吹落了一两片,在半空中只管打回旋,一直吹落到他们吃茶的桌上来……人生的光景,也是这样容易过。"②这种"雅趣",符合士大夫阶层的审美口味。再如,在《金粉世家》中,张恨水并没有把豪门金家写成多么腐败和落后,相反,处处显示某种"文明"气象,金铨曾留学巴黎,他的两个女儿敏之和润之,都曾留学欧美,读英文小说,青年男女开口闭口"密斯",但有时由于"照顾"和迎合一般市民读者的某种"俗趣味",故意卖弄,如第四十三回,写冷清秋与金燕西夜宿西山后,

---

① 〔埃及〕侯赛因·伊卜拉欣《张恨水小说的俗与雅》,《东北师大学报》2000年,第5页。
② 张恨水《金粉世家》,北岳文艺出版社1993年版,第461页。

冷清秋在西味楼约见金燕西，告诉他自己怀孕之事，由于羞于开口，冷清秋先打个"种瓜得瓜，种豆得豆"的哑谜让金燕西猜，然后又取出自己一张名片，在名片背上，写了一行字道："流水落花春去也，浔阳江上不通潮。"这类写法虽然格调不高，但是颇符合当时读者的阅读趣味。

二

对市民文化的深刻理解，使张恨水能够采取具有针对性的"文化策略"，每每都抓住读者的"兴奋点"。张恨水的这种"文化策略"，在他的小说中首先表现为一种文化"配方"。

张爱玲曾说，喜欢看张恨水的书，因为不高不低，又说，张恨水的理想可以代表一般人的理想。张爱玲所谓的"不高不低""代表一般人的理想"，其实就是张恨水的一种文化"配方"策略。由于深谙市民读者的文化心理、审美口味，张恨水小说的文化"配方"，客观上满足了市民阶层多种文化需求和阅读兴趣，成为他小说老幼咸宜、妇孺皆知的秘诀。范伯群称张恨水为"善于脍炙'通俗化的三鲜汤'的能手"①，张恨水在谈到《金粉世家》的成功"秘诀"时，说"书里的故事轻松，热闹，伤感，使社会上的小市民层看了之后，颇感到亲切有味"②。实际上无论是范伯群还是张恨水自己，所说的是一个问题——文化"配方"策略。作家王蒙在一次演讲中谈到中国港台地区的一些文学作品的"配方"，说这些作品"有一些文化但绝不坚实，有一些伤感但绝不沮丧，有一些愤怒但绝不激烈，有一些知识但既不十分生僻也不十分流行，有一些爱心但是并不疯魔，既不是基督式的爱也不是我佛的那种爱，这样的作品特别容易被现在一个时兴的词叫什么'小资、白领、中产'特别容易被接受"③。市民社会的文化价值观念一方面直接影响了作者的创作心态、审美趣味，另一方面也会通过文化市场潜在地影响或制约小说的审美取向，从而最终影响小说的文本建构。这在张恨水的市民小说中，有着明显的表现。

从大的方面讲，张恨水小说都自觉遵循着一个大的"配方"：那就是"X＋言情"策略，这个"X"在《春明外史》《斯人记》《金粉世家》以及《啼笑因缘》《夜深沉》《艺术之宫》等小说中是"社会万象"；在 20 世纪三四十年代的《大江东去》《虎贲万岁》《热血之花》等小说中，则为"抗战"。这种"X＋言情"的"配方"策略，决定

---

① 范伯群《漫谈〈啼笑因缘〉》，张占国、魏守忠编《张恨水研究资料》，天津人民出版社 1986 年版，第 325 页。

② 张恨水《写作生涯回忆》，北岳文艺出版社 1993 年版。

③ 王蒙《文学的期待》，《王蒙研究》，中国海洋大学出版社 2006 年版，第 5 页。

了张恨水小说的故事模态。就张恨水前期小说而言，其"文化配方"模式主要有这样几种：《春明外史》：黑幕＋言情；《金粉世家》：豪门＋言情；《艺术之宫》《美人恩》《斯人记》《夜深沉》：社会底层人（女模特、舞女、戏子等）＋言情，等等。其中，《啼笑因缘》的"配方"最为成功。这部小说综合了以上各种"配方"模式，既有准豪门如何丽娜、陶伯和、军阀刘德柱，平民化的知识分子樊家树，贫寒人家沈凤喜一家，豪侠之士关寿峰、关秀姑父女等。权且不说小说对北京民情风俗画的逼真描画，和婉转曲折的爱情故事，仅就小说的"平民＋言情＋武侠"的文化策略而言，也无不抓住了当时市民读者的想象兴奋点。

张恨水小说的"文化配方"从根本上决定了张恨水小说的"言情"叙事策略。张恨水小说的言情故事，即使是"抗战"小说，几乎无一例外都是"三角"或多角恋爱的"叙事模式"。对此，中国台湾学者赵孝萱曾有详细条述："一男两女模式"如《春明外史》杨杏园、李冬青、史科莲，《金粉世家》：金燕西、冷清秋、白秀珠；"一女多男模式"如《啼笑因缘》樊家树、沈凤喜、何丽娜、关秀姑；"一女两男模式"如《天何配》白桂英、王玉和、林子实，《杨柳青青》桂枝、赵自强、甘积制；"一女多男模式"如《夜深沉》杨月容、丁二和、宋信生、刘经理，《美人恩》常小南、洪士毅、王孙、陈东海，等等。"三角"或多角恋爱成为张恨水小说的最重要的言情策略，这种叙事策略也许来自于张恨水对《红楼梦》的某种领悟。新锐批评家们喜欢用"叙事圈套"之类，这种"三角"或多角的叙事模式，大概也可以算作张恨水的某种"叙事圈套"。张恨水小说中的这种大量的"三角""准三角"或"多角"故事模态，单纯从这种言情故事的外在形态而言，确实带有某种"鸳鸯蝴蝶派"的影子，带有某种才子佳人气息。但这其中包含了张恨水的某种"苦心"以及小说叙事哲学，其意义并不完全在于增加故事的"趣味"一面。以《啼笑因缘》为例。据张恨水的好友张友鸾讲，《啼笑因缘》源于一个真实的故事，张恨水对这个故事进行了"改写"，"改写"的原则除了要有"噱头"以外，还必须"不能太隐晦，又不能太明显，同时，既不能太抽象，又不能太具体。主要还得雅俗共赏，骚人墨客不讨厌它，而不识字的老太太也可以听得懂，叫得上来……"①《啼笑因缘》在上海《国闻报》连载时说，"报社方面根据一贯的作风，怕我这里面没有豪侠人物，会对读者减少吸引力，再三的请我写两位侠客"②。于是小说里面有了关寿峰、关秀姑两位武侠式的人物，和一系列的侠义行为的描写。本着这一"原则"，张恨水在《啼笑因缘》中，把

---

① 张明明《有关〈啼笑因缘〉的二三事》，《写作生涯回忆》，北岳文艺出版社1993年版，第215页。
② 张恨水《写作生涯回忆》，北岳文艺出版社1993年版。

各种审美质素进行了最为"合理"的"配方"：封建军阀刘德柱的飞扬跋扈，"平民化大少爷"樊家树的贞情，寒门鼓姬沈凤喜的爱慕虚荣，豪爽女侠关秀姑父女的仗义除暴，更不用说樊家树、沈凤喜、何丽娜、关秀姑之间的多角爱情纠葛，诸多故事，熔于一炉，张恨水就像魔术师一样，把这诸多的审美质素，进行"调和"，成为市民文化的"大餐"。《啼笑因缘》这部小说不仅在一般市民读者中"脍炙人口，尽人皆知"，而且，当时北平、天津、南京、上海的男女学生也为之"疯狂一时"①。《啼笑因缘》出版 70 多年来，至今已经有 26 个版本，先后 14 次被改编成电影、电视，搬上银幕、荧屏，几乎每 5 年一次②；被改编成各种地方戏曲、剧种等，更是难以计数。《啼笑因缘》实际上已经成了一种文化现象，其成功的关键在于这种"文化配方"策略的成功运用。

三

张恨水小说的文化"配方"，还直接影响了其小说的文本形态。在故事的"经营"和"设计"方面，张恨水无疑是个天才的作家，单就经营故事而言，张恨水在现代作家中是屈指可数的。

现代小说理论认为，小说的关键不在于故事本身，而在于如何讲故事。对通俗小说而言，同样如此。如何让这个故事有趣，抓住读者，实在不是一个容易的事。这就需要一种真正的"经营"故事的策略。而这种"策略"是建立在对市民读者的文化需求、审美口味深刻了解基础上的。张恨水的现代通俗小说——市民小说，可以称之为"世情小说"，描写和反映的是现代以来处于"过渡时代"市民社会的人生百态、生活万象，对市民阶层而言，没有"言情"就没有"趣味"，少了某种"情趣"，但是，仅有"言情"，又容易让人起"腻"，让人厌倦。对此，张恨水有很深的领悟。因此，自张恨水创作初始，就抛弃了纯"社会小说"和"言情小说"之路，走的是一条社会言情小说也即是"世情小说"的路子。

张恨水的市民小说，远承古代的"世情""人情"小说传统，又受民初"社会小说""言情小说"的影响，应该属于现代"世情小说"的范畴。在这种"社会＋言情"的故事构架策略的同时，张恨水更注重市民读者的审美"口味"。"社会＋言情"的写作策略，表现在具体的小说文本上，就是"以社会为经，言情为纬"③的小说

---

① 张明明《回忆我的父亲张恨水》，张恨水《写作生涯回忆》，北岳文艺出版社 1993 年版，第 230～231 页。

② 张伍《我的父亲张恨水》，团结出版社 2006 年版，第 65 页。

③ 张恨水《总答谢——并自我检讨》，《写作生涯回忆》，北岳文艺出版社 1993 年版，第 103 页。

构架,张恨水的这种故事构架,似乎受到民初小说家林纾的"经以国事,纬以爱情"的影响。张恨水的女儿张明明认为,在张恨水的小说中"爱情不过是穿针引线的东西,他所要表现的,是社会上真真实实存在过,发生过的事情,应该属社会小说,记述的是民初野史"①。张明明的说法大概是受到侯榕生的影响。② 其实张明明所说的"社会小说",无非是突出张恨水小说的对市民社会的暴露性、批判性描写的一面,即"社会性",但是,爱情之于张恨水的小说,即使是前期的作品,也并非是"穿针引线的东西"。

就张恨水的创作实际而言,其最精彩、最雅致、最细腻之处,在其"言情性",而不是那些社会性内容的描写。具体到《春明外史》而言,似乎言情的成分占小说的比重并不太多,但它构成了这部小说的"魂",成为这部小说最吸引读者的地方。就张恨水的最具代表性的作品,如《金粉世家》《啼笑因缘》《夜深沉》,"言情"都构成了最主要的内容之一。张恨水在诗中说自己的小说"替人儿女说相思",也就是指其小说中的"言情"。"言情"在张恨水的小说中具有本体性意义,也就是说,"言情"是张恨水小说成功的一个决定性质素。左笑鸿说张恨水的小说"拿恋爱故事绕人"③,所谓"拿恋爱故事绕人",其实正是张恨水小说的制胜法宝,也是抓住读者的最重要的"武器"。对此,似乎不应该特别回避。

其实,张恨水的这种文化"配方"策略不仅成功运用在小的故事构架上,也成功运用在了人物性格的"合成"上。你说他传统吗? 他有传统才子的那种气质,吟诗作赋,惜香怜玉,但他又不是冬烘先生,不是老封建,他又很新,他又新又旧;他又能够接受现在的自由平等,他又讲忠孝两全,又讲自由平等,所以两边他都占着,他又风雅又果断,所以樊家树这个人物你挑不出他太多的缺点来。从文化"配方"策略和读者文化心态的角度讲,孔庆东把《啼笑因缘》称为是"大众文学的范本,是最精致的一范本"是有道理的。应该说,《啼笑因缘》不仅是张恨水当之无愧的代表作④,也是 20 世纪中国通俗小说的经典之作。

然而,在一定意义上这种文化"配方"策略容易导致文本撕裂,也就是文本的非统一性。一般认为,张恨水小说存在普遍的"双极结构",其实,所谓"双极结构",也就是文本分裂的产物,这一点在前期的《春明外史》,特别是后来的"抗

---

① 张明明《回忆我的父亲张恨水》,张恨水《写作生涯回忆》,北岳文艺出版社 1993 年版。
② 侯榕生《简谈张恨水先生的初期作品》,张占国、魏守忠编《张恨水研究资料》,天津人民出版社 1986 年版,第 358~373 页。
③ 赵孝萱《张恨水小说新论》,台湾学生书局 2002 年版,第 62 页。
④ 张明明《回忆我的父亲张恨水》,张恨水《写作生涯回忆》,北岳文艺出版社 1993 年版。

战—国难"小说中表现明显。在《偶像》自序中，张恨水相当集中地表达了他的抗战文学的思想：

> 抗战时代，作文最好与抗战有关，这一个原则，自是不容摇撼，然而抗战文艺，要怎样写出来？似乎到现在，还没有一个结论。

> 我有一点偏见，以为任何文艺品，直率的表现着教训意味，那收效一定很少。甚至人家认为是一种宣传品，根本就不向下看……

> 文艺品与布告有别，与教科书也有别，我们除非在抗战时期，根本不要文艺，若是要的话，我们就得避免了直率的教训读者之手腕。①

张恨水的"抗战"小说——自 1931 年《满城风雨》起，先后推出了《太平花》《满江红》《热血之花》《巷战之夜》《潜山血》《大江东去》等——在整体上是"抗战＋言情"的路子。张恨水最早的抗战小说《弯弓集》可以说"言情"与"抗战"平分秋色，寓"抗战"于"言情"，如《最后的敬礼》，故事的曲折性、趣味性很强，笔法浓艳，有点徐訏《风萧萧》和陈铨《野玫瑰》的意味。在这些小说中，张恨水力求在"抗战"和"言情"中寻求平衡，既体现"时代意识"，又力求能够发挥自己擅讲故事的长处，尽量在"抗战"的背景上将故事讲得曲折生动感人，在这方面《满城风雨》和《大江东去》结合得相对较好，较好地体现了张恨水出色的结构故事的才能和细腻的笔法，较好地体现了张恨水的艺术个性。如《满城风雨》对具体的战争场面描写不多，采用了《春明外史》中"双极律"的结构手法，既以主人公大学生曾伯坚的活动为线索展开正面的描写，表现了对军阀混战的揭露、谴责，同时又以曾伯坚与淑芬、淑珍姐妹的爱情故事展开情感线索，相互交织，具有较强的情节性。

但"抗战＋言情"的策略实际上是一种冒险。"抗战"和"言情"有时相互游离，相互拆解，容易成为"两张皮"。就写作技术层面而言，"抗战"小说一方面要避免"书生写故事"，另一方面还要有可读性，这实际上也是两难。在《虎贲万岁》中，张恨水说："小说就是小说，若是像写战史一样写，不但自乱其体例，恐怕也很难引起读者的兴趣"，因此，他"找点软性的罗曼斯穿插在里面"②。从这种考虑出发，在这部基本是"战史"的小说中，张恨水施展了他惯用的"三角恋爱"模式，"穿插"了程坚忍与鲁婉华、刘静婉的爱情罗曼斯故事，还有王彪与黄九妹的爱情故事。但实际上，张恨水对于在这种抗战小说中能否"穿插"过多的罗曼斯缺乏

---

① 张恨水《偶像·自序》，张占国、魏守忠编《张恨水研究资料》，天津人民出版社 1986 年版，第 253～254 页。

② 张恨水《虎贲万岁·自序》，《虎贲万岁》，北岳文艺出版社 1993 年版。

信心,不敢"跑野马",所以,实际上"软性"故事所占篇幅太少,几乎可有可无,根本无法起到"引起读者的兴趣"的作用。丢掉了"言情"的张恨水,实际上已经不是张恨水了,他的"抗战"小说,许多就是"干炒海参"①,意味全无。客观而论,张恨水抗战小说的文本分裂,源于其此时创作心态的"分裂":"意识"与情趣的分裂,艺术个性与主流价值的分裂。他的许多"意识"先进的作品大都艰涩难读,而他最擅长的作品、最符合他的艺术个性因而最富有情趣的作品又往往被指责为"意识"落后。在一定意义上,张恨水前期小说的成功,源于其市民文化策略,后期作品的失败也同样源于这种文化策略。

张恨水的文学史意义是多方面的,他绝不仅仅为中国现代文学提供了《啼笑因缘》等经典小说,"张恨水现象"其实包含了更为丰富的内涵,值得认真研究、总结。

---

① 张恨水《干炒海参》,《益世报》1928年2月9日。

沈从文与福克纳小说中"神"与"上帝"的指涉意义

李萌羽 ■

宗教是人类文化的重要组成部分,在人类文明中占有重要地位,宗教和哲学一样,都处于人类文化的核心位置,代表着人类文化的深层结构。而宗教在一定意义上讲,就是一种特殊的价值信仰哲学体系。朱光潜曾这样阐发宗教与哲学对文学而言的重要性:"诗虽不是讨论哲学和宣传宗教的工具,但是它后面如果没有哲学和宗教,就不容易达到深广的境界,诗好比一株花,哲学和宗教好比土壤,土壤不肥沃,根就不能深,花就不能茂。"①尽管朱光潜在此谈的是诗与宗教、哲学的关系,但诗也可以泛指更广义的文学。因此,在跨文化的比较文学研究中,如果绕开不同的文化中的宗教因素,对于文学的理解和诠释就很难达到更深的层面。

关于沈从文和福克纳小说的比较研究,以往的研究者常从乡土文化的视角切入,本文将尝试从宗教学的角度来探讨。具体来说,从分析两位作家作品中"神"与"上帝"的指涉意义入手,诠释其内涵的差异性、相通性及其文学理想建构之间的内在联系。沈从文的作品带有一种浓厚的泛神论色彩,"神"字成为他诉诸文学理想的一个关键词汇。福克纳的思想则受到了基督教很大的影响,"上帝"在他的作品中被赋予了神性品格,成为我们理解其作品主旨的一个核心概念。

—

沈从文不是一个像福克纳那样严格意义上的信教者,但他的作品却渗透着一种强烈的泛宗教情感。这主要表现在他在小说中偏爱使用带有浓厚宗教意味的"神"这一词汇上,为此他自称为泛神论者。美国的沈从文研究专家金介甫在《沈从文传》中曾谈及沈从文的泛神论思想,指出"1940年他才明确提出了泛神论(1980年又再次提出)"②。确实如金介甫所言,沈从文在他20世纪40年代的作品,如小说《看虹录》《摘星录》,以及系列散文,诸如《水云》《生命》《烛虚》《潜

---

① 朱光潜《中西诗在情趣上的比较》,《中国比较文学研究资料》,北京大学出版社1989年版,第219页。

② 〔美〕金介甫《沈从文传》,符家钦译,时事出版社1991年版,第221页。

渊》中均探索了生命、神、爱与美等抽象的问题,而"神"与"泛神"等字眼成为这个时期的作品中频频出现的词汇。特别是在《水云》《潜渊》等哲理性散文中他多次公开表露过自己"泛神的思想"①和"泛神情感②"。其中《水云》是他对先期创作的总结,集中阐释了他的文学审美理念,文中弥漫着一种浓郁的泛神论情绪。他这样写道:

> 失去了"我"后却认识了"人",体会到"神",以及人心的曲折,神性的单纯。墙壁上一方黄色阳光,庭院里一点草,蓝天中的一粒星子,人人都有机会看见的事事物物,多用平常感情去接近它。对于我,却因为常常和某一个偶然某一时的生命同时嵌入我印象中,他们的光辉和色泽,就都若有了神性,成为一种神迹了。

其实,早在20世纪30年代沈从文创作的小说《凤子》中,这种泛神论思想已表露无遗。在小说中,"神"字出现了几十次。最早出现的一处是在夕阳下的海边,一个嗓音低沉的中年男子对一个叫凤子的女人慨叹道:"你瞧,凤子,天上的云,神的手腕,那么横横的一笔!"③这位中年男子(其实是沈从文的代言人)被一种不可言传的海边夕阳西下的美所感动,这种美唤起了他强烈的宗教情感:"先前一时,林杪斜阳的金光,使一个异教徒也不能不默想到上帝。"④他因之惊叹道:"一切都那么自然,就更加应当吃惊!为什么这样自然?匀称,和谐,统一,是谁的能力? ……是的,是自然的能力。但这自然的可惊能力,从神字以外,还可找寻什么适当其德行的名称?"⑤从上面的引文中可以看出,沈从文的泛神论思想带有典型的自然崇拜的情结。正如沈从文在《水云》中所指出的:"这是一种由生物的爱与美有所启示,在沉静中生长的宗教情绪,因之一部分生命,就完全消失在对于一些自然的皈依中。"⑥

从泛神论产生的历史渊源来看,这一术语是爱尔兰哲学家约翰·托兰德在其《泛神论》一书中首先使用的,认为整个宇宙万物皆有神性。在16至18世纪的欧洲,以斯宾诺莎为代表兴起了一种自然主义泛神论哲学思潮,它不认同基督教的一神论观点,而是把神等同于自然,认为神存在于自然界的一切事物中。尽管没有确凿文献证明沈从文是否真正受过斯宾诺莎思想的影响,但"神即自然"

---

① 沈从文《沈从文全集》(第12卷),北岳文艺出版社2002年版,第123页。
② 沈从文《沈从文全集》(第12卷),北岳文艺出版社2002年版,第32页。
③ 沈从文《沈从文全集》(第7卷),北岳文艺出版社2002年版,第88页。
④ 沈从文《沈从文全集》(第7卷),北岳文艺出版社2002年版,第88页。
⑤ 沈从文《沈从文全集》(第7卷),北岳文艺出版社2002年版,第88页。
⑥ 沈从文《沈从文全集》(第12卷),北岳文艺出版社2002年版。

的艺术主张构成了沈从文泛神论思想的一个非常重要的方面。在他看来,自然具有一种内在的神性,他被这种神秘的力量所吸引,认为在其背后似乎有一位巧夺天工的至高设计者在创造着大千世界的神奇与瑰丽,而这位创造者即是自然。正如《凤子》中王杉古堡的总爷对他的城里朋友所解释的那样:"我们这地方的神不像基督教那个上帝那么顽固的。神的意义在我们这里只是'自然',一切生成的现象,不是人为的,由他来处置。他常常是合理的、宽容的、美的。"①由此我们看到,沈从文偏爱用"神"字来诠释一切自然界的事物和现象,并对其怀有一种虔敬的宗教情感。他在自然界的每一个角落里都感受到了"神"的存在,他感念万物有灵,认为大千世界,生命表现形式虽有万种形态和风仪,但每一种生命形态,仿佛若有神迹和神性寄寓其间。

而沈从文认为在湘西世界中这种神性保持最为完整,因为唯有在远离都市喧嚣的湘西世界,人们才生活在一种和自然更为接近的状态下,唯有在此,"神"才能按自然的规律安排、支配着人们的生命。而且沈从文的泛神论思想在很大程度上受到了湘西楚巫文化的浸染和影响,湘西楚巫文化中弥漫着一种崇尚万物有灵的泛神主义气息。在湘西文化中,神被普遍信仰着。在湘西人看来,自然万物都带有神性或灵性,已不是非生命的存在物形式。而且神在楚文化中更大程度上被拟人化了,它更多代表的是一种自然神或人格神。神成为湘西人诉诸愿望、倾诉情感、寻求心理平衡的对象。沈从文曾在散文集《湘西》中特别提到了湘西人这种神秘的泛神崇拜。他说:"大树、洞穴、岩石,无处不神。狐、虎、蛇、龟,无物不怪。"②这种泛神论信仰固然带有远古巫鬼文化信仰的原始性,反映了湘西人一种自发、朴素的认知世界的方式,但却赋予了自然以内在的灵性和神性,代表着一种独特的敬畏自然、尊崇自然的感知、理解世界的视角。

与沈从文在作品中偏爱使用"神"这一词汇相似的是,福克纳在其小说中则频频提及"上帝"。他的小说弥漫着浓郁的基督教色彩。尽管他的作品强烈抨击了加尔文教中的上帝,把他刻画成一个心胸狭隘、摧残人性、充满种族偏见的形象,但在福克纳的心目中,他始终高度认同《旧约·圣经》中的上帝形象以及它所体现的神性道德品格。

福克纳一生对《圣经》极感兴趣。他曾无数次向人们提到,《圣经》是他反复阅读的书籍之一,而且他格外喜欢《旧约·圣经》,他在小说中常用英文的主格

---

① 沈从文《沈从文全集》(第 7 卷),北岳文艺出版社 2002 年版。
② 沈从文《沈从文全集》(第 11 卷),北岳文艺出版社 2002 年版,第 400 页。

He 或宾格 Him(第一个字母为大写)来表达对《旧约·圣经》中上帝形象的景仰。

与沈从文所持的"神即自然"的泛神论信仰所不同的是,福克纳的宗教情结带有典型的基督教神秘主义特点,认为宇宙万物(包括自然、人类)是由上帝所缔造,上帝是万物和人类存在的内因。它不但创造了被沈从文称之为"神"的自然界之各种瑰丽、奇妙的景观,而且向大自然馈赠了肥沃的土地让其生长花草树木、果蔬,同时让飞禽走兽活跃于期间,还让海里也滋生各种鱼类和生物,使自然界呈现出一派生机盎然、鸢飞鱼跃的景象。在小说《熊》中,他热情颂扬了上帝创造自然万物给人类所带来的恩泽:

在这片土地上,在这个南方,他为南方做那么多的事,提供树林使猎物得以繁衍,提供河流让鱼儿得以生长,提供深厚肥沃的土地让种子藏身,还提供清翠的春天让种子发芽,漫长的夏天使作物成熟,宁静的秋天让庄稼丰收,还提供短促、温和的冬天让人类和动物可以生存……①

在福克纳的心目中,自然同样占有重要的位置。《福克纳传》的作者杰伊·帕里尼认为,福克纳"对大自然的情感持久而弥笃"。他在评价福克纳最早的作品诗集《大理石牧神》时说:"他的诗独特而美丽的一点在于它们表达了诗人对大自然的忠诚情感。"②美国福克纳研究专家罗博特·潘·沃伦盛赞福克纳笔下的自然具有"不可磨灭的美",他认为"自然给人的活动和激情的背后张上一幅彩色幕布,有的富有抒情的美(《村子》里那段母牛插曲中的草地),有的富有亲切的魅力(同书中'花斑马'故事里试验的场面),有的阴森中包含着威力(《野棕榈》中'老人'的故事里的河流),有的庄严肃穆(《熊》中的森林)"③。但自然所具有的"这种不可磨灭的美",在福克纳看来,终归是上帝创造的,是上帝伟大力量的外在显现形式。正如艾克·麦卡斯林在《三角洲之秋》中所说:"上帝创造了人,他创造了让人生活的世界,我寻思他创造的是如果他自己是人的话也愿意在上面生活的那样一个世界……"④

因之,福克纳的作品渗透着一种强烈的崇拜造物主上帝的基督教情结,这种宗教情绪与沈从文把自然奉为神明的泛神论情结有着很大的不同。沈从文倾心一朵花、一个微笑、一块石头所显示的神之圣境,认为它是自然的力量使然。但

---

① 〔美〕威廉·福克纳《去吧,摩西》,李文俊译,上海译文出版社 1996 年版,第 269 页。
② 〔美〕杰伊·帕里尼《福克纳传》,吴海云译,中信出版社 2007 年版,第 57 页。
③ 李文俊《福克纳评论集》,中国社会科学出版社 1980 年版,第 57 页。
④ 〔美〕威廉·福克纳《去吧,摩西》,李文俊译,上海译文出版社 1996 年版。

在福克纳看来,这一切皆为上帝所创造,他认为人和万物同源自上帝,共生共养,上帝不但是人的生命的缔造者,也是宇宙自然世界万物的创造者。换言之,上帝是人和世界之所以存在的根本,从中可以看出两位作家对"神"和"上帝"的不同理解:沈从文推崇"神"字背后所体现的自然的价值,认为自然万物皆有神性;福克纳则敬畏"上帝"创造宇宙万物的神奇力量以及给人类所带来的恩惠。然而他们的宗教情结并不仅仅停留于此,在更高层面上,沈从文和福克纳还试图借助"神"与"上帝"来表达道德和美学上的理想诉求。

二

宗教与道德是密不可分的,宗教问题的探讨最终要回归到道德层面上。

在沈从文和福克纳小说中,"神"和"上帝"的意义指涉也折射出强烈的道德诉求意识。尽管沈从文与福克纳的宗教情结存在着上述诸多差异性,但我们看到,其小说中的"神"和"上帝"的意义指涉最终目标指向的还是人类的道德层面。在两位作家对"神"和"上帝"之意义诉求背后,折射出他们对完美人性及道德品格的建构。

沈从文小说"神"字的内涵并不仅仅停留在"神即自然"这一点上,在一个更高的层面上,"神"字被他诠释为"爱"字。同样在《凤子》这部小说中,王杉古堡的总爷(沈从文的另一个代言人)和城里人在讨论科学和自然神学的问题,认为不必为科学的发达会使神"慢慢地隐藏、消灭"而担心,认为神在人们感情中所占的地位,"除了它支配自然以外,只是一个抽象的东西,是正直和诚实和爱:科学第一件事就是真,这就是从神性中抽出的遗产,科学如何发达也不会抛弃正直和爱,所以我这里的神又是永远存在不会消灭的"①。如上文所论及,沈从文把生命看成泛神论的精灵,他认为生命对一切人都有份,它无处不在。但很少有人能超越生活去感知生命之神性,而这种生命神性又不是神秘莫测、虚无缥缈的。在沈从文看来,追求人性的善与爱,即"正直与诚实的爱"是人之生命神性的一个重要表现。因此,沈从文作品中"神"字之内涵从更高层面上理解就是一种素朴、正直的爱。就爱而言,它又是一种善的形式。当有人问及沈从文为什么要写作时,他回答道:"因为我活到这个世界有所爱。美丽、清洁、智慧以及对全人类幸福的幻影,皆永远觉得是一种德行,因为使我永远对它崇拜和倾心。这点情绪同宗教情绪完全一样。这点情绪促我来写作,不断的写作,没有厌倦,我将在各个作品各种

---

① 沈从文《沈从文全集》(第 7 卷),北岳文艺出版社 2002 年版。

形式里,表现我对于这个道德的努力。"①爱成为沈从文创作的永恒动力和源泉。

沈从文的代表作《边城》可以说为我们提供了这种素朴爱的范本。在边城这个几乎被世人遗忘的"世外桃源"中,充满着质朴、温馨的爱。沈从文曾谈到他创作此小说的目的是描写"几个愚夫俗子,被一件普通人事牵连在一处时,各人应得的一分哀乐,为人类'爱'字作一度恰如其分的说明"②。《边城》正是通过抒写青年男女之间的情爱、祖孙之爱、兄弟之爱、邻里之爱来表现生命的神性的。

沈从文描写湘西生活的其他一系列作品,如《阿黑小史》《三三》《萧萧》《边城》《长河》《雪晴》《湘西散记》等,无一例外也颂扬了众多乡村生命中的那份纯净、质朴的爱。而在他以浪漫手法写成的《月下小景》《龙朱》《豹子·媚金和羊》等小说中,爱的神性光彩更是被渲染得淋漓尽致。那些女子的美丽、纯情、善良,那些男子的正直、旷达、雄强,都是人的生命神性的投射。即便是从湘西社会下层的水手、士兵,乃至土匪、娼妓身上,沈从文也发现了生命的神性和美丽,因为他们的爱皆是真诚的,因之对他们充满了一种"不可言说的温爱"③。

如果说沈从文在"神"字上赋予了爱的道德内涵,把爱提升为神之更高境界,福克纳则在上帝形象的重塑中,强化了其所体现的仁爱、同情、怜悯、宽容等超越性道德品格。

在圣经文化中,上帝是宇宙间具有最高权能、智慧、仁爱、圣洁、公义等美德的至高无上的神,是最高德行的体现者。福克纳不但认同《旧约·圣经》关于世界和人类起源的解释,认为上帝是自然万物和人的缔造者,而且坚信上帝为人类确立了应该遵循的道德准则。在小说《熊》中,他直接提及了《旧约·圣经》中《创世纪》开篇"上帝创造天地"和"照自己之像造人"的故事,并借此故事阐发了更深的道德寓意:

因为他在《圣经》里说到怎样创造这世界,造好之后对着他看了看说还不错,便接着再创造人。他先创造了世界,让不会说话的生物居住在上面,然后创造人,让人当他在这个世界上的管理者,以他的名义对世界和世界上的动物享有宗主权,可不是让人和他的后裔一代又一代地对一块块长方形、正方形的土地拥有不可侵犯的权利,而是在谁也不用个人名义的兄弟友爱的气氛下,共同完整地经营这个世界,而他所取得唯一代价就只是怜悯、谦卑、宽容、坚韧以及用脸上的汗

① 沈从文《沈从文文集》(第 11 卷),广州花城出版社 1984 年版,第 34 页。
② 沈从文《沈从文文集》(第 11 卷),广州花城出版社 1984 年版。
③ 沈从文《沈从文全集》(第 8 卷),北岳文艺出版社 2002 年版,第 57 页。

水来换取面包。

这段文字是小说中的主人公麦卡斯林在决定放弃祖父老卡罗瑟斯传给他的土地和其他财产的继承权时所说的一番话，实际上麦卡斯林就是一个隐藏的作家代言人。在此，福克纳试图用上帝造物、造人的故事来说明这样一个事实：土地和财产是仁慈的上帝的馈赠，人类没有对土地和财产的永久宗主权，而人类只有彼此像兄弟般友爱，共同经营这个世界，像上帝那样具有怜悯、谦卑、宽容、坚韧等精神品格，他们才配享有上帝的恩赐。

这一观点在其后的小说中再次得到强调，麦卡斯林认为，即便是美洲国家的诞生、哥伦布发现了新大陆这一事实，也应归功于上帝："直到他仅仅用一个鸡蛋便让他们发现一个新世界，在那里，一个人民的国家可以在谦卑、怜悯、宽容和彼此感到骄傲的精神中建立起来。"①显而易见，此处的"他"指上帝，而福克纳强调上帝赐予人类新大陆是有条件的："这片新大陆是他出于怜悯和宽容特地赐给他们的，条件是他们必须怜悯、谦卑、宽容与坚韧。"②因而福克纳借上帝创造世界和人类的故事，启发人们思索的不仅仅是如何对待土地、财产这些上帝馈赠物的问题，而更重要的是人类应该如何培育完美的道德品格的问题。他认为上帝为人类树立了完美的道德范式，他的慷慨、仁慈、博爱、谦卑、宽容等神性品格为人类树立了典范。而人类既然是上帝按自己的样子造出来的，也应该彼此相爱，秉承上帝的谦卑、怜悯、宽容、牺牲等神性精神品格。

费尔巴哈认为宗教是人的本质的反映，上帝是映照人的一面镜子。福克纳的诸多作品还通过强化《圣经》中上帝对世人审视的目光，映射了现实生活中的南方人的种种道德缺陷。在《我弥留之际》中，福克纳广泛使用了《圣经》原型话语，其中对上帝的指涉文字随处可见，上帝成为审视小说中人物行为和内心思想的一面"镜子"。在科拉独白片段中，作为一个虔诚的基督徒，她曾两次说："上帝可以看透人心。"③此话是大有深意的。正是在上帝目光的审视下，本德仑一家各色人物人性的弱点才得到了淋漓尽致的剖析。安斯的自私、贪婪和浅薄、庸俗，艾迪对亲人缺乏关爱的自我封闭、对丈夫的背叛和对人生所持的虚无价值观，以及他们的儿女各种各样的表现和动机，都通过运送艾迪棺材这一中心事件暴露在上帝的目光之下。

---

① 〔美〕威廉·福克纳《去吧，摩西》，李文俊译，上海译文出版社1996年版。
② 〔美〕威廉·福克纳《去吧，摩西》，李文俊译，上海译文出版社1996年版。
③ 〔美〕威廉·福克纳《我弥留之际》，李文俊译，上海译文出版社1995年版，第72页。

同样,在小说《熊》中,福克纳借上帝审视的目光剖析了南方历史中蕴含的原始罪恶和人性的贪婪、丑恶,他认为南方人的苦难甚至南方人的行和不义都在上帝的见证下:"因为他从无所不包的原始的绝对中赋予他们以形体,从那时起就在观察他们,在他们各自崇高与卑劣的时刻……"①而福克纳所强烈谴责的南方人的暴行和不义,则主要表现在他们对待黑人的态度上:"他看见了那些奴隶贩子的阔绰的后代……对于他们来说尖声咒骂的黑人是另一个族类,另一种标本,就像是旅行家装在笼子里带回家的一只巴西金刚鹦鹉,而正是这些人,在温暖的、不漏风的会堂里通过要实行恐怖与暴行的决议……"②麦卡斯林后来在翻阅自己家族中的账簿时,发现了隐藏在祖父财富背后对黑人血淋淋的罪恶。

而无论是上帝对南方"人心的看透",还是对美国南方历史罪恶的审视,都无法阻止南方人的堕落,福克纳的其他作品如《喧哗与骚动》《圣殿》和《八月之光》,分别描写了凯蒂的失贞,杰生的唯利是图,谭波尔的堕落和金鱼眼的凶残,以及克利斯默斯的暴力,认为造成其小说主人公悲剧的根源在于他们失去了对上帝的信仰从而走向了道德的沦丧。从一定意义上说,福克纳的南方故事重现了艾略特的荒原主题,它展现的是上帝之死的一幅幅荒原景象。随着南方人的信仰和价值体系的彻底崩溃,他们面临着前所未有的生存危机和精神危机。这表达了他对"一战"后的西方现代社会上帝被人们所摈弃的现实的清醒认识。这也就不难理解福克纳的小说所塑造的一系列扭曲、变形的耶稣形象的人物:《圣经》中那个至善至美的上帝之子耶稣的形象被"置换变形",或退化为智力低下的白痴(如《喧哗与骚动》中的班吉);或成为对现实失去感知力、为自己母亲打造棺材的木匠(如《我弥留之际》的卡什);或堕落为一生苦苦寻求自我身份而不得的杀人犯(如《八月之光》中的乔·克里斯默斯)。

尽管福克纳认为上帝会被人们所抛弃,但又坚信上帝不会放弃对人类应负的责任,上帝是人类的拯救者。小说《熊》中的一段对话寓意深远:

于是他再一次转身面向这片土地,他仍然有意拯救这片土地,因为他已经为它做了那么多的事情——于是麦卡斯林说"什么?"于是他说"——他仍然对这些人负有责任,因为他们是他创出来的——"于是麦卡斯林说"转回来对着我们?他的脸朝着我们?"

这句话意味深长,它表明上帝对南方人还没有绝望,他在南方人身上还寄予

---

① 〔美〕威廉·福克纳《去吧,摩西》,李文俊译,上海译文出版社1996年版。
② 〔美〕威廉·福克纳《去吧,摩西》,李文俊译,上海译文出版社1996年版。

了希望,因为他发现爱的温暖的火苗依旧在南方燃烧。小说写到南方人的妻子和女儿在黑人生病时为他们煮汤,并送到黑人所住的臭烘烘的小屋,在黑人病重时还把他们搬到大宅照顾、护理。正是这些白人女子对黑人无私的爱,"让炉火一直燃烧直到危机过去"①。这种爱的火苗的燃烧使福克纳看到了重建人类道德的信心。因而福克纳借麦卡斯林之口表达了对上帝和《圣经》终极道德意义的思索,上帝向世人提供了一个完美的道德样式,上帝身上处处体现的是慈爱、公正、平等、同情、怜悯、牺牲的品质;而南方这块土地既埋藏着苦难、暴行、不义与罪恶,又萌生着爱、同情、仁慈和怜悯的种子。

因为受圣经文化的影响,福克纳所宣扬的爱,是一种带有浓郁基督教气息的爱,这与沈从文所倡导的"爱的宗教"的内涵有着很大的不同。沈从文倡导的爱是一种合乎自然人性的素朴的爱,它体现了自然的人性之美。这种素朴的人性,历来为中国道家所推崇。老子主张"见素抱朴,少私寡欲"②,而庄子则诠释"素朴"为:"同乎无欲,是谓素朴,素朴而民性得矣。"③沈从文从这种素朴、自然的人性中见出了神性,这种信仰源于他的泛神论思想,与前文所分析的"神即自然"的观点有着密切联系。像西方主张回归自然的文学家卢梭、歌德和华兹华斯等人一样,沈从文认为自然具有永恒的精神价值,自然具有一种提升人的精神境界与道德价值的力量。从尊崇自然价值,沈从文继而转向尊崇自然的人性。如席勒在《论素朴的诗与感伤的诗》一文中所归纳的那样,人在自然状态所表现的人性就是素朴。因而,沈从文把自然的价值和自然人性提升至神之境界,这与福克纳对神性的理解有着很大的不同。福克纳认为神性主要体现在上帝的超越性精神品格上。人作为上帝的创造物,是上帝按照自己的样子创造出来的,应该力求实现人性向神性的提升,培育仁慈、谦卑、怜悯、牺牲等神性品格。在《没有被征服的》中,主人公白亚德·沙多里斯的父亲沙多里斯上校被人杀死,南方旧传统要求以血还血,南方人的荣誉感要求他去杀死凶手,为父报仇。但福克纳在小说中却没有安排白亚德复仇,而是让他遵从了更高的信仰,那就是上帝的教导:"你不能杀人。"他认为"以牙还牙"的旧信条应该让位于以爱与原谅为核心的基督教精神。

三

在沈从文的文学理念中,宗教(神)、爱与美三者也是紧密相连的。在散文

---

① 〔美〕威廉·福克纳《去吧,摩西》,李文俊译,上海译文出版社 1996 年版。
② 《老子》,《十九章》,外语教学与研究出版社 1999 年版,第 38 页。
③ 张松辉《庄子译注与解析》,中华书局 2011 年版,第 175 页。

《烛虚》中他写道:"我过于爱有生一切。……在有生中我发现了美,那本身形与线即代表一种最高的德性,使人乐于受它的统制,受它的处治。"①他进而指出:"这种美或由上帝造物之手所产生,一片铜、一块石头,一把线,一组声音,其物虽小,可以见世界之大,并见世界之全……人亦相同。一微笑,一皱眉,无不同样可以显出那种圣境。"②在沈从文看来,美与善是人的生命存在的更高层次,它超越了只追求动物式生存的生活的层面,这种趋于神的境界只有在康德所说的忘却自我、无功利目的状态下才可能达到。

然而在现实生活中,正像福克纳对南方堕落满怀失望之情一样,沈从文对中国都市的现状也是忧心忡忡。因为他看到,在现实世界中,特别是在都市生活中,"某种人情感或被世物所阉割,淡漠如一僵尸,或欲扮道学,充绅士、作君子,深深惧怕被任何一种美所袭击……像这些人对于'美',对一切美物、美行、美事、美观念,无不淡然处之,竟若毫无反应"③。沈从文把这些人称为"阉寺性的人",认为他们既没有美的情趣,也缺乏爱的情感,在精神状态上始终是个"阉人"。所以他强调:"我们实需要一种爱与美的新宗教,来煽起更年轻一辈做人的热诚,激发起生命的抽象搜寻,对人类明日未来向上合理的一切设计,都能产生一种崇高庄严感情。国家民族的重造问题,方不至于成为具文,为空话。"④因而在沈从文看来,爱与美既是神性的呈现形式,又是生命的本质属性;培育爱与美的情感,不仅可以真正实现生命的意义,而且能重塑被金钱和权势腐蚀的日渐退化、衰微的民族品格。

而福克纳也把上帝所体现的神性品格与爱和美视为一体。他认为上帝的博爱、怜悯、同情、忍耐、牺牲等精神品格揭示的是心灵的真理,而心灵的真理是美的最高境界。故麦卡斯林在《熊》这部小说中不断思索上帝与《圣经》带给人类的启示,他认为人们应该用心灵来接近上帝,用心灵来读《圣经》:"因为那些为他写他书的人写的都是真理,而世界上只有一种真理,他统驭一切与心灵相关的东西。"⑤而这种心灵的真理,它具有永恒的美,它将永世长存。小说有这样一个耐人寻味的细节描写:麦卡斯林诵读了济慈的《希腊古瓮曲》的几行诗:"她消失不

① 沈从文《沈从文全集》(第 12 卷),北岳文艺出版社 2002 年版。
② 沈从文《沈从文全集》(第 12 卷),北岳文艺出版社 2002 年版。
③ 沈从文《沈从文全集》(第 12 卷),北岳文艺出版社 2002 年版。
④ 沈从文《沈从文文集》(第 11 卷),广州花城出版社 1984 年版。
⑤ 〔美〕威廉·福克纳《去吧,摩西》,李文俊译,上海译文出版社 1996 年版。

了,虽然你也得不到你的幸福","你将永远爱恋,而她将永远娇美。"①作为还是一个孩子的艾萨克问他诗中是否讲的是一个姑娘的事情,麦卡斯林却说:"他讲的是关于真理的事。真理只有一个。他是不会变的。……勇敢、荣誉和自豪,还有怜悯和对正义和自由的热爱。它们都与心灵有关,而心灵所包容的也就变成了真理,我们所知道的真理。"②济慈在希腊古瓮身上寄予了对永恒的古典艺术美的向往,而福克纳借济慈的《希腊古瓮曲》把希腊古瓮所体现的永恒的美引申至"心灵的真理",并且认为它永远不会消失。

需要指出的是,沈从文和福克纳小说中"神"和"上帝"的内涵意义虽然在深层次上指向美,然而两位作家对美的诠释有着很大的不同。沈从文对自然持有一种独特的泛神论情感,他对神奇瑰丽的自然所蕴含的外在结构形式之美有着深切的感悟。在《潜渊》中他这样阐释道:"美固无所不在,凡属造形,如用泛神情感去接近,既无不可以见出其精巧处和完整处。生命之最大意义,能用于对自然或人工巧妙完美而倾心,人之所同。"③从对"美物"的鉴赏,他进而主张培养"美行"以及"美观念"。而福克纳则更注重美的精神品格的培育。正如他在诺贝尔获奖感言中所指出的:"我相信人不仅仅会存活,他们还能越活越好。他是不朽的,并非因为生物中唯独他具有永不枯竭的声音,而是因为他有灵魂,有能够同情、牺牲和忍耐的精神。"④他认为作家的职责就在于写出这些东西,并提醒人们记住"勇气、尊严、希望、自豪、同情、怜悯和牺牲,这些是人类历史上的光荣"⑤。

以上考察了沈从文与福克纳小说"神"和"上帝"的意义指涉及其文学理念之间的关系。"神"字被沈从文赋予了自然、爱与美三个层面的意义,它实际上是沈从文作品主旨的三个重要纬度,而福克纳作品强化上帝形象的指涉意义,则对人类培育仁慈、怜悯、同情、宽容等道德品格有着重要启示意义。尽管两位作家来自中西不同的文化背景,但他们经由不同的宗教信仰的路径,最终还是走向了对人类道德和美学终极目标的诉求。归根结底,他们的文学作品诉诸的是一种共同的艺术追求,即对真善美的呼唤。

---

① 〔美〕威廉·福克纳《去吧,摩西》,李文俊译,上海译文出版社 1996 年版,第 283 页。

② 〔美〕威廉·福克纳《去吧,摩西》,李文俊译,上海译文出版社 1996 年版。

③ 沈从文《沈从文全集》(第 12 卷),北岳文艺出版社 2002 年版。

④ 〔美〕威廉·福克纳《福克纳随笔》,李文俊译,上海译文出版社 2008 年版,第 123 页。

⑤ 〔美〕威廉·福克纳《福克纳随笔》,李文俊译,上海译文出版社 2008 年版。

《故事新编》后五篇与上海

鲁美妍 ■

鲁迅生命中的最后 10 年是在上海度过的。20 世纪 30 年代上海无论是政治时局还是文艺环境都十分复杂。尤其是鲁迅在上海生活的最后几年,形势尤为险恶。鲁迅在这期间将创作时间和精力都投入到精悍犀利,捉笔成刀的杂文写作上,以便适应来自各个阵营的论辩和斗争。然而,鲁迅还是在 1934～1935 年连续创作了五篇历史小说:《理水》《采薇》《出关》《非攻》《起死》,这五篇小说相对于鲁迅早期创作的另外三篇历史小说《补天》《奔月》《铸剑》,则明显更多地穿插了对现代人、现实社会情状的影射与写实,这些都显示了鲁迅对上海当时社会现实的关注程度,这五篇小说不但是鲁迅对上海 30 年代社会情状和文化现象的全面梳理与思考,同时对我们考察鲁迅晚年的创作心理和对新旧交替的社会政治文化中出现的复杂现象的警醒态度具有重要的意义。

一、"别有生气"的上海

鲁迅是 1927 年 10 月以后定居上海的,随着在上海居住日久,更重要的是亲历了上海 27 年以后政治与文艺形势上的种种残酷与变故,鲁迅对上海乃至整个中国有了更惊人的发现与认识。鲁迅早有"从古代和现代都采取题材,来做短篇小说"的愿望,1922 年创作了《补天》,1926 年又创作了《奔月》和《铸剑》,后来的五篇却拖至 1935 年底才完成,《故事新编》仅八篇,却历时 13 年之久才得以付印,从后面五篇相对集中的写作时间来看,上海当时的现实情境对鲁迅的触动是很大的。

定居上海以后,鲁迅在致许广平的信中曾经写道:"上海虽烦扰,但也别有生气。"(《两地书(一二二)》)上海的"烦扰"应该是指政治文化方面的复杂情势。从政治现实来看,1927 年大革命失败以后,国内的政治局势发生剧变,许多文人与革命者都纷纷汇集上海,鲁迅是"在二七年被血吓得目瞪口呆,离开广东的",然而上海也并不平静"文禁如毛,缇骑遍地"。此时,国民党也加紧了对上海的统治,派员长驻上海,和上海市社会局相联系,普遍地对上海文化人监视、逮捕,甚至暗杀,然而,更复杂的情形发生在九·一八事变之后,日本攻陷东北,淞沪战役之后,政局混乱,国民党政府对外实行不抵抗政策,对内施行"安内"政策,疯狂剿杀共产党人和进步人士,压制迫害上海进步文人。上海既成为当时中国政治文化的中心,同时也是矛盾旋涡的中心。

与复杂的政治形势相呼应的是文化方面的"沉滓泛起"。随着国民党与共产党的矛盾日深,文化上也因为政治立场不同而分流,形成尖锐对立的文化模式和文学思潮。几种意识形态在思想领域的斗争和抗衡不断地推动上海文化领域的更新。上海这个半封建半殖民地化的都市中,一时间"各种古的沉滓,新的沉滓,就都翻着筋斗漂上来,在水面上转一个身,来趁势显示自己的存在了"。在这期间许多新旧思想交替,中西混杂,各种帮忙与帮闲的文坛丑类跳出来兴风作浪,在看似单纯的文学论争背后实际上却往往隐藏着政治立场与思想上的巨大分歧。

说到上海的"生气",则不能忽略上海特殊的文化情境下产生的多样复杂的文学样态。随着政治形势的变化,创作潮流的分野日益鲜明。从 1927 年以后,不断发展壮大的左翼作家一面在思想上致力于推动无产阶级文学、积极倡导马克思主义,一面也在文学创作上显露了非凡的实绩,许多优秀的文学作品都在这一时期产生。"左联"的成立和年青一代左翼作家的崛起,不单单为 20 世纪 30年代的上海,也为整个现代文学的发展带来新的气象。与此同时,自由主义作家也在不断实践思想文化方面的探索,力图从文化、道德层面探求社会与人生。这一时期,来自各个文化阵营之间的论争不断,"左联"在反抗国民党的"文化围剿"之外,与新月派、"自由人""第三种人"等自由主义文学流派的论争也十分激烈。另外,"京派"与"海派"两大文化阵营的对立与论争是 30 年代上海最具声势的文学事件之一,沈从文、徐懋庸、曹聚仁、杜衡等人都曾撰文参与论争,传统与现代两种完全不同的文化选择所产生的深刻矛盾也随之凸现出来。加之上海本身所具有的"华洋共处""五方杂居"的半殖民地性质,中西碰撞、南北交汇的文化氛围,都使得 30 年代上海文坛格外热闹。这些都构成上海与北京、广州等地不同的"别有"的"生气"。

作为一位出色的史家,鲁迅发现历史与现实之间惊人的相似:"一治史学,就可以知道许多'古已有之'的事",鲁迅曾在杂文中将现实与历史进行比照,从历史中能够发现现实中存在的看似荒诞的事物的合理性,同时也能从历史中得到关于解密现实中复杂表象的线索。在《故事新编》后五篇的创作中,早期三篇中透射出的那种奇幻的浪漫主义色彩在此时慢慢消退,代之的是幽默、戏谑中的理性与智慧的光芒。在后五篇故事中掺入大量现代生活的情景和人物,许多场面带有鲁迅式的冷静、幽默与犀利。鲁迅在史料记载的空白处填补了自己的想象,联通古今,创造出绝妙的讽刺效果,显示了作家非凡的艺术创造力,但鲁迅也是一个严正优秀的史家,"博考文献,言必有据",合理打通古今的界限,也正因为一切从现实出发,使得历史不再是凝固僵死的记载,而是更富有现实意义的寓言。在看似"油滑"的笔墨中隐现了一个优秀的史家和时代先驱者对历史与现实的忧患与严肃思考。于是,鲁迅"仍旧拾取古代的传说之类",从现实出发,创作了《故事新编》中的后五篇小说,以讽刺与夸张的笔法赋予历史人物以新的生命,有意将古今时空交错,旨在以古代映照现代,让人们在忍俊不禁中体味到历史与现实的本质。

二、"沉滓泛起"的现实寓言

鲁迅晚年创作的这五篇历史小说绝非偶然,这一时期,鲁迅参与的论争最多,对现实的思考也更为成熟。虽然在此期间他创作了大量杂文,能够更为直接地阐释他对上海文坛的深刻认识和建议,然而这五篇小说的创作更是鲁迅对现实与历史深入考察之后的沉淀,是精心选择的结果,一则小说能够弥补杂文现实感强,给读者留下的想象空间相对狭窄的不足,再则以历史观照现实,使现实中存在的被粉饰得无法看清的荒谬凸显出来,古代被复活的生命更多承载了现代人的精神特质,使人们在回望历史的同时更加深了对现实的理解和关注。这五篇小说集中体现了鲁迅对上海及中国现代文坛的全面认识与思考,无论在 20 世纪 30 年代的上海还是今天都有其不可抹杀的现实意义。

首先是对国民党统治下的上海种种复杂的社会情状、黑暗现实的本质揭示。《非攻》与《理水》两篇小说中对处于"汤汤洪水方割,浩浩怀山襄陵"中的舜爷百姓和即将面临亡国危险的宋民的描述都是对 30 年代上海乃至中国百姓生存现状的写实。古代百姓面对灾难的各种态度和精神面貌也是现实中许多国人麻木、安做顺民、缺乏斗争与反抗精神的写照。《理水》中的"百姓的代表"和《非攻》中听曹公子的"民气论"演讲的宋国百姓皆是如此。鲁迅在小说中表达了延续《呐喊》《彷徨》以来一贯的揭露中国社会"吃人"本质的思想,指出国民党统治时期中国仍然没有摆脱封建性的事实。鲁迅在小说中揭穿"那些头上有各种旗帜,绣出各样好名称"的所谓"慈善家,学者,文士,长者,青年,雅人,君子"的本来面目,是对 30 年代上海文坛存在的不良风气的有力批判和纠偏,鲁迅对"文化山"上的学者们的讽刺与批判实际也明确表达了他对现实社会中文艺与政治之间关系的态度：鲁迅反对文艺脱离现实，反对在文艺上开历史倒车。"文化山"上鸟头先生望文生义的考据、遗传学家的研究、伏羲朝小品文学家的"性灵"之说，都是30年代上海资产阶级文人不问时事、进到"象牙塔"里面进行闭门造车式的学术研究现状的写照。

这五篇小说也是对当时各类文化丑类和政客们的险恶用心与中伤的一次有力回击。1934年8月27日上海《大公报》的社评《孔子诞辰纪念》一文有如下文字："民族之自尊心与自信力，既已荡然无存，不待外侮之来，国家固早已濒于精神幻灭之域。"彼时中国民族危机日益严重，国民党政府对日本侵略者的一味姑息致使许多人对中国未来前途忧心忡忡，更危险的是这一类别有用心的宣传对国民党是一种开脱，对国民自信力是一种打击。鲁迅随即创作了《非攻》，颂扬墨子注重实力，反抗强暴，不顾个人利害奔走救国的民族英雄形象。墨子主张兼爱非攻，尚侠好义，代表当时庶民的利益。鲁迅认为"我们有并不失掉自信力的中国人在"，"我们从古以来，就有埋头苦干的人，有拼命硬干的人，有为民请命的人，有舍身求法的人……虽是等于为帝王将相作家谱的所谓'正史'，也往往掩不住他们的光耀，这就是中国的脊梁"。接着，鲁迅又创作了《理水》，塑造了埋头苦干，为治洪水在外13年，三过家门而不入的大禹形象。鲁迅选择了中华民族历史上真正为民请命而为人民所纪念的这两个历史人物为小说题材，赞扬了墨子和禹不图虚名，不计私利，注重实干，肯于牺牲自己，"利天下而为之"的伟大精神，意在驳斥"中国失掉自信力"的谬论："说中国人失掉了自信力，用以指一部分人则可，倘若加于全体，那简直是污蔑。"在这两篇小说中，鲁迅鲜明地表达了自己的主张："有利于人的，就是巧，就是好，不利于人的，就是拙，也就是坏的。"

《故事新编》中出现了孔子、老子、庄子、伯夷、叔齐等一群被历代权势者用种种的白粉给他化妆，一直抬到吓人的高度，与普通的民众毫无益处，常常被当作"敲门砖"使用的圣人形象，他们在当代上海的文坛，也一并被掘出坟墓，涂上脂粉来愚弄民众。30年代上海曾一度掀起一股复古热，国民党政府和日本侵略者为统治和侵略的需要，加紧鼓吹"尊孔读经""礼让治国"；一些"海派"文人建议青年阅读《庄子》《文选》等书，从中寻找作文的语汇；一些文学批评家主张老子的"无为而无不为"思想，提倡庄子的"唯无是非观"；林语堂、周作人等人正在"赞颂悠闲，鼓吹烟茗"，大谈"隐士"等。鲁迅有感于上海文坛出现的种种恶劣形迹，曾在写给萧军、萧红的信中提到："近几时我想看看古书，再来做点什么书，把那些坏种的祖坟刨一下。"1935年12月，鲁迅连续创作了《采薇》《出关》《起死》三篇小说，将"天下之大老"的伯夷、叔齐、从古至今一直被尊崇的孔子和老庄他们头上的圣人光环一并摘下，在史料中找到他们言行相矛盾的窘态，揭示出他们在现代社会里被抬出来的实质所在。《采薇》中因礼让王位而跑到养老院当隐士的伯夷、叔齐，自以为远离了政治斗争的漩涡，却不料又陷入由各种现实混杂的历史泥潭中，不肯"超然"，虽然对周王"恭行天罚"的王道不满，却又只想着逃避，结果却被小人所构陷，至死都没有得以抽身，反而失掉民心。鲁迅指出："归隐"与"登仕"一样，"也是嗷饭之道"，而在斗争的时代却偏要超然，却无异于一个人抓着自己的头发要离开地球一样可笑，讽刺了上海文坛所谓"第三种人"在现实斗争中却欲寻求"超然"的幻想。《出关》与《起死》两篇小说，鲁迅不遗余力地批判了道家中的消极避世思想，事实也证明，这种思想在中国历史上的贻害最大。鲁迅在《出关》中毫不客气地将老子送出关去，批判老子是"一事不做，徒作大言的空谈家"。他的"无为无不为"的哲学在现实中遇到了窘境，先是在与孔子的争论中败走，出关时遇到的"签子手"和要求讲学、写讲义的恶少，都只得"有所为"，一一满足之后才狼狈出关。鲁迅在此将儒、道两种思想并置在一起，肯定了孔子"'知其不可而为之'的事无大小，均不放松地实行者"态度，老子的这种消极逃避思想于现实不利，这是鲁迅批判老子的关键。《起死》中鲁迅对庄子的"彼亦一是非，此亦一是非"的"无是非"观进行批判。针对上海文坛当时的批评家常常以"文人相轻"四个字就将文坛上严肃的思想斗争一笔抹杀，一时间，老庄思想上的"无为""无是非""无生死""无利害无贵贱"等观点大行其道，这实则是用来掩饰现实中存在的种种是非，种种贫贱，种种利害关系等巨大差别的幌子，一旦涉及关乎自身利益的事情时，便脱去伪装显出本性，正如《起死》中满口无是无非的庄子，在被起死的汉子撕扯外衣时狂吹警笛，他的一套冠冕堂皇的理论在现实的遭遇中却落荒而逃。鲁迅主张在严酷复杂的现实斗争面前要有明确的是非，有热烈的好恶。

《故事新编》中还有另外一个特殊的人群，他们与上海这个殖民化都市所具有的特殊的文化形态相一致性，即是鲁迅多次在杂文中提到的"倚徙华洋之间，往来主奴之界"的"西崽"。这是上海这个带有强烈的殖民化色彩的都市中特有的一种畸形的文化心理所导致的人格，鲁迅指出这类人的可恶并不在于他的职业，而在其"相"：他们觉得"洋人实力高于群华人，自己懂洋话，近洋人，所以也高于群华人，但自己又系出黄帝，有古文明，深通华情，胜洋鬼子，所以也胜势力高于群华人的洋人，因此也更胜于还在洋人之下的群华人"，这些人虽然在洋人的买办里游贯，却迷恋传统，是忠诚的"国粹家"。在现实文化中这种人格就体现为一种带有双重奴役性质的买办的帮忙与帮闲文人。鲁迅曾经在那一场著名的

"京海之争"中作过这样的定论："北京是明清的帝都，上海乃各国之租界，帝都多官，租界多商，所以文人之在京者近官，没海者近商，近官者在使官得名，近商者在使商获利，而自己也赖以糊口。要而言之，不过'京派'是官的帮闲，'海派'则是商的帮忙而已。"这一群人的面目十分复杂，他们都以学贯中西著称，往往在某些学术研究领域有所成就，在社会上有一定的地位，然而却在许多文艺和政治问题上抱残守缺，敌视新的生命，大谈"莎士比亚"，对挣扎在生命线上的民众进行诋毁，在风沙扑面，虎狼成群的 30 年代，闭上眼睛，对血腥和残酷视而不见，高高站在云端里，以纯文艺等名目对新生的左翼文学责备求全，却能够容忍旧时代僵死的文化死灰复燃。《理水》中聚集在"文化山"上的学者们，考察洪水的大员们，"伏羲朝小品文学家"，他们都对应着现代社会中的各类帮忙与帮闲文人。30 年代上海文坛，正处于国民党残酷迫害左翼作家和共产党的黑暗时期，新月社、现代评论的学者们却对以鲁迅为代表的"左联"作家大肆攻击，动辄以"卢布""＊＊党"暗藏杀机，而以林语堂、周作人为代表的一部分自由知识分子却主张"幽默""性灵""闲适"，倡导没有现实战斗意义的小品文写作，"第三种人"苏汶等人攻击左翼作家侵略文艺，一些批评者们不辨青红皂白，将文坛上严肃的思想文艺论争与一切攻讦、谩骂、诬陷等混同起来，用"唯无是非论"将一切真正的是非抹杀，偏袒纵容错误的一方。鲁迅揭穿这些所谓学者文人的虚伪外衣，暴露他们帮忙文人的实质。在以古代为背景的观照中，我们不难理解鲁迅的愤激之情，这一群知识分子在民族阶级斗争日益激烈、民族危机空前严重的时刻，看见残杀却"依然会从血泊里寻出闲适来"，有意无意地沦为统治者的帮忙与帮闲，实是一种逃避和道德的缺失，也必将为时代所不容。

三、《故事新编》后五篇的意义

鲁迅的这些思考为年轻的"左联"在上海复杂多变的政治文化环境中认清方向，向健康、积极的道路迈进奠定了坚实的基础。鲁迅在与"左联"并肩作战的同时，从未放弃过独立思考和言论的权利，他始终站在无人企及的历史高度对现实予以观照，清醒地思考，从未盲从，在作品中剖析现实的同时对"左联"提出中肯的意见。例如对墨子、大禹实干精神的赞扬，实际上提出了自己对于"左联"的希冀和对于现实革命的建议。从对上海现实状况的分析发现"旧社会的根柢原是非常坚固的，新运动非有更大的力不能动摇它什么"，因此鲁迅主张与实际社会斗争接触，"对于旧社会和旧势力的斗争，必须坚决，持久不断，而且注重实力"。

另外，在《故事新编》后五篇小说中，鲁迅选择了中国传统文化中最有代表性的儒、道、墨三家思想作为创作对象，一方面是针对上海文坛 30 年代复古风潮的回应，鲁迅以对墨子、禹这两位肯于自我牺牲，为民请命的民族英雄的赞扬，真正从传统文化中挖掘出对现实的民族和人民有利，真正能够代表中国脊梁的伟大人格，揭示了权势者们拼命"尊孔读经"的荒诞性，驳斥了"中国失掉自信力"的谬论。另一方面则较为全面地体现了鲁迅对我国传统文化的态度。鲁迅看清古代所谓圣人在现代权势者手中仍然充当"敲门砖"的角色，尤其是儒家和道家文化，是帮忙文人最重要的手段，正如《采薇》中的"华山大王小穷奇""恭行天搜"一样，无论多么荒谬的行为都可以拉出古人做幌子，于是一切破坏都顺理成章。鲁迅曾经在《呐喊》《彷徨》两部小说集中激烈地批判过儒家思想中封建礼教的"吃人"本性，在《故事新编》中鲁迅接着批判了儒家言行不一的虚伪性，《非攻》一开篇，作者就借墨子之口进行严厉的批判："你们儒者，说话称着尧舜，做事却要学猪狗，可怜，可怜"，但鲁迅又辩证地看到了孔子"知其不可而为之"的进取姿态，正是彼时中国现代社会所需要的一种精神，因此，在《出关》《起死》中，鲁迅不遗余力地批判了老庄哲学中的"无为而无不为"的消极避世思想和模糊的是非观及其在中国现代文坛造成的贻害，肯定了儒家思想立足现实，积极投身于变化中的一面。

这五篇小说也是探究鲁迅晚年思想发生转变的重要依据。1928 年，上海文艺界发生了革命文学的论争，论争双方分别是鲁迅、茅盾等人和太阳社、创造社作家，由于论争的需要，鲁迅认真阅读了马克思主义论著，鲁迅曾说："我有一件事要感谢创作社的，是他们'挤'我看了几种科学底文艺论，明白了先前的文学史家们说了一大堆，还是纠缠不清的疑问。并且因此译了一本蒲力汉诺夫的《艺术论》，以救正我——还因我而及别人——的只信进化论的偏颇。"鲁迅在后期创作中更为自觉地运用辩证法和阶级论等观点，并极为注重对历史的考察，从历史中寻求揭开现实发展的本质规律。小说中文化山上的学者们、考察洪水的大员们，他们装腔作势的洋文、考据、"莎士比亚""维他命 W"等，与在亡国和水患之中挣扎的人民形成鲜明对比，无论古代与现代，阶级之间的差别是不容否认的，意图以所谓的"永恒的人性""超阶级"等论调来抹杀现实中存在的阶级差别与不公，无疑是自欺欺人之举。

鲁迅晚年身处忧患，腹背受敌，虽时时遭际攻击、谩骂，甚至是来自同一阵营的暗箭，却始终没有放弃对现实的批判和思考，没有停止对"左联"的扶助和推动。《故事新篇》中最后五篇是鲁迅生命中最后的小说创作，鲁迅以其非凡的创造力和穿越古今的广阔的政治、文化视野为我们描绘了厚重的历史与现实相交错的社会文化图景，让我们在 80 多年后的今天，依然对彼时纷纭的政治文学形势有了深切的把握和体会，在将现实中的文坛丑类与故事中被讽刺的对象一一对应，会心而笑的同时，剥穿他们的伪装，看清他们无论在历史还是现实中都无法站立的愚蠢、可笑，甚而有时卑污的灵魂。鲁迅用历史为现代人设置了一个归置灵魂的舞台，一切在现实中被曲解、被压抑、被模糊化的事实都得以释放和澄清。

鲁迅在《关于太炎先生二三事》一文中称赞高尔基："他的一身，就是大众的一体，喜怒哀乐，无不相通。"我想鲁迅亦是如此。

思想演变与文体的拓展

——韩少功创作轨迹追寻

陈鹭 ■

　　韩少功独特的思维方法,与他的思想姿态密切相关。作为一个信奉"公民写作"的公共知识分子,他的写作是特立独行的。他试图通过写作和践行,来表达他对公众与社会的看法,并希望通过人文主义的坚守和道德的提升来建构一个公平正义的理想社会。显然,他的思想不是封闭、单一和僵化的,而是开放、活跃、宽阔和富于创造力的,并且处于不断的发展变化之中。从 20 世纪 80 年代"启蒙"与"诗意的中断",到 90 年代的"坚守与抵抗",再到 21 世纪的"皈依汨罗",从"思父"的"创伤记忆",揭露"伤痕""反思"历史,激烈的批评质疑,到文化保守主义者的社会理想,相对主义与理想情怀的矛盾,并逐渐由"突"走向"和谐",他的思想在不断演变着,他的文体也随着不断拓展。

一、西望茅草地:历史真实与突破模式化的可能性

　　韩少功大约在 1972 年便开始文学创作,他创作的第一篇小说是短篇小说《路》,不过因各种原因没有发表。1974~1975 年,韩少功陆续在《湘江文艺》《湖南日报》上发表了短篇小说《红炉上山》《一条胖鲤鱼》和《稻草问题》。这些作品虽有较浓的生活气息和地方色彩,细节描写也较为生动有趣,但主题仍未摆脱当时盛行的阶级斗争模式,人物塑造则概念化与简单化,表现手法也较为幼稚单调。韩少功的创作转折点,严格说来应是从《西望茅草地》开始。这篇获得过全国性文学奖的作品,在韩少功的思想演变和创作历程中,具有不可取代的独特意义。它不仅激发韩少功对"启蒙主义""科学""民主"等现代性理论问题的思考,而且显示出韩少功的创作试图突破模式化的势力,因此必须给予高度的重视。

　　《西望茅草地》之所以在当时产生了较大的影响并获得批评家们的普遍赞赏,主要是它敢于面对生活的真实,写出历史的复杂性和多面性,同时塑造了一个具有"虎气"和"猴气"、勋章与污点并存的人物形象。韩少功在《留给"茅草地"的思索》的创作谈中写道:

　　　　我本来也可以把张种田的缺点都挑出来,把他写成一个蜕化变质的昏君骄

臣,写他独断专行、骄横自大、思想僵化、盲目无知,最终被人民唾弃。当然,为了使他更丰富、更可信,可以写一写他偶尔显露的人性闪光,写一写他历史上曾经有过的丰功伟绩……这样写恐怕也未尝不可,我也这样处理过一些素材。

但我撕掉几页草稿后突然想到:为什么要回避生活的真实面目呢?为什么一定要把生活原型削足适履,以符合某种意念框架呢?难道对笔下的人物非"歌颂"就要"暴露"?伟大和可悲,虎气和猴气,勋章和污点,就不能统一到一个人身上?我对自己原来的观念怀疑了。我想:人物的复杂性是应该受重视的。何况我们是在回顾一段复杂的历史。

《西望茅草地》最为成功,最为引人注目之处,在于成功塑造了茅草地"王国""酋长"张种田的形象。在此之前,我国的文学创作在塑造正面人物形象时,一般只写"优点"不能写"缺点",只能"歌颂"不能"暴露",在这样的意识形态规训下塑造出来的正面人物,无一例外都存在着类型化和概念化的弊端。韩少功的可贵处,就在于不跟风,并敢于质疑非"歌颂"就要"暴露"这一创作理念,敢于面对生活的真实,面对历史和人物的复杂性和丰富性,写出人物的"全面性格"和主要精神特质。在《西望茅草地》中,我们看到一个为革命流过血的"老革命"形象,战争结束后,他有了上校军衔。新中国成立初期经济建设高潮时,他打了报告要求改行,去办农场。他文化不高,也没有家室。他不仅毫不利己,专门利人,艰苦朴素,从不计较个人得失,富于理想和奉献精神,而且粗犷豪爽,平易近人,毫无"王国酋长"的架子。比如亲自赶马车迎接我们这些从城里来的知识青年,比如他慷慨大方,经常请知识青年吃饭,用钱从来不计较。此外还有支持知青搞科学实验,等等。这些都是张种田的"优点",但在这个人物身上也存在着明显的"缺点"。尤其是因个人性格的特点,他常常有一些不近人情的举动。比如农民式的狭隘和固执使他独断和专制,简单化的思维方式使他在坚持"原则性"背后,又晚上提着枪,采用"演习"的方法来考验知青的"阶级立场"。而他苦行僧式的禁欲主义,又使他粗暴地扼杀了小雨和小马的爱情,最终导致了小雨的死亡。

由于主观蛮干、简单粗暴,实行平均主义、禁欲主义、封建家长制,加之与科学民主拧着干,于是注定了张种田的悲剧性命运,注定了这个"茅草地王国"的必然崩溃。小说的结尾,农场因长期亏损被逼解散,知青们也各奔东西,空旷的"茅草地"上只留下了张种田踉跄的脚步,痛楚的表情和苍凉的歌声:

> 光荣北伐武昌城下,
> 血染着我们的姓名;

孤军奋斗罗霄山上,

继承了先烈的殊勋。

......

《西望茅草地》的悲剧性结局,促使人们思索:一方面,面对封建家长制、根深蒂固的小农经济和传统习惯,乃至各式各样的国民的"愚昧"狭隘的病态,该如何去"启蒙",走科学民主的道路;另一方面,我们应该怎样来评价张种田,评价"茅草地的事业",以及整个中国革命的历史? 我们看到,在叙述和想象历史时,韩少功一方面是批判的;一方面流露出内心的矛盾和困惑。这种"启蒙"的矛盾和困惑,是韩少功的相对主义和怀疑气质的萌芽,也是他作为一个批判型作家的开始。此外,还应看到,正是由于矛盾和困惑,韩少功的思想和创作才能摆脱二元对立的简单化思维模式,偏离当时的主流意识形态的束缚,创造出了张种田这个复杂丰富的人物形象。最后,如果从"思想的演化轨迹"来看,从《西望茅草地》以后,韩少功才比较自觉地对"启蒙""民主""科学",以及中国革命的历史展开现代性的思考。正是在这个意义上,我们将《西望茅草地》作为韩少功思想和创作的一个"关节点"来研究。

《西望茅草地》还曲折含蓄地表达了韩少功对理想和崇高的赞赏和肯定。小说中的张种田,就是一个带着浓厚理想主义色彩的悲剧性人物,从对人物性格和生活细节的描写中,不难看出韩少功对这一人物是既批判又欣赏的。正是因此,当农场宣告解散,张种田和大家的心情都异常沉重。唯独绰号叫"猴子"与"大炮"的知青在笑,而且"笑声特别响"。这时,作者通过"我"的眼睛和心理活动,发出了一番既意味深长,又略带感伤和抒情色彩的议论:

他们在笑什么呢? 笑手里的香烟? 笑今后各自的前景? 笑总算离开了茅草地? 笑兄弟们终于摆脱了一个不堪回首的地狱? 可能,是该笑笑了,但过去的一切都该笑吗? 茅草地只配用几声轻薄的哄笑来埋葬? ——你们到底笑什么?

我笑不出来,双手抵住膝,手掌从额头往下遮住眼睛,在任何人不知道的情况下,偷偷流出一滴泪。

的确,"茅草地的事业不能用笑声来埋葬;理想和追求本身,旗帜和马蹄,也不应该从现实生活中抹掉;像场长这样心明如镜,身带伤痕的老干部,更不能用笑声来嘲弄"。是的,我们可以担忧"启蒙"是否会成功,现代化的目标是否能达到,但"启蒙"的诉求与现代化,与"茅草地的事业",与"理想和追求本身"并没有矛盾。正如黑色的煤埋在地下,明天就能熊熊燃烧一样,这种知青的情怀,这份悲壮而温暖的记忆与牵挂,是一切旁观者与轻薄儿所无法理解的。正是这种面对生活的真实态度,面对丰富复杂的历史而表现出来的矛盾困惑,以及对理想主义的虔诚而执着的追求,使韩少功的作品在质疑批判,在审丑和揭露民族的伤疤时一直有一种高贵,一种温暖和诗性相伴,并贯穿他整个创作的始终。

二、诗意的中断:从"鸟的传人"到"词典"和"象典"

《西望茅草地》大获成功之后,韩少功又创作了《风吹唢呐声》《飞过蓝天》《谷雨茶》等小说。但自1982年开始,韩少功的思想和创作进入了一个短暂的悲观怀疑时期。经历了20世纪70年代末80年代初"伤痕文学"和"反思文学"的热潮后,韩少功已经不满于文学创作过于粘连政治的现状,也不满前期小说过于清醒明朗,过于抒情的风格。于是,在发表了《文学中的"二律背反"》《人,丰富与复杂》《从创作论到思想方法》等文章的同时,他也调整了观察生活的视角:从对社会的批判转入对人性的批判,从揭伤痕,政治和道德层面的反思转入对人性黑暗的洞察,从以往的审美转入审丑;从人性的恶及变异来寻找人的存在和民族文化的"根"。1987年韩少功接受了施叔青的访谈,在题为《鸟的传人》的对话中,韩少功谈道:

> 后来我对政治的兴趣有些新的反省,挞伐官僚主义、特权,揭露伤痕,这些政治表达固然重要,但政治、革命不能解决人性问题。进一步思索到人的本质、人的存在,考虑到文化的背景,需要我们对人性阴暗的一面有更为足够的认识。加上西方翻译作品的刺激,眼光视觉大为开放,我对新的小说形态希望有所实验,写出来会是什么样子,则始料不及。

评论家南帆将韩少功的这种思想和修辞策略的转变,称为"诗意的中断",认为韩少功1985年前后的小说出现了"一种特殊的口吻":俏皮、嘲讽或者挖苦"有效地阻止滥情的倾向,阻止读者对这些人物产生过分的亲密感和崇拜感"。不仅如此,韩少功这时期的小说还出现了某种令人不安的想象力:阴险、可疑、警觉、含糊、陌生化、疏离感、怪诞乃至黑色幽默。"这种想象力显然与某种根深蒂固的怀疑精神有关。理性总是及时地导致警觉。于是,慷慨悲歌、气宇轩昂的英雄形象销声匿迹。冷峻的洞察注意拆穿了有意无意的矫饰。这一切无疑败坏了韩少功曾经拥有的不无浅薄的浪漫诗意。"

发表于1985年初的短篇小说《归去来》是韩少功创作路上的一个新的文学起点,而稍后发表的中篇小说《爸爸爸》则是另一个"关节点",是公认的寻根文学的代表作。这一时期,韩少功还创作了《蓝盖子》《女女女》等一批作品。这些作品,集中体现了韩少功"某种令人不安的想象力"和"一种特殊的口吻"。它们一反韩少功以前作品的常态,以梦呓的叙述、神秘的气息和审丑的意象给读者们带来了极强烈的陌生化感。《归去来》中的"黄治先""马眼镜"和"我"分别代表了"归""去"和"来",记忆的幻觉和错位导致这一代知青的下乡经历似梦又非梦,表达了作者对自我身份的质疑和重构,对现实生活的迷失以及对乡土的朦胧依恋。而在文章的末尾,作者发出的"我累了,妈妈!"这一声呼唤,则喊出了知识分子对于文化"失根"的焦虑以及在文学道路中寻找文化依托的迷茫。而更加为人瞩目的《爸爸爸》的结尾,则预示着民族文化中顽固潜在的非此即彼的二元对立思维模式并不是那么轻易能够摆脱的,它会长时间地继续留存在民族的记忆中,并且有可能引发新的历史悲剧:"文化大革命"时的"非左即右"的斗争哲学,难道不正是这种思维模式的有力体现吗?在"文革"中,不管阶级立场、路线立场、派别立场、社会地位、知识程度、年龄层次、目的手段多么不同,但是大家的观念或知识形态、思维逻辑、话语方式却十分一致,即都忽视人类、世界、历史、真理、客观、主体的总背景、总框架作为支撑,只有对错、是非、好坏、善恶的二元对立逻辑作为判断尺度,人们的关系只有谁是我们的同志、谁是我们的朋友、谁是我们的敌人一类非左即右的划分作为策略,都只有你错我对、你死我活的两个对立的选择。

有叫好的声音,必定就有反对的意见。韩少功为了加深故事的寓言意味,描写了许多耸人听闻的情节,如与鸡尾寨打怨失败后鸡头寨人集体吃敌人的肉;狗不但吃尸体还把残尸叼得到处都是,甚至把睡着的活人当尸体咬;丙崽吃死人的乳房等。除此之外,《爸爸爸》中比比皆是的污秽、龌龊的意象更让许多读者接受不了,比如蛇、蝙蝠、蚯蚓、拳头大的蜘蛛、畸形儿、鼻涕、胞衣等令诗意荡然无存的东西。《关于〈爸爸爸〉的对话》一文的作者更直接将这些意象形容为"仿佛闻到一股尸臭,咽下了一只苍蝇"一般的恶心。而他同一时期的另一代表作《女女女》则写了一辈子善良勤劳,勤俭节约的女人"幺姑",在中风偏瘫后从一个驯良克己值得人同情的农村妇女摇身一变成了一个尖酸、刻薄、毒辣的恶妇,或者说是身体的变化导致了精神的转变,仇恨和愤怒又带给她身体上的变化,她开始变得像猴,甚至像鱼,反正就是不像个人。这种让人毛骨悚然的描写使读者印象深刻。正如南帆在《文学:审美与审丑》中指出的:"读者并不回避伦理意义上的恶,读者所拒绝的是引起生理性反感的丑。"然而,在读者震惊的同时,韩少功所营造的这种"丑"也逼迫善于趋美避丑的人们正视"丑"带给他们情绪和精神上的痛苦,开拓了另一片带有邪气的新鲜视野,更能够发人深省。

韩少功之所以抛开《飞过蓝天》中的理想主义的诗意,将"丑"写进了这个时期的作品,正符合了寻根作家们所表达过的"寻根"的精神,他们"希望在立足现实的同时又对现实世界进行超越,去揭示一些决定民族发展和人类生存的谜"。虽然有许多寻根作家仍然在作品中回忆恬淡的风情民俗,希望给读者以"美"的感受,并从中寻找传统文化的"根",例如汪曾祺。但更多的寻根作家在从传统文化深层追溯文化之"根"时是带着现代人的感受和困惑去发掘的,而古老的文化遗风和蛮荒的民族历史所表现出的健康的原始生命力在现代人看来也许非常陌生,另外"审丑"还有利于对传统文化劣根性的深入探究,因此,这些选择了"审丑"的作家其实是以此作为一种直面人类生命本体与人类生存发展前景的方式,希望以这种写作深入探查民族文化心理结构的缺陷。

继《爸爸爸》作品之后,韩少功又写出了《马桥词典》和《暗示》。这两部备受争议的长篇小说虽然创作于20世纪90年代,但与"文化寻根"时期的作品仍有内在的一致性。换言之,它们都是韩少功思想转化为文学形式的产物,都是思想对于艺术形式的一种拓展,而且都富于理性的怀疑气质和"文体创新"精神。

《马桥词典》是文学形式如何最大限度地接纳思想的一次成功实验。在作品中,韩少功更是全方位地使用方言来创作他的第一部"词典"体小说。他并不是单纯的使用方言叙述一个长篇大论的故事,而是用词条的形式,列出马桥方言中的一个词,先引用普通话词典中的释义,再以马桥人的思维观念和生活经验来做详细的注解。因此,在这本词典中的每个词都与马桥人的生活息息相关,每个词背后都有一个娓娓动听的故事。这样就在马桥方言和普通话之间建立了一个精神桥梁,也使马桥得以走向外界,乃至全世界。更重要的是,韩少功不再甘于受模式的控制,他勇于打破传统的叙事模式:故事不再按照时间顺序发展,不再是简单的平面叙事,因此,他可以不受时间与空间的限制,在写作中游刃有余,将各种文体杂糅在一起,借写"马桥"而表达出自己的人生观和世界观。小说中的"马桥乡"以汨罗乡为原型,韩少功站在外来人——一个插队下乡的知青的角度,借助词条的形式,为个人记忆插上了想象的翅膀:上溯至明末清初,下延至改革开放以后,将马桥世界的历史传统、民情风俗、轶闻趣事和人间百态如一副画卷般徐徐展现在读者面前。与"寻根时期"如时间凝固一般亘古不变的方言不同,在马桥世界里,方言是鲜活的,流动的,甚至是在缓慢消逝。由于韩少功敢于为方言,为一些被埋没的野生词立传,于是,他的语言不仅能达到他人难以抵达的乡野情趣,"马桥"的民族文化也得以纳入到民族国家的现代性想象中,实现了他在与李少君的对话《叙事艺术的危机》中所提到的"更想写出一个全新的世界,这样就把文学对世界的干预强化了"的愿望。

在韩少功的作品中,《马桥词典》和《暗示》是他对语言探索最集中的两个作品,而《暗示》更是他对"言"与"象"研究的一个集合。《暗示》是一部"象典",是"一本关于具象的书"。韩少功有意借此书探讨语言和具象的关系,深入语言未曾抵达的幽暗之处。

《暗示》是韩少功对语言的宣战,他力图用语言来揭示被语言遮蔽的具象的真实面貌,解读具象的意义成分,进而建构这些具象的读解框架,在一定程度上更像是一本理论笔记。该书以都市生活为主要题材,其中的焦虑与紧张显而易见。城市中忙碌的生活,繁多的符码早已使人们直面事物的感知能力逐渐麻木,因此人生中真实的事物、感受和情感慢慢被忽略。人类要反抗"言"的遮蔽,还事物以本真,必须借助"象"的无限丰富性来发现"言说之外"的意蕴。但随着文明的进程,"象"越来越呈现出恶化的趋势。然而,"言"与"象"也并不一定处于相悖的状态,比如《暗示》中的"月光""乡下"这些篇章,让人回到了在《马桥词典》或《山南水北》中所能感受到的协调和宁静。在韩少功看来,"言"与"象"的和谐共处也许只能更多的存在于乡村,相对于城市中生活的人,乡村里的人们更多面对的是自然的状态:山川、流水、月色、星光、花草鱼虫……只有在乡村里,"言"才没有过度的畸变,符码也不会漫天密布。所以,"言"与"象"是相互生成但又是相互压制的,这也造成了生活在城市中的人们日益焦虑和浮躁的心理状态。

在《暗示》中,韩少功从"具象"入手,进行他的文学思考和叙述,用语言来挑战语言,用语言来揭开被语言所遮蔽的更多生活真相。这表明了他的反常规文体实验是一种有目的的自觉选择,也是一种冲破政治的"意识形态驯化"的努力。在《暗示》的"前言"中,韩少功指出自己写《暗示》的用意,就是对文体进行破坏:"我们有时需要来一点文体置换:把文学写成理论,把理论写成文学。这就像一群胡作非为的学生,在下课铃响起时上课,在上课铃响起时下课。"他不再满足于把生活"小说化":情节的连贯发展、跌宕起伏,人物主角配角的设置,以各种生活俗世构成的主题,不外乎痴男怨女、英雄传奇、家族恩怨等,这样墨守成规、起承转合的写作守则让他感觉十分乏味。所以读者会惊奇地发现,在《暗示》中,并没有完整的主线情节,多个故事会戛然而止,忽而在某个地方又开始继续;也没有中心人物,许多人物会突然消失,又突然出现,并且在诸多丑陋的负面具象中,居然还能夹杂着某些清新、平和的正面具象。一切显得那么随意,仿佛作者随手记下的哲思随笔一般。韩少功借鉴古代的笔记体,使叙事变得散乱,文本内部充满裂缝和紧张,并让情节不按既定的轨道发展。他期望从情节的中止或是解体中接近语言所遮蔽的生活真相，这是他向语言发起的一个挑战。在《暗示》中，韩少功塑造了一系列人物来呈现"象"的真正意义，比如大头、老木、小雁、大川，还有鲁少爷、加加、多多等人物，他们大都经历过"文革"、下乡，他们的故事有喜有悲，有哭有笑，有俗有雅，仿佛就发生在我们的身旁和我们经历过的生活中。不同的是作者通过这些有意思的故事讲出抽象的道理，力图使理论显得更加有趣。当然，在《暗示》中，也有抽象说理的章节，但是韩少功尽量选择平实朴素、通俗易懂的语言来进行论述，从而使读者更加容易接受。

三、坚守与抵抗：思想对于文体的拓展

进入 20 世纪 90 年代以后，韩少功的思想又发生了演变。由于 90 年代的现实语境完全不同于 80 年代，也由于 90 年代初期文学已失去其轰动效应，韩少功在这时期零星发表的小说，也没有引起多少关注。于是，韩少功愈来愈逼切地寻求能够为思想提供足够空间的文体，而对于米兰·昆德拉《生命中不能承受之轻》和费尔南多·佩索阿《惶然录》的翻译，显然进一步开阔了他的视野，也为他寻求思想与艺术的更好结合提供了新的资源。

20 世纪 90 年代初，韩少功的思想探索扇形地展开。一方面，他仍然不放弃小说写作，并写出了富于文体探索意味的《马桥词典》《暗示》以及后来的《日夜书》；一方面，他又将创作的中心转向了散文随笔，并在《读书》等刊物上发表了《夜行者梦语》《性而上的迷失》《佛魔一念间》《心想》《世界》《灵魂的声音》《个狗主义》等影响深广的作品。可以这样说，20 世纪 90 年代中前期，韩少功与史铁生、张承志、王小波和张炜一样，是以散文随笔的写作产生重要影响的小说家之一。韩少功的创作为什么发生了转向？即由小说文体转向散文文体？韩少功这样解释："大体上来说，散文是我的思考，是理性的认识活动；而小说是我的感受，是感性的审美活动。它们承担着不同的功能，也有不同的价值观。在散文看来是很重要的东西，比如对现实问题的敏感，比如思想的深度，常常在小说那里变得不怎么重要。"他又说："我是一个笨人，没法用小说来实施抵抗，只好逃到散文里去。"也就是说，90 年代以后韩少功将写作的中心从小说转向散文随笔，主要是为了更敏感地介入现实，为了更好地表达思想，同时也是为了"抵抗，为了加强批判的力量"。大体来说，整个 90 年代包括 21 世纪，韩少功的文学成就主要体现在思想性的散文随笔和小说创作两个方面，散文随笔与小说在他那里，各自承担着不同的精神活动和不同的功能，但他们都有一个殊途同归的精神指向：坚守与抵抗。

  坚守与抵抗,源于 20 世纪 90 年代以来的中国现实生活、精神现状和文学状况。对此,韩少功有一个基本的判断:"九十年代冷战结束,全球正在实现经济一体化和经济挂帅,东、西方的理想主义都受到形式不同的重大挫折,精神危机正在威胁着人类生活,人类文明的命运正面临着新的现实难题。"也就是说,在这一时期,以金钱为代表的物质力量取得了对世道人心的支配地位,同时因过度市场化而导致贫困两级不断加剧,而公权力不仅不能有效地规范和遏制资本追求利益最大化,反而与其同流合污。总之,"现在的生活中'精神'的含量越来越稀少了,文学创作打不起精神"。"精神危机"的现状的确广泛而深重,但这却为文学的"坚守和抵抗"提供了一个难得的契机,是文学充分体现其思想价值的大好机会。所以,韩少功又认为:"精神危机的时代倒是为文学工作者提供了广阔的创造空间,越是精神出了问题,才越是需要并且越有可能出现优秀的思想家、文学家和艺术家。"在此意义上,"精神危机"的出现又正好"可能成为人类又一个精神高峰的前提"。正是出于如此的认知,作为重视思想探索和文学践行的韩少功自然会义无反顾地挺身而出,以其生命的投入和心血的燃烧,"一次次奔赴精神的地平线"。

  践行文学的精神,创造出文学的思想空间,首先必须坚守。那么,对于韩少功来说,他要坚守什么呢?关于这一点,笔者在前面已有所谈及,此处不再作具体分析。大致来说,韩少功要坚守的是人文主义的立场,让灵魂发出真诚和真实的声音;坚守人类的理想和道德秩序,保护着精神的多种可能性空间;坚守乡野民间的情怀和有益于理想道德重建的传统文化;坚守人的尊严、高贵和价值。

  坚守之后是抵抗和批判。韩少功 20 世纪 90 年代以来的散文随笔之所以有如此大的影响,皆因他的作品既有深邃广博的思想维度,又有独特的修辞表达和美学风采。它们一反传统散文的写景抒情、托物言志的套路,也不似"文化大散文"那样的高大全,更没有学者散文的谈古论今,谈天说地,以及优雅淡泊的闲心。韩少功这一时期的散文随笔,基本上都是面对现实的发言,都是与"重大问题"的激烈搏杀。韩少功曾这样解释他 90 年代初的散文随笔为什么都是对重大现实问题作发言:"我有时候放下小说,用散文随笔的方式谈一些自己对某些现实问题的看法,甚至偶尔打一下理论上的'遭遇战',是履行一个人的文化责任,是不得已而为之。我们正在进入以市场经济为主要特征的现代化进程,在这一进程中,有些旧的问题还没有完全消失,比如几千年官僚政治和极权主义的问题;有些问题正在产生,比如消费主义和技术意识形态的问题;有些问题是中国式的,比如传统文化资源的现代转换和运用问题;有些问题则是全球性的,比如经济一体化和文化多元性的问题,等等。"用韩少功自己的话说,这些散文都可以看作被"问题追逼的文学"。

韩少功这一时期的"抵抗"批判型散文随笔,基本上都是采用散点透视的方式,从多个侧面、多个角度对当下光怪陆离的社会现象尤其是精神现象进行观察、分析和整合,并以一种融会贯通,非线性的思维方式表达出来,这在很大程度上保证了他的散文随笔的理论含量和思想价值。

四、从"紧张冲突"走向"温暖和谐"

当代文学史专家洪子诚在《丙崽成长记——韩少功〈爸爸爸〉的阅读和修改》一文中,细致比较了 1985 年版的《爸爸爸》和 2008 年编入人民文学出版社"中国作家系列"的《爸爸爸》。通过洪子诚这种"实证分析"的考证,我们不难从中看出韩少功的思想演变轨迹在创作中的体现。

韩少功在 2006 年对《爸爸爸》所作的修改,主要体现在三个方面:一是"恢复性"的,即恢复当年因审查制度被删改的"原貌";二是"解释性"的,即针对产生于特定时期,现在理解起来有障碍的俗称及政治用语进行解释;三是"修补性"的,即"针对某些刺眼的缺失做一些适当的修补"。所谓"刺眼的缺失",包括某些词语含义及色彩的把握,叙述语调的调节,以及对鸡头寨风格的描写等。比如,写仁宝欺负丙崽。

1985 年版:

他哭起来,哭没有用。等那婆娘来了,他半个哑巴,说不清是谁打的。仁宝就这样报复了一次又一次,婆娘欠下的债让小崽又一笔笔领回去,从无其他后果。

丙崽娘从果园子里回来,见丙崽哭,以为他被什么咬伤或刺伤了,没发现什么伤痕,便咬牙切齿:"哭,哭死! 走不稳,要出来野,摔痛了,怪哪个?"

碰到这种情况,丙崽会特别恼怒,眼睛翻成全白,额上青筋一根根暴,咬自己的手,揪自己的头发,疯了一样。旁人都说:"唉,真是死了好。"

2008 年版:

他哇哇哭起来,但哭没有用,等那婆娘来了,他一张嘴巴说不清谁是凶手,只能眼睛翻成全白,额上青筋一根根暴出来,愤怒地揪自己的头发,咬自己的手指朝着天大喊大叫,疯了一样。丙崽娘在他身上找了找,没发现什么伤痕,"哭,哭死啊? 走不稳,要出来野,摔痛了,怪哪个?"

丙崽气绝,把自己的指头咬出血来。

就这样,仁宝报复了一次又一次,婆娘欠下的债,让小崽子加倍偿还,他自己躲在远处暗笑。不过,丙崽后来也多了心眼,有一次再次惨遭欺凌,待母亲赶过来,他居然止住哭泣,手指地上的一个脚印:"X妈妈。"那是一个皮鞋底印迹,让丙崽娘一看就真相大白。

比较前后两个版本,可看出新版更形象具体,感性的色彩更浓,语调也更顺畅了。而在迁徙时唱"简",新版增加了"在泪水一涌而出之际","尤其是外嫁归来的女人们,更加喊得泪流满面"等句子,还增加了"一行白鹭被这种呐喊惊吓,飞出了树林,朝天边掠去。抬头望西方兮万重山,越去越远兮哪是头?"经过这样修改,唱"简"的场面不仅加重了感情的流露,体现出更多人性的温暖,而且赋予了更多的诗性成分。对此,洪子诚这样评价:

从上面的引例,也许能做出这样的判断:在庄重与调侃、悲壮与嘲讽的错杂之间,可以看到向着前者的明显倾斜,加重了温暖的色调,批判更多让位于敬重。最重要的是,写到的人物,丙崽也好,丙崽娘也好,仁宝也好,仲裁缝也好,这些怪异,卑微,固执,甚至冥顽、畸形的人物,他们有了更多"自主性",作者给予他们更多的发言机会。即使不能发声(如丙崽),也有了更多的表达愤怒、委屈、亲情的空间。叙述者在降低着自己观察的和道德的高度,限制着干预的权力。我们因此感受着更多的温情和谦卑。

也许正是由于新版的《爸爸爸》比旧版的《爸爸爸》更温暖、谦卑和诗性,因此韩少功更看重新版的《爸爸爸》。洪子诚讲到这样一个细节:由他主编的《中国当代文学史作品选》,选入了《爸爸爸》。2008年第一版采用了1985年人民文学的版本,后来作者提出应采用他2006年修订的新版本。这样,《作品选》从第二版开始至今,便一直沿用新版本的《爸爸爸》。从这个具体的例子可见,韩少功不仅花了不少心血修订《爸爸爸》,而且新版本在他心中的分量更重。因"新版本"有的地方几乎是"重新创作",而且,"新版本《爸爸爸》包含着21世纪的眼光"。(《爸爸爸》日文译者加藤三由纪语)

日本学者加藤三由纪说新版的《爸爸爸》包含着"21世纪的眼光",是很有见地的评论。按照"接受美学"的观点,一部作品诞生了,它不过只是提供了一个"未定点",他需要通过作家、研究者和读者发挥他们的主体意识,调动自己的生活经验和想象力不断对这部作品进行"再创造"。而且,随着时代的发展,社会文化环境的变化,作家、研究者与读者认识水准的提高和审美情趣的迁移,这种"再创造""再认识"不仅不会终止,而且会越来越丰富和多元化。就《爸爸爸》的"阅读史"来说,20 世纪 80 年代主要是将《爸爸爸》作为一个启蒙的故事来阅读和研究,即将《爸爸爸》放在现代性的启蒙语境中,将其视为对"国民劣根性",对民族文化弊端的展示、批判、嘲弄和反讽。因此,《爸爸爸》实际上是借助一个如美国学者杰姆逊的第三世界国家文本的民族"寓言",表现了"文明与愚昧的冲突"。这样的解读,以严文井、刘再复两位资深批评家为代表,其他研究者的一些观点和表述虽略有不同,但总体的研究指向和价值判断是一致的。

到了 20 世纪 90 年代末和 21 世纪,对《爸爸爸》和丙崽的解读出现了一些新的变化。比如程光炜在《如何"现代"? 怎样"寻根"? ——重读〈爸爸爸〉文本的一种尝试》中,不仅揭示了这部作品隐含着的复杂性和多元性,而且将其与中国现代小说的传统相链接,程光炜指出,《爸爸爸》这个文本和丙崽这个人物形象,"实际所面对的是现代文学史上由鲁迅和沈从文所代表的'现代'和'寻根'这两种不同的'文学传统',一个是'入世'的,一个是'避世'的;一个对传统文化是批判和否定的,一个对传统文化是欣赏和认同的。围绕着丙崽,是作者韩少功试图通过阅读鲁迅和沈从文而搭建的一个充满矛盾的文学叙述框架。《爸爸爸》这篇小说,目的恐怕不是文学创作,而是要建立一种小说理论。它是对鲁迅和沈从文的重读,通过重读来推动这种实验色彩极浓的作品文本,并重建 80 年代寻根文学写作的新的可能性"。

在对现代文学两个传统考察和比较的基础上,程光炜进一步追问:《爸爸爸》究竟是要找回"改造国民性"的主题,还是要回到那个和谐、宁静、神秘的"湘西世界"? 不仅如此,他还从《爸爸爸》结束处"友好地送给他几块石头"的"友好"读出另一番意味,认为"友好"是一个关键词。正因为有了"友好",丙崽与鸡头寨的关系才由"冲突"走向了"和谐"。

通过《爸爸爸》的结局,我们可以看到寻根文学对当代文学经典观念的重新审视和重要调整。它在很大程度回应了中国的一个不可逆转的从"激进社会"回归"传统社会"的历史进程。正是在这一点上,韩少功在《爸爸爸》的结尾处改变了它的叙述走向,回到寻根小说那种"温情""牧歌"和"和谐"的文学格调之中。

从洪子诚对《爸爸爸》新、旧版修改的比较,以及加藤三由纪、程光炜等对《爸爸爸》的"再阅读",我们发现,21 世纪的韩少功比之 20 世纪 80 年代的韩少功,甚至比之 90 年代的韩少功,思想的立场和方式已经有了较大的调整,他对世界、与现实的关系也在不断地改变之中。

对《爸爸爸》的修改,体现了韩少功与现实世界和知识界的和解。20 世纪 80 年代,由于我国提出走"现代化"的道路,这是一种对中国社会地图的重构,这种重构明显不同于革命年代的理论和主张,而当时的中国现实和人们的精神状态,实际上比"阿Q"的时代并没有进步多少。正是出于对"现代化"的渴望和对于"根"即民族文化处境的焦灼,韩少功在1985年创作了《爸爸爸》,并将丙崽作为一个民族的特殊符号进行现代性反思。由于一方面要"启蒙";一方面要批判"国民的精神劣根性",故此旧版的《爸爸爸》的整体风格十分冷峻、抽象与神秘,行文中嘲弄、反讽、批判多于庄重、悲壮和温情。这体现出韩少功80年代的思想状况。而到了20世纪90年代中前期,面对着情状广泛而深重的精神危机,以及中国文学知识界的分化与裂变,韩少功与当时的现实和知识界的关系虽不似张承志那样剑拔弩张,但也处于一种内在的紧张状态之中。这种紧张的标志是这一时期韩少功成为另一个批判型作家,各种怀疑、嘲讽、抨击、拒绝、攻讦、圣战的字眼出现在他的散文随笔中。而到了2006年修改《爸爸爸》的时候,由于皈依汨罗,潜心修炼,从民间大地,从劳动中丰富并调节了身心,这样韩少功自然便能够以理解宽容的心态来看待"现代化"进程中的"国民性"的弱点,同时给予小说更多的温情、优美和牧歌,让其从"冲突"走向"和谐"。

我们知道,韩少功是一个长于思辨的理论性作家,也是一个重视"身心之学"的文学践行者,对《爸爸爸》的修改,正是他实现"知行结合"的具体体现。同时,我们还应看到,韩少功一直在寻找一个建构公平正义的理想社会,以及解决中国文化危机的理想方案,20世纪80年代的《爸爸爸》是用"现代化"的眼光来重新审视民族的文化和文学,而21世纪对《爸爸爸》的重大修改,是韩少功以新的"入世"方式介入乡野社会,是"礼失求诸野"之后的产物,因此这样的修改的确能够见出韩少功的思想演变轨迹,让人们看到一个更全面、更真实,也更贴近大地,更贴近乡野社会的韩少功。

"东方色彩"的自觉追求与建构

王桂妹 ■

中国五四新文化运动的创辟期与高潮期,"西化"不仅成为一种价值参照,而且是作为"现代性"的同义语内化为一种自觉的追求,有效地促动了中国思想、文化的现代转型。新文学——尤其是新诗,作为内置于新文化运动中的一个突围性环节,更是在"西化"(或称"欧化")的浪潮中显示着脱离传统以求革命的努力。在这一以"西化"为"现代化"的特定历史语境中,闻一多作为五四新文化运动中孕生的新诗人能清醒地看待"欧化",大力倡扬诗歌的"东方色彩",并在同一美学基础上建构其诗学理想,这种文学现代性的本土化自觉追求,无论在当时还是现在都值得深入探讨。

一、"东方色彩"的审美差异

"东方色彩"在闻一多的审美意识中由潜意识上升为显意识,其触发点是其留美期间与美国新诗运动的相遇。发生并勃兴于20世纪一二十年代的美国新诗运动,是以对"东方艺术"的审美认同来摆脱自身对于宗主国文学的附庸身份,寻求诗歌的本土化进境的。美国新诗运动的中坚人物,从其开创人庞德(Ezra Pound)到后起领袖陆威尔(Amy Lowell)再到《诗》(Poetry)刊的主编蒙罗(Harriet Monroe)以及新诗运动中的健将弗莱契(John Gould Fletcher)等,无一不是从中国传统诗歌艺术中汲取了"东方式"的灵感进而寻找到了艺术自我。对于"美国诗歌复兴"运动,庞德认为中国诗"是一个宝库,今后一个世纪将从中寻找推动力,正如文艺复兴从希腊人那里找推动力"。就在美国新诗运动到达兴盛时期的1922年,闻一多亦留学到了美国芝加哥——美国新诗运动的中心,并与这一运动及其中心人物有了一段文学交往,共同构成一个文化接触地带,尤其在"东方艺术"所具有的审美情调上达成一定程度的契合。1922年,闻一多在给梁实秋的信中表达了一个中国诗人的狂喜:"快乐烧焦了我的心脏,我的血烧沸了,要涨破了我周身的血管!我跳着,我叫着。跳不完,叫不尽的快乐我还要写给你。啊!快乐!快乐!我读了John Gould Fletcher底一首诗,名曰:《在蛮夷的中国诗人Chinese Poet among Barbarians》……他是设色的神手。他的诗充满了浓丽的东方色彩……弗来琪唤醒了我的色彩的感觉。"诗人"被唤醒"的狂喜恰恰表明这种对于"浓丽的东方色彩"的迷恋始终伏藏于诗人的潜意识中,而今终于有了一个契机使之澄明于审美意识的地表。

实际上,在闻一多的早期诗歌中,如《红烛》《李白之死》《剑匣》《红荷之魂》等,一种深植于传统深处的浓丽的东方神韵是非常鲜明的,明显地与"五四"初期的"西式"新诗创作主潮呈现出一种异质性色彩,只不过在古典与现代交错的新诗转型背景下,没有得到彰显罢了。渡洋到美国,对故国乡土的思恋一方面使诗人更为敏锐地捕捉着"东方色彩",另一方面又使之发酵蒸腾出更具本土色彩的诗情。梁实秋对于闻一多刚到美国时的心境颇有了解:"本来一个中国人忽然到了外国,举目一望尽是一些黄发绿眼之人,寂寞凄凉之感是难免的,人非木石孰能遣此? 但是一多的思乡病是异于寻常的,他是以纯粹中国诗人的气质而一旦投身于物质文明极发达的蛮荒。"对于这样一个有着非同寻常的"怀乡病"的诗人,一丝一缕的"东方气息"都能触动其最为敏感的神经,而令闻一多如此欣喜若狂的美国诗人的"东方色彩",所反射的却是中国诗歌和艺术的光与影。弗莱契自己曾对此供人不讳:"我在东方部(指波士顿博物馆的东方部)度过一些时光,我开始用新的眼光看那些宋画和镰仓时代的杰作,感到绘画艺术与我的诗精神相通。在这方面我重新受到一次教育。"他自认"正是因为中国的影响,我才成为一个意象派,而且接受了这个名称的一切含义"。因此,与其说弗莱契唤醒了闻一多的"东方色彩",不如说闻一多在更为深层和自觉的审美层面上发现了自己的"东方",使他深切地反观到中国传统诗歌艺术特有的东方美质,并形成了他此后更为自觉的诗歌审美追求和评判标准。他曾经赞赏梁实秋的诗歌"浓丽得像济慈",并认定"我们主张以美为艺术之核心者定不能不崇拜东方之义山,西方之济慈了"。闻一多借 Mr. Duncan Phillips 的话赞赏英译莪默的诗:"我们每以色彩连属于韵语。实在我们从斐芝吉乐底莪默所得的愉快,其一大部分,不由于他的哲学,而由于他那感觉的魔术表现于精美的文字底音乐之中,这些文字在孤高的悲观主义底暗影之外,隐约地露示一种东方的锦稚与象牙底光彩……这些文字变成了梦幻,梦幻变成了图画。"他批评当时中国新诗的单薄恰是缺乏"浓丽繁密而且具体的意象"。

闻一多与美国新诗人审美兴趣中的"东方色彩"并非是一种完全契合的审美感受,而是有着相当大的距离。美国新诗运动对于"东方色彩"的审美追求从本质上讲是建立在对东方艺术——主要是中国诗歌艺术的"误读"之上的。首先作为美国新诗运动的标志性和源头式的诗作——庞德的《神州集》(Cathay)本身就是源自一个美国的东方学家、诗人费诺罗萨(Ernest Fenollosa)在日本学习中国古典诗歌和日本诗歌的笔记,而庞德翻译的又并非全部,只是截取了其中的19首诗,其中以李白的诗居多,占12首。因此,中国古代诗歌在进入美国诗人的审美视界时,已经转了几次弯,打了若干折扣,而美国新诗运动中的很多诗人又是从《神州集》中感受东方,汲取灵感的,可想而知,真正的中国诗到此只剩下了一些微末的"遗存"。但更为关键的是"翻译诗歌"本身就是一个不可避免地创造性误读的过程,闻一多对此曾经有过精辟的识见,他认为中国古典诗歌翻译鲜有成功的关键在于"英文和中文两种文字的性质相差太远了"。"形式上的秾丽许是可以译的,气势上的浑璞可没法子译了。但是去掉了气势,又等于去掉了李太白。"闻一多认为尤其是诗歌中一些"浑然天成的名句,它的好处太玄妙了,太精微了,是禁不起翻译的"。因此,在美国新诗运动中对于中国古典诗歌的翻译,闻一多也做过公允的价值评判:"陆威尔(Amy Lowell)注重的便是诗里的绘画。陆威尔是一个 Imagist,字句的色彩当然最先引起她的注意。只可惜李太白不是一个雕琢字句,刻画辞藻的诗人,跌宕的气势——排奡的音节是他的主要的特性。所以译太白与其注重辞藻,不如讲究音节了。陆威尔不及小畑薰良只因为这一点。"而小畑薰良的翻译已经是错误百出了,可见,陆威尔等新诗人的翻译将会是怎样更严重的误读。虽然中国的诗歌,尤其是古典诗歌在翻译过程中已经面目全非,但这几乎是任何诗歌翻译的一种必然,因此,闻一多理解并认同这种误读的必然性和合理性:"但是翻译当然不是为原著的作者看的,也不是为懂原著的人看的,翻译毕竟是翻译,同原著当然没有比较的。"那么,这正从另一个角度证明了美国新诗运动对"东方色彩"的倾心与闻一多是性质不同的两种审美感受。令美国新诗人们着迷的还有出现于西方文献中、博物馆里乃至瓷器上的古中国的诗歌、建筑、书画艺术乃至古老传说中所散发的整饬而华丽的东方光彩。可以说,"东方"在美国新诗中更多的具有一种想象的成分,甚至连中国古典诗歌艺术也只是一个触媒,是触发诗人进行诗性想象的一个飞地。正是基于这样的一个想象的前提,美国新诗人对于东方色彩的采撷还基本限于自古以来西方对于东方的一种神秘的"异国情调"的认知,陆威尔对此有着清醒的认识:"旧式诗人,由于浪漫主义的时尚,感兴趣的是情调,是装饰;而现代诗人在中国诗中找到的不是相异而是相同。"或者可以说,美国新诗人诗歌中的"东方色彩"只是一些表面上的光与影,甚至连这些表面上的光彩也只是诗人借以表达自身的一种介质而已。与此不同,作为一个从小浸淫于中国传统诗歌中的闻一多而言,"东方色彩"绝对不是浮流于诗歌表面的光、彩乃至意象,而是由中国全部文化不断地提纯凝结而成的诗的"精魂",体现着一个民族从形式到内容的全部气韵与精髓,它不仅仅固化在一个单纯的过去,而是依旧能鲜活地复活在现代的审美之中。因此,对于"五四"新诗运动以弃绝传统为"解放"的"欧化"风潮,诗人痛言:"不幸的诗神啊! 他们争道替你解放……谁知在打破枷锁镣铐时,他们竟连你底灵魂也一齐打破了呢!"这正是一个由"传统"走到"现代"的诗人,基于自身的艺术敏感,确信"传统诗歌"与"现代诗歌"必然有着深植于文学根脉中的美质承传。实际上,对于传统诗美与诗情的现代糅化,自闻一多从事新诗创作伊始,便成为自觉的追求,这在其早期诗歌创作中有着更为鲜明的体现。

二、对现实东方形象的逆写

神秘而浓丽的"东方色彩"仅只留存于美国新诗人的诗学想象之中,而且就这种想象本身而言,也未能超越"西方"对"东方"一脉承传的"他者化"认知模式:"东方几乎是被欧洲人凭空创造出来的地方,自古以来就代表着罗曼司、异国情调、美丽的风景、难忘的记忆、非凡的经历。现在,它正一天天地消失;在某种意义上说,它已经消失,它的时代已经结束。"美国对于"东方"的认识显然是内置于这一近乎固化的欧洲传统之中的。因此,古老而辉煌的想象与破败的现实构成同一枚硬币的两面,"东方"的愚昧和落后恰是西方文明与进步的陪衬,是"沉默的他者"。与美国新诗人心目中充满了浓丽的东方色彩的古中国相比,现实的中国则是荒蛮、肮脏的渊薮。新诗运动的《诗》刊副主编尤妮丝·狄任斯(Eunice Tietjens)1916 年在中国无锡生活过一年,并完成了她的《匙子河诗集》(*The Spoon River Anthology*),在这一诗集中,诗人所精心描绘的是中国的乞丐;自残肢体的职业求乞者;女仆骄傲地剥给她看自己"死肉般"的"金莲"以及城市里开口的粪池……在给美国朋友的信中写道:"你们不可能了解中国的肮脏、邋遢、悲惨……我那些来得太容易的乐观主义,美国式的对'进步'的信心,在这里毫无用处了。"正是在西方人眼中的这种不无偏见的现实,使闻一多感受着弱国子民的愤懑与悲哀,在致父母家人的信中,他再三诉说着这种遭贱视的痛苦:"美国政府虽与我亲善,彼之人民忤我特甚(彼称黄、黑、红种人为杂色人,蛮夷也,狗彘也。)呜呼,我堂堂华胄,有五千年之政教、礼俗、文学、美术,除不娴制造机械以为杀人掠财之用,我有何者多后于彼哉,而竟为彼所藐视、蹂躏,是可忍孰不可忍!"作为一个诗人,闻一多唯一舒泄情绪的方式便是诗歌,以一种诗性言说对抗西方对于东方的他者化想象。这种言说并非简单地指闻一多以一个中国诗人的身份介入美国的诗坛,而更在于他对于"沉默的他者"形象的颠覆性重写。梁实秋曾有回忆："我们在学校里是被人注意的,至少我们的黄色的脸便令人觉得奇怪。有一天,学生赠的周刊发现了一首诗,题目是 Sphinx,作者说我们中国人的脸沉默而神秘,像埃及人首狮身的怪物,他要求我们回答他我们在想些什么。……我和一多各做了一首小诗登在周刊上。这虽是学生时代的作品,但是一多这一首写得不坏,全校师生以后都对我们另眼看待了。"闻一多在 Another "Chinese" Answering(《另一个中国人的回答》)中则以复踏的形式认可了自身的沉默:"Even (But) my words might be riddles to you/so I choose to be silent."但是在静默中,诗人却以华美的诗章展示了中华绚烂的文明。因此,这里的"沉默"不再如西方所认定的那样——是一个只能让西方代言的无力表达者,不再是被西方"给定"的失语状态,而是在彼此隔膜的文化状态下,主动"选择"的沉默,其后深蕴着智慧与丰富。因此,这首 Another "Chinese" Answering 正是闻一多以诗性言说对于"沉默的他者"的逆向抒写。但是一个弱国子民在一个强大的殖民空间必然要经受的身心创伤终于改变了闻一多的人生道路:"一多来到珂泉,是他抛弃绘画专攻文学的一个关键。"对于这样的一个转变,熊佛西也有回忆:"记得一九二四年我们在美国求学的时候,你对国事是那样的关切……你觉得专凭颜色和线条是不足表现你的思想和感情——不能传达你对于祖国与人民火一般的热爱!于是你改习了文学。特别致力于诗的研究和诗的创作……你常对我说:'诗人主要的天赋是'爱',爱他的祖国,爱他的人民。'"闻一多正是借助于诗歌,改变着东方"被书写"的沉默状态,以自己的诗歌重构着民族的形象。他此一时期的《洗衣歌》同样是对于西方人眼中的"现实中国形象"的逆写。当时洗衣是美国华侨最普遍同时也是被认为卑贱的职业,"因此留学生常常被人问道:'你的爸爸是洗衣裳的吗?'许多人忍受不了这侮辱"。同样的形象也出现在美国新诗运动的诗人笔下,林赛(Lindsay)的《中国夜莺》中便出现过一个"专心干活,弯腰熨烫"的张洗衣工,但是并无侮蔑的意思,同时威廉斯(Williams)在他的《酸葡萄》也有一首题为《年轻的洗衣工》的诗:

> 太太们,我请求你们照应
> 我的朋友吴启;年轻,心灵手巧
> 手脚干净,他的肌肉
> 在单薄的蓝衫下滚动;赤裸的脚
> 穿着草鞋,一个脚跟跷起,又换一只脚
> 永远在寻找新的姿势
> 请把你家丈夫的衬衫给吴启洗。

　　显然,诗人在友好中带着鲜明的怜悯的味道,对于这种难堪的"施恩态度",与闻一多同在美国留学的梁实秋有着深切的体会:"一个人或一个国家,在失掉自由的时候才最能知道自由之可贵,在得不到平等待遇的时候才最能体会到平等之重要。年轻的学生到了美国,除了极少数丧心病狂甘心数典忘祖的以外,大都怀有强烈的爱国心。美国人对中国人民是友善的,但是他们有他们的优越感,在民族的偏见上可能比欧洲人还要表现得强烈些。其表现的方式有时是直截了当的侮辱,有时是冷峻的距离,有时是高傲的施予怜悯。"而闻一多的《洗衣歌》则一改"洗衣者"的原有的卑微形象,相反却赋予了被西方人视为"卑贱"的职业一种"神秘"乃至"神圣"的意味——洗衣者成了"悲哀""贪心""欲火""铜臭""血腥"……一切西方物化世界里肮脏与罪恶的见证人和洗涤者。以《洗衣歌》作为标志性言说文本,涌现于这一时段的《醒呀》《七子之歌》《南海之神》《我是中国人》……都是诗人"历年旅外因受尽帝国主义闲气而喊出不平的呼声"。

　　与美国新诗运动中的诗人们以西方心态对于"东方文化"表面色彩与情调的追趋不同,闻一多始终是作为东方文化的同体者出现的,他对于东方文化的爱是深炽于骨髓之中的,但是一个显见的事实则是闻一多所倾情的"东方文化"依旧局囿于传统之中,在 Another "Chinese" Answering 中,诗人借以傲视西方的中华宝藏也依旧是"ajadetea_cup"(翠玉的茶杯)、"an embroideredgown"(刺绣的蟒袍)以及"silk_boundbooks(丝绸装订的典籍)"等辉煌而陈旧的古文明。同样,诗人用以塑造东方形象的也是由"昆仑""五岳""黄河""泰山""孔子""庄周""黄帝尧舜""荆轲聂政"等传统符码共同编织的"历史"的辉煌(《我是中国人》),伟大的传统与破败的现实不仅在现实语境中,更在诗人的心灵中处于严重的割裂状态。当诗人从传统构筑的辉煌诗境走到中国现实的土地上时,他必然会"发现"一个历史以外的现实:"这不是我的中华,不对,不对! ……那是恐怖,是噩梦挂着悬崖,那不是你,那不是我的心爱!"(《发现》)但是与当时对中国的现实有着同样悲愤情绪的郭沫若不同,闻一多不是要把原有的历史、文化与一切黑暗的现实都尽情焚毁,创造一个新生,相反,现实的痛楚使闻一多更为虔敬地向历史和文化深处沉潜:

> 请告诉我谁是中国人,
> 启示我,如何把记忆抱紧;
> 请告诉我这民族的伟大,
> 轻轻的告诉我,不要喧哗!

> 请告诉我谁是中国人，
> 谁的心里有尧舜的心，
> 谁的血是荆轲聂政的血，
> 谁是神农皇帝的遗孽。
> ——《祈祷》

　　诗人之所以要向历史祈祷，是因为坚信这辉煌的历史必然蕴蓄着火山般的力量："别看五千年没有说破，你猜得透火山的缄默？说不定是突然着了魔，突然青天里一个霹雳爆一声：'咱们的中国'！"（《一句话》）因此，如何使五千年的蕴蓄的力量进入现代，转化成现实的强力，便成为诗人重铸东方文化之魂的深切愿望："我是过去五千年底历史，我是将来五千年底历史。我要修葺这历史底舞台，预备排演历史底将来。"（《我是中国人》）诗人深信文化的精髓便存身于"洪荒的远祖——神农，皇帝、先秦的圣哲——老聃，宣尼、吟着美人香草的爱国诗人、饿死西山和悲歌易水的壮士"的身上，凝结于"二十四史里一切的英灵"身上。正如闻一多由美国的珂泉下决心弃美术而向文学一样，从传统中寻求文化的精魂也可以认为是他弃诗歌而向历史（学术）的理由之一。闻一多坚信历史才是最伟大的诗篇："有比历史更伟大的诗篇吗？我不能想象一个人不能在历史（现代也在内，因为它是历史的延长）里看出诗来，而还能懂诗。"而要拯救"在悠久的文化的末路中喘息着"的国家灵魂必须要有"民族的本位精神"："我所指的不是掇拾一两个旧诗词的语句来装点门面便可了事的……要的是对本国历史与文化的普遍而深刻的认识，与由这种认识而生的一种热烈的追怀，拿前人的语句来说，便是'发思古之幽情'。一个作家非有这种情怀，决不足为他的文化的代言者，而一个人除非是他的文化的代言者，又不足称为一个作家，我们既不能老恃着PearlBuck在小说里写我们的农村生活，或一二准 PearlBuck 在小说里写我们的学校生活，那么这比小说戏剧还要主观，还要严重的诗，更不能不要道地的本国人，并且彻底的了解，真诚的爱慕'本位文化人'的人来写它了。"闻一多所反对的一方面是本民族在"被书写、被言说"中被西方"他者化"的状态，另一方面则是在"西化的狂热"中失却自我的行为，而要求新诗要有自己的本质和精神。实际闻一多毕其后半生埋头故纸堆，决非仅仅是"学术兴趣"乃至"实际生存"所能了然的，作为一个现代知识分子对于本民族文化的神圣责任感是不容忽视的。

三、建构东方诗学的执着与偏执

　　与闻一多偏向"东方色彩"的诗美实践以纠正"欧化"的诗歌创作趋向相一

致,建构具有真正东方意义上的诗学,也是诗人自觉地追求。

　　闻一多的早期诗学追求体现出一种既认同时代又与之相疏离的特征。所谓"认同"是基于一种诗歌现代性的追求而要求新诗从旧诗词中脱离转型的时代性努力。作为一个对现代新诗有着充分自觉的诗批家,闻一多同样是以批判旧诗,倡扬新诗的精神为己任的:"我诚诚恳恳地奉劝那些落伍的诗家,你们要闹玩儿便罢,若要真做诗,只有新诗这条道走。"但是在新诗的初创期,"新"与"旧"必然要处于一种杂糅状态,诗人如何摆脱旧诗的不良侵蚀,并进一步使新诗成功地"熔铸"旧诗,确实需要能同时深悟新诗与旧诗三昧的行家里手做出判断与分析。闻一多认为俞平伯的《冬夜》凝练、绵密、婉细的音节特色正是从旧诗和词曲蜕化的结果,但是音节上的赢获同时又造成意境上的亏损,因为太执着于词曲的音节而使诗歌无法承载繁密的思想,并造成了一种粗率的词调:"音节繁促则词句必短简,词句短简则无以载浓丽繁密而且具体的意象——这便是词曲底音节之势力范围里,意象之所以不能发展的理由。"因此,闻一多鼓动新诗人"摆脱词曲的记忆,跨在幻想底狂恣的翅膀上遨游",这样才能"拈得更加开扩的艺术"。因此,对旧诗词的批判正是诗人与时代的同调,而且这种批判较之新文化运动者对新诗的功利性要求——承载启蒙思想或者承载白话文,更具有艺术上的冷静与公允,因此,出于比较纯粹的诗歌艺术方面的考虑,闻一多对于当时已经取得时代合法性的"思想观念"对艺术审美的妨害也毫不客气地进行了批驳,从而显示出与时代统摄性话语的疏离:"恐怕《冬夜》所以缺少很有幻象的作品,是因为作者对于诗——艺术的观念底错误。作者底《诗的进化的还原论》内包括二个最紧要之点,民众化的艺术与为善的艺术。"《冬夜》的诗恰是"得了平民的精神,而失了诗底艺术"。所以闻一多觉得诗人"情感也不挚,因为太多教训理论……追究其根本错误,还是那'诗的进化的还原论'"。闻一多从艺术审美出发反驳"思想观念"对诗的干扰显然捕捉到了新诗初创期的弊病,但是新诗的现代转型正是在新诗与现代思想观念的互相承载中获得动力的,因此完全从艺术审美的角度否定这一点显然也是一种错位的批评,尤其是对于胡适的"自由诗"的历史性价值以及《蕙的风》的时代效应进行了彻底否定显然也是有失偏颇的。

　　闻一多建构现代诗学的另一个重要维度是对"地方色彩"的强调,这一主张是与其倾心的"东方色彩"相一致的。在对《女神》的评价中,诗人认为《女神》值得称颂的是其体现出来的 20 世纪的"时代精神",而《女神》严重的缺憾则是在"欧化底狂癖"中丧失了一种"地方色彩":"现在的新诗有的是'德谟克拉西',有的是泰果尔,亚坡罗,有的是'心弦''洗礼'等洋名词。但是,我们的中国在那里?

我们四千年的华胄在那里? 那里是我们的大江,黄河,昆仑,洞庭,西子? 又那里是我们的《三百篇》,《楚骚》,李,杜,苏,陆?"诗人认为,新诗的理想状态是"做中西艺术结婚后产生的宁馨儿"。但是这一具有学理公允性的理想状态实际是一种无法完成的状态,因为诗人认为:"近代精神——即西方文化——不幸得很,是同我国的文化根本地背道而驰的",尽管闻一多强调"真要建设一个好的世界文学,只有各国文学充分发展其地方色彩,同时又贯以一种共同的时代精神",但是"时代精神"与地方色彩之间始终有着难以弥合的话语裂缝,诗人认为若要纠正新诗中"欧化的狂癖"与"地方色彩的缺失",首先"当恢复我们对于旧文学底信仰",其次"更应该了解东方底文化。东方底文化是绝对地美的,是韵雅的。东方的文化而且又是人类所有的最彻底文化"。因此,以西方现代文明为主体的"时代精神"在被提出之后又被悬置了,而"地方色彩""东方文化"与"旧文学"则在同构的意义上成为最终的追求。而源于当时民族危亡语境下,"文化"将被征服的深切忧虑,则使诗人对于诗歌实践与诗学理想更甚地投入到传统之中。闻一多在 1925 年与梁实秋的通信中承认自己"诗风近有剧变","废旧诗六年矣。复理铅椠,纪以绝句"。与此相表里的则是诗人对于艺国的前途的设定:"神州不乏他山石,李杜光芒万丈长。"这种完全转向传统寻求新诗的发展的思路处于民族危亡的历史语境自然有其一定的合理性,而就新诗发展所需要的良性生态环境而言,显然是偏狭的,也不符合中国新诗发展的实际。

贯穿于闻一多诗学批评中的一个重要的建设性理论,同时也是与当时的新诗理论产生最大疏离效果的是对于诗歌节奏与格律的独到研究。在"诗体大解放"的潮流中,新诗"废除格律"已经赢得了时代激情并获得了启蒙时期的正义性价值,因此闻一多的逆向思维就显得更加可贵。闻一多作于清华时代的英文报告提纲《诗歌的节奏》中,已经清晰地表明诗人是以生理学、心理学、生物学以及人类学等多种现代科学为基础,来研究作为诗的内在质素的节奏(Rhythm)和韵律,这就大大超越了新诗革命时期的文白之争和古今之辨,进入到诗美的内在律的研究。针对当时已成定格的"废除格律"的新诗主张,闻一多则从古今中外的审美实践中为被"打倒"的格律正名,进而提出了作为中国现代诗学的基石性理论——诗的三美主张:音乐的美,绘画的美和建筑的美。属于同一范畴的研究还有闻一多的《律诗底研究》,在这一古典诗歌研究领域中,闻一多用西方现代美学理念对中国的律诗进行审美分析,使属于中国传统诗歌的独特的美质在现代视阈中获得其应有的价值,颇显一种建设者的气魄。但是,当诗歌处于现代转型的突围期,"弃旧"依然是新诗不容懈怠的生存话题时,提倡格律,显然尚未获得一个成熟的语境，因此也无法取得更为显豁的效果，而且对于中国的新诗而言，"格律"也只是新诗发展中的一格，无法统摄新诗的全部，而格律之外的自由体诗同样体现着新诗现代转型的成功路向。同样，在中国新诗发展中，借西方以寻求文学艺术的现代转型恰是中国文学革命的一个重要方式，"欧化"一度成为"现代化"的同义语也是有其时代合理性的，对于"欧化"的一味追趋自然出现了李金发那样失败的诗歌类型，但是以冯至为代表的十四行诗恰是"欧化"成功的典型，因此，因为一概否定"欧化"的合理性价值显然有失公允。因此，对于闻一多的诗学建构应该从中国新诗的整体发展脉络出发，既要看到其纠偏的一面，也不应回避其自身所产生的偏颇。

诗歌文体理论

"诗的格律"的文学史意义

周海波 ■

闻一多的《诗的格律》发表于 1926 年 5 月 13 日《晨报》副刊《诗镌》,这时,距离胡适发表《文学改良刍议》、1917 年 2 月《新青年》第 2 卷第 6 号发表《白话诗八首》已经过去了 9 年多的时间,而距郭沫若《女神》的出版也已经有六七年的时间了,留学过美国、深受美国自由主义文化思想影响的闻一多,也已经非常明确地表示承认新诗的存在,意识到"诗体底解放早已成了历史的事实,我今天还来攻击'斗方派'的诗家,那不是一个笑话吗",并且表示"我并不反对用土白做诗,我并且相信土白是我们新诗的领域里一块非常肥沃的土壤"。但是,闻一多还是在这篇影响巨大的论文中,对"五四"以来的新诗创作提出了尖锐的批评,在此前后,他在《本学年〈周刊〉里的新诗》《〈冬夜〉的评论》《先拉飞主义》等文章中,指出了新诗及其他文体的新文学创作的问题,尤其对新诗不讲诗的格律、浪漫主义过了头的现象进行了分析、批评,并在此基础上,提出了"诗的格律"的理论命题。重新思考闻一多的"诗的格律"的理论主张,考察其对于民国文体及文体学的意义,可能会有助于我们进一步认识纠缠已久的一些学术问题。

一

闻一多是在《诗的格律》一文中正式提出"诗的格律"的,但他对新诗艺术的讨论,以及对新诗格律问题的思考,早在此之前的一些文章中就已经提出过,在他论述新诗和其他文体的批评论著中,几乎都涉及新诗格律及其他艺术种类的艺术形式问题。诸如《电影是不是艺术?》《评本学年〈周刊〉里的新诗》《〈冬夜〉评论》《〈女神〉之时代精神》《〈女神〉之地方色彩》《泰果尔批评》《戏剧的歧途》《先拉飞主义》《论形体——介绍唐仲明先生的画》等。在这些文学艺术评论中,闻一多主要目的之一,就是要使文体回归艺术的常识,回到文体自身,通过文体评论寻找到文体所具有的形式,以及艺术形式所体现的精神世界。因此,这些艺术评论也可以看作他提出"诗的格律"的基础。闻一多是一位研习美术、待查评论家与诗人,也对唐诗有一定研究的学者,他的宽广的学术视野和学术理性,使他保留着对历史与现实广泛的研究兴趣,同时也积极参与新文学的创造。1921 年与梁实秋等人成立清华文学社,并完成了《律诗底研究》以及和梁实秋的合著《冬夜草儿评论》。1925 年闻一多留学回国后,进一步关注"五四"以来文学尤其是新诗创作,与"五四"以来的一些新诗人保持着较密切的关系,诸如郭沫若、俞平伯等,他在诗评中也对新诗创作持有较多的关注,并在新诗及其他艺术评论中,建立起文学的纪律,探求新诗的格律。

"五四"以来的新诗创作与发展表明,中国传统的美学原则受到了极大的挑战,特别是诗的艺术形式与美学精神,涉及中国文学往何处发展的问题。实际上,"五四"文学革命之后发生的几场文学论争,并非主要讨论谁是谁非,而主要在于什么是文学、什么是新文学,也就是说什么是中国文学的新秩序、新的美学原则的问题。最早回答这个问题的,是学衡派的诸位学者,吴宓、梅光迪、吴芳吉等人对新文化及其文学进行批评的同时,提出的新的文化建设的主张引起人们广泛关注。新月诗派也试图回答这个问题,为重建中国文学新的秩序提出一个合理的方案。与学衡派不同,梁实秋、闻一多等新月派成员是站在新文学的立场上并不是站在新文学的对立面反对新文学和白话新诗的,在新诗创作已经取得一定成就并且已经建立起基本的抒情方式的时候,闻一多提出"诗的格律"的问题,显然不是直接针对新文学或者新诗的,而是将思考的方向引向新文化运动以来的文学创作以及民族文化的重建和现代文化发展的问题。

但是,要回答什么是新的文学秩序、新文学的美学原则的问题,还需要回到有关新诗艺术讨论的有关方面。在这里,一个重要的背景不能忘记,这就是开始于 20 世纪 20 年代初期的有关新诗创作的平民化与贵族化的争论。

平民化与贵族化的争论肇始于周作人于 1918 年 12 月发表在《每周评论》第 5 号上的《平民文学》,周作人在文章中认为,"就形式上说,古文多是贵族的文学,白话多是平民的文学",但他随即就说"但这也不尽于此"。随后,周作人又发表了《贵族的与平民的》,再次对文学的贵族化与平民化问题发表了见解。1922年 1 月《诗》创刊后,先后发表了俞平伯、刘延陵、云菱、王统照、叶绍均、朱自清等诗人、作家、批评家的文章,讨论新诗的平民化问题,特别是俞平伯的《诗底进化的还原论》发表后,不仅在文学研究会引起了一波讨论的热潮,而且也引起了文学研究会之外的新月派文人梁实秋、闻一多等诗人、批评家的强烈反应。梁实秋在 1922 年 5 月 27 至 29 日《晨报副镌》发表的《读〈诗底进化的还原论〉》,是对俞平伯文章的尖锐批评,而梁实秋与闻一多合作出版的《冬夜草儿评论》则是对平民文学创作实绩的深刻检讨。梁实秋、闻一多的批评很快引起了俞平伯本人的关注和反思,并发表了《诗底新律》在纠正自己观点的同时,阐发了新诗格律的基本理论问题。

在闻一多、梁实秋等新月派诗人、批评家的一系列评论中，表达了对"五四"以来新文学失去艺术精神的强烈不满，认为新文学浪漫主义过了头，文学失去了应有的审美品格。他们反对诗的平民化，反对没有感情节制的浪漫主义，认为"五四"以来文学创作中"型类的混杂"是导致文学坍塌的重要原因。闻一多对新诗的批评没有如梁实秋那样直接，那样激烈，他主要从新诗的形体与型类等方面，指出新诗创作存在的先天性的缺陷："幻象在中国文学里素来似乎很薄弱。新文学——新诗里尤其缺乏这种质素，所以读起来，总是淡而寡味，而且有时野俗不堪。"闻一多借评论俞平伯的《冬夜》，对新诗存在的文体上的问题进行了比较深刻的反思。在《〈冬夜〉的评论》中，闻一多肯定了俞平伯诗集《冬夜》中的一些篇章，如《黄鹄》《小劫》《孤山听雨》同《凄然》等，是属于"上等作品"。这些作品之所以属"上等"，主要在于它们的"音节"："凝练，绵密，婉细是他的音节特色。这种艺术本是从旧诗和词曲里蜕化出来的。"在闻一多看来，"俞君能熔铸词曲的音节于其诗中，这是一件极合艺术原则的事，也是一件极自然的事，用的是中国的文字，作的是诗，并且存心要作好诗，声调铿锵的诗，怎能不收那样的成效呢？"但是，闻一多却基本上否定了这部诗集，而且由此也否定了当时诗歌创作的趋向，"我很怀疑诗神所踏入的不是一条迷途"，"这条迷途便是那畸形的滥觞的民众艺术"。即使是他肯定了《冬夜》的音节，他也指出"像《冬夜》里词曲音节底成分这样多，是他的优点，也便是他的劣点。优点是他音节上的赢获，劣点是他意境上的亏损"。这种"劣点"还只是表面的，一般化的，更主要的，则是俞诗中所体现出的无可救药的平民精神，是"有什么话，就说什么话"，是俞诗的"破碎""啰唆""重复"以及"幻象""情感质素"的缺乏。他不无嘲讽意味地指出，读俞诗，"零零碎碎杂杂拉拉，像裂了缝的破衣裳，又像脱了榫的烂器具"，缺乏丰富的情感和充实的内容。《冬夜》为什么会出现这种在闻一多看来极为严重的艺术问题，其主要原因就是俞平伯的"谬误的主张底必然结果"。闻一多引用了俞平伯《冬夜》中的一段论述："我只愿随随便便的活活泼泼的借当代的言语去表现出自我，在人类中间的我，为爱而活着的我。至于表现的……是诗不是诗，这都和我的本意无关，我以为如要顾念到这些问题，就可根本上无意作诗，且亦无所谓诗了。"如同闻一多的朋友梁实秋一样，他也对此表示了极为不理解甚至反感，"俞君把作诗看作这样容易，这样随便，难怪他作不出好诗来"。所以闻一多认为，诗不是随便就可以作的，诗是诗人作的，是圣洁的，而不能"用打铁抬轿的身份眼光，依他们的程度去作诗"。闻一多的观点显然受到西方自由主义文艺思想的影响，追求一种贵族化的诗歌艺术，他认为这种诗是升华、净化人的灵魂的艺术，而不是低俗的"民众化"的东西。就在同一篇评论中，作为对诗的阐释的佐证，闻一多对胡适的《尝试集》也提出了批评。他认为"胡适之先生自序再版《尝试集》，因为他的诗由词曲的音节进而为纯粹的'自由诗'的音节，很自鸣得意。其实这是很可笑的事"。因为诗之所以是诗，首先在于它的音节的组合与变化，而音节则是声与音的表现，这个表现就是包含着汉语美的质素，"这个质素发于诗歌底艺术，则为节奏，平仄，韵，双声，叠韵等表象"，而只有诗这样的艺术形式能够承载情感的语言才会有这种艺术力量，因为"诗是被热烈的情感蒸发了的水气之凝结，所以能将这种潜伏的美十足的充分表现出来"。因此，在闻一多看来，所谓自然的音节"最多不过是散文的音节"。胡适的诗歌中大量运用这种自然的音节，当然不能说是很成功的诗，如果说是诗，则只能说是失去艺术精神的"坏诗"。

在闻一多这里，他所忧虑的不仅仅是诗的格律被破坏，也不仅仅是典雅高贵的诗流落到世俗平民地位后艺术精神的失却，他由诗的艺术精神而真正忧虑的是民族精神在新诗世俗过程中的沦落。所以，闻一多在批评俞平伯的《冬夜》时，看到了作品中失去格律的同时，精神的世界也随之坍塌，他批评《冬夜》中有些作品的零碎的句子，"径直是村夫市侩底口吻，实在令人不堪"，因而导致诗作中的情感低下，"《冬夜》里所含的情感的质素，十之八九是第二流的情感。一两首有热情的根据的作品，又因幻象缺乏，不能超越真实性，以至流为劣等的作品"。正如朱德发先生所说，在文学研究中，"往往一种倾向掩盖着另一种倾向，掀开一种遮蔽常常又造成另一种遮蔽"。对于新诗艺术的平民化与贵族两种不同走向，"五四"以来一直存在着较大的争论，闻一多、梁实秋等新月派诗人理论家的态度，虽然不免有些英美新古典主义的偏执，但他们由对新诗艺术精神的忧虑而产生的更加深刻的思考，也是引起人们对新诗艺术乃至整个新文学艺术精神的重新反思。

对于"五四"以来的新诗创作，闻一多并非一概否定的，他承认"诗体底解放早已成了历史的事实"，但他同时也指出在新诗已经成为事实的时候，有些人还在创作旧体诗，"把人家闹了几年的偌大一个诗体解放底问题，整个忘掉了"，所以，他"奉劝那些落伍的诗家"，"若要真作诗，只有新诗这条道走"。在闻一多看来，新的时代应有新的诗体，旧体诗已经不能与新时代相适应，旧体诗家是已经落伍的，旧体诗不能适应中国新文化发展的时代需要。所以，在新的时代，"旧诗既不应作，作了更不应发表，发表了，更不应批评"，他尤其对那些"旧诗底渣滓，新诗底精神又没有捉摸到"的劣等作品表示不满，这是因为旧诗的格律是一成不变的,而且与内容不发生关系,不管什么题材、情感、意境,都被生硬地装进一种被规定好的格式中,这同样使诗失去应有的艺术精神。旧诗之不能作,是因为旧诗的文体已经不能适应新的时代,作了更不能发表,是因为旧诗文体与现代传媒是格格不入的,不适合于报纸期刊新媒体的体制。旧诗已经落伍,新诗出了问题,闻一多在探索第三条道路。这条道路既要适应时代的要求,而又要有诗的精神,这就是要创造新诗的格律或者新格律的诗。正如闻一多的好朋友梁实秋所说:"文字乃思想的标记,思想常不断的变迁,所以文字也不能不随着有新的发展。"在这方面,闻一多及其新月派显然要比同时期的"学衡派"诸公开明得多,也更懂得诗的艺术。新月派及闻一多能顺应时代的潮流,不墨守成规,不走旧诗的死路,赞同新诗,创作新诗,积极参与新诗现代化的进程。因此,新月派得到文学史家更多的承认,也留给文学史更多值得思考和借鉴的内容。

二

从诗的格律的角度来评论"五四"时期的新诗创作,闻一多也看到了新诗的长处,即使对《冬夜》等作品,闻一多也指出了诗作尤其在音节等方面对新诗艺术的贡献。作为一位理性的评论家,闻一多对新诗艺术所进行的充分肯定,使从事新诗创作的诗人们或许能够感受到些许的安慰。

如果从闻一多对新诗艺术肯定的方面来看,他主要从新诗在音节、意象等层面上指出了如俞平伯等少数诗人的成功之处,而对艺术精神的缺失表示一定的忧虑。也可以说,闻一多特别看重诗的艺术精神,看重通过诗的一定的格律所表现出来的诗人以及时代的精神特征。实际上,对"五四"以来新诗创作的评价,无论是褒是贬,主要集中在新诗的艺术表现,或者是新诗文体的功能特征等方面。

对于俞平伯的《冬夜》、郭沫若的《女神》的评论,表现出闻一多与梁实秋共同的趋向,也是他们开拓的一块文学园地。在这些评论中,他们试图以文学评论的方式完成新文学话语的建构,形成独特的文学话语。1922 年,远在美国留学的闻一多致信梁实秋、吴景超,就国内诗坛现状发表了自己的看法。闻一多从吴景超的来信中,读到了要与国内文坛交流意见的观点,即在一种学术对话的过程中,建立起新诗的价值体系。同时,他又认为,更应在此基础上,确立自己在国内文坛的地位:"我的宗旨不仅与国内文坛交换意见,径直要领袖一种之文学潮流或派别。"1922 年 10 月 10 日,闻一多再次致信梁实秋和吴景超,提出文学社团既是兴趣的结合,也是文学主张的信仰,"现在我们偏要以一种主张现于社会之前","我们相信自己的作品虽不配代表我们的神圣的主张,但我们借此可以表明我们信仰这种主张之坚深能使我们大胆地专心地实行它"。从这个意义上说，闻一多与徐志摩等人组织的新月诗派，对新诗创作提出"诗的格律"的要求，正是试图从新的美学原则出发，为已经出现问题的新诗寻找一条新的生路。与此同时，闻一多曾多次就自己的诗作尤其是刚刚完成的《园内》，与梁实秋等朋友进行讨论，这些讨论可以看作闻一多寻找能够代表他们的"神圣的主张"的艺术实践。1923 年 3 月 17 日，闻一多致信吴景超、梁实秋，就新近完成的《园内》告功。这首诗是"一首律诗的放大"，一首带有"复古的倾向"的诗。全诗写夕阳、凉夜、校园，诗的主体则是校园的晨曦、夕阳、凉夜和深更："每景有一主要的颜色，晨曦是黄，夕阳是赤，凉夜是蓝，深更是黑。"由此引发了诗人有关诗的格律的议论："我觉得布局 design 是文艺之要素，而在长诗中尤为必需。因为若是拿许多不相关属的短诗堆积起来，便算长诗，那长诗真没存在的价值。有了布局，长篇便成一个多部分之总体 acompositewhole，也可视为一个单位。宇宙底一切美——事理的美，情绪的美，艺术的美，都在其各部分间和睦之关系，而不单在其每一部分底充实。诗中之布局正为求此和睦之关系而设也。"在这里，闻一多已经从宇宙的事理出发，关注事物之间的"和睦之关系"，并将这种关系纳入到诗的创作与研究中。在这封信中，闻一多特别谈到了"我的复古倾向日甚一日"，这种"复古倾向"也就是在追求传统的抒情方式，追求传统文化的静穆和谐的境界，从而他的新诗批评也越来越倾向于具有传统诗学精神的思路。

在《〈女神〉之时代精神》《〈女神〉之地方色彩》等文章以及留学美国时写给梁实秋等人的信中，也已看到闻一多对郭沫若及其《女神》的认识存在诸多矛盾的地方。这里需要进一步讨论的是，闻一多是在何种意义上肯定《女神》，他从《女神》中看到新诗的哪些美学精神？ 闻一多从事新诗评论是他由美术转向文学的工作之一，新诗评论又是他转向古典诗词研究的过渡。闻一多在 1922 年 10 月 27 日写给闻家骤、闻家驷的信中说："我现在对于文学的趣味还是深于美术。我巴不得立刻回到中国来进行我的中国文学底研究。"或者说，闻一多是在宏观考察中国文学的基础上，对《女神》作出评论并给予评价的。

学界都已经注意到闻一多特别对《女神》的"时代精神""地方色彩"给予高度评论，这也是闻一多几篇评论文章最为精华的地方。但是，需要进一步研究的是，闻一多是在什么层面上讨论"时代精神""地方色彩"的，或者说，在诗的格律的层面上，时代精神、地方色彩与新诗格律的关系是什么，这或许是需要我们作出回答的问题。闻一多认为郭沫若的诗是真正的"新诗"，"不独艺术上他的作品与旧诗词甚远，最重要的是他的精神完全是时代的精神——二十世纪底时代的精神"。对于闻一多所说的"时代的精神"，历来文学史家给予了较多的评价，并试图将《女神》的时代精神与"五四"的时代精神对接起来，这种观点在努力把握《女神》的同时，不免存在着某些误读和想象性的成分。闻一多所阐述的"二十世纪底时代的精神"与"五四"具有一定的联系，但也超越了"五四"的时代范围，不能简单地以"五四"对应《女神》中的"时代"，也不能以《女神》去印证"五四"的时代精神。《女神》中的"时代精神"具有一种更广泛的现代意义，也是一种新的艺术形式所表现出来的新的艺术精神的时代体现。或者说，闻一多是站在"二十世纪"这一时代高度，重新解读《女神》作为"新诗"文体的时代的精神。闻一多提出了 20 世纪的时代精神是"动的世纪""反抗的世纪""科学的成分""大同的色彩""悲哀与奋兴的世纪"等，但这些时代精神的本身就不是诗，而是《女神》将这些精神入诗，以诗的方式"喊出人人心中最神圣的热情"。将时代的精神表现在新诗创作中，这种热情"不只焚毁了诗人底旧形体，并连现时一节青年底形骸都毁掉了"。郭沫若以他的《女神》破坏了旧诗的体式，创造了新诗的形体。时代的精神是以诗的形体表现出来的，而不是空洞的喊叫和抽象的书写。那么，这种新诗的新形体是什么？虽然闻一多并没有直接点明，但我们可以从其论述新诗及其他艺术的著作中，间接看到闻一多对新诗形体的美学追求。与郭沫若的《女神》相比，闻一多认为俞平伯的《冬夜》就缺乏那种精神的凝结，而表现出松散浅平的不足。他在《〈冬夜〉的评论》一文中，特别指出了《冬夜》的"优点是他音节上的赢获，劣点是他意境上的亏损"，他引用了《仅有的伴侣》一首诗中的 19 行诗，说明俞平伯的作品"只听见'推推''滚滚'喽唆了半天，故求曲折，其实还是其直如矢，其平如砥"。如果把郭沫若的诗如《无烟煤》这样的"好的例来比照"，就可以清楚地看到《冬夜》里"这种松浅平泛的风格"，实在是新诗在自由、平民的旗号下对诗的艺术精神的背离。在《论形体——介绍译著仲明先生的画》中，闻一多论及绘画艺术的形体："绘画最初的目标是创造形体——有体积的形。"西洋绘画是"用种种手段在画布上'塑'他的形"，也就是线条所表现出来的一定的轮廓。或者说，任何艺术都是通过一定的"有体积的形"表现出来的，"形"既是载体，容纳一定的精神——时代的、地方的、个人的精神，自身也具有美的特质，形体的本身就是美的所在。即如他在论述诗的节奏时所说，诗的节奏既有生理基础，诸如"脉搏跳动""紧张和松弛""声波和光波"等，因而节奏表现为诗人情绪的波动；节奏也有社会的、时代的因素，节奏是诗人情感的外化，也是一定的形体的表现。节奏会通过一定的音节表现出来，形成诗的音乐的美的必要条件。因而，节奏是诗的形体的组成部分，也是诗的时代精神和社会思想的艺术呈现。

三

闻一多提出诗的格律,并不是以古代诗词的格律取代新诗,更不是复古传统的格律诗,他的主要目的是在建立新诗的格律化,以格律对新诗文体提出必要的规范,寻找一条可行的新诗规范化的道路,一条既能体现诗的贵族精神而又可以被现代人接受的新诗创作道路。

"诗的格律"的核心内容既是以"音乐的美""绘画的美""建筑的美"对新诗艺术进行美学规范,同时更是提出诗人应戴着脚镣跳舞,即遵循必要的诗的法则进行创作,从文体学的角度建构新诗新的美学原则。

作为诗评家和诗人的闻一多,不仅意识到旧诗人的没落,而且也明确感到新诗之于现代社会的意义,认为白话写诗是时代的趋势。闻一多所要表达的,是诗必须要有一定的形体,要有一定的诗的形式,任何艺术都需要有形式,而诗作为一种特殊的艺术形体更需要有诗的形式。早在1921年12月,闻一多就写作过一个诗歌节奏的研究提纲,并在其他文章中,特别关注传统诗体和新诗的格律问题。在他看来:"诗的所以能激发情感,完全在它的节奏;节奏便是格律。"他以莎士比亚的戏剧创作为例,认为莎士比亚的诗剧创作中,往往遇见情绪万分紧张的时候,就用韵语来写,使用一定的格律对人的情绪进行必要的调节,使情绪控制在合适的范围内。歌德的《浮士德》也是如此,以诗的格律对创作的情绪进行必要的调控。闻一多在批评泰戈尔的诗时也曾经表达过类似的观点,认为泰戈尔的诗"是没有形式的","泰果尔底诗不但没有形式,而且可说是没有廓线","所以单调成了他的特性"。在他看来,诗的格律既可以规范诗的形体,而又能够规范人的精神,诗人在一定的艺术形式如节奏的律动中,激发出诗的情感,提升精神的能量,净化心底的情绪,从而在诗的境界中得到一种节制,得到一种升华。

就民国文学的文体学而言,新格律诗显然具有新诗文体建设的积极意义。胡适提倡白话新诗以来,中国文学中的诗体虽然得到了解放,但是,随之而来的问题是,中国传统诗词的韵味也随之消失了,文学的纪律遭到空前的破坏,艺术的精神也跌落到了惨重的地步。在新诗艺术精神跌落的同时,新诗所表现的"时代精神""热烈的情感"也渐渐离人们远去。新诗在自由体、平民化的鼓动下,实际上泯灭了诗的精神,在放纵感情的同时,感情也如一匹脱缰的野马,无从控制,失去规范。在这样的背景下,闻一多、梁实秋等新月诗人、批评家试图以提倡新诗格律,重新回到诗的美学状态。

实际上,闻一多以及新月派诗人,不仅是看到了新诗创作提倡诗的平民化而使诗失去了应有的艺术精神,而更是感受到了中国社会步入现代化进程以来社会秩序所遭受的巨大破坏,价值体系的紊乱以及由此带来的国民精神的败退。闻一多认为:"诗是被热烈的情感蒸发了的水气之凝结,所以能将这种潜伏的美十足的充分的表现出来。"诗是情感在一定艺术形式中的升华,是如"水气之凝结"一样,呈现出来的是精华,是一个人或一个民族的精神体现。我们需要注意到,在闻一多的批评论著中,他一般使用"诗"或者"新诗"的概念,前者包含传统的格律诗和近世以来的新诗的意思,而后者则较多指"五四"以来的新体式的诗。在闻一多那里,很少使用"诗歌"的概念。从诗到诗歌,从格律诗到自由体诗,不仅是概念上的变化,而更是文化精神的变异。诗是贵族的、向上的、典雅的,而诗歌则是平民的、向下的、世俗的。近世以来,有关诗与诗歌概念的混用,不仅混淆了两种不同的文体,而且也使诗歌借用诗的概念,混杂进更多平庸的思想,宣泄了某些低下的情绪。有关这一点,闻一多、梁实秋与俞平伯等人的争论,很可以代表"五四"以来诗坛的两种不同趋向,以及对不同文体认识的差异。从这个意义上说,闻一多所说的《女神》的"时代精神""地方色彩",正是对诗的格律所体现出来的诗的精神特征的肯定,是从文体的角度所提炼出来的时代精神和地方色彩。

幻象,在闻一多的新诗理论中是一个重要的关键词。无论什么艺术,幻象是形体不可或缺的,它是形体的灵魂,也是艺术精神的体现。什么是"幻象"? 闻一多并没有直接给予定义,但他在评论新诗的论著中,常常使用这一概念概括诗的美学特征。在《评本学年〈周刊〉里的新诗》中,闻一多认为"'奇异的感觉'便是ecstasy,也便是一种炽烈的幻象;真诗没有不是从这里产生的"。在英语中,ecstasy有狂喜、出神、忘形、无法自控的情绪,迷幻药等意思,这也就是指诗人的一种创作状态,一种诗的精神的体现,类似于庄子所说的"心无天游,则六凿相攘"。所以他批评《月食》的作者"当时自身的感觉也不十分剧烈,不能唤起自己的明了的幻象,只为要做诗,便忙忙写下,所以得了这个不能唤起读者底幻象的'麻木不仁'的作品"。没有幻象就没有诗的激情,就不会有诗的形体,诗的语言,当然也不会有诗的精神。幻象是格律的基础,幻象激发诗的情感,而当理性节制情感,会使幻象得到更充分的发挥。

从幻象与诗的关系出发,闻一多提出新诗创作应建立必要的诗体格律,以新诗格律的方式重新寻找失去的民族精神。诗的格律并非仅仅在于诗体的规范,而在于一个民族文化的秩序与规范,格律所表现出来的诗的艺术精神也就是一种民族精神和时代精神的体现。闻一多在20世纪20年代中期提倡新格律诗,重新规范诗的形体,目的在于重新寻找和重建民族文化、民族精神。古代文人已经意识到文体与时代变迁的关系,所谓"时运交移,质文代变","文变染乎世情,兴废系乎时序",就是指文体随时代变化而变化,而文体的变异也会昭示时代的变化,一定的文体会承载一定的时代精神。从梁启超提倡文学的"三界革命",到胡适提倡"文学革命",小说从不能登大雅之堂到成为文学的正宗,从白话入诗到自由体诗的兴盛,文体的变异彻底颠覆了古典文体的传统,改变了人们的审美观念。也正是在这种情形下,闻一多看到了白话入诗是时代所然,不可改变,但他仍然执着于诗的贵族性传统,坚守以理性节制情感的格律诗原则。白话可以入诗并非是说白话可以传递低俗的感情和思想,以破坏诗体格律的代价损伤民族精神的完整性。闻一多批评俞平伯的《冬夜》,也正是针对《冬夜》以"第二流的情感"入诗,《冬夜》里"一两首有热情的根据的作品,又因幻象缺乏,不能超越真实性,以至流为劣等的作品;所以若是诗底价值是以其情感的质素定的,那么《冬夜》的价值也就可想而知了"。在新月派诗人、评论家看来,"诗是向上的,诗人的生活是超于民间的普遍的真实的生活的",文学创作或文学批评,"都不在满足我们的好奇的欲望,而在于表现出一个完美人性",因此,"文学的活动是有纪律的,有标准的,有节制的",诗人不能借口诗的平民化而降低艺术的标准。闻一多指出过以俞平伯为代表的新诗人的致命错误,主要表现为"民众化的艺术,与伪善的艺术","诗本来是个抬高的东西,俞君反拼命地把他往下拉,拉到打铁的抬轿的一般程度。我并不看轻打铁抬轿的底人格,但我确乎相信他们不是作好诗懂好诗的人。不独他们,便是科学家哲学家也同他们一样。诗是诗人作的,犹之乎铁是打铁的打的,轿是抬轿的抬的"。人人作诗,这是文学的"大跃进",是全民文学的症候。而全民文学的结果是文学失去了文学的精神和文学的秩序,文学秩序的混乱,带来的则是社会价值体系的塌陷。

文学失去规则,不讲究文法,不仅会带来文学文体的毁坏,而且更会导致人的精神的滑坡,从而导致社会价值观念的紊乱,社会秩序的混乱。对此,学衡派代表人物胡先骕曾说过:"人情莫不喜新而厌故,莫不喜任情纵欲而畏节制与礼法。彼文学家者,既能迎合社会之心理,复有优美之艺术,以歆动人群好美之天性,无怪其书不胫而走,其说家喻户晓也。"这里虽然不是指新诗创作,但他对整个社会趋新而毁故的倾向表示忧虑,并不是杞人忧天,在诗滑向诗歌之后,人们看到了诗歌的粗鄙化带来的各种恶果。正如闻一多在给闻家骃的信中所批评的汪静之的诗那样:"汪静之本不配作诗,他偏要妄动手,所以弄出那样粗劣的玩艺儿来了。"这部诗集之所以"粗劣",主要在于"艺术手腕"不高,爱情的花儿夹杂在粗俗的文字中。当诗行缺少格律的约束时,诗的精神随之而去。

"诗是向上的",不仅是指诗的贵族性,也不仅是指格律的古雅,而是诗在一定的体式与格律中所表现出的"时代精神",是一个民族独特的具有地方色彩的精神,而这种精神只有在特定的"格律"或秩序中才有可能建立起来,或者说,只有在秩序中的精神或如闻一多所说的"要带着脚镣跳舞才跳得痛快,跳得好"才是真精神,只有在规范化的社会秩序中,在一个遵守规则的国民社会里,人的精神才有可能是向上的,不倒的。

传统格律诗在东北现代文学发生期的嬗变

——以《盛京时报》为中心

刘瑞弘　冯　静 ■

　　《盛京时报》创刊于 1906 年,1944 年 9 月 14 日终刊,从社会形态角度看,《盛京时报》经历了晚清、民国、北洋军阀、抗日战争等时期,所刊的文章也无不体现着历史的变革。作为东北文学史的传媒见证,《盛京时报》在东北近代文学向现代文学过渡的这个阶段也具有独特的文献价值。《盛京时报》自 1918 年开设文艺副刊《神皋杂俎》,当时整个第四版都集中地刊登文艺性作品,形成了自成体系的文化版面,在辽宁现代文学乃至东北现代文学的发展历程中发挥着至关重要的作用。《神皋杂俎》按照稿件的内容、形式分为多个专栏发表文学、文艺作品,共出现大大小小约 37 类专栏。其中“文苑”一直刊登旧体诗词,主要是格律诗创作,多是当时文人唱和、感怀的诗作。这个专栏甚至影响到了 1922 年创刊的《学衡》,《学衡》也开辟了“文苑”专栏刊登旧体诗。《盛京时报》1921 年又开设“新诗”专栏,篇幅较“文苑”小些,但作为反映新文化思潮的一个栏目,是很多爱国青年学生发表新诗的主要阵地,还转载了很多“五四”干将的作品,如胡适、罗家伦、康白情、郭沫若、闻一多等人的创作。

一

　　东北近代文学一直是格律诗占主体地位,随着新文化运动的开展,小说等其他体裁才进入东北现代文学史的视野,因此,“文苑”所刊载的格律诗是考察东北现代文学发生的重要依据。这一时期的格律诗除了承袭近代诗歌友朋唱酬、个人感怀等特点之外,还描写了留学旅程等情况,较之传统格律诗增加了新时代的内容。

　　第一文人同僚的唱和诗是“文苑”的主要内容,可以看作早期文人沙龙的一种形式,而且《神皋杂俎》毫无疑问地担当了沙龙中心的角色。如何恨蝶的《和怡园先生落花诗》、汉南鹤的《和冷佛先生感怀诗步原韵并序》等。也有根据奉天的时事唱和的,时间往往长达一个月,如根据《刘问霞拈花微笑图》展开的唱和诗。分别有署名伴琴、赵锡斌、幻石、竹侬、枢忱、伯璋、茎鹤、恂如等人写诗和红豆诗人原韵,《题刘问霞拈花微笑图步红豆诗人韵》等,韵脚为身、神、春、身、尘、颦。《盛京时报》还有一种特有的格律诗,也属于友朋唱酬的诗作,就是文人针对《神皋杂俎》刊登的某部小说的读后感和作者的回赠诗,形成创作与批评的良好态势。穆儒丐是《神皋杂俎》的主编,也是东北著名的小说家,他的小说连载时或连载完都有很多文人用格律诗发表读后感。如花奴在"文苑"中作诗赞赏穆儒丐的小说《梅兰芳》,穆儒丐就写诗《和花奴见赠》回赠花奴君,瘦吟馆主写诗《踵花奴题〈梅兰芳〉说部韵并寄儒丐》,竹侬写诗《儒丐君〈梅兰芳〉说部脱稿率题四律》,赵锡斌写诗《读〈梅兰芳〉说部爱题四绝并呈儒丐》,周兴写诗《〈梅兰芳〉说部绝麟而后花奴瘦吟馆主各题四绝,余亦敬踵前韵而合之并柬儒丐》,瘦吟馆主又写诗《同瘦龟花奴识儒丐于福照楼归赋四绝以志景仰》等。穆儒丐的《香粉夜叉》连载时,很多读者也通过这种形式发表读后感,如杏林公子写的《读〈香粉夜叉〉有感》,连广写诗《读〈香粉夜叉〉率成七绝二首》等。

第二个人感怀、写景咏情是旧文人书写闲适的诗作,多是感发内心情怀,与时代、民族无关。如赵锡斌的《咏花八首》《万泉河杂咏》,竹侬的状物诗《酒旗》《花幔》《香篆》《帘波》,方孝穆的《九月九日营口登高》《北京万生园即事》等。秋天则是诗人多发诗兴的季节,因此每入秋季,"文苑"中感秋的诗作就很多,如瘦吟馆主的《秋日游万泉河有感》《秋感——七律二首》,悟凡子的《新秋自遣》《秋望》,赵锡斌的《秋吟十六首》将秋天景物描摹一遍,有秋月、秋雁、秋菊、秋雨等意象,细腻的笔法传达了作者敏感的心思,一种旧式文人伤秋的情怀蕴含其中。当然也有描写春、夏、冬的诗歌,如《春日即景》《首夏遣怀》《初冬旅次杂感》等,但都不如伤秋的格律诗意境深远,惹人遐想。在这类传统格律诗作中,很多典故、意象、韵脚都是有传承性的,如月亮的意象,往往代表友人相思。感怀诗中又常出现"断肠""细雨""昨夜""哪堪""惘然"等词语,还有很多诗作用的是古韵,如《登金陵凤凰台——和李白原韵》《访水木六田两兄即席有作用渊明杂诗韵》等。

第三时事政治诗是军阀割据的产物,是增加新内容、新意境的格律诗。东北现代文学发生期处在北洋军阀统治时期,《盛京时报》所在地恰是奉系军阀的势力范围,因此,奉天的文人也就具有了更直接的感受,进而创作入诗。署名星若的《时事有感》就属于这类:

> 共和毕竟语欺人,权力纷纷用爱嗔。
> 比是黄金投狗骨,居然白屋现龙身。
> 水壶偏说能扬沸,朽索还教驭驶驷。
> 野马南溟都浊溷,可容以太度如春。

　　还有署名云瓢分几期发表的《时人杂咏》，以近 50 个当时政治人物为题目，各写七律一首，其中不乏张作霖、张学良、冯玉祥、吴佩孚等人，内容新颖，针砭时弊。

　　第四，为数不多的反映游历国外生活的格律诗。其实，出国留学在当时不是特别难的事情，很多文人通过申请等渠道都可以出国。江叔海的《泊长崎》："九州五岛记曾经，舟入长崎喜暂停。行到扶桑春色早，夕阳无数好山青。"内容是新的，但格式整饬，重格律而且押韵严格，是传统格律诗在新内容探索上的改良。

　　从以上几类格律诗创作来看，很多细微的嬗变在格律诗本身的发展过程中也体现出来了。根据时代背景的变换，出现了新的内容，展现了别样的意境。而且除了和韵的诗外，也有一些格律诗的押韵不是很严格。但这些都是传统格律诗内部的嬗变，没有受"五四"新诗的影响，在新文化运动初期，"文苑"甚至整个文艺副刊都没有很明显地受新文化思潮的影响，究其原因主要有两点：一是地理自然因素。东北一直是满蒙少数民族生息繁衍的地区，自清以来禁闭的社会形态让东北文化接受外来的文化影响很小，逐渐变成了日、俄的势力范围，还有奉系军阀割据的原因，东北与关内处于半隔绝状态，这也是为什么新诗争论在1923 年才开始的缘故，"国内学生早已讨论过，不料吾东省文人竟大作特作"①。二是东北白话文自身的发展。《盛京时报》自创办伊始就开设"文苑""白话"专栏，除了"文苑"刊登格律诗外，"白话"栏目则主要刊登小说、散文等，这说明《盛京时报》的编辑还是具有进步眼光的。虽然此时的白话较之古代的纯文言文进步许多，但依旧还是半文半白的形式，并不是真正意义上的白话文，如人物对话不用"说"而用"道"，称"我"为"吾"，虚词无非还是"之乎者也"等。即便如此，白话文在辽宁乃至东北的发展进程中还是位于全国前列的。五四新文化运动之初，关内的新文学作家还在尝试白话短篇小说创作时，东北的白话长篇小说已经开始连载了，如穆儒丐的《香粉夜叉》，这是中国现代文学史上第一部长篇小说。②

二

　　"新诗"这个词语出现在《神皋杂俎》的时间，相对于关内新诗并不很晚。《江叔海先生东游新诗》刊登于 1919 年 9 月 5 日的"文苑"中，那时新诗还没有自己独立的专栏，自五四新文化运动以来，"新诗"一词算是最早出现在《神皋杂俎》中

---

　　①　多舌《对于吴裔伯君论新诗声韵之略解》，《盛京时报》1923 年 10 月 4 日。

　　②　高翔《现代东北的文学世界》，春风文艺出版社 2007 年版，第 65 页。

了："重游日本发天津/泊长崎/自嘲/荒川樱花歌/游江之岛、箱根。"显然这首新诗相对于东北民众不但内容新，而且是形式完全放弃了传统格律诗的对仗、押韵等特征。1920年1月1日，《盛京时报》照例刊发新年征文，同时也刊登了五四新文化运动干将胡适的《归家》和罗家伦的《雪》，并且标明这两首属于"新诗"。两首诗没有韵脚，没有古诗的对仗，与副刊"文苑"中的诗完全不一样，却自由地、直白地抒发着作者的感情。罗家伦的《雪》表达了自己对于这个黑暗世界的失望，用洁白的雪反衬昏黑的夜晚，也感慨雪的洁白，雪仿佛把这世界都变得清白了，用雪暗喻"五四"革新的动力，黑白的强烈对比也表现了新旧世界、新旧思想在当时的激烈冲突。一年后，1921年1月1日又刊登南社诗人叶楚伧的新诗《偶像》，整首诗暗喻"泥土"为人们的偶像，篇幅很长，形式新颖，但其中仍存在格律诗的对仗，如："不用坐轿/不计方圆/不问湿燥/是泥就好"，"一犁春雨/半肩红日"等，只是不甚严格罢了，从中仍可看出新诗人传统格律诗的功底。

直到1921年3月6日《盛京时报》才开设"新诗"专栏，刊载关内新文学运动中涌现的大量著名诗人的作品，主要有郭沫若、刘大白、闻一多、俞平伯、王统照、郑伯奇、周作人、胡适、汪静之、邵洵美等人的作品，新诗正式登上了东北现代文坛。紧接着1924年初刊登的新诗征文披露，孙百吉、金小天等人获奖，题为《春之赞美》《回忆》，用创作体现了现代新诗不拘字数、不设韵脚的鲜明特点，展现了清新、自然的风格，充满生机，体现了青年人对新生活的渴望。这期间还有很多曾经常写传统格律诗的诗人也尝试了新诗创作，如以前经常在"文苑""谐文"专栏发表文言文的游龙馆主，他在新诗专栏发表了《消夏杂诗》《雨后》等。《雨后》："树儿绿绿的/草儿青青的/都展放他们的生活能力了/云净天尘/天清似洗/语燕呢喃/都到泽浦边衔泥去/他们的生活/有多么可乐呀/路旁的花/和园里的花/不是一样吗/人们！怎么要说园里的花儿好呢？/雨露的滋润/不及人工的培植/他们也有许多的遗憾吧！/有心人散步湖滨/不禁发了一声长叹。"用直白的语言描写了雨后的大自然，通过描写雨后的花朵，引发了作者对于路旁的花与人工培植的花的感慨。诗中偶然还有传统格律诗对仗的影子，但已经能够不考虑押韵，自由抒发情感了，是东北新诗创作的进步，从这一点也证明了东北文人对于新文化、新思想的接受过程。

但其实新诗、旧诗之争一刻也没有停息过，中国传统的二元对立观将一切新的与过去切断，提倡白话就要彻底废掉文言，将进化论理解为单纯线性的推翻也是导致传统格律诗很长时间没有自己独立文学史地位的原因。但就关内文学而言，很多提倡新诗运动的"五四"干将们也没有将新诗进行到底，郭沫若、闻一多、胡适、鲁迅、郁达夫等人都很擅长格律诗的写作，作为专属于自己的感情表达方式。且看刘大白 1923 年 5 月 3 日在《神皋杂俎》"新诗"专栏发表的《送斜阳》："又把斜阳送一回/花前双泪为谁垂？/旧时心事未成灰/几点早星明到眼/一痕新月细于眉/黄昏值得且徘徊！"从句数上看，既不是四句的绝句，也不是八句的律诗，显然是新诗的格式，但每句字数相同，重格律和对仗，甚至还有几句有押韵的韵脚，还有古诗用典的痕迹。这在沈尹默的《人力车夫》和胡适的《鸽子》中也有表现。刘大白就曾说过："所以我虽然主张诗体解放，却对于外形律等增加诗篇底美丽的作用，是相对地承认的……然而对于旧诗中的五七言的音数律，却承认它确是经过自然淘汰而存在的道地国粹。"①因此，中国传统文人在创作新诗的过程中也在改良着他们心目中的格律诗，从中可以窥探出传统格律诗在中国现代文学发生期的嬗变过程。

三

就东北而言，五四新文化运动以降，新诗也经历着这样一种涉及押韵与否、要不要格律等传统格律诗范围内的争论，前文说过由于地域、传播等原因，东北接受关内新文学尤其是新诗还是较晚的，越是这样就越显示了这场争论之于东北文艺理论的价值，具有文体探索的精神。1923 年 8 月 10 日，《神皋杂俎》"别录"专栏刊发羽丰（吴裔伯）文章《论新诗》，整篇文章强调新诗也要有"韵"，并谈及中国诗歌的传统与西洋诗，认为既然叫"诗"，就应押韵，不然大可不叫"诗"②。此论调一发出，就陆续有孙百吉、王莲友、吴老雅、王大冷、赵虽语、多舌等人相继在副刊发表文章，表达自己的见解，驳斥他人的说法，于是关于新诗的争论正式拉开帷幕。除了讨论新诗的押韵问题外，随着争论的深入和扩大，很多关乎诗歌本质及创作、中国新诗吸收欧美西方诗等文论方面的讨论也取得了一定的建树。

第一有关新诗押韵与否的讨论。吴老雅和羽丰都不反对新诗，吴老雅也发表过新诗，但二人都主张新诗也要有韵。羽丰认为中国诗歌的传统，由唐宋至明清，"无论哪个大文豪、大诗家，是凡要作诗，没有敢独出心裁，另并一格，把韵给去掉了"③。新诗可以不必效法排律、试帖，但一定要有韵，"方有诗的真精神、真风味，称得起正宗的诗"④。并且提出中国的传统诗歌不只是可读的，而且是可

---

① 刘大白《新律声运动和五七言》，《旧诗新话》，开明书店 1929 年版，第 241 页。

② 羽丰《论新诗》，《盛京时报》1923 年 8 月 10 日。

③ 羽丰《论新诗》，《盛京时报》1923 年 8 月 10 日。

④ 吴裔伯《论新诗兼致孙百吉君》，《盛京时报》1923 年 9 月 12 日。

唱的,所以还是有韵的新诗更好。孙百吉则认为新诗是中国文学进化的产物,而进化后的就是好的、对的,认为很多人压根是"因为满心打算反对新诗,而托以无叶韵为排斥"①。孙百吉所持的就是简单的纯线性进化论观点,不过可以理解的是,这位孙君当时才 16 岁。王莲友认为谈论新诗的本质与押韵与否没有密切的关系,而诗的优劣"是在乎包含诗的要素充足与否,而不在乎有韵无韵。所以新诗的作法,固不能禁止用韵,但绝不能限制一定用韵的。如若限制出来,对于情感的发表,自有一些个束缚。将来所产出的新诗,势必词旨浅薄、缺乏神美,所谓京腔大鼓莲花落了"②。王莲友的论述相对中肯,涉及了新诗本质问题没有简单理解进化论也没有非旧即新的二元论。王大冷的观点与王莲友类似,他认为新诗"唱起来好听与否,是在诗的情感与声调,而不在有韵与否"③。

第二有关新诗与欧美西洋诗的讨论。我国的新诗是由西方移植过来的自由体诗,因此,争论中大家自然都想追溯本源,找到没有曲解的事实。羽丰就说西洋诗也是押韵的,而翻译过来的诗就不押韵了,恰恰很多人看到的都是译诗,所以不要按看到的译诗那样作新诗,译诗和作诗是不同的。赵虽语也提倡作新诗的诗人应该读西方的原文,看译文则不行。吴老雅举泰戈尔的诗为例,说明西文诗无论念、唱都是有韵的,而"我国的新诗正是中文而西化。所以也当有韵"④。王莲友和王大冷都谈到西方诸国的诗体解放。王莲友认为中国新诗虽然是受欧美影响的,但并不是完全模仿,"西方近世纪以来诗体解放,无韵的诗很多,如俄屠格涅夫的诗集没有多少是押韵的"。王大冷举例英国的诗和《旧约》的诗都不是押韵的,自法国大革命和日本明治维新后,法国的自然主义、日本诗坛由新格律进为自由诗,于是由这股"法兰西风和日本风传入英格兰和美利坚,这两处又起诗国的大革命",欧美名人的诗集、文学杂志的诗歌很少有押韵的。虽然这些评论家所论稍显片面,但已然能将中国文学放入宏观的、世界文学进程中加以考察,不能不说东北文论具有较高起点。

第三,有关诗歌体裁的讨论。新诗既然没有传统格律诗严格的格律、对仗,现在还要把韵脚去掉,很多人就会质疑:"凡无韵的白话皆得谓之诗了,就如报纸上的琐闻、杂报以及各种读本、各样童话……用新诗的格式写到纸上",都是新诗吗? 还可称为诗吗? 王莲友曾在《读羽丰先生的〈论新诗〉》中采用蓝尼的文体要

---

① 孙百吉《论新诗》,《盛京时报》1923 年 9 月 1 日。
② 王莲友《读羽丰先生的〈论新诗〉》,《盛京时报》1923 年 9 月 6 日。
③ 大冷《读吴裔伯先生的〈论新诗兼致孙百吉君〉》,《盛京时报》1923 年 9 月 20 日。
④ 吴老雅《再论新诗》,《盛京时报》1923 年 9 月 16 日。

素分析了诗与散文的五点区别,吴裔伯也在《对于论新诗诸公的几句闲话》中谈到了"无韵诗与散文的混杂"。一个新的体裁出现,引起的这些争论都是可以理解的,也是中国现代文学所必需的,也证明了这些东北评论家严谨的学风。所以吴老雅认为论诗可以不必强调新旧,一代诗有一代诗的格式,"以当代的人视当代的诗,自谓之新;以当代的人视前代的诗,自谓之旧","新诗"是现在的人命名的,"传到后世,再受文学新进化的排挤,恐怕我们现在的诗可存在,而这个'新'字就不准保他无恙了"。新文化运动之初,新诗提倡者们都将新诗作为替代传统格律诗的体裁,其实,新诗完全可以作为诗歌的一种形式,区别于传统格律诗,与之并驾齐驱。吴老雅这种不唯二元论,充满辩证思维色彩的评论很客观,也被历史证明是正确的。所以在当时,虽然东北的文学运动较关内稍晚,但这种尽量保持客观公正的态度,从推动东北文学发展的角度出发,却使得传统格律诗与新诗都得到了充分的发展。

新旧诗体在东北现代文学发展中的博弈与承传

——以萧军的诗歌创作路程为例

刘瑞弘　冯　静 ■

　　"新"与"旧"一直都是中国文学史乃至社会史进程中的关键字词,这对反义字词在人们知道了世上确有进化论这一思想后更加将之敌对起来,新的就是好的,旧的就该抛弃。这种简单线性的进化论误解导致了新诗问世以来,旧体诗完全没有独立的话语权,沦为文人自我消遣、排解情绪的自语言说,对于承担文学进程、国家叙事等宏大命题缺乏公认的合理性。

　　自梁启超倡导"诗界革命"以来,旧体诗开始了其自身的嬗变,保留古风而吸收新意使得这种"旧瓶装新酒"的改良不能符合日益变革的大时代,虽然主张吸收西方诗歌的新思想,但中国语言特有的音节、旧体诗独有的格律却是他改革中无法逾越的障碍。胡适作为五四新文化运动的力行者,在诗歌变革过程中则主要倡导要革新诗歌的固有形式和文言的诗歌语言,这无疑撼动了旧体诗的根基。一种形式自由、语言俗白、充斥着时代进取精神的新诗大量迸发,郭沫若的《女神》以其丰富的创造力和大胆的想象力在"五四"时期大放异彩,新诗这一"五四"时期产生的文体以主流姿态被写入中国现代文学史。其实在中国现代文学史进程中,诗界变革一直与文学的现代化紧密相连,尤其是西方诗歌的影响直接催化了新体诗的形成,无论是诗界变革者所倡导的"新形式"还是"新语言",都是就西方诗歌而言的。而从 20 世纪 30 年代开始,旧体诗又重新被文人们书写,很多政治家如毛泽东、朱德、董必武等常用旧体诗抒发内心情感,其中不乏杰作,如《沁园春·雪》等。很多"五四"文人也因其丰厚的古文修养写出旧体诗词,如鲁迅的《自嘲》中"横眉冷对千夫指,俯首甘为孺子牛"的名句,远比很多新诗语句意义深远得多。"文革"期间也诞生了大量的旧体诗,将时代情感置于旧体诗的格律中,震人发聩,旧形式虽对情感有所束缚,不能像新诗抒发情感那样奔放、洒脱,但对于很多具有传统文化心理的文人来说,饱含时代情感的旧体诗更适于内心的抒发,这又何尝不是对梁启超"诗界革命"的一种完善呢?历史有时不是直线前进,而是螺旋上升的,往往截点不是结束而是另一个开始。及至今日旧体诗也没有完全退出文学舞台，新诗也并不是处于完全强势的地位，二者胶着的，都富有顽强的生命力，以至于 20 世纪 80 年代学界对于旧体诗到底该不该写入现代文学史展开过激烈讨论。东北现代文学发展过程中，自然也避免不了两种诗体的博弈与承传。以萧军为例，从其诗歌创作历程可以梳理出东北现代文学进程中，旧体诗和新诗的博弈与嬗变的理路；引人思考文学与时代、时代与诗体的关系等深层次问题。早在萧军的小说处女作《懦》发表之前的 20 世纪 20 年代中期，萧军就已经开始写作诗歌。可见，萧军的文学创作其实是从诗歌创作开始的，而萧军的诗歌创作又是以旧体诗的写作为发端。从萧军创作于 1926～1932 年间的大量旧体诗中可以清晰地窥见诗人的人生哲学的萌芽、发展和形成。到 1932 年初，在时代的推动和影响下，萧军的诗歌创作开始了一个新阶段，成为一位勇敢、执着地进行艺术探索的抗战新诗人。从思想性上讲，他的新诗强于旧体诗；从艺术价值上看，旧体诗又高于新诗。诗人似乎也感受到了这一点，因此，当他离开上海后，便很少再写新诗了。特别在萧军后来那些蒙受屈辱的日子里、在重新获得解放的春光中，他诗情勃发、披肝沥胆写下的大量诗作却大都是旧体诗。诗人在"文革"期间创作的诗歌已经完全没有了早期诗歌中自娱的成分，那种仗剑走天涯的豪气更多的则被诗人悲愤的批判现实精神与知识分子的担当所替代。

一、为自己写诗——萧军早期（1926～1932 年）的旧体诗创作

人们对萧军的体认聚焦在他的小说成就上，却忽略了他还是一位造诣极深的诗人。他的诗歌创作甚丰，仅从 1926 至 1966 年间创作的诗，就计有《黄花吟草》《梦回吟草》《故诗拾遗录》《囚庭吟草》《陶然吟草》《悸余吟草》等十集，总名为《五十年故诗余存录》，收录了萧军近 800 首诗作。萧军一直对人说，他写小说为了给别人看，而写诗却是为了自己，主要是给自己看的："对于自己所写的东西，虽属'一母所生'，却有亲疏之别，除了某些为了'义务'或其他原因写的东西不算以外，仅就散文（小说在内）和韵文来说，我就以为散文之类是为别人写的，只有韵文——特别是旧体诗——才和自己有着血肉关联。因此在几十年前写下的一些旧体诗，到如今我还能记得若干首，有时还要吟吟它们，看看它们。其他就好像和我没什么关系了，这就是我对自己作品的一点'偏私'，真情实话：别的文章全是为了需要，为了旁人写的，只有旧体诗，才是为自己写的。"①可见，从某种意义上说，萧军的旧体诗更真实地展现了他的思想发展历程。

---

① 萧军《萧军近作》，四川人民出版社 1981 年版，第 86 页。

萧军在 1932 年以前创作的旧体诗作品主要有《订交诗》《立秋有感》《游龙潭山》《过松花江》《待渡》《初访》《再访故居》《雪中舞剑》《吊残霞》《柬友·并叙》(二首)、《别小玲珑之墓》(五首)等,篇什虽然不多,反映生活的广度和深度亦不够,但却充满个性。萧军早期旧体诗的重要特色表现在三个方面:一个是旨在描绘和歌唱秀丽多姿的东北风光,抒发对祖国和故乡的无限深情,表达对大自然的热烈向往和金子般的纯真美好的心灵;另外一个就是通过对往日生活的追忆,抒发诗人怅惘的感情,表达对远方朋友深深的眷恋和怀念。诗人在抒发这些感情时,笔力细腻、自然、委婉,艺术上颇现功力。然而,这类作品中又不可避免地流露出了诗人思想上的另一种倾向——名士气。诗人在后来的回忆中,毫不避讳地指责了自己青年时代的"醉酒狂歌虚度日"的那种名士生活。鲁迅先生谈到萧军的旧体诗时,赞叹之余,也批评了它有"名士气"。然萧军毕竟是生活的强者,并没一味地忽视和逃避现实。他以自己的诗歌抒发对生活的感受,努力探索人生的意义和价值,真实地向人们展示青年萧军的人生哲学,这是萧军早期诗歌的又一特色。

> 男儿处世要天真,莫做登台傀儡人!
> 疑友莫交交莫弃,相怜不过慰风尘。

这首订交诗作于 1925 年,是萧军较早的诗作。诗的首两句,表明了诗人对生活的严肃认真和执着追求,对尔虞我诈的虚伪社会给予有力的否定,表达了作者乐观处世、憧憬未来的情愫,同时也是诗人不听凭黑暗势力的摆布、力主发展个性、独立自主精神的写照。后两句则是诉说在生活道路上要交结志同道合的知音,患难与共的良友,富有哲理意味。

从以上对萧军几首不同时期诗作的探讨,可以清晰地窥见诗人的人生哲学的萌芽、发展和形成。它真实而确切地表达了萧军后来所一再阐发的其"求得民族的解放、祖国的独立、人民的自由和一个没有人剥削人、人压迫人的社会制度的建立"的人生目的。

二、抗战新诗人的艺术探索——萧军早期的新诗创作

萧军自 20 世纪 20 年代中期开始诗歌创作,在近十余年时间里,专意写作旧诗,"对于所谓'新文学'是不发生兴趣的",而且"很瞧起白话文"[1],直到 1932 年

---

① 萧军《我的文学生涯简述》,《萧军近作》,四川人民出版社 1981 年版,第 300 页。

初，他的诗歌创作才开始了一个新阶段。高尔基说，诗人应当"是时代的回声，而不是自己灵魂的保姆"①。在时代的推动和影响下，萧军贪婪地阅读了大量新文学作品，并勤奋地练习用白话写作，以坚实的步伐向着新文学的创作道路迈进，他的许多诗情调激昂、高亢，呼喊出人民要求解放的心声，放射着时代的火花。

20世纪30年代，中国正值内忧与外患相交织的黑暗时代。一方面，国民党蒋介石集团对革命势力疯狂进行反革命的军事围剿和文化围剿；另一方面，日本帝国主义继侵占东北全境后，又节节进犯关内，妄图吞并整个中国。四万万同胞陷入了"万家墨面没蒿莱"的灾难中。这个时代，是多么需要警醒人们投入到"生龙活虎的战斗"中的战鼓和号角。正是响亮地回应时代的召唤，文坛上涌现出一批令人瞩目的抗战新诗人。他们当中有被誉为"擂鼓的诗人"的田间，多以农村生活为题材、描绘中国历史画卷的臧克家，手持火把去追逐光明和理想的艾青，等等。而较早饱尝到令人屈辱的亡国之苦的萧军，也是其中不容忽视的一个，他淋漓尽致地抒发对东北故乡深深的怀恋，表达强烈的爱国主义情感。这种热烈、执着的感情，在《我家在满洲》中得到了验证。诗人深情地描绘了家乡那绿叶森森的树木，精心雕凿的块块石头，爷爷为儿孙们筑起的遮蔽风雨的墙壁。但是，而今的家乡却"住满了恶霸"，供大家乘凉的树木"被啃光了树皮"，墙壁也被凿穿，成为侵略者"放枪的口孔"。作者对家乡的一草一木、一砖一瓦是那样熟悉，叙述起来，亲切异常，如数家珍充满了真挚的爱恋之情，而对侵略者的破坏，又是那样充满了悲愤。诗人正是把两种情感有机地融合在一起，表达自己深沉的爱国情怀。

萧军是一位勇敢、执着的艺术探索者。他的新诗创作中，不为成规所缚，善于将散文的艺术表现手法糅入诗歌体裁中，着意追求一种散文美。萧军的诗作大多自由潇洒、无拘无束，既无固定的节数，又没有规律的行数和字数，一般不以音韵取胜，而以新鲜、活泼、凝聚感情的口语见长。他的诗情节性较强，有的是截取生活的一个片断，有的是一个较完整的故事，而且写得波澜起伏，跌宕有致。无论叙事或抒情，都犹如行云流水飘荡奔涌，诗趣横生。应当说，萧军在诗歌创作中对散文美的追求，是有成功之处的。他在《白的羔羊》中描写一个牧羊少年在放牧时不慎丢失了一只名叫"白妮"的山羊而万分着急，找遍了山峰、村城、荒原和船舱，仍无踪影。待到月儿升起的时候，牧童还在深深地惦念着它。诗人在叙事时有这样一段：

---

① 高尔基《给青年作者》，中国青年出版社1955年版，第39页。

登遍了所有的山峰，望尽眼底的村，城；村，城之外的荒原……却不见我羔羊
底白影，巡遍了所有底水滨；觅遍了所有底船舫，谁要载你到海外去屠杀……在
仓底哟，也该哀叫一声。

诗人虽然是以夸张、概括的语言叙述牧童寻找羔羊的情景，但是牧羊少年那
种急切的心境，丢失心爱的羔羊的悲哀、痛苦的感情，却溢于字里行间。然而，萧
军并没有仅仅停留在寄真情实感于一般性的叙事之中。他还善于捕捉特定的生
活场景，予以生动的描绘。把一些紧凑的画面镜头互相连接，来展现诗人的心
灵。萧军的小说创作粗犷、豪放，以独特的力的艺术风格驰名于文坛。然而，他
的新诗作品却别开生面，自然、淳朴、深沉而委婉，刚劲中蕴含着一种细腻之美，
表现了与小说创作明显不同的艺术特征。

萧军的某些诗篇真实地反映生活，思想性很强，但却显得比较松散，他在新
诗创作中的这种散文化的倾向，有时导致其新诗与普通的散文并无多大的区别，
这种"得"与"失"，既体现了诗人早期对艺术的不懈追求的难能可贵的精神，同时
无疑也是诗人对文学发展的贡献。萧军还有一些新诗写得比较直露，浅白，缺少
令人回味的意境，形式上也比较杂乱，尚未形成一种独特的风格。

三、清醒的批判现实精神与知识分子的担当

诗歌和小说、散文不同，小说需要有虚构的情节、人物，诗则不然，更多的时
候诗是诗人自己抒发一时之感的表达。这就是为什么很多"五四"文学创将大力
提倡新文学，但静下心来又往往用旧体诗来抒发内心情感之因。"五四"时期的
文学新作家基于反封建的功利性目的，以其文学创作担当起启蒙的重任。但是，
除去反封建的功利性行为，一种文人的有感而发、赋诗一首的传统他们没有抛
弃。"中国新文学不是从天上掉下来的，也不是凭空制作的。它当然与中国的传
统文化和传统文学有亲缘关系，历史和人为终将无法割断这种联系。"①萧军创
作于 20 世纪 60～70 年代的诗歌大都是旧体诗。这时期的旧体诗充满了批判精
神与知识分子的担当意识。

萧军是鲁迅先生最忠实的弟子之一。萧军的那份清醒的批判现实的精神便
得益于鲁迅。在"文革"期间，萧军遭到抄家七次，关押"劳改"八年，甚至被毒打
得皮开肉绽，但始终没有停止旧体诗的创作。这些创作于 20 世纪 60～70 年代
的格律诗已经没有了当年鲁迅先生所批评的"名士气"，更多的是诗人多舛命运

---

① 谢冕《论二十世纪中国文学》，中国人民大学出版社 2009 年版，第 22 页。

的写照、对现实愤懑的抒发，尽现了一位作家对于独立人格的坚守，在是非颠倒的岁月里葆有的清醒的社会批判精神。如《国子监》《轧轧蝉鸣》《〈家破人离〉并叙》等诗，展现了那个荒唐年代的“轰轰烈烈”：

烈火堆边喊打声，声声入肉地天惊！藤条皮带翻空舞；棍棒刀枪闪有风。
俯伏老翁呈瘦脊；恐惶妇女裂褫裎。英雄猛士多年少，袒露臂章耀眼红。
——《国子监》

此诗是为了纪念1966年8月23日国子监文庙大武斗事件而作，诗人心疼“呈瘦脊”的老作家，也痛惜“年少”的学生，萧军忍受了侮辱，深怀着对正义的尊崇，大有鲁迅“我以我血荐轩辕”的决绝精神。

知识分子或者文人在中国历史进程中不独是具体某一专业领域内的专家，而是肩负着一定社会责任的学者，他们有着匡时济世的理想，他们走在人文革命甚至武装革命的前沿。

不单是自“五四”以降文人兼具这种社会关怀，唐朝诗人杜甫就是这个意义上的“知识分子”。如余英时所概括的：“根据西方学术界的一般理解，所谓‘知识分子’，除了献身于专业工作以外，同时还必须深切关怀着国家、社会以及世界上一切有关公共利害之事，而且这种关怀又必须是超越于个人的私利至上的。”[①]萧军的太多诗作中都表达了他对于祖国命运的关怀，当祖国面临危难时流露出的无限忧愁，感慨自己“传薪卫道”的不易。在纪念鲁迅逝世40周年的诗作中这种感情表露无遗：

一

四十年前此日情，床头哭拜忆形容。嶙嶙瘦骨遗一束，凛凛须眉死若生。
百战文场悲荷戟，栖迟虎穴怒弯弓。传薪卫道庸何易，喋血狼山步步踪。

二

无求无惧寸心忝，岁月迢遥四十年！镂骨恩情一若昔，临渊思训体犹寒！
啮金有口随销铄，折戟沉沙战未阑。待得黄泉拜见日，敢将赤胆奉尊前。

最后一联是萧军几十年来追随鲁迅精神的最好写照，表明了他对祖国人民的赤胆忠心。无论在“虎穴”还是“狼山”，多么恶劣的环境，要永远像斗士一样战斗，显示出他师从鲁迅精神铮铮铁骨和高尚情操，唯有达到这种境界，才无愧于先师，才“敢将赤胆奉尊前”。

① 余英时《士与中国文化》，上海人民出版社1987年版，第3页。

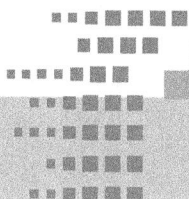

散文文体理论

论现代散文的文体选择与创造

陈剑晖 ■

  曹聚仁先生在复旦大学的一次讲演中，曾提出了这样的观点："由五四运动带来文学革命的大潮流……弥天满地，都是新的旗帜，白话文代替古文站在散文的壁垒中了。就当时的情况来看，与其说是文学革命，还不如说散文运动较为妥切。代表文学的，只有幼稚的新诗，幼稚的翻译，谈不上什么创作；其他盈篇累牍的都是议论文字。"①曹先生出于对散文的偏爱，认为"五四"文学革命简直就是一场"散文运动"，甚至判定新诗、翻译以及其他文学品类都"谈不上什么创作"，这样的观点固然有其主观武断、贬低其他文类的偏颇，不过另一方面也昭示了"五四"时期散文创作的辉煌成就。的确，在"五四"时期及20世纪30年代中前期，散文无论从创作队伍，从作品的数量、题材的广阔、表现手法的丰富多样和文体的成熟程度，都远远超过了其他文学品类。

  但对"五四"及20世纪30年代前期散文的研究，就目前来看还不够细致和深入。举例说，过去的散文研究者，一般较喜欢从科学民主，或从人的解放和反封建专制等方面来肯定"五四"以来的现代散文；还有的研究者热衷于探究这一时期散文兴旺发达的源流，当然更多的是单个散文家的作家作品论。近几年来，有研究者尝试从社团、文体的自觉方面来探讨现代散文的变革。② 这是一个值得期待的进步。不过从整体来看，这方面令人满意的研究成果还不是太多。所以，本文拟从文体的选择与创造的角度，对现代散文作一综合和多层面的阐释。在笔者看来，文体研究是更贴近文学本体，因而是考察一个时期的文学流变和探讨某一种文学体裁的独特性的绝佳视角与切入点，尤其对于散文这种文体倾向特别明显的文类更是如此。当然，笔者这里所指的文体，不是以往仅仅将文体等同于"文学体裁"的那种文体（如我国"三分法""四分法"之类的文体研究）；也不

---

  ① 曹聚仁《笔端·现代中国散文——在复旦大学讲演》，上海天马书店1935年版。

  ② 在为数不多的现代散文社团和文体方面的研究中，笔者较认同的有丁晓原的《语丝：现代散文文体自觉的代码》（《江汉论坛》2003年第1期）；周海波的《现代传媒与散文的文体功能辨析》（《山东社会科学》2004年第6期）；王兆胜的《关于散文文体的辩证理解》（《文艺争鸣》2004年第2期）等文，以及范培松在《中国散文批评史》一书中关于"语丝派"散文"体"的研究。

是只将文体归属于语言学的势力范围,即将文体研究视为对文本语言的形、音、义等方面的语言组合方式的研究。尽管将文体研究等同于"文学体裁"或"语言学"研究(事实上西方的文体研究主要便是语言学研究)有其合理之处,但其片面性也显而易见。正是针对文体研究的这种偏颇,我曾写过一篇题为《论 20 世纪 90 年代中国散文的文体变革》①的长文,该文在考察、梳理了我国古代文体概念的内涵及其流变的基础上,提出了"文类文体""语体文体""主体文体"和"时代文体"的"文体四层次"说。而本文,可以视为前文的姐妹篇。即是说,我将依据上述的文体思路,沿着现代散文发展的历史轨迹,探寻散文在时代风潮中的文体变异和内在精神的脉动。也许,从文体角度切入现代散文,我们更能体味到当初曹聚仁先生将"五四"文学革命说成是"散文运动"的那番苦心。

一

中国现代散文与小说、诗歌和戏剧相比,一开始就表现出了文体上的自觉与成熟。当时的新文学建设者一方面为现代散文进行文体上的溯源;一方面又认为应"彻底打破'美文不能用白话'的迷信"②。于是,在这种双向的选择和创造中,建构起了现代散文的基本框架。

这种文体上的选择,首先体现在"文类文体"的建设方面。我们知道,我国古代散文从文类角度讲是一个十分广泛的概念。它包括了韵文之外的一切散体文章,正所谓"非韵非骈即散文"是也。由于包罗的门类太多太杂,这样文学性散文和非文学性散文的界限便十分模糊,这不但在很大程度上限制了人们对散文的认识,也影响了散文创作的发展。而"五四"之后出现的现代散文则不同于古代散文,它一开始就意识到散文不但应属于文学的范围,而且应作为文学的一个独立部门而存在。在这方面,首先要提到的是刘半农和傅斯年两人。1917 年,刘半农在《我之文学改良观》中,率先提出文学散文的概念:"所谓散文,亦文学的散文,而非文字的散文。"1918 年,傅斯年在《怎样写白话文》中,开始将散文与小说、诗歌和戏剧并列,特别是将散文作为一个独立的文学部门来看待。尽管刘半农和傅斯年两人的文体意识还是体验性和零碎的,他们对于"文学性散文"的内涵和特征并没有清晰的认识,但他们对于"文学散文"的钟爱,促使他们尝试着从传统文章即"杂文学"中将散文剥离出来,这可视为现代散文文体觉醒的先声。

---

① 陈剑晖《论 20 世纪 90 年代中国散文的文体变革》,《中国社会科学》2001 年第 5 期。
② 胡适《胡适文存·五十年来中国之文学》,《胡适学术文集·新文学运动》,中华书局 1993 年版。

标志着现代散文的文体自觉，准确说应该是从周作人开始。1921年，周作人提出了著名的"美文"概念。他一方面从明代小品那里寻找到现代散文的源头；一方面又以开阔的视野，从外国散文那里发见了可资现代散文借鉴的创作资源。他说："外国文学里有一种所谓论文，其中大约可以分作两类：一批评的，是学术性的。二论述的，是文艺性的，又称作美文，这里边又可以引出叙事与抒情。但也很多两者夹杂的。这种美文似乎在英语国民里最发达。"①周作人的"美文"说不但使散文从"杂文学"的混沌状态中解放了出来，而且确定了现代散文的多种体式与基本特征，同时还为现代散文的文体发展提供了民族性的依据和世界性的参照。后来，在《自己的园地·自序》中，他又提出了"抒情的论文"概念，将议论性的杂感也视为"美文"创作之一种。从上述的文章，可以看出周作人建构现代散文文体的思路：将叙事、抒情和议论视为现代散文的三大要素，这与后来写作课程中通用的叙述散文、抒情散文和议论散文的三分法大体上是一致的。

在现代散文的"文类文体"建设方面，值得一提的还有朱自清。尽管朱自清不把散文当"纯艺术品"看待，认为散文在艺术性方面比小说和诗歌要低。不过他将现代散文分为广义和狭义两种，还是体现了他作为一个文体家的远见卓识。在《什么是散文》和《关于散文的写作——答"文艺知识"编者问八题》中，他指出，"散文的意思不止一个"。"广义的散文，对韵文而言。狭义的散文，似乎指带有文艺性的散文而言，那么小说、小品、杂文都是的。最狭义的散文是文艺的一部门，跟诗歌、小说、戏剧、文学批评并列着，小品和杂文都包括在这一意义的杂文里。"在朱自清看来，文艺性的散文"或称白话散文，或称抒情散文，或称小品文"。朱自清把文学散文与非文学散文分开，再把非文学性散文剥离出散文家族，这是颇有见地的，但他把小说也包含在散文里边，则显然失之于粗疏。因为既然已将小说、诗歌、散文和戏剧并列为现代文学的四大体裁，就没有理由再将小说归进散文的范畴。由此可见朱自清的文体概念也不是十分清晰。他对散文概念的界说还不算完备，但他关于"广义散文"和"狭义散文"的划分，其文体意义却不容忽视。至于同时期或稍后的胡梦华关于"絮语散文"的提倡，王统照对"纯散文"的文体界定，还有徐志摩对"纯粹散文"的执着，都可以看作对现代散文"文类文体"的有意义的探索。

那么，什么是"文类文体"呢？文类文体一般指作品的外在形状，它犹如人的外表体形和容貌，是作家根据不同文学品类的特征、功能和表达方法，按特定的

---

① 周作人《美文》，俞元桂主编《中国现代散文理论》，广西人民出版社1984年版，第3页。

原则、规范组合文本的方式。文类文体虽以显在形态给读者以直观印象，但它却是这一文体与别的文体区别开来的依据和标识，并以其独立的存在性而体现出自身的价值。通常来说，一种较成熟的文类都有较为稳定的文体形态，都有自己独特的组合原则和外在特征。反之便是范畴模糊、体例不纯，是文体不成熟的表现。应当说，从文类的角度来看，新文学草创期的散文作家和理论家们显然意识到了散文这一文体类型独立存在的重要性和必要性，这样他们对于散文文类的有意识选择与自觉创造，便成为现代散文体自觉的显著标志。遗憾的是，后来的散文研究者并没有在上述的基础上对现代散文的"文类文体"作进一步的细化与拓展，使其更科学和更具文类的竞争性，反而疏于规范与建构，文体意识越来越退化，终于导致了在很长的时间里，现代散文的概念混乱、文类不清、体式模糊的局面，并由此影响到现代散文在 20 世纪中国文学史上的地位，使其在很长的时间里处于边缘的尴尬境地，这样的教训必须吸取。

现代散文对于文体的选择与创造，既体现在"文类文体"的建构方面，在寻找与现代散文的内容和主题相适应的话语方式方面，现代散文的建构者也表现出了不凡的眼光。在这方面，胡梦华的"絮语散文"之说功不可没。他认为英国的小品文、随笔一类的东西，虽然"不是长篇阔论的逻辑的或理解的文章，乃如家常絮语，用清逸冷隽的笔法所写出来的零碎感想的文章。……至于它的内容虽不限于个人经历、情感、家常掌故、社会琐事，然而这种经历、情感、掌故、琐事确是它最得意的题材"①。在这里，胡梦华一方面看到小品随笔题材的广泛性、包容性和琐碎性；另一方面又意识到用"家常絮语""清逸冷隽"的笔法是表现这种题材的最佳话语方式，这的确体现出了他敏锐的文体意识和独特的文体眼光。而与胡梦华的"絮语散文"有异曲同工之妙的，是鲁迅于 1924 年译介的厨川白村的《出了象牙之塔》一书，其中的一段话为历来的散文爱好者津津乐道："如果冬天，便坐在暖炉旁边的安乐椅上。倘在夏天，则披浴衣，啜苦茗，随随便便，和好友任心闲话，将这些话照样地移在纸上的东西，就是 Essay。"这便是对中国的现代散文文体的发展产生了巨大影响的"潇洒写意的谈话体"。自然，更有系统、更有自觉的文体理论意识是产生于 1924 年的"语丝社"的创办者和同人。诚如范培松先生所言："语丝社同人对'语丝体'展开了讨论，这是在 20 世纪里散文批评家第一次自觉地、有意识有目的地围绕现代散文的'体'所进行的批评活动。"②"语

---

① 胡梦华《絮语散文》，俞元桂主编《中国现代散文理论》，广西人民出版社 1984 年版，第 15 页。
② 范培松《中国散文批评史》，江苏教育出版社 2000 年版。

丝"开宗明义地宣称办这个刊物是"发表自己所要说的话"①,"说自己"的话,其实就是要寻找一种适合"语丝"题材和功能的"语丝体"。而这种"语丝体"又是什么呢? 1925 年孙伏园在写给周作人的题为《〈语丝〉的文体》的信中谈道:"我们最尊重的是文体的自由,并没有如何规定的",还说它"只是一种自然的趋势"。即是说,自然随意便是"语丝体"的特征,而且不是人为的硬性规定,是自然而然形成的。

的确,自由自在,任心闲话,随意挥洒,正是散文特有的话语方式。因为散文没有小说那样有情节和人物形象可依,没有诗歌那样的高度集中和韵律上的严格要求,又没有戏剧那样的严谨结构和大量的对话。文类的兼容,规则的灵活,表现手法的丰富多样,使散文成为一种可以自由发挥、率性而为的文类。所以鲁迅先生在《怎样写》中说:"散文的体裁,其实是大可以随便的。"不仅可以"随便",而且"大概很杂乱"。周作人则将自己的散文写作比喻为"跑野马"。正因为在体裁上"大可以随便",在写法上可以"跑野马",在话语方式上采用"家常絮语""任心闲话"的语调,这样,20 世纪二三十年代的随笔小品自然就蓬勃发展起来,不但成了那一时期散文的主流,而且其成就"几乎在小说戏曲和诗歌之上"②。由此可见,文体的选择和创造对于文学创作至关重要。可以设想:倘若没有从一开始就确立散文作为一个独立部门,同时将文学性散文和非文学性散文区别开来,而后寻找一种自由随意、任心闲话的话语方式,那么中国的现代散文有可能像西方散文那样,直到今天还没有获得独立的地位,甚至还处于混沌的"杂文学"的状态之中。仅此一点,我们就有理由向 20 世纪致力于散文"文体革命"的先行者脱帽致敬。

二

文体作为作家说话和写作的主要方式,最突出的是语言层面所体现出来的不同于别的文类的特征。如果说,文学体裁是文本的体例特征和结构形式等方面的成规,它是文体的显在层面;那么语体则是对体裁的默认与确证,它是散文文体规范下的一种话语系统,是与文学体裁相匹配和对应的一套语言成规,并且连接着作家的艺术思维方式和风格特征。一般来说,语体既是一个作家特有的对词语的选择、修辞技巧的运用,以及语气、调子和标点符号的使用,它还包括某一时期作家对于某一种语言形式的共同选择与创造。正是由于这种共同的选择

---

① 周作人《〈语丝〉发刊词》,《语丝》1924 年第 1 期。
② 鲁迅《小品文的危机》,《鲁迅选集》(第 3 卷),人民文学出版社 1995 年版,第 20 页。

与创造,于是在历史的某个时期,形成了一种不可替代的"时代的文体",如"五四"时期的"白话文体"就是如此。因此,从文体学的意义来说,语体文体是文体的核心,也是它的基础。它既是识别一种文类的审美属性的关键,又是衡量一个作家的艺术风格是否成熟的最为可靠的标记。

中国现代散文的开拓者,从一开始就注意到了语体文体对于现代散文发展的重要性,并为建构一种既符合"五四"自由精神,又贴近散文本体的散文话语而不懈努力。具体而言,"五四"至 20 世纪 30 年代前期的散文家和理论家对语体文体的选择与创造,主要表现在如下几方面:其一,是"新而不乱,奇而不渎",在"文言合一"、中西结合中探索现代散文语体文体发展的可能性。"五四"的"文学革命",以"断裂性"语体变革为核心,创作了大量的新诗、小说、戏剧和散文,而在这其中,尤以白话散文的成就最为突出。为什么"五四"时期白话散文的成就在诗歌、小说和戏曲之上? 盖因散文是最具文体意味的文类。小说虽然最早采用白话文(如宋人的说话,明清的章回小说),但"五四"之后便受制于西方的小说观念和表现手法,在语体方面更是存在着严重的欧化现象。诗歌方面尽管很早就有胡适的《尝试集》和刘半农、康白情等的白话诗,后来又有李金发、闻一多、徐志摩等的探索,但总体看来,"五四"时期的新诗语言还处于"夹生饭"的不成熟的阶段,这种状况直到今天也没有很大的改观,加之过于排斥我国古典诗歌的审美传统,倾向西方又难以西化,这就注定了现代诗歌不古不洋的尴尬命运。至于戏曲,不仅产生较晚,其观念、规则和结构形式更是西方戏剧的翻版。因此鲁迅说"散文小品的成功,几乎在小说戏曲和诗歌之上",是有着足够的根据的。而在我看来,"五四"时期现代散文的成就之所以超过其他的文学门类,很重要的一个原因是当时的散文作家有十分清醒自觉的语体创造能力。"五四"的初期,散文的语体不可避免地存在着历史过渡时期纷然杂陈的现象。如文白杂糅,土洋并用,很是古怪拗口。但很快,这种现象便得到了纠正。先是鲁迅、周作人在传统与现代的结合上探讨了现代散文语体文体发展的可能性,使其"新而不乱,奇而不渎"。比如鲁迅,他在散文语体上严于选词,苛于造句,他的散文和杂文里"没有相宜的字,宁可引古语,希望总有人会懂"[①]。他还认为"旧语的复活,方言的普遍化,那自然也是必要的"[②]。周作人对语体文体更是给予了充分的关注。他在研究了文体的特点、功能与语言的形式变化的关系后,提出了建立"理想的国语

---

① 鲁迅《我怎么做起小说来》,《鲁迅选集》(第 3 卷),人民文学出版社 1995 年版,第 172~173 页。
② 鲁迅《人生识字糊涂始》,《鲁迅全集》(第 6 卷),人民文学出版社 1981 年版,第 297 页。

的设想：以现代语为主，采纳古代以及外国的分子，使他丰富、柔软"。这种"现代国语"不仅能"适切地表现现代人的情思"，而且"具有论理之精密与艺术之美"①。此外，他还注意到了散文语体文体的"本色、简单、涩"等特点。在《燕知草·跋》中，他针对俞平伯的散文，指出："他的文词还得变化一点。以口语为基本，再加上欧化语，古文，方言等分子，杂糅调和，适宜的或吝啬地安排起来，有知识与趣味的两重统制，才可以造出有雅致的俗语文来。"由此可见，"五四"散文运动的倡导者对语体文体是格外重视的。正是在鲁迅、周作人包括胡适、傅斯年、叶圣陶等人的倡导下，朱自清、俞平伯、梁遇春、梁实秋、林语堂、冰心、徐志摩、沈从文、缪崇群、陆蠡、丰子恺、废名、何其芳、李广田、冯至、柯灵等散文家创作出了一批情思优美，在语体文体上堪称现代散文典范的佳构。这些作品有的平白如话，自然亲切，流利畅达，朗朗上口，体现出"看得又读得"的口语语体的纯粹与规范，如周作人、叶圣陶、老舍、丰子恺、夏尊的散文便是这方面的代表；有的精心锤炼语言，把文言、口语、欧语熔于一炉，形成了一种极其诗意化的语体文体，如徐志摩、冰心、何其芳等的散文语言就是如此。这些散文家在语体文体方面的探索，一方面丰富了现代白话散文的文体表现；另一方面也为古文与现代白话文、西方散文语言与中国散文语言的渗透融合开辟了一条新路。其二，是在"化传统"过程中，追求语体的"漂亮"和"缜密"，打破"美文不能用白话"的迷信。在"化传统"这一点上，现代散文的确比其他文类有着得天独厚的优势。而在这个"化"的过程中，现代散文的倡导者一方面摒弃古代骈文那种骈韵用典，片面强调文采繁复的形式主义做法；一方面又继承和发扬了我国自先秦就开始的对于"藻饰""美言"的语言传统，自觉追求白话的语言艺术，使其具备汉语文章特有的言美、形美和意美。这样既保留了传统文章凝练含蓄、意蕴丰厚、声音节奏优美的语言功能，又显得更自然、更亲切、更生动和细腻，从而使传统语言获得了新的生命力。

在追求"藻饰"的语体美方面，首先要谈及的是徐志摩。尽管徐志摩不是一个造诣很深的"语言学"专家，但他对"纯粹散文"的语言美却情有独钟。早在1923年，在与友人的通信中，他就提出了"纯粹散文"的理论主张②，并说："我们信我们自身的灵性里周遭空气里多的是要求投胎的思想的灵魂，我们的责任是替他们搏造适当的躯壳，这就是诗文与各种美术的新格式与新音节的发见；我们信完美的形体是完美的精神的唯一表现。"③徐志摩的散文，便十分讲究"藻饰"，

---

①　周作人《周作人散文》(二集)，中国广播电视出版社 1992 年版。

②　徐志摩《徐志摩书信》，湖南文艺出版社 1986 年版，第 112 页。

③　徐志摩《诗刊牟言》，《晨报副刊·诗镌》1926 年第 1 号。

讲究散文形式的美和语言的音乐性。不过,由于徐志摩在语体文体的锤炼上尚欠火候,有时总不免因人工过分的夸饰而"流于冗赘缛艳之境"①。因此,在"化"传统并将散文语言做得"漂亮"而"缜密"方面应首推朱自清。在语体上,朱氏的散文以散行单句为主,不刻意追求排偶和整饬,更不讲究平仄和韵律,这和古代文章的造句方式颇为接近。另一方面,朱自清的散文又继承了古代散文利用汉语的平仄,特别是汉语独有的双声、叠韵的语言特点,造成一种平仄相交、双声、叠韵错杂的抑扬顿挫、声韵和谐之美。此外,朱自清还借鉴古代散文丰富的修辞手法,善于调动多种修辞手段来表达瞬间的心理感受,以比喻、拟人、通感等来营造氛围和情境。比如《荷塘月色》《桨声灯影里的秦淮河》《背影》等散文名篇,既显示出白话散文自然质朴、平易亲切、生动畅达的美质,又把现代散文写得精致、漂亮和缜密,其语体文体的简洁、隽永和蕴藉不让于古典美文,这就难怪朱光潜在《敬悼朱佩弦先生》中,给予他如此高的赞誉:"他在这方面的成就,是要和语体文运动史共垂久远的。"而郁达夫则认为,朱自清的散文"仍能够满贮着那一种诗意,文学研究会的散文作家中,除冰心女士之外,文字之美要算他了"②。其实,在"五四"至 20 世纪 30 年代中前期,师承我国传统语言的"藻饰""美言"审美观念,将散文语体文体锤炼到"炉火纯青"境界的散文作家,还可以举出冰心、废名、何其芳、冯至等一大串名字。正由于有这样一大批作家追求白话散文语体文体上的文字美、形式美和意境美,所以鲁迅说"五四"散文"写法也有漂亮和缜密的",是"对于旧文学的示威"③。朱自清在 1928 年发表的《论现代中国的小品文》,也说那时的散文"确是绚烂极了……或描写,或讽刺,或委屈,或缜密,或刚健,或绚丽,或洗练,或流动,或含蓄,在表现上是如此"。这就"彻底打破那'美文不能用白话'的迷信",提高了现代散文语体文体的审美品格。第三,"言与意""形与心"的和谐组合,构成独具东方情调的语体文体特征。文体学的研究表明,文体不仅有文类文体、语体文体、主体文体和时代文体等层次,文体还有"言与意""形与心"构成的多重审美因素。文学作品尤其是散文不但要通过优美的语言来表达意思,还要善于将语言的符号转化为艺术符号,即意与形的组合,而后再通过作品特有的氛围和格调,传达出散文"个人主体"的性灵,即"形"与"心"的圆融和洽。在我看来,语体文体只有达到了这一层次,才真正达到了文学的臻境。在检视 20 世纪二三十年代的散文时,我们不无欣喜地看到"五四"时期的现

---

① 钟敬文《试谈小品文》,俞元桂主编《中国现代散文理论》,第 32~33 页。
② 郁达夫《中国新文学大系·散文二集》导言,俞元桂主编《中国现代散文理论》,第 460~481 页。
③ 鲁迅《小品文的危机》,《鲁迅选集》(第 3 卷),人民文学出版社 1995 年版,第 20 页。

代散文大多都能做到"言与意""形与心"的融合。这些散文既善于将日常生活艺术化，又善于运用各种笔调创造出各色的氛围、情调和意境，营造一方浓淡相盈的自适的精神空间。如周作人的《乌篷船》，体现的就是"言与意""形与心"的和谐交融："你在船上，应该是游山玩水的态度，看看四周物色，随处可见的山岸旁的乌桕，河边的红蓼和白萍、渔舍……"而到了夜里，则是"夜间睡在船舱中，听水声橹声，来往船只的招呼声，以及乡间的犬吠鸡鸣，也很有意思"。语言冲淡平和，自然天成，而在这"意"和"形"的底下，折射出的是一种散淡悠闲的心境、一种自由随意、空灵和谐的意蕴，而这正是东方情调的语体文体特征在散文中的体现，它使现代散文的艺术表现领域更为蕴藉、幽深和开阔。

综上所述，可见文体的选择与作家的生命意向、人格理想密切相关。文体既是"道"，又是"器"；既是交流思想的载体，又与创作主体的思维密切相关。换言之，文体就是人本身，它寄寓着人类的灵魂和精神。因此，任何有自己的文学理想的作家，他们在创作时总是竭力去寻找适合自己的体裁，寻找适合自己的表达方式，尤其是寻找能负载起自己的生命、人格理想和自由精神的语言形态。在现代散文家中，鲁迅是如此，周作人是如此，其他如朱自清、梁实秋、林语堂、丰子恺、沈从文、汪曾祺等也概莫能外。同时，我们还注意到，由于注重语体的追求，现代散文在总体上服膺"絮语""闲话"，推崇自由随意的话语方式的前提下，许多作家又有着属于自己的"语体"。如鲁迅的简约冷峻，周作人的平淡、笨拙中的丰腴，朱自清的细腻与精美，林语堂的幽默雍容，梁实秋的博采雅趣，叶圣陶的质朴平实，徐志摩的流动华美，废名的疏淡清朗，沈从文的舒徐自然……他们都以独特的、不可替代的语体文体，向世人展示着现代散文的优美与多样性。

三

现代散文在文体上的选择与创造，除了体现在文类文体、语体文体等方面外，在散文体式的选择与完善上，我们也能够看出现代散文奠基者的良苦用心和出色的文学想象力。关于这方面的文体探索，在本文第一部分谈及"家常絮语""任心闲话"以及"语丝"社的"文体自由"时已有所涉及，不过由于写作上的考虑，前面只是约略地涉及"语体"和"体式"的问题，而且侧重点在于探讨散文作家们是如何孜孜不倦地去寻找适合散文内容的说话方式。而在这一部分，我考察的重点在于现代散文的表现方式和文体范式的历史演进，这里的研究理路是一种递进层深的关系，即透过文学的体裁、个体的语体去把握文体的内在构造方式和相对稳定的文体范型。从文体的层次及递进关系来看，文类文体、语体文体和体式文体共同构成了文体内涵的三个层面,它们虽然有着密切的联系,而且常常是我中有你,你中有我,很难截然分开,但如果细加辨析,还是能够看出其间的一些细微区别。在我看来,文类文体是文体的外在形状,它是从大的方面标示着各种文类的不同范畴和特征;语体文体侧重于文本语言的组合方式,主要指单个作家在用字、遣词、造句方面的特色;而体式文体虽也离不开语言组合以及语调方面的选择,并且在表面上看起来与文类文体有相似之处。不过体式文体的范畴比语体文体大,却比文类文体要小一些,它既是文本特有的表达方式和形态,也是文本依据不同的内在结构组合而成的不同范式。因此,研究现代散文的文体,既要研究文类文体和语体文体,还有必要研究现代散文的体式文体。那么,现代散文又有哪些体式或曰范式呢? 根据上面关于体式文体的理解,以及结合现代散文的创作实际,我认为,可以将现代散文归纳为如下几种体式:一是抒情独语体式。抒情体式古已有之,但在"五四"时期的现代散文中得到了长足的发展,甚至在 20 世纪的五六十年代曾一度成为散文创作的唯一文体模式。这是由于"借景抒情""托物言志"是中国传统散文的一大特色,而"五四"以后散文灵活多样的抒情方式,又适应了现代人借助散文这一载体来抒发感情、裸露心灵、表现生命体验的内在要求。加之这一时期国外的屠格涅夫、泰戈尔等散文诗的引进,也成为现代抒情散文体式发展壮大的"外援"。抒情体式的领军人物当然是朱自清。他的《荷塘月色》当之无愧是这一路散文的范本。而徐志摩、郁达夫、冰心则是其倡导者和出色的实践者。徐志摩散文中的丰富想象力和强烈的主观感情色彩,使他的散文不但流光溢彩且飘动飞扬起来。郁达夫的抒情既有同亲友诉苦的不拘形式,又有"归航"时的淡淡的感伤情调。冰心散文中的抒情,则如春天里的云雀般的轻快欢悦,又如"霓虹的彩滴也要自愧不如的妙音雨师"(郁达夫语),在清新的文字,典雅的情思中,透出浪漫主义的气息。现代的抒情散文由朱自清始,中经杨朔、刘白羽等的"诗化"改造,到 20 世纪 80 年代贾平凹(风情类散文)、张洁等的手中又有所回归,可以说绵延近百年。值得注意的是,在现代散文的抒情体式中,还旁逸一种更贴近散文本体的抒情元素,即有的评论家指出的"独语"体式。这种独语体式可追溯到鲁迅的《野草》,"野草"借助象征暗示的表现手法,以及奇幻的场景、荒诞的情节和神秘朦胧的梦境,直逼灵魂的最深处,捕捉到了现代知识分子内心深处难以言说的感觉和情绪,并以独语的方式对自我、生命、灵魂和人类的出路进行深层次的思考和自剖。当然,在独语体式上思考得更多,也走得更远的是何其芳。他执着地要为抒情的散文"发现一个新的园地"。他说"我企图以很少的文字创造出一种情调:有时叙述着一个可以引起许多想象的小故事,有时是一阵伴着深思的情感的波动。正如以前我写诗时一样入迷,我追求着纯粹的柔和,纯粹的美丽"①。何其芳的《画梦录》中的散文,其实就是他为"抒情的散文发现一个新的园地"的实验。他借助"诗的暗示能"和"诗的思维术"来组合意象和营造意境,还以戏剧式的独白或对话介入散文的抒情中,从而使散文的抒情更有弹性和层次感,更能传达出现代人那种孤独寂寞的情绪,营造出一种现实和幻梦相交织的艺术境界。而在 20 世纪 20 年代末至 30 年代中前期,追求这种艺术境界和独语方式的散文家还有李广田、缪崇群、丽尼和陆蠡等,他们的散文篇幅短小轻灵,语言优美流畅,结构精致圆满,加之大量借助意象、象征、梦幻,乃至声音和色彩来叙事抒情,这便在一定程度上弥补了当时一些"闲谈"体散文过于随意散漫和絮聒,结构上又杂乱无章的不足,为抒情艺术散文的发展开拓了另一条路径,可惜后来因时代和社会环境变迁等原因而未能延续下来。二是闲话聊天体式。所谓"闲话聊天"体式,按我的理解应包括日常闲谈的语境,轻松自然的闲话氛围,大量采用活的日常用语,以及结构上的漫不经心等内容。简言之,闲话聊天体就是用一种自由随意、娓娓而谈的"闲话"笔调和兴之所至、随心所欲的表达方式来进行散文创作的文体范式。从某种意义上说,散文的闲谈体式真正体现了散文的精神。由于这种体式契合散文的自由自在、无拘无束地表达作者性灵和趣味的特性,所以从"五四"初期开始,也就受到散文作家和广大读者的特别青睐。先是周作人承续明清小品反对"文以载道",张扬个人性灵,追求精神自由的风韵,创作出了一批余香袅袅,冲淡雅致的"美文",开创了随笔小品创作的先河。接着是俞平伯、钟敬文等人追随其后,并以其理论和创作实践支持了周作人的"美文"主张。比如俞平伯就深受周作人的影响,其文风透出一股平淡雅致的韵味,其境界直追明清小品。钟敬文更是服膺周作人那种"幽隽淡远"的文体和"明妙深刻"的情思,称其为"不但在现在是第一个,就过去两三千年里的才士群里,似乎尚找不到相当的配侣呢"。而他自己衡量优秀随笔小品的标准则是"平常的感情和知识",加上"湛醇的情思"和"超越的智慧"②。他的《太湖游记》等文,其笔致和意境均显示出"闲话聊天"体式散文的艺术魅力。在这期间,应特别提及的还有胡适在《五十年来中国之文学》一文中对周作人的"闲谈聊天"体散文的肯定:"这几年来,散文方面最可注意的发展,乃是周作人等提倡'小品散文'。这一类的小品,用平淡的谈话,包藏着深刻的意味;有时很像笨拙,其实

---

① 何其芳《我和散文》,柯灵主编《中国现代文学序跋丛书》(散文卷),海南人民出版社 1988 年版,第 1171 页。

② 钟敬文《试谈小品文》,俞元桂主编《中国现代散文理论》,第 32~33 页。

却是滑稽。这一类作品的成功，就可彻底打破那'美文不能用白话'的迷信了。"
这段话一方面充分肯定了周作人的小品文创作；另一方面胡适对于"平淡的谈
话"的散文文体式的推崇，无疑对现代散文中小品随笔的发展起到了推波助澜
的作用。

事实也正是如此。在周作人等人的努力实践和胡适的推动下，以"闲话聊
天"体式为特征的现代随笔和小品便蓬勃发展起来，以至于在20世纪20年代和
30年代中前期成为现代散文的支配性和主导性的文体。而在"闲话聊天"体式
的发展壮大过程中，最值得提及的是"语丝派"同人对于"体"的确认和尊重。诚
如上述，"语丝"作为一个杂志在1924年创办后，很快便形成了一个散文流派，并
形成了以杂感、小品为特点的"语丝文体"。"语丝"的体式，其实也就是"闲谈"的
体式。只不过"五四"初期从"体"的角度来认识"闲谈体"的作家还不多，"语丝"
时期对散文体式的自觉体认不再局限于少数几个人，而是一批散文作家自觉地、
有组织和有计划地对现代散文的"体式"进行讨论，而且将讨论付诸实践，形成了
一种共同或较接近的表达方式和语言风格。因此我赞同这样的结论："《语丝》的
创刊及其存在，象征着现代散文开始走向一个自觉的时代。"① "语丝"的存在及
其体式追求上的成功，意味着现代散文已基本完成了从古典形态向现代形态的
转型，也预示着现代散文全面而深入的文体大解放。令人扼腕的是，由周作人选
择，经由"语丝"的创作达到成熟的"闲话聊天"体式并没有很好地延续下来。在
20世纪30年代后期至80年代末期，在半个世纪的时间里，我们几乎再也难以
在散文园地里见到这种自由随意、平淡隽永的"闲话聊天"体式。直到90年代，
这种"闲话聊天"体式才又来了一个全面的复辟。于是，我们才有机会读到张中
行、金克木、季羡林等人的所谓"现代的《世说新语》"②式的散文。

三是幽默谐趣体式。作为一种审美风格和散文文体体式，幽默谐趣几乎从
现代散文产生那天起就已经存在，比如在鲁迅、周作人的杂感小品中，我们就随
处可见幽默的笔调。不过，鲁迅的杂文属于"能以寸铁杀人"的"硬性随笔"，即是
尖锐的讽刺和嘲弄，因此不在本文的幽默谐趣体式之列。周作人的小品虽也不
乏"婉"而"趣"的幽默色彩，但他更看重的是冲淡悠远的闲话语调和自由散漫的
小品品格。因此可以这样认为，真正成为一种散文文体，从自发而走向自觉，幽
默谐趣的文体体式是林语堂发起的。早在20世纪20年代中期，林语堂就已热

---

① 丁晓原《〈语丝〉：现代散文文体自觉的代码》，《江汉论坛》2003年第1期。
② 吕冀平《负暄琐话·序》，黑龙江人民出版社1986年版。

心倡导幽默。他在《晨报副刊》上发表《征译散文并提倡幽默》《幽默杂话》等文后,幽默谐趣便作为一种文体与现代散文结了缘。不过,当时他对幽默的倡导并没有引起太大的注意。直到 30 年代初,他在自己创办的半月刊杂志《论语》上又大张旗鼓倡扬散文中的幽默和谐趣,这样才引起了时人的关注并逐渐形成了一种散文体式。林语堂认为,幽默"本是人生的一部分",幽默不仅"是一种从容不迫的达观态度","是一位冷静超远的旁观者,常于笑中带泪,泪中带笑",而且幽默作为以"自我为中心,以闲适为格调"的真性灵文学,它从来"都是归返自然,属于幽默派,超脱派,道家派的"①。因此,散文小品如果有了幽默的滋润,就具有"温厚的""冲淡的"品格并达到既"深远超脱",又"最富于情感"的艺术境界。从文体的角度着眼,林语堂对幽默包括他对"性灵"和"个人笔调"的倡扬,可以认为是对现代散文的标准和文体功能的一种新理解。而尤为可贵的是,林语堂不但在理论上力倡幽默,在创作方面,他也将幽默谐趣视为散文的理想目标和最高境界。因此,"就小品文而言,倡导幽默是林语堂的一大贡献,他将小品文的审美品格提升到新的境界,即具有喜剧色彩的审美品格"②。遗憾的是,以林语堂为代表的幽默谐趣体式也和"抒情独语"体式和"闲谈"体式一样命运多舛。它在 20 世纪 30 年代中前期极盛一时之后,30 年代后期便走向沉寂,其间虽有 30 年代末 40 年代前后的梁实秋、钱钟书、王了一等人继承了这一路散文体式并有所发挥,但在"风沙扑面""虎狼成群"的严酷社会现实面前,这样的幽默谐趣的声音毕竟是太微弱了。值得庆幸的是,自 20 世纪 90 年代后,幽默谐趣的散文体式也和其他散文体式一样重获生机,并成为一种新的散文范式向以张中行、金克木等为代表的"闲话聊天"体式和以贾平凹领衔的"抒情散文"体式(早期散文)发起挑战。其中较优秀的幽默谐趣散文家有王小波、韩少功、孙绍振、南帆、韩石山、叶延滨等,他们承续了林语堂、梁实秋、钱钟书等的幽默谐趣散文传统,又注进了新的文体元素。这种散文体式的出现,有可能拓展现代散文的写作套路,丰富散文的文体功能和智性深度。

　　散文文体的自觉,意味着散文家不但自觉去建构散文的体制和语体风格,还表现出散文的文体风格和范式的形成,这在很大程度上是现代散文文体成熟的标志。通过上述的分析,可以清楚地看到,现代散文的基本范式和格局,其实在二三十年代就已确定。虽然其间也有反复和中断,但这几种基本的文体范式贯穿了

---

① 林语堂《我的话(上编)·论幽默》,上海时代书局 1948 年版。
② 王兆胜《真诚与自由——20 世纪中国散文精神》,陕西人民教育出版社 2003 年版。

20 世纪现代散文的始终。这些文体范式的确立表明了这样一个基本事实:散文对文体的选择与创造,丝毫不逊色于小说和诗歌,只不过以往的散文研究者没有很好地从文体的角度对现代散文进行清理和总结罢了。很显然,这种清理和总结可以在一定程度上纠偏对散文研究的习惯性轻视,也增强了我们建构散文理论体系的信心。当然,在探讨散文的文体时应注意到:散文的体制、语体、个性风格和文体范式之间都是本同而末异,是互为联系、互为补充渗透的。我一直认为,文体研究面对的不应是定型僵化的文学史材料,而应是发展着、变动着,而且充满了自由创造活力的文学事实。文体研究应力求对其作出客观科学、贴近文学本体的理论阐释,这样,文体研究才能区别于别的文学史研究,并对当前的文学创作有所助益。

四

文体既是文学的体制、语言和体式的综合性规定和体现,文体也是一个文学史的范畴。因此,文体研究对于文学史建设,也有着不容忽视的意义。众所周知,我们过去的文学史著述尤其是散文史著述,一般都是采用编年史式的体例,在描述文学史的进程时,又过于侧重从社会学和政治学的角度考察文学思潮和作家作品,这样难免有空泛粗疏之嫌。倘若我们换一个视角,即以文体的演变为中心来撰写文学史,说不定文学史的建构会出现新的格局。因为文体始终立足于文学本体,侧重于探究文学内部各要素的互相渗透和推移更迭,因而更能动态地揭示出文学史的演进过程,探测出文学的特殊性以及一般的发展规律。举例说,文体史(准确说是散文文体史)可以通过对文学体裁分合盛衰的把握,解释文学发展的历史动因和时代风格变迁对于文学的影响,如《宋书·谢灵运传论》中的“文体三变”以及后来的“一代有一代之所胜”的论断就属此类。文体史还可以结合语体的研究,深入地探究文体范式独特的发展轨迹。此外,文体史的优势,还体现在对作家和作品的分析可以更深入更细致。比如,文体史可以将对语言的研究延伸至文学范式研究,再由文学范式延伸至审美心灵的研究,并由作家的审美理想、生活情趣、人格修养和个性气质,即作家的审美和心理研究拓展到对整个社会心理、民族心理和时代心理的研究,这样将主体文体和时代文体、民族文体联系起来,不是既可以避免过往的某些文学史著作中社会史、政治史的成分过重,而眼光独特的文本分析和评判又过弱的弊端,同时又可以在一定程度上满足我们对贴近文学本体,揭示文学的内在发展规律的文学史的期待吗?

散文文体的传承与创新

——比较晚明与现代小品之异同

陈剑晖 ■

晚明小品与中国现代小品文都是在各自时代里取得了辉煌成就,并成为一种代表时代特色的自觉文体。晚明小品一反传统散文的"高文大册",不拘格套,流连于性灵、闲适和趣谐,不仅颇受时人欢迎,形成了一股以"小品文热"为标志的散文思潮,而且对后世的散文创作产生了深远影响。中国现代小品文承接了晚明小品的文脉又有所发展,因此近百年来的散文小品创作虽然出现过断裂,甚至散文文体还一度遭受到生存危机,但整体上创作的成绩是不容低估的。特别是新文学的第一个 10 年,"散文小品的成功,几乎在小说戏曲和诗歌之上"①。及至 20 世纪 90 年代以来,散文小品更是一路走红,成为最受读者欢迎的文体。究其原因,其中很重要的一点,便是现代散文小品这一文体在继承传统时又有发展,有所创新流变。但过去的散文研究对继承传统研究得较多,而对创新和流变则较少涉及。有鉴于此,本文拟在传承的基础上,探讨中国现代小品文文体的创新流变及对晚明小品的跨越。

一、晚明小品与中国现代小品文的共同点

中国古代小品文历史悠久,早在先秦时期就已经存在,而魏晋时期《世说新语》等小品的出现,则表明小品在当时的文坛已占有一席之地。但只有到了晚明,即万历至明末这段时间,中国古代小品文创作才真正达到全盛或曰成熟时期。从创作实践来看,这一时期小品文正式从古文剥离出来,成为作家笔下的一种自觉文体,不但出现了陈继儒的《晚香堂小品》、王思任的《文饭小品》、陆云龙编选的《皇明十六家小品》等一批以小品命名的文集,更重要的是,这些小品文集及其序、跋中体现出来的对于小品的认识,改变了时人的文体等级观念,即不再崇尚"文以载道",追求代圣贤立言的"高庙大章"和"朝廷述作",而宁愿创作并欣赏率性任心的性灵小品。这种对传统文学的反叛,既打破了原来壁垒森严的文

---

① 鲁迅《小品文的危机》,《鲁迅全集》(第 4 卷),人民文学出版社 2005 年版,第 592 页。

类划分,同时也体现了将诸如游记、尺牍等边缘性文类推向文学中心的努力。唯其如此,晚明小品才有可能走向繁荣,代表了一个时代文体的自觉,并成为堪与汉赋、唐诗、宋词、元曲并驾齐驱的时代文学的标志。

中国现代小品文继承了晚明小品的文体自觉意识与散文神,因而在新文学的草创时期,散文的成就最大,甚至超过了当时的小说、诗歌和戏剧。而且不容忽视的是,"五四"时期的散文小品,一开始就显得稳健成熟,具备了自己的神韵和美学风致,不像其他文体那样,需要经过一个"尝试""实验"乃至"断裂"的过程。其原因就在于小说、诗歌和戏剧主要接受了外来文化的冲击,而散文虽也受到英国"絮语散文"的影响,但其根须却深植于中国古典散文,尤其是晚明小品的沃土中。这是我们比较晚明与中国现代小品文首先要看到的一个事实,也是我们进行比较的前提。

说到现代小品文对晚明小品的继承,首先要提及的当推周作人。周作人不仅最早投入到现代小品文的"源流"研究中,而且十分投入和执着,论述也最为全面透彻。在 1926 年为重刊《陶庵梦忆》写的序中,周作人指出:"现代的散文在新文学中受外国的影响最少,这与其说是文学革命的还不如说是文艺复兴的产物……我们读明清有些名士派的文章,觉得与现代文的情趣几乎一致,思想上固然难免有若干距离,但如明人所表示的对于礼法的反动则又很有现代的气息了。"①1928 年,在《杂拌儿跋》中,他又这样称许公安派:"明代的文艺美术比较地稍有活气,文学上颇有革新的气象,公安派的人能够无视古文的正统,以抒情的态度作一切的文章,虽然后代批评家贬斥它为浅率空疏,实际上却是真实的个性的表现。"②在周作人看来,现代小品文并不是"五四"之后新出的产品,而是"古已有之",不过如今重新发掘起来罢了。这就把晚明小品与现代小品文对接了起来。在 20 世纪二三十年代的晚明小品热潮中,林语堂也是积极的鼓动者和实践者。林语堂不仅喜爱晚明散文,还通过办《论语》《人世间》等刊物,提口号,亮旗帜,大力倡扬"性灵"的散文和"闲适笔调",在当时产生了很大影响。除了周作人、林语堂外,20 世纪二三十年代受晚明小品影响的作家还有梁遇春、俞平伯、钟敬文、许地山、郁达夫、施蛰存、废名、丰子恺、阿英、味橄、沈启元,等等。他们或发表理论文章,或编纂各种晚明选本,或身体力行进行创作,以此来筑构他们心目中的理想现代小品文。正是在这批有心人的不懈努力下,中国现代小品文才取得了

---

① 周作人《知堂序跋·〈陶庵梦忆〉序》,岳麓书社 1987 年版,第 327 页。
② 周作人《苦雨斋序跋文·杂拌儿跋》,河北教育出版社 2002 年版,第 117 页。

如此高的成就,甚至在 20 世纪 30 年代掀起了一股"晚明小品热"。

比较两个不同时代的小品文体,可看出它们有许多共同特征。

一是"小"。晚明和现代的小品文,都具有陈继儒所说的"短而隽异"的特点。"小"首先体现在题材上,即小品文的取材一般都是"从小处着眼"。所谓"宇宙之大,苍蝇之微"皆可纳入尺幅;一种心境,一点佳意,一缕悲情,皆可敷衍成篇,这与"高庙大章"的所谓"大品"的确是大有区别的。其次是外形,即体制的"小"。晚明的袁宏道、张岱的作品自不用说,现代的周作人、林语堂、梁实秋写的文章亦然。他们的文章多则一二千字,少则几百字,极少有超过三千字的。但小品文的可贵和独特处正在于它的"微中见著""短而隽异"。所谓"隽",即短小中有味,而且有品。像周作人的小品文,写的都是身边的一些小题材,如北京的饮食、喝茶、故乡的野菜、乌篷船等,看似琐碎平淡,但琐碎平淡中有叙事、说理和抒情,有自由自在的表达,有陶然自适的性情。俞平伯、郁达夫的游记小品清新秀美,真切灵动,颇具晚明小品的情趣神韵。此外像阿英的读书札记,用笔洗练,博观约取,既有识见,又写得文采斐然。这些小品文的确是"幅短而神遥,墨希而旨示"(唐显悦《文娱序》)。这是小品文独特的一种思维品质,也是小品文区别于"大品"的显著特征。

二是"真"。晚明小品尚真,这主要表现在作家敢于在作品中说真话,表真心,抒真情。他们彻底放下"高文大册"那种道貌岸然的架势,充分肯定人的个性、自我和感性的生命追求,甚至将狂放耿直的性格、风流放诞的欲望赤裸裸地展现在作品中。如张岱在《自为墓志铭》中就自称:"少为纨绔子弟,极爱繁华,好精舍、好美婢、好娈童、好鲜衣、好美食、好骏马。"王季重则无所顾忌地写道:"尝欲佚目,每岁见一绝代佳人,每月见一种异书,每日见几处山水。"这些都是放达任心的真性情在散文中的体现。也正因此,袁宏道才认为"物真则贵,真则我面不同君面","夫有真文章,自有真人品,真事功"(袁宏道《成元岳文序》)。可见,散文小品只有抒发了自己的真性情,才不会"万口一响""共有一诗"。现代小品文承接了晚明小品崇真的传统。周作人不止一次表示,小品文需要"真实的个性"与"真的心搏"。郁达夫认为,小品文字的可爱,就在于它的细、清、真。梁实秋说得更直接:"一个人的人格思想,在散文里绝无隐饰的可能,提起笔来便把作者整个的性格纤毫毕现地表示出来。"所以,在梁实秋看来,"文调就是那个人"[1]。至于倡导性灵散文的林语堂,更是对"真"字情有独钟:"发抒性灵,斯得

---

[1] 梁实秋《论散文》,俞元桂主编《中国现代散文理论》,广西人民出版社 1984 年版,第 36 页。

其真,得其真,斯如源泉滚滚,不舍昼夜,莫能遏之。"①真,是小品的内质与灵魂。真就是不虚伪,不做作,无道学气,无空洞语,率直表达对社会人生的看法。由于晚明和现代小品文作家将"真"作为创作的第一要务,而且力求"句句真切,句句可诵",这样,他们的创作自然也就"俯仰之际,皆好文章,信心而出,皆东篱语也"②。

三是"趣"。趣由真来,"趣",可以说是晚明小品和现代小品文作家追求的另一个艺术目标和散文境界。诚如袁宏道所说:"世人所难得者唯趣,趣如山上之色,水中之味,花中之光,女中之态,虽善说者不能下一语,唯会心者知之。"(袁宏道《叙陈正甫会心集》)所谓"趣",即尚自然本色,追求天然;也是幽默谐谑,嬉笑怒骂。"趣"还常常与"闲"联系在一起,唯有闲适之人才能摆脱陈规俗套,洗去刻板呆滞,如中郎之文,常将笑话植入传记,且不乏俚语与游戏之语,可谓既谐且趣,而王季重更是"聪明绝世,出口灵巧,与人谐谑,矢口放言,略无忌惮"(张岱《王谑庵先生传》)。现代小品文作家同样心仪"趣"这一优良传统。周作人极为重视趣味这一美学范畴,在 1935 年发表的《笠翁与随园》一文中,他说:"我很看重趣味,以为这是美也是善,而没趣味乃是一件大坏事。这所谓趣味里包含着好些东西,如雅、拙、朴、涩、重厚、清朗、通达、中庸,有别择等,反是者都是没趣味。"可以看出,周作人关于趣味的范围很广泛,而他尤重趣味中的拙、朴、涩,则显然有夫子之道的意味。现代小品文创作中的另一位主将林语堂,则不仅力倡性灵闲适中的幽默趣味,而且创作了《论西装》《忍耐》《我的戒烟》《会心的微笑》《脸与法制》《蚤虱辩》等大量既有丰富广泛的知识,独到的人生见解,又性灵不绝如缕,文笔欢畅流动,嬉笑怒骂皆成趣味的文章。其他如梁实秋、钱锺书、王了一等,其作品也大抵是"以雅化俗",貌似平常,实则充满了人生的趣味。值得一提的是,即使强调小品文的"匕首""投枪"功能的鲁迅,其实也是欣赏趣味的。在《忽然想到》中,他曾这样谈到趣味:"外国的平易地讲述学术文艺的书,往往夹杂些闲话或笑谈,使文章增添活气,读者感到格外地兴趣,不易疲倦。"可见,趣味是小品文不可或缺的一种元素。晚明与 20 世纪二三十年代小品文的繁荣,既受益于"真"和性灵,亦得益于会心之趣。可惜在后来的散文小品创作中,这种可贵的元素越来越稀薄了,这就不可避免地使得中国现代小品文日渐走向衰落。

除了"小""真""趣"之外,晚明与现代小品文还讲究文笔的"活",即灵活生

---

① 林语堂《论文》,俞元桂主编《中国现代散文理论》,广西人民出版社 1984 年版,第 60 页。
② 林语堂《论文》,俞元桂主编《中国现代散文理论》,广西人民出版社 1984 年版,第 63 页。

动,如行云流水,舒卷自然;讲究"畅",即明白晓畅,话语家常,通俗易懂,雅俗共赏。特别是为了反叛正统的古文,晚明与现代小品文作家为文时大抵都能做到自由自在地表达,不为格套所拘,不为章法所役。这种"自由性"的追求,最合散文的本性,也最能体现出小品文的优势。正因晚明和现代小品文有上述的文体观念、审美追求和艺术特征,因而它们不仅是纯正的散文,有美的情趣和韵味,而且拥有自由自在的本性。所以在特定的时代里,它们所取得的成就便超过了别的文体,受到了读者的广泛欢迎。

二、晚明小品与中国现代小品文的不同点

从文体的生成和发展的角度来看,中国现代小品文是在纵向继承和横向借鉴中发展起来的,此即所谓"内应"和"外援"。但过去的散文研究者一般只看到晚明和现代小品文的相同之处,却很少研究它们之间的不同点,至于现代小品文在传承晚明小品过程中的文体流变,以及现代小品文对晚明小品的创新和超越,过去也极少涉及。因此,接下来拟对两个时代小品文的不同点作进一步的探讨。

晚明与现代小品文的不同点主要体现在以下三个方面。

第一,在表现人文精神方面有所不同。晚明和现代小品文与古代散文的一个重要区别,就在于它们表现出了鲜明的人文主义特征。但细加品察,两个时代小品文所表现出来的人文主义精神内涵又有所不同。晚明小品人文精神的来源,基本上都是中国的文化传统。其间既有儒家文化中某些包含着人本要求的养料,更多的是道家、禅宗文化中具有个性解放倾向的思想,此外还有明中叶以降市民文化对作家的影响。这种人文精神的价值取向,主要是对个人生活方式的重视和个人审美方式的强调,尚未能将个人对人性自由的渴求与人对社会的权利和政治自由的思考相结合,在审美上也未能完全摆脱中国古典文学的价值取向。这一点在袁宏道、张岱等描写自然山水的作品中表现得尤其突出。而中国现代的小品文,是在"五四"新文学的背景下产生的。它一方面深受近代西方的人本主义思潮的影响,一方面又从英国随笔那里获得新滋养和新气息。中国20世纪二三十年代的散文作家之所以对英国随笔情有独钟,盖因英国随笔与中国现代小品存在着内在的必然联系。换言之,英国随笔中的某些可贵素质,正是我国传统散文所缺少,或长期被忽视的。二三十年代的小品文作家敏感且富于前瞻性地认识到,中国的现代小品文要有长足的发展,就必须借助"外援"的某些元素来丰富和壮大自己。英国随笔在深层结构即思想和精神层面上对中国现代小品文产生了很大影响,英国随笔吸引中国散文家,引起他们强烈兴趣的,是它

那浓厚的个人色彩,比其他散文形式可以更自由、更直接地表现自我。因为英国随笔是在西方人本主义浓厚的氛围中诞生发展起来的,它特别注重个性的表现,同时充满自由创造的精神。而这种坦白率直、自由洒脱地表达个人的生活经验、思想与情趣的写作态度,与周作人、郁达夫、林语堂等人原先就具有的人本主义思想一经对接,自然也就神交气合了。所以,郁达夫在总结现代散文第一个十年的创作成就时才这样说:"现代的散文之最大特征,是每一个作家的每篇散文里所表现的个性,比从前的任何散文都来得强。"①可见,英国随笔对于现代小品文作家突破传统散文正统观念的藩篱,充分表现自我个性的解放需求,以及培养健全的主体人格,并在此基础上创造具有现代意义和独特品格的新体散文,无疑有着直接和积极的借鉴价值。

第二,现代小品文具有鲜明的批判性。正因从"外援"获得与正统古文异质的元素,中国现代小品文在表现人文精神,在处理个体与时代、个体与社会人生的关系等方面,也就有别于晚明散文。其中最明显的一点,便是批判性。晚明小品虽也有反叛传统、不满社会现实的一面,但他们更多的是寄情山水,以酒当歌,幻想自由,而极少反映出个体在现实社会中争取自由的抗争和努力。中国20世纪二三十年代的小品文则不同。它们高扬批判的大旗,发出种种不吉利的"枭鸣",批判专制社会的黑暗与国民的愚昧。

总之,"不愿意在有权者的刀下,颂扬他的威权,并剿落其敌人来取媚"②,正是现代散文尤其是20世纪30年代小品文的一大思想特色。在这方面,鲁迅的杂文自不必说,即便"语丝派"的杂文,他们提倡"自由思想""独立判断"和"美的生活",不论在"社会批评"还是在"文明批评"方面,都体现出鲜明的批判性、揭露性和讽刺性。再如周作人的小品文,尽管曾被不少人诟病为是产生于"苦雨斋"中的"小摆设",但这其实在很大程度上是一种从政治出发,只对人不对文的"误读"。周作人的小品文,也是有批判精神的,只不过他的批判较为隐晦,较为含蓄罢了。周作人曾这样夫子自道他的《谈虎集》:"我这些小文,大抵有点得罪人得罪社会,觉得好像是踏了老虎尾巴,私心不免惴惴,大有色变之虑,这是我所以集名谈虎之由来。"③这说明周作人的小品文也不全是"闲适""冲淡"和"苦味",其间也是有火气和批判锋芒的。其他如梁实秋、林语堂以及钱锺书、王了一的小品

---

① 郁达夫《〈中国新文学大系·散文二集〉导言》,俞元桂主编《中国现代散文理论》,广西人民出版社1984年版,第446页。

② 鲁迅《我和〈语丝〉的始终》,《鲁迅全集》(第4卷),人民文学出版社2005年版,第173页。

③ 周作人《谈虎集·序》,河北教育出版社2004年版,第2页。

文也莫不如是。

第三，是现代小品文的理性精神。晚明小品主要以情胜，以品显，而现代小品文除了重视情外，还注重议论和逻辑推理，具有理性思辨色彩。如梁遇春的《谈"流浪汉"》，从辨析词义开始，旁征侧引，借题发挥，由"流浪汉"写到马夫、作家、画家、思想家、历史人物，甚至连《红楼梦》中的林黛玉也作为论证"流浪汉精神"的材料。作品从表层进入深层，从感性上升到理性思辨，文章的结构自由开放，虽有拉杂、重复、结构分散的不足，但没有任何古代文章学的八股气，可说是典型的"兰姆式"随笔。同梁遇春一样，钱锺书的随笔小品也侧重对人生的思考和真理的探求，不过他作品中的理性思辨色彩更为突出。如《窗》中，作者先写窗的通风和透光的作用，再写窗与门在功能上的异同，这些本来没有太多深意，但经过钱锺书一番波谲云诡的辨析论证，我们看到窗子里不仅镶嵌着春天，可以尽情享受，而且窗子还是情人的通道，甚至表示着"人对于自然的胜利"。不仅如此，在钱锺书笔下，窗子还是房屋的"眼睛"，它既可以帮助人们进行心理沟通，还可以遮挡隐私，让人安心地做梦。因此，如果你厌倦了外界的喧闹，你就可以"关了窗好让灵魂自由地去探胜，安静地默想"。小小一扇窗户，却暗藏玄机，别有洞天，使人眼界大开，让人从中感悟到不少人生道理。像这样的理性思辨精神，我们在晚明小品里是见不到的。因为现代小品文固然继承了晚明小品文体简约，用笔随意洒脱与推崇性灵等优点，但现代小品文由于吸收了西方近代人文的资源，加之英国随笔的滋养，因此其内容更多地体现出新的时代精神和现代启蒙意识，同时在思维上也更侧向理性的议论和叙事。现代小品文与晚明小品在文体和结构上也有所继承和流变。晚明小品一般以文笔的简约和结构的精致取胜。它的优点是"短而隽异"，缺点是过于精雕细刻，有时反而限制了结构的开放和表达的随意。另外，过于小巧凝练的结构也在一定程度上限制了内容的丰富开阔。再者，晚明小品尽管也提倡"信腕信口""宁今宁俗"，但由于受文言文语体的束缚，所以无法像现代小品文那样真正达到自然平易，通俗畅达。当然，更不容忽视的是，由于受到英国随笔的文体笔调和浓厚的幽默谐趣的影响，现代小品文在20世纪二三十年代形成了一股"谈话风"的创作潮流，作家们以闲适从容的心态，家常絮语般的口吻，轻松活泼的笔调谈生活，论古今，谈人生，论梦想和社会问题。这也是在晚明小品中极少见到的。

三、对中国现代小品文发展的几点思考

通过比较可以使我们更清楚地看到两个不同时代散文的共同特征和不同

点,以及文体的传承与流变。但比较不是目的,笔者的目的是通过晚明与现代两个不同时代小品文的比较,汲收古代散文的优长,去除其消极的因素,力求突破传统散文的某些限制,为21世纪中国小品文的发展注进一些新质。

若论晚明小品的消极因素,笔者以为不能回避创作上的"自娱性"问题。我们知道,晚明小品的崛起与繁荣始终贯穿着"文以自娱"的文学精神。他们反对"文以载道",不再把文章当作"经国之大业""不朽之盛事",而是"每著文章自娱",并在自娱的同时娱人,将"自娱娱人"视为文学写作的终极目的。如郑元勋在《媚幽阁文娱自序》中说:"吾以为文不足以供人爱玩,则《六经》之外俱可烧。《六经》者,桑麻菽粟之可衣可食也;文者奇葩,文翼之怡人耳目,悦人性情也。若使不期美好,则天地产衣食生民之物足矣,彼怡悦人者则何益而并育之?"这种看法颇有点将《六经》视为大餐,将小品视为点心的意思。应当看到,"以文自娱""自娱娱人"一方面离不开特定的时代风尚和社会环境的影响,在反对"文以载道"上有其积极意义;另一方面,在这种自娱性创作观念的影响下,晚明小品也的确出现一些弊端。比如,晚明小品特别喜欢为市井隐逸、风尘侠女、黄冠缁衣立传,且极力渲染其"迂""愚""痴""癖",这其中虽有某种不同于"世路中人"的生活理想的寄托,但其自娱自乐、逃避现实生活的写作动机也显而易见,这在一定程度上削弱了文学作品匡正世道人心的现实功效。正因逃避现实,过于追求自娱性,晚明小品在清代便遭到了普遍的诟病。先是顾炎武批评公安派、竟陵派的文人标榜门户、自视清高,认为晚明文人的创作是"空疏不学""徒事空文",甚至是一种"亡国之音"。继而王夫之认为晚明文风信笔由缰,肆无忌惮,其文风是自古以来从未见过的"俗陋"。而《四库全书》馆臣更是以"山人习气""小品习气"来讥讽晚明小品。这固然不免有正统文人的偏见,但晚明小品忽视文学的社会功能,过于流连于山水和局限于抒发"小我"之情,而缺乏深厚的社会内容,却是一个不争的事实。

相较而言,20世纪20~30年代中前期之所以被称为小品文的黄金时代,正是由于作为一种新兴的文体,小品文敢于抨击时弊,扬露痼疾,鼓吹新潮,启蒙心智。但进入20世纪90年代后,随着小品文的复兴,自娱性的小品文又开始出现并迅速泛滥。这类小品文的共同点是逃避现实,无视各种各样的社会问题和民众的生存困境,而沉溺于"闲"和"俗",迷恋于无关痛痒的个体世界的浅层表现。比如写饮食、衣着、养生、养鸟、美容,以及猫狗的故事、蟋蟀斗、逛街市、时装,等等;或者谈禅论道,寄情于山水明月,以此来显示自己的淡泊和清高。不是说小品文不能写日常生活、凡人俗事中的"苍蝇之微",问题是,这些"苍蝇之微"要"微中见著",要有品有味,有大爱和大情怀。如果小品文仅仅满足于顾影自怜自恋式的自娱自乐,而且这种自娱自乐仅仅显示了生活中肤浅、庸俗、虚假和丑陋的一面,或只是某些作者用来作秀和煽情的道具,那么,这样的自娱性不仅远未达到晚明小品的境界,相反地,有可能大幅降低现代小品文的思想文化品位。因此,21世纪的小品文若要重现新文学之初那种"极一时之盛"的绚丽景象,必须一方面重视小品文的以文自娱功能,使小品文真正做到能怡人耳目、悦人性情;另一方面,又要强调小品文必须正视现实、介入当下,不回避重大的时代命题和社会问题。这样,现代小品文才有可能在我国建设现代化国家的进程中获得一定的话语权,而不至于被边缘化。这是笔者比较晚明与现代小品文之后的第一点思考。

第二点思考是关于现代意识的问题。现代意识是渗透进小品文的一种内在精神。"五四"时期到20世纪30年代中期的小品文因注进了这种内在精神,故而充满了生命和活力。在这一时期,小品文由于"经过西洋现代思想的陶熔浸润,自有一种新的色味,与以前的显有不同,即使在文章的外观上有相似的地方"①。这个"显有不同",就是在继承传统散文的基础上,在思想艺术上又有所流变,这就是"五四"时期为西方文化所冲激而觉醒的现代意识。这种以倡导推动科学、民主、自由、个性解放的人文主义思想为内核的现代意识,一旦投射到现代小品文上,就催生出了一种新的文学观念和文体的变革。然而,30年代中期以后,这种现代意识却猝然间断裂了。随着散文整体上的式微,自30年代后期至80年代后期的小品文,其实又回到了当年周作人批判过的"载道的散文"或"赋得的散文"的老路上,即便在小品文复兴的90年代,仍然有不少"感恩""颂圣"之作。这类小品文在思维模式上是反现代性的,在立意结构、语言表达、情调意蕴上则体现出封闭性的特征,而作家的人格主体也是萎缩的。正是面对着这样的尴尬局面,笔者认为当下的小品文亟须来一番精神和思维方式上的换血,这就是去除狭隘保守的传统散文观念,以及奴性的感恩和宗道意识,代之以理性的精神,独立而开放的现代意识和批判质疑态度。倘若21世纪的小品文能朝着这样的方向发展,则不仅意味着21世纪的小品文在真正意义上向着"五四"时期的小品文回归,同时预示着21世纪的小品文具有超越晚明小品的可能性。

第三点思考,是自由性的问题。晚明小品留给现代小品文的一笔宝贵遗产,

①　周作人《〈中国新文学大系·散文一集〉导言》,俞元桂主编《中国现代散文理论》,广西人民出版社1984年版,第436页。

就是确立了"自由性"这一散文的本质特征。晚明小品的一个最突出的特征,就是自由随意。作家们不屑于固守原有的文类规则,大胆追求"法外之法""味外之味"和"韵外之韵"。而落实在用笔上,则是自由挥洒,随意点染,独抒性灵。现代小品文深受晚明小品这一特质的影响,作家们以其独立的主体人格和自由精神,彻底打破美文不能用白话的迷信。而对散文自由精神的皈依,使现代小品文获得了文体的大解放,同时其自由随意、真诚轻松的谈话风又拉近了散文与读者的距离。事实证明,自由性是散文的本体特征,而小品文则是最适宜自由表达的文学载体。由于人类的精神在本质上是独立而自由的,而散文特别是小品文不仅是"文学发达的极致",而且是人类心灵的最高表现形态,是精神与生命借助语言文字的最为直接的呈现,这就决定了独立和自由是小品文旗帜上最为耀眼的标志。如果当下的小品文作者能够像晚明或 20 世纪二三十年代的散文作者那样,敢于反传统,同时尽可能使自己成为独立而自由的人,并因此进行自由而真诚的写作,努力开拓一条小品文创作的审美新途径,那么,21 世纪小品文在精神生命的质量,在文化品格以及文体形式的创新等方面,将有一个新的样貌。

最后,是"趣"的问题。晚明小品尚真重趣。陆云龙说:"率真则性灵现,性灵现则趣生。……然趣近于谐,谐则韵欲其远,致欲其逸,意欲其妍,语不欲其拖沓,故予更有取于小品。"(陆云龙《翠娱阁评选袁中郎小品》)陆云龙认为小品既要有远韵、逸致、妍意、简洁,还要有谐趣。小品文这种审美与消遣的双重统制,正是晚明小品的特色,也是它大受欢迎的内在原因。应该说,20 世纪 20~40 年代的散文就继承了晚明小品重趣的传统。但在后来的很长时间里,小品文的这一优良传统中断了。直到出现了贾平凹、王小波、韩少功、流沙河、孙绍振、南帆、韩石山等人之后,"趣"这一小品文的优良传统才有所恢复。但应看到,这种恢复还远远不够,而且只是局部性的。因为重趣还未成为当下散文创作者和研究者的共识,同时当下还有大量"无趣"的小品文存在着。所以,在谋求小品文发展的同时,我们要重视晚明和现代小品文这一重要资源,在"真""情""理"之后再加上"趣"字。因为"趣"是小品文的一个重要元素,有趣则小品文生机盎然,娱人心情,悦人耳目,反之则面目可憎,刻板乏味。当然,"趣"若能与散文的智性,与丰厚的精神、高贵的心灵达到深度的交融,则这种"趣"就更有味和有品了。

考察、比较晚明小品与现代小品文的传承与流变,我们可以获得以下的认知。其一,现代小品文是现代知识者对自己、对社会、对世界进行思考和自由表现的重要载体,并由此确立其思想和艺术价值。因此,小品文应高扬现代理性批判精神,以独立的人格、自由的精神介入现实人生,以真诚、情趣和性灵征服读者。在笔者看来,现代小品文既可以开展"社会批评"和"文明批评",也可以以亲情爱情友情,以及饮茶喝酒养花养草、谈禅说道修身养性为其内容,但不论写什么题材,都应以独立自由、真诚情趣和坚守小品文的纯洁性为旨归。中国近百年小品文的发展证明了这样一个真理:无论任何时期,小品文只要拥有了上述元素,就必然兴旺繁荣,反之便是一片冷寂凋零。其二,小品文是散文的正宗,是散文这一文体艺术纯度最高的品种。因为现代意义上的散文,虽然与小说、诗歌、戏剧并列为一种文体,也有过属于自己的辉煌,但由于其门槛较低,加之体质不纯,这样就难免经常被人讥为"准文学"。而作为散文精华部分的小品文,它因"短而隽异",既可张扬自我个性,又可自由随意挥洒,既可讲情讲韵,还可讲趣讲智,既可激发灵感,又可诉诸想象,还可追求语言的精妙,形式的完美。因此,衡量一个时代散文的繁荣与否,艺术成就的高低,最为主要的标尺就是看小品文达到了何种的高度。正因小品文在散文中居于如此重要的地位,所以将两个不同时代的小品文放在一起比较,回顾现代小品文走过的路程,探讨文体传承与流变的内因与外因,总结其盛衰的历史经验,重新确认小品文的审美特质及其创作规律,对于振兴和推动当代散文创作的发展,既有其理论价值,也有不容忽视的现实意义。

命名的艰难

——论鲁迅散文文体意识的演变

周海波 ■

现代散文作为具有现代特征和意义的文体之一,不仅是在欧风西雨的浸润中形成并发展起来的,而且与中国古代散文密不可分,也与散文的重要载体——现代报刊联系在一起。但是,现代散文从出现开始,就在如何命名,如何规范等问题上争论不清。从名称本身来看,散文这一概念无论与古代散文或者西方散文都有极为相似之处,细思量,却无论在古代文体还是在西方文体中,又无法真正寻找到能够与中国现代的"散文"这一名称相匹配的概念。从古代散文文体的发展流变来看,现代散文似乎能够在古代任何一个时期或任何一种类型的散文中寻找到相似的影子,但当我们以"文章"来概括某一种文体时,似乎又不可能用来概括现代散文,无法将"文章"与"散文"对应起来;同时,我们也难以在西方文体学中寻找到一个能够与"散文"对应的概念。一般来说,现代散文从西方Essay或者 Familiar Essay 中借鉴了某些艺术因素,也吸收了文体学的艺术精神,在此基础上形成了现代散文文体,但是,如果从命名的角度来看,将 Essay 或者 Familiar Essay 译为"美文""小品文""随笔""絮语散文""爱琐",都无法替代散文这一文体概念在人们心目中的位置。

散文,作为现代文学的主要文体,"五四"以来"散文小品的成功,几乎在小说戏曲和诗歌之上"[①]的文体,在命名的问题上遇到不可绕过的艰难。

一、文体学视阈中的散文概念

散文本来就是一个界限模糊、定义不清的概念,中国古代与西方文体学中都没有相应的概念,无论古代的文章还是其他游记、辞赋,都不能完全等同于现代的散文,而西方的 Essay 或者 Familiar Essay,从文体学上说,也是一种相对独立的文体学概念,与现代文学史上的散文一类的概念仍有较大的区别。"五四"以来,一些现代作家、批评家试图将散文与西方散文(Prose)或者英语文学中的

---

① 鲁迅《小品文的危机》,《鲁迅全集》(第 4 卷),人民文学出版社 1981 年版,第 576 页。

Essay对应起来,但由于 Prose 是指一种广义上的散文,是韵文(Verse)之外的一切散体文。而 Essay 则是一种狭义的小品或散文,如鲁迅、周作人等作家、批评家从厨川白村的《出了象牙之塔》中接受了 Essay 这个概念,但同样无法与中国文学中意义深远的散文相提并论。正如梁遇春所说:"把 Essay 这字译做'小品',自然不甚妥当。但是 Essay 这字含义非常复杂,在中国文学里,带上 Essay 色彩的东西又很少,要求找个确当的字眼来翻,真不容易。只好暂译做'小品'。"①梁遇春的担忧不是没有道理的,将 Essay 译成"小品"或"小品文"是否能够准确传达这一文体的特征,能否得到读者的普遍认可,都未曾可知。诗人朱湘就不同意将 Essay 译成为"小品文",而是主张直接音译:

有一种最重要的"文章":"爱琐"文。这便是普通称为"小品文"的那种文章;不过我个人不满意于"小品文"这个名称,因为孟坦(Montaigne),在西方文学内是正式的写这种文章的第一人,他有许多 Essais 在篇幅上一毫不小,有的甚至大到数万字的篇幅,至于在品格上,他的 Essais 的整体是伟大的,更是公认的事实。他,以及西方的另一个伟大的"爱琐"文作家,蓝姆(Lamb),都是喜欢说琐碎话。至于培根(Bacon),他的 Essays,在文笔上,自然没有那种母亲式的琐碎,不过,在题材上,它们岂不也有一种父亲式的琐碎么?②

朱湘在文章中特别强调了"爱琐"的特征,突出了"琐碎"与其文体的对应关系,但"爱琐"缺少文体应有的那种准确与灵动,并未得到人们的普遍认同。周作人也不赞成使用"小品文"的名称,"我并不一定喜欢所谓小品文,小品文这名字我也很不赞成,我觉得文就是文,没有大品小品之分"③,周作人着重从文章性质的角度,否认了文章的大小之别,试图肯定此类作品的文学品相。事实上,无论使用哪一个概念,都很难以概括纳入其他文体的散文类的作品,正是这样,周作人引入了"美文"这一概念,作为容纳新文化运动以来散文随笔一类的文体概念,"外国文学里有一种所谓论文,其中大约可以分作两类。一批评的,是学术性的。二记述的,是艺术性的,又称作美文,这里边又可以分出叙事与抒情,但也很多两夹杂的"④。周作人引述的几位作家如爱迭生、阑姆、欧文、霍桑等,都以创作 Essay 一类文体的作品为主。周作人的论述提出了三个值得注意的问题,一是他

---

① 梁遇春《译者序》,《英国小品文选》,梁遇春译注,开明书店 1929 年版,第 1 页。

② 朱湘《文学谈话(七)·分类》,《青年界》1933 年第 3 卷第 4 期。

③ 周作人《〈散文一集〉编选感想》,《知堂书话》(上),中国人民大学出版社 2011 年版,第 75 页。

④ 周作人《美文》,《周作人自编文集·谈虎集》,河北教育出版社 2002 年版,第 29 页。

把美文视为"论文"的一种,但又从"学术性的"论文中区别开来,这里的所谓"论文"与古代所说的文章相类同,是一个宽泛的文章的概念;二是周作人把美文与古代文章中的序、记、说一类的文体联系在一起,或者说,古代的这些文体与外国文学中的美文具有同一性特征;三是写作这类文体的美学要求,"有许多思想,既不能作为小说,又不适于作诗,便可以用论文式去表他",因为美文与其他一切文学作品一样,"只是真实简明便好"。从这几个方面来看,周作人特别重视了美文的文学性质,特别将美文从随感录、杂感、短评等文体中独立出来,也从小品文的文体中独立出来,形成了具有文体学意义的一个概念。

从实践层面上来看,鲁迅使用的散文文类的概念更加多样和复杂,因而也更具有文体学上的意义。也可以说,鲁迅在为现代散文命名的过程中,在不同时期有不同的用法,也有不同的指向。一般来说,鲁迅早期所使用的概念比较单一,在为《云谷杂记》所作的跋和序中,他沿用了作品的书名,将各种文体糅合一起的文集称之为"杂记",这个时期,鲁迅还没有真正形成属于自己的文体意识,到出版《域外小说集》时,他将集中的作品命名为"小品",这个"小品"的概念与后来人们使用的散文小品的概念相差甚远,它指的是篇幅短小的文章,而在这里则具体指短篇小说。鲁迅真正形成自己的文体理论,尤其在散文文体方面,是在 20 世纪 20 年代中期之后,则以使用"短评"和"杂感"为主,其他如"时评""随笔""杂文""批评"等,这些概念因出现在不同文章、不同语境中,有不同的使用方法,具有不同的含义,但大体是指社会和文明批评的一种。如果从鲁迅杂文集编年史的角度去看鲁迅对自己创作的命名,可能会更清晰一些:

《〈坟〉题记》:"就因为偶尔看见了我将近二十年前所做的所谓文章。……但尤其是因为又有人憎恶着我的文章。"

《写在〈坟〉后面》:"在听到我的杂文已经印成一半的消息的时候,我曾经写了几行题记,寄往北京去。"

《〈热风〉题记》:"我在《新青年》的《随感录》中做些短评……五四运动之后,我没有写什么文字,现在已经说不清是不做,还是散失消灭了。"

《〈华盖集〉题记》:"在一年的尽头的深夜中,整理了这一年所写的杂感,竟比收在《热风》里的整四年中所写的还要多。"

《〈华盖集〉小引》:"还不满一年,所写的杂感的分量,已有去年一年的那么多了。……名副其实,'杂感'而已。"

《〈而已集〉题辞》:"这半年我又看见了许多血和许多泪,然而我只有杂感而已。"

《〈三闲集〉序言》："我的第四本杂感《而已集》的出版，算起来已在四年之前了。去年春天，就有朋友催促我编集此后的杂感。"

《〈伪自由书〉前记》："这一本小书里，是从去年一月底起至五月中旬为止的寄给《申报》上的《自由谈》的杂感。"

在上述作品集中，鲁迅使用的"文章""杂文""杂感""短评"等概念，有的交叉使用，其意思不尽相同。在《坟》中鲁迅前后提到"文章"和"杂文"，使用了不同的概念。这里所谓"文章"是指篇幅较长的、论述性的文章，如《人之历史》；而"杂文"则是指《坟》中所收录的各类不同文体的作品，有"文章"，也有"随感录"，也有"闲谈""漫笔"等。而在其他作品集中出现的"短评""杂感"，其意思是相同的，所指文体也大体一致。在这些作品集中使用的带有文体学意义的名称的作品主要有：《看镜有感》《春末闲谈》《灯下漫笔》《随感录》《忽然想到》《杂感》《并非闲话》《送灶日漫笔》《黄花节的杂感》《读书杂谈》《扣丝杂感》《小杂感》，这些题目包含有"杂感""闲谈""漫笔"几个关键词。与上述鲁迅对作品集的文体命名相对照，"短评""杂感"是鲁迅对这类作品的概括，也是鲁迅对散文文体的基本认识。与此同时，鲁迅对《野草》《朝花夕拾》并未在文体上有特别的说明，在《〈朝花夕拾〉小引》中，鲁迅仍然以"文章"称其作品，但这类"文章"显然与《坟》中的"文章"不属一类，这类叙事抒情的作品，更接近于人们认可的散文。

进入 20 世纪 30 年代后，从《二心集》《南腔北调集》开始，鲁迅更多使用"杂文"来命名他的作品。1932 年，鲁迅在为《二心集》所写的"序言"中说："这里是一九三〇年与三一年两年间的杂文的结集。"[①]但同时他又将这些"杂文"中的"不到十篇"的文章称之为"短评"，这些"短评"主要是发表在《语丝》《奔流》《萌芽》等杂志上的，又因这些杂志不能正常出版，所以只有"不到十篇的短评"。从鲁迅所说的这种情况来看，这"不到十篇的短评"主要是《习惯与改革》《张资平氏的"小说学"》《我们要批评家》《"好政府主义"》《"丧家的""资本家的乏走狗"》《做古文和做好人的秘诀（夜记之五，不完）》等，这些文章与此前发表的"短评"或"杂感"在文体上相同，同属于一类。而其他被称之为"杂文"文体的作品，则是那些演讲、通信和带有论战性的文章。不过，从随后鲁迅在《南腔北调集》的"题记"中也可以看到，他在"杂感"和"杂文"两种命名之间，相互说明，相互使用，带有同类文体不同命名的意味。"两年来所作的杂文，除登在《自由谈》上者外，几乎都在

---

① 鲁迅《〈二心集〉序言》，《鲁迅全集》（第 4 卷），人民文学出版社 1981 年版，第 189 页。

这里面;书的序跋,却只选了自以为还有几句可取的几篇"①,这里所说的杂文与收录在《伪自由书》中的文章都是发表在《申报·自由谈》上的,无论文体类型还是风格特征基本一致,可以视为同一种文体。也就是说,这里的"杂文"和"杂感"是不分的,但鲁迅却将"书的序跋"区别出来,以表示序跋与杂文在文体上的不同。

这种"杂感"与"杂文"互用的情况也可以在同时期的《伪自由书》《准风月谈》《花边文学》中看到。《〈伪自由书〉前记》中说:"这些短评,有的由于个人的感触,有的则出于时事的刺戟,但意思都极为平常……此外为我所看见的还有好几篇,也都附在我的本文之后,以见上海有些所谓的文学家的笔战,是怎样的东西,和我的短一语道破本身,有什么关系。"②这里的"短评"也就是"杂感",是鲁迅在《南腔北调集》中所说的"杂文"。而在《准风月谈》的"前记"则被称之为"拉杂的文章"③,而到了"后记"中则被称为"杂文",并说:"我的杂文,所写的常是一鼻,一嘴,一毛,但合起来,已几乎是或一形象的全体,不加什么原也过得去的了。"④到了《花边文学》收集出版时,鲁迅再次使用了"短评",但在文体上与同时期《伪自由书》《准风月谈》《南腔北调集》中的作品并无二致。

真正使"杂文"这一概念确立起来,成为文学写作的文体命名,是在《且介亭杂文》出版时,这不仅由于鲁迅直接以"杂文"命名他的作品集,而且在文体观念上也确立了"杂文"的创作地位。鲁迅为《且介亭杂文》所写的"序言"不仅是为一部杂文集的"序",也不仅以此"序言"顺便与论敌较量一番,而更是一篇有关杂文文体学的文献,这篇文献确立了杂文作为一种文体在文学史上的地位,也为杂文的分类与特征做了基本的概括与梳理。从承继关系上来看,"杂文"与"杂感""短评"存在直接的文体关系,甚至从某些方面说二者是同一文体的不同命名,但二者又存在一些差别,不能完全将"杂文"与"杂感""短评"视为同一种文体。从鲁迅为杂文的界定来看,杂文的内涵与外延相对广泛一些,杂文古已有之,"凡有文章,倘若分类,都有类可归,如果编年,那就只按作成的年月,不管文体,各种都夹在一处,于是成了'杂'",这里所说的是广义的杂文概念,与南朝宋范晔在《后汉书·文苑传》和刘勰在《文心雕龙·杂文》中所说的意思有些相近,强调杂文的内容之杂,文体类型之杂,风格之杂。这也与刘半农在《半农杂文(第一册)·自序》

① 鲁迅《〈南腔北调集〉题记》,《鲁迅全集》(第4卷),人民文学出版社1981年版,第418页。
② 鲁迅《〈伪自由书〉前记》,《鲁迅全集》(第4卷),人民文学出版社1981年版,第4~5页。
③ 鲁迅《〈准风月谈〉前记》,《鲁迅全集》(第4卷),人民文学出版社1981年版,第190页。
④ 鲁迅《〈准风月谈〉后记》,《鲁迅全集》(第4卷),人民文学出版社1981年版,第382~383页。

中所说基本一致:"今称之为'杂文'者,谓其杂而不专,无所不有也:有论记,有小说,有戏曲;有做的,有翻译的;有庄语,有谐语;有骂人语,有还骂语;甚至于有牌示,有供状;称之为'杂',可谓名实相符。"①不过,鲁迅在这里特别强调了杂文的战斗、抗争的精神,这也就在无形中将狭义的杂文析出,将杂文文体与此前鲁迅一直努力创作的杂感、短评一类的文体结合起来,形成了一种独特的具有特殊内涵的文体类型。1933 年,瞿秋白将鲁迅部分杂文编辑成集时,题名为《鲁迅杂感选集》,并指出鲁迅"在最近十五年来,断断续续的写过许多论文和杂感,尤其是杂感来得多",强调鲁迅杂感的斗争性,"鲁迅的杂感其实是一种"社会论文"——战斗的'阜利通'(feuilleton)"②。这一方面说明鲁迅的杂文是在战斗的环境中产生的,也表现出了应有的战斗特点,这也就是鲁迅所说的"作者的任务,是在对于有害的事物,立刻给以反响或抗争,是感应的神经,是攻守的手足"。与此同时,鲁迅又特别将时事性强、反应敏捷的杂文,与"为未来文化设想"的"鸿篇巨制"进行了对比,突出其"为现在和未来的战斗的"文体功能。

二、杂体文与命名的多样性

1934 年,鲁迅在《读书生活》月刊第 1 卷第 2 期发表一篇题名为《随便翻翻》的随笔,文章写的是读书和读什么书的问题,"书在手头,不管它是什么,总要拿来翻一下,或者看一遍序目,或者读几叶内容,到得现在,还是如此",这种"消闲的看书",看杂书,看书杂。在说过这一番随便翻翻的现象之后,鲁迅表达了他对看杂书的看法:

但我以为也有好处。譬如我们看一家的陈年账簿,每天写着"豆付三文,青菜十文,鱼五十文,酱油一文",就知先前这几个钱就可买一天的小菜,吃够一家;看一本旧历本,写着"不宜出行,不宜沐浴,不宜上梁",就知道先前是有这么多的禁忌。看见了宋人笔记里的"食菜事魔",明人笔记里的"十彪五虎",就知道"哦呵,原来'古已有之'。"但看完一部书,都是些那时的名人轶事,某将军每餐要吃三十八碗饭,某先生体重一百七十五斤半;或是奇闻怪事,某村雷劈蜈蚣精,某妇产生人面蛇,毫无益处的也有。这时可得自己有主意了,知道这是帮闲文士所做的书。凡帮闲,他能令人消闲消得最坏,他用的是最坏的方法。倘不小心,被他

---

① 刘复《半农杂文(第一册)·自序》,《半农杂文(第一册)》,北平星云堂书店出版 1934 年版,第 7 页。

② 瞿秋白《〈鲁迅杂感选集〉序言》,《瞿秋白文集(文学编)》(第 3 卷),人民文学出版社 1989 年版,第 96 页。

诱过去,那就坠入陷阱,后来满脑子是某将军的饭量,某先生的体重,蜈蚣精和人面蛇了。

鲁迅说的看杂书的事情,但其中也包含了杂书之杂的内容与形式,关系到鲁迅视野中的文章之杂的文体学,涉及对这类杂体文的命名与评价。从鲁迅对这类"杂书"的评价与命名来看,"有好处"、有无"益处",是一个基本的价值取向,读陈年账簿,可以明晓过去这几个钱能够买多少东西,看到一家人的经济状况,看旧日历,也可以知道过去的禁忌,而阅读那些宋人或明人的笔记,也在知道名人轶事的同时,看到笔记文体的类型与方法。在鲁迅看来,这些就是读这些杂书的好处,有了这种好处,无论这些杂书是否是文艺作品,是否具有文学性,都是好的,都是一种创作,都能带给读者"消闲的看书"。

从文体学的角度来看,鲁迅这里也指涉到杂书所包含的"杂",这就是内容的杂,文体的杂,陈年账簿、旧日历、笔记等不同文体的杂书,是未经分类的杂体文,这也是鲁迅早期比较喜欢使用的一个概念。这个概念与后来文学意义上的"杂文"具有本质的区别,不可同日而语。1927 年,鲁迅在出版他的《坟》时,曾这样说:"将这些体式上截然不同的东西,集合了做成一本书样子的缘由,说起来是很没有什么冠冕堂皇的。首先就因为偶然看见了几篇将近二十年前所做的所谓文章。"①这些"将近二十年前所谓的文章"是《文化偏至论》《摩罗诗力说》等长篇论文,这些文章与后来在报刊发表的杂感一类的作品,显然不属于同一文类,是"体式上截然不同的东西"。同时,收集在《坟》中的作品也有《宋民间之所谓小说及其后来》以及杂感类的作品,诸如《娜拉走后怎样》《论雷峰塔的倒掉》《春末闲谈》《灯下漫笔》,这些不同体式的文章集合在一起,在鲁迅本人既可称之为"文章",也可称之为杂文,是不同文体的作品在不同场合下的不同称谓。在《写在〈坟〉的后面》中,鲁迅称这部集子为"杂文"或"杂集",取了与"题记"一致的称谓,"在听到我的杂文已经印成一半的消息的时候",这里的"杂文"显然是指"体式上截然不同的东西"的杂合而集,"不幸我的古文和白话合成的杂集,又恰在此时出版了"②,这里所指的"杂集"是由古文与白话两种不同语体的文章集合而成的文集,接近于"杂文"或"杂文集"。

与文学意义上的"杂文"文体联系在一起的,或具有同样文体意义的,还有鲁迅所说的随感、随笔、杂感、短评、时评等不同称谓的文体,或者说鲁迅更认同这

---

① 鲁迅《〈坟〉题记》,《鲁迅全集》(第 1 卷),人民文学出版社 1981 年版,第 3 页。
② 鲁迅《写在〈坟〉后面》,《鲁迅全集》(第 1 卷),人民文学出版社 1981 年版,第 282、287 页。

类与现代报刊一同发展起来的知识分子文体,在这类文体的写作中,更能表现出鲁迅特有的文化姿态。

杂感一类的文体由《新青年》提倡而诞生,随后经由《每周评论》《语丝》《莽原》以及《晨报》副刊等现代报刊的倡导与践行,蔚然成风,发展成了现代文体的重要形态。鲁迅在《〈热风〉题记》中说:"我在《新青年》的《随感录》中做些短评,还在这前一年,因为所评论的多是小问题,所以无可道,原因也大都忘却了。"①无论命名为"随感录",还是"短评""杂感"等不同概念,其实都是有别于传统文体学意义上的文体,尽管我们在文体的承继关系上往往将其与晚明小品或者英国的随笔联系在一起,寻找两者之间的种种关系。

"五四"以来,关于散文的文学性及其归属,就是一个争论不止的问题。1917年,刘半农在《我之文学改良观》中就明确将散文作为"文学的散文,而非文字的散文",傅斯年也在《怎样做白话文》中将散文与小说、诗歌、戏剧并称,是"英文的Essay 一流"。这些论述表明,"五四"时期的作家、理论家,试图将散文随笔作为英国文学的 Essay 体式,进而将其拉进文学之列。在这样的背景下,鲁迅并未特别在意杂感、短评是否属于文学一列,而大多情况下鲁迅都将其作为一种泛文学看待。所谓"泛文学"是中国文学中超越纯文学体式的一种文学形态,它可能是文学,与纯文学具有相同或相近的特征,也可能超越了文学的范畴,与文学接近,但它不具有文学必备的要素和特征。如杂感或短评,与 Essay 有诸多相似的地方,但它不是 Essay,它是脱胎于传统的文章和论说一类文体的适应现代报刊而产生的新兴文体,它以自己独特的方式存在,为读者所接受,它与文学相亲近,但没有必要一定把它拉进文学的行列,它是在现代传媒语境中生成并存在的一种泛化的文体。鲁迅更愿意把这种随感、随笔、短评、杂文等,看作社会的、文明的批评,"看看近几年的出版界,创作和翻译,或大题目的长论文,是还不能说它寥落的,但短短的批评,纵意而谈,就是所谓'杂感'者,却确乎很少见"②。鲁迅看重的是这类短评的"纵意而谈"的批评特征,同时他也区分了"长论文"与"短短的批评",将"评"从"论"中析出,保留了"评"的灵活与犀利,这与他选编《坟》时的态度发生了明显的变化。《坟》中的"论"与"评"杂集一起,没有特别的文体意识,而到《热风》而至于《三闲集》,这种"评"的文体意识得到了明确的体现。所以,他把《坟》称之为"论文及随笔",而认为《热风》是"一九一八至一九二四年的短评",

①　鲁迅《〈热风〉题记》,《鲁迅全集》(第1卷),人民文学出版社1981年版,第291页。
②　鲁迅《〈三闲集〉序言》,《鲁迅全集》(第4卷),人民文学出版社1981年版,第3页。

《华盖集》是"短评集之二"，《华盖集续编》是"短评集之三"，认为他翻译的日本学者厨川白村的《出了象牙之塔》是"随笔"，《而已集》是"短评集之四"，日本作家鹤见祐辅的《思想山水人物》则是"随笔"。① 这种有意无意的分类，将自己的作品称之为"短评集"，而将翻译而来的《出了象牙之塔》和《思想山水人物》称之为"随笔"，说明鲁迅还是比较重视文体类型的。鲁迅将《出了象牙之塔》和《思想山水人物》称之为"随笔"，也就是人们所说的 Essay，表明他有意将自己的作品从"随笔"中区别出来，并特别强调了"短评"的文体特征，有意识地将"短评""杂感"一类的文体与 Essay 进行区别，从而显示出"短评""杂感"的"评"和"杂"的特点。

鲁迅将"短评""杂感"与 Essay（随笔）进行分类区别，并不是说鲁迅对 Essay（随笔）有什么成见，鲁迅本人也偶尔使用"小品文"这样的称谓，但由于小品文过于倾向于文学，即如周作人所说的"叙事与抒情"的特征，是文艺作品的体式，因而与鲁迅所期望的"文明批评"和"社会批评"的距离较远，反而不能得到鲁迅的认可。鲁迅曾在《小品文的危机》《杂谈小品文》等文章中，对 20 世纪 30 年代盛行的小品文发表过自己的看法，对那种"雍容，漂亮，缜密，就是要它成为'小摆设'，供雅人的摩挲，并且想青年摩挲了这'小摆设'，由粗暴而变为风雅了"②的小品文，鲁迅表示明确的反对，因为小品文太文学化了，太雅致了，从而失去了"短评""杂感"的锋芒，缺少了犀利的批评精神。如果说 Essay 更接近文学的文体的话，那么，短评或者杂感则是一种更加宽泛的文学，或者说是逸出于文学文体而存在的文体类型。从文体学的意义上说，作为社会批评和文明批评的"短评""杂感"，是超文学的广义上的文学文体，其表达的方式既包含议论、抒情、叙事，而又不仅仅是议论、抒情与叙事，而在此基础上建立起来的"言说"的方式，是一种话语的表达与传达，也是争取话语的姿态与方式。

从鲁迅对"短评""杂感"的态度来看，他无意于将这一文体抬进文苑，而视为知识分子文体，是知识分子争取话语、表现个性的地种文体。从周作人创办《语丝》"想说几句话，所以创刊这张小报，作自由发表的地方"③，到鲁迅倡导"短评""杂感"，以便于进行"文明批评"和"社会批评"，他创办《莽原》，"大半也就为了想由此引些新的这一种批评者来"④，他对于做小说和翻译的人居多，而做批评的人少的现状表示忧虑。这说明鲁迅并没有把"短评""杂感"列入文学的行列与

---

① 鲁迅《鲁迅著译书目》，《鲁迅全集》（第 4 卷），人民文学出版社 1981 年版，第 178 页。
② 鲁迅《小品文的危机》，《鲁迅全集》（第 4 卷），人民文学出版社 1981 年版，第 576 页。
③ 周作人《〈语丝〉发刊辞》，《语丝》1924 年第 1 期。
④ 鲁迅《两地书·一七》，《鲁迅全集》（第 11 卷），人民文学出版社 1981 年版，第 63 页。

"纯文学"争高低的意思。这也恰恰说明鲁迅宽广的文体学视野和现代知识分子的胸怀,他的创造现代文体的意识以及超越纯文学的设想,实际上表现出了对中国文学的更具实践意义的想法。这也就是为什么鲁迅一直面对诸多文人的指责以及朋友有相劝而仍坚持"短评""杂感"写作的初衷。

三、文学性与杂文的诞生

1925 年,就在这一年即将结束之时,鲁迅在为其《华盖集》所写的"题记"中说道:

> 也有人劝我不要做这样的短评。那好意,我是很感激的,而且也并非不知道创作之可贵。然而要做这样的东西的时候,恐怕也还要做这样的东西,我以为如果艺术之宫里有这么麻烦的禁令,倒不如不进去,还是站在沙漠上,看看飞沙走石,乐则大笑,悲则大叫,愤则大骂,即使被沙砾打得遍身粗糙,头破血流,而时时抚摩自己的凝血,觉得若有花纹,也未必不及跟着中国的文士们去陪莎士比亚吃黄油面包之有趣。

在这段文字中,鲁迅首先明确指出"这样的短评"并非纯正的文学创作,虽然略带讥讽,但对于朋友的相劝"是很感激的"。因为,"这样的短评"虽不能入文学的正宗,但却是"要做这样的东西的时候,恐怕也还要做",是"乐则大笑,悲则大叫,愤则大骂"的作品。在同一篇题记中,"这样的短评"也被称之为"杂感",是一种"对于中国的社会,文明"的批评,是一种不一定非"挤进艺术之宫里"不可的文体。鲁迅的态度非常明确,既然艺术之宫有这么多的禁令,"倒不如不进去",而是"要做这样的东西的时候,恐怕也还要做这样的东西",并不在乎它是不是文学艺术,是不是能够得到人们的认可。在这里鲁迅有意将"杂感""短评"区别于文学创作,是一种有别于文学创作的一种文体。

10 年之后,鲁迅在《徐懋庸作〈打杂集〉序》中又说:

> 我们试去查一通美国的"文学概论"或中国什么大学的讲义,的确,总不能发见一种叫做 Tsa-Wen 的东西。这真要使有志于成为伟大的文学家的青年,见杂文而心灰意懒:原来这并不是爬进高尚的文学楼台去的梯子。托尔斯泰将要动笔时,是否查了美国的"文学概论"或中国什么大学的讲义之后,明白了小说是文学的正宗,这才决心来做《战争与和平》候的伟大的创作的呢? 我不知道。但我知道中国的这几年的杂文作者,他的作文,却没有一个想到"文学概论"的规定,或者希图文学史上的位置的,他以为非这样写不可,他就这样写,因为他只知道

这样的写起来,于大家有益。

在这里,鲁迅虽然仍将杂文与一般"文学概论"中的"文学"区别开来,但在行文中,显然带上了一种试图将杂文作为文学文体的努力与意图。"文学概论"中没有"一种叫做 Tsa-Wen 的东西",不是这种文体不具有文学的特性,而是受到美国的"文学概论"的排挤与歧视,而从事杂文创作者,"没有一个想到'文学概论'的规定",并不是"文学概论"没有什么规定,而是对于某些"文学的规定"不用想到,不用去查阅,不用遵守,也就是说,杂文作为一种文学文体是不用"文学概论"承认的,也不会因为"文学概论"中没有写进"杂文"这一文体而否认杂文的文学特征。杂文作家是"以为非这样写不可,他就这样写",而不是查阅"文学概论"而照着教科书写作的,当美国的"文学概论"对杂文文体进行若干这样那样的规定时,青年作家要创作时还要查阅"文学概论"之类的教科书,明白了文学的正宗之后才拿起笔写作,就会让"有志于成为伟大的文学家的青年""心灰意懒"。鲁迅特意以伟大的作家托尔斯泰为例,当他创作《战争与和平》等作品时,也未曾查过"文学概论",小说也曾被拒之于文学的殿堂之外,不能成为文学的正宗,但他仍然创作了伟大的作品,并得到文学史的认同。这说明,真正的文学是不需要"文学概论"的承认,而只需要读者和文学史的认可。但在"新文学"运动之后,小说不仅成了文学的正宗,登上了文学的殿堂,而且被读者广泛地接受,成为新文学最重要的文体之一。所以,再读这下面经常被人们引用的一段文字,更能体会到鲁迅在这其中未能尽情道出的意味:"但是,杂文这东西,我却恐怕要侵入高尚的文学楼台去的。小说和戏曲,中国向来是看作邪宗的,但一经西洋的'文学概论'引为正宗,我们也就奉之为宝贝,《红楼梦》《西厢记》之类,在文学史上竟和《诗经》《离骚》并列了。杂文中之一体的随笔,因为有人说它近于英国的 Essay,有些人也就顿首再拜,不敢轻薄。寓言和演说,好像是卑微的东西,但伊索和契开罗,不是坐在希腊罗马文学史上吗? 杂文发展起来,倘不赶紧削,大约也未必没有扰乱文苑的危险。以古例今,很可能的。"在这里,鲁迅未能直说的,就像小说戏曲一样,杂文也会在文学发展的过程中演化为文学,成为文学正宗。或者说,当杂文创作受到一些人的攻击和"削平"的时候,实际上也已经被文学正宗化。鲁迅对徐懋庸的《打杂集》给予充分肯定,其主要原因,就在于这部杂文集所具有的文学性因素,唐诗再美,"哪里能够得及这些杂文的和现在贴切,而且生动,泼剌,有益,而且能移人情"[①],而"移人情"也正是文学的审美功能。所以,当

---

① 鲁迅《徐懋庸作〈打杂集〉序》,《鲁迅全集》(第 6 卷),人民文学出版社 1981 年版,第 292 页。

我们再读鲁迅所说的下面这些有关杂文的言论时,更能体会到杂文之于鲁迅的文学情怀:"我是爱读杂文的一个人,而且知道爱读杂文还不只我一个,因为它'言之有物'。我还更乐观于杂文的开展,日见其斑斓。第一是使中国的著作界热闹,活泼;第二是使不是东西之流缩头;第三是使所谓'为艺术而艺术'的作品,在相形之下,立刻显出不死不活相。"

有学者认为,"现代随感、随感录,就是后来统称的'杂文'。……随感就是杂文,杂文属于广义小品"①。如果仔细辨析,杂文与杂感、随感之间还是存在一些差异,在这方面,陈方竞曾做过深刻的论述,认为"'杂文'较之'杂感'更近于'魏晋文章'"②。在鲁迅那里,杂文与杂感作为文体学概念是被互用的,但在不同时期的不同用法,略显二者的差异。如果仅从概念本身所呈现的文体来说,杂感或短评更接近于文学文体,杂文则属于杂体文的简称,其中含有各种不同的文体。但在实践层面上,鲁迅在使用杂感或短评这个概念时,已经超出了文学的范畴,而使用杂文这个概念时,则又拉回到文学的世界之中。从杂感到杂文,从不认为或不想认为杂文是纯文学文体,到试图承认杂文是文学的一种,将杂文挤进"文学概论"之中,鲁迅这种文学观念的演变和跨度说明,在对杂文文体的命名过程中,鲁迅也在不断地提炼杂文文体的文学纯度,不断提升杂文的文学高度,并通过创作实践和理论探求,反"美国的'文学概论'"而行之,将不被人们承认的杂文文体挤进"文学概论"的讲义和文学之列中。如果换一个角度看,20 世纪 20 年代的鲁迅是在小说、散文的各个方面都有成就,而且有一种在文坛上打拼的实力和精神,无论你承认还是不承认,他仍然可以无所顾忌地写作,但当鲁迅以杂文独立于世,成为文坛盟主时,他需要将这种曾经不被承认的文体确立一个位置,这时,他不是期望"文学概论"来容纳杂文,而是让杂文进驻"文学概论"的殿堂。1934 年,鲁迅在为即将出版的《准风月谈》所写的"后记"中曾说道:"文坛上的事件还多得很……然而都不是做这《准风月谈》时期以内的事,在这里也且不提及,或永不提及了。"他所提及的,是他的杂文如何受到各种压制,是他与"所谓诗人"邵洵美的种种论争,这也就有了一种以杂文与邵洵美式的诗争短长的意图。

从鲁迅自己最后选编的《且介亭杂文》和《且介亭杂文二集》所收录的作品来看,他的杂文观念已经相当成熟,而且杂文创作的文体风格和类型也呈现多样化。这里有社会批评和文化批评,如《关于中国的二三事》《连环图画琐谈》《难行

---

① 欧明俊《现代小品理论研究》,上海三联书店 2005 年版,第 45~46 页。
② 陈方竞《鲁迅与中国现代文学批评》,北京大学出版社 2011 年版,第 415 页。

和不信》《脸谱臆测测》《随便翻翻》《隐士》《漫画而又漫画》《在现代中国的孔夫子》《论毛笔之类》等,也有序跋体,如《〈草鞋脚〉小引》《〈木刻纪程〉小引》《〈中国新文学大系〉小说二集序》《田军作〈八月的乡村〉序》等,有记(杂记、人物记),如《买〈小学大全〉记》《韦素园墓记》《忆刘半农君》《阿金》《镰田诚一墓记》,有书信,如《答曹聚仁先生信》《答〈戏〉周刊编者信》等,这些不同文类的作品从编年的角度编辑一集,成为"杂体文"。在鲁迅笔下,各种不同的文体在剥去文体外衣后,又都与他所看重的杂感或短评有某些一致性,或者说,这些作品都属于带着不同顶冠的杂感,也是其杂文创作的不同类型。

阿英在《现代十六家小品》一书中,把鲁迅小品作为第十四家,而且把小品文与杂感文进行了区分,他指出,在鲁迅"所写的小品文之中,最为读者所注意,而代表着他的,是所谓'杂感文'",他认为"'杂感文'应该是小品文的主体之一,特殊的富于战斗的意义"①。阿英所说的"杂感文"接近于鲁迅所说的"短评""杂感",是更具文学性的散文体式。当然,由于特定的时代原因,一般人们突出了鲁迅所说的杂文是"匕首、投枪"的特点,夸大了它的讽刺批判功能,后人在将杂文发挥突出为一种主流文体时,又特别强调了它的文学意义和战斗功能,在延续瞿秋白所说的"战斗的阜利通"的基础上,强化了"诗与政论的结合"的特性。

不过,从文体学角度看,鲁迅有意提升杂文的文体意义,即将杂文看作与小说、诗歌、散文同一层面的一种文体,所以鲁迅才会认为随笔是"杂文中之一体",在《〈且介亭杂文〉序言》中也说,"近几年来,所谓'杂文'的产生,比先前多,也比先前更受着攻击",或将随笔纳入到杂文之中,或将短评、杂感等与杂文概念等同起来,随着鲁迅对散文有关文体认识的变化,逐步将杂文看作最重要的可以取代其他文体的一种文体。1935 年 3 月 16 日,鲁迅写作了一篇《论讽刺》,这篇篇幅短小的杂感,本身就具有讽刺的意味,鲁迅阐述的讽刺、骂人的话,也许正可以看作杂文独特的艺术:

我们常不免有一种先入之见,看见讽刺作品,就觉得这不是文学上的正路,因为我们先就以为讽刺并不是美德。但我们走到交际场中去,就往往可以看见这样的事实,是两位胖胖的先生,彼此弯腰拱手,满嘴油晃晃的正在开始他们的扳谈——

"贵姓?……"

---

① 阿英《现代十六家小品序》,王永生主编《中国现代文论选》(第一册),贵州人民出版社 1982 年版,第 532 页。

"敝姓钱。"

"哦,久仰久仰! 还没有请教台甫……"

"草字阔亭。"

"高雅高雅。贵处是……?"

"就是上海……"

"哦哦,那好极了,这真是……"

谁觉得奇怪呢? 但若写在小说里,人们可就会另眼相看了,恐怕大概要被算作讽刺。有好些直写事实的作者,就这样的被蒙上了"讽刺家"——很难说是好是坏——的头衔。

……

其实,现在的所谓讽刺作品,大抵倒是写实。非写实决不能成为所谓"讽刺",非写实的讽刺,即使能有这样的东西,也不过是造谣和诬蔑而已。

这段有关讽刺的描述中,表达了这样的意思,一是在有的人看来,讽刺性的作品"不是文学上的正路",如同杂文被视为邪宗一样,杂文写作少不了讽刺,以讽刺为主要的艺术手段,在这并非正宗的文学中,这两者合而为一,形成了杂文艺术上的最突出的艺术特征;二是同样的描写,在不同的文体或不同的语境中,其效果是不同的,同样的一段对话,用在小说中就表现出讽刺的特征,而用在写实性的作品中,则没有什么不正常的。人们另眼相看的,不是描写本身,而是描写的人物与故事出现在什么场合下。当然,这一艺术手段被人过度阐释时,就可能逸出于杂文文体本身,而失去杂文应有的韵味了。

命名不易,创作当然更加不易。也许,鲁迅在不同时期的对各种散文文体的不同命名,本身就是不确定的,其纷乱的概念也许正是现代散文的本来面貌。

"五四"时期胡适的现代散文文体理论

刘东方 ■

现代散文作为现代文学的主要文体之一,较之其他文体类型,在现代转型的过程中要"平顺"许多,究其原因,除了如周作人所言"现今的散文小品并非'五四'以后的新出产品,实在是'古已有之'"之外,"五四"文学革命伊始,现代散文文体理论的及时规范,亦为重要因素之一,胡适作为中国现代文化史和文学史上的"重镇",最早提出了较为系统的有关现代散文的文体理论,今日看来,其对于现代散文的发展成熟,功莫大焉。

胡适的现代散文文体理论包括现代散文语体理论、现代散文观念和现代散文的近代演变三部分。文学革命伊始,胡适率先提出了与现代散文相匹配的语体标准和语体理论。其实,不仅单向度的散文文体理论,包括整个文学革命的"第一枪",都是从打破古代散文形式束缚开始的。胡适在1916年10月给陈独秀的信中说:"综观文学堕落之因,盖可以'文胜质'一语包之。文胜质者,有形式而无精神,貌似而神亏之谓也。欲救此文胜质之弊,当注重言中之意,文中之质,躯壳内之精神。古人曰:'言之不文,行之不远'。应之曰:若言之无物,又何用文为乎? 年余来思虑观察所得,以为今日欲言文学革命,须从八事入手。"上述言论可视为1917年1月1日在《新青年》第2卷5号发表的《文学改良刍议》中"八不主义"的"原型"之一。在1918年发表的《建设的文学革命论》中,胡适又将"八不主义"改为以下四条要求:①"要有话说,方才说话";②"有什么话,说什么话,话怎么说,就怎么说";③"要说我自己的话,别说别人的话";④"是什么时代的人,说什么时代的话"。这四条也可视为胡适对现代散文文体在语体方面的理论要求。在胡适的理论影响下,在众多散文家的努力下,现代散文彻底打破了文言语体的束缚,既以现代白话语体为主,吸收口语、俚语、韵语,又汲取外国散文语言的长处,形成了既明白晓畅,又细腻优美的语言体式。

在现代散文观念方面,胡适提出了重应用讲文采,内容与形式相统一的现代散文观。在现代散文范畴的界定上,胡适在对章炳麟的褒扬中论述了自己的散文观,他认为章炳麟是清代学术史的压阵大将,但同时,又是一个文学家。他的《国故论衡》《检讨》都是古文学的上等作品,他的著作在内容与形式两方面都能

"成一家言"，"章氏论文，有很多精到的话。他的《文学总略》推翻古来一切狭陋的'文'论，他承认文是起于应用的，是一种代言的工具；一切无句读的表谱簿录，和一切有句读的文辞，并无根本的区别。至于'有韵为文，无韵为笔'，和'学说以启人思，文辞以增人感'的区别，更不能成立了"。胡适认为这种观念，初看去似不重要，其实关系很大，许多人只为打不破这种因袭的区别，故有应用文与美文的分别，以至于有些人竟说美文可以不注重内容，有的人竟说美文自成一种高尚不可捉摸，不受常识与论理的裁制，甚至成为不必求人解的东西。而"他（章炳麟）是能实行不分文辞与学说的人，故他讲学说理的文章都很有文学的价值"。在胡适看来，章炳麟的文章，所以能自成一家，并非因为学界普遍认为的那样模仿魏晋，只是因为"他有学问做底子，有论理做骨格。《国故论衡》里的文章，如《原儒》《原名》《明见》《原道》《明解故上》《语言缘起说》……皆有文学的意味，是古文学里上品的文章。《检讨》里也有许多好文章；如《清儒》篇，真是近代难得的文章"。在胡适心目中，尽管对作为"古文家"的章炳麟有着清醒的认识，"章炳麟的古文学是五十年的第一作家，这是无可疑的。但他的成绩只够替古文学做一个很光荣的下场，仍旧不能救古文学的必死之症，仍旧不能做到'取千年朽蠹之余，反之正则'的盛业"，但他认为章氏的散文观念却并不落后，在现代散文发生之际，胡适同样反对在散文创作中过早和过于严格地将"文辞"与"学说"对立，反对将散文的概念限制得过于狭窄，反对因理论的"想象预设"而限制现代散文的创作，因而提出了重应用讲文采，内容与形式相统一的现代散文观念。今日看来，胡适的这种现代散文观还是较为明智的，也是符合实际的，当时散文的创作实绩也的确如此，文学革命发生后，现代散文的文体样式发展得较为充分，有寓言式散文，"随感录"式议论性散文，语丝式散文，闲谈式小品，抒情式小品等，就连胡适本人的"述学文体"，朱自清也甚为推崇，"他那些长篇议论文在发展和组织方面，受梁启超先生等的'新文体'的影响极大，而'笔锋常带情感'，更和梁先生有异曲同工之妙"。

正是在胡适较为宽松的现代散文观的影响下，现代散文创作在诞生之后，得到了较为充分的发展，以此作为基础和前提，1923 年 6 月，王统照在《纯散文》中提出了"纯散文"的概念，强调现代散文的文学性，"使人阅之自生美感"。1925年 12 月，鲁迅在翻译厨川白村的《出了象牙之塔》时，将散文视为"和小说戏曲诗歌一起，也算是文艺作品之一体"。至此，现代散文从包含着学术文、应用文、政论文的"文章"中分离出来，成为一种独立的文学体裁。胡适特别重视现代散文文体理论的"近代演变"。晚清散文的变革率先从记叙性和议论性散文肇始。记叙性散文始于"域外纪游",在洋务运动后不断开放的历史条件和文化环境中,这种近代游记式记叙散文,如雨后春笋般出现,如王韬的《漫游随录》《扶桑游记》,薛福成的《出使日记》《观巴黎油画记》,黎庶昌的《西洋杂志》《巴黎赛会纪略》等,它们分别以"游记、随笔、采风录、见闻记"等形式,"叙录了西方社会的风土人情,政教风俗,生活方式"。晚清议论性散文较之传统古文,在两个方面有所突破,首先是追求语言体式的"言文合一",清代散文以桐城派古文为正宗,语言体式过分讲求声律,话语方式过度文言化,造成言文分离……这样的文体功能,就不能不与日益高涨的资产阶级改良思潮发生矛盾,梁启超就曾指责古文的缺点,"以文而论,因袭矫揉,无所取材;以学而论,则奖空疏,阂创获,无益于社会";晚清议论性散文变革的另一个突破点为论证方式的科学化。古代议论性散文发展到明清,论证方法的空泛已经严重阻滞它进一步发展,也成为其为人们病垢的原因之一,正如陈独秀在《文学革命论》中所说:"归方刘姚之文,或希荣慕誉,或无病而呻,满纸之乎者也矣焉哉。每有大作,摇头摆尾,说来说去,不知道说什么……其伎俩惟在仿古欺人,直无一字有存在之价值。"虽言辞激烈,却切中肯綮。

胡适非常重视晚清散文变革对现代散文的先导作用,在《五十年来中国之文学》一文中,他对近代散文文体演变规律进行了梳理和归纳。胡适把从严复到章士钊"古文学逐渐变化"的散文发展史,按不同的时期分为四个文体类型,并对每时期的散文文体特征做出比较恰当的论述。他认为,近代散文的第一个时期以严复、林纾为代表的"翻译的文章",严复的"这种文字,以文章论,自然是古文的好作品;以内容论,又远胜那无数'言之无物'的古文:怪不得严译的书风行二十年了";林纾译小仲马的《茶花女》,"用古文叙事写情,也可以算是一种尝试。古文不长于写情,林纾居然用古文译了《茶花女》与《迦茵小传》等书。古文的应用,自司马迁以来,从没有这种大的成就";鲁迅和周作人的《域外小说集》自然"是这一派的最高作品"。胡适认为翻译文体具有明确的应用性,在践行语言翻译转换的同时,使古文由模仿转向近现代;在形式上,翻译文体破除了八股程式,"用古文叙事写情",兼融中西文体之长,追求"信、达、雅"目标,虽未挣脱文言语体的囹圄,却是近代散文文体变革的开始。

第二个时期是以梁启超为代表的"新文体"。为了使受教育程度普遍不高的"引车卖浆之徒"能够读懂他的文章,并逐渐接受其影响,梁启超于1920年在日本创办《新民丛报》时,取法日本德富苏峰的报章文体,形成了在散文史上影响颇大的"新文体",他将其特点归纳为"务为平易畅达,时杂以俚语、韵主吸外国语法,纵笔所至不拴束……其文条理明晰,笔锋常带情感,对于读者别有一种魔力焉"。梁氏的新文体散文,虽然被守旧的顽固派"甚为痛恨,诋为野狐",但却颇受大多数读者的欢迎,"国人竞喜读之,清廷虽严禁,不能遏。每一册出,内地翻刻本则十数。20年来,学子之思想,颇蒙其影响",及至《新民丛报》创刊后,新文体日趋成熟,影响也更大。胡适认为这种当时颇具"魔力"的新文体具有四个特点:其一,文体的解放。它打破了一切"义法""家法",打破了一切"古文""散文""骈文"的界限。其二,条理分明。梁启超的长篇文章都长于说理,最容易看下去。其三,词句的浅显。"梁启超最能运用各种字句语调来做应用的文章。他不避排偶,不避长比,不避佛书的名词,不避诗词的典故,不避日本输入的新名词。"因此"既容易懂得,又容易模仿"。其四,富于刺激性,具有极强的感染力。正如梁氏自己所言"条理明确笔锋超常带情感"。论及新文体对现代散文的影响,胡适曾说:"梁启超最先通用各种字句语调来做应用的文章……因此,他的文章最不合'古文义法',但他的应用的魔力也最大。"在胡适看来,"新文体"虽然没有彻底实现议论性散文的口语化,但却启示了一条"输入本民族有生命力的口语,辅助已在社会上流行并成为口语与一部分的外来词语和语法,以废除文言系统"的正确途径。

第三个时期是以章炳麟为代表的"述学的文章"。胡适认为章炳麟的文章在文体上有三个特征:首先是"精心于结构"。"这五十年中著书的人没有一个像他那样精心结构的",他的说理讲学的"述学之文","又是很富于思想和组织力的",因而可以真正称得上"著作",而与其他"结集""语录""稿本"等普通文体区别开来。其次,"学说"与"文辞"并重,他认为述学之文更不能不重视辞章,也应写得文辞优美,应饱含作者的"生命之气",这就使述学说理的文章,也具有了文学价值。再次,过分追求"古雅"。章炳麟"又喜欢用古字来代替通行的字",他于近代文人中,只承认"王闿运能尽雅"。这后一特征限制了其文章的应用性,因此"他的失败使我们知道中国文学的改革须向前进,不可回头去;他的失败使我们知道文学'数极而迁,虽才士弗能以为美'"。

第四个时期是以章士钊为代表的"政论的文章"。针对古代散文缺乏严密的论证逻辑的缺陷,以章士钊为代表的"甲寅"派散文运用归纳和演绎的推理方法,围绕论点层层深入,使该派的散文具有严密的逻辑性和说服力。胡适认为这种政论文的文体特点是"文法谨严,论理完足","有章炳麟的谨严与修饰,而没有他的古僻;条理可比梁启超,而没有他的堆砌","有点倾向'欧化'",但这欧化"只在把古文变精密了,变繁复了"。因此,甲寅派的政论文在民国初年几乎成一个重要文派,其代表人物是该时期的章士钊、张东荪、高一涵等人,其中,章士钊的文章可为此类政论文的典范。但是"这一派的文字,既不容易做,又不能通俗,在实用的方面,仍旧不能不归于失败"。

晚清散文虽未能彻底突破古文的"外壳",但对"五四"散文的现代性转变却有十分重要的意义,近代散文在文体功能、语言体式和论述方式等诸方面所进行的变革,已经为现代散文文体理论做好了准备和铺垫,使其走到了中国现代散文的大门之前,正是在对近代散文文体梳理和总结的基础上,胡适认识到了近代散文文体的成绩和弊端,同时,又在它们"止步的地方起步",在晚清散文近代演变的基础上,建构了带有自己印记的现代散文文体理论。

此外,胡适还特别重视传记散文文体。新文化运动之初,他就提倡传记文学创作,并对中西方传记散文的体例进行比较和研究,提出了以西方传记散文体例为参照,创造中国现代文学传记散文文体的理论主张,他自己也先后创作了《许怡荪传》《李超传》《吴敬梓传》及自传《四十自述》等作品。总之,胡适的现代散文文体理论最早为中国现代散文指明了发展路向,搭建了理论框架,中国现代散文正是在胡适上述理论基础上,不断总结,不断修正,在鲁迅、周作人、郁达夫、茅盾、林语堂、沈从文、朱自清、丰子恺、张爱玲等散文家的创作实绩中逐步走向成熟。

早期《新青年》散文的意义生成与文体确立

高　翔　刘瑞弘 ■

　　《新青年》沈阳①创刊之初，关乎"散文"的文体意识并非出于自觉，而多以"随笔"设置专栏，与小说、诗歌并行而列。即便那些今天看来可以视为散文作品者，《新青年》编辑也未能予以明确标示，见出《新青年》对散文文体的模糊认识。这种情状直至1937年才有明显的改观。因此，就《新青年》与散文文体的关系而言，笔者将此一时段称为《新青年》散文文体确立的早期阶段。

　　《新青年》问世于1935年10月20日。自创刊号起，便设有"随笔"专栏。在中国现代散文史上，随笔样式呈多元状态。叙事、抒情、描写和议论等法式兼而有之，而早期《新青年》随笔散文则以论说为首要特征。

　　首期《新青年》所刊花子的《谈小品文》、杨岭的《"直译之故"》等两文由编辑组为"随笔"专栏。前者依题而论，似为小品文理论研究之章，然细读全文却并无此感。编者将此文列入"随笔"中也并无差错。

　　一般而论，中国随笔产生于先秦之际，最初可以从诸子文章中窥见其原生之貌。随着代际变幻，古代随笔在清代走到尽头，代之而起的是现代随笔，出现了以鲁迅、周作人、梁遇春、林语堂等为代表的随笔作家。

　　"五四"时期人与思想的解放，孕育并产生了随笔这种文体，至20世纪30年代随笔创作进入极度繁荣兴盛时期。随着随笔散文的繁盛，对这一文体的研讨也逐渐增多。方非的《散文随笔之产生》是其中具有代表性的一篇。如其所言："到今日，新文学的领域扩大了，受了西洋新文学潮流之洗礼，随笔或小品文之在文坛上，先则只占一席位，到现在，却真是'附庸蔚为大国'了。"②依方非之见，随笔具有如下五个特征："短小成章"；内容"无所不谈"；"喜欢描述事物"；于现状"只取冷嘲热讽的态度，旁敲侧击的方法"；在"叙述、描写、论理、抒情"等式样中任意而为，以"即物以言志""即小以见大"之法为最。

　　其实，随笔是西方文学影响下产生的一种散文文体。方非对随笔散文特征

---

　　①　本文所论《新青年》是1935年在沈阳创刊的综合性文化期刊。

　　②　方非《散文随笔之产生》，《文学》第2卷第1号，转引自俞元桂主编《中国现代散文理论》，广西人民出版社1984年版，第75页。

的概括有确切之处,但其言"随笔中论理之成分是非常少的"却非切实之论。恰恰相反,随笔往往表现出强烈的思辨色彩和理性特征。"重知性和理性"是西方随笔的原本特征。① 阿英在《〈现代名家随笔丛选〉序记》中就说:"我以为,真正优秀的随笔,它的内容必然是接触着,深深的接触着社会生活。当它被送到青年读者之前时,他们能从这里面看到社会生活的真实,能够帮助他们思索,能够认识他们的责任,能够鼓动他们为整个社会的发展而努力的热情。这样的文字,才是真的有血有肉有力量有精神的作品。"② 方非将随笔与小品文并称或同称,亦有不确之嫌。王兆胜说:"随笔与小品文在内涵和外延上都有根本的差异:随笔一般篇幅较长,不像小品文那样短小精致;随笔与小品文虽都重视自我个性和絮谈笔调,但却不如小品文那样充满灵性和简洁清丽,也往往更为散漫和理性;随笔偏于'笔',而小品则偏于'品'。'笔',记也;'品',味也。随笔少了小品文的滋味和韵致。从这个意义上说,随笔更接近西方的 essay。"③

调转话题,当我们回归到对花子《谈小品文》的言说时发现,那时文坛对小品文的认识并不一致,虽对小品文"研究的人也不少",但"看不起它的人当然也是有的"④。

《谈小品文》便是针对此而生发的议论。在花子看来,文之优劣不在于长短,于世有用与否才是根本标准。汉王允《论衡》"可称一部大书",花子引其言:"寡言无多,而文无寡。为世用者,百篇无害;不为用者,一章无补。如皆为用,则多者为上,少者为下。累积千金,比于一百,就(孰)为富者?盖文多胜寡,则寡愈贫。世无一卷,吾有百篇;人无一字,吾有万言,孰者为坚(贤)",以品论"大品文和小品文的优劣"。显然,作者对那时小品文创作中文之冗与无用提出质疑:"洋洋的大文,未必胜于短短的小品。"这是作者推崇小品文的支撑性论点。

毋庸讳言,花子的《谈小品文》是比较准确地表现西方随笔散文精神的篇章。杨岭的《"直译之故"》是又一极具针对性的议论之文。文章指出马叙伦《读书小记》中列举了中译英的笑话:"驰骋书丛"被译为"骑马于书堆里跑来跑去";古文献中之语"顾兹寡味"和"眇予小子",被译为"孤独无亲""不懂人事""瞎子孩儿"。这些被马叙伦称为"直译""硬译"者,依杨岭看来并不确切;其实这种"牛奶路"式的翻译非"直译""硬译",而是"顺译"。据此,作者认为:"翻译的态度——无论他

---

① 王兆胜《论中国现代随笔散文的流变》,《学术月刊》2001 年第 9 期。
② 阿英《〈现代名家随笔丛选〉序记》,《现代名家随笔丛选》,南强书局 1933 年版,第 2 页。
③ 王兆胜《论中国现代随笔散文的流变》,《学术月刊》2001 年第 9 期。
④ 花子《谈小品文》,《新青年》创刊号,1935 年 10 月 20 日。

所主张的是'顺译'或'直译''硬译'","与其指摘出一两错误,播为笑话,实不如举出所有的错误,叫译者改正"①。此才为"尽善"者应有之态度。

无独有偶,六郎的《论重译》②所论与《"直译之故"》有相通之处。译介域外文学,自有"间翻译"和"直接翻译"两种路径。现代作家穆木天曾一度主张,作家与其"写无聊的游记之类","不如给中国介绍一点上起希腊罗马,下至现代的文学名作"。此可称间接翻译。然穆木天又另称,这种"间接翻译""是一种滑头办法"。此文针对穆木天分别在《火炬》和《申报·自由谈》所载之文中的自相矛盾之说展开分析。在笔者看来,"对于翻译,现在似乎暂不必有严峻的堡垒。最要紧的是看译文的佳良与否,直接译或是间接译,是不必置重的;是否投机,也不必推问的"。如若是过度看重"直接翻译",那么,"我们将只能看见许多英美和日本的文学作品",而看不到易卜生作品、安徒生童话以及"吉诃德先生"。论者不禁感叹:"这是何等可怜的眼界!"③笔者认为,间接翻译当然比不上直接翻译,但间接翻译可以带来迅速开阔社会视野的好处。在直接翻译暂时无法满足人们的阅读欲望时,间接翻译的作用便突出显示出来了。

《论重译》文字之简练、老辣令人瞠目。然仔细对照,却发现此篇乃鲁迅先生所作之文《论重译》。《新青年》编辑将鲁迅发表此文使用的笔名"史贲"改为"六郎";文字基本一致,只个别字有所出入,如原文的"革命者",《新青年》编辑改为"革命小伙"等。原文发表于1934年6月27日《申报·自由谈》,后收入《花边文学》。鲁迅对《论重译》一类文章自称为"短评",他说:"我的常常写些短评,确是从投稿于《申报》的《自由谈》上开头的","后来编辑者黎烈文先生""终于被挤出了,我本人也可以就此搁笔,但为了赌气,却还是改些作法,换些笔名,托人抄写了去投稿,新任者不能细辨,依然常常登了出来"。而后人对这类文章则视为"杂文"。《新青年》发表此文,时在1936年1月1日,已距原发时间约一年半。

"重译"亦可称"转译""间接翻译"。发生在鲁迅与穆木天之间的关于"直接译或间接译"之争,是现代文学翻译领域一场关乎整体和全局的具有重要意义的论争。当代学者李今对此做了恰切的总结:"穆木天和鲁迅关于'重译'问题展开的讨论,事实上并非是带有根本性的冲突,只不过,前者从理想的原则出发,后者从现实的可能性出发而强调的重点不同而已,所以,毋宁看做是相互包容、相互

---

① 杨岭《"直译之故"》,《新青年》创刊号,1935年10月20日。
② 六郎《论重译》,《新青年》1935年第1卷第4期。
③ 六郎《论重译》,《新青年》1935年第1卷第4期。

补充的见解更有利于翻译理论和实践的建设和发展。"①至于《新青年》对于鲁迅这篇文章的某些改造并复载的目的何在,今已不得考,但其客观上对东北现代散文的发展起到重要的推动作用是显而易见的。

绥的《论英雄》②是一篇题旨鲜明、篇幅精短、论说干练的杂文。在笔者看来,英雄的产生,"必须要有适当的环境",所谓时势造英雄,但英雄也造时势。遗憾的是,当今人们对英雄的认识还脱离不开传统意识的束缚,停留在古代历史阶段,人们热衷谈论的是韩信、诸葛亮等人,推崇的是汉、三国、明等朝代。作者指出:"依照这种传统思想,这民族里便生不出不同一点的英雄。"立志做科学家、艺术家者,当然"不为今世所容,大家将他们践踏,挤死!或者引诱他们堕落,颓唐!"作者充满激情地呼唤一种适合产生现代英雄的环境,寻求以现代性意识取代民众愚昧的国民性,期盼着"再来几十百千度'维新'"。毋庸讳言,时代需要安邦定国的英雄,但也需要别具文韬的旷世奇才,包括政治、经济、科学、文化等各个领域。作者秉持的英雄论,体现了英雄的现代性意义和时代性精神,当为智者所认同。庄闲的《缺陷的趣味》虽是仅有600余字的一篇短文,但写得精致而练达。作者旨在称颂一种"缺陷的美"。在他看来,社会历史中发生的故事,"看去未曾完成",但"其意义要超过多余底曼衍","天地也还是不完全的","所以有女娲炼石"而补之。文学作品中"讲了一半的故事",然"其味隽永的多"。就人生而言,也当如此。"人事说做是一定没有完成之日,在适可而止时戛然而止则余味正自悠然",其可称为"艺术的人生"。由此,作者冀望人们于人生做事"不如留着一方面的缺憾,也保持着无限心意的和平",勿"'竭泽而渔'或'不留于(余)地'"。围绕这样一种论点,作者于言说过程中较多地运用历史典故来表达事理,体现了鲜明的用典艺术。其实,用典是中国古代诗歌的一种表现方法,在现代随笔中运用得并不多。作者以"缺陷的趣味"为题旨,较多地引用事典与语典,语典如"女娲炼石""竭泽而渔";事典中如历史人物范蠡、鲁连、陈希夷、王国维等。与古代诗词用典艺术书卷气浓重的特点不同,《缺陷的趣味》体现出引事忠于史实、用典简练而杜绝生僻等特点,较好地增加了作品的丰富性和说服力。对人生世界与世俗生活的体味,是早期《新青年》随笔散文内容意义的另一特征,从这些篇什中,不难见出作者的智慧与知性。

---

① 李今《二十世纪中国文学翻译文学史·三四十年代·俄苏卷》,百花文艺出版社2009年版,第44～45页。

② 绥《论英雄》,《新青年》1936年第1卷第6、7、8期。

晚秋的《洗澡有感》①捕捉的是普通的生活镜像,描述自己在公共浴池与一位身材"胖胖"、浑身长满了癞疮的男子同浴的场面,对于浴池门外那条标语"与患皮肤病的人同浴,有被传染的危险"给予了莫大的嘲讽,表达了对现代文明生活的冀求。同是以生活细节为论说对象的《汽油与香水》,则是对现代病的抨击:

> 余居都市已久,尚畏坐汽车,尤其是公共汽车,每闻汽油之味,辄头昏心恶,不能自支,又每遇座有摩登妇女,厚施脂粉,浓洒香水者,亦觉香气刺鼻殊不可耐,必移远坐以避之。因忆明朝有名医葛乾孙者,善治奇疾,有富家女,病四肢痿痹,目瞪,不能食,众医治周效,乾孙命急去房中香查流苏之类,掘地坎,置女其中,久之,女手足动,能出声,投药一九,明日,女自坎中出矣。

> 据云以此女嗜香,脾为香气所蚀,故得是症,第未知今之妇女亦有嗜香成病者否,如其有之,则除以短裤丝袜而得之寒腿症外,又多一种摩登病矣。

《汽油与香水》的作者陈子展为著名文学家,笔者寡识,未闻其曾留居东北,此文是专投或是转载尚未能确考,全文录此也意在供有心者有所指教。署名讷的《小聪明和大智慧》②,如文题所示,意在言说"小聪明与大智慧"的区别与关系。依作者之见,"大智慧不见得是先天的",倒是从后天习得而成,而且"还往往要经过若干痛苦",并付出诸多辛勤的精神劳动。这在"现代人看来"似乎觉得有些可笑,"然前人费心力,走一条路未能,退回来立在路口证明'此路不通',倒省去后人许多力量,是仍然伟大的"。此论不虚。小聪明虽可称"有才",但与大智慧有悬殊之差,直如"松柏之于浅草,河海之于行潦"。然而,今天却"相率而趋于小聪明一条路上了","伶俐,小巧,轻便,疏简",但"不肯吃力,苟且偷安",此为"失败的原因",实乃"不幸"。如果说《小聪明和大智慧》体现出对生活的敬畏、真诚之态,那么,子蜉的《路》③和《一个奇迹》④则更多地体现出对生活的一种哲理之思。《路》以短小的篇幅,问句的形式,引出对生存世界的追问:当"你的两手空空时,幻灭就是你唯一的感觉吗";当"时间只管在它旁边滑过,它还会感觉吗";"请你注意你的周围,你再重新意识那触着你的耳朵你的眼睛的东西,它们也许不是你一(以)前看见的东西!你没有过这样的经验吗?"作者充分调动了人的视

---

① 晚秋《洗澡有感》,《新青年》1935年第1卷第5期。
② 讷《小聪明和大智慧》,《新青年》1936年第1卷第6、7、8期。
③ 子蜉《路》,《新青年》1936年第2卷第4期。
④ 子蜉《一个奇迹》,《新青年》1936年第2卷第4期。

觉、感觉和经验，以体味着多义的时间世界；他告诉我们的是，人生犹如"在一条辽远的路上走着，疲乏了，休息"，但当然"不能生坐着那儿不动了"；"无数不断的足迹仍要将道路拖长了的，假使就是在这路的某一点上，消灭了一个不相干的影子"，路依然在延伸。作者的这种寓意的朦胧性，呈现了沦陷区知识分子的特定心态。

早期《新青年》散文文体意识的模糊性，并未影响其对散文本体的追索，这种间断性的探求，我们还可以从以下篇什中体察到。枫叶的《A诗人嗅觉之春药》，是一篇叙事性较强的散文作品，与陈子展的《汽油与香水》有相通相连之处。"少壮得志叱咤诗坛"的A诗人，虽未结婚，但已有情妇，这位被作者称之为"彼妇"的女性，因入浴净手皆用檀香皂，其气味遂成为A诗人"癖好的嗅味"，以致倘嗅了檀香味"诗人的情欲便像进服了春药般升华至顶点而不可忍耐"。后来，A诗人结婚过起"有家室"的生活，但仍然痴于檀香味而分出一半来给"彼妇"。终于有一天，诗人的妻子在商店偶尔购来一块檀香皂，使丈夫有了凭借"情欲之嗅觉所癖好的香味而维持爱情以觉醒"，令"A诗人分出一半给情妇的身心收回于一己之下"。与《汽油与香水》不同，《A诗人嗅觉之春药》并没有前者那样鲜明的社会意义，它所呈现的是人在特定情境下的一种生理条件反射，表明人在特殊环境中不能按社会既定规律理性地把握自我，客观再现了人的原生情态的本真回归和对多元人性的尊重。值得指出的是，这一寓意并没有获得作品的认同，作者只是格外叮嘱"此为贤明女子所不可不加之意焉"，肤浅程度令人惋惜。

随着文学历史前进的脚步，《新青年》的纯散文文体意识逐渐增强，描写、抒情散文在期刊中开始获得了相对独立的地位，显示了东北沦陷区散文的某种进步。换言之，美文开始登场，重情色彩日渐突出；以情展意成为《新青年》散文发展的又一特征，显现了散文文体的初步确立。

木子《新年已经悄悄地来了》初次显露出抒情散文的样式。作者在描写了新年"悄悄"来到的场景之后，展露出"在岁暮年来的季节里，在冷清清的深夜中，怎能不令人怀想起故乡来"的情怀；年幼的孩子被妈妈告知："这是外国年，咱的年还在二十三天之后"；伴随着孩子的睡梦，"胡同口，街上，都一片静，夜冷如冰"，与那"娱乐场吐出欢乐的调子"显示出莫大的反差。此作虽然远不及"五四"时期冰心、周作人、朱自清、徐志摩等人的美文，但也具备了某种特征；从某一特定意义上讲，其可称为关内抒情散文在东北的接续。若确切地说，其更兼有现代散文诗的特质，成为东北现代散文抒情文体确立的特定环节。

鱼禾的《同车》①也许是早期《新青年》文学作品中艺术散文特征比较明显的篇什。作者在文末特别注明"此文所述为旧迹之一"。散文的重要特征是多以忆旧为主要内容。且不论中国散文作品,英国散文家查尔斯·兰姆的散文亦是如此。如有学者言:兰姆的散文"都是他自己在伦敦的种种生活回忆:回顾和评议童年时代的学校生活,回忆第一次看戏时的印象,重现在故家所见的人们和景物;回忆青壮年时期的公司职员生活,报界撰稿生涯,亲朋好友间的交往,到大学或海滨度假,谈论自己喜欢和不喜欢读的书,在伦敦日常生活中的见闻和引起的感受等等"②。《同车》摄录了作者返乡时在车中的情景。同车里"一共有三个女孩。小的是我最爱的一个"。开篇伊始的表白,显示了作者对情感真诚、自由而果敢的表达。旅途的寂寞,使作者无不流露着与女孩交谈的欲望,但对他的问话女孩都回报以"不做声"或"望一望我微微点点头"。当夜色来临,"车里的灯火,也燃起"时,"一百二十分的无聊"的"我"掏出一本自己写的《别匈牙利》以遮着眼睛假装睡觉了。恰恰此时女孩对这本书产生了兴趣。当"我"决计将此书送给女孩时,却遭到了女孩的拒绝。被女孩的拒绝搅得心烦的"我"只好又"放下书睡了"。而当"我"醒来时,"身上盖着那小女孩的外衣,那女孩正读着我写的《别匈牙利》。她眸子仍是很忧郁的,脸上没有什么改变,只多了几个没掉下来的泪"。车至故乡,在下车的混乱中,那女孩"已没一丝影子了"。当夜,"我"与妹妹一同到咖啡店,此际竟然看见"那个小女孩唱着《别匈牙利》的歌从楼上走下来了"。这是一幅充盈着诗意的生活图景,有着一个布满想象与暗示的结尾;这是一个具有散跳性的叙事结构,述说着一段以情境取胜的故事。

TY 的《春思》是一篇充溢着季节之思的短作。春天到来,它"分明是拿着一种温情,抚摸着一个男子的知觉神经",然而"它的温情在一个年轻男子的心中,实实在在加不上去什么恰当的譬喻"。将其喻为母爱、女人的柔情,于"我"都无相干。生活"永久像走在春天的薄冰上",一不小心就会"掉在冰的下面"。所以,作者感慨道:"把春天比拟做一个女人的柔情,在我简直是不能够合乎'逻辑'的。"当然,春天于"我"也自有惬意之处。当"我是醉了的我"时,春"是曾拿她那温柔的灵魂,恋爱过我的"。就题材而言,凹凸的《吃了那残余的慈爱吧》,也许是较为特殊的一篇,可直称是一位担任乡村学校"校长"者体验职务与父爱的自白。这位年仅 21 岁的乡村知识分子"素常身体不健全",吐血病"魔难着"他。他为了

---

① 鱼禾《同车》,《新青年》1935 年第 1 卷第 4 期。

② 江震龙《伊利亚和中国的伊利亚——兰姆、梁遇春随笔比较研究》,《中外散文比较与展望——中外散文国际研讨会论文集》,福建教育出版社 1996 年版,第 97～98 页。

生存应允担当了月薪 25 元的"校长"职务,自此以后便被繁杂校务束缚了自己"藐小的身子",加之素不善应酬,深感"身心不适",这在别人看来是幸福的生活,而他却感到"除了痛苦别扭而外别无所得"。只是从父亲的欣慰和送来的水果中,才获得了温馨。当将父亲送来的水果吃得只剩下不能进食却裹满父爱的果籽时,生活在苦楚中的"我"想着:"吃了那残余的慈爱吧。"文笔不免稚嫩,但抒情却也真切,表达了国土沦陷时期年轻的乡村知识分子担任"公职"后的矛盾心态。

早期《新青年》对散文文体的追索,也不免有泥沙之作掺入其中。萧艾的《解放与束缚的信》①主旨是谈论生活中的通信。在作者看来,"和朋友们通信是件快慰地自由工作",并引苏雪林所言:通信是"有什么话便说什么,想到哪里,笔便写到哪里,正是个性自然的流露,最真挚心声的倾泻,不但自己得着一种解放的快乐,也教读者同样得着一种解放的快乐"。但"要彼此同样得这种自由的快乐,得有一个必要的条件:写信要贵忠实,贵天真,'正是个性自然的流露、最真挚心声的倾泻';若不,那倒是一种苦恼的事了"。朋友"冷"的来信,因着性别而"怕别人们误解","不得不顾一点",而使"她对通信的快乐是欠点彻底","叫人不能满足"。但作者对这种担忧是理解的:"在这新的虽到,旧的还没有除根的过渡时代中,喜欢通信的异性朋友们,一定不只是冷一个人摆脱不开这种矛盾的心理啊!"如果说作者的这种对于通信的认识,也还有可以令人理解之处,那么,其对惜芳从广州至大连的来信虽感到"含了诗意的神秘的快慰是浇遍了我整个身心",却对信中内容多"警告着人要认清什么的什么,要把持,要推翻什么的什么,等等类似说教的把人生看得那么严重的话句,那又未免把通信的快乐看得悚然",而令人感到费解。从特定地域、社会环境去琢磨,惜芳的信应该有其正义的内涵。

总体审视,早期《新青年》的散文文体意识,是经历了从非自觉走向自觉的过程;从最初的随笔、小品文等文体逐步转向对叙事与抒情散文的注重。至 1937年,随着《新青年》散文专栏的明确开辟,散文文体开始确立,并于此后刊发了诸多散文篇什,且有在东北现代散文史上占据重要地位和产生重大影响者。对此,笔者将另文评说。

---

① 萧艾《解放与束缚的信》,《新青年》1936 年第 2 卷第 3 期。

戏剧文体理论

"**重述**"的谬误

——论《屈原》的发表与"弦外音"的发现

王玉春 ∎

70 年前的中国,历史剧《屈原》的发表、演出以及由此引发的相关论争,无疑是当年备受瞩目的文化"事件"之一。在接下来的 70 年里间,《屈原》不仅在国内久演不衰产生重要影响,而且走出国门被搬上日本、前苏联、罗马尼亚、捷克等各国舞台。《屈原》既是郭沫若历史剧中成就最高、影响最大的集大成者,更是 20世纪 40 年代乃至中国现代戏剧史上光辉的篇章。那么,这部取材于历代公认爱国典范的历史剧,如何在衣冠古道声里发出蕴藉时代愤怒的"弦外音"? 被认为具有鲜明影射意味的《屈原》,何以能在国民党的机关报上发表? 其后又以什么样的方式获得读者的认同,进而在特殊的历史语境中绽放出炫目的光彩? 关于历史剧《屈原》尚有诸多疑问有待研究者深入探讨,尤其是在宏大历史书写下,《屈原》的"细部"发掘以及相关史料的甄别与考辨工作还十分匮乏。在纪念《屈原》发表 70 周年之际,对这段历史进行重新爬梳,不仅试图钩沉史料以厘清事实的原委,更旨在通过对历史语境的回归,为深入《屈原》研究提供重要参考。

一、孙伏园与《屈原》发表始末

1942 年 1 月 24 日至 2 月 7 日间,《中央日报》副刊先后用十个版面的大篇幅全文刊载了郭沫若的五幕剧《屈原》。在皖南事变后十分敏感的政治氛围中,《屈原》能够发表在国民党的机关报上,负责副刊编辑工作的孙伏园功不可没。作为我国新闻史上鼎鼎大名的副刊编辑,孙伏园对《屈原》的刊发,被视为其报人生涯中发出的有胆有识、气概不凡的"三大炮"之一,向来为人称道。但是,对于孙伏园在刊发《屈原》一事上所发挥的具体作用,作为当事者的郭沫若与孙伏园生前都没有公开的文字说明,关于这段历史的记载也多有讹误。那么,孙伏园是在什么情况下刊发《屈原》的? 其后又因何退出了《中央日报》副刊工作呢?

关于《屈原》的发表,目前学术界存在两种不同的说法:一种说法认为是孙伏园慧眼识英主动索稿,另一种说法则认为是郭沫若利用身份主动投稿。饶有意味的是,以孙伏园为论述对象的文章,大多采用"索稿"说,强调孙伏园作为副刊编辑的慧眼与胆略;而以郭沫若为论述对象的文章,则往往采用"投稿"说,突出郭沫若的斗争策略与勇气。从中不难看出,研究者的主观意图在对史料的选取与运用上的直接影响。不过,上述两种说法也有相同之处,就是都突出了《屈原》剧本发表的"不易",强调二人所冒的"风险"。实际上,从孙伏园的角度,作为编者的他向当时的文坛名家约稿是十分正常的,况且郭沫若彼时的公开身份是文工会主任,剧本的主人公屈原又是历代公认的爱国典范,这都使得对《屈原》的刊发可以说是相对"保险"的。认为孙伏园刊发《屈原》要力排众议,冒坐牢杀头的风险,恐怕加入了当代人想象与演绎的成分;而从郭沫若的角度,为了宣传的效果与斗争的方便,在"许多报刊的编辑纷纷登门求稿"①的情况下,主动将《屈原》投给《中央日报》也合乎事情发展的逻辑。所以,如果抛开"预设"的前提,《屈原》在《中央日报》的刊发,应该说是孙伏园与郭沫若之间"双向选择"的结果。事实上《屈原》在发表的环节上确实没有多费周折,郭沫若 11 日完稿后,《中央日报》24 日即开始刊载,相隔不过十余天,所以在刊发与发表这一行为本身上,两人都无"险"可冒。那么,孙伏园又为何被撤职呢?

关于撤职一事,根据董谋先的回忆:"'蒋委员长'见到报纸就破口大骂:'《中央日报》里有共产党',要当时的国民党中宣部长许孝炎清查。其结果是可想而知的,伏老就立即被逐出了《中央日报》。"②董谋先既是孙伏园的学生,又是《屈原》发表与公演的亲历者,因此这段回忆作为信史被广泛引用。郭庶英在《我的父亲郭沫若》一书中也采用了这一说法,只不过发怒者由"蒋委员长"变成了"潘公展"③,但对于"立即撤销"孙伏园职务的描述并无二致。实际上,认为孙伏园"立即被逐出了《中央日报》"明显有违史实。一方面,《屈原》连载结束后,《中央日报》在此后相当长时间里对其进行关注和讨论,且对剧本与公演持肯定态度,具体内容将于下文探讨;另一方面,根据现有史料显示,直至当年 11 月孙伏园仍然在负责副刊的编辑工作。作家蒋星煜在《文坛艺林备忘录》中提供了一个重要线索,他曾于 1942 年将小说《威尼斯的忧郁》"贸然寄给了孙伏园。没有料到居然也被看中了,用'中央副刊'一整版的篇幅一次刊完"④。而被孙伏园看中的该文就刊载于《中央日报》1942 年 11 月 6 日第四版。以此可见,直至当年 11 月 6

---

① 郭庶英《我的父亲郭沫若》,辽宁人民出版社 2004 年版,第 51 页。
② 董谋先《回忆〈屈原〉的发表与公演——纪念孙伏园先生一百周年诞辰》,绍兴县政协文史资料工作委员会、绍兴鲁迅纪念馆编《孙伏园怀思录》,绍兴县政协文史资料工作委员会 1994 年版,第 66 页。
③ 郭庶英《我的父亲郭沫若》,辽宁人民出版社 2004 年版,第 51 页。
④ 蒋星煜《文坛艺林备忘录》,上海远东出版社 2006 年版,第 252 页。

日,孙伏园依然在负责副刊工作。

那么,孙伏园是在何时撤出了《中央日报》的编辑工作呢?根据堵述初的回忆,孙伏园并非独自离开,而是与社长陈博生、总编辑詹辱生、总务主任高璋卿、资料室主任刘尊棋等一起离开的《中央日报》。① 堵述初当年不仅与孙伏园一起负责《士兵月刊》的编辑工作,而且由其介绍进入《中央日报》副刊任助理编辑,其后又随之一同退出《中央日报》,他的这段回忆应该是可信的。另外,孙惠连先生在文章中也提供了相同的佐证。② 关于陈博生领导下的"北平《晨报》原班人马"从加入到退出《中央日报》的具体情况,著名报人、曾任《中央日报》总编辑的王抡楩在《抗战时期的〈中央日报〉》一文中给予了详细说明。文中认为陈博生被迫辞职的原因是多方面的,包括其对报社经营管理不善、报纸出版时有延迟以及与《新华日报》互通有无发生借纸、铸铜模事件等。最终"陈博生被迫于一九四二年十二月十日辞职,北平《晨报》的全班人马撤出中央日报社"③。关于上述说法,还有一个更为有力的佐证,即时任《中央日报》总经理张志韩的回忆,1987年张志韩从纽约返沪并接受了记者采访,重述当年的"借纸公案"及集体辞职详情,对上述史料从另一角度给予了补充和印证。④

从以上多种史料的互证中可以推断,孙伏园是于1942年12月10日陈博生辞职后,作为原北平《晨报》人马一同撤出中央日报社的,其中的原因应该是多方面的。实际上,在退出副刊工作后,直至1943年孙伏园仍有文章陆续在《中央日报》发表,而他所负责的重庆军委会政治部《士兵月刊》的编辑工作直至1945年8月方才终止。因此,强调孙伏园因刊发《屈原》而被立即撤职是不够准确的。当然,对《屈原》发表相关史料的爬梳与钩沉,并非要否定孙伏园的历史功绩,而是试图通过对历史语境的还原,为研究者抛开"成见",在更为丰富的场景中理解作家作品提供多角度的参考。而对《屈原》发表史实的厘清,就从一个侧面提示我们,历史剧《屈原》的"弦外音"并非不言而喻、一目了然,而存在一个"发现"的过程。

---

① 玄云《忆孙伏园先生》,绍兴县政协文史资料工作委员会、绍兴鲁迅纪念馆编《孙伏园怀思录》,绍兴县政协文史资料工作委员会1994年版,第19页。

② 孙惠连《君问归期未有期——记孙伏园在四川十年(1940—1949)》,《鲁迅研究月刊》2010年第9期,第83页。

③ 王抡楩《抗战时期的〈中央日报〉》,中国人民政治协商会议四川省重庆市委员会文史资料研究委员会编《重庆文史资料选辑》(第30辑),西南师范大学出版社1980年版,第138~139页。

④ 贺宛男、戴洪英《前中央日报总经理张志韩申请回沪定居》,《新闻记者》1988年第2期,第27页。

二、《屈原》主题的"多义性"

1950年，即《屈原》发表八年后，郭沫若为俄文译本作序时写下这样一段话：

这个剧本是一九四二年一月，国民党统治最黑暗的时候，而且是在反动派统治的中心最黑暗的重庆写的。不仅中国社会又临到阶级不同的蜕变时期，而且我的眼前看见了大大小小的时代悲剧，无数的爱国青年、革命同志失踪了，被关进了集中营。代表人民力量的中国共产党在陕北遭受着封锁，而在江南抵抗日本帝国主义侵略最有功劳的中共所领导的八路军之外的另一支兄弟部队——新四军，遭到了反动派的围剿，受到很大损失。全中国进步的人们都感受着愤怒，因而我便把这时代的忿怒复活在屈原时代里去了。……剧本的发表和演出，从进步方面受到了前所未有的热烈的欢迎，而从反动方面却也受到了前所未有的猛烈的弹压。①

在这篇自序中，郭沫若不仅突出强调了《屈原》创作所处的"最黑暗"的历史背景，而且首次将剧本的创作动因与"新四军""反动派"直接联系在一起，对《屈原》借古喻今影射"皖南事变"，以抨击国民政府反动统治的创作意图，给予明确阐发。

作者的这段自我诠释作为最具有说服力的一手材料，在其后的文学研究中被研究者反复引用，尤其是新中国成立后大量回忆纪念性文章的出现，《屈原》的创作动因在历史"重述"中愈加清晰起来。作为中共中央亲自关注，共同探讨剧情、把握和深化主题的作品，周恩来同志对题材意义的阐发——"因为屈原受迫害，感到谗谄之蔽明也，邪曲之害公也，才忧愤而作《离骚》。'皖南事变'后，我们也受迫害，写这个戏很有意义"②——成为权威性论述，得到广泛认同。不过，需要引起注意的是，当作家的自我诠释及越来越多的历史重述共同参与到对《屈原》主题的解读时，是否也导致了对作品主题与历史语境的某种误读呢？不少论述将主观性的"创作意图"直接等同于"作品主题"的客观呈现，从而将《屈原》的主题日益简化，似乎其所蕴藉的讽喻意味与政治指向在发表当时即是不证自明的。如果抛开作者的自我诠释与重述者的事后追溯，重返1942年的历史语境，《屈原》的"指向性"果真如此清晰明了吗？在当时如此险恶而复杂的历史语境中，民国政府又怎么会允许具有如此鲜明指向性的作品发表并上演呢？重述者

---

① 郭沫若《序俄文译本史剧〈屈原〉》，《人民日报》1952年5月28日。
② 黄中模编著《郭沫若历史剧〈屈原〉诗话》，四川人民出版社1981年版，第14页。

在彰显《屈原》鲜明斗争性的同时,是否也遮蔽了特殊历史语境下史剧创作的隐晦性与策略性呢?

重返 1942 年的重庆,郭沫若对"屈原"题材的选择是具有策略性的。屈原是历代公认的爱国诗人,堪称忠君爱国的典范,选择这一题材进行"失事求似"地再创作,无疑有利于剧本获得生存的合法性。不过,另一方面也使郭沫若在创作之初就面临诸多创作难题,不仅要思考如何将屈原"三十多年的悲剧历史"搬上舞台,更需要解决对作品主题进行"置换"的重大难题,即如何将叙事的重心由传统意义的"爱国"主题转换为具有现实针对性的"影射"主题。于是,在剧本的创作过程中,郭沫若于几番创作"滞碍"后,"另生新案,完全改易",将原拟的上下两部,每部各五六幕,浓缩为仅有的五幕。如此一来,原本需要完整展现屈原一生命运与政治理想的"宏大叙事",变成了描写屈原一天生活遭遇的"横截面"。对于这一"意想外的收获",郭沫若显得颇为满意,因为经此改动不仅使故事情节更为集中精练,更为重要的是,删去了可能旁逸斜出的枝节,从而使南后"陷害"屈原的情节成为史剧的中心。而且在有限的剧情中,突出了对人物身遭"陷害"的控诉,无论是"你陷害了的不是我,是我们整个儿的楚国呵!"等语句的多次重复,还是"雷电颂"中的"爆炸"宣言,都力图使讽喻主题得到凸显。

只是,从《屈原》文本最终呈现的内容来看,主人公屈原仍可纳入"爱国忠君"的思想体系,在被南后诬陷而遭楚怀王怒骂时,屈原的反应竟是请求赐死以表明自己的清白。这个作者后来自认为"消极地表示屈原的愚忠"[①]的细节,在新中国成立后的俄文译本中得到修正。同时,剧中虚拟的"陷害"事件也可以在"爱国"主题的大框架之下进行阐发,"忠而被谤"的主题并未溢出司马迁"屈平之作《离骚》,盖自怨生也"(《史记·屈原贾生列传》)的传统观点。更何况,如当时读者对剧本主题所概括的"佞臣宠姬蒙蔽国主,陷害忠良,国丈助虐,忠臣有口难辩,弱女骂奸,侠士救忠,都是爱看旧戏的人所熟习,瞧惯了的"[②],屈原的"忠臣"标签,很大程度上遮蔽了剧本的影射性。尽管屈原遭遇被疑、被谤、被贬的命运,但在其忠君爱国"虽九死其犹未悔"的精神框架下,《屈原》依然存在一个可以从"爱国""正义"的正面角度加以理解的阐释空间。也就是说,虽然郭沫若的创作初衷"寄予深意",但最终所呈现的文本主题却是可供多元阐释的,这也是《屈原》得以在国民党机关报发表,甚至在发表之后很长一段时间内广受好评的重要原因。

---

① 郭沫若《郭沫若全集》(第 6 卷),人民文学出版社 1986 年版,第 423 页。

② 北长《诗剧〈屈原〉——话剧底民族形式的新基石》,重庆《新民报》1942 年 4 月 18 日。

如果将郭沫若落款为"三一年一月二十日夜",即剧本完稿不久所写作的《我怎样写〈屈原〉》一文,与上述时隔八年后的俄文译本序言进行参照阅读,也许会有更多发现。在这篇创作谈中,郭沫若重点介绍了剧本的构思与写作过程,强调最终成稿的"即兴发挥"与"意想外的收获",而且不厌其烦地将原计划的"下部的分幕和人物表"抄录出来给予详细论述,并专门对人物形象设置的历史依据加以说明。在近四千字的篇幅中,郭沫若唯独没有涉及对创作主旨的阐释,甚至没有关于主题的任何"暗示"性的片言只语。这篇创作谈于《屈原》连载结束后连续两天刊发在《中央日报》上,作者当时的审慎态度由此可见一斑。

另外,下面的这段材料可能有助于我们对郭沫若历史剧创作思路的深入理解。1943 年,剧作家于伶曾就历史剧创作问题向郭沫若求教:"我对郭老坦白承认了我的《大明英烈传》是假历史剧。……郭老严肃地说:这当然瞒不过我啰。你们,杏村(阿英同志)和你,身处上海租界孤岛,剧本上演必须逃过反动派的几道审查关。搞搞借历史讽日伪,励观众,有何不可? 特殊战场上的特殊战斗武器嘛。我们在这里也一样在搞,只是五十步与百步之差,联想多于影射而已。"①"联想多于影射",郭沫若可谓一语道破个中真味。为了能够顺利发表,历史剧在书写中往往无法"秉笔直书",而只能借助隐晦迂曲的"春秋笔法"。只不过,如此一来,虽然有利于规避笔祸,但也容易导致主题的"多义性",从而在读者接受上遭遇"误读"的尴尬。

至于郭沫若在序言中所陈述的,剧本的发表和演出都"受到了前所未有的猛烈的弹压",可能更多属于作者在历经沧桑后对峥嵘岁月的一种缅怀性追述,如果将其视为史料则是不够准确的。一方面,根据本文第一部分的论证,剧本在当年的发表并没有受到所谓"前所未有的猛烈的"弹压;另一方面,该剧的演出也并非相关史料所描述的从"中华剧艺社正式开排《屈原》,国民党就一再阻挠",彼时《屈原》的"春秋笔法"尚未引起国民党官方的注意。

三、围绕《屈原》的政治博弈

1942 年 4 月 2 日,《屈原》公演的前一天,作为中共党报的《新华日报》在第一版刊登了颇具声势的广告:"五幕历史剧《屈原》/明日在国泰公演/中华剧艺社空前贡献/郭沫若先生空前杰作/重庆话剧界空前演出/全国第一的空前阵容/音乐与戏剧的空前试验",从而拉来了公演的序幕。4 月 13 日,《新华日报》又特辟

① 于伶《怀念郭沫若同志》,《上海文艺》1978 年第 7 期,第 5 页。

的"《屈原》唱和"专栏,黄炎培、董必武、沈钧儒、张西曼、陈禅心等各界人士纷纷赋诗唱和,引起强烈回响。

在《新华日报》大力宣传《屈原》的同时,作为政府机关报的《中央日报》并没有立即对其"大肆笔伐"。在这一时间里,《中央日报》不仅持续刊发文章给予关注和讨论,而且对剧本与公演均持肯定态度,具体发文情况如下:

2月7日,即连载结束的当天,刊发孙伏园《读〈屈原〉剧本》;

2月8日至9日,刊发郭沫若《写完〈屈原〉以后》;

4月4日,即公演的次日,发表"上座之佳,空前未有"的报道;

4月7日,刊发孙伏园《我们从此有了古装剧——〈棠棣之花〉和〈屈原〉观后感》、陈纪溯《关于屈原片段》;

4月25日,刊发桂生《〈屈原〉观后》;

5月17日,刊发刘遽然《评〈屈原〉的剧作与演出》。

上述评论与报道均给予《屈原》高度评价。作为对《屈原》的首篇评论文章,孙伏园盛赞《屈原》"满纸充溢着正气",是一篇"新正气歌",强调"这是中国精神,杀身成仁的精神",并由屈原论及现实中的爱国志士倍力,突出了《屈原》的爱国主题。桂生的评论角度与孙伏园相同,落脚点仍在于对"正气"的歌颂,赞扬屈原、婵娟与渔夫"青天白日的心胸,百炼不磨的体魄,万载千秋的志气,与正气凛人的品格"。值得注意的还有刘遽然的长篇评论文章,相对于他人的短评,作者从一个较为学理化的角度出发,分别对《屈原》创作中的情节安排、人物设置与表现手法等提出个人意见,论述中有肯定有批评,且言之有物颇具说服力。更为重要的是,整篇评论所持论调十分公允,从而将讨论引向学理商榷的平和氛围。原本意在"影射"的作品,却被纳入了对方的阐释体系,这显然有悖作者的创作初衷,无怪乎这期间的郭沫若要发出"寂寞谁知弦外音"的喟叹了。

国民党当局对《屈原》的正式批判,是从"《野玫瑰》风波"开始的。4月17日,国民党教育部颁发年度学术奖,颂扬国民党特工锄奸抗日的《野玫瑰》获得三等奖,由此遭到中共领导的左翼文艺力量的强烈抵制,当日《新华日报》的"唱和"栏就刊发了"回转舞台鞭白日,安危须仗定薰"[①]的尖锐诗句。随后,据延安《解放日报》6月28日报道,在国民党中央文化运动委员会及中央图书杂志审查委员会,联合招待戏剧界同人的茶会上,剧界同人再度要求撤消对《野玫瑰》的奖励,从而引发中央图书杂志审查委员合主任委员潘公展的当众表态,认为"《野玫

---

① 华岗《华岗先生和诗(有序)》,《新华日报》1942年4月17日。

瑰》不惟不应禁止,反应提倡,倒是《屈原》剧本'成问题',这时候不应该'鼓吹爆炸'云云"。至此,《屈原》与《野玫瑰》以"对峙"的姿态被分别置于国共双方的营垒中,"一个是颂扬国军特工锄奸抗日,弘扬民族意识;一个是写忠贞爱国的屈原主战意愿受压抑,转嫁为对现实不满,含沙射影骂老蒋打新四军。期望毁灭,狂呼'爆炸'新生"①,二者形成默认的"对台戏"之势。

其实,对于《野玫瑰》,《新华日报》此前多有肯定,不仅称该剧是"中国劳动协会为响应捐献滑翔机运动特请留渝剧人假座抗建堂公演",而且在公演期间连续刊发广告,报道演出盛况;再比之《中央日报》对《屈原》前褒后贬的态度骤变,其中微妙的曲折不难看出"两党"对意识形态控制权的争夺。换句话说,《屈原》的政治立场,借助于两党针锋相对的褒贬态度方才得以正面表露,而在大众传播与接受中,正是国民党的"对号入座"使《屈原》的影射主题落到了实处,并以此为嚆矢将锋芒直指国民党。

1943 年 9 月国民党图书杂志审查委员会发布的《取缔剧本一览表》中,《屈原》赫然在列,但它所产生的深远影响已经无法抹煞。正是在这一意义上,《屈原》的发表与上演被誉为"钻了国民党反动派的一个空子"②,蕴藉深意的政治主题,在国共双方的博弈中获得最终凸显。20 世纪 80 年代,黄中模先生在编著《郭沫若历史剧〈屈原〉诗话》的过程中,曾致信当年婵娟的扮演者张瑞芳了解情况。在随后的复信中,张瑞芳专门指出:把当年的资料集中了,从与国民党作斗争的角度去分析就抓到点子上去了,"只是不要用今天的语言去形容那场斗争,因为当时的斗争是比较隐晦和曲折的"。"不要用今天的语言去形容那场斗争",既是张瑞芳以亲历者身份针对历史叙述中的谬误所提出的敏锐建议,也提示研究者在"重返"历史语境时警惕阐释的向度与限度。③

---

① 张放《我所亲炙的王绍清教授》,《台南四川同乡会会刊》1999 年第 3 期。

② 夏衍《知公此去无遗恨——痛悼郭沫若同志》,《人民文学》1978 年第 7 期,第 6 页。

③ 黄中模编著《郭沫若历史剧〈屈原〉诗话》,四川人民出版社 1981 年版,第 115 页。